U0795940

MEMORY HOUSE

记忆坊文化

My man

他的乔姑娘

上

咬春饼 著

江苏凤凰文艺出版社
JIANGSU PHOENIX LITERATURE AND ART PUBLISHING, LTD

图书在版编目（CIP）数据

他的乔姑娘 ： 全2册 / 咬春饼著. -- 南京 ： 江苏凤凰文艺出版社, 2018.4

ISBN 978-7-5594-1706-0

Ⅰ. ①他… Ⅱ. ①咬… Ⅲ. ①长篇小说－中国－当代 Ⅳ. ①I247.5

中国版本图书馆CIP数据核字(2018)第049440号

书　　名	**他的乔姑娘（全二册）**
作　　者	咬春饼
选题策划	北京记忆坊文化
责任编辑	姚　丽
特约策划	绪　花
特约编辑	单诗杰　绪　花
责任监制	刘　巍　江伟明
封面绘图	三　乖
封面设计	80零·小贾
版式设计	段文婷
出版发行	江苏凤凰文艺出版社
出版社地址	南京市中央路165号，邮编：210009
出版社网址	http://www.jswenyi.com
印　　刷	环球东方（北京）印务有限公司
开　　本	880毫米×1230毫米　1/32
字　　数	531千字
印　　张	16
版　　次	2018年4月第1版，2021年4月第2次印刷
标准书号	ISBN 978-7-5594-1706-0
定　　价	56.00元（全二册）

影视版权抢订热线　010-57194853

目录

CONTENTS

第一章“同居”生活 … 001

第二章　辣椒小王子 … 049

第三章　浪花朵朵开 … 101

第四章　陆总的春天 … 154

第五章　春天有阴霾 … 207

My
man

他的乔姑娘

第一章
“同居”生活

My man

“在陆家，一定要听陆老爷子的话。”

再拐两个弯就快到了，金小玉第三遍交代。

她打开手包，拿出两千块钱，“我身上现金就这些，缺钱了，你就问周正安要。”

周乔应了一声，接过。

提起那个名字，金小玉就有点儿着火，周乔赶紧递过一颗糖，“妈，水蜜桃味的。”

金小玉手一摆，看了眼窗外，“到了。”

市委大门是翻新过的，高耸方正。站岗的执警核实好身份，敬了个标准的手礼，车辆放行。开过两圈绿化带，车停在一排红墙小洋房前边。

这是周乔第一次踏进陆家。

她端坐在短沙发上，眼睛老老实实地垂着，不到处乱瞄。

一边的金小玉向陆老太太卖惨，把她的坎坷婚姻说成了年度恐怖大片。声泪俱下，感情到位。听得陆老太也入了戏，跟着一块儿长吁短叹：“正安对你做得真是过分了。”

金小玉又是一番如同贺岁档般的热烈控诉：“何止是过分，我实在是没办法和他过下去了，所以才——”说到此处，她哽咽得无法继续。

陆老太连番点头，心疼道：“你就放心去美国，把事情处理好，小乔我来照顾，你不用牵挂。”

又抽泣了会儿，金小玉抹了两把眼睛，拣着话趁热打铁，“那就谢谢干爸干妈了。小乔——”

周乔抬起头。

陆老太坐过去，笑眯眯地握起她的手，“我听你妈妈说，你成绩老灵了，考研究生辛不辛苦啊？”

周乔诚实地点头，“辛苦。”然后谦逊地说：“陆奶奶，我成绩也不是很好，我第一次没考上。”话到后面，她声音渐小。

陆老太拍拍她的手背，安慰道：“丫头乖，这人有失误再正常不过了，别太有压力，在奶奶这儿，有什么想吃的，想玩的，就跟我说。”

周乔没应声，目光垂落瞥见老太太的手腕，一只碧绿玉镯歪着。她伸出手，轻轻将镯子扶正，这才开口：“陆奶奶，那就打扰了。”

上了年纪，对这种乖模样儿的孩子简直无法抵抗。

陆老太越看越喜欢。

就这样，金小玉便上了当晚的航班，杀去美国手撕“狐狸精”和“奸夫”争家产。

而周乔，也算正式地寄宿在了陆家。

只是……

“你学校在洋槐区，离这里太远。”陆老太忧心道，“来回跑费时间，会耽误复习。”

周乔那句“没关系”刚到舌尖，陆老爷子逗鸟归来，边进屋边说：“陆悍骁不是住在那边吗？”

陆老太“哎呀”一声：“对对，我给忘了。”

老两口儿自顾自说着，可周乔对此人有点迷茫。

“他是我孙子，皮有些厚。”陆老太看她的表情，一言难尽地摇了摇头，“但是人还是挺有本事的。”

陆老爷子冷哼一声，不留情面，“兔崽子就是一草包。”

陆老太道：“他住的那个地方好，离学校近，我让齐阿姨跟着去做饭，小乔啊，你看这样行不行？”

周乔想了想，“陆……”她一时没记住名字，差点说成“陆草包”。

话到嘴边赶紧刹车，转声问：“会不会吵到他？”

陆老爷子想整这个草包很久了，于是手一指，“打！”

周乔心一惊，隔空打草包？

陆老爷子缓过咳嗽的劲儿，说：“给他打电话！”

“斗地主，输了的吹一瓶水，不许上厕所！”饭局上已经喝了一圈酒，包厢里的陆悍骁眼角微红，灵魂都玩high了。

有人递过杯子，陆悍骁一把拦开，“居心叵测，别想灌我！”

他又嫌热，单手解开衣领扣，手指停在牌上一画，“一对肉丸，要不起的给我喝水。”

一对肉丸？同伴侧眼一看，那是一对Q！

陆悍骁手里拿着牌，“哎，我说，你这什么眼神哪，我没说一对鸡蛋算不错了。”

看他一副流氓样。得，同伴也识相不说话了。

颜值小霸主，说啥都有理。

一番出牌对局后——

“怎么回事儿啊，你还有个大王在手上，刚才怎么不顶我的牌，人丑就算了，还这么阴险就不好了吧？”

陆悍骁叼着烟，眉头皱成一团，连输第六把。

他的手边已经倒了五个矿泉水瓶，肚子都快成水库，还不能犯规去洗手间，肾都被憋大了。

陈清禾这个臭不要脸的，还在一边使劲儿催：“陆霸王，我特意给你买的农夫山泉，都说它有点儿甜。”

陆悍骁一个空瓶怒砸过去，“我看你就是个种田的。”

陈清禾侧头躲开，眼明手快地奉上一瓶水，“来来来，瓶盖已经拧开，喝，给我喝！”

陆悍骁闭眼，仰头，“咕噜咕噜”表情痛苦地豪饮。

一帮玩的哥们儿喝彩鼓掌，“今天悍骁最水润。”

“农夫山泉来一下，需要交点广告费。”

“你这牌技，撑起我市一片天啊。”

陆悍骁心里苦，喝完压了几秒，才制止住喷水的冲动，“都给我闭嘴！”

牌局继续，有输有赢，一地的矿泉水瓶横尸。

有人看不下去了，“大老爷们儿一个个，玩得幼不幼稚啊！”

陆悍骁今天手气邪了门，就没赢过。他实在喝不下了，退而求其次选择往脸上贴胡子。

陈清禾和陆悍骁从小野到大，是这群人里最敢惹他的一个。

“贴个屁的胡子，输几盘，就脱几件衣服。”

陆悍骁拍案而起，“我劝你最好不要自取其辱，我腹肌已经六块了。”

陈清禾当场不服，“谁还没有似的。”

陆悍骁扬眉，“比比？”

“来啊，脱！”

两个近三十的大帅逼，画风实在迷离清奇。

牌桌上的人喊道：“悍骁，你手机振半天了。”

陆悍骁裸着上身，抽出一根烟放嘴里咬着，走过去捞起手机——

陆云开来电。

“爷爷，什么事？”

陆老爷子的声音一如既往地中厚严肃，陆悍骁听了几句，嘴里的烟没咬住，被吓得掉在了地上。

结束通话，他一张脸都成了铁青色。

驱车回去，已经是一个小时后。

陆家的门虚掩着，没有关严实。

陆悍骁火急火燎地推门，陆云开坐在客厅正沙发上，目光随响动掠向他。小胡子一翘，重咳两声，又嫌弃起自己的孙子来。

陆家客厅大，纯中式，连窗帘都是软席。夏日有风，钻进屋里凑热闹，卷起席帘的一瞬，光也跟着轻轻漾。

周乔就这么跟着光，同一时间侧过了身。

两人的目光在半空第一次简短会面。

陆悍骁被那通电话弄得云里雾里，只记住了六个字：亲戚家的女孩。

周乔表情很淡，心想，这就是那位陆草包？看起来好像有点老。

一旁的陆老太笑眯眯地迎向陆悍骁，“齐阿姨煮了粥，老好喝了，给你留了碗。”

陆悍骁扯了下嘴角，很勉强。

“这是周乔，小乔；这就是我孙子，陆悍骁。”陆老太热情地给他们互相介绍。

陆云开直接下命令：“小乔刚毕业，准备考研，你公寓离她学校近，这段时间，她暂时住你那儿。”

陆悍骁：“？”

陆云开说：“你反正野惯了，有家也不回，小乔正好要复习，也不会被你吵到。”

陆悍骁表情有点抽搐，急忙反驳这一条，说：“爷爷，我下班按时回家的，晚上九点准时睡觉。”

陆老太太一听，可开心了，激动道：“那最好了，齐阿姨跟着过去，一个人的饭也是做，多你一个也顺便。”

陆悍骁灵魂在抽筋，来个小的还不够，还要来个老的。跟屁虫都流行买一送一了。

陆云开从省委班子退下来后，简直宝刀未老，陆悍骁心知肚明，老爷子这是找借口整治他，破坏他一个人的寂寞风骚生活。

他刚想开口拒绝——

“悍骁，看我给你带了什么，明天给你做炖大鹅！”齐阿姨已经推着行李箱走了出来，她的左手上，还提着一只兴奋的大活物。

陆悍骁：“……”

那鹅跟他大眼瞪小眼，礼貌地“嘎”了一嗓子。

陆老太心慈人善，摸了摸鹅头，可欢喜地说：“乖，乖，你和我孙子一样乖。”

陆老爷子催促：“不早了，你们先回去吧，小乔，有什么事情就跟他说。”

周乔按捺着，坐在沙发上暂时没动。

因为陆悍骁没发话，而且他的表情，似乎是相当嫌弃。

半分钟后，陆悍骁一腔郁结都化成了忍耐，陆云开是出了名地刚硬顽固，把执政时的铁血作风承袭到了家风上，陆悍骁吃过太多亏，才不和他硬碰硬。

小霸王能屈能伸，他眉目松动，掏出车钥匙串在食指上，对周乔的方向晃了晃。

然后转身向前走，经过齐阿姨身边时，无言地拎过她的行李。

“鹅，还有鹅。”齐阿姨微胖，笑脸笑眼，十分喜乐。

陆悍骁咽下一口气，抖着手，接过它。

胖头鹅伸长脖颈“嘎叽嘎叽”，庆祝这人间喜相逢。

三人走出陆宅，陆悍骁去取车，周乔和齐阿姨并排等。她侧过头，轻言细语地问：“齐姨，我过去已经很打扰了，如果哥哥有什么不喜欢的地方，您先提前告诉我。”

齐阿姨“嘿”了一声：“没事，一天不到零点，你是见不到他人的。”

周乔心松了一根弦，那就好。

她的视线掠向迎面慢开而来的黑色路虎，车窗滑下，陆悍骁单手懒懒地撑着太阳穴，看着前方，“——上车。”

齐阿姨动作迅猛，一个助跑钻进了后车厢，矫健身姿全归功于广场舞跳得溜。

周乔心里暗暗惊叹，只能坐进了副驾驶。

关车门的时候，有风带动，陆悍骁闻到了自右边飘来的淡香。

他侧目，看见边上女孩的耳朵白嫩，耳垂上有颗红色小痣。

叫什么？周乔是吧。长得倒是挺白。

陆悍骁一身白衬衫，衣袖挽上半截，拿了一盒木糖醇往她面前一递，“吃么？”

周乔摇了摇头，说“谢谢”。

陆悍骁又伸手往后，齐阿姨不客气，“吃，我吃。”

拧开盖，倒出两粒，几秒之后——

“呕，什么味啊！”

齐阿姨表情相当痛苦，陆悍骁得逞一般，笑开了眼：“榴梿，千万别吐，死贵。”

周乔心想，这男人的爱好还挺奇特，买这个味道，是不是对口香糖有什么误会。

齐阿姨呕呕呕了半天，缓过劲儿来，又是一条好汉。

车子平稳驶入大道。

“我还带了枸杞，老家自己种的，炖大鹅的时候放一点儿。”齐阿姨眉飞色舞，手指比画着，“那个枸杞，有这么大一颗。”

陆悍骁手搭着方向盘，随口问：“炖鹅放枸杞干吗？”

“给你补身体啊，补肾气，男娃儿就该多吃。你啊，又是熬夜，又是喝酒，又是不归家，哎呀。”

一旁安静的周乔，听到这句话后，默默往车窗边挪了点。

陆悍骁：“……”

他被刚才周乔的动作伤到了，挣回面子般地辩解：“肾气，我不需要补！”

齐阿姨欢欣道：“对了，枸杞还能补脑子。”

就在此时，尾厢里的大白鹅，适时地“嗷”了一嗓子以表赞同。

陆悍骁面无表情地继续开车，路口遇红灯，他突然开口：“0的平方根是0，算数平方根也是0，负数的平方根也是0。对吧？”

一顺溜说下来，都不带打哽。

几秒之后，周乔才反应过来，似乎是对她说的。

“啊，对。”她应了一声。

陆悍骁微挑眉，得意劲儿一闪而去。

绿灯，车辆通行。

周乔后知后觉，刚才，陆草包是在证明自己，不需要补脑吗？

陆悍骁的公寓在静安区，一百多平方米的三居室，楼高，视野开阔，能看到城江的星星灯火。

“厨房在这儿，洗手间柜子里有新毛巾，自己拿。”

简单敷衍地告知后，陆悍骁望着齐阿姨带来的各种蔬菜瓜果，很是郁结。

“不用招呼我们，你快去休息，待会儿收拾完，我给你俩做个粉条当夜宵。”齐阿姨手脚麻利，边整理边说。

陆悍骁转过身，看向周乔，“你睡大的那间卧室，里面有书柜，方便你放东西，有什么事就跟我说。”

毕竟是老爷子交代的任务，面子上还是要应付一下的。

周乔白净清瘦，不说话的样子，安安静静。

她应了一声，“嗯。”推着行李箱去了侧卧。

陆悍骁左看右看，然后无聊地踢了踢脚边的那只鹅。

他边解衣扣边回卧室准备洗澡，门关紧，衬衣也全解开露出了胸腹。

裤子刚脱一半，手机响，是陈清禾。

“老地方，人都在，就等你了。”电话那边声音嘈杂，陆悍骁皱眉把手机拿远了点。

“不来了，有事。”

“还在老爷子那儿？都十点了，老宝贝们早该睡觉了。”陈清禾声音大，“继续斗地主，这回换怡宝，信不信把你灌成海绵宝宝。”

陆悍骁冷声一笑：“没腹肌的人滚远一点。”

“别废话，出来。”陈清禾嚷道，“谁又把我酒杯倒满的？”

“真有事。”陆悍骁兴致缺缺，“家里来了人。”

“女人？你可以啊，市里的酒店都满客了？”

“乱说。”陆悍骁心烦，“我从不乱搞。”顿了下，他放平声音，叹了口气，“老爷子存了心整我，把一亲戚家的女孩丢我这儿，好像是打算考研。”

话刚落音，那头的陈清禾笑成了驴叫。

“……”

陆悍骁闷着脸，“不过也没关系，我可以住公司，不受影响。”

陈清禾还在笑：“男……男保姆。感觉怎么样？”

“男保姆你个头。”陆悍骁把手机夹在耳朵和肩膀之间，空出手脱内裤，“感觉……”

裤子脱到一半，就听见客厅里传来天崩地裂的惊叫声。

陆悍骁眼皮狂跳，扯起裤子迈大步，拉开门一看。

哦，我的上帝。

他倒吸一口凉气。

那只鹅挣脱了束缚，扑腾着膀子，满屋子地撒野飞奔。

齐阿姨捋起袖子，“快，快按住！”

鹅兄踩上沙发，践踏茶桌，最后停在玄关处陆悍骁脱下的皮鞋上。

大事不妙的感觉贯穿沉默。

周乔听见动静，也走了出来，她站在门口，认真地说了句：“那个，它可能要方便了。”

陆悍骁：“？”

只见那只活物仰起长长的鹅脖，肥臀左右甩了两下，然后“啪叽”一声闷响。

陆悍骁总算明白，周乔那句“方便”是什么意思了。

全场冰封。

电话没挂，陈清禾还在那头，“喂？喂？话还没说完呢，感觉怎么样啊？”

陆悍骁碾碎牙齿，字字如刀，“我、要、杀、鹅、了。”

齐阿姨“哎哟”一叫：“拉屎真会挑地方。”

她赶紧去抓，又扑了个空。鹅来劲儿了，又嗷又飞地直冲陆悍骁的脸而来。

陆悍骁打着电话，一时没留神，眼见就要被撞上。

身侧的周乔，突然伸出手，隔空掐住了鹅的脖子。

十厘米的距离，鹅眼瞪人眼，陆悍骁反应过来，暴脾气地举起手机往鹅头上敲。

周乔抿了抿唇，目光对向他，轻轻地提醒：“它刚才，用嘴啄过自己的……你看你手机，好像沾了一点。”

陆悍骁动作瞬间僵硬。都是些什么乱七八糟的玩意儿！

他把手机丢桌上，黑着一张脸进了卧室。

周乔看着他的背影。

哎？草包好像生气了。

一旁的齐阿姨接过鹅，“小乔，我去问物业要个纸箱，把它放里面就不会乱飞喽。”

周乔应了声：“那您注意安全。”

闹腾平息后，房间格外安静。

周乔望了望那扇紧闭的卧室门，又看了看满屋的狼狈，她垂下眼眸，捡起了陆悍骁那双被弄脏的臊气皮鞋。

卧室里。

陆悍骁坐在飘窗上抽烟，心情可躁动。

自己爷爷真的很棒，送来这么两个活菩萨，什么亲戚家的女孩，但凡有这么漂亮的，他陆悍骁肯定记得。

还考研呢，人设真不错。

陆悍骁深吸一口，小半截烟身一燃到底。他心冷身冷眼睛冷，最后碾熄烟蒂，带着阴转雪的情绪，重新走了出去。

刚拉开门，就差点和周乔撞上。

陆悍骁心情更烦，口不择言地甩话：“我爷爷给了你多少钱？”

周乔不解，“嗯？”

“他花多少钱雇的你？”陆悍骁不耐，“我三倍给，你哪儿来回哪儿去，按我的意思向陆老头汇报就行。”

周乔听得明白，半晌没动。

陆悍骁打开钱夹，“先付定金，剩下的明天……”

话还没说完，就看见周乔伸出手，湿漉漉的，还在滴水。

陆悍骁顺眼而望，怔住。

她的手指细而白，拎着一双洗得干干净净的鞋。

“给。”周乔声音淡，“你的皮鞋。”

两人挨得近，陆悍骁一时语噎，半天才憋出一句：“这什么味道？”怪熟悉的。

周乔道：“浴室的沐浴露。”

陆悍骁道：“你用沐浴露洗鞋？”

“没洗。”周乔挑高眼眸，对上他的眼睛，“我给它擦干净了。”

这么贴心，想起刚才自己混账的言辞，愧疚感袭击全身。

陆悍骁接过鞋子，不自然地暖场，“你考的是复大？”

周乔没应，转身往房间走。

生气了？

陆悍骁不是滋味儿，留人的话在舌头上打了好几圈，变成了死结。

他这才注意到客厅，刚才“鸡飞鹅跳”的灾难现场，已经干干净净，打扫一新了。

这姑娘，实干派啊。

陆悍骁弯了嘴，盯着侧卧合上的门，情绪瞬间雪停转了晴。

他吹着口哨回卧室洗澡，十来分钟后，裹着一身的清冽香味走出来。

周乔的房间还是关着的，陆悍骁捧着水杯，悠哉地走到门边，心思一起，侧过脸，耳朵贴向了门板。

没动静，可门缝里透出光。

陆悍骁低头喝水，塞了满嘴。

这时，门“吱”的一声，从内推开。

突然发生，让陆悍骁措手不及，嘴里的水“噗”地喷了出来。

周乔从容淡定，手法极快地抬高右手，用草稿纸挡住了脸。

“你……你出来干什么？”陆悍骁现场被抓包，故作淡定，先发制人。

周乔不发一语，把沾了水的草稿纸递给他。

陆悍骁低头，纸上，是钢笔写的一句棱角分明的话。

“负数没有平方根。”

他念了出来，才想起，这是回来的路上，他为了急证自己不需要补脑，而卖弄的知识。

0的平方根是0，算数平方根是0，负数的平方根也是0。

这句话是错的。

这种不当面揭穿、事后补刀的羞辱，真是赤裸又直接呢。

周乔的面容很惹眼，大眼翘鼻，但她整个人的气质很淡，尤其眉眼，好像藏着一缕烟。

到底理亏，陆悍骁有点心虚，目光游离不敢直视。

无言的回击之后，周乔关上卧室门，心里叹了一口气，这位哥哥如此事儿，以后怕是不好相处。她摇了摇头，然后继续收拾行李。

完事后，她拿好换洗衣服走到客厅，厨房还亮着灯。刚准备去关掉，却发现，厨房里站着陆悍骁。

他背对着，手里是一捧枸杞，正一颗颗地往嘴里送。

十几秒后，陆悍骁终于发现了周乔，他“靠”了一声：“你怎么不出声的啊！”

周乔也被吓了一跳，张了张嘴，目光看过去。

陆悍骁赶紧收紧手心，把枸杞藏住，欲盖弥彰已经太晚，他清着嗓子，故作镇定。

“别误会。”

“嗯？”

“我不是为了补肾，我肾没问题。”陆悍骁说得一本正经，像在做报告。

周乔稍稍思索，问：“那你是在补……脑子？”

周乔再也憋不住地弯了嘴角，小小笑出了声。

陆悍骁一愣，然后眼角上扬，也笑了起来。

两个人的视线，第一次光明正大地交汇。

陆悍骁笑了一会儿，真心实意地道歉：“晚上是我不好，乱猜测，你别介意。”

周乔没有说话。

但她嘴角的弧度，明显加深了。

陆悍骁又抓了一把枸杞，递给周乔，“一起补补？”

周乔没让他尬场，大方地捏了两颗放嘴里，“挺甜。”

敲门声响，陆悍骁去开门，齐阿姨拎着个大纸箱进来，“鹅有地方住了。”

陆悍骁“呵”了一声：“哟，豪宅啊。”

齐阿姨乐了，“我去给你们做夜宵。”

“不用做我的。”陆悍骁对周乔抬了抬下巴，“给她吧。”

“我也不吃。”周乔准备回卧室。

齐阿姨边收拾东西边问：“小乔，你明天是不是要去学校啊？”

“嗯，之前学校的系主任给我联系了一位老师，明天去他那儿拿几本书。”周乔说道。

“哦，你知道怎么走吗？”齐阿姨操心问。

“我查好了路线，坐703路很方便。”

一旁的陆悍骁听完全程没有吭声。在周乔经过身边的时候，他突然说：“鞋柜抽屉里有门钥匙，你拿一串，免得回来没人给你开门。”

周乔说了声“好”，便进去了。

陆悍骁问：“齐阿姨，这是哪个亲戚家的？我怎么没一点印象？”

“金小玉的闺女。”

“金小玉是谁？”

“哦，老爷子的干女儿。”齐阿姨说，“家住遥省，你没见过也很正常。”

陆悍骁在脑子里搜刮一番无果，问：“老头儿还挺时髦。她妈妈干什么去了？”

“去美国处理家事。”齐阿姨说，“两口子闹离婚，可折腾。”

陆悍骁听后抬眼，“离婚？”

“对啊，这不，小乔要考研，就拜托老爷子他们照顾，毕竟这里人生地不熟。”齐阿姨把鹅给捆绑好，然后去洗手，“我给你煮面？”

“不用，你早点休息。”陆悍骁回卧室前，顺手给点了一盏精油灯，这一屋子的鹅毛味才算压了下来。

第二天陆悍骁起得早，出门的时候，正巧碰见等电梯的周乔。

陆悍骁按了楼层，随口问：“去学校？”

“对。”

“知道怎么去？”

“知道。”

先到一楼，周乔出电梯，从小区走出去路程不短，费了不少时间。和教授约好九点，公交车等了十分钟迟迟不来，周乔有点急了。

好不容易来了辆703路，却是满车的人。

司机在里头叫嚷：“满了满了！等下趟不要再上了！”

周乔没放弃，两手掰着车门，硬是不撒开，“还可以再上一个的！”

马路上车来车往。

遇红灯，路虎车里，陆悍骁滑下车窗叼烟，刚准备点火，就看到不远处的“人车大战”。

他看实在了，“哟，那不是周乔吗？”

又欣赏了一会儿，陆悍骁感叹道：“真是顽强女孩儿啊。”

周乔被挤得已经面露痛色，手指都抠出了红印，一只脚踏上去，另一只脚踩地，姿势就跟玩滑板车一样。

公交车有开动的架势。

“等，等等！我还没上来呢！”

周乔着急，刚准备再发力，肩膀一紧，就被人拨开。

“哎！”她回头一看，竟然是陆悍骁。

他眉头微皱，严肃批评：“你的动作很危险，跟一公交车较什么劲儿？”

“我……”

“它是车界的扛把子，我都不敢跟它撞，你在表演最后的倔强？”

天，草包话真多。

“我要迟到了。”周乔迈步准备拦出租。

陆悍骁用墨镜点了下她肩膀，“行了行了，这个点没车。”他不假思索，“我送你。”

周乔愣了下。

“快点，我车停路边是违章。”

“哦。”周乔快步跟上去，望着陆悍骁的背影，心想，昨晚的枸杞真是立竿见影，不仅补脑，还能补良心。

复大离这儿三站路，陆悍骁把人送到校门口后，也没马上离开。他掏出手机，对着学校拍了个照，然后往朋友圈发了条动态。

“没文化的某些人，我就不点名是陈清禾了，请对着这张照片虔诚地磕个头，下辈子或许还能背几首古诗。”

发完后，他哈哈了两声，心满意足地转动方向盘。

下午五点，周乔回公寓，进门就闻见了肉香。

齐阿姨在厨房身姿矫健，自信非凡，“小乔，今晚吃炖大鹅！”

周乔换好鞋走过去，砂钵里的鹅兄已入味，小火慢炖肉香四溢。

“来来来，你先喝碗汤。”

“我自己来。”

周乔主动拿碗勺，边盛边听到齐阿姨说：“哎呀，这个悍骁啊，又不回来吃晚饭，外面的油水不干净，伤了胃就会影响肝，肝不好，肺也受损。俗话说，心肺一家亲，最后可是会影响心脏的呀。”

这寥寥数语，就把人体循环了个遍，相哩个当地厉害。

中老年特有的唠叨画风，周乔没敢说，她其实很爱听。

笑了笑，道：“那您给他留一份，当夜宵也行。”

“不不不。”齐阿姨指着鹅兄，“放久了就没那个味儿了。这样吧，现在还早，我去给他送。”

周乔点点头，“那您吃了饭再去吧。”

惦记着事，齐阿姨吃饭速度像台风，完了之后拿出纸笔，“这是他应酬的地址，陆老太给的情报。小乔你上网给查查，我画个地图寻着去。”

还会画地图？

齐阿姨您的技能真是孔雀开屏呢。

那地方不远不近，周乔递去手机，齐阿姨戴上老花镜，画个圆饼代表转弯，画个叉叉代表十字路口。

一路下来，三个圆饼，两个叉，好危险。

周乔不放心了，放下碗筷，“非得送吗？”

“当然啊，跟你说个秘密。”齐阿姨一脸神秘，“我们骁骁啊，是早产儿，他爸那时候已经是县公安局局长，他妈妈生意也刚起步，这不，劳累过度就早产了。”

原来还有这么一段不为人知的故事，难怪要吃枸杞。

周乔眨眨眼，“那，早产多久？”

“三天。”

“……”

这一家子都是魔幻基因，周乔敛神，说：“齐阿姨，我去送吧。”

巴不得哟！齐阿姨老花镜一摘，“存一下悍骁的电话，158……”

“……”

绯色公馆。

小陆总的标配包厢，唱歌的唱歌，打牌的打牌，十分不务正业。

“邪门了，又输。”陆悍骁叼着烟，把牌一甩，连惨三把。

“服务员，再搬一箱农夫山泉。”陈清禾吆喝嗓子，“各位安静一下，下面有请我们陆总，为大家表演一个生吞水瓶。”

陆悍骁气郁难平，拧开盖，仰头咕噜噜。瞬间，口哨与掌声齐飞。闹腾完一轮，终于安静。

陆悍骁和陈清禾坐在吧台，聊起天来。

“那个亲戚家的女孩，怎么样？”

“不怎么样。”陆悍骁摸出烟盒，叼了一根放嘴里。他混社会混得早，看人还是有点水平。周乔，外表淡，其实是能藏事的主。

陆悍骁给了个评价：“精着呢。”

“她惹你了？”

“你说呢。”

“也对，她是你家老爷子派过来的侦察机。”

陆悍骁弹了弹烟灰，哼了一声：“人小鬼大。走，把人叫齐，继续斗地主。”

刚落音，他手机就响了。

陆悍骁接通，“哪位啊。”顿了下，“呃，周乔？”

周乔站在门口，天还没黑透，霓虹灯就闪烁招摇起来。

她盯着气派的公馆，举着手机，“你能不能出来一下？我有……”

“等等。”陆悍骁打断，有点纳闷，“你怎么知道我在这儿？是老爷子告诉你的？”

这话也没错，周乔应声：“对，我就是来……”

“你就是来当侦察机的吧？”陆悍骁调侃道，“杀个措手不及，看看我在干什么，再跟老陆汇报是不是？”

这阴阳怪气的态度。

周乔依旧轻言细语，但语气也降了温：“东西我送到了，你不要我就丢了。”

东西？什么东西？

陆悍骁心静了些，几秒没说话，那头便挂断了电话。

他表情沉默，然后站起身往外走。

陈清禾直嚷：“还打不打牌了，去哪儿呢？”

陆悍骁头也不回，“打。”

走出来，隔着大门玻璃，陆悍骁一眼就看到了周乔。

他加快脚步跑过去，“哎哎哎，等一下。”

周乔转过身，对上他的眼睛。

又是这种眼神，陆悍骁莫名心虚，他垂眸，盯住了她手上的保温瓶。

“齐阿姨炖了鹅，说给你补补，特意让我送来的。”周乔声音淡，态度也淡，手轻轻伸过来，“给。东西带到了，吃不吃是你的事。”

受了委屈声音还这么软，真要命。

联想起昨晚的误会，陆悍骁的愧疚感可以说是，触及到了灵魂的层面。

他当机立断，开口就是一个道歉：“那个，乔妹，对不住了。”

周乔被他这突如其来的称呼，弄得有点想笑。

憋住，继续高冷，“没关系，昨晚已经习惯了。”

“别啊。”陆悍骁一听就不乐意，“仅凭一天一夜的往事，可不能以偏概全我的优良人品！”

“……”能让周乔语塞的人，真的不多。

“我吧，除了喜欢交朋友爱热闹，也没什么致命的缺点。”

周乔：“？”那恐怕不止吧。

陆悍骁“啧”了声：“你这眼神，有点伤人啊，好吧，再加一个爱贫嘴。”

周乔高冷了几秒，终于憋不住，有笑意拂面。

笑了笑了，陆悍骁趁热打铁赶紧哄："这保温瓶不锈钢的吧？隔着钢板都能闻见鹅香，齐阿姨这手艺登峰造极了我天，我话就撂这儿了——"

周乔抬眼看他，等他继续表演。

"这汤，这肉，这鹅骨头，别想我吐掉！"

有这草包演技，您怎么不去拿奥斯卡小金人呢。

周乔彻彻底底地笑了出来。陆悍骁松气，笑了就好，笑了就好。

周乔眉眼微弯的样子，很漂亮。她把保温杯递过去，"那我走了。"

"别别别。"陆悍骁拦住，"我送你，大晚上坐车不方便。"

周乔刚想拒绝。

"哥我现场直播吃鹅，这个机会你别浪费。"

"……"

陆悍骁率先迈大步，留了个帅逼背影，"加戏了，再表演一个生吃不锈钢保温瓶。"

"噗。"周乔笑开了眼，真是盛情难却啊。

感觉到身后的动静，是女人特有的轻巧脚步声。

陆悍骁背对着，勾起嘴角，心情美滋滋：陈清禾你这个没文化的，待会儿，不把你输成海绵宝宝，我跟周乔姓。

进公馆，过走廊，在包间门口停住。

陆悍骁转过身，"乔妹。"

周乔抬眼，"嗯？"

"你数学厉害吗？"

"一般。"周乔想了想，说，"毕业时，是我们系的第二名。"

"……"

"怎么？"

陆悍骁露出一个无公害的纯净微笑："帮哥一个忙。"

"什么忙？"

"帮我打个牌。"

"……"

"斗地主。"

没给周乔反驳的机会，陆悍骁一把推开包间门。

燥热的气氛扑面而来。

“没了悍骁，整体牌技都提升了。”陈清禾喜色满脸，“王炸！”

陆悍骁敲了敲门板，“我怎么会和你这么个臭不要脸的人当兄弟。”

“嘿！来了？”陈清禾眼尖，“哟哟哟，还带了个妹妹呢。”

“去去去。”陆悍骁挡在周乔前面，边说边走，却发现她没跟来。

周乔站在原地，脸上写着：不是很想帮你斗地主。

“乔妹。”陆悍骁退回去，压低声音，“待会儿我请你吃夜宵。”

周乔没吭声。

“再请你坐豪车。”他声音更低了，“我新买的路虎哦，还是黑色的。”

“……”

“来不来啊悍骁，农夫山泉都给你准备好了。”陈清禾在催了。

“就你人丑还话多，等着。”陆悍骁回头，不耐烦道。

形势有点紧急，他刚准备再劝说。

周乔突然开口：“夜宵豪车吃大鹅，外加生吞不锈钢，成么？”

哟，够可以啊。

陆悍骁笑出声：“行行行！”

周乔望着他雀跃的背影，后知后觉地懊恼——

啧，干吗要答应他。

“闪开。”陆悍骁斗志昂扬，踢了一脚挡道的朋友，“从这分钟起，我让你们见识，什么叫赌神。”

周乔：“……”可不可以反悔？

“这位是我陆家的乔妹，她来打，输了，农夫山泉由我喝。”陆悍骁这底气莫名强硬，“洗牌。”

周乔皱眉，轻轻拉了拉他腰间的衣料，“农夫山泉？”

“对，我们打牌从不玩钱，就喝水，不许上洗手间。”

“……”

周乔真的很想塞他一嘴枸杞。

陆悍骁生怕她反悔，使了一招扭腰甩胯，周乔的手还拉着他的衣服没来得及松开，就这么被腰力扯到了牌桌前。

“悍骁的妹妹，就是我们大家的妹妹，来，为了兄妹相认，让我们来斗个地主。”

陈清禾说话就像溜溜球，周乔心想，两个稀有物种凑一个房间，也算开眼界了。

敛了敛神，牌局开始。

谁有黑桃三谁当地主，周乔占得先机。

陆悍骁搬了个小板凳坐她身后，一看她牌，大事不妙。

顺子缺一个数，最大的对子是K，还没王炸。

“先出对子。”陆悍骁小声指挥。

周乔拿着牌，被黑色牌底一衬，手指好像会发亮。她没犹豫，打出一张单牌。

“收不回的收不回的。完了完了。”陆悍骁两眼一黑。

“又不是回收废品。”周乔声音淡淡的，等着一轮压牌出完，陈清禾又打了单。

这一次，周乔直接拆了手上最大的对K，没给他们过牌的机会。由于牌大，对手没敢顶，发牌权又回到周乔手里。接下来的思路就很清晰了，周乔把对子全拆，出单，一张张地过掉小牌，局势喜人。

陆悍骁体内有一股躁躁的激动，“乔妹，我知道，你这叫逆向发散思维吧！”

周乔蹙眉，这是什么理解？

“就是反其道而行，不过结果都是替天行道。”陆悍骁得意，“陈老板，您请喝水！”

周乔很会算牌，出个两轮，就大概知道是什么套路。除了中间输了一盘，她就没有失过手。陆悍骁可能是太热爱学习了，小板凳一寸寸地往里挪，待周乔察觉，两个人已经离得相当近了。她稍稍侧头，刚想说话提醒，陆悍骁恰巧伸长脖颈，“还有个二王没出啊。”

于是，两个人的呼吸轻轻地搅在一起。

这姿势，又近，又热，又发光。

还有，周乔的睫毛怎么这么长、密、翘？陆悍骁突然鬼迷心窍，很想伸手去摸一下，看看材质软不软。

周乔十分嫌弃地甩过头，马尾辫毫不留情地打了陆悍骁的脸。

卧槽，疼。

陆悍骁忍着不能喊出口，恨恨地望着她后脑勺上的黑长直。

哎？疼是疼，不过还挺香。

周乔又碾压了几盘，陈清禾他们终于扛不住了，捂着胃说："不玩了，肚子胀死了，要生了。"

深仇大恨今日终得报，爽！

陆悍骁惬意地跷起二郎腿，悠哉地叼着一根烟，"早跟你说了，少嘲讽我的牌技，我陆悍骁动起真格来，让男人生孩子。"

周乔："……"

您还没拿到奥斯卡小金人呢？！

"嘘。"陆悍骁感受到了来自学霸的鄙视，压低声音讨好道，"帮人帮到底。"

是的，帮你吹牛皮。

周乔内心一声叹气，这位哥哥实在是，太邪门了。

陈清禾重回大众视野，一身轻后又开始躁动，"打牌我输了，请大家去游泳。"

周乔眼皮一跳，大晚上的，游什么泳？

她虽然没说话，但表情细节十分生动形象地写了四个字：智商堪忧。

陆悍骁把她的变化一个不落地看在眼里，他没忍住，微弯嘴角，逗趣之心乍起。于是懒洋洋地回应："好啊。"

好你个鹅哦。

周乔又想塞他一嘴的枸杞了。

"哎，我不是太想……"

"我就去打个招呼，不游泳。"陆悍骁说。

"可是……"

"半小时，半小时就走，就当洗个澡，节约家里的水费。"

周乔语噎，能不能再信他一次，毕竟，他现在的样子，看起来太不靠谱。

游泳池在公馆一楼，被陈清禾包了场，这装修搞得贵到不要脸。

周乔看不上这帮二货，坐得远远的，拿出手机看起了《国际会计准则》。看了两段概念，她抬头瞄了一眼，咦，陆草包没下水？

陆悍骁换好了泳裤，一个人站在深水区的边上，和泳池中央的哥们儿格格不入。

他在干吗？泡脚？

周乔不解，就听到陈清禾的男中音："悍骁，游来啊！这边的水花有点小，需要你来浪一下。"

陆悍骁神色不定，看起来心事重重。

陈清禾吹口哨，"你上回不是学会游泳了吗？这要多练习，游几回就熟了。"

戳到短处，陆悍骁当场跟他翻脸，"浪你的，少废话。"

隔得远，周乔没太听清他们在说什么。

但陆悍骁，好像开始行动了。

只见他提气收腹，一用劲儿，肌理曲线拉伸得流畅爽利。泳裤虽然是黑色，不过从侧面看，臀是臀，腿是腿，不带一丝拖拉的赘肉。

这关注点，有点过分了。

周乔压下心思，默默移开眼，低头看概念。

泳池里的陆悍骁表情凝重，深吸一口气，然后蹲进水里，再匍匐前进，往深一点儿的地方走。

"3、2、1。"

他心里倒数，鼓起浑身勇气，以一个相当难看的姿势把自己砸进了水里。

手怎么动来着？对，打人的姿势。

脚怎么蹬来着？想起来了，脚踏单车。

池水瞬间包裹全身，好紧张！

陆悍骁使劲儿回忆，在水里要淡定，不要惧怕，找到一种感觉就对了。

什么感觉？

努力学习考一百分的感觉。

"哎哟！"刚把自己放松，人就往水里沉，陆悍骁吃了一嘴水，呼吸紊乱，动作失衡，他手忙脚乱地想站起来，但已经被浮力左右，根本没法淡定。

"完了完了！"陆悍骁疯狂扑水，章法大乱，"我不会游泳！！"

陈清禾那帮小牲口，在游乐区离得远，还打起了水中排球，压根没注意到"尬水王子"陆悍骁。

头一个发现不对劲的是周乔。她随意瞄了眼，就看到陆悍骁在水里发癫。

“天。”反应过来，周乔丢下手机就往泳池边跑。

他不会游泳！

周乔边跑边喊，动作迅速。陈清禾闻见响声，一个个也都惊呆了，“悍骁落水了！”

他们也开始朝这边游来，但离得最近的还是周乔。

周乔跑到池边，几乎毫不犹豫地伸手、跃脚，动作一气呵成相当漂亮，“扑通”一声扎进水里。游近了，但周乔娇小，扯不动陆悍骁的精健肌肉，她索性没入池底，抱住陆悍骁的腰，用力往上推。

陆悍骁都快疯了，软软的手缠着他，肚脐眼怪痒的。

“别乱动！”周乔钻出水面，手从他腋下穿插而过，从背后把人抱住。

陆悍骁惊魂未定，下意识地搂紧“浮木”。

“哎哟。”周乔拧眉，“别把我脖子勒得这么紧。”

想得美。

好害怕，好惶恐，就是不撒手。

陆悍骁没有安全感，紧紧贴着周乔这位貌美的救生圈。

周乔没办法，也不想废话，张开嘴，低头就往他手臂上咬。

陆悍骁痛得嗷嗷叫，可就是不听话。

周乔急了，“松开！”

“不松就不松，我怕水。”

“松不松！”比刚才更加厉声。

陆草包猛烈摇头。

“……”周乔没被淹死，也会被他勒死，她沉心静气，软了语气，“放心，我不会丢下你。”

陆悍骁听到这句话后，眼皮一颤。

“真的，我保证。”周乔说，“不让你溺水，相信我。”

她眸光很亮，比水珠更亮。

两人挨得比打牌时还要近，这一刹那，陆悍骁在她眼睛里看到了迷宫。如烟似幻的感觉稍纵即逝，但他的手，不由自主地放开了。周乔得以顺畅呼吸，言出必行，手移到他腰上，紧紧地环住。

带着他游了两米，周乔的手始终很紧。

“好了。”带到浅水区，她欲松手。

“别别别！”陆悍骁瞬间紧张，主动握紧她的手心，五指穿越而过，十指就这么紧紧地扣住。

周乔默了两秒，说：“你站起来。”

“我不！”

“你站一下。”

“我就不！”

周乔失了耐心，“这里水深一米，还淹不到你的腰！”

陆悍骁愣了一下，然后小心翼翼地双脚着地，一个挺身而出——

嗯！乔妹没骗人。

“悍骁你没事吧！”陈清禾大呼小叫，终于游了过来。

一群人众星捧月，关爱溺水草包。周乔没停留，默默地上了岸。

陆悍骁目光跟着她飞，女生浸过水的衣服贴紧身体，曲线柔和十分纤细。他刚才泡过水的大脑，十分可耻地劈了个叉，在不该想的地方流连忘返。

被周乔抱过的腰，发烫的感觉竟然越发强烈了。

陈清禾道：“怎么回事啊你，教了百来遍还学不会游泳？呛水了没？躺着躺着。”

陆悍骁抹了一把脸上的水，“干吗？”

“给你人工呼吸啊。”

“走开。”陆悍骁一脚踹过去，“别挡道。”

周乔的身影已经快到门口，陆悍骁加快脚步追了上去。

“乔妹。”

周乔没回头，松开了湿透的头发。

陆悍骁递来一块大浴巾，“赶紧披着，我们现在回去换衣服，可别感冒了。”

周乔接过，“嗯。”

“今天的事情真是谢谢你。我吧，就是腿抽筋了。”陆悍骁解释。

周乔专注擦湿发。

啧，给点回应啊妹妹。

“我们什么时候可以回去？”周乔声音淡。

“马上。”陆悍骁也没再胡扯，笑道，“你游泳还挺厉害。”

“我小时候就会了。”边说，两个人边往外走。

“不过，今天还是挺开眼界的。”周乔弯了嘴，“第一次见识到，怕被一米深的水淹死的人。”

陆悍骁：“……”

这位女孩，你真的是相当地坏啊。

周乔背对着，也能想象身后男人吃瘪的表情，嘴角的弧度笑得更深了。

陆悍骁把车开来，两个人湿漉漉地回公寓。

主要是救命之恩太容易提升好感度，车上，陆悍骁对这位“淡定妹”开始热情起来。

“你学的什么专业？”

“金融。”

“呵，咱俩同行啊。”陆悍骁问道，“考研也是这个专业？”

“对，还不知道考不考得上。”

“斗地主那么厉害，可见精算能力和逻辑思维很不错。”

周乔轻轻靠着车垫，说：“我有点偏科，概念性的学科我不太行。”

陆悍骁一脚急刹，总算逮着机会了，“这个我最在行！西方经济学、政治经济学，还有中国上下五千年，不是吹牛，我真能倒背如流。”

面对草包，哪怕他再帅，周乔也觉得心很累。

就知道她不信，陆悍骁清了清嗓子：“抽一个，我背给你听。”

懒得废话，周乔敷衍地问：“边际效用递减规律。”

原本以为他又要开始瞎掰胡扯的表演，但……

“在商品消费数量不变的前提下，”陆悍骁朗朗上口，声音沉而缓，“……效用的增加量有递减的趋势。如果你还不明白，我可以给你画个线形图。”

周乔有点蒙。

陆悍骁两手搭在方向盘上，有下没下地敲，“高中起我就去国外了，本硕读的也是金融。”

周乔一顿，侧过头，抬眼看着他。

“怎么？有点崇拜了吧？”陆悍骁挑眉，眼角斜飞的时候，有浅浅的褶纹。

也不知怎的，他的良心开了光，突然说：“乔妹，以后我给你补课吧，教你写作业怎么样？”

周乔：“……”

“我读书的时候成绩拿第一，开公司也年年盈利，就是斗地主老输。”陆悍骁纳闷地唠唠叨叨，“邪门，改天去拜拜大佛驱驱邪。”

周乔心想，还用得着佛祖保佑么？就您这画风往门口一站，可震十里妖孽，护八方平安。

就在陆悍骁的形象快要拉回正轨之时，他又开始本性流露，吹了声口哨扯起淡来。

“乔妹，你多大？”

“二十二。”

“好样的。”

“？”

陆悍骁感叹道：“等我给你补补课不再偏科，你这个水平就可以说是，祖国的花朵了。”

周乔：“……”

呵，花朵听了想打人。

两人回到公寓，一开门，齐阿姨迎面就是一个问号。

“呀，小乔怎么湿成这样儿了？”

陆悍骁猛地咳嗽，怎么说话的，一把年纪的老宝贝儿了。

齐阿姨匪夷所思，“悍骁你喉咙发炎了？那可不行，我得给你炖个大鸭梨。”

“我没事。”赶紧拦住人，陆悍骁说，“今晚那鹅分量足，吃多了有点上火，没关系，睡一晚就好。”

齐阿姨半信半疑。

陆悍骁走到客厅，看到桌子上有针线盒和碎布，随口问：“齐阿姨你在忙活什么？”

“哦，今天洗完衣服，晾晒的时候，看到你一条裤子脱线了，顺手给补补。”

陆悍骁瞬间紧张，“哪条裤子？”

“喏。”齐阿姨指着沙发，“面料还挺软，当睡裤穿蛮不错的。”

天，睡什么裤啊，那是限量版的休闲裤装，风格就是做旧。陆悍骁得到它没少费工夫。他拎起裤子，裤脚的磨毛碎边已经被缝得整整齐齐。

齐阿姨没有等到表扬与认可，好挫败。

陆悍骁立刻换上笑脸，“您这针线手艺，也太好看了吧？瞧瞧这针脚，这走线，这配色，我很满意，谢您了。”

“不谢不谢。”齐阿姨瞬间欢天喜地，“对了，我还见到一条破了洞的牛仔裤，要不要也……”

“不要！”陆悍骁赶紧道，“千万不要！”

那是他上个月国外出差淘回来的心头爱，金属朋克款，大腿位置是渔网状的破碎效果，相当时髦。当时一个“杀马特”也看中了，陆悍骁差点跟对方打起来，那激烈场景，回国后还做了好几次噩梦。

眼见齐阿姨被他的激动情绪给震住。

陆悍骁赶紧缓声，笑脸相迎，轻声细语：“我是怕您扎了手。”

一直没吭声的周乔，偷偷弯起了嘴角。

她似乎能理解，陆老爷子骂自己孙子是草包时候的心情了。

齐阿姨收拾了一会儿，就回房休息。

周乔洗完澡出来，发现客厅还亮着灯。陆悍骁坐在沙发上，低着头也不知在干什么。

周乔敛神，打算回卧室互不相干。

“哎，这什么线啊，如此坚不可摧。”

周乔的脚步停住，侧过身子。只见陆悍骁不知从哪儿找出的一把大剪刀，看来是想把裤子上的线给拆掉。

周乔没停留，径直回了卧室，几秒之后，她重新走出来。

“给。”

陆悍骁抬眼，一把小巧的剪子伸到他面前。

“用这个，刀头尖，方便挑线。”

陆悍骁笑道：“哟，提前贿赂老师？”

老师你个鬼啊。

“不错，好拆多了。”没几下就弄干净，陆悍骁抖了抖裤子，稀罕道，“陆总让你重见天日。”

“……”周乔真心实意地表扬，“你的服装喜好，还挺特别。”

陆悍骁嗤了声：“平时没太多机会穿，公司事情多，这点分寸我还是有的，你想想，高层会议的时候，总不能穿条破洞牛仔裤，跷个二郎腿，听部门讲解PPT吧？”

这个画面也太冲击了。

周乔瞄见边上那条牛仔裤，终于破功笑出了声。

陆悍骁无所谓道：“谁还没个特殊嗜好。”

所以您的嗜好，就是收集破铜烂铁？

“对了！”陆悍骁猛地出声，站起来就往鞋柜处走。

“我还有几双珍藏版的鞋子，可别被齐阿姨当垃圾扔掉。”

好奇心作祟，周乔跟上去一探究竟。

陆悍骁拉开鞋柜门，映入眼帘的……周乔内心一串惊叹号，这是什么玩意儿？！

“这双豆豆鞋，是我去年在澳大利亚的一个拍卖会上拍到的。”

豆豆鞋？

穿豆豆鞋的霸道总裁？

这位哥哥，你是准备穿着豆豆鞋，去澳大利亚撸羊毛吗？

周乔蹲下来，和陆悍骁肩并肩，真的很想采访一下他的心路历程。

“全手工缝制，都是几十年的老手艺人，看，里面带了一层茸毛，冬天穿也不会冷。”

是，道理全都懂，可周乔还是想问，鞋面上那两只硕大的夸张毛毛球儿，是几个意思？

周乔问：“这鞋，你穿过吗？”

“没。”陆悍骁说，“用来收藏，心情不好的时候看几眼，心脏就又活蹦乱跳了。”

还有这技能？

陆悍骁冲周乔突然一笑：“逗你的。其实当时买来，是准备当生日礼物送给陈清禾。哦，就是晚上和你打牌，气质最城乡接合部的那个。”

陆悍骁把鞋掂了掂，“后来仔细一想，他太便宜了，别玷污了这双鞋，所以我就没送。”

周乔除了点头，无话可说。

陆悍骁把鞋收好，站起身，居高临下看着她，“时间还早，给你补补课，把书拿来我看看。”

周乔：“……”

“别杵着，去拿。”

其实接触了这两天，周乔发现，陆悍骁是个很随性的男人，喜欢做剑走偏锋的事儿。据经验推断，这种男人，都有点隐性的人来疯气质。

别跟神经病抬杠，而且她本来就是打算回卧室看书的。周乔拿了本习题出来，陆悍骁跷着二郎腿，一页一页地翻。

“这个题，劣币驱逐良币现象的产生条件你怎么选A呢？”

“嗯？”周乔凑近看，“不对吗？”

“还有这一道，我承认，你这个解题思路相当气势恢宏，但乔妹，你和公允价值有什么血海深仇？竟然不考虑它的变化情况，它很伤心啊。”

周乔有点蒙，哥哥，你讲题的时候，能不能别把自己当相声演员？

“看清了，我给你解一遍。”陆悍骁拿笔在草稿纸上演算，字和手指一样好看。

他的解题方式很简洁，行云流水下来，等等，怎么还要在末尾签个名？

“不好意思，签文件签习惯了。”陆悍骁笔尖收不住，倒也不慌不乱，“你忽略吧，反正也卖不到几个钱。”

您还挺有自知之明。

“你逻辑思维和精算功底很扎实，但文字概念这块有欠缺，这样会导致你在解题之初，思路方向就是错误的。”

陆悍骁突然正经起来让人害怕。

“是不是觉得死记硬背很痛苦？”

她点点头。

“偶尔记忆力衰退，胸闷气短，呼吸不畅，想撕书？”

“……”僵硬地继续点头。

陆悍骁声音沉，表情严肃，“没关系，我教你一个方法。”

周乔洗耳恭听。

“就是啊……”陆悍骁突然压近，这架势，神秘中透着一股造作，“从明天开始，你呢，乖乖的，听哥哥的话，早中晚吃两个核桃。”

大事不妙的感觉接踵而来。

周乔警惕，“吃核桃干什么？”

陆悍骁自然而然地伸出食指，轻轻戳向她的眉心，说：“补脑。”

核桃听了想打人。

“哈哈哈哈。”

但很快，陆悍骁就哈不动了。

他的手指还停在周乔的眉心上，皮肤的温度顺着指尖往上爬，酥痒得相当过分。

陆悍骁赶紧收手，两个人一时沉默。

周乔故作轻松打破僵局，“这也是习惯？文件除了要签名，还要盖个章？”

他笑起来，调侃道：“那还是有区别，毕竟，盖了戳的东西就是我陆悍骁的了。”

周乔被这话呛得猛烈咳嗽。

陆悍骁道：“乔妹，以后我教你写作业，你教我打牌，行吗？”

周乔没应声，一路咳着跑去了厨房喝水。

陆悍骁看着她的背影，自信挑眉，“就哥这水平，让你分分钟当上祖国花朵里的霸王花。”

相安无事了几天，周乔也摸清了陆悍骁的作息规律，起得比鸡早，睡得比狗晚。晚上零点前不会归家。

齐阿姨说：“悍骁性格开朗，喜欢交朋友，有两个玩得特别好的，一个叫陈清禾，还有一个叫贺燃，最近他们仨经常聚在一块打麻将。”

周乔心想，还打麻将？农夫山泉这几天应该快被陆悍骁喝停产了吧。

“齐阿姨，我今天去学校，中午不回来吃饭了。”周乔收拾好东西，准备出门。

“天气热，家里清静，要不你在家学习，我还能给你做点果汁。”

“不了。”周乔说，“我今天是去找教授的，如果考上了，我的意向导师就是他。”

齐阿姨对文化人特别有好感，倍儿骄傲地说：“行，那我晚上做烧鸡，给你补补。”

今天周六，陆悍骁的卧室房门紧闭，看来是打麻将累着了。临近中午，他才睡得神清气爽走出来，瞬间被客厅的肉香勾了魂。

“你睡醒了？我给你炖了……”

“这位广场舞一枝花齐阿姨，请你别说话。”陆悍骁吊儿郎当，“这香味，一闻就是红烧猪肘，对不对？”

齐阿姨喜笑颜开，“对。”

陆悍骁忍不住兴奋，“猪肘好，吃什么补什么，我这手气真的邪门，是时候吃个猪蹄转转运。对了，周乔呢？”

“她啊，去学校了。”齐阿姨把菜端上桌，“好像是见什么教授。”

“她这还没考研，就跟了导师？”陆悍骁帮忙盛饭。

“我听你奶奶说，小乔大学成绩可好了，老师给她引荐了位教授，名气可大，收学生很挑剔的。”

陆悍骁没放心里，扒了两口饭，“齐阿姨，晚上不用留我的饭，我等会儿就出去。”

“你要出去？那正好啊！”齐阿姨赶紧去厨房，“我给周乔榨瓶果汁，你顺路带过去。”

陆悍骁道：“别榨果汁了，换一个。”

“换什么？”

陆悍骁吃了一口肉，贴心道：“核桃汁吧。”

吃什么补什么，他闷笑：“再加点牛奶，味道更好。”

从公寓去复大，开车十分钟。陆悍骁提着核桃汁，吹着口哨，轻车熟路地走进学校。来之前和周乔打了电话，她在二号楼。

陆悍骁戴着墨镜，衣服裤子是黑白配，修身又简单，加上一双大长腿，吸引了不少目光。上楼，正巧看到周乔和一个中年男人从办公室出来。

陆悍骁皱眉，哟，这也太巧了吧。隔着墨镜，他饶有兴致地看着周乔。

那样子乖乖的，就像一个眼巴巴等分数的委屈小学生。看来，李魔头，还是一如当年般魔性。

陆悍骁摘下墨镜，吹了一声臊气的口哨，懒懒地喊：“李老头。”

两人随声望过来，周乔还没来得及开口，就听到身边的知名教授

“嘿”一声：“陆悍骁！”

上一秒还高冷似冰霜的知识分子，已经笑脸迎了上去，“臭小子，多久没来看我了？”

“年后一直忙，是我大意了。”陆悍骁攀着他的肩，十分熟络。

李教授说：“你怎么到这里来了？”

陆悍骁笑着说：“社区送温暖。”他的手一指，目标直落前方的周乔，“介绍一下，这位是我的……”

关键时候，他故意停顿，然后露出一口齐整的大白牙——

“是我的家教学生。”

周乔：“……”

乔妹并不是很想和你玩师生play。

陆悍骁看周乔吃瘪，忍住笑，对李教授说：“恩师，晚上请你吃饭，吃完饭咱们来打麻将。”

高冷男神李教授竟然满口答应：“行，手指痒很久了。”

“……”

喂，为人师表啊老同志。

陆悍骁笑脸走到周乔身边，“这书本够重的，来，我帮你。”然后压低声音：“这可是个跟你男神打麻将的机会，悠着点，别让老头儿输得太难看。”

周乔心想，你这空穴来风的自信，真的很莫名其妙。

三个人驱车赶往草包根据地。

在车上听他们闲聊，周乔才知道，原来陆悍骁在国外念书的时候，就跟过李教授做课题，也算是他的得意门生了。

陆悍骁没有拿这件事进行炫耀，很不符合他的人设。

可见，他是真的不太喜欢读书。

晚餐吃的是湘菜，辣得李教授嘴巴周围一圈红。

陆悍骁把节目排得满满当当，“师傅，待会儿打麻将，咱们还按老规矩，你看行吗？”

“行，不吃牌。”李教授问，“人够么？”

“够，我的两个哥们儿已经等在那儿了，都是钱多人傻型。对了，把您的包给清清空，用来装钱。”

后座的周乔，被晚风吹得头发微荡，不可抑制地抿嘴笑。

人傻钱多？当真是物以类聚啊。

到了公馆，陆悍骁领路，推开包厢门一声嚷——

“里面的人，麻烦出来接个驾！”

李教授笑容堆满脸，被哄得身心舒坦。

“驾你行吗，绕场三圈。”最先回应的是一道字正腔圆的男中音，贺燃迎过来，客气地对李教授点了下头，然后瞥了眼周乔，再饶有兴致地望着陆悍骁。

“别用眼神非礼我啊。”陆悍骁指着周乔，“我最近兼职家教，这是我的第一届学生。”

他这臭德行贺燃是知道的，没搭理，而是表情凝重地对周乔说了声：“小姑娘，你受苦了。”

牌局正式开始，陆悍骁把周乔推向战场，“经受住今夜的考验，跨过去，你就是麻坛小公主了。”

公主听了想出家。

周乔轻声：“其实你不必有这么大压力，今晚输了的又不喝农夫山泉。”顶多输点钱。

陆悍骁当即嗤声，十分骄傲，“只要这座城市的天不塌，地不裂，我陆悍骁就坚持一毛不拔路线，一百年不动摇。”

他还想继续，“放眼方圆十公里，我陆……”

话到一半，突然被打断。

周乔声音淡：“我不会让你输。”

陆悍骁哑口，她轻飘飘的一句话，也不知怎的，就让自己瞬间泛起鸡皮疙瘩，还是全身型。

而整场牌局下来，周乔发现，陆悍骁竟然没有贫嘴了。他不说话，安静时候的样子，气质淡淡很拿人。周乔分了小会儿神，心想，就这么当一座雕像，赏心悦目的不是很好吗。

陆悍骁被她的目光打扰，有点不自在地起身倒水，借机躲开。

玩了两小时麻将，就输陈清禾一个人，让他体会了一把什么叫作智商挖掘机。

眼见陈清禾就要口吐白沫，陆悍骁救援，“师傅，坐久了会骨神经痛，不如咱们转场，去K歌如何？”

人民的教师，请你拒绝这种歪风邪气！

而下一秒，周乔就听见李教授“嘿”一声：“好啊！”

“……”

这公馆里什么都有，KTV就在楼上。

周乔去洗手间，陆悍骁一行人先唱了起来。

得闲，贺燃对他吹了声很坏坏的口哨。

“你吃错药了？”

贺燃一脸帅逼笑：“这女孩儿谁啊？”

“亲戚家的，暂时寄宿在我这儿。”陆悍骁警惕道，“我看你这个思想很有问题，我得告诉简皙。”

贺燃叼着烟，嘴角斜飞，意有所指地说：“你这亲戚，精得很。”

“？”

“打麻将的时候，她克制收敛，本来可以赢得更多。”贺燃弹弹烟灰，挑眉道，“她在讨好你的那位老师。”

陆悍骁恍然大悟，这年头，美少女不好当啊。

贺燃拍拍他的肩，“下首你的歌。”

周乔从洗手间出来，站在门外吹了会儿风。还没到包厢门口，就听到一曲惊雷似的前奏，相当地气势磅礴。

她推门，被眼前的景象惊住。

人民的教师一点也不人民了，李教授拿着话筒，踩不准节拍地唱着：“我真的还想再活五百年！”

一曲高歌完，还给自己按了个全场欢呼的系统音效，口哨声和掌声真的是相当造作。

周乔：“……”

看来是该重新考虑导师人选了。

而一边的陆悍骁，就差没给教授伴舞，他拿起另一只麦克风，配音道：“给，五百年给您了！”

周乔看了一会儿，偏头轻轻笑了起来。

这个哥哥，很让她开眼界，似乎与生俱来一种开朗特质，十分懂得人际交往投其所好。陆悍骁信奉的应该是大智若愚的人生，所以才活得自我和洒脱。

周乔抿唇，目光跟着小霸王一路游。

“教授今天最妩媚，再来一首树上的鸟儿成双对。”陆悍骁两手一抬，“掌声在哪里？”

李教授又按下系统自带的欢呼特效。

察觉到周乔的目光，陆悍骁脱缰的思维一收，自觉放下麦克风，安安静静地演起了寂寞如雪。

一旁的人精贺燃，瞄了瞄他，嗤笑一声：“装。”

陆悍骁一听就炸，“我跟你讲，你不要太嚣张！”

“嚣张惹你了？”贺燃跟他抬杠。

“你懂什么，我这位亲戚家的女孩儿，她现在可是站在人生的十字路口，迷茫着呢，我这当哥哥的，肯定要以身作则，别把混社会的一套过早展现，花季雨季你懂么你？老男人。”

贺燃被他绕晕了，佩服道：“我就说一句，你就开始写作文了？”

陆悍骁语噎，静下心一想，的确激动过了头。

K歌结束，把妩媚的李教授送回小区后，车上就剩陆悍骁和周乔。车里没开空调，陆悍骁把车窗全部滑下过风。周乔坐在副驾，把手伸出窗外，五指张开捕风玩。

陆悍骁两手搭着方向盘，随意聊：“是不是觉得哥挺幼稚？”

周乔一顿，什么情况，深夜心灵鸡汤？

她想了想，“不会。”

陆悍骁笑了笑：“言不由衷是会被丢下车的哦。”

那好吧，周乔委婉表达：“是我见识少，不是你的问题。”

陆悍骁挑眉，“小姑娘还挺会说话。”他轻松地敲着方向盘，解释道：“我们家兄弟姊妹多，大都走的是文化人道路，很规矩，我算是异类，所以我爷爷没少整我。毕业后，自己开了公司，前两年折腾得够呛，这几年也算有点成就。”

周乔侧耳倾听。

“说实话，工作压力挺大，早些时候，应酬起来没完没了，个个是大爷，我能把酒喝成农夫山泉，一瓶瓶不带眨眼。”

陆悍骁笑道：“所以，私人生活，我不想过得太束缚。”

周乔“嗯”了声：“每个人都有自己的排压方式。挺好的。”

“老气。”陆悍骁不客气地点评。

恰遇红灯，车身缓停，他撑着太阳穴，懒洋洋地转过头看她，“我说，二十二岁的美少女，跟哥学学，躁起来啊，憋着不难受么？”

周乔：“……”

很想一脚踢翻这碗草包鸡汤。

陆悍骁挑眼，“你现在是不是在心里骂我了？”

周乔：“……”

他清了清嗓子，“骂出来，就像这样。”然后，他捏着喉咙，突然地模仿起女声，“陆悍骁你个老男人，可不可以安静点！”

尖声细气，精髓相当到位。

周乔浑身通了电，然后按亮了体内的笑穴开关，再也忍不住，放声大笑起来。

陆悍骁看着她难得流露性情，眉眼弯弯，放松恣意。

“好看。”

周乔的笑容敛在嘴角，侧过头，看着他。

两人对视，陆悍骁还是这副不正经的语调，勾着笑：“我说，你笑起来真好看。”

过了几秒，绿灯亮，陆悍骁看路，吹着口哨转动方向盘。周乔继续看窗外，霓虹还是那么亮，夜风劲儿不减。

但她的手心，却莫名发了热。

半小时后回到公寓。

一开门，两人就被眼前的阵仗吓了一跳。

“啊耶，齐阿姨，您可够热爱生命的啊。”

客厅里，“好一朵茉莉花”的音乐十分给力，齐阿姨正跟着iPad里的视频，翩翩起舞。

“你们回来啦。”齐阿姨正好凹了个叉腰抬腿的造型，相当S，“正好，小乔快来帮我看看，这个动作我老是学不会。我都快被舞蹈大队开除了。”

陆悍骁惊叹：“您还有组织呢！”

“嘿嘿，广场舞，广场舞。”齐阿姨笑道。

周乔放下包，走过去，“是跟这个视频学吗？”

“对，倒退回去，你看一遍。”

周乔蹲在地上，看起了教学视频，模样认真。

陆悍骁回卧室准备洗澡。

二十分钟后，他神清气爽地走出来。

“您这个手，得往里扣，像我这样。”客厅里，周乔纠正齐阿姨的动作，“还有脚步，记住，先迈左脚。”

陆悍骁靠着门板，饶有兴致地边擦湿头发边欣赏。

“学会了吗？”周乔很耐心。

“会了会了。”齐阿姨摩拳擦掌，“跟着音乐来一遍，小乔，你领个舞。”

周乔倒也大方，“行。”

《茉莉花》准备。

前奏一起，陆悍骁跟着一块吹口哨。

周乔身材匀称，目测是双大长腿，陆悍骁挑眉，哟吼，有点功底啊。

嗯，美少女跳得不错，只是这位齐阿姨……您是在模仿下田插秧吗？

“乔乔你慢点儿，哎哟，我的手腕又转不过来了。”

周乔侧头看了眼，着急道：“齐阿姨，您别走同边路啊！”

陆悍骁憋住笑，都快成内伤。

周乔回头的一瞬，他赶紧冷漠脸，假装去厨房喝水。

齐阿姨的乐观精神十分值得学习，她大手一挥，“再来！”

陆悍骁一走到厨房，立刻躲在门后，继续偷窥——

哎呀呀，这个小乔妹妹，劈叉的样子最好看。

卧槽，齐阿姨，您是在撸羊毛呢，动作相当城乡接合部。

一曲终了，陆悍骁的内心戏跟着落幕，又一脸冷漠地捧着水杯走回卧室。

周乔瞄了他一眼，也说不出哪里奇怪。

齐阿姨可伤心，“我跳得太不好，连悍骁都不表扬我了。”

周乔说：“没事儿，明天晚上我再教您。”

齐阿姨点点头，重新恢复斗志，“歇着，我去给你们做夜宵。”

而卧室里。

陆悍骁躺在床上，跷起二郎腿，捧着本《脑筋急转弯》看了会儿，后来觉得无聊，他赤脚下床，在镜子前照了照，咋看咋帅。

照了几下，陆悍骁心思起，想到刚才周乔的舞姿，又分了神。

回味一下，美死得了。

那手指看起来就很软，翘成一朵花水灵灵的。

陆悍骁不由自主地模仿起她的动作，大长手一个螺旋式僵硬型旋转，硬生生地翘出一个兰花指。

还有脚，对，交叉放。

腰身软啊，绵绵地动，看起来就带感。

陆悍骁边重温，边实践，对着镜子，扭腰、提臀、甩胯，嘴里唱着："好一朵美丽的茉莉花，好一朵美丽的茉莉花，啊，啊……"

然后他猛地张手，使出一招大鹏展翅。

继续接着唱："啊，啊，我的爱，赤裸裸，赤呀么赤裸裸。"

就在这时——

"悍骁啊，我给你做了夜宵。"

伴随着声音，房门"咔嚓"一声被推开，齐阿姨和周乔出现在门口。

两人瞪大了眼睛，盯住大鹏展翅的陆悍骁。

气氛尴尬得想自杀。

"要完！"陆悍骁内心一阵咆哮。

齐阿姨嘴唇颤抖，大惊失色，"天啊，悍骁，你这是在跳大仙吗？！"

而一旁的周乔，已经蹲在地上，抱着肚子一顿狂笑了。

陆悍骁站在原地，脑子虚脱。

齐阿姨还没缓过劲儿，两手捶着自己的太阳穴，来回踱步道："天，我的天啊。"

"您别喊了，天还没塌呢。"陆悍骁很纳闷。

"对，对，不能喊，喊了没用。"齐阿姨脑门儿开光，灵光一闪，"明天是该买只土鸡炖点枸杞给你补补了。"

打发一个是一个，陆悍骁对她挥手，"行行行，炖两只，一只不够吃。"

齐阿姨惊魂未定地回了卧室，陆悍骁眼睛一低，瞅着还在笑的周乔，"你被点了笑穴啊？"

周乔憋不住。

"关不上是吧？我帮你。"陆悍骁面子受伤，撸起袖子就来收拾她，毫不客气地掐着她的胳膊去挠痒痒。

周乔蹲在地上，本能地躲。

陆悍骁拽着她的手腕把人拉起，“哥让你笑个够行不行？”

太无耻了吧。

周乔被他定在门板上，两个人的姿势相当靠谱。陆悍骁还在瞎挠，“笑一笑，十年少，哥让你少到有资格过六一。”

但很快，两个人就安静如了雪。

周乔被他按着，这就是传说中的壁咚。这脸也太近了，两个翘鼻子都快鼻尖碰鼻尖了。

痒，巨痒。

陆悍骁赶紧松手，不自然地摸了摸自己的鼻子。

周乔眼睛也有点不知该往哪里放，补了一句：“别摸了，鼻子没掉。”

陆悍骁动作一停，重新对上她的视线，两秒交汇，“扑哧”一声，两人同时笑出了声。

齐阿姨做的夜宵还在桌上冒热气，她早上包的馄饨，馅儿是白菜玉米粒。陆悍骁一口塞俩，这支舞蹈跳得他元气大伤。

“要不是齐阿姨跳得太难看，我也不会印象深刻。”陆悍骁边吃边解释，“是这样的，我在卧室看了会儿书，一想不对劲儿，到底是齐阿姨缺少舞蹈天分，还是动作本身就很难？”

周乔静静地听着他演讲。

“我放下书本，跳起来就是一个兰花指。”陆悍骁继续道，“随着歌曲渐入高潮，我仿佛闻到了茉莉香，受不了，太刺激了，香得我张开胳膊就是一个金鸡独立，这不，正好被你们看到——心路历程就是这样子。”

周乔细嚼慢咽，听后放下汤勺，抬起头问：“你看的什么书？”

“嗯？”这问题重点不太对啊，陆悍骁眨眨眼，“《脑筋急转弯》。”

周乔一口馄饨没咽下去，猛地咳嗽。

“哎，怎么回事儿，快喝水，吃东西太快是会得风湿病的。”陆悍骁推过水杯，“《急转弯》看起来不靠谱，但其实，就是逆向思维的一种延伸，偶尔看看，没坏处。”

周乔一脸蒙。

“我举个例子。”陆老师课堂开课了，“你看我现在的表情，是什么？”

周乔老实说：“是在生气。”

“对，天大的生气。”陆悍骁皱眉怒目，那范儿造作得可以上天。

所以呢？您老人家想表达？

“我现在提问，你猜，我为什么要生气。”陆悍骁压低声音，特意把脸凑近。

周乔不明所以，拿起汤勺，边吃馄饨边想。

舞姿尬到自己想哭？

觉得自己太蠢？

周乔敛神，望着他摇了摇头，“不知道。”

陆悍骁指着脑子，“用急转弯似的逆向思维来解题。”

周乔还是摇头，配合问：“答案是什么？”

“我生气是因为……”陆悍骁两手往桌上一拍，“嘭”的一声闷响，语气扬高八度，“气死，我怎么可以长得这么好看！”

“哐当”一声，周乔的汤勺没拿稳，砸进了碗里，汤水四溢，溅了几滴到陆悍骁眼中。

“哎哟喂我日！”陆悍骁喊难受，“辣眼睛。”

周乔一看可糟糕，赶紧给他递过面纸，“别动，我给你拧毛巾。”

她飞快跑进洗手间，打了一盆儿凉水出来，毛巾拧得半干递给他，“快擦一下。”

陆悍骁手脚瘫痪，往椅背上一靠，闭着眼睛直哼唧：“你帮我，我什么都看不见，糟糕要得白内障了，可能还会失明。”

无赖得有点过分了。

周乔忍着亲自动手，站到他面前，微微弯腰，动作很轻。

被凉意刺大发了，陆悍骁一个机灵抖动，瞬间睁开眼，“哟，好了！小乔妹妹，妙手回春啊。”

周乔：“……”

可不可以把毛巾塞您嘴里。

陆悍骁乐得继续吃馄饨，闹够了，总算不再扯淡地聊起了正事。

“你想跟的导师，就是李老头吧？”

周乔“嗯”了一声：“对。”

“你聪明，看出来今晚我是在给你攒局，让你打麻将，就是想让老头对你有个大致的印象。”陆悍骁说，“他是实干派，不喜欢偏重理论研究，所以你复试的时候，注意一下方式投其所好。”

周乔不是很明白，“投其所好？”

“我举个例子。”陆悍骁清了清嗓子。

等等，您又开始举例？

周乔深吸一口气，先做好心理准备再说。

陆悍骁想了想，说：“就拿炒股票来说吧。”

“？”

小陆总课堂又开课了。

“想要挣钱，选好一只潜力股是基本条件。那么，什么才是潜力股呢？”

陆悍骁声音沉缓，手指叩了叩桌面。

“首先，名字很重要，股票名不能太丧气，比如什么MHY，这个一看就联想成‘没好运’，不吉利难成大器。还有柏雅迪，看看它的缩写BYD——不要的。这不摆明了憋屈自己吗。”

周乔心想，也就您能往这方面想。

“以及这个华立珠枸。你想啊，珠枸，你能指望猪狗不如的东西赚钱？”陆悍骁摇了摇头，“一看就是个坑你没商量的主。”

周乔细想一下，瞎掰胡扯的玄学，好像还有那么点道理。

于是问：“那该怎么选？”

“当然要威武霸气的名字。”陆悍骁掰起了手指。

“比如，黄河旋风，这个名沾着祖国母亲河的光，还自带托马斯螺旋桨式旋风效果，一看就坚挺。哦，当然也要分情况，像中鼎泰山就不太合适，这么重的山，涨不起来。”

周乔笑得不行，手撑着下巴，听得竟然有点入迷。

她好奇地问：“你的公司，上市了吗？”

“上了。”陆悍骁倍儿骄傲，“那K线图，涨幅比你还美。”

周乔一愣，尬撩？赶紧转移话题，既然您对股票名字如此有研究，那么请问：“你公司的股票叫什么名字？”

陆悍骁满脸洋气，“LBB。”

周乔没反应过来，“英文吗？是缩写？”

"对。"陆悍骁挑眉，"陆宝宝。"

宝宝听了想号啕！

周乔伏在桌上，笑得直不起腰。

陆悍骁敲了敲桌面，"干什么啊，歧视姓陆的，还是歧视宝宝啊？我在给你传授经验呢！"

周乔忍住，"好好好，你继续。"

"股票名字搞定，就点开它，看看它的涨跌情况。"陆悍骁说，"那种走势跟磕了药一样，跌宕起伏的，千万得淘汰，这种股票发起疯来六亲不认。"

嗯，有道理。

"那种走势平缓温柔，跟四川盆地似的股票，一个字，买。"陆悍骁说，"它是典型的蓄势待发，能从四川盆地变成珠穆朗玛。"

珠穆朗玛：不要惹我。

啊，话题好像扯得有点远。

陆悍骁回到正题，"这个李教授吧，就爱好理论与实践相结合的学生。你记住，以后他的问题，你回答时，把那个什么排比句、比喻句、插叙倒叙都使上，再加一点鲁迅名言，务必把他绕成老年痴呆。"

周乔："……"

陆悍骁突然住了嘴，看着她。

灯光暖黄，斜斜洒来，目光温柔。

周乔被盯得有点儿发慌。十几秒之后，陆悍骁挫败，"你怎么不来点掌声呢？亏我等了这么久。"

周乔虽然无语，但也莫名松了口气。难得的，她竟然配合地依了他，掌心贴合，敷衍地拍了几下。

陆悍骁笑了笑，突然问："你手机呢？"

"嗯？"

"加个微信。"陆悍骁挺真诚，"以后你学习上，遇到不会解的题目，拍个照片发给我就行。"

周乔乍一听觉得很奇怪，但既然这么说了，也不好拂他面子。

陆悍骁拿起自己的，"号码多少？"

周乔报了，只见陆悍骁按了几下，"发了好友申请。"

"嗯，我手机在房里充电，等会儿去通过。"

“行。”陆悍骁起身伸了个懒腰，然后把碗收进厨房，“我去休息了，你也早点。”

“好。”周乔看着他进了卧室，关上房门。

已经快十二点了，睡觉吧。

周乔回房，手机电量充满，拔下插头，她点进微信。

一条新的好友申请，还有留言——

“免费看片加我哟。”

陆悍骁还做起了微商？周乔简直叹为观止。

手机突然一振，又是一条新的申请。

“新闻联播全集哈哈哈哈。”

深夜室静，周乔捧着手机，轻轻地弯了嘴角。这一次，她不再高冷，点了通过后，主动发了一条——

“老板，看片。”

很快，陆悍骁死皮赖脸地回复：“客官，想看什么片？”

周乔想到晚上的股票讲解，十分应景地回：“陆老师的那种教学视频。”

草包的主卧。

陆悍骁一头埋进枕头里，瞄了这条微信三遍，心里可激动。心想，年纪轻轻漂漂亮亮，怎么说话如此直接呢。

另一间房的周乔，显然不知道陆悍骁有那么多出的脑部大戏。

她点开陆悍骁的朋友圈，最新的一条动态是：

“出售腹肌照片版权，可作为整形医院的整容范本，各位兄弟帮转，有意联系157××××××××是我本人。”

周乔皱眉，隐约记得这不是他的手机号。

再往下翻——

“今天愤怒地把镜子给砸了，里面是什么人，帅得如此人神共愤，陈清禾已经自卑得自杀。”

接着看，哟，下面这条动态还给配了一幅图，是他公司股票连续三天涨停的K线图。

陆悍骁尾巴都快翘天上去了，“陆宝宝，股票代码630152，您值得拥有。”

估计是下面的评论太多人吐槽，陆悍骁就统一回了一句：“嫉妒就直说，谁还不是小仙女呢。”

小仙女看了想剪掉自己的圣光翅膀。

再下面……哎？

“Fish演唱会6月18日点爆全城，转发此条信息有机会赢取演唱会贵宾票。”

陆悍骁把这条信息连续转发十五遍：“我这么贵气逼人，抽我，抽我！”

周乔心想，不会吧，这位哥哥还是个追星族？

她关手机前，看了一眼陆悍骁的微信头像，是一个卡通的蒙面带刀侍卫，头上还有四个字：

朕的江山！

周乔笑着摇了摇头，拿起英语词典，准备再背一页单词压压惊。

夏日清晨阳光早，六点刚到，满屋子就透了光。周乔起床换好衣服，齐阿姨刚好买菜回来。

“哟，小乔起这么早呢。”

“对。”周乔说，“睡不着了。”

“哎呀，睡不着？是不是心神不宁，忧思难解，有时候胸闷气短，还会产生一点极端的幻觉呢？”

“……”周乔连忙摆手，“没没没，我向来早起。”

“不行。”齐阿姨简直为了大家伙儿的身体健康操碎了心，“我去药店买点中药，给你炖只鸡食补。”

周乔赶紧道：“齐阿姨，我真不用，您给陆哥就行。”

“没忘呢，我买了两只鸡，你们一人一只谁也逃不掉。”齐阿姨麻溜地开始做早餐，“小乔，去叫悍骁起床，他还要上班别迟到。”

周乔没觉得有什么，走过去敲他的卧室门。

没声儿。

再敲。

好几秒，里头懒懒的声音：“进来啊。”

不是很想进去。

周乔说：“起床吃早饭了。”

房里的陆悍骁，一听到是她，瞌睡瞬间全无。

他一个机灵狂抖，从床板上跳起来，二话不说先来个隔空跨栏，“扑腾”一下跳到了地上，然后长手阔步，“唰”地拉开衣帽间，找了条微紧身、带修饰腿型效果的黑色长裤，套在了大长腿上。

他故意没系扣子，只拉上拉链，任裤子松松垮垮地挂在胯间，隐隐露出人鱼线。衣服当然是不能穿的，这个时候，只能当个光着膀子的狂野男孩儿。

陆悍骁也不知中了什么邪，去开门之前，对着衣镜再次检查了一番自己的腹肌。

嗯，不错，八块，没有被偷。

周乔没听见里头有动静，以为人又睡了过去，于是准备再敲门。

手刚举到半空——

“嘎吱”一声，门从里头拉开，狂野男孩儿造作登场。

！

周乔受到了惊吓，这人怎么不穿衣服？

陆悍骁像是一堵肉墙，直接横在她面前，元气满满地打招呼：“小乔妹妹，早上好啊。”

周乔盯着他的脸，隔夜的胡楂儿微微冒出，睡意刚去，气质平和。

陆悍骁跟她对视，心里有点急，怎么回事儿啊，眼睛不会往下看吗？往下欣赏一下我的凹凸身材行不行？

周乔目光规整，哪儿都不去，平声道：“嗯，齐阿姨叫你吃早饭。”

然后转过身，走了。

“……”这种心情怎么形容，有点想自杀。

陆悍骁低头瞄了眼自己的腹肌，心想，我都快爱上自己了，你怎么能无动于衷呢。

十分钟后，早餐上桌。

“小乔多喝粥，清淡养颜可爱多。悍骁吃油条，从此生活乐陶陶。”齐阿姨不辱陆老太太的使命，致力当好管家婆。

陆悍骁也不知发什么气，找碴儿说：“我觉得她的粥，比我的白。齐阿姨，您这样差别对待，是会被广场舞团伙开除的。”

广场舞三个字可是齐阿姨的逆鳞，她“嘿”一声：“你行你来煮啊。”

周乔赶紧打圆场，把粥往陆悍骁面前一推，“给给给，换一碗。”

陆悍骁说：“不要，你已经喝过两口，我的还没动呢，生意人，从不亏本。”

除非……

他动作迅速，端起粥就是三大口下肚，然后干净利落地往周乔面前一放，“现在好了。”

周乔笑，幼稚鬼附身吧。

玩笑开过了，陆悍骁恢复了些冷静，也冲她笑笑：“美好生活从早间娱乐开始。”

周乔抿嘴点头，“好。”

她用碗掩着嘴，假装淡定地喝粥，但那不由自主上翘的嘴角，却跟晨间的光一样藏不住。

陆悍骁说起正事儿：“你今天没事吧？”

“嗯？”周乔抬起头，“在家复习。”

“哦，李老头邀请我去他家吃晚饭，我给你报了餐。”

“我？”

“对，你不是想当他弟子吗，给你铺铺路，提升一下好感度。”陆悍骁说，“不过我白天公司事儿挺忙的，可能没时间过来接你。”

“那我自己搭车去。”这句话周乔还没说出口——

“所以你跟我一块去公司吧。”

“？”

“我办公室安静，你背书不会受打扰，中饭呢，就吃工作餐。”

陆悍骁一本正经的模样，还挺严肃，主要这件事确实是在帮她的忙，周乔有点不好意思拒绝。

她点点头，“那行。”

陆悍骁垂眉敛目，吹凉热粥，淡淡地“嗯”了一声。

其实内心——

“呵，论不要脸，我总是要胜人一筹的。”

就这样，早餐过后，周乔稀里糊涂地被陆悍骁带进了贼窝。

陆悍骁的公司在三环内，去年翻新装修，风格设施都是顶配，与闭嘴时候的陆悍骁气质挺像——很精英。

周乔被他带进办公室，两扇红木门一推，更清冽的木香扑面而来。

“随便坐啊。”陆悍骁把车钥匙和墨镜丢到桌上，“怎么样，哥这根据地大吧？午休时，咱俩还可以在这里踢毽子。”

周乔：“……”

您这业余爱好，够接地气的。

办公桌后面就是一整面的落地窗，陆悍骁站在桌前，已经开始过目待处理的文件。

周乔站了会儿，反手关门，这一关不得了，她被门后站着的庞然大物给吓了一跳。

天！这是什么玩意儿？！

“哦，我的机器人。”陆悍骁及时解答。

周乔：“……”

“他可好了，会倒茶，会说话，还会跳点简单的舞。”陆悍骁倍儿自豪，“我来给你演示一下。看啊，这是遥控器，按下开关。”

只见那机器人“biu、biu、biu”地开始响警报，两眼发出饥渴难耐的闪烁红光。

周乔赶紧躲得远远的。

陆悍骁说：“先给你表演一个广场舞。”然后他字正腔圆主播腔，对着遥控器嚷：“来首《茉莉花》。”

《茉莉花》：救命啊，我是被逼的。

音乐一响，机器人还真开始动了起来。

俩胳膊从自己的肩膀开始，这个舞蹈动作可以总结成：肩周炎犯了揉一揉，心脏停止跳动按一按，胃不舒服捶一捶，膀胱结石需要科学的抚摸。

这机器人前面还挺按程序跳，可手一到胯间，就开始做复读机式的动作了。

《茉莉花》的音乐悠扬婉转，机器人的手一直卡在膀胱处。

周乔看得有点尴尬，陆悍骁也脑袋冒汗，“不好意思，系统卡住了。”

他拿着遥控器一顿大力金刚指，数十下之后。

“砰”的一声——

糟糕，机器人的脑瓜子冒烟了。

"我天。"陆悍骁一脸蒙逼，"陆宝宝你怎么了？"

等等！

它还有名字呢？

周乔内心崩溃，"陆……陆宝宝？"

陆悍骁看着七窍冒烟的机器人，可惜道："这是我在国外定制的，程序全按自己的喜好设定，我嘛，平日爱好喝个茶，抽个烟，所以它还会帮我划火柴。"

您的喜好？

可是……

刚才它摸膀胱的动作，是不是有点过分了。

周乔默默地拿出书本，坐在一旁沉迷学习。

陆悍骁还在原地，祭奠了陆宝宝三秒，摸了摸它的脸蛋儿，"这是第十次拖回去返修，哥们儿，争点气！"

鸡飞狗跳之后，陆悍骁也开始着手工作。签了几本文件，他就分起心来，偷瞄一旁沙发上的周乔。

她好安静，今天长发披肩，侧面的头发撩到耳后，半脸的轮廓挺而柔。陆悍骁把文件举得老高，挡住自己的正脸，然后调整间距，肆无忌惮地欣赏美少女。

欣赏了一会儿，他又轻轻拿起桌上的手机，对焦周乔"咔嚓"一响，拍了个照。手抖了，画质有点糊，但不碍事。陆悍骁起了心思，把照片重命名，叫什么好呢？

他稍稍思索，灵光乍现，按下三个字——

乔宝宝。

正所谓，今有"陆宝宝"冒烟返修，又有"乔宝宝"横空出世。

陆悍骁猛笑："哈哈哈哈。"

这笑声惊动了周乔。

她抬起头，无语地望着他，大哥，您又作什么妖了？

陆悍骁弯着嘴角，笑意满眼，"小乔妹妹。"

"……"可不可以换个称呼。

小陆总一脸真诚，"下个星期，我请你看演唱会啊。"

周乔联想起昨晚在朋友圈看到的，问他："Fish的演唱会？"

"你怎么知道？"陆悍骁来劲儿了，心情可激动，"我跟你说，就在下周五晚上，是她今年巡演的首站，我还给弄了个赞助，搞了几张贵宾票。”

周乔配合地点头，“厉害，厉害。”

陆悍骁开始叙述他的心路历程：“本来，是想带陈清禾一块去接受一下熏陶，洗涤他们体内的浊气。但这群没文化的，说那天要去打麻将，这些没上进心的，我二叔看了想自杀。”

等等，周乔疑虑，“你二叔？”

“哦，我二叔在教育部工作。”陆悍骁想起来还觉得痛心疾首，“要是抓文盲典型，陈清禾必须第一个吃牢饭！”

周乔憋着笑。

陆悍骁一看她笑了，赶紧安慰：“没事，别掩着，笑大声吧。毕竟哥带你去看演唱会这事儿，真的值得兴奋。”

这个阅读理解，值得深思。

“好了，你快复习吧。”陆悍骁心情美滋滋，“中午，我带你见识一下我公司的食堂，地中海式风格的装修。”

那真是一座魔幻大厦。

第二章 辣椒小王子

My man

一上午，周乔安静地看书，陆悍骁工作的样子和他平日的画风全然不一。闭起嘴来，岁月静好。

期间，秘书朵姐进来送文件，刚进门准备开口，就被陆悍骁一个抬手的姿势给打断。他没说话，直接做了一个嘘声的动作。

这位修炼千年堪比人精的朵姐，一眼就看到坐在办公室左侧的周乔，心里顿时明了。她轻手轻脚走到桌前，递去合同，压着声儿汇报："陆总，这是与广贸的合同定稿。"

陆悍骁接过，"先别走，我直接给修改意见。"

五分钟过去，陆悍骁圈了几处付款条例，依旧轻言细语地交代。

朵姐都快有点不适应了，这个老总，平日特别亲近好相处，没有阶级统治那一套，走的是亲民路线，他可以在等电梯的时候，和保安大叔聊"您家孙子上几年级啦"这样的话题。像今天这样小心翼翼，有偶像包袱的时候，真的不太多。搞完事情，朵姐准备退场。

"等等。"陆悍骁把人叫住，"你来一下。"

"陆总，还有什么吩咐？"

"过来。"陆悍骁两手交叠在桌面，十根手指敲来敲去。

朵姐洗耳恭听。

陆悍骁冲她勾了勾手指，一脸神秘，"有件事，你传达给各位同事。"

听了个开头，朵姐的表情就开始迷离了。

“中午，让他们列队，在我办公室门口站成两排……”

“？”

“你想个口号，押韵一点，标点符号用感叹号，情绪到位别敷衍。”

朵姐的表情开始山崩地裂。

“嗯，就是这个事，去做吧。”陆悍骁看了看时间，“我提前十分钟出来。”

直到走出办公室，朵姐还是一脸蒙。

上午的光阴溜得快，临近午饭点。陆悍骁把白色衬衣的衣摆从裤腰里抽出来，然后起身伸了个懒腰，夸张地配音：“嗷。”

这声音大得很故意，就想引起周乔的注意。陆悍骁把胳膊举高高，拉筋儿似的，露出他的公狗劲腰，声音更大了：“嗷，嗷。”

周乔：“……”

陆悍骁笑眼走近，“上午复习了多少？有没有很专心？来，陆老师检阅一下成果。”

他二话不说，拿起周乔手中的课本，看了眼封皮，不错，有觉悟，这书是李老头儿编的，其困难指数，放倒了成千上万金融专业的学生。

陆悍骁道：“什么叫机会成本？快，开始抢答！嘀——谁的抢答器在响？好！是这位周同学，请开始您的表演！”

我天。

周乔不是很想跟您搭戏哎哟喂。

也就三秒工夫不到，陆悍骁又开始给自己加戏，“时间到！这位选手没有回答出来，请问，中午是不是不想跟哥混食堂了？”

周乔没忍住，笑出了声，举手投降，“我服气。”

陆悍骁合上书本还给她。也不知怎的，就跟着了魔一样，手搭上她的头，轻轻地揉了揉。

“用脑一上午很辛苦，让你乐一乐，放放松。”这语气自然得如同顺理成章。

周乔却僵住，被陆悍骁揉过的头发，跟着了火似的，快要把她烧着了。

陆悍骁没事人一样，边转身边说：“走吧，去吃饭。”

声音很平，背对着周乔，他早就弯起了嘴角。

周乔跟上，陆悍骁的手搭在门把上，掐准时间在心里倒数：“3、2、1。”

“哗啦”一声，门被拉开，同时响起的还有群众的齐声呼唤——

“陆！总！好！”

门口依次排开两排员工，直到电梯口，他们站得整整齐齐，动作划一。干练朵姐一个手势如杀鸡，大家得到号召，念起了口号——

“炒股票，选陆宝，我们的陆总特别好！”

然后掌声响起来，“啪啪啪！”

这阵仗，这声势，上市公司老总的标配。

陆悍骁稀罕死了，平日让周乔看了太多笑话，男子汉形象太受损，必须要及时抢救。不搞点儿事情，她都快忘记他陆悍骁可是个霸道总裁了。

“女孩儿，人都是不可貌相的。”陆悍骁得意，转过头去看周乔。

已经走到电梯里，依旧惊魂未定的小乔妹妹，眼神复杂地看着他，“那个，陆哥，我们能商量个事情吗？”

“你说。”

“下次，有情况，您能提前通知我一声儿吗？

陆悍骁兴奋，“是不是被阵仗吓住了？”

他缓了缓脸色，假装愁眉，“我也没办法，这群员工啊，真的太尊敬我了，经常给我作诗写对联儿，他们说，爱啊，就是要说出口。”

这造作范儿，也就您能想出来。

周乔没直接拆穿，闷在心里想一想，不行了，憋不住了，她“噗”的一声。

陆悍骁斜了她一眼，“干吗？吐豌豆呢？”然后出电梯。

周乔望着他的背影，直而挺，经过窗户的时候，有光打在他身上。周乔弯起嘴角，有句话她没说，今天的心情——

真的，比光要亮。

出电梯这短短的距离，不断有人与陆悍骁打招呼，毕恭毕敬地喊：“陆总。”

陆悍骁都是一脸笑着回敬，没有半点架子，偶尔有几个部门领导，敢打趣地问：“陆总，那位是您的？”

陆悍骁笑着瞥过来，没说话。

周乔明显感觉到，自己在这一刻的紧张几乎难以抑制。

“她啊，”陆悍骁音调懒懒，半真半假，“我们陆家的吉祥物。”

对方笑得合不拢嘴，气氛轻松自在。

不得不承认，陆悍骁看起来不靠谱，其实在处理关系的时候，十分得心应手。

“陆家的吉祥物。”周乔心里默念这几个字，又下意识地看了他一眼。觉得，还是陆悍骁担得起这个称呼。

短暂的寒暄之后。

“给，吃吧。”陆悍骁帮她打了饭。

周乔奇怪，“你的呢？”

“用这个盘儿装我吃不饱，我都用盆。”陆悍骁没停留，“等我一会儿。”

他给自己打饭回来，手上那个大小堪比小脸盆的饭碗，证明他没有说谎。

“别被吓着，男人饭量都大。”陆悍骁夹了个鸡腿给她，“多吃点，读书累人又烧脑。”

周乔把鸡腿夹回去，“我有一个，你自己吃。”

“哟哟哟。”陆悍骁挑眉，“来自吉祥物的亲切宠爱。”

“……”周乔无语，伸筷子，“那还回来。”

“想得美。”陆悍骁拿起鸡腿往嘴里塞，咬了一口之后递给她，“好了好了，给给给。”

周乔笑着挥开，“谁要吃你的口水。”

陆悍骁不要脸，瞎乱侃：“乔乔吃。”

说完才顿住，这话是不是有点耍流氓了。

两个人陷入沉默。

陆悍骁清了清嗓子：“吃饭。”

然后下一秒，就给周乔展示了一遍，什么叫作“实力饭桶”。

一盆饭，被他干得精光。

陆悍骁放下碗筷，舔掉唇边的两粒大米饭，冲周乔笑得灿烂：“别看我吃得多，但你放心，哥的腹肌还在。”

周乔噎住，咳个不停。

陆悍骁自我感觉良好地“啧”了一声：“看把你激动的。”

吃完饭，两人回办公室。

周乔继续看书，陆悍骁躺在他那张贵妃椅上，跷着二郎腿闭目养神。

“哎，你喜欢什么样的男生啊？”

这突然的聊天，话题如此直白。

周乔“嗯”了一声，打算敷衍过去。

“说说呗。”陆悍骁不达目的不罢休。

他的二郎腿都快跷上了天，周乔瞄了一眼，等等！

五指袜？

海绵宝宝图案的五指袜？

霸道总裁还有这种操作？！

“没什么特别喜欢的。”周乔轻声说，“就爱干净、穿衣风格正常点儿的就行。”

“正常点儿的？”陆悍骁眼珠直转溜，“不错，有品位，现在的小青年啊，破洞牛仔裤，还在里面穿渔网袜，看着就闹心。”

周乔觉得不太对，你平时的爱好，不也是收藏这些非主流服饰么。

“这些搭配，聚会的时候穿穿就行了。”

“呃……”周乔抬起头，“你平时跟朋友聚会，也这样穿？”

“不不不。”陆悍骁说，“没那么浮夸，我啊，比较注重个人形象，毕竟五官出众，气质霸道，品位也过得去，所以，我一般跟哥们儿玩，什么都不穿哈哈哈！”

“&%￥#@！”

亏她认真听了这么久。

陆悍骁在贵妃椅上翻了个边儿，调整了一下体位，侧卧，打量着周乔。回想一下刚才的对话：她喜欢穿衣风格正常点的男人。陆悍骁挑眉，手往下移，不动声色地脱掉了自己的海绵宝宝五指袜。这样，够正常了吧。

陆悍骁自以为的“正常”，周乔视而不见。他又翻了个边，背对着人，开始睡起午觉。

周乔背了几个单词，再抬头时，陆悍骁已经睡着了。她打量了一圈这间办公室，整体品位过硬，就是这张贵妃椅……

呵，谁还不是小仙女呢。

一个小时后，陆悍骁醒了，睡眼惺忪，“你没休息？”

周乔“嗯”了一声：“我没睡午觉的习惯。”

陆悍骁打了个呵欠，盘腿坐在贵妃椅上，问她：“我睡觉的时候有没有打鼾？”

“没有。”周乔如实道。

陆悍骁一听倍儿骄傲，拍着胸脯说：“长得帅的人，呼吸系统都健康一点。”

“……”

周乔安慰自己，习惯就好，习惯就好。

公司两点上班，陆悍骁打了会儿坐，提起精气神下了床，“喝饮料吗？我帮你叫。”

“不用。”周乔看完最后一行字，才抬起眼。

这一抬不得了，就看见陆悍骁光着脚丫子，踩在地板上，走得那叫一个风轻云淡。而那双海绵宝宝五指袜，安静地躺在贵妃椅上，寂静的样子怪邪恶的。

周乔忍不住问：“你不嫌地脏吗？”

“不算太脏，我办公室一般不让人进来，每天都有打扫。”陆悍骁胡编乱造地解释，“真正的男人，敢于脱鞋量身高。裸高一八五，绝不谎报一八六。”

周乔敷衍地笑了笑。

陆悍骁坐回办公桌，继续处理公务，想起什么，“哦”了一声，说：“放心，我没脚气。”

“……”周乔简直一言难尽。

陆悍骁开始沉迷工作，提醒道：“有不会做的题目，可以来问我。”然后又拨了内线，吩咐秘书：“朵姐，给我来杯可乐，别加冰。”

周乔倒吸一口冷气，可乐？

霸道总裁不都是喝的红酒和咖啡吗？

朵姐深知老板的习惯，飞快地送进一杯插着吸管的可乐。陆悍骁一边看文件，一边咬吸管，放嘴里半天没弄出来。

周乔心想，该不会还有咬吸管的童真习惯吧？

真溜啊。

下午时光很平静，室内只有纸张摩挲和偶尔的翻书声。

周乔偶尔会分神，瞥一眼陆悍骁，这个男人，正经起来的样子，还挺顺眼。他好像酷爱白衬衫，也不知是什么材质，笔挺服帖，衬得人宽肩窄臀很是干练。

四点的太阳降了色调，从身后的百叶窗缝隙里钻空而入，和他的白衫相得益彰，又暖又明亮。

周乔心思起，在想，他多大了？听齐阿姨说好像快三十岁？

凭良心讲，不太像，挺年轻的。

“再看我，我就要收费了啊。”陆悍骁突然开口，低头看报表的动作没有变。

周乔被逮了现场，背脊瞬间一层鸡皮疙瘩。

心虚啊。

陆悍骁贼得很，“在这里分心还情有可原，毕竟帅哥难得一见。我挺能理解你，学习累了，看看赏心悦目的东西放松一下，劳逸结合值得表扬。”

周乔：“？”

“下次不用这么含蓄，想看了，喊一声‘陆悍骁，劈个叉给我瞧瞧’，我二话不说，捡起石头砸断自己的腿，摆成你要的形状。”

陆悍骁越说越来劲儿：“笑，给我笑，憋着就是犯规。”

周乔忍了两秒，好吧，投降。

陆悍骁一看她嘴角往上扬，心满意足，“人嘛，就是要随心一点，想笑就笑，不高兴了就直说。”

周乔觉得挺有道理，点了点头，“嗯。”

陆老师端起还剩半杯的可乐，咬着吸管一点点地吸，“别看我平时瞎贫嘴，没个正形儿，关键时候，我比谁都靠谱。你跟我多接触几天，就会有深层次的了解。”

周乔心想，不用了，这几天已经够全面了。

“正所谓，知人知面……”

话还没说完，陆悍骁的手，邪了门地一抖，半杯可乐一滴不浪费地泼到了他衬衣上。

“这衬衣巨贵！”陆悍骁跳起来，捏着布料直哆嗦。

周乔边笑边给他递纸巾，“给，快擦擦。”

但很快，她就笑不动了。

陆悍骁胸口湿透，轮廓隐现。

“纸呢，再抽几张。”陆悍骁擦拭着胸口，见没动静，瞄了一眼，哟哟哟，脸红了啊？

邪恶如陆宝宝，陆悍骁很快就联想到前因后果。

他挑眉，擦胸的动作变慢，“这个衣服特别贵，还有专门的衣柜，我只穿过它一回，参加爷爷的派对，偶尔用来开个会，帅气逼人有智慧。”

“……”

您这么能说，怎么不去摆摊写对联呢。

陆悍骁故意挺了挺胸，除了腹肌，他的胸肌也是很棒的。

生怕周乔不知道似的，他还优雅地做起了扩胸运动，“哎，热胀冷缩，泼了点凉东西，衣服好像变紧了呢，手都抬不上去，绷得很。”

两个人挨得很近，他的动作幅度又大，压迫感更加明显。

周乔脸红的情况越发严重，她忍无可忍，一声大喊：“那你赶快换衣服啊！”

陆悍骁：“……”

惊觉失言，周乔赶紧小声解释：“小心感冒。”

陆悍骁很轻松，“没事，我有换洗的衣服。”

只见他弯腰，在柜子里找着什么，不一会儿，拿出一个纸盒。

“这是上回陈清禾从国外带回来的礼物，我还没拆包呢，说是时装周上的最新款。”陆悍骁没抱太大希望，“对于他的品位，我一向是唾弃的。不过情况特殊，凑合穿一下吧。”

你废话哪有这么多。

礼品盒很精致，拆掉外包装，里头还系了个蝴蝶结。

“陈清禾这牲口，够娘的。”里三层外三层够严实，陆悍骁从屉子里抽出一把匕首。

周乔惊叹，带刀侍卫？！角色扮演够齐全的啊。

陆悍骁把刀刃放嘴边吹了吹，在礼品盒上画了个大叉叉，然后一扒，轻松拆包，把衣服拿出。是一件黑色的T恤，折得整整齐齐。陆悍骁拎起它，抖开，纯黑的正面很正常，只是这背面，竟然用龙飞凤舞的狂草字体，写了两个硕大的字——

土豪！

陆悍骁和周乔同时陷入沉默。

几秒之后，他优雅地握着那把匕首，深情凝视，“宝贝儿，从此以后你就有使命了。陈清禾的狗命，可能还要麻烦你去取一下。”

周乔笑得不行，问：“这衣服，你还穿吗？”

不穿就没衣服换了啊，总不能给全公司的人都看到自己的凸点吧。

陆悍骁烦死，“凑合，穿穿算了。”

脱了白衬衫，穿上黑T恤，瞬间变土豪。

“你还笑。”陆悍骁很生气，“我以后不教你写作业了。”

周乔停不下来，牙齿跟珍珠贝壳似的。

陆悍骁看了一会儿，睹人思物心痒痒，晚饭有点想吃扇贝了。

周乔觉得，但凡一个正常男人，穿着这么一件衣服，都会觉得丢脸而不好意思。然而陆悍骁似乎并没有她想象中的扭捏。正常下班，昂首阔步地接受公司员工的注目礼，没一点儿怯色。

取车，上马路。

等等，不是说要去李教授家吃饭吗？这是回家的路啊。

“我们是先回家拿东西？”周乔拐着弯问。

“没东西拿。”陆悍骁面色不改，“就回家。”

“那你早上让我跟你来公司，说是去李教授……”

“我故意的。”

“……”

“一个人上班太无聊了。”陆悍骁突然不耐烦起来，敲着方向盘，“一个人无聊寂寞有错吗？我三十岁的男人，有错吗？”

啧，还发起脾气来了。

周乔实在理解不了他此刻的脑回路，决定息事宁人。

行行行，你是土豪你有理。

回到公寓，齐阿姨不在家。

“你早上说晚上不回来吃饭，她肯定就没做饭了，估计跳广场舞去了。”周乔也就随便一说。

哪知陆悍骁阴阳怪气地来了句：“你记恨我啊？”

周乔很无辜，“没有啊，我来做饭吧，你想吃什么？”

“牲口陈清禾，弄个红烧吧。”

周乔“哧”地一笑：“喂。”

“把毛拔干净一点儿，我不喜欢毛多的。”

越来越胡扯，周乔自然而然地举起拳头，笑着要打他。

陆悍骁“嚯呀”一声：“剪刀石头布我就没输过！”

然后他直接摊开手掌，“你出‘石头’我出‘布’。”

周乔的拳头软绵绵地还在半空，陆悍骁的“布”直接扑了过来，一把包裹住她的手，还大声喊着：“我赢了！”

周乔的手被紧紧握着，掌心是烫的，劲儿是足的。

陆悍骁似笑非笑：“你这什么眼神儿啊？剪刀石头布，输了要认输，千万别愤怒，平常心请保持住，你要理解哥的苦，毕竟陈清禾蠢呼呼。”

一串话下来，本来尴尬暧昧的气氛，瞬间跑没了影。

周乔任他握着，一时忘记挣扎，乐得不行。陆悍骁眼神微变，半真半假地问：“一说把毛拔干净点儿，你就开始生气。”

他挑眉，“怎么？你喜欢毛多的？”

“……”

看他这副造作的表情，就知道思想里充满浊气。

周乔被那段顺口溜逗得直笑，两人的手，在轻松的气氛里，不着痕迹地松开了。

“我炒菜吧，齐阿姨存货挺多的，你想吃什么？”周乔问。

陆悍骁的手垂在腿侧，食指和拇指轻轻捻了捻，还在感受方才的温度。他用平静的语气藏住这一刹那的失衡，看着冰箱，说：“西蓝花、西芹，搞根胡萝卜，哦，再加点韭菜。今晚我想吃盆儿草。”

周乔按他吩咐，把食材一样样拿出来，“给你再煎几个鸡翅吧。”

毕竟是用脸盆吃饭的人，无肉不欢才对。

“鸡翅好，鸡翅妙，鸡翅吃了长高高。”陆悍骁说完，自己率先哈哈笑。

周乔低头择菜叶，肩膀笑得直抖。

陆悍骁“啧”了一声，人就斜斜地靠了过来，他左手撑着灶台，右手摸着下巴，“爱要大声说出来，崇拜之情别掩盖，这位美少女，你可真的很坏坏。”

天，这饭没法儿做了。

周乔淡定不了，把菜叶一放，笑着骂：“够了没啊，再这样就不给你做饭了！”

陆悍骁说：“好了好了，不闹了，我想让你乐一乐，没准还能长长个。”

“喂！”真是忍无可忍了，周乔拿起韭菜往他身上打。

陆悍骁赶紧抱住自己，收紧再收紧，夸张尖叫：“前有齐阿姨翘班潜逃不做饭，现有大学生辣手鞭尸。啊，对不起，编不下去了。”

周乔用韭菜更使劲儿地抽他。

“还打呢？再动手我就不客气了啊。”陆悍骁威胁起来。

既然起了个头，自然是要打得痛快，也是这厨房没有煤气罐，不然周乔反手往他脸上丢。

抽你抽你抽你。

陆悍骁闻着韭菜香，一个蓄力反转，抓着周乔的手腕定在半空。

周乔换另一只手，操起案台上的胡萝卜，就往他头上敲。

“卧槽，我的发型！”陆悍骁一个激动，就要去抢萝卜，周乔是个机灵人，左藏右躲，就是不让他得逞。

两个人过招扭打，从厨房追到客厅。

陆悍骁道：“年纪轻轻女大学生，拿根萝卜成何体统。”

周乔不客气地回击：“一把年纪公司老总，欺负女生良心不痛？”

“哎呀，作诗押韵你最懂。”

“不不不，没你懂。”

“小屁孩！”陆悍骁仗着手长脚长，使出一招鹰爪捞月，揪住周乔的后衣领轻轻用力，“看你往哪儿跑！”

周乔被拉近，这时候的姿势，可以说是背对背的拥抱。

只不过战况持续，自动忽略性别。

周乔的手被陆悍骁从后面按住，几乎是被他困在怀里。上身已经失守，就只能靠下盘的力量了。

周乔抬起右脚，瞄准目标，蓄力，往下狠狠一踩。

哪知陆悍骁就像脚板心长了眼睛似的，“嘎嘣”一跳，轻松躲闪。

“哎哟嘿嘿嘿，踩不着你踩不着。”

周乔又气又想笑，挣扎得更厉害。

“今天不把你绑起来，你都不知道我副业是卖绳儿的！”陆悍骁气势汹汹，左手扣住她的两只手腕，右手按着她的背，周乔被压得往下弯腰，臀部抵着陆悍骁的腿。

“认不认输！”

正所谓，红绳在手，周乔我有。陆悍骁此刻很得意，兴奋得两只眼睛都冒光了。

周乔又急又烦，“你放开我，你放开啊。”

“叫我陆大帅，不然拿你玩捆绑！”

“……”

拒绝违心主义。

两个人僵持火热，闹腾得谁也没有留意门口传来的动静。

锁孔在十秒前清脆转动，“咔嚓”轻响——

“陆老爷子，就是这儿，您慢点。”齐阿姨又招呼身后的陆老太太，“大姐，小心脚下有块软垫。”

玄关处，三位老年团大宝贝们闪亮登场。

“这孩子总算办点正事，知道为周乔打点关系。”陆老太边表扬边往客厅走。

然后，在陆老爷子的一声惊天爆吼“陆草包”里，五人顺利大会师！

陆悍骁和周乔以一个十分暧昧的姿势，齐齐转头大眼瞪老眼。

意不意外？

惊不惊喜？

刺不刺激？

陆悍骁脑袋串了一个短路的问号，然后飞快放开周乔，手忙脚乱地站起来。

“爷爷奶奶，来了怎么也不打声招呼，小的我也好下楼接驾。”

陆云开不吃这一套，劈头盖脸骂下来：“多大的人了，还没个止行！”

已经蒙了的周乔，紧张地抠着手指，脸都红透了。

陆悍骁嬉皮笑脸地往前走了几步，不动声色地挡住了周乔，“爷爷教训得是，我明天就准备飞韩国，整个形，包您满意。”

“胡闹！”陆云开小胡子翘起来，可看不惯孙子的油腔滑调。

“我警告你，别看小乔乖巧听话，就随便欺负她，你三十岁了，晚上就不能学学人家，看看书，写写作文，练练字吗？！”

陆悍骁：“？”

周乔：“？”

等等，陆悍骁抗议：“我不服！”打架的又不是他一个。

“不服给我憋着！”陆云开拿出老书记怼人时的态度，如惊雷轰顶。

哎呀，好生气啊，陆悍骁蓄势待发，嘴炮已经点火，他双手叉腰，底气十足，声音响亮——

“憋着就憋着！”

周乔：“……”

“行了行了，别吵了，声音一个比一个大，邻居还以为我们在放鞭炮呢。”陆老太轻声和气地出来打圆场。

“悍骁啊，我和你爷爷在战友家吃饭，打包了一只烧鸡，本来呢，是要拿回家喂狗的，但正好车子经过你小区，就顺便给你算了。”

“……”

亲爱的奶奶，人间多点爱不好吗？

周乔看着陆悍骁一脸吃瘪，都快被他逗死了。

“走了走了。”陆云开发话，“看到你就飙血压，东西送到，我们就回去了。”

陆悍骁还沉浸在“活得不如狗”的悲伤情绪里，强打精神说：“爷爷奶奶，我送你们下楼。”

把老宝贝儿们送进电梯，陆悍骁挥手告别，然后转过身准备离开。

在电梯门关闭的前一秒，陆老爷子看见了他衣服背面的“土豪”二字，瞬间怒目圆瞪——

“轻浮！草包！给我抄十遍陆氏家训！”

啧啧，这火力，电梯听了想坠楼。

人一走，陆悍骁瞬间恢复成一枚吹着口哨的纯情男人。他手机响，是陈清禾来电。

“粉丝，call你偶像干吗呢？”陆悍骁接听。

“提醒你时辰到了，找个就近的楼层跳了吧。”陈清禾嘴上功夫也是相当了得，“老地方，打牌三缺一，不来当太监。”

“当太监也比你帅。”陆悍骁懒得贫，这鸡飞狗跳的一天，是该需要轻松一下了，“行吧，等我二十分钟。”

打牌这种事儿，怎么能不带吉祥物呢。

“周乔，开工了。”

五分钟后，黑色路虎轧马路。

周乔纯属被逼上车，因为陆悍骁实施了口头威胁：“你不跟我去，我晚上就把你绑在床头，让你见识一下什么叫‘爱的中国结’。”

多一事不如少一事，周乔已经被他折腾得实在没力气战斗了。脑力劳动总比体力耗费强，不就打个牌么。

到了地方，陈清禾叫他：“陆陆来了，牌桌给我支起来，山泉给我倒起来。”

陆悍骁爱热闹，两手一抬，“气氛给我躁起来！”

“哟，我妹也来啦。”陈清禾冲周乔打招呼，目光在陆悍骁和她之间贼溜溜地转。

“臭不要脸的东西。”陆悍骁可烦他乱攀关系，“今晚你死定了。”

陈清禾挤眉弄眼，故意往周乔边上站，“乔乔你有微信吗？咱俩加个好友呗，没事我还能给你分享一些养生知识哦。”

“滚你的。”陆悍骁拦开他，“先管好自己的男人尊严吧。”

陈清禾一脚踹过来，“下次比比，掐秒表。”

等的就是这句话！

陆悍骁“嘁”了声，瞬间化身三好学生，“谁跟你比啊，我女朋友都没交过呢。”

说的同时，他眼睛往周乔那儿瞄，故意声音大，生怕她听不见。

陈清禾比了个暂停的手势，“等等，我先去洗手间吐一下。”

陆悍骁懒洋洋的，“今儿个打哪种牌？”

“我擦，除了斗地主，你还会打哪种牌？”陈清禾出馊主意，“输了的，别喝水了。”

“行啊。”陆悍骁说，“要不改成拔腿毛？”

周乔震惊，腿毛？

总裁输牌拔腿毛？

但很快，陆悍骁改口："不行，不能拔毛。"

陈清禾问："为什么？"

陆悍骁没搭理他，而是侧过头，坏心眼地看着周乔，然后压低声音在她耳朵边："因为你喜欢毛多的。"

"……"

"哎呀，还红脸啦？"陆悍骁太坏了，说，"别不好意思，谁还没个特殊嗜好呢。"

周乔有点儿急，脱口而出："我不喜欢毛多的。"

陆悍骁都快乐死了，强忍欢笑，点点头正儿八经道："那好吧，回家我就把腋毛脚毛都刮了。"

真的忍不住了。

周乔哭笑不得地握起拳头，很想打他。

陆悍骁却先她一步，猛地伸出手，往自己脸上"啪"地一下，虚飘飘地打了一巴掌。然后他马上捂着脸，食指对着周乔直发抖，"呜呜，乔乔你打我，超痛的。"

"……"

周乔总算知道什么是有脾气没法发出来了。

陆悍骁继续造作，皱眉撇嘴，跟要哭了一样，"脸痛手痛心也痛，我的伤口你不懂，待会儿它就要化脓，你还站在那儿不动，怎么不来哄一哄。"

周乔笑得不行。陆悍骁的本事，就是能够把控全场，再糟糕的开头，他也能轻松自然地圆回来。

"好了好了，调剂一下气氛，打牌吧。"陆悍骁恢复正常，转身往牌桌走。

周乔松了口气，刚要迈步。

陆悍骁突然转过身，眼神很认真，"脸真的好痛哦，你确定不来抱一抱？"

"……"周乔伸手呼开他的脸，"你走啦，好好看路行不行。"

陆悍骁眉眼斜飞，笑意满满："你说行，我就行，走起路来不再停。"

周乔笑了出来，不想再跟他待一块，便去了洗手间。

牌桌上，目睹全程的陈清禾叹为观止，边发牌边说："我发现你这不要脸的技术，又上一层楼啊。”

没女人在，陆悍骁才点了根烟，放嘴里叼着，吞云吐雾地说：“你闭嘴，比什么都强。”

“不是，哥们儿，这周乔真是你亲戚家的女孩儿？”

“嗯。”陆悍骁惜字如金，顿了一下，抬起头，警惕极了，“问这么多干吗？”

陈清禾故意激他，“挺漂亮的，做个好事儿，给我她的微信呗。”

“加你微信干吗？”陆悍骁问，“看直播美羊羊洗澡吗？”

陈清禾嗤声：“你刚才那个打巴掌的表演，真的是相当有水平，哎呀，骁儿，你真的要反思一下自己了。”

陆悍骁不以为意，弹了弹烟灰，“我有什么好反思的，呵。”

然后他挑眉——

“我凭本事撒娇，管得着么你？”

陈清禾意味深长地看了陆悍骁一眼，“哟呵，娇气宝宝能耐了啊。”

陆悍骁瞥他一眼，“玩笑归玩笑，有话我也撂前头，微信号什么的，你就别想了，我不可能给你。”

陈清禾一听来了劲儿，“为什么啊，咱们兄弟多少年了。”

“再多年都不行。”陆悍骁把烟拿下，夹在手指间，“你这德行我知道，五湖四海都是你妹妹。周乔就免了，这女孩是陆老爷子托付在我这儿的，要考研，不能分心。”

“卧槽，那你还带人来打牌？”这也太双标了吧。

陆悍骁敲了敲桌子，“劳逸结合你懂个屁，别跟我争论教育问题，我二叔是教育部的，你有么你？我能教她做作业，你行吗你？”

“我就说一句，你丫跟做报告一样。”陈清禾摸着下巴，玩味着道，“骁儿，你就没想法？”

“我要有什么想法？”

“我问了贺燃，他说，这女孩不是你正儿八经的亲戚。”

“他怎么什么都跟你说？”陆悍骁嫌弃极了，“臭不要脸的都凑一块了。”

“你以前从不带女人出来，这两回，可都带了周乔。”陈清禾敲了敲桌面，“给我一支烟。”

陆悍骁把烟盒反而收得更远，“别抽了，烟味熏得很。”

算算时间，周乔也该回来了。

他把还剩一半儿的烟身给掐熄，又走去把窗户打开散味。

“你别瞎八卦，有事自然会告诉你，周乔挺好，安静不闹事，还能跟我即兴对对联，我和她都是文化人，交流起来特舒服。”

陈清禾是了解他的，越胡扯，就越是有事情。

陆悍骁“啧”了一声：“你这笑而不语的眼神，好像发情的猪。”

“也不知道是谁，发了情还不承认。”陈清禾理了理牌，“谁的地主啊？”

这时，服务员送东西进来，“您好，需要的朝天椒已经准备好了。”

陆悍骁皱眉，什么玩意儿？

“我叫的。”陈清禾指着一旁，“放那儿吧。”

那辣味，瞬间飘浮于空气里，闻着就流口水。

“老是喝水没意思，今晚就吃辣椒吧，输一盘，吃一个，上不封顶怎么样？”

陆悍骁风轻云淡，“你们随意就好。”

反正我有吉祥物，从此以后不识“输”。但机关算尽，没料到周乔许久未归，发了个微信告诉他，自己去楼下透透风，晚点上来。

于是……

“哈哈哈，你又输了！”陈清禾指着朝天椒，“吃，给我吃！”

陆悍骁把牌丢桌上，低骂了一声。

上一盘那个辣味刚刚压下去，又要开始了。

他丧气地深呼吸，拿起筷子，心烦道：“陈清禾你这个牲口，也不让厨房炒一盘个头小点的？”

陆悍骁夹起一个，闭紧眼睛，张大嘴巴，用尽全身毅力咬下去。

爽啊，热啊。

十五分钟后，周乔推开包厢门，一闻味道，嗯？谁家在做辣椒炒肉？

然后就听见陆悍骁的声音：“赢了，我赢了！陈清禾，你死定了！”

周乔揉了揉眼睛，“我天。”

如果辣椒会说话，它说的一定是，放过我好不好。

只见陈清禾收腹提臀，扎起马步，刚想来声狂吼。

“走你的。”陆悍骁伸手往他嘴里一塞，直接把辣椒丢进去，“逼逼叨叨，吃个辣椒戏还这么多。”

然后陈清禾“哈——哈——”地喘气，边喘边对嘴里扇风，“洗牌，再来。”

接触了这么久，周乔已经习惯了他们的画风。

她有点不放心地看了看陆悍骁，倒吸一口气，天！嘴唇怎么肿成QQ小肉肠了！

眼里好像还有未干的泪水，这受伤程度，比陈清禾严重多了。

陆悍骁辣得鼻涕眼泪一把抓，边抓牌边说：“我……我的手气来……来了，你们，你……”

“给我。”周乔直接抢走他的牌，打断说，“这局我帮你。”

陆悍骁一惊，侧头，然后一脸痴汉，“你回来了。”

“人间有真情”的感觉瞬间如潮水将他包裹，有人撑腰的感觉，爽飞。

陆悍骁指着对手，“你们一个个的，欺负我陆家没人啊！乔，快，干翻他们！厨师，再炒一盘朝天椒。”

周乔嫌弃地做了个嘘声的动作，陆悍骁立刻乖巧地闭了嘴，“嗯嗯，你说的我都听。”

全桌人：“……”

接下来的对战，周乔一如既往地保持住了高水准，并且没有给对手留半点面子，牌风凌厉，直接快刀斩乱麻。

陈清禾看得乐趣横生，意有所指地瞄了一眼陆悍骁，示意他看手机。

两分钟前，陈清禾发来一条微信——

“骁儿，看出来了没，你家姑娘在给你报仇呢。”

陆悍骁嗤声不屑，面相很淡定，但后来假装不经意，看了十几遍那条信息，美滋滋地想，今晚一盘辣椒，吃得太值了。

十点钟，散场回家。

陆悍骁搬了一箱王老吉放车里，边开车边喝，一路灌了六瓶。

“别担心我，不是第一次玩了，喝点凉茶压一压火气就行。”陆悍骁说，“我皮肤特别好，第二天不长痘。”

周乔听后笑了笑：“不长痘是因为过了青春期，就算要长，也是老年斑吧。”

陆悍骁作势要敲她的头，“这么能说，给你一副快板儿好不好？”

周乔还真挺认真地想了想，抬起头看着他，“街头卖艺行是行，但还少了一只猴，不然你跟我一起？”

陆悍骁笑出了声音，配合道：“主人，需要我给您跳一支爱的迪斯科吗？”

“需要。”周乔表情深沉，“就用那个《茉莉花》的音乐吧。”

提及熟悉的《茉莉花》，就想起那招大鹏展翅，两个人终于放声大笑。

陆悍骁边笑边说：“我皮肤真的好，不信你摸摸。”

他把脸凑过来，周乔用手去推，掌心贴着他的右脸，“不开玩笑了。”

她的掌心温热细腻，陆悍骁下意识地蹭了蹭。

周乔一愣，赶紧把手收回，别开眼睛看窗外。

陆悍骁勾嘴，伸出舌尖，舔了舔自己的“小肉肠”，然后吹起了口哨。

回到家，齐阿姨已经睡了，桌上留了两碗绿豆粥给他俩当夜宵。

“你都喝了吧，吃那么多辣椒，挺上火的。”周乔好心。

陆悍骁觉得自己的体香都变成辣味儿了，也没拒绝，端起来两下干光，喝后抹抹嘴，“你早点休息。”

周乔点点头，指着冰箱，“你要不用冰块敷敷嘴？能消肿。”

陆悍骁挑眉，突然朝她走来，“这位美少女，我忍不住想要表扬你。”

他伸出拇指，往周乔额头上轻轻一按，“恭喜你，获得全球绝版的一个赞。”

做完坏事就跑。

周乔一个人站在原地，她抬手，摸了摸刚才陆悍骁碰过的地方，热得好像要烫出一颗美人痣来。

俗话说，做什么事儿都别做坏事儿，迟早有回报。

小陆总的回报来得特别及时——

半夜三点，他因腹痛难忍，被120送进了医院。

市一院，急诊。

齐阿姨和周乔守在病房，病床名牌上五个大字：急性肠胃炎。

值班医生是个小年轻，过来问情况，齐阿姨代为回答。

“姓名。”

“陆悍骁。”

“年龄？”

“二十九。”

刚说完，床上打吊瓶的人虚弱地开口：“二十八……岁半。”

齐阿姨“哦哦”直点头，“冬天生的，是没满二十九。”

医生的眼睛瞬间睁大了两圈，这位病人，活得很精细嘛。

“这两天有没有吃生冷食物？”

齐阿姨倍儿自豪，“我做饭时的饭菜搭配，是找不出一丝纰漏的，心肝脾肺肾，样样能补到。”

医生刚准备继续。

“他晚上吃了朝天椒。”一旁的周乔，突然轻声说。

“朝天椒？”医生一脑袋问号。

“嗯。”周乔说，“打牌时吃的。”

看医生的凝重表情，可能是想建议陆悍骁去看看神经科。

问完之后，齐阿姨跟医生出去交费拿药。

周乔走到床边，看着这位脆弱男孩儿，哭笑不得地问：“好些了吗？”

陆悍骁摇脑袋，“哪儿都疼。”

周乔弯下腰，有点紧张地观察他的脸色，“哪里疼？我去叫医生。”

“周乔。”陆悍骁喊住她，“我心里好不舒服哦，你来帮我看看。”

“我不会看啊。”周乔停住脚步。

陆悍骁撇嘴，可怜巴巴地看着她，“医生很累了，白大褂也脏了，他做梦都想下班了，你考虑过这些吗？没有，你想的只有你自己。”

周乔笑着走回来，“好好好，你生病你最大，你说什么我都听。行不行？”

陆悍骁“嗯”了一声：“那你先给我吹吹。”

周乔问：“吹哪儿？”

陆悍骁哼哼唧唧：“嘴巴。”

“……”

“我嘴唇太肿了，待会儿被熟人看见，还以为我们做了什么坏事儿呢。”

周乔赶紧撇清，“是你，不是我们。”

陆悍骁装失望，“成全一回我的自作多情好不好？”

简直了，周乔给他掖了掖被子，笑骂：“生个病还这么能贫。”

陆悍骁说：“我不贫，我富得很。”

吊了水，胃疼的症状有所缓解，陆悍骁对周乔说：“我手机呢？帮我拨个号。”

拨通陈清禾的，周乔开了免提。

“卧槽，骁儿，我们已经在路上了，你可千万别蹬腿儿，等我来了，签了财产转让声明后，你想怎么蹬腿儿，就怎么蹬！”

“臭不要脸的。”陆悍骁声音到底虚弱，“你到哪儿了？”

“快到省公安厅了，陆厅长可能还在加班儿呢，需不需要我上去汇报一下他宝贝儿子的龙体抱恙？”

“死开。”陆悍骁没劲儿和他扯淡，说正事，“你等会儿，给我带几个女人上来，我嘴馋了。”

一听这话，周乔揪紧了衣服，一群女人？就算男女关系好，也不用在生病的时候这么饥渴吧。

周乔心里有些不是滋味，后面陆悍骁再说什么，她也没太听清。

半小时后。

陈清禾“哐当”一声破门而入，“人呢，让我见识一下，吃辣椒被送进医院的人长什么样！”

陆悍骁闭眼养神，高冷不搭理。

周乔起身相迎，“陈哥。”

“乔妹妹好。”陈清禾笑脸打完招呼，一样样拿出手里的东西，“骁儿，你交代的，我可一个不落。”

周乔顺着看过去，等等，这是什么玩意儿？

老干妈？

想到陆悍骁的话：“给我带几个女人上来，我嘴馋了！”

“……”

周乔看着那三瓶老干妈，这话好像也没毛病。

作为发小，陈清禾与陆悍骁之间，有太多默契词句。

就在周乔神经错乱的时候——

“给。”

陈清禾递来一杯奶茶，“骁儿让我给你买的，还特意嘱咐要热的。”

周乔一愣，接过奶茶，温热的触感顺着指尖一路蔓延。她抬起头，往病床上看去。

陆悍骁嘴角微弯，“真想谢我，来点儿实际的。”

他用没打针的右手，指着自己吃辣椒吃到肿胀的嘴唇，吊儿郎当地说：“过来，帮哥吹一吹。”

流氓人说流氓话，陆悍骁的脸真大，无辜眼睛望着她，模样实在很欠打。

陈清禾已经撸起袖子，受不了了，“我来我来，把嘴巴给我噘高点儿。”

他作势扑过来，陆悍骁赶忙咬紧牙关，“滚。”

“吹完就滚。”陈清禾笑眯眯，“下面，我给大家表演一个大风车。”

周乔捧着奶茶，站在原地看他俩呛声。

她眼里有笑，有光，有温柔。

陆悍骁甚至有一刹那的错觉，如果陈清禾没有打断，周乔可能真的会过来吹吹他嘴唇。

这个想法一窜出，脑子就跟电线搭错短了路似的，“轰”的一声炸出了一朵茉莉花。

陈清禾望着吊瓶上的药名，惊讶极了，“我擦，竟然用上了这种名贵药材？放在古代，这可是救命用的活菩萨啊！”

陆悍骁冷声一笑：“葡萄糖怎么你了？要给它扣个这么大的帽子？”

陈清禾“哈哈哈”几声，突然想到，“骁儿你都成这样了，还让我买老干妈，怎么，是不是想自杀？”

“说好活到九十九，你不先死我不走。”陆悍骁说，“齐阿姨说明天早上给我做面条，她肯定不会放辣椒，我先备着，明儿偷偷放。”

“原来如此。”陈清禾点头，“妙啊。”

“不许吃。”周乔突然发声。

陆悍骁不以为意，“知道钢铁是怎么炼成的吗？”他拍了拍胸脯，“我这身体就是答案。到了清晨六点，我能给你跳迪斯科。”

“你是急性肠胃炎，懂不懂事啊！”周乔语气提高，眉眼里有了韧劲儿。

哟呵，陆悍骁似笑非笑，“你管我啊？”

下一秒，他态度突变，凶巴巴地顶了句：“是不是忘记哥的副业了？赏你一个纯陆氏·捆绑·爱心牌中国结。”

陈清禾“哟嘿哟嘿”地叫唤：“欺负小姑娘，骁儿你牛大发了。”

周乔走过去，二话不说把三瓶老干妈收起来。

陆悍骁道：“干吗呢你，别碰我的女人们。”

周乔充耳不闻，把它们放进柜子里，“医生说你要饮食清淡，不能吃辛辣食物，不然下次就等着胃穿孔吧。”

陆悍骁脸一偏，摆明了我不听我不听。

周乔说：“凌晨半夜，齐阿姨岁数那么大了，你还让她操心，平心而论，这样合适吗？”

陈清禾接话：“那不合适，简直千刀万剐。”

陆悍骁一听可心烦，凶他：“你这么能耐，这个吊瓶让给你啊！”

然后继续凶神恶煞地看向周乔，两腮鼓动，怒气即将爆发。陈清禾甚至捂住了耳朵，没想到，陆悍骁却突然软了音，乖巧地对周乔说：“好啦好啦，我听你的话。”

陈清禾目瞪口呆，周乔也是一脸无奈，表情哭笑不得。

忙完事情，陈清禾把齐阿姨送回家休息，病房里就留周乔看护。陆悍骁打完吊瓶拔了针，对周乔说：“你睡会儿吧，有事我不叫你。”

“嗯？你不叫我？”

“对。再疼我也忍着，胃穿孔了我也受着，四肢瘫痪了我也绝不吭声。”陆悍骁说，“守护美少女的睡眠质量，长得帅的人责任最重大。”

周乔乐得不行，终于把心里话问了出来：“哥哥你多大啊？”一点也不像三十岁。

陆悍骁一愣，竟然沉默了。

太不好意思回答了，嘻，其实还挺大的。

周乔见他不说话，也就没再聊天，折腾了一晚上挺累人，她和衣而睡，背对着陆悍骁。

“转过来。”有人不乐意了。

周乔耷拉着眼皮，“嗯？”

“别用背对着我。”陆悍骁说，“万一我有情况，叫不醒你怎么办？”

“……”这个理由真是……好吧，周乔遂了他的意，侧卧着，正脸对着他。

没多久，她便睡着了。

病房里的大灯关了，就留着一盏床头灯，光亮把周乔的脸圈出淡淡的暖色，陆悍骁手枕着脸，肆无忌惮地打量她。想着这不长的时间里，发生的一连串逗趣事儿，陆悍骁忍不住弯了嘴角。

他伸出右手，食指和拇指合在一起，比了个圆圈。然后对着周乔的方向移近移远，直到将她的脸完全嵌进手指圈里。陆悍骁心思动了动，指头尖微微收缩，合成了一个“心”的形状。

他眉梢微翘，轻声笑道：“Hello，小跟屁虫。”

第二天是周六。

陈清禾那个大嘴巴把陆悍骁住院的消息发了个朋友圈，于是，陆宝宝公司的员工都知道他们的老板得了急性肠胃炎。

早上九点，在秘书朵姐的组织下，六七个员工代表前来探望。朵姐打头阵，在门口长手一呼唤，病房瞬间被站满。

“陆总，您可一定要注意身体啊。”

“公司没了您可不行，那就像一艘巨轮没了真皮方向盘。”

“明天发季度奖，一听您病了，财务部都没心思打钱了。”

周乔给大家倒水，隐隐忍笑。

朵姐把大袋小袋放在桌子上，“陆总，这是大伙儿的心意，都说牛奶上火，我们就给您买了羊奶，还有这个钙片，我爸妈都在吃，特别好吸收，药店搞活动，买一送一很划算。哦，这个不二家的棒棒糖，量贩装，什么味儿都有，心情不好的时候，吃一根，暖暖的，很贴心。”

陆悍骁：“……”

他真心实意地竖起大拇指，“朵姐，回去我给你涨工资。你的眼光太毒辣了。”

一员工问：“陆总，您是怎么进医院的？”

陆悍骁犀利地扫了眼提问人，很好，你成功地引起了本总裁的注意。

另一道声音欢欣雀跃：“看，病床牌子上写着呢，朝天椒食用过量。”

全场人：“……”

陆悍骁脸色跟被单颜色一样白，深深地记住了此人，哟嘿，这么能说会道，那就只有奖励你一个工资全扣了。

周乔都快被憋出毛病了，出来打圆场：“朵姐，你们吃水果吗？”

不用去看身后陆悍骁的表情，想想也是挺尴尬的，毕竟一个上市公司的老总，不要面子的啊？

但，陆悍骁还真不要面子了。

“小赵说得对，我就是吃辣椒吃进了医院。”他嬉皮笑脸，镇定自如，化解尴尬的最好办法，就是自黑！

“昨晚上我打牌，打得那叫一个气势恢宏，输了的吃辣椒，还是印度进口的。”

此话一出，朵姐下巴都脱臼了。

陆悍骁眉飞色舞，“你们都是老员工，应该特别了解我的心地善良。我的对手都是小垃圾，半小时连输十几把，对了，昨晚的朝天椒个头肥美，油盐适度，外皮脆脆的，咬一口下去，灵魂都要颤抖了。”

“……”

陆总，您能别偏题吗？

陆悍骁两手举在半空，压了压，示意大家耐心点，“对手输得多，但规则立在那儿，也不能耍无赖。唉，也怪我大意，一心软就去帮他们吃辣椒，忘记这几天我身体特殊，这不，就被送进医院了。”

静默几秒。

朵姐到底是混过江湖的，带头鼓起了掌，“陆总，您太牛了。”

后面的员工如梦初醒，也接二连三地拍起了手，“人间有真情，人间有真爱，陆总，您真是集大爱于一身啊！”

朵姐干练凌厉，“宣传部的在不在？”

“在，在的。”一小姑娘举起手。

“马上写篇通稿，把陆总这事儿报道一下，发集团内网，加急。”朵姐吩咐。

“不不不，不用了。”陆悍骁一听，着急道，“做好事不留名，就别占用内网版面了。”

朵姐得令，时间不早了，于是告辞：“那陆总，我们就不打扰您休息了。”

陆悍骁含蓄地点了个头，“辛苦你们了。”

“陆总，记得喝羊奶，还有那棒棒糖，开车累了来一个，心情坏了也来一个，想不通了再来一个，人生啊，没有什么是一个棒棒糖不能解决的。”

陆悍骁：“……”

哟呵，这位是财务部的老严，您这么能说，高中作文多少分啊？

送走大部队，周乔回病房，关上门一顿猛笑。

陆悍骁跷着二郎腿，躺床上抖动着自己的五根脚趾，“笑够了，就给哥倒杯水，说了大半天，渴死我了。”

周乔起身走过来，边给他倒水边问：“你在公司开会，也是这个样子吗？”

“差不多吧。”陆悍骁张嘴，“喂我。”

周乔不情不愿地把水杯送到他唇边，陆悍骁低头喝了半天，皱眉问：“这什么水啊？”

“怎么了？”陆大爷，你又哪里不满意了？

“这也太甜了吧！”陆悍骁突然变脸，冲她笑得那叫一个阳光明媚。

周乔低头抿嘴，什么人啊，跟孩子似的。

这时，她手机响，来了电话。

陆悍骁随意瞄了眼，等等。

来电人：傅泽零。

这个名字，很Man啊。

周乔的表情也是吃惊的，惊讶中还带着一丝欣喜。她把水杯放桌上，接通电话，边笑边往外走。

“Hi，师兄。”

陆悍骁看着那杯被抛弃的水，心里一团无名火冒了出来，“周乔，我水还没喝完呢！”

窈窕背影没为他转身，周乔一路笑，一路说，打开门走去了走廊。

门被关上。

“你要渴死我啊！”陆悍骁惊天暴怒，掀开被子跳下床，“周乔，周乔！”

他紧追而去，看着站在窗户边谈笑风生的女人，碍眼！

陆悍骁在原地站了十秒，周乔根本没注意到他。

天，太受伤了。

陆悍骁很快从“被打入冷宫”的悲惨情绪里振作起来，他眼珠儿一转，捂住自己的肚子，“哎哟哎哟”地叫唤起来，一声比一声大，“疼啊，好疼啊，我的腹肌哦不是，我的肚子好疼啊！”

周乔还没回头呢，倒先把医生吸引了过来。

“这位病友，出什么事儿了？”

陆悍骁一记眼神横扫过去，低声警告：“谁要跟你当朋友，走你的。”

人走后，他又进入角色，这次升级为咆哮状了，“疼死我了！”

打电话的周乔，终于回眸。

一看吓一跳，她挂断电话，加快脚步跑了过来，“陆悍骁，你怎么了？”

硬邦邦的四个字，“我要死了。”

周乔拧眉，“那我去叫医生，我先扶你去床上，你搭着我的肩膀，慢点儿。”

陆悍骁也不客气，把自己一半的重量都赖在了她身上，然后哼哼唧唧地嚷：“你丢下我不管，水也不给我喝，我摔倒了你也不扶，我的痛呼你也不听，你这是谋杀，你必须要好好反思一下自己了。”

周乔：“……”

走了几步，男人的身体实在是太重了，她忍不住提醒：“哎，你腿用点儿力。”

“瘸了。”

“那你手别环这么紧，我透不过气了。”

“神经萎缩了，松不了。”

“……”

周乔费劲儿极了，边扶边说：“那我让齐阿姨过来吧。我等会儿有点儿事，要出去一下。”

陆悍骁一听，瞬间四肢健全，站得笔笔直直，“去哪儿？见谁？”

“呃。”周乔望着起死回生的陆悍骁，蒙了半天，说，“我一个师兄。”

“走吧。”陆悍骁率先往外走，“我有车，我送你。”

“不用不用。”周乔赶紧追上去，“你还生着病呢，我打车去就行。”

“呵。”陆悍骁转过头，表情正儿八经，“出租车比我行？我可是黑色路虎，进口货。”

说完，他一溜烟地钻进电梯，那速度快得，好像生怕周乔不让他去似的。

啧啧啧，毛病。

坐电梯到停车场。

朵姐来时，按着陆悍骁的吩咐，开了一辆车过来给他备用，没想到还真派上用场了。

周乔看着这辆路虎，心想，真是一个虎迷呢。

陆悍骁拍了拍车盖，“结实，可以和坦克干一架。”

他坐上驾驶座，又拍了拍椅垫，“真皮的，纯手工缝制，三千个老手艺人，一人一针不带重复。”

周乔不搭腔，看他还能说出什么花来。

陆悍骁指着方向盘，“超级灵活，溜得飞起。怎么样，比你的出租车强吧？”

周乔挠了挠鼻尖，挺担心地问：“你身体受得住么？要不还是算了吧。”

“你以为我吊瓶白打的啊？”陆悍骁皱眉，“把安全带系上，地址给我。”

周乔忧心忡忡，还没开口，他就一脚油门轰了出去。

车上大路，去一家咖啡馆。

“哟呵，你这师兄挺有情调啊，还会喝咖啡，洋气。”陆悍骁装得风轻云淡，“多大啦？”

“比我大两届，他就在复大读研。”周乔说。

“复大？”陆悍骁抠紧方向盘，“那你俩以后还是校友，不错，你也很快要变成洋气妹了。”

“……”周乔转过头，“你今天怎么了？”说话跟仙人掌似的。

陆悍骁扬起下巴，“病了。”

“病了你还送我？”

“病重了。”

周乔哭笑不得：“喂。”

陆悍骁还穿着昨晚进医院时的休闲装，纯白T恤，头发没喷发胶凹造型，柔柔软软地搭下来，气质跟加了柔光一样，显得比西装革履时要恣意。

到达目的地，周乔先下车，陆悍骁抓都抓不住——

“卧槽，说好的关爱老年人呢？！”

他扒下后视镜，对着镜子飞快地理了理头发，暗自唠叨：“都怪时间太赶，不然得换那条破洞牛仔裤出来，显年轻。”

周乔见车门推开，吃惊地问：“你干什么？”

“进去喝咖啡啊。”陆悍骁说，“我人都来了，干吗？还要赶我走？”

“不，不是。”周乔有点蒙，“你还生着病呢。”

“呵呵，这会儿知道我是病人了？要我送你的时候，怎么没想起来呢。”

我天，这人不要脸的程度可以说是山崩地裂了。

周乔赶紧追上去，“陆哥，陆哥。”

背影如风，脚步生猛，就不为你转身。

周乔急了，喊道：“陆悍骁！”

大名都用上了，那就为你回次眸吧。

陆悍骁不太高兴，停下脚步，“我喝个咖啡怎么了？自己掏钱行不行？周乔，我发现你很有问题啊，见师兄？我看这位师兄就挺不安全的。”

周乔安静地听他说完，然后低下头，抿唇轻轻笑了。

“……”

什么情况，猜中了？真有不正当的男女关系？

这个定论刚起了个头，陆悍骁就觉得自己快要窒息了。

周乔抬起眼睛，忍着笑："我刚刚想说的是，咖啡就别喝了，伤胃。我请你喝白开水好不好？"

窒息的感觉瞬间通畅了。

陆悍骁望着周乔略显欢快的背影，得意地比了一个"Yes"——

"一杯可不干，我要喝两杯。"

这家咖啡馆性价比高，消费不算很贵，陆悍骁没来过。他瞄了一圈装修，心想，呵，肯定没我有钱。

"周乔。"一道男声从右边传来。

"Hi."周乔招手，一脸笑地迎上去。

陆悍骁扬起下巴，打量着这位不安全的师兄，就冲着他也穿了件和自己一样的白色同款T恤，就天杀的不能被原谅。

身高目测一八零，没我高。五官嘛，眼睛太大了，没意思。虽然也有肱二头肌，但看起来就没我的硬，哟哟哟，还做了发型呢，也是我今天没有喷发胶，不然头发立得肯定比你高。呵，还穿了一双小白鞋，gay里gay气的。

陆悍骁的内心戏相当丰富，表情极其不友好。

"这位是傅泽零，我大学时候的学长。"周乔礼貌地做介绍，"这位是……"

陆悍骁竖起耳朵，敢说是你叔叔就死定了。

柔软的声音吐字清晰："我的哥哥，姓陆。"

从她嘴里说出哥哥二字，怎么这么好听呢。陆悍骁心里都快美死了，于是主动伸出手，"你好。"

傅泽零双手握住，颔首示意，"陆哥好。"

"你们聊你们的，随意。"陆悍骁落座，懒懒地挨着周乔。

"这里的蓝山咖啡是招牌，我擅自给你们点了，需要别的再加，千万别客气。"傅泽零气质干净，声音也好听。

服务员已经把咖啡端了上来，周乔说："谢谢，麻烦你给我一杯温水。"

陆悍骁听得心里一软，这还差不多。

接下来的聊天话题，基本上没他什么事儿了。

傅泽零和周乔本科在同一所学校，两人是老乡，所以平时接触得也不少。这小子家庭条件还不错，一身行头看起来简单，但都是陆悍骁能叫得上名字的牌子。

“后来啊，篮球队的就和田径队的杠上了，去夜宵摊比赛吹啤酒。”

周乔听得入迷，“啊，他们队长好像特别能喝，田径队被放倒了？”

“你猜错了。”傅泽零笑意满脸，“他们喝到半道儿，老张带着系主任和辅导员过来抓现场，酒瓶子一丢，跑得比谁都快。”

周乔乐得笑出了声。

一旁的陆悍骁，看着她开心的模样就忍不住翻白眼。

再看向傅泽零，你这么能说，中考作文儿打几分啊？

傅泽零眼神温和，伸手帮她往咖啡里加奶糖，“小乔，你复习的时候有什么问题，可以来问我。以后我们又能是校友了。”

周乔刚想说话……

“哎哟。”陆悍骁微微皱眉，表情似乎很痛苦。

呵，谁还不会抢戏啊。

“怎么了？”周乔侧过身，担心地看着他。

陆悍骁捂着腹肌，平静中透出一丝隐忍，隐忍里又有一点儿脆弱。

“聊你们的，我没事。”来自小陆总的纯情微笑。

周乔惦记着他的肠胃炎，紧张极了，小声问：“是不是不舒服？哪里疼了？”

陆悍骁的眉头，不经意地深皱一分，关于尺寸的把握，以让周乔心疼为标准。

“你和你师兄，好好聊，叙叙旧，你们的校园往事太好听了，好听得我想哭。”陆悍骁捂着腹肌的手掌，用力一拽，把衣服活生生地扯出深褶。

周乔一看，天，都疼成这样了。

陆悍骁把演技往死里炫，声音抖三抖，颤着音儿地说：“别管我，我很好，肠子疼不是病，回去打两个吊瓶儿就行，大不了，开膛破肚动动刀，来个美容线缝一下，腹肌不留疤，美得顶呱呱。”

"……"

可能是这个咖啡糊了眼睛，周乔竟然关心则乱，信以为真，陆悍骁一定在强忍！

她当机立断，对傅泽零说："师兄对不起了，我们可能要先走。"

傅泽零也是一脸蒙圈，僵硬地点了下头，"呃，嗯。"

周乔站起身，弯腰来扶陆悍骁，"能站起来吗？慢点儿，手搭着我。"

陆悍骁假装脚滑，步伐飘了一下，"不小心"地挨紧了周乔，"现在还挺难受的，哎，没什么力气，得让齐阿姨给我炖点儿大骨汤补补。"

"行，我待会儿就去买。"周乔扶得有点儿费力。

傅泽零绅士地过来帮忙，"我来吧。"

陆悍骁的"不"字还在舌尖，周乔就爽快地应了一声："好！"

傅泽零身高腿长，和陆悍骁旗鼓相当，手法又专业又迅速，三两下就把陆悍骁架了过来。

只是这力气……

"卧槽，疼！"陆悍骁心里痛呼，望着傅泽零这张若无其事的鲜肉脸，心想，小弟弟很有前途嘛。

周乔小跑着去推店门，用手撑着，等他俩过来。

陆悍骁没忘记自己是个"病人"，慢吞吞的，很逼真。

傅泽零笑着说："陆哥，注意身体啊，盛夏之日容易中暑，小时候吃十根冰激凌都没事，长大了，可不同往日了。"

哟呵，拐着弯地说我老？

陆悍骁挑眉，"你们硕士生就是有水平，你这话啊，乔乔念了我百多遍，管得我可烦，生冷东西不让吃，水只准我喝温的，西瓜非得按着我的嘴巴大小，切成块状，一口喂一个，她手上的茉莉花香，闻得我都快犯鼻炎了。"

傅泽零的脸色当即一变。

陆悍骁不屑，智商起毛球了？呵，跟我斗。

越来越接近店门，周乔站在那儿满目关切。

陆悍骁又开始哼哼唧唧，往傅泽零身上靠得更紧，那重量，存了心地故意压他。

就算放猪肉摊上卖，我这体重，也能比你多卖几个铜板。

陆悍骁虚弱地说：“傅小弟，需不需要我送你一程？”

傅泽零望着他的车，笑了笑：“不用，我回学校打车很方便。”

“哦，那我就不强求了。”陆悍骁骄矜地点了下头，“那你好好上路。天气怪热的，太阳挺辣的，下次出来记得打把小花伞，图案选茉莉花、玫瑰花都行，看起来清凉解渴，毕竟你站在路边等出租车，挺晒的。”

这带刺的意味太明显了。

周乔看向他，眼神不太高兴。

管你的，谁还不是小公主呢。

陆悍骁大爷似的坐上驾驶座，方向盘甩得溜。

“走喽，回去看陆宝宝喽！”

周乔：“……”

大周末的，股市休市，看你个鬼的宝宝啊！

正所谓，强行加戏最为致命。

冷静下来，陆悍骁在咖啡馆的拙劣演技，简直惨不忍睹。

周乔冷着脸，一路上都不和他说话。

陆悍骁不停地瞄她，一团无名火汹涌澎湃，见师兄还有理了你！

但这沉默气氛，让他挺没底的，尬聊也是聊。

“大学生，你怎么不高兴啊？”

周乔偏过头，看窗外。

陆悍骁“啧”了一声：“年纪轻轻，漂漂亮亮，竟然这么容易生气。”

“……”

周乔抿唇，不语。

陆悍骁眼观前路，手摸方向盘，吹着口哨，瞎抖机灵。

“我跟你说啊，千万别生气，生气就上火，上火就熟了，熟了之后，撒点孜然就能吃了。”

然后又接着吹起了口哨。

这一回，周乔的笑容，轻轻松松地被他攻破。

听了一会儿。咦？陆悍骁吹的歌，好像是《爱你一万年》。

意识到此，周乔的脸悄悄发了热。她弯起嘴角看向窗外，今天的天气好像特别好，阳光万里，云阔天蓝。

尬聊之后，一路两人都没再说话，颇有点“冷战”的意味。

陆悍骁开车直接回公寓，周乔终于忍不住问：“你不去医院了？”

“那里又没有我师兄，才不去。”

“你没办出院，药也没拿。”

“没关系的，死不了。”

“……”

周乔听得也不乐意了，小声道：“爱死不死。”

陆悍骁吹着口哨，“不死就不死。”

到家，齐阿姨又不知道去哪里野了，厨房里还煲着汤，陆悍骁一闻就知道是猪的大腿骨。

他在厨房站了半天，偷瞄客厅里的周乔，怎么回事儿啊，又不理人了，这空空大房间，没人说话怪寂寞的。

陆悍骁脑子里尽是些馊主意，他跑到灶边，找了个勺子当道具，然后叽里呱啦地开始嚷嚷：“哎哟我的妈！”

没动静？

提高声音：“哎哟喂！”

客厅里收拾东西的周乔，动作暂停，无可奈何地瞥了眼厨房。犹豫半天，她还是放下东西，决定去看看又闹出了什么幺蛾子。

脚步声，好样的！陆悍骁为求被烫效果逼真，决定揭开锅盖儿来点儿仙气。

手一伸，“卧槽！烫！”

陆悍骁赶紧丢掉，锅盖掉到地上“砰”一声碎成了三瓣。

周乔已经走了过来，对着一地碎碴儿陷入沉思，然后抬起头望着他。

陆悍骁嘴角微颤，伸出食指，刚想说：“骨折了。”

这时，客厅响起动静，是推门的声音。

齐阿姨欢快地直叫唤：“今天这块五花肉可肥美了，我们家悍骁吃了之后可以长到一米九八。这只母鸡也挺结实，我们乔乔吃个鸡腿儿，一定活蹦乱跳。”

瞧见鞋柜里的鞋子，就知道两人在家，齐阿姨边喊边往厨房来：

“悍骁，乔乔，你们在家哪？”

那个“哪”字活生生地在喉咙眼里来了个急刹车，齐阿姨看着一地的碎瓷片，怒气冲天，“我的盖儿！”

陆悍骁两手一举，做投降状，“是我的错，我赔。”

齐阿姨心疼死了，“这是我上回在超市抢购的，特价九块九。”

“……”陆悍骁眼角抽搐，“那还挺贵的。”

齐阿姨嫌弃地说：“本想给你补补钙，你却摔烂我的盖儿。”

陆悍骁说：“对不起让您受伤害，以后一定表现乖。”

周乔：“……”

齐阿姨痛心疾首地挥手，“出去出去，看到你广场舞都不想跳了。”

陆悍骁默不作声地退到客厅，一连串不顺心下来，心情不太好。

周乔望着他的背影，想笑又笑不出。

陆悍骁突然转身，“老看我干什么？还看就收费了啊，别仗着我们熟，就这么占便宜。我现在可是要去洗澡的人，再看自杀。”

周乔眨眨眼，被他绕得云里雾里。

陆悍骁傲娇地关上卧室门，又吹起了《爱你一万年》。

周乔站在原地，对着门板失笑，也不知着了什么魔，竟跟着他一起，轻轻哼起了同样的曲儿。

“乔乔。”齐阿姨突然喊她。

“啊？在。”周乔如梦醒，像做了坏事被抓包一样心乱跳。

“我出去买点葱蒜，待会儿回来。”齐阿姨说，“顺便去超市看看，还有没有九块九的锅盖。”

“要我陪你一起吗？”

“不用了，家里留个人吧，悍骁病着呢，我怕他想不开自杀。”

“……”

齐阿姨，您这脑洞也是很璀璨。

人走后，周乔也准备回房看书，刚坐到桌边，敲门声响。齐阿姨忘记拿东西了？周乔快步去开门，结果，门口站着的是身穿红色制服的快递小哥。

“请问陆悍骁先生在家吗？有一份快递需要他签收。”

周乔说：“他在洗澡。”

“哇哦。”快递小哥的叫声很婉转，一副“我懂了”的表情。

等等，你瞎抖什么机灵。

“那麻烦您帮他签收一下可以吗？”

一个中号纸箱，掂起来还有点儿重量。

周乔签收后，抱着纸箱进屋，又过了半小时，算算也该洗完澡了，可他屋里怎么没一点儿动静？周乔翻着单词，时不时地瞄客厅，想起齐阿姨临走前的嘱咐，越想越慌。

她终于忍不住了，走到陆悍骁卧室门口。

“咚咚咚。”

三下连击，力透门板。

随着门“嘎吱”一声解锁，心也跟着落了地。

陆悍骁刚刚焚香沐浴完，一脸湿，头发还在滴水，“怎么了？”

周乔说：“齐阿姨出去了。”

“哦。”所以呢？

“她走前交代我，要我看着你。”

陆悍骁理所当然地点头，“没毛病，毕竟长得帅，多看几眼是你天大的福气。”

周乔平静地说：“你想多了，齐阿姨是怕你自杀。”

陆悍骁：“……”

周乔忍住笑：“外面有你的快递，我帮忙签收了，就放在桌子上。”

“这么快就到了。”陆悍骁瞬间精神，抓起周乔的胳膊，“来来来，我是买给你的！”

周乔纳闷极了，“买给我的？”

纸箱方方正正，签条上备注的是书。

“等等，我先上网给个五星好评。”陆悍骁拿出手机，操作可熟练。

周乔费解，“你平时还网购？”

陆悍骁边评价边说：“刚送快递上门的，是不是皮肤黑，眼睛小，一对招风耳？”

周乔回想一下，嗯，描述十分到位。

“他母亲五十大寿时，我还给了份红包呢。”陆悍骁说，“这些年帮我送过快递的，五个结了婚，三个生了孩子，就剩他是单身了，我俩婚姻状况特别像，所以给他多一点儿宠爱。”

说话的工夫，快递已经被拆开。

周乔一看，人都傻了。

陆悍骁把书拿出来，一本本摊开，自豪地说：“就你这水平，不多做几套模拟试题真是可惜了。”

《十年研考》。

《历年真题》。

陆悍骁抬高下巴，抖了抖书说：“以后每天写一页，红笔我都准备好了，就等着给你打分儿。”

周乔：“……”

“你这什么眼神啊，我爷爷奶奶把你交给我，我肯定不能辜负他们的用心。”陆悍骁越说越起劲儿，“单词背了吗？完形填空写了吗？阅读理解打几分啊？别把心思成天花在师兄等无关紧要的人身上。”

师兄这个词，今天出现的频率有点高啊。

周乔心里跟明镜似的，没点破，似笑非笑地看着他。

陆悍骁被她盯得有点儿心虚，猛地闭了嘴，捞起试题本塞给她，“记住了，好好学习。”

逃也似的回到卧室，陆悍骁心脏跳得厉害。

完了完了，有东西快要溢出来了，必须找点儿事情做分分心了。

他捞起手机，打开微信，往兄弟群“颜值撑起我市一片天”里发了个“么么哒”的表情，五分钟后也没人回。

陆悍骁又发：“我昨晚上住院了。”

群里瞬间秒回刷屏——

贺燃：“出售烟花鞭炮彩带，买一送十。”

陈清禾：“楼上的，我要为你打碟！”

陶星来：“天啊陆陆哥，我爱死你了，超酷的。”

陆悍骁跷起二郎腿，接着发：“不过我今天就出院了，恢复得特别好。”

贺燃：“上条消息已撤回。”

陈清禾：“上条消息已撤回。”

陶星来：“上条消息已撤回。”

"……"

这帮牲口都一个德行。

陆悍骁懒得理，点开朋友圈，滑了几下怪没劲儿的。

他指尖动了动，发了一条动态——

"生个病而已，八块腹肌已经掉了一块，人间惨剧。"

以陈清禾为首，点赞数秒破五十。

哟，收到一条来自精干秘书朵姐的评论：

"陆总，我来帮您消灭五十赞零回复惨案。"

陆悍骁乐得不行，年薪三十万的秘书，不是白培养的。

他起了心思，再发一条——

"特大福利：从本条动态的点赞人里，抽一个强吻。"

很久之后。

陆悍骁终于忍不住摇了摇手机，"不会吧，死机了？朵姐呢？三十万年薪，就让老板这么尬着？"

他百无聊赖地穿上拖鞋，准备去厨房喝杯水。

走到客厅，咦？周乔的房门开着，人却不在里面。

陆悍骁站在门口，往里头看了看，书本摊开，笔也没合上盖，手机放在一旁。看了几眼，刚准备走，陆悍骁灵光一闪，重新盯上了那只手机。周乔没设置密码，滑屏进去，巧了，正是微信页面。陆悍骁眼睛发了光，直接点进朋友圈，往自己刚发的那条动态上，可耻地点了个赞。

刚干完，门锁响。

"哎哟，太重了，幸亏乔乔你来帮我拎。"齐阿姨又买了三只鸡，周乔提着一大袋瓜果走后头。

陆悍骁脸不红心不跳，"好久不见，你们好啊。"

齐阿姨笑得可喜庆，"没事儿吧这孩子，我才出去一小时呢。"

周乔看着他，觉得有点奇怪，但又不知道怪从何来。把菜提到厨房，她就回卧室复习了。

平安无事地度过白天，吃过晚饭，齐阿姨穿着舞蹈鞋，欢天喜地地去广场上报道。

周乔继续看书，小台灯亮着，把她的脸染出一层光晕。

卧室里的陆悍骁，躁动得不行，他掐准了时间，把那张"点赞送强吻”的截图发给了周乔。

显示发送成功，陆悍骁躲在门后面，捂着嘴狂笑。

几秒之后——

门外发出“哐当”书本桌椅倒地的巨响。

来了来了！陆悍骁侧耳倾听，脚步声临近，太激动了。

“咚！咚！咚！”周乔砸门，你有本事截个图，你有本事出来啊！

嘁，本事大着呢。

陆悍骁理了理发型，“唰”的一声拉开门，兴奋地问：“这位美少女，是不是来兑现奖励的啊？”

周乔表情平静，脸色很淡，微微仰头，直视着他的眼睛。

等等，这反应，好像拿错剧本了。

陆悍骁沉心定气，千万别慌，我的风格我做主。

他笑得吊儿郎当，弯腰侧脸，指着自己的脸颊，“啵啵啵，来拿奖励吧。”

但回应他的，是安静。

周乔垂眉低眸，几不可闻的一声叹气。

下一秒，她突然伸出手，轻轻捏住了陆悍骁的下巴。

胡楂儿刚冒，手感微扎。

陆悍骁已经完全愣住，任由她手指转动，两人正脸相对。

周乔眼神如水又如烟，仿佛幻化了一整夜的星火。她声轻意明，直截了当地问出口：“陆哥，你是不是……喜欢我？”

陆悍骁蒙了。

你是不是喜欢我？

你这样子就是喜欢我吧？

微妙的认知如同醍醐灌顶，劈开了他大咧玩闹性格里，可能连他自己都没意识到的一条细线。

周乔的眼神平静，无波无澜，这种冷静自持，让人心虚又胆怯。

陆悍骁“哈哈哈”大笑，跟听了天大的玩笑似的，“怎么可能啊！”

他两手直拍，围着原地转圈儿，继续笑：“周乔，你这个想法很有勇气，不行，我得表扬一下你，表扬归表扬，但陆老师还是要申明一点啊，哈哈哈，不行了太好笑了。”

周乔静静地看着他跳脚，然后打断他，点了下头，“那我就放心了。”

“？”

不轻不重的六个字，听得陆悍骁心里不是滋味。

周乔咧嘴笑得开心：“对不起啊陆哥，你这样性格的人，我真的从来没有碰见过。我还以为，唉，没事，话说清楚就好了。”

陆悍骁：“……”

周乔看起来是全然放松的状态，没有半点伪装。

就像辟谣成功一身轻，她晃了晃手机，“你是个很有幽默感的人，真的值得学习。”

“……”

谁要你学习了。

“那你早点休息。”周乔退出房间，笑着帮他带上门。

门一合上，她的笑容冻在嘴角，再以极慢的速度缓缓收回。方才的喧闹轰然散去，一门之隔，此刻安静得像置身另一个世界。周乔握着手机的指尖越发收紧，她无法解释两分钟前的失礼，脱口而问或许出于冲动，也或者是扎根心底许久的疑问。

谈不上失落，但也绝不算高兴。

这片刻的失衡没有逗留太久，周乔很快调整过来，回卧室继续看书了。

而门里的陆悍骁，显然没有那么好过。

“卧槽，太犀利了。”他把空调打到十六度还嫌热，索性把T恤给脱掉，光着膀子在房里来回踱步。

一世英名，竟被一个跟屁虫给抢占了先机。

周乔那干脆利落的一问，不给他任何思考的时间，相当快刀斩乱麻。

但是……

陆悍骁心想，我要思考什么啊？不是已经澄清了吗！

他往床上一倒，裹着毛毯滚来滚去，滚得太投入，忽略了床的大小。

“哎哟喂！”

陆悍骁一声痛叫，直接滚到了地板上。

毯子巨大，已经把他缠了好几捆，一时半会儿出不来。

就在这时——

“怎么了？怎么了？”周乔第一时间推门而入。

陆悍骁一愣。

卧槽，这姿势太丢脸了。

他跟条毛毛虫一样在地板上奋力蠕动，毯子缠得特别紧，一时半会儿松不开。

周乔没忍住，笑出了声。

她挑眉，站在原地负手环胸，认真欣赏了十来秒，这才迈步前去帮忙。

“你别动，我给你把毯子扯出来。”周乔按住他的肩，“这边抬上来一点儿。”

很快，陆悍骁就从毛毯里冒出了头。

就像一颗突然长出的冬菇，头发软软的，眼神无辜。两人挨得近，周乔还能闻见他身上的清冽沐浴香。

这一次的对视，是陆悍骁不争气地先移开眼睛。

两人都不说话，好像有一个点在拉扯，全无平日的自然气氛。

周乔抿抿唇，“你多休息，毕竟才从医院回来。”广播体操什么的就别蹦跶了。

陆悍骁变换姿势，盘腿往地上一坐，听了她的话，还特意把被毯裹紧了些，连声答应：“嗯嗯嗯！”

周乔忍着笑，装作若无其事地站起身，往外走了几步，她又突然停住。

陆悍骁仰着头，一脸痴呆地望着她。

周乔就这么伸出手，在他脑瓜子上轻轻揉了揉，飘飘地丢了一句：“浇点儿水，就能发芽，发了芽，明天就有蘑菇吃了。”

“……”

今天发芽明儿结果？这蘑菇吃的是十全大补丸吧。

陆悍骁望着她的背影可气愤，摸摸摸，摸秃了你负责啊！

还蘑菇呢，陆悍骁掀开被毯，瞬间茁壮成长，在衣帽镜前秀起了自己的肱二头肌。手臂往下，来一招海中捞月，陆悍骁满意地看着镜子里的人，“瞧这肥而不腻的小肌肉，啧，极品。”

好了，换姿势。伸手顶天，单膝跪地，此造型叫作我是男子汉。

陆悍骁还为自己配了道音："哟——嘿——！"

接着来，花式劈叉。

这个不会。

最后，陆悍骁对着镜子，跳起了太空步。

"欧耶。"

完美收尾。

日常自恋已经无法压制今晚的蠢动了。

陆悍骁觉得一切都怪没劲儿的。

他拿起手机，点开微信，望着列表里的一群兄弟，手指犹豫不决，最后，还是选择了比较有实战经验的贺燃。

陆悍骁颇为狡猾，没有问"在不""忙不"，而是直接发了个一分钱的红包过去。

对方秒拆，然后秒回："把你的身价发给我干什么？我没钱找。"

陆悍骁："我们来聊聊天。"

贺燃："拜。"

陆悍骁："那我们来聊色色的话题。"

贺燃："聊。"

臭流氓。陆悍骁"嘁"了声，迟疑了半晌，还是问出来："喜欢一个女人是什么感觉？"

回复很快："有简晳的感觉。"

"那个时候，你是怎么确认自己喜欢上她了？"

问题一发出，陆悍骁高度警戒，当看到显示"对方正在输入"时，浑身都绷紧了。

贺燃回了六个字——

"想上她一辈子。"

"……"

陆悍骁口干舌燥地舔了舔嘴唇，流氓就是简单粗暴。

不过不可否认，对男人来说，这是个行之有效的验金石。

陆悍骁稍稍一联想。

那么，他对周乔呢？

长得是漂亮，腿长胳膊细，穿一身白裙时，腰身掐得凹凸有致。头发扎起来，叫简单干净。长发满肩，那就是一朵小茉莉。

想着想着，陆悍骁就谜之微笑起来。

他挑挑眉，按这个理论，自己对周乔应该是没到那个份儿上的……吧。

陆悍骁定了定心神，觉得自己一定是昨晚吊瓶打多了。

“长得帅的人，烦恼总是比凡人多。”

他自我安慰了一番，准备去厨房接杯水，顺便把维生素给嗑了。

客厅亮着一盏小灯，浴室门关着，门缝里透了光。

是周乔在洗澡。

陆悍骁咽了咽喉咙，也不知怎的，经过时就跟做贼似的。

怕什么来什么，浴室门还真就推开了，香气混着蒸腾的热气扑面而来，周乔裹着一身香，和陆悍骁撞了个正着。

两人面对面，一个比一个不自然。

周乔换上了睡裙，简洁大方的T恤款，宽松的衣型压根看不出身材曲线，却衬得四肢更加纤细。

陆悍骁的目光看灯看门看天花板，就是不看周乔。他清了清嗓子，半天憋出一句：“晚上好啊。”

“……”

周乔也不自在起来，应了一声：“嗯，你也晚上好。”

话一出口，两人大概都觉得自己很尴尬。

陆悍骁故作淡定，“我是出来嗑药的。”

“？”

“维生素。”

周乔点点头，往后退了一步，让出路说：“那你好好嗑。”

陆悍骁挺直背脊，抬高下巴，走得那叫一个玉树临风。

周乔望着他的背影皱眉。这位哥哥，你怎么走起了同边路？

厨房里。

陆悍骁一颗颗地数着维生素，ABCDE各来两粒，吃完觉得不够，他又扒拉出两颗大枸杞往嘴里一塞，才有了些许安心的感觉。

齐阿姨的广场舞跳到快十点才回来，进门起，小曲儿就一直没断过。

陆悍骁睡在床上，隔着门仿佛都能感受到老年仙子的好心情。

他放下手中的《脑筋急转弯》，竖起耳朵听了会儿，哟呵，看来今天是学了新曲目，好一首节奏欢快的《大悲咒》。

陆悍骁想用口哨吹出来，却发现找不准音调，索性跷起二郎腿，玩起了手机。

那张“点赞抽奖送强吻”的截图，陆悍骁来回看了几遍，想想也是脑子发热，当时怎么就发了这么一条破动态呢。

他陆悍骁从不干流氓勾当，强吻这种事儿他压根就干得出来。思及此，陆悍骁乐得一个人在床上又开始翻滚了。翻了几圈，他戏瘾发作，抱着个枕头凶它：“给我老实点儿！嘴巴不知道噘的啊！舌头不会伸的啊！”

凶完之后，他“扑哧”一声笑得不行。

转念一想，如果来点儿更刺激的呢？

嚯呀，兴奋啊！

陆悍骁把被子卷成一坨，然后扑上去骑在它上面，瞬间入了戏。

“小娘子，从了大爷吧，带你吃香喝辣走上人生巅峰！”说完，他“啪”的一声打了下被子，整个人在上面动了起来——

“驾！驾！驾！”

演技精湛，过分投入，以至于声音渐大也不自知。

门外的齐阿姨，已经被这动静惊呆了。

她耳朵贴着门板，战战兢兢地听了几秒钟，“我天。”

齐阿姨两手抓着自己的这头小卷毛，着急得团团转，“天啊，悍骁这孩子，莫不是肠胃炎发生了诡异的转移，侵入了大脑？”

老年仙子越想越害怕，忍不住敲响周乔的房门，“乔乔，快开门！”

周乔还没睡，所以反应很快，“齐阿姨，怎么了？”

五分钟后。

已经听完齐阿姨声情并茂病情描述的周乔，陷入彻底的沉默之中。

“他还在说‘驾’！”齐阿姨双手捂嘴，惊恐得不行，“我们悍骁从小的梦想是当科学家，怎么梦想突然缩水，变成当车夫了呢？”

周乔：“……”

“床在动，在响，太可怕了。”齐阿姨拍着胸口，“乔乔你上网给查查，这是不是鬼附身？”

“……”老宝贝儿，这个要怎么搜关键字?

像是看穿了她的疑问，齐阿姨说：“你就搜鬼附身的表现吧。”

为了让老人家安心，周乔照办。

只是在百度的时候，她停顿了一下，想了想，在搜索框里打出问题——

“三十岁的男人，为什么喜欢深更半夜日床…………”

这个问题，百度也无解。

周乔自编了一套说辞安抚齐阿姨。为避免老人家刨根究底，她故意用了几个专业医学名词，中间再加了点排比句，最后还引用了两句鲁迅名言，总算是把齐阿姨给唬住了。

“这，我们悍骁真没事?”

“放心吧，鲁迅先生都说了，这个现象是正常的。”

齐阿姨忧心忡忡，“那好吧，我明天给他多炖点儿枸杞，必须要补一补脑了。哎，你说这孩子都快三十了，也不好好处个对象，可不让人省心。”

周乔揽着齐阿姨的肩，“您也早点儿休息，别太担心。”

毕竟这种风格还能活到三十岁，生命力也是相当顽强了。

齐阿姨直摇脑袋，小卷毛跟着一颠一颠的，唉声叹气道：“这好好的人，怎么说疯就疯了呢。”

周乔听见后，低头失笑，心想，您大可放心，陆悍骁在发疯之前，一定会先把全世界给逼疯。

第二天是周一，陆悍骁要上班，齐阿姨准备了一桌的早餐。

“哟呵，挺丰富的啊。”陆悍骁洗漱完毕，神清气爽，“包子馒头豆沙包，面条稀饭火龙果，齐阿姨，昨天中彩票了?”

如果没记错的话，火龙果可要五块一斤呢。

“吃吃吃。”齐阿姨又端上一个大盆，“给我把这个也喝了。”

卧槽，什么玩意儿。

“鸡汤。”齐阿姨拿了把大号汤勺给他，“里面放了很多枸杞，巨补。”

“齐阿姨，我发现你今天格外热情似火。”陆悍骁看了看周乔的房间，门还关着，问，“她还没起床呢?”

“让乔乔多睡会儿，昨晚上我俩查东西查到挺晚的。”意识到说漏嘴已经太晚，齐阿姨赶紧左手放在嘴巴上捂住。

陆悍骁洞察力惊人，“你一个老宝贝儿需要查什么？”

“帮你查的。”糟糕！又情不自禁了。

齐阿姨的右手也搭在嘴巴上，往死里捂。

陆悍骁眯缝了双眼，拖出一个长长的尾音：“嗯？”

齐阿姨两眼眨巴眨巴，轻悄悄地吐了一个字——

“驾。”

陆悍骁脸色秒变，什么都明白了。

齐阿姨赶紧安慰他：“没事，没事，乔乔已经查过了，鲁迅说，你这个现象挺正常，不用看神经科。”

陆悍骁皱眉，“鲁迅说？”

“对啊。乔乔说是鲁迅说的。”

“……”

鲁迅：呵呵，这句话我没说过。

因为心中郁结，肝火旺盛，所以这顿早餐吃得特别慢。周乔出来的时候，陆悍骁还在啃肉包子。

假装她是空气，陆悍骁两眼放空。

周乔没觉异样。坐下来，准备盛一碗玉米粥，勺子还在半空呢，陆悍骁就冷飕飕地说：“这个你不能吃。”

“嗯？”周乔抬起头，“为什么？”

“吃了会变丑。”

“……”

大清早的，别伤和气。

周乔放下勺子，准备拿馒头。

“这个也不能吃。”陆悍骁语气硬邦邦的，“吃了会变矮。”

周乔索性不动，直接问他：“那你说，这桌东西我到底能不能吃？”

陆悍骁说：“不能。吃了会怀孕，会拉肚子。”

您还可以再恶心一点儿。

眼见周乔快要不高兴了，陆悍骁适可而止，贼机灵地把自己碗里的肉包子递给她。

“虽然你只能看着锅里的，但是你可以吃我碗里的。”

“……”

谁要吃你剩下的。

周乔心里嘀咕，但还是给足面子地吃了起来。

陆悍骁假装看报纸，把脸埋在纸后面偷着乐，这一天的好心情，就从周乔开始了。

陆悍骁去上班后，齐阿姨也出门买菜。

周乔把家里的地扫干净，收拾了一会儿屋子便准备看书。

手机响的时候，她刚背了十个单词，屏幕上显示来电人：妈妈。

周乔以为自己看花了眼，还特意揉了揉眼睛，这两个字在手机上活蹦乱跳，热血沸腾。

周乔接听：“喂，妈妈？”

刚听了个开头，她脸色就变了。金小玉已经回国，航班刚落地，正马不停蹄地往陆家赶。

同趟航班一起的，还有周乔的爸爸，周正安。

金小玉在电话里，尚能保持温柔克己的语气，让周乔也回一趟陆家，说是有事商议。

结束通话，周乔握着手机的动作迟迟未变，依旧举在耳朵边。

好几秒后，她才缓缓低下头，松松地垂了手。

“陆总，这是您要的可乐不加冰。”朵姐麻溜地把饮料送进来，顺便递上要签字的文件。

陆悍骁一串行云流水的名儿签下来，朵姐感叹：“陆总，您又换字体了？今天用的是不是狂草？”

陆悍骁纠正：“陆氏疯体。”他把签好的文件还回去，“行了，拿去卖钱吧。”

朵姐得令，“陆总，您这可乐，要续杯了就叫我。”

陆悍骁点了一下高贵的头颅，“去忙吧。”

朵姐刚走，他手机就响了，一看，是齐阿姨。

陆悍骁皱眉，这可稀奇了，齐阿姨从来不在工作时间找他谈心。

他接得飞快，“齐姨，有事？”

那头声音接近爆炸：“悍骁，悍骁，我好担心乔乔啊！”

周乔？

陆悍骁瞬间紧张，“她怎么了？”

“她爸妈回来了，都在老爷子那儿呢。”齐阿姨也是关心则乱，“两口子关系特别不好，一见面准吵架，这回把周乔也喊了去，可别出什么事啊！”

陆悍骁一听便明白，没等说完，他拿起车钥匙就往外走。

朵姐见老板风驰电掣般的速度要出去，赶忙提醒：“陆总，您十点有个会……”

陆悍骁直接打断，干脆凌厉的两个字：“取消。”

从这儿回陆家有点儿远，陆悍骁到的时候，屋子里已经火药味扑鼻了。

金小玉蹬着十厘米高跟鞋，从气势上压倒丈夫周正安。陆悍骁一进门，就看到她硬牵着周乔的手，指责起周正安来。

“你为这个家付出过什么，女儿从小到大的家长会，你去过几次？做那些破生意，要不是我掏钱给你做本，你能有今天么你？还好意思在外面乱搞！看看你这德行，别把女儿教坏了！”

周正安仪表堂堂，看起来是斯文相貌，但这会子也顾不得形象气质，真心觉得这女人蛮横不讲理。

“我教坏女儿？我没去过家长会？你自己也不数数，你又去过几回啊？啊？三年级的时候，你要出去玩，就把乔乔一个人反锁在家，结果她晚上发高烧烧到四十度，你玩了个通宵，女儿差点烧成傻子！你还有脸说呢。”

金小玉大声：“谁没脸？你说谁没脸了！”

周正安道：“除了你还有谁！”

“我呸！”金小玉大有上去干架的架势。

陆老太太拦在中间，“哎哟哎哟，干什么呢这是，乔乔还在呢。”

金小玉不管不顾地拽起周乔，力气又突然又大，差点儿把人摔在地上。

“周正安我告诉你，家产是我俩一块攒下的，休想分给狐狸精一毛钱，女儿归我养，跟着你成不了人。”

“女儿归你？”周正安一声冷笑，“想得美！”

“她是我身上掉下来的肉，你出轨你还有理了！”

“你闭嘴。乔乔，到爸爸这里来。”

“别听他的，站妈妈这边。”

两个人唇枪舌剑，周乔被拉来扯去，她默不作声，低头像樽提线木偶。

“你问女儿，愿意跟谁！”

“问就问，乔乔，你自己说，跟谁走？”

周乔紧紧咬唇，脸色已经褪得和她身上的白裙一样。喧嚣叫嚷在耳里嗡嗡作响，每一个字都听得懂，连在一起就跟机关枪一样，“突突突”地扫射，把她刺得弹孔满身。

“乔乔，说话啊！”金小玉厉声，“别跟你这个臭不要脸的爸，根本不是男人。”

“泼妇，你这个泼妇。周乔，你还听不听爸爸的话了！”

周乔闭眼，双手握拳，指甲包裹在掌心，她死死地抠着手掌，任凭尖锐的疼麻木此刻的知觉。

门口，静静目睹全程的陆悍骁，突然走了过来。

争执和对喷仍在进行，周乔只觉得右手一热，陆悍骁就这么牵住了她。他的手灵活而有韧劲儿，一根一根撬开她抠进肉里、近乎自虐的手指。这个动作，像是一针强心剂，捋平的不只是她的指头。

周乔的手又软又纤细，陆悍骁不轻不重地捏了捏，低头轻斥：“手指给我留好了，别他×虐它，《历年真题》那么厚一本给我做完再说！”

周乔眼眶微热，鼻尖忽地一酸。

陆悍骁抬起头，目光在依旧争执不休的金小玉和周正安身上扫了个圈。

他说：“二位，麻烦停一下。”

有人劝架，吵得更起劲儿了，三代祖宗都搬出来对骂了。

陆悍骁手指叩了叩桌子，“咚、咚、咚”三下如捶鼓。

金小玉的唾沫星子仿佛都带了火花雷电，撒泼大法相当地炉火纯青，听见也当耳聋。

陆悍骁慢慢地走到一边，不动声色地拎起地上的一条矮凳。

他放手里掂了掂，然后突然转身，往金小玉和周正安中间狠狠一砸。

“哐”的一声巨响，凳子腿四分五裂，瞬间肢解。

在场的人被震住。

空气凝滞再无半点儿声音。

陆悍骁眼锋如刃，不带丝毫感情和温度，“哟？安静了？”

他围着两人踱了个圈，声音发凉：“给我记住了，这是陆家，上有老爷子，下有我陆悍骁，轮谁，都轮不到你们说话的份儿！”

周氏夫妇缩手闭口，面有惧色。

陆悍骁拦在周乔面前，看向所有人，掷地有声，吐字如火——

“除非她愿意，否则，谁也别想带她走！”

这一屋子鸡飞狗跳，最后还是陆老太太出来打圆场。

她身材微胖，步子走得却稳，劝人的声音带着老年人特有的长叹短调：“小玉啊，侬就不要再吵了，两口子走过来这么多年，散也要散得和气为上。”

金小玉精致妆容的脸上，愤气未平。

陆老太又转身对周正安说：“阿正哪，男子汉不该骂女人的，担不起的时候也要放得下。”

都说劝和不劝分，但事情到了这个份儿上，能够好聚好散也算功德一桩了。

周正安的怒意也不少，但不敢再在陆老太跟前发出来。加上陆悍骁的警告，这是陆家，太失分寸。

两个人一言不合，闹了个不欢而散。

周正安拂袖离开，边走边抚摸自己一丝不苟的头发，他年轻时帅气恣意，哪怕已近中年，也是装相得体。

金小玉快步追了上去，“别以为我不知道，你把狐狸精安置在兰山那套别墅里，站住，你给我站住！”

两人拉扯趔趄，出了门，骂声才渐歇。

不一会儿，门口执勤的同志进来告知：“陆老太太，人都走了，各自开了一辆车。”

“知道了。”陆老太唉声着点头，“这个小玉和阿正啊，闹了这出不好看的。”

一屋子硝烟味犹在，陆悍骁转头看向周乔。

她很安静，垂手站在那儿，看起来没异样，但手指捏住自己的裙子一角，死死地搓。

“哇奶奶，你又买了个新的痰盂啊？”陆悍骁收敛了锋利，整个人又吊儿郎当起来，边笑边往周乔这边靠近。

陆悍骁经过时，胳膊就这么一伸，准确无误地挥开了周乔抠裙摆的手。

他的声音落在耳边：“抠得手指不疼啊？傻乎乎的。”

一句轻描淡写带过后，陆悍骁似乎又变回了以往的模样，嬉皮笑脸没个正行。

陆老太说：“那哪是痰盂，是你二叔带回来的花瓶，说是有些年头了，可灵气。”

陆悍骁说：“咱们家最有灵气的就是我了。奶奶，改明儿我出去摆摊，扛面大旗‘陆半仙’！”

陆老太哎哟笑骂：“多大的人了，还跟小时候一样，永远长不大。”

“您可别不信，我这就给你表演一个现场算命。”陆悍骁耍宝似的，转身指向周乔，然后掐指瞎算，“不得了啊，不得了。”

周乔抬起眼。

“这位女施主，貌美人善，八字绝佳，日后，可是当宠妃的命啊！”陆悍骁逼逼叨叨还念了一段经，然后两手一拍，“啪”地一响，“朕决定了，今天就册封你为乔贵妃！”

“……”

我选择自杀。

陆老太太的耳朵上戴着一副金镶玉的坠子，笑起来时无风微颤，她安抚道：“乔乔啊，可别介意，你陆哥哥就是这样的，但人还是蛮好，待人不差的。”

这话听得怎么有点像在做推销。

周乔点点头，“他很照顾我，是我打扰了。”

陆悍骁勾起嘴角，拿腔道：“朕的大雄宝殿，这位女施主可以随意进出，满地翻滚。”

周乔近乎无奈地扫他一眼。

陆悍骁噘起嘴，吹了一声口哨，转而对陆老太说：“奶奶，我公司还有事儿呢，先走了啊。”

“你不在这儿吃午饭啦？”

“不吃了，公司食堂中午有鸡腿。”

“那乔乔呢？总要留下来吃饭的吧。”

“她也不吃了，搭我顺风车回家复习呢。”

陆悍骁对周乔勾勾手指，豪气地迈步，“还不快点儿，宣你侍寝呢。”

“……”

不笑，都对不起他的卖力表演了。

一上午的愁云惨雾，在陆悍骁的有心安抚里，悄然散去。

两人坐上车，周乔的心情平复了一些。

陆悍骁叮嘱她系好安全带，然后打了一通电话，很简短，周乔就听见他在说：“对，两个人，半小时后到。”

挂断电话，陆悍骁说：“带你去个地方。”

周乔系安全带的手一顿，侧头诧异，“你不是要上班吗？”

“今天家中有事。”陆悍骁弯嘴，“老板给自己放个假。”

第三章 浪花朵朵开

My man

华江路。

陈清禾老早就等在了门口，“在这儿呢。”

陆悍骁走前头，周乔跟后面，她抬起头，看着眼前大门的招牌，是一家射击馆。

聊完，陆悍骁慢下脚步，对她说：“来过没？”

“没。”

“今天带你玩玩。”陆悍骁说，“待会儿进去，千万要捂住耳朵，不然枪声会把它震掉。”

“……”

我信了你的邪哦。

“没耳朵的宠妃，我是不会要的。”他一脸认真，“一般长得丑，都是赏赐给陈公公的。”

陈公公是？

陆悍骁挑眉，对前面的陈清禾抬了抬下巴示意，压低声音说：“记住，射击时一定要躲着他，这当公公的也没啥大毛病，就是枪法不太准。”

那是，都公公了，还谈什么枪法。

也是陈清禾在打电话，不然又是一场武斗。

这家射击场是新开的，从装修到配置，样样出彩。

看得出，陆悍骁是这里的常客，他一来，就有人送上他惯用的套具。

陆悍骁将子弹和枪膛一一放好，然后动作熟练地装弹，手指迅速得跟花儿似的，最后“咔”一声脆响，组装完成。

他和陈清禾戴上防护耳罩，立身射击区，周乔惊讶，他们打的还是移动靶。

每个枪靶移速不恒定，有快有慢，陆悍骁单手持枪，手臂绷直而稳重，在半空中没有一丝颤抖。

他微眯眼缝，瞄准间距，手部动作做微调。

周乔这个角度，能看到他侧脸的线条，流畅凌厉，认真时的样子，十分之精英。

“嘭嘭嘭——！”

连响十几下，陆悍骁和陈清禾几乎同时射靶。

二十发子弹，一个九十五环，一个落后三环。

“Yes！”陆悍骁赢了，他摘下耳罩，笑呵着对周乔说，“看，那是朕给你打下的江山！”

一旁的陈清禾“哇啦”一声做呕吐状。

“你吃多了酸萝卜吧。”陆悍骁嫌弃他，然后又看向周乔，“赞美要大声说出来，我是不是棒呆了？”

周乔笑了笑，点点头，“嗯，是挺呆的。”

“你毛儿深了？嗯？”陆悍骁走过来，“准备准备。”

“干吗？”周乔警惕。

“教你玩枪。”

陆悍骁给周乔选了一把M16，瞄准方便，后坐力小，适合初学者。

“脚与肩齐宽，再收一点，手抬平。”陆老师有模有样，见她动作不对，“啪”地打了下她的手，“你抖什么抖？”

“哎！”周乔蹙眉，好疼。

一听她喊疼，陆悍骁赶紧伸出膀子，对着手臂也给了自己一拳头，“朕与你同甘共苦。”

“……”

一旁看戏的陈清禾瞎起哄：“骁儿，我也要，我也要！”

“滚你的。”陆悍骁才不稀罕他，“你拉你的黄包车，我坐我的私人飞机，咱俩互不相欠。”

陆老师继续教学。

他站在周乔侧边，两人挨得很近。

“食指放上面，对，虎口抵住掐紧。”陆悍骁亲身上阵，太投入了，就一不小心握上了她的手。

周乔一怔。

陆悍骁浑然不知，沉迷老师不可自拔。他挨个地把周乔的指头摆正位置，然后说：“沉心静气别看帅哥，注意看靶。”

他声音沉，又贴得近，自带的低音炮效果，把周乔震得脸发烫。

“3、2……”倒数计时，陆悍骁握着她的手更加收紧，“开始！”

在他的带引下，周乔打出了第一枪。

陆悍骁没松手，继续握住，“砰砰砰”，直到十发子弹全部打完，屏幕上亮出成绩：零环。

“卧槽。”这也太羞耻了吧，陆草包不干了，“陈清禾，你们店的破烂货再不修，我就要来砸店了！”

“滚。”陈清禾誓死捍卫店面形象，“哪里来的野鸡老师，就这水平还教学生呢，乔乔妹，到清禾哥哥这里来，我可是拿了教师证的。”

“教师证，呵，教吹牛皮吧。”陆悍骁一听他调戏周乔，心里可不乐意，再三嘱咐周乔，“他私下有没有勾搭你？”

“啊？”周乔乍一听没明白。

陆悍骁不耐烦的模样很欠揍，“没问你要电话、微信？”

“没有。”

“记住了，要了也不能给。”陆悍骁想想觉得还是不放心，又一副老成的口气，语重心长道，“你现在年纪小，分不清好人坏人，一定要听哥哥的话，知道了吗？”

周乔脑袋冒汗，“陆老师说得对。”

陆悍骁满意她的态度，伸手揉了揉她的头，“哎，你用的什么洗发水啊，头发怪香的。”

这话题转换也太快了吧，周乔眼神无辜，“霸王。”

哪知陆悍骁没点意外，反而干脆地应了一声：“在！你怎么知道我小名？”

“……”

天啊，可以说是极其不要脸了！

一旁的陈清禾看不下去了，“行了行了，收手吧，别骚了。跟你说个事。”

陆悍骁接过陈清禾递来的水，拧开盖后他又递给身后的周乔。

“啧。”陈清禾勾着他的肩调侃道，“骁儿，你真是骚得让人看不下去了。”

“帮女生拧个瓶盖怎么了？人家力气小，哪是你这种五大三粗能比的。”

“是是是，你家乔乔天下第一好。”陈清禾说，“对了，明天陶儿回来，约咱们去泡温泉。”

“陶影帝拍完戏了？”陆悍骁皱眉，“能不能改项目，大热天的泡温泉，毛病。”

“我知道你的难处，那边有儿童温泉，水挺浅的，特别适合你这种不会游泳的人。”

“……”

你不揭短会死啊。

陈清禾乐呵道：“带上周乔。”

打靶归来，回去的路上，陆悍骁心事重重，一路都绷着脸不说话。

周乔瞄了他好几次，不对劲儿啊，“呃，你怎么了？”

陆悍骁把事情说了一遍：“烦死他们了，每次大聚会，都挑有水的地方。对了，明晚上你跟我一块去。”

周乔低头想了想，今天在陆家，陆悍骁仗义执言，不动声色地维护自己，还特意翘了一天班，去射击场带她打枪放松。

这份心意他没挑明，但实实在在地落到了她心里。

于是，周乔这一次，难得地没有拒绝。

她抬起头，说：“明天晚上，我教你游泳吧。”

陆悍骁一脚急刹，“卧槽，激动！”他转过头不可置信，“你说真的？骗人是小狗汪汪汪！”

周乔眉眼带笑，眼神温和，“嗯，真的。”

“解气！”陆悍骁兴奋地两手在方向盘上一拍，差点没跳起来，“陈清禾那帮牲口，嘲笑了我二十八年半，明天让他们跪下叫陆爷爷！”

"……"

你的志向还能再高一点吗？！

回到公寓，陆悍骁脚底生风似的直往卧室去，嘴里还念念有词："小宝贝儿们，爸爸带你们重见天日！"

等等，小宝贝儿们是谁?

周乔跟上去，站在门口观望。

只见陆悍骁推开衣柜，蹲下来疯狂捣鼓，然后捧出了一堆的……泳裤。

式样不一，图案繁多，有保守的四角裤、臊气外露的三角裤，隐隐的，周乔还看见了系带款。

陆悍骁把它们整齐地摊开在床上，彩虹横条、大豹纹、小豹纹，还有裆部绣着一条胡萝卜的。

周乔已经蒙圈了。

陆悍骁思索道："穿哪条好呢？"

他在大豹纹和小豹纹之间犹豫不决，然后突然转过身，目光直直地盯着周乔。

"……"

糟，不祥的预感!

陆悍骁把周乔从头到脚扫了个遍，醍醐灌顶一般，选中了明天的泳裤。

"就你吧。"

是一款贼清新的小碎花图案哟。

周乔顿时静默无言，她低下头，看着自己穿着的碎花连衣裙，百感交集。

陆悍骁这是强行给自己加戏，搭配的尴尬"情侣装"吗。

一想到这儿，周乔整个人都快燃烧了。

给自己选好了泳裤，陆悍骁又开始讨好起周老师。

"周老师，明天我需要注意哪些地方？"

周乔问他："难道你一直没去学过游泳吗？"

"学了。"陆悍骁很纳闷，"我还找过私教呢，结果成功被我气走。后来就是哥们儿教，不是我说，就陈清禾那水平，简直是毁我人生。"

周乔也想不明白，“你是不是把游泳想得太难了？”

“我怕水。”陆悍骁说，“尤其看到那种深海图片，我天，要窒息了都。”

传说中的深海恐惧症？

周乔好像有点理解了。

陆悍骁开始憧憬明天美好的泳池生活，“这辈子，我还没被女人教过如何去浪呢。”

周乔脑袋又开始冒汗，您说话能别乱用浪字吗。

陆悍骁从憧憬里回过神，看着时间还早，于是拿起车钥匙，“我出去一会儿啊。”

出门的时候，正好和跳广场舞回来的齐阿姨撞了个正着，“哟，骁骁，又去打牌啊？”

“牌有什么好打的，每次赢，怪没劲儿的。”陆悍骁晃了晃车钥匙，“干正事。”

半小时后，某商场的泳装品牌店。

导购员激动大发了，没想到下班前接了个财神爷，陆悍骁基本上把每个款式都挑了一件。

“先生，您看这件怎么样？”导购员拎着一件爆乳系带款，可以说是相当开放了。

陆悍骁一百个不乐意，“不要。”

明天周乔的身份可是老师，又不是去走T台，再说了，她那个胸，可能还支撑不了这件泳装的精髓。

陆悍骁手指一点，“行了，就这些吧，买单。”

导购员欢天喜地，热情地送走“金主”，“先生，您对您女朋友真是太好了！”

“女朋友？”陆悍骁呵声一笑。

导购员心想，完了，说错话了？

“你怎么知道是女朋友。”陆悍骁调侃地说，“万一是老婆呢哈哈哈哈。”

“……”

他效率高，辗转来回不到两小时。

到家的时候，齐阿姨已经睡了，周乔坐在房里背单词。

陆悍骁叩了叩门板，懒洋洋地伸手，“给。”

周乔侧头，盯着他手里的大纸袋，“什么？”

“送你的。”陆悍骁把它放桌上，吹着口哨就走了。

周乔认识这个品牌，贵到不要脸。

拿出一看，我天，这都是些什么玩意儿啊！

第一件，蕾丝花边，胸罩上还有亮亮的小珠珠。

第二件就更恐怖了，两罩之间，直接用一个铁环连接，整套泳衣闪烁着朋克之光。

想不到，陆悍骁还有如此野性的嗜好。

相比来讲，最正常的就是手上这件小碎花款了。清新淡雅，款式也正常，符合她这个年龄的审美标准。

桌上台灯的亮光匀匀地洒在这些衣服上，周乔看着它们忽地失笑。

陆悍骁为了强行搭配“情侣装”，真是煞费苦心。

正想着，他的声音从客厅里传来：“你要想选那套铁环的也可以，毕竟我也有一条带钢丝的泳裤哦！”

“……”

周乔没应，抿嘴微笑，她想了想，还是选择了那件碎花的泳装。

一直躲在门边悄咪咪偷瞄的陆悍骁，瞬间和讨到糖吃的孩子一样，差点没蹦起来，“Yes！”

周乔听见动静，猛地回头，两人的目光正面相碰。陆悍骁不躲不藏，笑得眉飞眼扬：“提前庆祝，毕竟我明天就是会游泳的人了！”

周乔挑眉，“放心，一定教会你。”

这晚，睡眠质量向来很好的陆悍骁，做了一个臭不要脸的美梦。

梦里，他被周乔抱着，两人的身体紧紧相贴，水很深，他却不慌不忙。因为周乔的嘴唇贴着他的耳朵，轻轻地撒娇：“再快一点儿，水花不够大。”

再后来，陆悍骁被浪醒了。

醒来时，他满额头的虚汗，眼神迷离不知今夕何夕。好半天才缓过神，“天啊，我竟然做春梦了！”

陆悍骁呆坐在床上，整个人都是蒙的。他胸口大喘气，越回味越要命，耳根子发烫，脸也跟烧着一样，最后，陆悍骁认命地叹了口气，恹恹地躺下。

他烦恼的是，怎么梦只做一半就醒了呢。

第二天下午，四点不到，陆悍骁就拖着周乔出门了。

周乔有些奇怪，“不是约好的晚上吗？”

陆悍骁骄矜地转着方向盘，憋了半天，才小声说：“先提前熟悉一下场地。”

周乔顿时明白了，他是想提前学游泳，免得到时候丢脸。

陆悍骁怪不好意思的，“被他们那帮牲口笑话了这么多年，我不要面子的啊，昨儿个我在兄弟群里可是表了态，今天请他们欣赏花样游泳。”

周乔也是服了他，“我尽力吧。”

泡温泉的地方，对面就是游泳馆。他俩到的时候，馆内人不是特别多。

“我先去换衣服。”周乔提着袋子说。

“好。”陆悍骁也拉开后备厢，扛了一个游泳圈出来。

等等，您这游泳圈的图案很别致啊。

陆悍骁咧嘴冲周乔笑得天真：“蜡笔小新，它是我小时候的天王偶像。”

“……”

那还真是物以类聚。

男人脱衣服快，陆悍骁换好深蓝色的碎花泳裤出来时，周乔还没见人影。

他小心翼翼地走到池边，生怕一个趔趄摔进水里。然后坐在地板上，用脚踢水花玩。

泳池里男女两三堆，时不时地传来笑声。

陆悍骁可羡慕地望着在水里瞎游的人，不由自主地模仿他们的动作，来了一招隔空舞膀子。

等他第六遍踢起水花时，周乔款款走来。

水珠在陆悍骁眼前颗颗抖落，周乔褪下外衣，淡黄的碎花泳装裹得她身材凹凸，下面是裙装样式，短得刚遮腿根。

陆悍骁的目光跟扫描仪似的，从她的小腿开始往上，匀称的双肢，弧度纤细的腰身，还露出了一小截洗白的肚皮，再往上——

陆悍骁的扫描仪瞬间死了机。他嘴唇微张，完了完了，后悔了。昨天，就该买下那套爆乳样式的性感泳装才对啊！

周乔的头发完全被束起，光滑脖颈延伸而下，胸部的线条出乎意料地好看。

人越走越近，陆悍骁赶紧低下头，假装漫不经心。

他看着自己深蓝泳裤上的碎花图案，心里美滋滋，好像那花儿，是从周乔泳衣上摘下来的一样。

“想什么呢？”周乔在他面前站定。

陆悍骁抬起头，脚“哗啦”一下又撩起了水花，淡定地说：“适应水温。”

“……”

大热天的，又不是让你冬泳。

周乔敛神，“那我们开始吧。”

“好嘞！”陆悍骁捞起他的游泳圈，轻声说，“小新，不要怕，爸爸保护你哦。”

然后把游泳圈套在了自己的腰间，对周乔说：“好了，下水吧。”

“取下它。”周乔命令。

“？”陆悍骁不服，“凭什么。”

“你要学游泳，套个游泳圈怎么行？”周乔认真道，“你不取，我就不教了。”

“取取取。”陆悍骁嘀咕道，“等出了游泳馆，威胁我你死定了。”

周乔脚尖一踢，蜡笔小新就飞了出去，然后她先下水，转过身对岸上的陆悍骁伸出手，“来，扶着我。”

嗯，这事儿他愿意干。

陆悍骁把手交给她，然后也下了水。

“等等！太深了！”很快，他就开始生理紧张。

“这才刚到大腿呢。”周乔无语。

“不行不行，我要飘起来了。”

周乔把他的手握得更紧，“有我在，你别怕。”

她声音轻，痒痒地挠在陆悍骁的耳里眼里，五官串通一气直达心底，这种感觉很奇妙。

他渐渐放松，乖乖地点了头。

“游的时候，手要划开到最大，切忌心急，腿跟着手一起，频率和动作都是一致的。”周乔讲解得十分耐心，“最重要的一点，用嘴呼吸吐气。”

陆悍骁试了几次，就是不敢松脚，誓死踩着池底不动摇。

周乔也不恼，态度依旧和顺，她把陆悍骁的手抬起来，搭在肩膀上。

“你按着我的肩，把我当浮板，我们先学脚的动作。”

陆悍骁有点僵硬，连气都不敢大声喘，这要是来口深呼吸，这个姿势不就是胸贴胸了吗。

周乔见他发愣，索性往后退了一步，陆悍骁失去平衡，“哎哟！”

好了，终于浮起来了。

“慢点儿慢点儿，我怕我怕。”陆悍骁把周乔的肩膀抠得紧紧的，大腿乱打水花。

“对，动作没错，不要心急，规律一点儿。”周乔其实被他抠得生疼，但半声不吭，鼓励他继续。

游了三四米，陆悍骁已经不紧张了，大长腿蹬得可来劲儿。

而两只手，已从搭着肩膀，变成了环着周乔的脖颈。

陆悍骁的脑袋像一颗湿漉漉的大头蘑菇，边游边嘚瑟：“周老师，你看我泳姿带不带感？”

周乔弯嘴，“像青蛙腿。”

“说对了，我就是青蛙王子。”陆悍骁沾沾自喜，“呱呱呱。”

还没呱完，周乔一个闪退，把陆悍骁的手甩了下去。

“卧槽！”他章法顿时大乱，扑腾在水里跟狗刨似的，“周乔！周乔！”

“手跟脚一起动，不许慌！”周乔把动作要领重复一遍。

陆悍骁“啊呜”一声，呛了好几口水。

“哎！”周乔见他实在费劲，于是游过去一把抱住他，“别怕，我在。”

“你别走，抱着我。”陆悍骁这回死也不撒开，不仅手搂紧了她，就连脚也缠住了她的大腿，“乔乔，乔乔！”

“在呢，在呢。”周乔的手不停地抚摸他的背，安抚他的情绪，

“你放心啊，我不会让你淹死的。”

“游泳太可怕，陆总要回家。”陆悍骁就跟被遗弃的小奶狗找到了主人似的，“我要上岸！”

周乔的声音落在他耳边：“不学了？那待会儿又被笑话，很丢脸的。”

陆悍骁“嗯”的一声：“那我要套上游泳圈。”

两个人紧紧贴在一起，周乔下意识地说：“我就是你的救生圈啊。”

那个“啊”字，带着女人特有的柔音软调，让陆悍骁一下子便分了神。

接下来，周乔换了一种方式教学。

她抬着陆悍骁的腰身，让他手脚齐动，控制平衡。

这个方法还挺有效果，至少，陆悍骁不再那么紧张，试了三四回，似乎找到了那么点儿感觉。

“乔乔，我好像会游了。”

“嗯，动作好看多了，保持住。”

周乔的软手垫着他的腹部，垫久了，就觉得有点儿扎手。

她移了移，准备放上面一点儿，哪知陆悍骁一个机灵瞎抖，人跟箭一样往前蹿了出去。周乔的手就不偏不倚地按在了他泳裤上。

陆悍骁一怔。

整个人都僵了。

在水里，周乔的感觉没那么明显，待某部位缓缓起了变化时，她才意识到手感不对。

“……”

现在剁手还来不来得及？

周乔跟触了火似的，飞快收手，觉得不够，还把拳头握得死死。而陆悍骁，蒙的同时，竟然神奇地学会了水中悬浮。

安静。

沉默。

陆悍骁狗刨式，挣扎游了好几米，背对着周乔越来越远。

周乔望着他的背影，清凉的水也泡不走手里的燥热了。

她低眉垂眸，使劲搓了搓自己的手指，心慌意乱。

就在这时，游泳馆门口一阵骚动，陈清禾的声音首先传来：“陶儿，你新拍的那部古装剧，演的是不是皇太子啊？巨高贵，你演得费劲儿吧？”

陶星来的声音又脆又清新：“清禾哥，你一瞎说我就不太爱你，我的气质百里挑一，不演王子太可惜，怎么可能会费劲儿！”

熟悉的人影一个接一个走近。

而狗刨式学成功的陆悍骁，依偎在岸边，整个人神魂抽离。

他泡在水里，跟痴呆儿童一样。

陈清禾隔老远就在那儿瞎嚷嚷：“天，看，那是谁，泡在水里真的美。”

陶星来“哇哦”一声：“陆陆哥，你竟然敢下水啦。”

陆悍骁脸色难看，假装不理。

陈清禾跑过来，“悍骁，怎么了这是，脸红莫不是发烧？”

“滚你的。”陆悍骁躲开他伸过来的爪子，“你才发烧，你全家都发烧。”

陶星来打招呼：“Hello，陆陆哥，上一次见面，还是冬日雪花飘，转眼之间，我们重逢在了夏日的游泳池。”

陆悍骁泡水里不动，勉强地咧开嘴角：“陶儿，一日不见如隔三秋，今日再见，犹如朽木逢春。”

两个人你来我往，把一年四季都轮了个遍。

陶星来蹲在泳池边，张开手臂，“快点儿，爱的拥抱，此刻很需要。”

陆悍骁沉默地摇了摇头，“多大的人了还这么闹，成熟男人才不和你开玩笑。”

陶星来愁眉苦脸，“你嫌弃我，伤害我，冷冻我，完了你，我诅咒你一辈子学不会游泳。”

陆悍骁一听，瞬间嘚瑟，他全身蓄力，脚尖一蹬，一下子游出一米远。“扑通扑通”的水花跟起大浪似的。陆悍骁手脚乱扑，拼尽全力地展示着自己的狗刨式。

“你……你们看清楚，我会游了！哎！”话还没讲完，他就呛了一口水。

“水好喝，超好喝的，我不认输。”陆悍骁心里疯狂给自己打

call，强行把自己给稳下来。他默念着周乔教的诀窍，硬是撑着游了四五米远。

岸上的陈清禾和陶星来，口哨和掌声齐飞——

“悍骁好样的！”

“陆陆哥，你大腿内侧有颗痣！”

等等，陈清禾纳闷极了，“陶弟，你这个关注点很奇特啊。”

“谁让他的腿张得那么开。”陶星来陷入沉思，“清禾哥，有句话怎么说来着？”

“啥？”

“那种地方有颗黑色的痣，是不是那方面需求比较旺盛？”

“胡说。”陈清禾纠正，“那颗痣又不在那个地方。”

“怎么回事儿啊！”陶星来突然激动，“清禾哥，你耍流氓的样子好变态哦！”

陈清禾无语，“这个话题不是你先说的吗？”

陶星来好委屈，“你怎么诬陷人呢，不跟你玩了。”

“……”

陈清禾内心感叹，这位小弟，比陆悍骁还娇气包啊。

水里的小陆总，顶着一口气，扑腾扑腾游得特卖力，他的头在水里一摇一晃，冲着周乔的方向游来。嘴巴没空说话，但眼神对视的时候，他的努力和得意，还有些许献宝的意味，看得周乔不由自主地笑了起来。

“我棒不棒？”下面给大家表演一个陆式狗刨。

周乔眉眼弯弯，举起大拇指。

“我的胳膊长不长？”陆悍骁笑得像个二百五，“还有肌肉，肌肉也夸一夸！”

周乔笑出了声：“又长又棒！”

她探身一跃，也往前游了几米，身条细长跟条美人鱼一样，转身的时候，荡起一小圈水花。

周乔再次对他伸出手，“游远点儿，到这儿来。”

陆悍骁继续奋力，每次前进一点儿，周乔便不动声色地往后退一点。这种进退有度的鼓励方式，竟然让陆悍骁游过半个游泳池。

再后来，周乔在前面游，他像条哈巴狗似的跟在后边。

泳姿好看了，狗刨变蛙泳了，大长腿的魅力展现出来了，脚也张得不那么开了，内侧的痣也看不见了。

周乔停在水里，等着他。

陆悍骁满脸兴奋，挨近了，抓住她的肩膀，“我是不是及格了！”

周乔也替他开心，“蛮好的。”

他甩了甩头，水珠飞到周乔脸上。

“哎呀。”周乔眼睛进了水。

陆悍骁来了劲儿，猛地撩水往她脸上泼，“多谢周老师教导之恩。”

周乔笑着躲，“喂！”

陆悍骁玩心起，追着她越泼越厉害，周乔被泼得受不了，也开始反击。

“我擦，耳朵进水了。”陆悍骁刚学会游泳，在水里不敢太放肆，渐渐落于下风。

他静止于水中，捂着耳朵表情很痛苦。

周乔一看，赶紧游过来，“怎么了？快去岸边用棉花——啊！”

陆悍骁突然伸手，从后面搂住她的脖颈，把人紧紧地嵌进臂弯。

“哈哈！上当了吧！”

周乔被钳制得无法动弹，恨恨地说：“陆悍骁，你要诈！”

“诈的就是你。”陆悍骁臭不要脸，把她往自己身上贴得更紧密，“不给你点教训，都快忘记我的真实身份是霸道总裁了！”

“就没见过不会游泳的霸道总裁。”周乔气得激他。

“谁说我不会游，这不刚被你教会。”陆悍骁的嘴唇都快贴在她耳朵上了，热气沾着水渍，又黏又火热，“小东西，是不是都快忘记，我是你长辈了？”

“……”

大七岁半的长辈，你真是一点儿亏都不吃的啊。

周乔冷冷静静地赏了他五个字，“知道了，老头。”

“……”

陆悍骁反应过来，不服气的感觉油然而生，他近乎失控，“老老老！我哪里老了！每周两次专业皮肤护理，杠铃一百个不带喘气的，快跑五公里帅得起飞，见过这么给力的老头吗！”

周乔淡定地点点头，“见过，就是你。”

“……”陆悍骁咬牙，铁臂把她搂得更紧，吐字如火道，“周乔，你想死是不是？”

一柔一刚，凹凸相贴，他稍一认真，整个人气势如风起。

周乔心里咯噔一下，节奏乱跳，好不容易稳住阵脚，“嗯”了一声：“在水里，我还淹不死。”

陆悍骁“呵”的一声冷笑，手脚齐用，大腿也缠住她。

周乔惊骇，“你干什么？”

“知道你游泳厉害，你这么厉害，驮着我游回岸边呗。”

论不要脸，他总是要胜人一筹的。

陆悍骁化身树袋熊，直往她身上拱，恨不得吊死在这棵树上。

“哎！”他太重了，周乔根本站不稳，趔趄着往后倒，这下好了，两人正式贴合无死角。

周乔的身体有股女生特有的清香，头发丝儿挠着陆悍骁的鼻尖，痒得他想打喷嚏。

两个人谁都不说话，维持着这个姿势一动不动。

背后的心跳隔着背脊一路攀延，周乔能清晰地感觉到陆悍骁的情绪变化。

直到岸边的陈清禾叫唤：“你们两个姿势很连体啊，再不分开我就要报警了。”

陶星来瞎起哄：“陆陆哥，你这么老，吃嫩草很过分哦！”

又是老？！陆悍骁暴怒着回头，“老你个头！”

陶星来被唬了，很不开心，小声嘀咕：“可不就是老头么。”

水池里的周乔，尴尬得不行。

陆悍骁总算松开了她，仿佛这一池子的水，都是他背后冒出的汗。

周乔沉默地准备先走。

陆悍骁脱口而出：“你不等我了？”

“你不是会游了吗？”

“会是会，但你不在边上，我心里没底。”

周乔没吭声，静默片刻后，她丢下一句：“你先游，我在后面保护你。”

陆悍骁将湿漉漉的头发往后一抹，露出了饱满的天庭，笑得像个如风少年。

周乔盯着他嘴角的弧度，就这么分了神。

陆悍骁越游越好，动作勉强能入眼。终于上了岸，陆悍骁坐在池边，伸手给周乔，“来，扶着我。”

周乔把手交给他，陆悍骁手一收，臂上的经脉清晰凸显，极富力量感。

把人拽上岸，陆悍骁问了一个自己十分在意的问题：“我的身材在水里是不是很美？”

“……”我拒绝回答。

陆悍骁和她并排而坐，挺不死心，“是不是腿超长，胳膊超带感，腰也超劲道？”

周乔的内心是窒息的。

“还有我的腹肌。”陆悍骁就这么低下头，手往腹部一指，“瞧瞧哥这小肌肉，一块块整齐得跟方块豆腐似的。”

他忽然吸气，得意地说：“绷紧了也这么有型，数数，是不是八块不带少的！”

周乔已经没法直视他了。

久未听到周乔吭声，没人回应怪没劲儿的。陆悍骁终于抬起头看向她，发现新大陆似的说：“哇！你脸红成猴屁墩了！”

周乔脑袋跟充血似的，反驳：“你才猴屁股呢！”

“我屁股可白，一点儿也不红哈哈。”这个臭不要脸的老男人。

陆悍骁饶有兴致，凑近点儿，就快跟她额头碰额头了。他语焉不详，暧昧不明地问：“乔乔，跟哥说句实话。”

周乔心跳狂蹦，“嗯？”

“我老吗？”

“……”

陆悍骁秒变认真模样，十分在意地再三追击，“回答我，我真像个老头？和你站一起，让你觉得丢脸？”

这话说得也太严重了，周乔诚实地否认：“不不不。”

陆悍骁勾嘴，眼神炽热，“嗯？不什么？”

周乔缓声：“不老。”

“哪里不老？”

“哪里都不老。”

陆悍骁眼廓狭长，拖出一个长长的尾音，似笑非笑地看着她，“……哦？”

到底年轻，周乔已经招架不住了。

“真不老！”也不知怎的，她脱口说出一个给力证据，“在水里……屁股挺翘的。”

陆悍骁一愣，这回，轮到他快要烧起来了。

陈清禾走过来，“你俩腻歪完了没？”

陆悍骁回过神，给了他一眼杀千刀，“关你屁事。”

“我屁股上又没有痣，当然不关我的事。”陈清禾蹲在他边上，揽着他的肩膀，“骁儿，我这儿有张名片，专业消痣，还是无痛的你要不要？”

周乔听得脸都红了，陆悍骁伸手给了陈清禾一拳头，“分不分场合的你，在这儿乱说什么玩意儿！”

陈清禾一脸无辜，“我什么也没说啊，你上次不是让我留意这方面的信息吗？”

大概是某次聚会吹牛皮，哥们儿几个无聊地比谁身上的痣比较多，开玩笑提及的。

“不就一大腿吗，谁还没有似的。”陈清禾不乐意了，“你脾气再这么坏，人家就要拿小拳头捶你的胸口了。”

陆悍骁笑着骂了一声：“你还能再娘一点儿。”

“那赶不上你。”陈清禾又向周乔靠近，“乔乔妹，跟他住了这么久，有没有发现他的特殊嗜好？”

“滚你的。”陆悍骁一脚过来，要把他踹下水。

陈清禾定力不错，没让他得逞，“他特别喜欢收集内裤，出差到各地，别人都带特产，他总是能从当地的一些小店里，淘一些花样内裤回家。”

“……”太隐私了，受不了！

周乔的脸色越来越不自然，偏头逮着一个小胖墩看。

这位胖墩小朋友也是很应景，朝着周乔咧嘴笑，然后捏着自己肚腩上的肥肉，“小姐姐，这是我的肉色游泳圈哟。”

而一旁的陆悍骁恨不得掐死陈清禾，两个大老爷们在岸边表演起擒拿格斗。

“我天，你下手也太狠了点儿吧！”陈清禾被他反转着手，关节都快疼死了。

“你不是挺能说吗，怎么，能说不能打啊？”

陈清禾在部队里待过几年，不是软蛋，脚往后一勾，陆悍骁定力不稳，趔趄着往前摔。

“你今天是怎么了，平时玩笑挺能开，这算什么事？”陈清禾挡住他的铁钩拳，“阴险！又抓我……”

陆悍骁急忙去捂他的嘴，“你发浪的声音还能再大一点儿，边上就有个未成年小胖子，亏你还是部队兵哥哥。”

拥有豪华肉色游泳圈的小胖墩，两眼一瞪，清脆地表达愤怒：“未成年就未成年，为什么还要说我是小胖子。哼，大坏蛋！”

陈清禾笑得不行，对陆悍骁说：“多少年没见你对我动真格了，动动手就行了，还真想把我打成残废啊？”

这件事的导火索，就是他在周乔面前提了“内裤”“花式”等流氓字眼。

陆悍骁可烦他，“就你这聒噪的气质，打死了埋地下，半夜三更也能跳出来表演坟头蹦迪！”

两米远处的陶星来，此刻优哉游哉地缠着周乔瞎聊。

“你一定很眼熟我，毕竟我演戏呢，电视剧可多了。”

周乔拢了拢耳边的碎发，略为尴尬，“我平时不怎么追剧。”

“那你看电影吗？”

“英美的都还行。”

周乔心里纳闷，这是明星？除了长得白嫩帅，其他一点儿都没眼熟的印象了。

陶星来虽然不红，但他的心理调节能力相当强大，觉得自己总有一天可以拿影帝。

这种信心，市面统称为莫名其妙。

“你叫周乔？乔是哪个乔？赵州桥的桥吗？”陶星来特能侃，“说起《赵州桥》，我小学背诵这篇课文，老师可是当着全班同学通报表扬我呢。说我普通话超好听，以后一定能上央视晚七点的全国王牌栏目。”

“……”

那您这位老师改行算命，肯定一天破产。

周乔不失礼貌地微笑：“不是大桥的桥，是小乔的乔。”

“那不都是一样吗，大桥小桥都是桥。你也太谦虚了呢。”

陶星来的脑回路似乎异于常人，还倍儿热情，“听陆陆哥说你准备考研，也要注意放松，如果你想要明星签名照，可以随时联系我，对了，咱俩互相加个微信呗，我觉得你皮肤超好，没事咱们能发发语音，我教你长个儿，你教我护肤，友谊就是这么活到一万岁的。”

周乔觉得此人真的太好玩了，年轻颜值高，男生的脸里，也很难找出他这么巴掌小的，五官一撑开，太赏心悦目。

陶星来说：“你是考研生，考考你的记忆力，我的微信号是137××××××××，麻烦你脑存一下。”

周乔被逗得不行，笑颜如花开。

而不远处的陆悍骁，眼睛都快着火了。

这两人什么时候勾搭到一块的？！肩并肩坐在泳池边，男帅女美关键是都年轻，一点儿也不老！

他瞄了有两三分钟，隐约听到微信号三个字，火气“噌”地一下飞起来。

陈清禾吓了一跳，“你干吗去，凌波微步吧这速度！”

还沉浸在友谊万万岁美好憧憬中的陶星来，完全没察觉到危险临近。

“我跟你讲哦，我们的化妆师特别牛，以前是给死人化妆的，工资老高了。”话到一半，陶星来感觉背后有人，仰起头一看，“Hi，陆陆哥，咦？你脸色好时髦哦，是时下最流行的奶奶灰呢。”

陆悍骁阴沉着眼神，负手环胸冷声一笑，然后抬起右腿，对着陶星来的肩头轻轻一踹。

“哎哟我的妈！”

陶星来一阵惨叫，紧接着水花“扑通哗啦”跟原子弹爆炸一样。

“影帝”落了水，心情可伤悲，湿漉漉地水中怒怼：“陆陆哥你太犯罪，跟你认识好后悔！”

周乔也吓了一跳，“你干吗啊？”

陆草包不爽了，“你在质问我？你有什么资格质问长辈啊？你们小年轻一个个就是轻浮。”

周乔皱眉，“你又怎么了？”

“又？”难道在你心里，我就是个变化多端的神经病患者吗？陆悍骁难以解释这种情绪转变，很难受，很无奈，还有一丝不甘心的愤怒。这些因由夹杂在一起，便成了一团稀泥，千思万绪理不出个头绪。于是，他静悄悄地沉默了。

无辜落水的陶星来可不服气，“你知道我姐夫是谁吗？我姐夫是混社会的！”

陆悍骁淡淡地瞥他一眼，“哦，我好怕哦。”

陶星来眼尖，对着门口一指，兴奋地尖叫：“我姐夫！姐夫救我！”

贺燃边上还跟着一美女，两人手挽手亲密虐狗。

听见呼唤后，简皙欲松手，被贺燃一把拉住，“要弟弟不要老公？嗯？”

然后手一挥，敷衍地跟兄弟们打了声招呼，就和老婆去鸳鸯浴了。

“天啊，太残忍了吧。”陶星来要哭了。

陈清禾跳下水，“陶弟，我陪你。”

“你一身肌肉瞎炫，我嫌弃。”陶星来游了几米远，今天我叫不高兴。

后来又来了几个朋友，人都到齐了。

时间尚早，天气炎热，大家都先往游泳池里下饺子，一个个游得可欢快。

陆悍骁一个人默默练习着游泳，誓要挽回旱鸭子的尊严。他不跟周乔主动说话，却还是有下没下地往周乔身边靠，游过她的时候，故意加大动作，浪起巨大的水花。

周乔看在眼里，笑在心里。

这男人真是……可爱得犯规了。

周乔往水里一探，人完全舒展地游了过去。

陆悍骁浑然不知，还在努力地练习动作，“嘿咻，嘿咻，嘿咻。”

周乔温淡的声音近在身边：“腿张开的角度太小，没放开。”

陆悍骁猛地回头，她什么时候游过来的！

周乔对他的诧异视而不见，在水中和他面对面，“你的腿要打开一点，不然会觉得身子很重往下沉。看我的。”

她示范起动作，身段纤长十分好看。

陆悍骁的目光，不由自主地随心而动，落在她光洁的腿上。甚至有一刻他可耻地想，周乔该不会也和自己一样，内侧有一颗痣吧！

这个想法教他瞬间沸腾，甚至安慰自己，有了光明正大打量她的理由。

水里波光蒙蒙，看得不实际，陆悍骁心里却起了显而易见的变化。平日的玩心和热情悉数退场，男人的认真和欲望逐渐显山露水。

远处，陈清禾的声音大，叫唤道：“悍骁，带着周乔来玩啊！”

这一个打岔，让陆悍骁神魂复位。

他压下内心的躁动，僵硬地应了一声：“就来。”

然后喊周乔：“陈清禾叫我们过去。”

这帮人在一块就喜欢瞎玩，这回又到了传统项目——游泳比赛。

“老规矩啊，输了的拔腿毛！”陈清禾点了点数，“咱们这九个人，拔九根。女生不用受罚。”

泳池中央有娱乐设施，充气的城堡滑梯之类，小孩儿玩得比较多。

“终点就在那儿，谁最先到谁就赢。”陈清禾指着贺燃，“混社会的给我们当裁判。”

陆悍骁是典型的急功近利好表现，这可是他一雪前耻的最好机会。刚学会新技能，看谁都是小弱鸡。

一声令下，群魔乱舞，姿势花样百出。

蝶泳仰泳蛙泳都比不上陆悍骁的狗刨式。

“喂！一个个游得也太快了吧！”陆悍骁被打脸，力不从心地挥舞膀子，陈清禾那个小牲口，泳裤的线头都裂开了！

九个人比赛，陆悍骁落后第一名三十米。

不认输，不服气，老天爷你夸夸我。

“骁儿，你姿势跟你颜值成正比！”

“你的肱二头肌闪着诡异的光芒可迷人了呢！”

“骁儿，我要为你的碎花泳裤打碟蹦迪！”

中国好兄弟，口才一个比一个了得。

陆悍骁泡在水里，费力地游，“你们这群没心肺的，我出淤泥而不染！”

游泳池内，我最闪亮，全场焦点，谁与争锋。

群众也都过来围观，笑得好不开心。

虽然有点丢脸，但半途放弃不是好汉啊。陆悍骁边游边后悔，早知道就不凑热闹了。

就在这时，不起眼的岸边一角，安静注视许久的周乔，毫不犹豫地鱼跃入池。她三两下游到了陆悍骁身边，钻水而出，溅了他一脸小水花。

陆悍骁费劲儿地大喘气，一脸痴汉，天，美人鱼呢！

周乔眉眼温和从容，有着一股安定人心的力量。她声音轻，对陆悍骁说："别怕丢脸，我陪你。"

一句"我陪你"，让陆悍骁心里的血管神经山崩地裂。

见他发呆，周乔在水里，用脚尖蹭了蹭他的腿，"专心点，好好游。"

于是，接下来的一百米距离，周乔始终以可见的距离，跟在陆悍骁身后。哪怕他游得再慢，再难看，她都始终鼓励，并在他稳不住的时候，柔声慢调地提醒动作要领。

一段死撑尴尬的旅途，有了周乔的舍身相陪，竟变得温柔动人。

在游到终点的那一瞬间，陆悍骁甚至奢望，时间就停在这一刻吧，永远不要到头。

口哨和掌声齐飞，陈清禾疯狂为他打碟，"骁儿，天，你竟然不是最后一名！"

是周乔，从始至终，甘愿跟在他后面。

她浮在水里，对陆悍骁笑得灿烂，俏皮地撩起水，水花往他脸上溅。

"恭喜你啊，没有输呢！"

水纹晕染，好像每一颗水珠都包裹了阳光在闪闪发亮。

陆悍骁看呆了，周乔的笑脸，撞进了他跳动的眼睛里，幻化成明晰的欢喜。就像一个开关，串联起往日种种细枝末节，此刻开关通电，他的生命都明亮起来。

陈清禾他们又去闹腾别的项目了。

泳池这一角，宛若只剩方寸天地。

陆悍骁缓缓低下头，然后深吸一口气。再抬眼时，他坚定地向周乔游去。

大哥你这么严肃的模样会吓坏小姑娘的。

周乔紧张地看着他，“你怎么了？”

下一秒，陆悍骁贴近她，轻而郑重地在她右脸颊亲了一口。

周乔呆住。这是……惩罚吗？

而随心而动的陆悍骁，大鹏展翅一般往深水区一扑，整个人埋进了水里。水面“咕噜咕噜”地冒着换气的小气泡。一分钟后，陆悍骁终于坚持不住地冒出水面大口喘气，喘够了，他满脸通红地望着周乔，像个犯了错的小学生。

“上次那个问题，可不可以重新回答？”

周乔眼神飘忽不定，“嗯？”

陆悍骁沉住气，认真道：“你问我，是不是喜欢你——我现在告诉你。”

话没说完，这回换成周乔，“咕噜”一声连人带头地躲进了水里。

“……”

天，刺激过头了。

周乔憋在水里的时间比陆悍骁要长。她的头发丝儿几缕飘在水面，战战兢兢地左摇右摆。

糟糕，陆悍骁游过来了。周乔看着他的两条大长腿靠近，心塞得要命。天，她做错了什么，老天要如此惩罚她。

陆悍骁双手环胸，目光无措地垂在水面，“你起来。”

“……”

他拧眉，“你出来啊。”

水面连冒几串泡泡，彰显着周乔最后的倔强。

不用回答了，就这反应，已经相当于捅了陆悍骁三刀。

他语气无奈，放低态度说：“周乔，憋得不难受啊？出来行不行？”

不行也得行，因为她已经撑不住了。

周乔破水而出，“稀里哗啦”溅得陆悍骁一脸水花。

两人湿漉漉的，大眼瞪大眼。

周乔尴尬地扯了下嘴角，嘴唇微张，欲言又止。

郁闷劲儿过了，陆悍骁的复原能力特别强，他好笑地望着她，“好歹住我的，吃我的，用我的，你这反应，怎么，我不要面子的啊？”

“……”

周乔的表情拧巴一团，不知所措。

陆悍骁眼睛眨了眨，败下阵来，“好吧，你可以不给我面子。”

周乔缓缓低下头，应了声：“嗯。”

这个“嗯”是几个意思?

陆悍骁也低下头，眼巴巴地抬眼，小心翼翼地问：“是不是有点被吓到？”

周乔没犹豫，点了下头。

“被吓到就对了。”陆悍骁小声说，“总不能让哥一个人难受。”

周乔的心跟风铃似的，撞出清清脆脆的动静。

陆悍骁又说：“我这个人挺直接的，想做什么就去做，为人处世也放得开。”

到此，他微微停顿了一秒。

周乔内心无比认同，他一停，她也跟着揪心。

陆悍骁的脸凑得更近，声音也更沉了，那感觉像是蒸腾的水汽，灼热而细密地扑向了周乔的五官。

“说得有些冒昧，场合也不太郑重，但我不是一个能拿感情藏事儿的男人。”陆悍骁已然归于平静，他看着她，“乔乔，我挺喜欢你。你安静淡然，跟你在一块儿很舒心。”

周乔觉得自己置身的不是清凉游泳池，而是沸腾的大水锅。

“好了，我话说完了。”陆悍骁往后挪开小半步，自己也长长吐出一口气。

“这个表白，是不是很差劲儿？”他自言自语道，“能打几分啊？完了完了，怎么没用上几个比喻排比，再加一点名人名言呢，悔死！”

“……”

这回周乔没忍住，“扑哧”一声笑了出来。

一见她笑，陆悍骁如释重负，“还好还好，没被我吓傻。”

周乔笑意更深，终于敢抬眼看他。

陆悍骁舌尖抵了抵嘴唇，发现新大陆似的，兴奋道：“你脸红了？”

周乔回敬，“你脸也没白多少。”

话音落，两个人相识一笑，尴尬的气氛悄然缓解。

陆悍骁挠了挠鼻尖，不太死心地求证：“那你是怎么想的？”

周乔垂眉敛眸，冷静地回答：“陆哥，我……”

“等等！你先别说话！是我大意了！”陆悍骁紧张得脑袋顶冒汗，害怕听到答案，“是我不对，没给你考虑的时间，你先别急，想好了，慢慢想，全方位地想，想清楚了再告诉我。”

周乔刚想开口。

陆悍骁一个凶猛转身，“哐”的一声把自己砸进了水里。他游得比任何一次都要快，不给周乔当场拒绝的机会。

远了，声音才传来：“好好想啊，哥的优点很好找！我读书多，不会骗你的！”

周乔静静站在池中央，看着陆悍骁逃也似的上岸，低头蓦地失笑。

还真是，清新别致的表白呢。

鸡飞狗跳的一下午结束后，两人回了公寓。

齐阿姨正在打电话，看那唐僧念经的语气，对方一定是她正在本市念大三的乖巧儿子。

周乔和陆悍骁一前一后进门，换鞋的时候，之间都隔着三米远。

陆悍骁弯腰，从鞋柜里先是拿出周乔的，无言地放在她面前，再拿出自己的，随便一套，便闷声回卧室关紧了门。

齐阿姨打完电话出来，“我给你们留了鸡汤，悍骁呢？”

“进屋了。”周乔放下东西，说，“齐阿姨，我有点累，先去休息了。”

“呃。”齐阿姨看着左右两扇紧闭的门，可纳闷儿，“两人做了什么，竟然同时身体疲累？”

她敲了敲陆悍骁的房间门，“悍骁，喝不喝鸡汤？放了大红枣的哦！”

里头，陆悍骁在床上躺尸，一听鸡汤可不吉利，这个时候，瞎送什么心灵鸡汤，一看就是人生失败需要安慰。

“齐阿姨，我不吃，您自个儿多补补。”

拒绝后，他跷起二郎腿，欣赏着自己的海绵宝宝五指袜。

越想越不放心，也不知道周乔听进去了没，走前，他可是再三交代，让她好好想。

“不行！”陆悍骁猛地起身，盘腿打坐，“让她想哥的优点，可别想偏题了。”

陆悍骁拿起手机，严肃地打开微信，正儿八经地编起了信息——

“乔乔，不知你考虑得怎么样。无意催促，主要是与你分享一下我的看法。

“首先，我毋庸置疑是帅的，大眼睛，眼皮儿还是双的，鼻梁巨挺。面相学上有一种说法，鼻子好看的人，运气不会太差。”

陆悍骁打字飞快，感人肺腑。

“其次，我四肢健全，身体健康，每天坚持锻炼，一周两次私教塑身，这一点，你在游泳池已经摸过了我的腹肌，想必深有体会，肌肉邦邦硬所说不假。面相学上还有一种说法，腹肌好看的人，运气不会太差。

“最后，我性格开朗活泼，路子野，心灵纯情，人品拔尖，二十九年，守身如玉，洁身自好。虽然我实战经验比较欠缺，但视频资源很多。面相学上有一种说法，资源多的人，功能也不会太差。”

陆悍骁太投入，所写即所想，麻溜地发送给周乔。

发完检查才发现，天！最后一句写错了！

“等等，是资源多的人，学识不会太差！不是功能啊乔乔！”

陆悍骁已经接近崩溃，这个解释似乎更要人命。

他疯狂捶床，“我性功能没有障碍啊！”

而另一间卧室，周乔捧着手机，已经笑得不行了。

她一个字一个字看得认真，表情从尴尬变成燥热，最后升级成哭笑不得。

对方显示正在输入。

陆悍骁发了一个“可怜可怜我”的表情过来。

周乔笑容渐凝，回想一下两人相处的点滴，虽然到最后快乐比较多，但她还是没敢往这方面考虑。两个人萍水相逢，天地之别，时间短促，哪怕有真心，也着实不靠谱。

周乔是一个理性大过感性的人，她性子沉，能分清轻重缓急，拣出中心思想，最后把事情始末进行精算推演，她和陆悍骁——

想想都不可能。

所以这一次的意外被表白，虽有小水花洒在心间点点清凉，但一瞬即逝，也没能留下惊涛骇浪。

周乔握紧手机，没多犹豫，起身拉开房门。

敲门的时候，陆悍骁还在懊恼捶床。

隔着门板，周乔听见里头传来“咚咚咚”的闷响。

力气再大一点儿，弹簧都能被捶断吧。

周乔再敲，加重了力道。

陆悍骁连滚带爬连鞋都没穿，“来了来了！”

他手放在门把上，抓紧时间抹了抹头发，然后深吸气，把门打开。

周乔抿嘴笑了笑，陆悍骁赶紧让出路，“进来坐。”

这是周乔第一次正式踏进他的房间。

房间宽敞，家具样式也简洁，靠窗的位置，还摆了一架跑步机。

陆悍骁轻轻合上门，看着她的背影，心里怪没底。

“我不止有跑步机，床头还放了杠铃呢，没事健健身，很注意养生。”陆悍骁用热情压制紧张，还真去拉开柜子，“给你看看啊，可多了。”

“乒乓”“哐当”金属声响，天，这都是些什么啊！

一抽屉的铁锤扳手长刀，危险器具相当闪瞎眼睛。

气氛很僵硬。

陆悍骁嘴角抽搐，脑瓜子冒汗，着急解释：“这是上回陈清禾打架斗殴放我这儿的，他就是个坏蛋，我跟他不是一挂的。”

见周乔一脸无语，陆悍骁抽出那把长刀，“这个是切西瓜用的！”

周乔手在半空柔柔一抬。

陆悍骁知道自己可能要完蛋，他负气地说：“还可以用来切腹。”

那视死如归的眼神，挑衅地表明，如果你不爱我，我就死给你看。

周乔表情淡淡，很平静，她说：“陆哥，对不起了。”

三个字，穿肠毒药啊。

陆悍骁两眼一黑，想晕。

拒绝总要有点儿说辞，周乔很直接，“我现在不想分心，年底要考研，挺没把握的。”

陆悍骁郁闷死了，“考上了，你能答应我吗？”

“不能。”周乔目光坦荡荡，“陆哥，我们年龄差得有点儿多。”

所以，阅历、经历、眼光、三观肯定都会有差异。不要因为一时的欢喜，耽搁长久的以后。

但陆悍骁却理解成，她！嫌！他！老！

愤懑和不甘脱口而出：“差七岁而已！面相学上说，男大七，最给力！”

“……”

今天面相学背了太多黑锅。

“你怎么可以不喜欢我啊，我发给你的微信看了没？那么多优点，你打击死我得了！”陆悍骁把长刀丢在地上，“你不给我留面子，我就要闹了！”

周乔被他嚷得有点儿心虚，强装镇定，“陆哥，对不起。如果我住在这里，影响到你的生活，我愿意搬走，给我三天时间找房子。”

一听这话，陆悍骁怒吼：“谁让你搬走了！你威胁我是不是，我都习惯有你，你说走就走，没门儿！”

周乔畏惧地往后退了一步。

这个动作让陆悍骁的火气瞬间降温，有气没地发。

最后，他苦着一张脸，妥协轻声说：“我不烦你了，你别走，行吗？”

周乔的心微微一动，两难的念头莫名其妙冒了出来。

陆悍骁垂头丧气，盯着自己的海绵宝宝五指袜，耍脾气一般，“我再也不穿它了。”

“……”此刻多说多错，周乔稳住心神，点了点头，“嗯。”

然后就退出了房间。

门一关，陆悍骁蹲在地上抱住膝盖。

活了二十八年半，男人魅力第一次遭受到了羞辱。死了算了。

告白失败，身心俱损。

陆悍骁始终也想不明白，周乔怎么能不喜欢他呢？越想脑仁儿越疼，他翻身跳下床，开始翻箱倒柜。

陈清禾那个小牲口说得没错，他的确有许多特殊嗜好，其中之一就是爱买内裤。

叫得出的品牌，就没他买不到的。

陆悍骁把这些宝贝都搬出来，然后在他这张两米大床上，用内裤摆了一个巨大的“乔”字。完了还觉得不够，又在“乔”字外围圈了一个爱心的形状。

陆悍骁站在高处，对着它们“咔嚓”一拍，直接原图发到了“撑起我市一片天”的兄弟群里。

群里瞬间炸开锅——

贺燃：“哈哈哈！”

陈清禾：“哈哈哈哈！”

陶星来：“我新来的，是直接笑吗？”

陈清禾：“不是，得排队笑，你来得太晚了，先给你一个笑的号码牌。”

陆悍骁静静地看着群里的哥们儿，然后拽得二五八万地回了一句：“正式宣布，我要开始追女人了！”

群里集体发了个“点蜡”的表情，蜡烛霸屏。

陆悍骁谦虚请教：“欢迎大家出谋划策，被采纳者，赠送开过光的内裤一条。”

陈清禾：“骁儿，穿上野性豹纹三角裤，在乔乔面前跳艳舞，就凭你这身材，是人看了都想上。”

陆悍骁：“滚蛋，乔乔也是你能叫的？”

凶归凶，他还是抓紧了手机，躺床上眼珠一转，心想，陈清禾虽然是个垃圾，但出的这个主意，好像还挺不错。

陆悍骁猛地摇头，打住，打住，这种下流的、不要男人尊严的行为，他堂堂上市公司老总陆悍骁能做？！

嗯。

当然是能做的。

陈清禾的馊主意很诱人，陆悍骁也的确动了心思。

他们这帮人都有一个共同点，就是谜之自信，没事喜欢脱个上衣比腹肌，块数不够硬度来凑，第一名总是贺燃，没办法，混社会的，老天爷赏饭吃。

陆悍骁长得一表精英样，身上也有点肉，综合实力强的人最爱瞎炫。他站在床上，从那个巨大的内裤爱心“乔”里，挑了又挑，最后选中一条带点儿坏坏气质的彩虹三角裤。

陆悍骁把它比画在胯间，对着镜子还扭了扭屁股，突然觉得索然无味。

周乔那么高冷，怎么可能看得上这种低俗诱惑，万一印象更差劲儿，他死了算了。

陆悍骁心灰意冷极了，打开微信群，问道："兄弟们，有什么追女孩的良策？"

陶星来回得最快："送她一朵小玫瑰，荷兰进口的最贵，再来一个单膝下跪，大家说我对不对？"

陈清禾："对你个鬼。骁儿，你不跳艳舞了？这事贺燃有经验，你问问他。"

贺燃："收费，一百块一个标点符号。"

都在瞎说呢。

陆悍骁丢了手机，双手枕着后脑勺，盯着天花板放空。

他翻了个边，又回想了一遍周乔拒绝的那番话，打扰她考研，还嫌他年纪大，有理有据太冷了。

陆悍骁捂住自己的胸口，皱着眉痛苦地讲台词："我的心好贵，你还让它碎。"

讲完之后觉得挺押韵，于是笑得在床上打滚，滚完觉得不解气，拿起枕头就往墙上砸，"臭周乔，坏女孩，可狠心了，我的陆宝宝今天还涨停了呢，你凭什么看不上我！"

代入感太强烈，觉得砸得有点儿凶，枕头会疼，于是陆悍骁又盘腿坐在床上，将枕头抱怀里抚摸，"乔乔对不起，弄疼你了吧？哥亲一口快别哭了。"

他把脸埋在枕头里，疯狂地拱啊拱，拱得屁股都翘起来了，最后"哐"地一倒，整个人瘫在床板上，简直伤心太平洋呢！

更惨的还在后面，第二天起，周乔的态度明显在疏远。

陆悍骁特意早上赖床不出来，幻想着齐阿姨派她来叫床，结果半天没动静，最后实在快迟到了，他才灰溜溜地出来吃早餐。

吃早餐也很诡异，周乔平静地像是什么也没发生过，一口一勺小米粥吃得可漂亮。

齐阿姨倒是心细如发丝，惊讶道："悍骁，你怎么喝个八宝粥还翘起了兰花指呢！"

陆悍骁才不搭理，小指头翘得更高了。

用这样的方式吸引周乔的注意，也是幼稚得没救了。

齐阿姨去收拾碗筷，人一走，陆悍骁就隔着桌子尬聊：“我今天穿的这件衬衫好不好看？”

周乔喝粥的动作一顿，轻轻扫了他一眼，“嗯，粉色挺适合你的。”

一点儿也不热情，陆悍骁拧眉，提高声音：“我可是要穿着它去开会的哦！”

“哦。”周乔放下碗勺，“我吃完了，你慢吃。”

陆悍骁看着她的背影，生气地把勺子往桌上一摔，“不吃了！”

齐阿姨闻声而动，从厨房麻溜地出来，“不吃啦？太好了，就等着你了，可别耽误我跳广场舞。”

这位齐阿姨，您补刀很有一套啊。

陆悍骁憋屈得要命，风风火火地起身回卧室，换了一套正常的商务装，灰头土脸地出门上班了。

房里的周乔，听见关门的动静后，悄悄放下了钢笔。

她垂眸，指甲抠着自己的指头尖，刚才的小米粥明明是甜的，这刻怎么嘴里都是苦的了呢。她摇了摇头，从抽屉里拿出一颗大白兔奶糖塞嘴里含着，然后继续看书。

家里没人闹腾，效率特别高，周乔把毛概复习了一遍，还做了两张卷子，眨眼到了晚饭点。齐阿姨对鸡肉深深着迷，每天换着花样做鸡吃。

“乔乔，两只鸡腿你都要吃完，鸡汤可鲜了快尝尝。”

周乔帮着盛饭，问道：“不用等陆哥吗？”

“不用了。”齐阿姨说，“他下午给我打电话，说出差了。”

周乔停下动作，抬起头，“出差？”

“对，去杭州，得要个六七天吧。”

出去这么久啊。

周乔低下头，看着碗里的饭粒，心跟电梯出故障一样，猛地坠了一下。

齐阿姨觉得挺正常，“别看他现在清闲，早些年可忙了，那时他还住在陆家老宅，应酬起来天天喝酒，把胃给喝坏了，陆老太给养了两年，才让他好一点儿。”

周乔想起上回陆悍骁吃朝天椒吃到住院，原来是早有病根。

“听陆老太太说，悍骁小时候就招人喜欢，嘴巴可甜了，待人又有礼貌，性格十分好。”齐阿姨感叹道，“就是不知道为什么，他不怎么谈恋爱，就喜欢和清禾那群孩子一块玩。操碎了心哦。”

齐阿姨灵光一闪，捂住脸惊恐道：“天啊！乔乔你说，他该不会是有什么特殊倾向吧？！”

“不会不会！”周乔下意识地辟谣。

“咦？”齐阿姨眨眨眼睛，纯情无辜地望着她。

意识到露馅，周乔脸跟烧着了一样，强装镇定，埋头喝汤。

就这么过了三天。

杭州的子公司新办公大厦圆满竣工，本来这事不用陆悍骁特意跑一趟，但他是个小公主，要让周乔体会一下什么叫爱的思念。

“在的时候不珍惜我，人没了，你肯定会想死我。”

陆悍骁的这种自信，市面统称为瞎说。

用一天的时间参加了典礼，剪了个彩，之后陆悍骁就去游西湖，哭雷峰塔了。他时刻盯着手机，微信上都把周乔设为星关注，永远躺在他好友列表的第一位。

位置是个好位置，就是没点儿动静，出来七十二小时，一条微信也没发过。

陆悍骁坐在咖啡馆里，心塞得要命。

服务员热情地问：“先生，需要喝些什么？”

陆悍骁闷闷不乐，“有没有柠檬茶？”

“抱歉，我们这里只有咖啡哦。”

“那我不喝了。”本来晚上就睡不着，还喝咖啡真要命。

咖啡馆门口挂着一本漂亮的“顾客意见簿”，走之前，陆悍骁在上面留了言：“建议增加新品种柠檬茶，因为一杯柠檬茶，爽过吸大麻。”

走出店门，站在街头，陆悍骁紧紧抱住了自己。

出来这么久，想必周乔那丫头肯定认清了自己的内心，现在一定后悔得不行。

陆悍骁骄矜地扬起下巴，心想，别对女生太残忍，差不多得了，我还是回去吧。

于是，陆悍骁订了下午最早的航班，抓心挠肺地返程拯救落寞少女了。

齐阿姨最近广场舞跳得很有进步，心情可美丽。

“没有悍骁在家，我舞步都学会了，他饭吃得多，每次都要煮一锅，这几天我可轻松，过得太舒服了。”

周乔放下书本，深有同感，“嗯，家里没那么吵，我试卷做了一半，正确率不错。”

齐阿姨来了兴致，“乔乔，我给你跳一下我们队最新的舞曲。”

周乔笑着站起来，“行啊，什么曲子？我拿手机给您放。”

这时，齐阿姨的电话在响。

“等等啊。”齐阿姨快步去房间，舞蹈鞋都拿出来了。

周乔刚打开音乐软件，就听到齐阿姨惊慌失措的声音从屋里传来。

“什么？！好，好，我马上就过来！”

她神情焦急，跌撞着就要出门。

周乔赶紧拦住，“齐阿姨，怎么了？”

“我儿子被打了！”齐阿姨慌张，握着电话的手在发抖。

周乔扶住她的肩膀，“您别急，人在哪里？”

齐阿姨跟蒙了一样，把电话里的说辞重复了一遍。

她儿子在本市一所大学读大三，老实听话，不是调皮的男孩子，两小时前却和外校社会人员打架斗殴，原因竟是为了一个女生争风吃醋。

周乔听了个一二已经明白，她镇定地说：“有多少现金都带上，阿姨您别慌，我陪您一起去。”

出事的地方不算近，两个人打车花了四十多分钟。

找到医院，齐阿姨的儿子满脸血正在缝伤口。

“小梁，哎哟我天啊，怎么伤成这样了！”

血糊了一脸，男生的五官看不清，但身材中等，衣着朴素，看起来像个老实孩子。

小梁颤颤巍巍地喊了一声：“妈。”

齐阿姨围着他直打转，急得眼泪都快下来了。

这时，旁边传来一道凶悍的声音：“你就是他家长？”

周乔站在门口，循声望去，五六个穿着黑背心的小年轻，说话的那个手臂上还文满了米奇老鼠。

齐阿姨是关心则乱，语气不善：“你们都是些什么人啊？”

文身男尖着声儿：“你儿子，把我弟兄给打了，断了骨头，医药费麻烦交一下。”

“妈，是他们先动的手！”齐阿姨儿子情绪激动，“是他们骚扰何雨！”

“臭小子，你想当英雄出头，也不问问，何雨是我女朋友，管得着吗你？”

“她不是你女朋友！”小梁一脸血地怒吼，“你死缠烂打，根本就是败类！”

“妈的你是想死是吧！”文身男怒气腾腾地竟要向前。

周乔和齐阿姨拦在前面，“干什么，你们要干什么！”

周乔把齐阿姨护在身后，冷静地说：“打人是双方的责任，你说你朋友被他打断了骨头，好，那我们去派出所报案、验伤、划分责任，该我们赔的，一分钱也不会赖，但如果是你们的错，同样也别想走。”

文身男被唬住愣了下，但很快凶神恶煞起来，“嘿哟，哪里冒出来的小丫头，吓唬我是不是？”

周乔不退不让，不输气势，“你不理亏，怕什么吓唬？”

“臭小子，别以为有人给你撑腰就牛！”文身男指着齐阿姨的儿子，“你学校、寝室，我可都记住了！”

周乔毫不畏惧地扬声：“你这是威胁恐吓，是要负法律责任的。”

文身男是个暴脾气，当着这么多人的面被一小姑娘震慑太丢脸，他动起了真格，作势要去抓周乔的手！

周乔厉声：“你要干什么，我现在就报警！”

齐阿姨是位猛将，大叫一声：“啊啊！”然后一头扑了过来，抱住文身男的胳膊把人往死里推。

文身男和齐阿姨一同倒地，碰倒了椅子稀里哗啦。

那群社会混混一个个开始叫嚣：“老东西，找死是不是？”

完了完了，周乔本能反应地去帮齐阿姨，“别动手！走开。”

场面瞬间鸡飞狗跳，那文身男抡起一条椅子腿儿，不分青红皂白就要往周乔身上砸。

齐阿姨惊恐地捂住嘴：“周乔！！”

危险就在下一秒，如同沸腾的水，抑制不住地往外冒。

周乔甚至下意识地闭紧了眼睛，等着挨受这一下。

就在这时，文身大汉突然一声惨叫：“哎哟！”他捂着自己的脸，在原地上蹦下跳。一只玻璃吊瓶嚣张地从他脸上弹到地板，“嘭”声闷响在地上滚了好几圈。

紧接着，陆悍骁杀身而入，手里还举着第二个吊瓶，“活腻了是吧！敢动我的人！”

他燥热如火圈缠身，五官凌厉如霜，平日的温润和气无踪可寻。

周乔惊呆了，陆悍骁不是在杭州哭雷峰塔吗，怎么来了？！

文身男的右脸被陆悍骁一瓶子砸得肿成了包子，战斗力灰了一半。

陆悍骁一脚踩在他身上，“你再在她面前横一个试试！”

文身男的队友嘴上逞强，吼他：“放开他！想多管闲事是不是！”

陆悍骁踩着文身男，勾嘴冷笑，抬起右手把吊瓶往脚下男人的脑边狠狠一砸。瓶身碎裂，玻璃四溅。社会哥们一个个恐惧惊叫。

陆悍骁语气如霜降，眼眶子猩红——

“谁再给我多一句嘴，这玻璃碎渣就往他眼睛里插！”

静默三秒，全场无声。

陆悍骁这才缓缓转移目光，怒意降了一大半，直勾勾地望着头发微乱的周乔。然后怒其不争，又心疼万分地凶她：“你要死啊，碰到事情了不知道打我电话啊？”

周乔莫名眼热，软着声音：“你不是出差躲我么，打你电话有什么用？”

一听那个“躲”字，陆悍骁心虚地硬撑，“要不是你对我这么冷淡，我至于躲去雷峰塔么。”

周乔嘀咕：“再说了，打你电话，你又不是警察。”

陆悍骁沉声：“你是不是不看新闻的？我省公安厅长姓陆你不知道？”

周乔：“……”

好不容易硬汉了一回，一碰到周乔，全完蛋。

陆悍骁又忍不住献宝地炫耀：“在飞机上我还特地为你作了一首诗呢。”

周乔一愣，这才注意到，他今天穿了上回那件粉色衬衫，只因她夸了一句“粉色挺适合你”。

服装搭配好了，情诗也作好了，情绪酝酿到位了，就等着爱的朗诵了。

陆悍骁一想起，就更糟心了，恨不得多踩这个文身男几脚——

靠，耽误我泡妞。

文身大哥“嗷呜”一声痛叫，扭过头，可怜兮兮地求饶：“大侠，您别踩我胳膊行吗？我这米老鼠刚文的，您踩我腰，腰上的海绵宝宝随便踩。”

“……”

陆悍骁下意识地动了动脚丫子。

哟，兴趣挺一致啊。

既然都是同道中人，海绵宝宝何苦为难海绵宝宝。

陆悍骁还特地挑开文身男的衣服下摆瞅了瞅，证明他所说不假，只是文得不太逼真，怪侮辱海绵宝宝的。

“哥们儿，”陆悍骁蹲下来，吊儿郎当道，“我这小弟弟被你们揍得头破血流，也没占着多大便宜，你们要想去派出所喝喝茶，我这儿还有一包上好的龙井茶叶，我可以陪你们慢慢品。”

“不用不用不用！”文身男把脑袋摇成了拨浪鼓，“我这人不爱喝茶，爱喝可乐。”

哟呵，您还喜欢喝可乐？

陆悍骁差点想留个电话号码当朋友了。

文身男爬起来，一声招呼小弟，一群人就要跑路。

“等等。”陆悍骁把人叫住。

“大哥，还有啥吩咐？”文身男紧张兮兮。

陆悍骁从钱夹里掏出五百块，“一码归一码，就当医药费。我这小弟弟还在念书，学生不懂事，寝室号、名字这些，你们就忘了吧。”

文身男一听即懂来自陆悍骁的警告。

“多谢大侠，小的告辞。”

“你这腰上的文身在哪儿弄的？”陆悍骁的话题转变十分之快，拍着文身男的肩，压低声音说，“远看像坨屎，改明儿我给你介绍一个文身馆怎么样？”

陆悍骁的性格就是如此清奇，上一秒还短兵相见，这一秒就能称兄道弟友谊万万岁了。

齐阿姨的儿子还在里头叫嚣：“不能放他们走！”

齐阿姨过来使出一招一阳指，“你还有脸说！让你读书，你给我去惹混混，还让一堆人为你操心！”

齐阿姨也是个暴脾气，竟然脱了鞋，抡起鞋去揍他。

周乔赶忙阻拦，“别动手，他身上还有伤呢。”

陆悍骁走进来，一看这架势“哟呵”一声：“这有什么好生气的，这年头，不来几次为爱走天涯，都不叫大学生了。”

周乔脑袋冒汗地听他胡说八道。

陆悍骁赶紧撇清，“我大学光顾着拿奖学金，从不泡妞。”

“……”鬼才信你。

齐阿姨担忧地望着陆悍骁，“你和乔乔没受伤吧？”

“身体一级棒。”陆悍骁拍了拍胸脯，“小时候，老爷子总爱带我去练太极，练得我胸肌都比一般人要大。”

周乔一言难尽，默默往边上挪了点儿。

后来，陆悍骁硬拖着周乔出去交医药费，一出病房，他不乐意地控诉：“你刚才干吗站得那么远？”

周乔说：“我不喜欢胸肌大的。”

“那你也不喜欢你自己喽。”陆悍骁丢下话，吹着口哨先走一步。

待周乔反应过来，下意识地低头，脸瞬间红成朝霞。论臭不要脸，你真的是无人能及。

医院忙活完，陆悍骁把齐阿姨的儿子送回学校，齐阿姨还担心着呢，说是陪陪他，一会儿自己坐地铁回。

周乔一听，不要啊，她不想和胸肌大的男人独处！

陆悍骁满不在乎，晃了晃车钥匙，“走啊。”

然后转过身背对着，嘴角上勾，透着得意劲儿。

“进了校园，感觉人都年轻了一轮呢。”陆悍骁把车停在门口，所以两人得步行出去。

周乔皱眉，“一轮是十二岁，你确定？”

“干吗？质疑我啊？我不像十六岁吗？”陆悍骁慢下来等她，“哎？你离我那么远干什么？”

周乔伸出两根手指，比了个数字，“两米距离，安全。”

陆悍骁盯着她的如葱指尖，挑眉，然后也伸出两根手指，和她指尖碰指尖，配音道：“嘀——通电。”

周乔一愣，手都忘了收回。

陆悍骁笑得温柔，直接勾住了她的食指，不放过任何一次耍流氓的机会。

“十六岁的男孩子需要一个女朋友，这样才拉风。”

这时，迎面走来一个胖墩学生，开口就是：“叔叔！请问逸夫楼怎么走？”

陆悍骁脸都僵了，脖子跟螺丝锈掉一样，极缓慢地转过来，皮笑肉不笑地扯了一下嘴角，“你叫我什么？”

胖墩学生隐隐觉得不妙，眨巴眨巴眼睛，一溜烟地跑开了。

“上来就乱认亲戚，你胖你有理啊。”陆悍骁可心烦，再一看周乔，“你还笑。”

两人的手已经松开，周乔挠了挠鼻尖，“嗯，不笑了，叔叔。”

陆悍骁的憋闷劲儿来得快，去得也快，他很快调整好心情，说：“我饿了，想吃夜宵。”

学校附近的小吃店最多，五花八门什么都有。哪里人多就往哪儿凑，陆悍骁看上了一家麻辣烫。一个长方形的大铁桌，中间两大盆一锅炖，客人就围着桌子坐，想吃什么拿什么。

陆悍骁没吃过，倍感新鲜，“这个一串串的是什么？”

周乔说：“海带。”

“这个呢？”

“蘑菇。”

陆悍骁一拿一大把，周乔制止，“哎，你吃得完吗？”

“吃不完也没事，啥都没有，就钱多。”陆悍骁用筷子剔下一颗虾丸，夹给周乔，“我有两颗蛋蛋，分你一颗，吃了咱俩就能一块修仙了！”

“……”

你说话能不能别这么模棱两可。

陆悍骁故意的，又夹了一根火腿肠给周乔，“把我最爱的东西送给你，你可以慢慢品尝。”

“……”

你一上市公司老总最爱的是火腿肠？

周乔脑袋冒汗，转移话题地招呼老板：“帮我下个面，谢谢。”

陆悍骁一听，差点没鼓掌，“太棒了，我也要下面，我一定把面条吃光光。”

周乔起身就去捂他的嘴，“求求你别说话了！”

陆悍骁被她扑得身体往后仰，眼里蓄满笑意，含糊不清地说：“吃个面还要被打，乔乔你悍妇！”

周乔把他的嘴捂得更紧，陆悍骁伸出舌头，在她掌心轻轻黏黏地舔了两三圈。

周乔一怔，逃也似的把手挪开，掌心握得死紧。

陆悍骁没事人一样，垂涎欲滴地问老板：“面条下好了吗？饿死我了。”

“就来就来。”老板技术超高，一瓢倒进他的塑料碗里。

陆悍骁搁了点葱花，吃得津津有味，念念有词：“又滑又有弹性，汤汁还特别多，太好吃了呢！”

周乔低着头，用筷子挑着碗里的火腿肠，心跟火苗烧起来一样。

一顿麻辣烫能吃到两百块钱，陆悍骁的胃也是名不虚传。

回公寓后，周乔显然在生气，一路上都不和他说半句话。

“怎么了？麻辣烫没吃饱？”陆悍骁把人拦在卧室门口，有点想笑，“没吃饱，哥再带你出去吃，发什么脾气呢？”

周乔说：“我没发脾气。”

陆悍骁说：“进门时你狠狠踩了一脚我的拖鞋，别以为我没看到。”

周乔说：“你拖鞋挡我道了。”

陆悍骁个头高，微微低下头，笑她：“踩完之后解气了吗？要不要再踩两脚？”

他伸出自己的右脚，灰蓝相间的布拖鞋摇了摇，“顺便欣赏一下哥的袜子吧，今天也是海绵宝宝哦。”

周乔飞起就是一脚，毫不留情地踩了下去，还带了空中助跑。

“哎哟卧槽！”陆悍骁疼得脸色发白，捧着右脚单腿蹦迪，“你真踩啊！有没有良心的！”

周乔冷冷望之，“良心被狗吃了。”

陆悍骁眨眨眼，神色无辜，“我没吃啊。那现在来吃吃看。”

为了占便宜，当条狗有什么关系，陆悍骁作势要往她胸口蹭。周乔吓得尖叫躲开。

陆悍骁一瘸一拐地学狗叫：“汪汪汪。”

周乔举起手哭笑不得地揍他，“你这人真是……”

“说了的话不许反悔，今天你不给我吃一口，我马上就办了你！”

周乔狠狠推开他，“我真生气了！”

撂下脸色，她转身就走。

陆悍骁一看不对劲儿，急忙改变战术，表情一变，就这么往地上一倒，痛苦地直嚷嚷：“好疼啊，哎哟，好疼！”

周乔被他逗得浑身燥热，假装没听见。

陆悍骁声音更大：“我的肠胃，哎，抽筋了，疼。”

一听肠胃，周乔有点儿心软，难道刚才下手太重，他肠胃炎刚好，是不是真的出问题了？

见周乔犹豫，陆悍骁一鼓作气，匍匐前进，往她靠近了半米，可怜巴巴地拽住她的裙摆，“乔乔，又是上回那种疼，里面像有哪吒脑海，我呸，都怪今天的麻辣烫。”

周乔偏头，赏了个嫌弃的眼神。

陆悍骁继续飙演技，唉声叹气：“没关系，我撑得住，上回小区也有一个人，年纪轻轻肠胃炎，送医院回来后，人活得挺好，就是一日三餐都要人喂了。”

周乔：“……”

陆悍骁一鼓作气，捧着肚子在地上打起滚来，左三圈右三圈，“好疼，好疼。乔乔救命！”

周乔被他唬得心烦意乱，直觉他是演戏，但又担心他真有事。

一番思想斗争后，她还是蹲下来，软了声音问：“哪里疼啊？”

陆悍骁心里爽飞，忍着表情，可怜巴巴地牵起她的手，从自己的腹部开始一路往上，“这里，这里，还有这里。”

周乔的手被迫摸过他的心肝脾肺肾，最后停在了心脏的位置。

陆悍骁的眼神忽地认真，握住她，收紧再收紧，“嘘，别说话……”

周乔怔住。

一拳之间，掌心所及，全是他强有力的心跳，一声一声，鲜活跳蹦。

陆悍骁没犹豫，勾住她的脖子，用力把人带了下来。两人鼻尖碰鼻尖，胸口贴胸口，呼吸在加急，心跳也骤快。

陆悍骁热热的气息萦绕而来，他声音轻，还带着一丝求饶：“好乔乔，可怜可怜三十岁的单身男青年，让我有个女朋友好不好？”

这距离近得，好像下一秒他就要吻上来。

周乔一掌别开他的脸，手忙脚乱地站起，气鼓鼓地望着陆悍骁。

陆悍骁双手撑在地上，胸膛向前突出，歪着头冲她笑。然后也学她鼓气，先是右脸，再换气到左脸，最后同时一鼓，“呱呱呱。”

周乔：“……”

陆悍骁盘腿坐地上，也不怕事，“反正我这么老了，好不容易逮着一个喜欢的，有的是时间耗。”

周乔忍不住踹了他一脚，“你乱说什么呢！”

“你把我当沙袋啊？”陆悍骁皱眉，“有本事再踹一脚。”

不踹白不踹，周乔往他大腿上又是一下。

“哇。”陆悍骁表情突变，又沉迷又陶醉，“踢得我好舒服好开心好刺激呢。”

“……”

真的很想死。

周乔自知不是他对手，走为上计。

陆悍骁的声音在背后响起：“明天请你去农场玩儿啊。”

“砰！”回应他的是摔门声。

“生气的样子也迷死人了。”陆悍骁痴汉脸，然后从地上爬起来，揉了揉被周乔踢过的大腿，“劲儿还挺大，太不怜香惜悍骁了。”

微信来了新消息，陆悍骁掏出手机，兄弟群里，MC陈清禾又在喊广播：“明天上午十点，有老婆的带老婆，没老婆的带上脑子，农场准时见。”

陶星来：“清禾哥，那种既没老婆，又没脑子的人，该带什么呢？”

陈清禾：“那就带上周乔吧。”

陆悍骁：“呵呵。”

陈清禾：“老处男就不要自取其辱了么么哒。”

然后全屏幕散落“么么哒”的表情。

陆悍骁可烦这两人，退出聊天框，随手刷了一下朋友圈，结果手滑没按对，直接进了联系人列表里。

等等！

周乔呢?

陆悍骁瞪大眼睛，来回刷了两三遍，好友里周乔不见了?

他慢慢意识到，该不会是把他给删除了吧?!

“姓周的你太过分了!”陆悍骁咬牙切齿，十分生气，走到门边就是一顿猛敲，“开门!”

周乔戴上耳机练听力，把音量调到最大。

陆悍骁砸了十几下终于安静，周乔轻轻松了一口气。气还只松到一半，“轰隆”一声，门从外破开，陆悍骁气势汹汹地踏了进来。

周乔吓了一跳，“你……你怎么?”

陆悍骁把各房间的备用钥匙串收兜里，伸出手，“手机呢?”

周乔别开眼，假装不看他。

“你干吗删除我?”陆悍骁走过来，手撑在桌面上，“经我同意了吗你?”

“我的手机，我乐意。”周乔才不服软。

“你手机不要充电的啊?电费还是我出的呢。”

“好。”周乔点了下头，然后拉开手边的抽屉，掏出六个硬币放桌上，“五毛八一度的电费，十度五块八，剩下两毛不用找了。”

陆悍骁“呵”了一声：“学金融会算账了不起啊，来啊，把作业拿出来，我们来比赛算账啊!”

周乔还真把试卷习题往他怀里塞，“给给给，你这么厉害，你算啊。”

陆悍骁被她推搡得往后退了好几步，两个人你来我往，没一会儿，就同时笑了出来。

周乔抿嘴看着他，“都三十岁的男人了，怎么还跟小孩子一样。”

陆悍骁也是满脸暖意，不客气地回嘴：“才二十出头的女孩，怎么不喜欢霸道多金男呢?”

周乔服了他，“我要考研，不希望被影响。”

陆悍骁才不听她瞎说，眼明手快地抢过桌上的手机，飞快点开，“不许删我好友。”

“哎，你又要无赖。”周乔去夺，陆悍骁占据体形优势，用屁股顶她，“乔乔你吃我豆腐，屁股都被你摸平了。”

“谁摸你屁股了?”周乔哭笑不得，“你把手机还给我。”

陆悍骁“唰唰”两下点开她的微信，把自己给重新加进好友里。他这边通过后，又自作主张地在周乔手机上改了备注。

陆悍骁把手机还给她，扬起高贵的下巴，“你再敢带上我的原名，让我滚回大众分组，我可是要吃人的哦。”

说完，一溜烟地跑了。

周乔低头看屏幕，陆悍骁把自己的备注改成——

爱乔乔的陆宝宝。

“什么脑回路。”周乔觉得好笑，手指在上面犹豫不决，想了又想，给他改成——好看又有钱的男人。

改完后觉得不够贴切，她又加了个字——好看又有钱的蠢男人。

望着那个蠢字，周乔笑出了声，心思动了动，最终把“蠢”字修正为“萌”。

嗯，没毛病，挺好。

第二天一大清早，周乔就被电话吵醒。

她困意尚在，没看名字就接听，结果是陆悍骁，扯着嗓子叫嚷：“下来帮我提水果，我买了一车的水果可便宜了！”

周乔摸不着头脑，拗不过他的聒噪，她妥协地起床下楼。

陆悍骁远远地就在车边冲她招手，笑得可纯情。周乔只简单地洗漱，连头发都没扎，懵懂地过去，问道：“水果呢？”

陆悍骁“嘿嘿”两声，然后抓着她的肩膀，连拖带抱地就把人丢进副驾驶，系好安全带后把车门一锁，自己飞快绕去驾驶座。

全程绑架行动不超过十秒，周乔一脸蒙逼，“你要干吗？”

陆悍骁转动方向盘，兴高采烈地说：“去农场玩啊！”

“……”

有没有卖鹤顶红的？我愿意出天价。

周乔简直服了他，“我衣服都没换，你好好说话不行吗？”

“不行。”陆悍骁云淡风轻道，“说了也白说，你肯定不跟我去，衣服不用担心，喏。”他往后座一指，“我给你买了全套。”

周乔僵硬地回过头，还真是三四个纸袋。

“反正你穿小码，衣服特好买。”陆悍骁得意极了，“你打开看看嘛。”

周乔无奈，拿过纸袋往里一看，浅色的T恤，好像还有一条牛仔裙，只是这T恤的颜色……

陆悍骁哈哈大笑："没错，今天我们穿的是情侣衫哦！"

周乔一言难尽地看着他身上的同款T恤，真怀疑自己是不是上一世追杀了他全家。

"穿嘛穿嘛，待会儿要见朋友，一身睡衣多没礼貌。"陆悍骁安慰道，"放心，逗你的，这不是情侣装，是我们兄弟群的群服，陈清禾他们都有一件。"

周乔半信半疑，"真的？"

"煮的。"陆悍骁空出右手，摸了摸她的头，"听话。"

周乔没来得及躲，被他揩了油。

陆悍骁忙说："别生气，我不让你吃亏，全身上下随你摸，摸回来行不行，我这腹肌放眼全小区都没……嗯！"

话到一半，他嘴里一甜。

是周乔伸手，喂他吃了一颗奶糖。

"你好吵。"堵住你的嘴。

陆悍骁身子一紧，舌尖抵了抵，心脏狂跳地说："天，十全大补丸呢，我现在浑身有劲儿，能飙两百码！"

"别别别。"周乔赶紧制止，"我还想多活几年。"

"那是。"陆悍骁接着话道，"毕竟咱俩还没开始谈恋爱，死了多可惜。"

"……"你这么能说，现在就去死好吧？

到农场前，周乔还是在加油站的洗手间里，换上了陆悍骁给她买的衣服。

大小合身，样式简单但质地很好，她一出来，陆悍骁就瞎嚷："天，仙女降临加油站呢。"

周乔被他夸得有点不好意思，拉开车门坐上去。

陆悍骁戴着墨镜走来，趴在车窗上笑着递进一瓶水，"瓶盖已经拧开了，美少女，赏我一个电话号码呗。"

周乔没绷住，笑着伸手敲他的头，"走开一点儿，我对毛过敏。"

"知道你不喜欢毛多的。"陆悍骁凑近，小声神秘地说，"我腋毛和腿毛都刮干净了，巨滑巨嫩，不信你摸摸。"

话说完，他就飞快退出老远，周乔的手够不着，指着他横眉怒对。

加完油继续上路，十五分钟后到达农场。

陈清禾一帮人见他俩下车，群魔乱叫：“哇哦，情侣装！骁儿你骚出天际了！”

周乔脑袋冒汗，迟迟不肯往前走。

陆悍骁低声呵斥：“再不走，我就牵你的手了啊。”

周乔怕了他，只得服从地跟在他身后。

陶星来见到她，可受伤，忧伤道：“天啊，你竟然也是沉迷男色的女孩子。”

周乔赶紧摇手，“不不不，你误会了，我是被他绑……”

陆悍骁直接把人拖走，“我家姑娘不懂事儿，乱说话大家别介意。”然后低声训斥周乔：“在兄弟面前，给个面子行不行啊？”

陈清禾知道他的臭德行，也不拆穿，召唤说：“打情骂俏的暂停一下，先去里头坐一坐。”

陆悍骁一听，赶紧跑过来，压低声音紧张地问：“都安排好了？”

“放心。”陈清禾比了个“OK”的手势，“道具全是淘宝皇冠店买的，气球会发光，彩条也贴了钻，闪瞎你眼睛。”

一听这描述，陆悍骁就不怎么放心。

陶星来也来凑热闹，“陆陆哥，追女生我最有一套，我可懂她们的粉红少女心了。”

陆悍骁神色复杂，“还少女心呢，周乔就是个金刚钻。”太难追了。

“这次有哥们几个助阵，保证成功。”陈清禾拍拍他的肩，“你的诗呢？我给你接了话筒，到时候你好好念。”

“对了，你们帮我看看有没有错字。”陆悍骁从裤兜里摸出A4纸，打开给他们看。

看完之后，陈清禾和陶星来一顿爆笑：“哈哈哈哈哈，我的天啊！”

陆悍骁烦死他俩，“笑个屁啊，我这情诗每一句话都押韵，多精妙。”

陶星来随便指着几句，笑着念出来：“有位女孩叫周乔，人美腿长文化高，一见你就心飘飘，听说你喜欢无毛，我的毛真就挺少，我有股票陆宝宝，涨停不断特别好，记住我叫陆悍骁。”

还没读完，陈清禾已经狂笑：“哈哈哈哈哈。”

陆悍骁可忧伤了，拽着A4纸，可怜巴巴地问：“真的，很难听吗？”

“不难听，和你气质特配。”陈清禾憋住了，捶了他一把，“哥们儿上，别怂！吉他话筒我为你调好了音，就等你的浪漫告白了。”

陆悍骁懵懂地“哦”了声，死就死吧！

他望着周乔的背影，深吸一口气，迈开大步追了上去。

陆悍骁没什么泡妞的实战经验，纯靠陈清禾这帮也不怎么靠谱的哥们儿撑腰。一听他首战失败，一个个特别热情地要添砖加瓦出把力。

因为周乔二十出头，在他们这帮远离校园已久的老男人眼里，她有着一颗梦幻少女心。陆悍骁之所以没法成功，全赖他又土又笨不时髦。

于是，时髦男孩陈清禾和陶星来出了一个旷世馊主意，弄了个粉红场地，现场布置均按直男眼光标准实施，还自我感觉极其良好，可劲儿地炫。

“等你们进去，房屋里是黑乎乎的，然后我会开一盏小灯，再喷香水，特别烘托气氛。”

陆悍骁皱眉，“香水？弄这个干吗？”

陈清禾神秘道：“印度货，催情效果。”

陶星来接着介绍：“天花板上都是紫色的爱心气球，我花两块买的双面胶，贴了一上午都快得肩周炎了，陆陆哥，一码归一码，你得给我报销买膏药的钱哦。”

陆悍骁往他脑门上一按，“乖，给你点个赞。”

“吉他通了电，你念完诗你就把歌唱，我花十块钱开通了QQ音乐绿钻，无损音效一级棒。”陈清禾拍着胸脯做保证，“到时你唱歌，我们伴舞，把你周乔苏得不要不要的。”

搞得这么正式，陆悍骁都快感动得流眼泪了。

“抓紧时间，陆陆哥你从后门进，我陪周乔进屋。”陶星来比了个胜利的手势，小脸儿倍儿激动地跑开。

追上周乔后，她问：“他们人呢？”

“去点餐了。”陶星来热情引路，“好朋友往这边走，屋里有水果，是农场自己种的。”

周乔没往多处想，踏进门。

“砰”的一声，陶星来飞快把门关上，屋里黑乎乎的一片，周乔莫名其妙地回头，“怎么不开灯？”

话刚落音，屋中央就亮起一盏十瓦的电灯泡。

陈清禾坐在角落里，左手按完开关，右手开始喷香水。

周乔：“……”

不好，有杀气。

陶星来溜到一边，捡起地上的礼花炮连放六个，寓意六六大顺。

这时，屋里彩灯“唰”地亮起，红配绿相当闪烁，借着光亮，能看清头上全是爱心气球。紧接着，悠扬的萨克斯音乐《征服》响起，手机自带的手电筒耀出一道光，照向了前方的高脚凳和话筒。

陈清禾趴在地上压低声儿道：“骁儿，到你了。”

陆悍骁上台前，一脚踩在陈清禾的屁墩上，“嘿！脚感不错，挺肥厚的。”

MC陶星来模仿主播腔：“下面请欣赏，诗歌朗诵《我浑身都是宝》。”

“……”

靠，这名字还能取得更难听一点儿。

周乔已经快要神经错乱，就看见陆悍骁出现在搭建的台子上。

他举着话筒，手还有点抖，紧张地看着周乔，说：“今天很荣幸，能够把你绑到这里欢聚一堂，我……我为了你作了一首诗，想亲口念给你听。”

“……”

救命！刀子我来买，耳朵我自己割，全都送你行不行？

陆悍骁深吸一口气，然后开始脱稿朗诵——

那日有风有光，我一如既往地恣意耍闹。
初次见面鸡飞狗跳，印象实在不算太好。
同住屋檐不过了了，三言两语有了交道。
你身上有温暖的笑，我想起夏天的味道。
动心的感觉太美妙，像有气球慢慢在飘。
有些话想让你知道——

啊，有个女孩叫周乔，人美腿长文化高。
一见你就心飘飘，我有股票陆宝宝。
涨停不断特别好，记住我叫陆悍骁。

陆悍骁一口气背完，然后淡定地坐上高脚凳，拿起吉他抱在怀里。

周乔已经要阵亡了，天，还没消停呢！

前奏无缝对接，十分欢快，这歌太熟悉了，歌名也特别应景。

陆悍骁可是百里挑一，私下练了几百遍，他轻拨和弦，手指匀称且长，灯光一打有模有样。弹过前奏，步入正题，陆悍骁随曲和声，一开口，每一句都踩在了节拍上。

爱情是一种怪事，
我开始全身不受控制，
爱情是一种本事，
我开始连自己都不是，
为你我做了太多的傻事，
第一件就是为你写诗。

歌曲渐入高潮，伴舞团闪亮登场——

陈清禾和陶星来站到陆悍骁身边，一左一右开始扭臀甩胯，手往上伸“啪啪啪”连拍三下，再双手叉腰疯狂抖胸，抖完之后，两人左手挽右手，原地又蹦又跳地转着圈圈。

转完之后，一声洪亮的“嚯——嘿——”完美收尾。

陆悍骁被他俩这一声叫唤吓得差点从高脚椅上震落掉地。

他脑袋冒汗，咬牙切齿地低声呵斥：“我念情诗唱情歌，你们跳什么斗牛舞？！”

周乔被这阵仗，已经折腾得眼睛要瞎。

陆悍骁丢了吉他，甩开话筒，破罐子破摔地走下来。

周乔一步步往后退，条件反射般地抡起立在门口的打气筒。

“你是不是想揍我？”陆悍骁此刻豁了出去，心火难败气势压顶。

“别……别过来。”周乔有点慌，“有话好好说。”

“不想说，你往这儿打。”陆悍骁指着自己的太阳穴，“打死最好，打不死，你就等着养我一辈子。”

“……”

耍无赖也是犯罪啊大哥。

陆悍骁个子高，眼睛形状也狭长，稍一居高临下凌厉收敛，还真有点儿怵人。

周乔目光虽淡，但里头的情绪到底是藏不住了，她抖着唇角开口：“陆哥。”

“谁要当你哥哥了？”陆悍骁声音冷，把手里的A4纸揉成一团握成拳，“你就直说吧，究竟喜欢什么样的男人？”

“……”

“敢说除了我这样的都喜欢，我掐死你。”陆悍骁挺有经验，把小女生的套路说辞先给封杀。

半晌，周乔给出一个十分在理的答案：“我要考研。”

“难道考研的人都不谈对象？”

“我怕分心。”

“你现在也不见得有多专心。”

周乔一时语噎。

陆悍骁把办公桌上谈判的架势都拎出来对付他姑娘了，可见心有多烦。

他暴躁地揉了揉自己的头发，丧气道：“我跟你交个底，我见过许多女人，年轻的、风情的、干练的，但我一个都没正儿八经地喜欢过。”

周乔一副“你是怪物”的眼神看着他。

陆悍骁也不怕揭自己的短，继续说：“别问我为什么，我也不知道自己怎么了，我宁肯看AV自撸也不愿去找女人睡觉。”

周乔一听，自发性地咳嗽，半天没缓过气。

陆悍骁一脸郁闷，“我为什么喜欢你？因为你让我有归属感，游泳池里救过我的命，还教会了我游泳，不管什么话题咱俩都能说到一块儿去。跟你在一起，就想搬一箱啤酒炸一盆鸡翅，吟诗作对看雪看月亮一直到天亮。”

“……”

三伏天，你上哪儿看雪去啊。

陆悍骁见她不为所动，心烦意乱地伸出食指，往周乔肩膀上狠狠一戳，“你可怜一下我行不行啊！”

周乔一怔，就看到陆悍骁突然蹲在地上，抱住自己的膝盖把脸埋进去，闷声说了一句话。

她没听清，“你说什么？”

站在后面一直沉默的陈清禾，于心不忍地替他回答：“骁儿说，求求你了。”

周乔双手垂至两侧，肩上被戳中的疼痛像是要将她身体凿出一个窟窿。

陆悍骁维持抱住自己的姿势没有动，看起来巨大一坨，怪可怜的。

陈清禾看不下去了，走过来把周乔推到一边，语重心长地说：“我和悍骁从小一块长大，穿开裆裤的情分，他吧性格特别好，不管男女，对谁都是好脾气。就是因为对谁都一个样，所以很少看到他失控的时候。对，他没光明正大地追过女人，所以有些行为方式会让你觉得不适。”

陈清禾停顿了一下，等周乔慢慢消化。

“当然，咱们不能以这个做借口，强迫你接受，只是作为兄弟，我必须帮他解释，就算你不喜欢，也千万别反感。”

不喜欢可以努力一点儿继续追，但如果是反感，就真没什么希望了。

周乔缓缓低下了头，陈清禾看见她指头使劲儿地抠着衣摆，可见也在犹豫。

他挑眉，乘胜追击，把人推向陆悍骁，“哎，虽然他幼稚了点儿，但待人真的特别真诚。”

听到这话的陆悍骁，可不乐意地抬起脑袋，委屈道：“你才幼稚呢！”

这一抬头不得了，周乔发现他眼眶子都红了。

天啊，怎么还哭上了？！

太罪过了吧。

周乔拧眉，负罪感让她无暇多想，走过去蹲在他边上。

一见有戏，陆悍骁急忙小碎步往她身边靠拢了些，红着眼睛看着她。

周乔斟酌了用词，小心翼翼地开口：“对不起，我的态度伤害到了你。”

陆悍骁颓着眼角，应了一声：“嗯。”

周乔小声：“考研是一方面，害怕也是一方面。”

听到她开始吐露心声，陆悍骁微微一动。

“我也没谈过恋爱，总觉得这是件可遇不可求的事，反正这么多年一个人也过来了，无功无过，挺习惯的。”

陆悍骁连呼吸都放轻，颤出一个心疼的鼻音：“嗯。”

“我家里的事，你也看到过，爸妈感情一直不太好，反正从我记事起，争吵打闹就没断过。”

周乔抠着自己的指尖，她还是不太习惯诉苦，成长环境早就塑形了她内敛的性格，哪怕一切洞察明晰，也能掩盖心底悄无声息。

“陆哥，和你，还有齐阿姨住在一起的日子，我真的特别开心。”周乔不再克制，选择顺从内心，她说，“贸然地答应和拒绝，都是不理智的，你给我时间认真考虑。”

陆悍骁内心都快爽飞了，但还是冷静自持地点了点高贵的头颅，“哦哦。”

说完这些，周乔如释重负，竟伸手往他眼角上轻轻压了压。

她手腕上自带的淡香仿佛点住了陆悍骁的穴道。周乔目光清澈明晰，里头像是装了四个字：随缘偶得。

她宽慰陆悍骁，笑着说：“我刚刚帮你看了股票，陆宝宝今天又涨停。所以你别哭了，行吗？”

陆悍骁得了失语症，灌了迷魂汤，只知道机械地答应：“嗯嗯嗯。”

周乔站起身，“我出去透透气。”

待人走后，陈清禾走过来踹了一脚陆悍骁，怒其不争道：“你刚才一直‘嗯嗯哦哦’地回话，搞得好像在被周乔上一样！”

陆悍骁撑着膝盖站起来，揉了揉发酸的大腿，可高兴地说：“你怎么知道？我是真的很想被她上啊！”

陈清禾：“……”

陶星来被这肝肠寸断的表白感动得眼泪直流，“刚才没好意思问，陆陆哥，怎么你身上有一股风油精的味儿啊？”

“哦。”陆悍骁风轻云淡地说，“我擦了点儿在眼角，不然怎么哭得出来。”

陶星来蒙了蒙，“你不是真哭？”

“现在还没到哭的时候。”陆悍骁眼角得意地上扬，“男人有泪不轻弹，除非和爱人上床。”

陈清禾皱眉，试探地问：“上床才哭，是因为你……早×？”

陆悍骁瞬间没了脾气。

“……”

我想日你大爷。

周乔一个人站在外面吹风，这个农场规划不错，除了他们所在的休闲区，东西北角还有试验田、亲子互动等项目。

周乔靠着木栏，手撑着下巴看风景，风起吹高刘海，露出了光洁的额头。陆悍骁双手插袋，离她三四米远，鞋底磨地了半天，才鼓起勇气走向前。

“喝水吗？”

周乔听见声音，侧过头，陆悍骁伸手递来一瓶水，他笑道：“我拧开盖了。”

“谢谢。”周乔大方接过，又往边上挪了挪，空出一个位置给陆悍骁。

陆悍骁站过去，两个人并排倚木栏，闲适地看着绿荫青草，方才的鸡飞狗跳、夸张场景仿佛淡化远去。当天地安静只剩彼此，周乔用眼角眉梢瞄向陆悍骁。

感觉似乎也挺不错。

“刚才让你看笑话了，我以为女孩子都喜欢这样的。”陆悍骁认清现实倒是快。

周乔笑了笑，实话实说：“是很让人意外。”

“幸亏你撑住了，不然闹出人命还得打120。”陆悍骁开了两句玩笑放松气氛，便仰头喝了口水。

水滑过喉咙，有轻微的“咕噜”声。

两个人又彻底安静了。

陆悍骁压了压唇角，敞开着说：“周乔，有些事情做得是夸张了些，但我的心意摆在那儿，不躲不藏不修饰，你是聪明的女孩子，只要你愿意赏我一点儿用心，一定能明白我的真心。”

有风吹过，周乔拢了拢耳边的碎发，很安静地倾听。

“死皮赖脸也好，威逼恐吓也罢，总之你答应了我好好考虑，我真的很高兴。”陆悍骁难得沉定，抬眼看天空，又低垂至草林，最后转过头，悠悠道，“答应我的，你一定要做到。”

“嗯？”周乔乍一听没明白，侧头疑问。

“考虑我。”陆悍骁对上她的视线，加重了读音，“认真地考虑。”

周乔目光不躲，良久，轻轻点了下头，“好。”

“拉钩。”陆悍骁深觉不放心，本性又露，孩子气地伸出小拇指，“骗人是小狗。”

周乔挑眉，故意逗他：“那我现在学狗叫行吗？”

陆悍骁小拇指变成大拳头，“我自杀行不行？”

周乔抿唇没说话，转过身便走。

她手背在身后，像是回归风中的淡菊，声音随风跃入陆悍骁的耳朵里——

“命先留着吧。”

陆悍骁站在原地，看着她的背影，就这么傻乎乎地笑了起来。

第四章
陆总的春天

My man

农场一日游之后，两个人的相处似乎又转了点儿性子。

依旧清淡寡言，但氛围明显松动，像是心存默契，互留余地，一个在耐心地等待，一个在理智与感情之间找最合适的定位。

陆悍骁脑子好像开了窍，懂得了以静制动，这两天乖乖自觉地留公司加班，晚饭也不回来吃，尽量减少对周乔的干扰。

就是每晚回来时，都会给她带上一点儿小玩意儿，一杯奶茶或者一盒寿司，把它们放在客厅餐桌上后，陆悍骁就轻轻敲周乔的房门，也不需要多说话，门里的人过几分钟便出来了。

夜深人静，周乔捧着奶茶时也会想，自己对陆悍骁究竟是什么感觉。

她叼着吸管，任奶茶一点儿一点儿融化在舌尖。

在一起时，好像还是开心的成分比较多。

想到这儿，周乔放下奶茶，去厨房拿了个干净的玻璃杯。她把奶茶揭开盖，倒了一半放杯里，然后叩响陆悍骁的卧室门。

门缝拉开，露出他刚洗过澡湿漉漉的头，“嗯？”

周乔把杯子递过去，“喝奶茶吗？”

陆悍骁挑眉，“奶茶分我一半啊？”他接过，然后往周乔右手上碰了碰，“干杯哟。”

周乔笑着也举起奶茶，“好，干杯。”

陆悍骁喝完奶茶，嘴唇周围一圈的奶渍。他伸出舌头舔了舔，陶醉地说："爱心牌的就是甜。"

周乔转过身，背对着他抿嘴微笑。

陆悍骁冲着背影说："明天我再给你带奶茶呀。"

周乔笑意更深，清脆地应了一声："嗯！"

这几天陆悍骁好像特别勤快，周乔七点起床，就没见了他人影。

齐阿姨边盛粥边说："做生意就是这样的，一阵阵儿的，对了乔乔，我今天要回一趟陆家，中午晚上的菜我全都炒好放冰箱了，你吃的时候拿出来热一热就成。"

"行，您不用管我。"周乔应声，"您路上注意安全。"

没多久，齐阿姨提着她的小花包也出了门。

周乔吃完早餐进屋复习，一个人的时候时间过得特别快，到了晚饭点已是夜幕初升。今天效率还不错，已经把之前落下的复习计划都给赶上了进度。

周乔摸了摸脸，有点儿烫。她关了空调，然后起身去开窗透气。正准备去热饭，手机响得欢快，是金小玉。

这位随时出现又随时消失的母亲大人，风风火火地召唤周乔去外面吃饭。

一家颇上档次的上海菜馆。

进门，就见金小玉在那儿拾掇菜谱，头也不抬地说："我给你点了条鱼，再来个乌鸡汤，别的还要吗？"

周乔缓身入座，自上次不告而别，也有近半个月了。

金小玉性格带火，行事麻利，三两下点好菜交代服务员快点上菜。

周乔给她倒茶。

"行了，别倒了，我这儿有矿泉水。"金小玉抬了抬手，打断直接问，"周正安最近来找过你没？"

周乔放下茶壶，摇了摇头，"没有。"

金小玉当即冷嘲热讽没个好语气："这个臭不要脸的，还说我不是个好妈妈，我呸，也不看看他自己什么德行！"

周乔手顿住，无语失声。

金小玉清了清嗓子，仿佛才记起这个女儿，像完成任务似的关心：“你怎么样，在你陆哥那儿住得还习惯吗？复习辛不辛苦啊？”

周乔点头，“还行。”

金小玉“唉”的一声，语重心长道：“乔乔，妈妈也是没办法，你爸爸他太过分了，外面的话都传到我耳朵里了，说那个狐狸精肚子都五个月了，真是老不要脸的，五十岁他还想老来得子吗？！”

周乔的手指抠紧茶杯，一字不吭。

“这段时间我飞美国都飞了两趟，又联系律师搞得头都大了，你那个王八蛋的爹太阴险，财产转移了不少，想和狐狸精快活，美得他！”

好不容易一次母女相聚，又变成了吐槽大会。

金小玉愤懑难平，拧开瓶盖灌了一大口水，终于说起正事：“乔乔，我和你爸这婚肯定得离，那天在陆家，不方便多说，现在，你必须给我一个态度。”

周乔不解地抬起头。

“你和妈妈站在一边，我们不能便宜了狐狸精，财产我们多分点，甭管你那个爸说得多好听，你一定不能轻信他的话。”金小玉雷厉风行地打开手包，拿出早就准备好的纸笔，“你在上面给我签个字。”

白纸黑字写了一满篇，周乔快速阅读，是一份以她的口吻拟定好的，关于周正安婚内出轨事实的证词，用来增加他在过错方的比重。上面的内容精确到年月日，半真半假，夸大其词。

周乔脱口：“妈，我……”

“签签签。”金小玉不耐烦地拧开笔帽。

周乔僵持半晌没说话，用沉默表达态度。

金小玉陡然泄气，“你这孩子，怎么这么不懂事？是不是周正安跟你说了什么，你可不能对妈妈撒谎。”

周乔自嘲地笑了笑：“你把我送到这儿，不就是为了让他找不到我嘛。”

金小玉能想到的主意，周正安肯定也能想到。她索性把女儿送出省到陆家，减少周正安作妖的机会。夫妻俩为了争家产，步步算计，滴水不漏。

此刻周乔不想再多说，她起身，“晚饭您自己吃吧，我回去复习了。”

“乔乔。”金小玉觉得莫名其妙，气愤地拍案而起，“周乔！”

大街上灯火通明，人车往往，乍一出来还分不清方向。周乔逮着公交车站跑，不管是不是回家的车，直接坐了上去。

这个点人少，后排有座位，周乔坐在靠窗的位置，依稀能听见金小玉在叫她的名字。远了，声儿没了，她手机又疯狂响振。

“妈妈”两个字蹦跶闪烁，坚持不懈了一遍又一遍。

周乔不接也不掐，估计金小玉已经气得半死，果然，没多久就发来了炸裂的短信：

“你对妈妈怎么这么没礼貌，和长辈不打招呼就走的？

“妈妈养育你不容易，现在你爸爸这样对我，你怎么可以袖手旁观。”

周乔捏紧了手机，靠着座位闭紧了眼睛。

最新的一条信息：

“周乔，你学什么不好，就跟周正安学会了没良心是不是？”

周乔条件反射地把所有短信删除，空白了，干净了，但每一个字都烙在了心里。

父母的过错，总是无辜牵扯孩子，孩子有什么错？错在运气不够，没能生在一个和谐万岁的家庭里。

周乔道理都明白，所以她从小比一般小孩儿要早熟，不多事不多嘴，努力做到第一名，她以为，爸爸妈妈会看在第一名的面子上，准时来参加家长会。

周乔手肘撑在膝盖上，弯腰低头，把脸埋进了掌心，能哭的事情有很多，她早就练就了眼泪倒流的本领，金小玉和周正安对她为数不多的教导里，只有一句话是两人都提及过的——爱哭的小孩没人喜欢。

或许这只是顺手拈来吓唬孩子的话，周乔却记得比谁都清楚。

二十出头如花的女孩，谁不喜欢热烈张扬的人和事。但多年的冷静自持、守规克己，已经让她觉得感情和男人也不过尔尔。

这时，她手机又响。周乔低眸一看，竟是陆悍骁来电。

接通后，那头一阵叽里呱啦的抱怨：“怎么回事儿啊？这么久才接电话，你人不在家跑哪儿去了？是不是又去见什么师兄师弟了？”

周乔鼻尖就这么发了酸，她憋着气，闷声：“嗯。”

“我擦，真有师兄？”陆悍骁一听可着急，“周乔你很可以啊，咱俩怎么约定的？你是怎么答应我的？你答案还没给一个字，转眼就去和师兄约会，你要气死我啊！”

周乔嗓子收紧，哽咽地打断他：“我上错车了。”

“……”陆悍骁迟疑了一下，“什么？”

已经遮掩不住了，伴着细微的抽泣，周乔说：“我不知道怎么回家了。”

半秒后，电话里似有“砰砰”桌椅绊倒的声音，陆悍骁慌慌张张，“你别着急，随便拍个周围的地标发我微信上，餐馆啊什么的都行。我很快就来，有我在，不会让你找不到家的！”

挂断电话没多久，陆悍骁就收到了图片，离他这儿大概四五十分钟的车程。

出发前，他特意给周乔的手机号充了五百块钱的话费，然后一路和她保持通话，但全程都是他在聊天，周乔寡言得让他十分不安。

能闯的红灯他都闯了，能超的速他也超了，终于在半小时后，到了约定的地点。

这里是闹市街头，陆悍骁管不得违章停车，黑色路虎横在路边，推开车门心急火燎地跳了下来。

霓虹刺眼，陆悍骁来回张望，终于回头在身后看见了周乔。将她浑身上下扫了个遍，确定人没事，他的心“哐”的一声落地，“我擦，坐个公交车也能迷路，吓死我了，还以为你被黑车掳走，卖进大山给别人当媳妇去了呢！”

夜里有风，街头人来人往错过又相逢。

陆悍骁的焦急全都写在了脸上，关心也是言不由衷。

隔着几米距离，周乔看着眼前这个男人，一颗心就这么缓缓地沉了下去。

“接到你电话，我连鞋都没换，一双拖鞋就跑下去开车，对了，我还给你充了话费，收到没，哎哟喂真是被你吓……”

周乔冲过来，毫不犹豫地把人抱住。

陆悍骁措手不及，被撞退了好几步，然后瞳孔放大，惊恐无比。

周乔的脸埋在他的胸口，手也软软地环住他的劲腰。体温是热的，呼吸是真实的，心脏蹦跳是有力的。

周乔闻着陆悍骁身上风尘仆仆的味道，迟到许久的眼泪，就这么落了下来。

她哽咽着声音说："别动，让我抱一抱。"

陆悍骁腰身发麻，腹肌僵硬。

天，这是什么情况？老男人的春天吗……

陆悍骁跟个生了锈的机器一样，不敢动弹。

直到周乔无声的眼泪浸透衣服，湿热感攀上胸口，他才用手缓缓将人圈住，掌心在背后笨拙地安抚。

"哥已经把车开到最快了，驾驶证上的分儿估计也都扣光了，我还违章停车肯定要被贴罚单。我没敢耽误一秒钟，你快别哭了。"

周乔抱着他的手松了一下，但很快抱得更紧。

陆悍骁回应似的，也加重了力气，语气却轻松道："还在哭啊，待会儿胸口太湿，不知道的还以为谁在上面撒了泡尿呢。"

周乔头埋着，闷声："你才撒尿呢。"

陆悍骁笑得眉飞眼翘，下巴一低，抵住了她的头顶，轻轻地蹭了蹭，然后一声微叹："抱吧，你想抱多久都可以。"

周乔稳了稳情绪，想把他推开。

陆悍骁不松手，勾得人紧紧的，"不准走，我还没抱够呢。"

周乔脸燥热，"你松开。"

"用完就丢，我不服。"陆悍骁笑着看她，"除非你亲我一口。"

"……"

"这儿这儿。"陆悍骁指着自己的右脸，"往这儿亲，还要带响声哦，啵啵啵的那种。"

他们两人的姿势特别暧昧，周乔又发现了他一个新的技能，就是无论何种正经的气氛，都能被他掰成当街骚扰。

当然也就过过干瘾，这点儿分寸陆悍骁还是有的。

他适可而止，把人放开。

周乔低眸落向他的脚，真的只穿了一双灰蓝相间的拖鞋。

闹市街头，人来人往，陆悍骁一米八五的高个头着实瞩目，不少路人经过都盯着他的拖鞋看，周乔心怀歉疚，说："你回车上去吧，我给你买双鞋，不然开车不安全。"

陆悍骁半玩笑半试探，“那这算不算是定情信物？”

“……”

你还可以再老土一点儿。

“不用了，跟哥走。”陆悍骁一把牵起她的手，“我要人不要礼物。”

“我们先去吃饭吧。”陆悍骁坐上驾驶座，嘱咐她系好安全带，“想吃什么？日料还是西餐？”

他边说边去摸裤袋，摸了两下，动作顿住。

“等等……”陆悍骁转过头，“可能吃不成了，我出门太急，没带钱包。”

“没关系，我……”

“我不花女人的钱。”陆悍骁堵得飞快，“没事，车里还有点儿零钞。”

他从储物格里捏出一把，点了点，有两百多。

“先给车子加两百块的汽油，剩下二十给你买杯奶茶，还有三十再买盒寿司垫垫肚子，然后去取款机，我这有张备用卡，里面钱不多了，只能凑合一下取个两万块先把饭吃了。”

“……”

雷神：大哥，装×遭我劈哦。

看着周乔一脸蒙住的表情，陆悍骁捶着方向盘一顿狂笑：“哈哈哈，哥是不是很炫酷？”

周乔脑袋冒汗，“你开心就好。”

陆悍骁敛了敛嘴角，突然叹气：“我想让你开心点儿。”

周乔一愣。

陆悍骁伸手，在她鼻梁上轻轻刮了一下，“小家伙，一点儿也不让人省心。”

他眼底的善意关心让周乔眼热，嘴唇张了张。

“嘘。”陆悍骁食指比在唇心，“没事儿，不想说就不说，长得好看的人，谁还没有点儿小秘密呢。”

这费尽心思的安慰方式，让周乔的心如装暖汤。

陆悍骁坐直了些，慢慢转动方向盘，“就比如我的秘密吧，就是特别喜欢你。”

“……”

呃，这个好像已经尽人皆知了。

周乔听后没有说话，别过头看窗外。

陆悍骁也不逼迫，等车上了大路，他才空出手，不动声色地摸了摸自己的劲腰，似乎还在回味刚才被周乔抱住的感觉。

爽呆了。

两人吃完晚饭后，早早回了公寓。齐阿姨还没回来，家里清清静静。

陆悍骁看了一下短信，“哟，齐阿姨今晚不过来了，陪我爷爷奶奶打字牌呢，哎呀，这三位老宝贝组队，简直人间惨剧。”

不知是不是室内外温差大，周乔进屋后，觉得身上发烫，还口干舌燥的。她去厨房倒水，连着喝了两大杯。

走到客厅，就看见陆悍骁盘腿坐地上剥开心果吃。

周乔走近了些，陆悍骁侧过头冲她笑：“吃个开心果，心情红火火。”

平整的玻璃桌面上，是他用一颗颗剥好的果仁，摆出的一个爱心图案。

陆悍骁飞快地继续摆弄，在爱心中间又拼了一个大写字母“Q”。然后站起身，献宝似的说：“快吃快吃，吃完能够多活五百年。”

周乔忍不住笑出了声。

这一次，她没有拒绝，走过去也坐在了地上。周乔看着那颗心，手指犹豫，竟然有些舍不得破坏掉。

陆悍骁像条小狼狗，乖乖地蹲在她边上，看着她的侧颜轮廓温柔，微蜷的手指细长如葱。陆悍骁突然伸出手，难以克制地从背后抱住了她。

周乔浑身一紧，挣扎刚起了头，陆悍骁把她箍得更用力，“周乔。”

这声名字喊得克己又隐忍，听得她心头一动。

胸贴背，心跳如鼓槌，陆悍骁试探地将掌心翻了个面，带有目的性地移到周乔腰间。

周乔僵了下，下意识地转头，但也就是这个动作，让两人的脸近在咫尺。这么近距离地打量陆悍骁，眉浓斜飞，鼻挺眼深，一点儿也不显老。周乔抿了抿唇，理智应该拒绝，但行不由衷，竟然不舍动弹。

陆悍骁呼吸急促，捏住她的下巴，头慢慢低，慢慢靠近，想吻她的心昭然若揭。

但很快，搭在她下巴上的手，炽热的触感越发不对劲儿了。陆悍骁眉间拧成一个浅川，分开了一点，心惊断定，“周乔，你在发烧。”

其实从早上起，她就感觉不太舒服，但这鸡飞狗跳的一天下来，也没闲心去管自个儿。

周乔还没反应过来，“陆医生”一个额头便砸了过来。

两人额头贴额头，这个试体温的姿势很新颖啊。

“陆医生”紧张兮兮地念念叨叨：“完了完了，烫死小陆了。”

“……”

小陆是什么玩意儿?

“没有三十九度，也有三十八度九了。”陆悍骁自带体温计技能，他开始在屋里团团转，翻箱倒柜地找东西，“上次陈清禾那个牲口发高烧，正好药店搞活动，退热贴买一送三，我留了一盒放家里。”

陆悍骁跪在地上，撅着翘屁股在抽屉里找，“我记得效果挺好，陈清禾用了一张，就直飙四十度，当晚就进了医院成肺炎了。”

周乔：“……”

“啊，找到了。”陆悍骁欣喜若狂地举着一个寒碜的包装盒，“退热贴。”

周乔看着上面硕大的字体，有点无语，“那是宝宝用的。”

“没毛病。”陆悍骁扬了扬盒子，笑着说，“你就是我的宝贝儿啊。”

周乔条件反射地用手捂住额头，完了完了，身体要炸了。

陆悍骁撕开包装袋，走过来就是一招大力金刚掌，周乔只觉得额头一冰，就跟贴了符一样。

陆悍骁念念有词：“恶灵退散，嘛哩嘛哩哄！”

念完之后，还有模有样地往她额头吹了口气，“呼！”

周乔被吹得直眨眼睛，笑得要死，“干吗呢你？”

陆悍骁挑眉，抓着她的双手，往自己身上砸，“天，你快住手，小陆对你这么好，你还用小拳拳捶人家的胸口。你坏坏。”

妈的智障啊。

周乔笑着扭手腕，陆悍骁抓紧不让松，越演越起劲儿，“不要再打我了，松手啊，再不松手我就要你负责人生了！”

周乔被他握得铁紧，于是用脚踹他，“喂！”

而下一秒，整个人腾空而起，陆悍骁出其不意地竟然将她打横抱了起来。

周乔吓得失色，搂住他的脖颈，“陆悍骁！”

“嘘！”陆悍骁抱住她，将人颠了颠抱严实了，“你再这么凶巴巴地叫我名字，我就打你屁股。”

周乔面红耳赤，心跳飙到一百二，“你这人……是不是对谁都这么无赖。”

“废话。不然我哪能赚这么多钱啊。”陆悍骁往卧室走，“下次带你去谈生意，你就会知道我是什么德行了。”

“……”求放过。

“周乔。”陆悍骁突然沉声。

“嗯？”

“这是我第一次抱女生。”陆悍骁低下头，目光全给了她，然后小声说，“原来公主抱，是这样的手感啊。”

人已经走进卧室，陆悍骁抬脚往后一勾，把门关上。

他顿了一下，无辜又真诚地说：“手感好得我都快起反应了。”

“……”

做人虚假一点儿不好吗，何必这么实话实说我的天。

“你先睡一会儿。”陆悍骁把人放在床上，动作放轻。

周乔熟透了脸，小声道：“我睡自己床上去。”

“不要。”陆悍骁不讲理，“我的床开过光，焚过香。”

周乔哭笑不得，无奈极了。

陆悍骁把人放下后，一屁股也坐了上来。

“哎！你干吗？”

“生病脆弱要人陪，我来陪你睡个觉。”

周乔摇头，“我不脆弱，我不需要人陪。”

“我说你脆弱，你就脆弱。”陆悍骁为达目的不罢休，扯开被毯将她盖得严严实实，“我奶奶说，发高烧就多盖点儿，发发汗洗个澡就好了。”

周乔低着头，手脚不知往哪儿放，小声纠正：“这个说法是错误的。”

“老宝贝说什么都对。”陆悍骁又朝她拱近了些，觉得太挠心了，索性流氓到底，一把揽过她的肩。

周乔吓得连滚带爬。

陆悍骁拖住她的手腕，近乎哀求：“别动，让我抱一抱，就一会儿。”

这熟悉的话让周乔停止逃离。

两小时前的闹市街头，他心急火燎找到她的时候，自己不也是情不自禁地冲上去抱住了陆悍骁么。

礼尚往来，叫人没底气拒绝。

陆悍骁见她安静，终于长长舒了口气，周乔试着放松自己待在他的臂弯里。

陆悍骁也不再有过分的动作，揽在她肩头的手，手指轻轻敲。

不说话的时候，时光如此美好。

周乔觉得再不打个岔，自己会疯。她目光垂落下移，停在陆悍骁的小腹上，看见他轻薄的衣料微微突起，于是口不择言地尬聊。

“你肚脐眼好突出。”

“……”

最怕空气突然安静。

周乔悔得想咬舌自尽，天，聊什么不好，聊这个！

陆悍骁反应过来，笑得身体微颤，大方承认，“我肚脐眼是比一般人要挺，你知道为什么吗？”

“……”

“我出生的时候，据说脐带特别粗，天生的，没办法，剪掉了还这么大，小时候我妈还用透明胶把我肚脐给黏住，想着能让它收进去。”

周乔没忍住，笑出了声。

“真的，我没说谎，不信你看。”陆悍骁自然而然地掀开自己的衣摆，露出了腹部。他指着肚脐眼，“你看我这个腹肌怎么样，硬邦邦的有八块哦。还有人鱼线呢！”

他真的把裤腰往下拉了拉，周乔都惊呆了。

陆悍骁可劲儿地炫腹，立志用男色迷倒心爱的姑娘。

“特别硬，一般不给人摸，只有老婆才能摸。”他趁周乔蒙住的时候，抓过她的手要往上面放，“不信你摸摸。”

周乔摸到他炽热的皮肤，那温度像着了火，她飞快收手，紧紧握成拳头。

陆悍骁笑：“哈哈！摸了就是我老婆了！”

“……”

真是太有心机了。

周乔觉得自己要烧成一百度沸腾的水，然后泼向陆悍骁，和他同归于尽。

不行了不行了，必须得转移话题了。

周乔清了清嗓子：“你这种性格，真的百年难得一遇。”

“既然百年难遇，那么遇见了，就好好跟我过百年呗。”陆悍骁答得顺理成章。

周乔一怔，又问：“是不是你从小衣食无忧，童年快乐，所以心态比谁都好？”

陆悍骁呵呵笑道：“那是你没见过我为生活拼命的样子。”

周乔抿了抿唇没有接话，沉默片刻，才说：“小时候，我爸妈就特别爱吵架，其实我知道，他们各有各的生活，你相信么，其实我早就做好了一个人独立的打算，可能会没钱，没房子，没一份好工作。”

“不会的。”陆悍骁打断。

他表面平静无波，眼底却从容自信，“你只是缺一个男朋友——当你有了男朋友之后，这些就都不缺了。”

钱、家，还有安定的未来。

有了我，就通通变成真实的存在。

陆悍骁弯起嘴角，挠了挠周乔的掌心，一字一句地问：“这里有个现成的，丢垃圾桶也挺占地，你好心收留一下，行吗？”

这个“垃圾桶”式告白，让陆悍骁第一次觉得自己特有语言天赋。

原来感情到了一定程度，许多发生便自然而然。

陆悍骁怕周乔反悔，又指着书桌边上几乎闲置崭新的垃圾桶说：

“你看你看，我天生头大，脑袋都塞不进去。”

周乔觉得好笑，“那我也没有这么大的垃圾桶啊。”

“变废为宝行不行啊。”陆悍骁说，“我浑身上下都是宝，在一起你就知道我的好。”

周乔把手从他掌心抽回，从床上下来往外走。

陆悍骁坐直了身子，急急喊道：“女施主请留步，老板，这位老板，你的垃圾忘记拿！”

周乔背对着他，唇角微弯，“你先自己留着，等我腾出地方再来回收。”

陆悍骁盘腿坐床上，仔细回味了三秒钟，然后一声兴奋的“Yes”，冲她的背影嚷：“我一身肉肉非常紧，体积合适不占地，蹲在哪里都可以！”

周乔笑意更深。

“等等。”陆悍骁赤脚下地，跟阵风似的跑到她面前。

周乔额头上还贴着退热贴，模样儿十分滑稽，两个人你看我，我看你，不明白他要干什么。

陆悍骁咽了咽喉咙，心跳在蹦迪，紧张兮兮地问：“我能亲你一口吗？”

“……”周乔血压飙升。

还没等来回答，陆悍骁的唇就贴上了她的右脸，“啵”的一声还挺响亮。

亲完后，他拔腿就往床上跑，一头埋进枕头里，“明天早上我要吃三碗饭！”

周乔跟木头人一样，游回了自己房间，关上门半天，她才伸手摸了摸方才被他亲过的地方。比发烧的体温还要烫，周乔默默地想，明天我也要吃三碗饭。

自这一晚之后，两个人的关系以可见的速度又进了一步。

小心翼翼，互不揭穿，又心怀期待，这大概就是传说中的暧昧时期。

就连齐阿姨都发现了些许不对劲儿，比如早上，她做好早餐去叫陆悍骁起床，陆三岁就是不开门，隔着门板瞎嚷：“声音不对，下一个。”

齐阿姨十指插进自己的小卷毛里，惊恐道："天啊，早产的孩子就是让人操心，时不时地犯病好可怜哦！"

一旁的周乔忍住笑，安抚说："齐阿姨您去忙，我来叫他。"

她一敲门，陆悍骁就飞快地把门打开，每天一套新衣服不带重复地帅。

周乔把他的小心思一个不落地看在眼里，心跟灌了蜜一样有点点甜。而齐阿姨很不能理解，从厨房端粥出来，差点吓得丢锅，"天啊！悍骁你干吗在家里戴着墨镜？"

陆悍骁推推鼻梁，沉声道："准备出门摆摊算命。"

齐阿姨倒吸一口凉气，两只小胖手捂住自己的嘴。

陆悍骁扮深沉，掐指瞎算念念有词，手在空气里鬼画符，然后指向周乔，"我的妈！你的命也太好了吧！"

周乔："……"

陆悍骁表情夸张，神神秘秘道："不久的以后，你就会有一个特别帅的男朋友。"

齐阿姨听得入了迷，眨眨眼睛，"给我也算算呗。"

"您啊？"陆悍骁一脸笑，左右手甩了两下，模仿太监跪地的动作，"齐嬷嬷，小的给您请安喽！"

齐阿姨气得伸手去敲他的头。

"哈哈哈哈。"陆悍骁拽住周乔的胳膊，往她身后躲，"虐待儿童犯罪！"

周乔被他当挡箭牌挪来挪去，两个人前胸贴后背，亲密得像在拥抱。

齐阿姨自己也乐得不行，小胖脚往地上一跺，"再也不给你吃枸杞了。"然后又去厨房忙活。

周乔侧头，对如同树袋熊一样挂在自己身上的人说："可以松手了吧？"

陆悍骁不情不愿地"嗯"了一声，跟小狼狗似的往她肩膀上蹭了蹭。他一八五的个头，弯腰卖萌实在很可耻。

周乔哭笑不得，"放手啦。"

陆悍骁学她的语气，变调的女声道："不放啦。"

学完之后，他飞快抬头，往她脸上亲了一口，然后把人放开，一退三米远，双手做投降状。

周乔僵硬无语。

陆悍骁表情无辜，“我只是试试你退烧了没。哎呀，你这个眼神很苦大仇深啊，来来来，要不你亲回来。”

周乔抡起拳头要打他，陆悍骁双手护胸，“你又要捶人家的胸脯肉！”

“胸脯肉？”厨房里的齐阿姨对菜名特别敏感，探出一头卷毛儿，“悍骁，你怎么知道我中午要做这道菜？今天的肉可新鲜了，早上乔乔和我一块去买的。”

陆悍骁“嗷呜嗷呜”地告状：“我就说我怎么身上掉了块肉，原来是周乔昨晚割掉的！”

周乔面有菜色，“你乱说。”

陆悍骁说：“乔乔吃了我的肉肉，吃了也没关系，我胸肌还是这么发达。”

周乔笑着把他往门外推，“戴上你的墨镜赶紧出去摆摊算命，今天没挣两百块就别回来。”

陆悍骁瞄了一眼厨房，见齐阿姨没出现，于是一把将周乔抱在怀里压了压，小声说：“挣到两百块，就让我转正行不行？”

周乔心里的旗帜已经悄然倒戈。

而被门板挡在外面的陆悍骁，站在原地半天不知动弹。

因为周乔关门前，清晰地说了两个字——

“行呀。”

陆悍骁走后，周乔斟酌许久，她发现刚才所说竟不全然出于冲动。除却这个男人威逼利诱、半疯半傻的追人方式，从感情最本真出发，自己对他是有好感的。

他像一个小太阳，虽然有时能把人晒得半死，但更多时候，还是给人以温暖。

也许试一试，并没有想象中的那么难。

周乔意识清晰后，觉得心里的花儿已经开了一半。

她陡然松气，心情颇好地进屋复习，到了下午四点，周乔对午觉刚醒的齐阿姨说：“齐姨，我出去一趟，去书店买点儿参考书。”

齐阿姨小心嘱咐："好的，我做好饭等你回来，路上注意安全啊！"

这个点的太阳还是挺热火，周乔撑着遮阳伞，搭公车坐了三站路去书店。

等她买完出来是一个小时后，周乔看看时间，估摸着到家，陆悍骁应该也下班回来了。这里周边有两所高中，小吃店特别多，周乔选了个店招最可爱的，进去给陆悍骁买了一杯奶茶。

她拎着去坐公交，从没有哪次像现在，盼望着回家见到他。

公交站人多，周乔站在靠边的位置，突然响起一阵汽车鸣笛。周乔闻声抬头，在看到来人时，好心情瞬间戛然而止。

周正安坐在奔驰车里，滑下车窗对她满脸笑容："乔乔！爸爸正准备去你们那儿呢，太好了，快上车吧，爸爸先带你去吃饭。"

周乔目光一掠，停在随后从周正安身边探出脑袋的人身上。一个年轻貌美的女人，面容妩媚，礼貌地对她笑着点了下头。

就近的一家西餐厅，这个点客源满座。

三个人坐在靠窗的四人位，周正安和年轻女子坐一排，周乔在他们对面。父女两人隔空相对，也不知是多了一个娇艳角色，还是本身存在代沟，气氛一度十分尴尬。

周正安五十不到，十分讲究，背头梳得一丝不苟，他貌似亲密地推过菜单，"来，乔乔点你爱吃的。"

周乔顺从地接过，低头看了半天一个字也没看进去。

周正安笑了两下，僵硬地暖场，"先上条红烧鱼吧，你爱吃鱼。"

周乔索性推回菜单，"嗯。"

周正安身边的年轻女子，十分抢戏地拉了拉他的衣袖，娇嗔道："我不能吃辣的。"

她颇精明地用余光瞄了瞄周乔，发现她在看，就不动声色地挺了挺自己微隆的肚子。

周乔淡淡移眼，看向周正安，"随便点一些吧，我不是太饿。"

"不能随便，爸爸特意来看你的。"周正安手腕上的金表特别闪，他豪气地点了八道菜，催促服务员，"快点儿上菜啊。"

弄完这一茬，空气又沉默了。

周正安终于进入正题，"乔乔，在你陆哥这里住得还习惯吧？"

周乔没说话，敷衍地点了下头。

“你陆哥是个厉害角色，生意也做得大，生活条件肯定不会差，只是啊，到底是别人家，住得也不方便，再说呢，你又是个女孩子。”

周正安端起茶杯，喝了口水。

“爸爸之前一直特别忙，没办法，一大家子要照顾，男人不累一点儿怎么行。乔乔你很懂事，一定能理解我的苦衷。”周正安嘴皮子上下张合，“你妈妈啊，就是个暴脾气，干事冲动，有些话，你也要自己分辨。”

周正安停了停，放下茶杯，笑容堆脸，“爸爸给你找了熟人，你考上这个学校肯定没问题，别听你妈的，往哪儿复习不好，非得跑这么远，听爸的，跟我回遥省，咱不住家里。”

他压低了声音，讨好道：“爸爸给你弄了个房子，装修弄得可好看。你就住那儿去，安安心心复习。”

“待会儿呢，咱们就去你陆哥那儿道个谢，再收拾收拾回自个儿家。”周正安满意地陈述自己的安排计划，滔滔不绝。

他身边的年轻女人，在听到“给你弄了个房子”这句话后，脸色显而易见地往下沉，克制不住地去打周正安的胳膊。

“去。”周正安略烦地扫开她的手，再慈爱地看向周乔，“你陆奶奶和陆爷爷是我的干爸干妈，你陆哥也算是你的兄长，打扰这么久，终归不合适。”

全程沉默的周乔，起先还能对他的说辞有承受之力，但这一句，几乎瞬间戳穿她的铠甲以及她好不容易搭建起的勇气。

周正安这一肚子的主意，无非是为接下来的离婚官司做铺垫。他了解金小玉，风风火火特能闹事，也不知会拿女儿做出什么对他不利的文章。

感情牌谁不会打，一个比一个的面具精致。

菜很快上齐，周正安笑眯眯地给她夹了一块鱼肉，“快吃，吃完咱们就去收拾行李。”

一顿饭的时间，周乔寡言不吭一声，半碗饭也没动几口。

周正安神色自若地结完账，问她：“需不需要给悍骁打个电话？”

周乔脸色极差，没回答。

“也行，去了再说更有诚意。”

起身走时，年轻女人一直想来挽周正安。

“别乱动。”周正安压低声音，不耐烦，“你下次再先斩后奏偷偷跟来，我要你好看！”

那女人抱怨喋喋：“你还给她买了房子！”

“闭嘴！”周正安呵斥，声音更低，“有人告诉我，金小玉弄了个我出轨的证词让乔乔签字，到时候法院判了我过错多，财产就得给那女人一大半！”

周乔跟在后头，垂手拎着给陆悍骁买的奶茶。

周正安没给她拒绝的时间，开车就往公寓去。

“我天，齐阿姨，这鱼也太难煎了吧。”

厨房里，陆悍骁系着围裙，挥锅舞铲手忙脚乱地炒菜。

齐阿姨在一旁指导，也快疯了，“放水，放水！哎哟不用搁盐了天啊！给我来吧！”

“不给。”陆悍骁胸有成竹，“我要做一条爱心鱼。”

正说着，门铃响，齐阿姨欢快道：“一定是乔乔回来了。”

“我去开！”陆悍骁甩下锅铲，一日不见如隔三秋，进来先给她一个么么哒好了。

陆悍骁拉开门，“宝贝儿你……”

周乔的身边站着周正安，他笑着打招呼：“你好，悍骁。”

陆悍骁只轻轻扫了他一眼，然后目光都给了周乔，出于礼貌，他让出路把人请进屋。

周正安没想太多，三两下倒豆子似的阐明来意。

最后一个字落音，空气跟冰封住一样。

沉默足足一分钟，陆悍骁才碾碎牙齿一般地开口：“你要带她走？”

“对对对。”周正安不觉有异，头头是道地分析，“我就是来接她的，悍骁啊，这段时间太打扰你了，我们……”

“你把我这儿当收留所了？”陆悍骁冷漠地打断，要笑不笑地说，“你说打扰就打扰啊？”

“这……”周正安有点儿搞不清方向。

陆悍骁瞬间着火，一脚踢飞餐桌旁边的椅子，那椅子实木稳扎，十分结实。这下倒地狂响，可见力气十足。

“你答应了？”陆悍骁横眉冷眼，这句话是对周乔说的。

周乔看向他，下意识地开口：“我……”

“对啊，乔乔也同意的。”周正安毫无意识地火上浇油。

陆悍骁暴跳如雷，失去理智地直接冲周乔嚷：“你丫的到底有没有心！”

说完，他走去卧室，把门摔得“砰砰”响，并留下一句：“我要是再对你死皮赖脸，就跟你姓！”

客厅瞬间安静。

周正安僵硬地站了一会儿，一肚子气没处发，“这……这是什么态度啊。乔乔，他平时也……”

“你回去吧。”周乔突然开口。

“啊？”

“我不会跟你走的。”

“为什么？”

“我喜欢他。”

“……”周正安不可置信，“你……你说什么？”

周乔声音轻，四个字唇齿微碰，在又一遍地清晰重复后，周乔得到了一记响亮的巴掌。

卧室里的陆悍骁，全然不知外面发生的一切。他满身怒火，又气又心疼。

敲门声响起的时候，他赌气不理。连着两三轮后，动静没了，手机响了。

周乔发来微信——

“脚疼不疼？”

原来她还记得啊，刚才那脚凳子踢得陆悍骁差点儿想哭，太疼了。

她又发来信息：“我给你买了奶茶。”

周乔就站在他门口，盯着屏幕没敢移眼。

过了一会儿，门锁“咔嗒”轻响，缓缓敞开一条缝。

陆悍骁还在生气，只把右手伸出来，其余的概不见人，丢下硬邦邦的四个字：“奶茶给我。”

然而，他等来的，是一只温柔的手。

周乔主动把他牵住，然后强硬地推开门，两人面对面，一高一低对视。

陆悍骁很快发现她右脸的红肿，也就是这么邪门，这一瞬，全部的郁闷通通被愤怒和心疼替代，他咬牙切齿，“他打你了？”

周乔轻轻“嘘”了一声，示意他别再问。

下一秒，她踮脚环住陆悍骁的脖颈，重重地吻上了他的唇。

在他惊恐蒙住的瞳孔里，周乔心满意足地闭上眼睛——

她心里开了一半的花，终于完整地绽放了。

被周乔主动了十来秒，陆悍骁立刻反攻为上，原本只是唇碰唇的战兢试探，现在，他用舌尖抵开，本能地伸了进来。周乔下意识地想躲，陆悍骁箍住她的腰身没放，吻得也凶悍飙急。

平日观摩视频理论经验丰富，如今头回实践也不能太丢脸。周乔被他弄得有点儿疼，费劲儿地把人推开，“你别啃我。”

“啃”这个字，有点伤小陆的心了。

他大喘气，抱着周乔，下巴抵住她的肩，颓败地问：“鸡腿都没你的嘴儿好啃。”

然后松开她，转过身默默挪远了几步。

周乔看着陆悍骁的背影，这是生气了，还是他根本就不想？敏感时刻的猜测跟坐过山车一样，周乔有些无措，手指抠着手指，低头不语。

陆悍骁穿着家居服，纯棉一层薄布料，把他的肩胛撑出锐滑的线条。

周乔抬眼看了看，抿唇说了一句：“我去复习了。”

她的手刚放上门把，陆悍骁就冲上来抱住了她。这力气大得跟“火星撞小乔”一样。

他声音抖，呼吸喘，觉得自己还需要得到明确的答复，“你这是正式答应我做我女朋友了吗？”

周乔感受着他“怦怦”的心跳，手心覆盖住他环在腰间的手背上，应道：“嗯。”

“卧槽，激动！”陆悍骁把她掰成面对面，“那你给我发誓。”

“……”

这是什么操作?

“我要你对天发誓，不许反悔！”陆悍骁去扯她的手，“举起来，高过头顶，快，对老天承诺你爱死我了。”

周乔被他拉扯得哭笑不得，“别闹。”

两人扭成一团，周乔蹭紧了他的身子，很快，陆悍骁有点受不住地抗议：“你别用屁股撞我。”

周乔僵硬。

“撞得我都想……”陆悍骁小声。

周乔脸跟火烧云一样，飞快地夺门而出。

陆悍骁望着紧闭的门，好半晌才回过神，然后就像身上绑了几百个跳蛋一样，在原地疯狂地蹦迪，“答应了！追到了！我有女人了！”

陆悍骁趴向门板呈壁虎状，开始陶醉地瞎抖胯。日完门板，他又往床上一摔，捞起手机点开微信里的兄弟群，打下骄傲的字眼——

“各位，我有女朋友了。”

很快信息刷屏。

贺燃：“我老婆认识眼科主任，可以帮她插个队不用挂号。”

陈清禾：“神经科有熟人么？”

陶星来：“天，老男人都有人要了，楼上那位怎么还没人回收呢？”

今天陆大爷心情好，不与牲口一般计较。

陆悍骁挑眉，打开手机摄像头，骚包地拍了一张自拍，然后往群里一丢。

“人逢喜事精神爽，陆总心情特别棒。”

陈清禾：“哈哈哈哈。”

贺燃：“本人出道收妖这么多年，第一次遇见你这么骚的。”

陶星来更直接了，回发刚才陆悍骁的自拍照。

“陆陆哥，我给您做了一下美颜，脸颊上的两抹胭脂好衬你肤色哦。”

他丫的，头上还P了个粉色的蝴蝶结。

陆悍骁捧着手机傻乎乎地笑，然后开始往群里发红包，两百块一个，连发三十个，引得这几人一片赞美。

贺燃：“骁儿，我们就爱你这种没见过世面的纯情模样。”

陶星来："是不是谈恋爱的都要发红包？"

陈清禾："不，是谈恋爱的处男必须发。"

陆悍骁笑意更深了，大方地继续，又是一场土豪雨。

没多久，贺燃私聊他，竟单独发来一个红包，上面写了五个字：

"祝早日失身。"

我擦，耍流氓么这不是。

陆悍骁看得脸怪红的，他舔了舔唇，悄咪咪地下了床。

七点刚过，天色还有些光亮。客厅里已经收拾干净，齐阿姨是个知趣的老宝贝儿，默默地出去跳广场舞了。

陆悍骁象征性地敲了下周乔的房门，然后直接走进去。

周乔在书桌前坐得笔直，黑溜溜的眼睛望着他，颇为紧张道："怎么了？"

陆悍骁手上拿了一袋冰，扬了扬，"过来。"

见周乔迟疑了一下，他抬了抬下巴，"要听男朋友的话哦。"

周乔笑了起来，气氛瞬间缓和不少。

她顺从而为，陆悍骁牵着她坐在床边，两人一高一低，陆悍骁动作轻柔地将冰袋放在她微肿的右脸。

凉意扑面，周乔微微拧眉。

陆悍骁问："还疼吗？"

周乔摇头，"没事。"

"要不是看在他是你爸的分儿上，我拿刀出去跟他干。"陆悍骁语气听着不像玩笑。

周乔稍稍侧头，挨着冰块更紧，"我爸妈他们闹离婚官司，心情都不太好，刚才在你这儿闹得不好看，对不起。"

"瞎说。"陆悍骁忍不住道，"我要你的对不起干什么？以后不许说这三个字。"

周乔敛眉。

"他们的事他们自己处理，以前我管不着，但现在，谁还想利用你来做文章，我踢爆他的狗头。"陆悍骁平静陈述，语气较了真。

他一直握着冰块，用手给她的脸做支撑，敷了一会儿之后，周乔说可以了。

陆悍骁也不动作，大有赖在她房间的意味。

“我就坐一会儿，绝对不打扰你，你看你的书。”他嘿嘿道。

周乔心里好笑，但也随便他。坐回书桌，她模样认真地盯着书本。也不知是这房间太小，还是空气太闷，多了一个陆悍骁在，周乔压根没法集中精力。

他坐在她床上，虽是背对着，但总能感觉到灼热的目光在自己身上游走，周乔握紧了笔杆，分心分神。

“你看了十五分钟，怎么还是这一页？”陆悍骁走过来，突然说话。

周乔吓得把笔一丢，这人走路都不带响的？

陆悍骁纯属撩骚，假惺惺地拿起桌上的本子开始扇风，“怎么回事，突然这么热！”

周乔说：“空调开着的呀。”

“还是好热，热死我了。”陆悍骁越扇越起劲儿，还用手背印脑门儿，“天，一圈的男人汗水呢！”

“……”

请开始你的表演。

“热啊，热啊！”陆悍骁解开自己的衣扣，一颗、两颗，喉结往下是锁骨，一寸寸暴露。

等等，这情况有臊气！

陆悍骁解衣扣的动作可以说是相当娴熟迅速，他把衣服完全敞开，还把衣服从肩膀上脱下半边。然后目的性十足地挺了挺腰腹，炫耀起自己的腹肌。

这个心机boy太过分了。

周乔往后退，他就往前进，直到退无可退，她憋红了脸大声说：“陆悍骁！”

陆悍骁停止扇风的动作，沉默几秒，然后豁出去一般猛地将她抱离地面。

“啊！”周乔失声尖叫。

陆悍骁把人直接抱到床上，一头埋了下去，把话敞开了说：“乔乔，我想在你这儿睡觉。”

“……”

“不是睡你，只是睡觉。”

“……”

“就一会儿，求你了。”陆悍骁把半边脸从被子里露出来，可怜巴巴地望着她，“今天刚转正，给点儿福利好不好？”

方才的无语全部消失，周乔被他挠得心里一软，再一次妥协了。

陆悍骁挪出半个床位，然后冲她张开双手，“要抱。”

“好，给抱。”周乔躺到他旁边，然后微微侧身，手自然而然地环住陆悍骁的腰。

陆悍骁满足地“嗯”了一声，看着她，“手能再下去点吗？下面那两块腹肌是我最满意的，我必须分享给你。”

周乔笑出声，调侃他：“你还有什么是没炫过的？”

陆悍骁说：“多的是。”他想了想，有点不好意思，“说出来怕你打我。”

周乔没多想，“嗯？”

“我的浑身都是宝，尤其下面的最好。”陆悍骁真情流露。

周乔反应过来，猛地坐直身子，听完真的想蹦迪。

陆悍骁憋着笑，愁眉苦脸，“说好陪我睡个觉，没到十秒就逃跑。”

周乔被这陆氏押韵逼得没了脾气，只好直接动手了。

“我擦，痒我！”陆悍骁弱点之一就是特别怕痒，此刻缩成一团，笑着直躲。周乔倾身向前，两人打成小麻花儿，不知不觉体位改变，她人半趴半坐在陆悍骁身上。

陆悍骁最先反应过来，话锋一转，突然说：“你喜欢这种姿势啊。”

周乔一愣，拳头举在半空还没收回。

陆悍骁好整以暇地把手背在后脑勺枕着，似笑非笑地看着她，“刚开始就女上男下，我姑娘口味儿挺重啊。”

周乔穿着及大腿的短裤，陆悍骁衣服还敞开着，皮肤紧密贴合，每一个细胞都在叫嚣喷火。

她手忙脚乱地想下来，陆悍骁却勾住她的胳膊，“上来了还想跑？”

周乔被他刻意放沉的声音激起浑身战栗，此刻的陆悍骁，虽然语气吊儿郎当，但眼神深邃染色，任凭欲望静悄开闸。

他是个三十岁的男人，有些东西本就缺席了太久。

陆悍骁的手，从周乔的胳膊一路下移，然后挪到她的软腰上重重一箍，借着劲力，周乔被他直接按坐在腹部正中间。

陆悍骁十分骚包地挑了挑眉，佯装思考，“这个姿势叫什么来着？”

“……”

叫男朋友是个臭流氓。

“啊，我知道了。”陆悍骁的一双桃花眼勾着上扬，轻轻说，“这叫——上来，自己动。”

周乔受到了言语刺激，条件反射一般猛地站起，不管不顾地踩着陆悍骁的身体往床下蹦。

“啊！天！疼！”陆悍骁神色痛苦，肠子都快被她给踩出来了。

周乔跑离三米远，抵着门板防备地看着他。

陆悍骁缓了一会儿才过劲儿，抓了抓头发也有点蒙，“对不起，我玩笑开过头了。”

周乔看着他憋屈的模样，心里一软，又跑了过来，捧着陆悍骁的脸迅速在他额头上印了一个吻。然后退了一步，柔声说：“你乖一点儿啦。”

陆悍骁身子一怔，手指下意识地蜷了蜷，一颗燥热的心竟然神奇地被瞬间抚平。他眼巴巴地问：“你在宠我呢？”

周乔抿笑：“嗯。”

陆悍骁也下了床，“女朋友请让一下。”

周乔奇怪，“干什么？”

边说边把路让出来，只见陆悍骁径直往门边去，然后“嘭”地一下贴在门板上。

“男朋友激动得想日一下门板。”

周乔被他逗得不行，“你又不是泰迪！”

“我的英文名叫陆迪。”陆悍骁学狗叫，“汪汪汪。”

周乔一言难尽，这种男朋友可不可以退货？

陆悍骁稍作收敛，便恢复常态安静下来。他站在门那儿，张开双手，“乔乔，来。”

周乔走近，乖乖地靠近他怀里。

陆悍骁下巴抵着她柔软的头发，声音放缓变沉：“是不是一直觉得哥很不靠谱？爱玩，爱贫嘴，看起来没个正形儿？”

周乔坦诚，“之前的印象的确如此。”

“呵呵。”陆悍骁笑了笑，“其实我一直不太在意别人对我的看法，人生就这么几十年，我开心最重要。但是乔乔，你不一样，有些话我一定要让你知道。”

周乔点点头，听着他胸口的心跳，“好。”

陆悍骁用手臂圈出一个狭小的空间，以最亲密的距离，说最认真的告白。

“哥快三十岁了，打拼过，经历过，看过那么多男人女人，轮到自己，却偏偏活得像个遁入空门的出家人。不是不想有女人，是没遇到喜欢的。以前哥们儿几个问过我，到底喜欢哪种类型？”

陆悍骁说到这里，低头轻笑：“当时我没回答，因为我说不出个所以然。但是现在他们再问——”

周乔心口微动，他的呼吸攀上耳郭，穿针引线打出火苗，轰的一声直戳心脏。

陆悍骁答得理所当然：“我喜欢的类型，是周乔。”

话落音后，一室安静。

见半晌没回应，陆悍骁低了低头看下去。

周乔已经红了眼圈。她枯燥寡淡的人生里，唯一的燃点也只能归功于父母不和谐的感情，从未有过这样一个人，乐观向上，活得像个小太阳，光在一旁静静欣赏，就能感受到阳光温暖。如今被他拥在怀里，周乔好像也能体会到，原来爱情，也是会发光的呀。

“我会好好照顾你，做一个九十九分的男朋友。”

周乔哽着声音：“为什么是九十九分？”

陆悍骁说：“差的那一分，是我为你永远努力在路上。”

周乔再难发声，一个“嗯”字已经让她克制不住眼泪，头一低，地板上就被坠落的泪滴晕开一小圈，像极了发亮的夜明珠。

说了这么多，陆悍骁也有点儿紧张了，他深呼吸，握紧她的手，“搞得这么严肃，不是哥的风格。我的心路历程交代完毕，你呢，有没有话对男朋友说？”

周乔稳了稳情绪，刚要开口。

“今天男朋友新上岗，只接受赞美。”陆悍骁又补充道。

他眼神期盼，还咬着下嘴唇无耻卖萌。

周乔从他怀里出来，往后退了一小步，然后正儿八经地伸出右手，“第一次当女朋友，若有不周到的地方……”

话还没说完，陆悍骁自然而然地握上她的手，接话道：“男朋友一定会体谅！”

两个人相视一笑，恋爱谈判很洋气嘛。

算算时间，“舞蹈仙子”齐阿姨也快回巢了，陆悍骁把衣服扣上，终于正常成了人，“今天心情太好了，待会儿必须让齐阿姨跳支舞助兴。”

说到长辈，周乔欲言又止。

陆悍骁抬头一扫，心跟明镜似的，“放心，我有分寸，一切等你考完试再做打算。”

等等，什么打算？

像是看透心思一样，陆悍骁露出八颗大白牙，“小乔乔，你怎么红脸儿了？”

“……”

他笑得更深，“知道了知道了，不用不好意思。”

“……”我哪里不好意思了。

陆悍骁拧动门把，拉开门，“我允许你肖想我的户口本。”

天，真的极其不要脸呢！

“好好复习啊！”陆悍骁声音阴魂不散，“考上了，名字才能上哥的户口本。”

周乔愣了愣，反应过来后，转身扑到床上一顿猛捶！

月老，求退货！

就这样，两个人的关系自然而然地确立，齐阿姨也是个聪明宝贝蛋，心眼儿贼机灵，只要这两位小祖宗不表态，她也当作什么都不知道。

研究她的枸杞炖大鹅，把伙食搞得有声有色。陆悍骁和周乔也挺好，不在老人家面前秀恩爱，日常生活该干吗干吗。

好在陆悍骁最近工作比较忙，到家已是披星戴月。齐阿姨休息得早，他便抓紧这个时间，跑去骚扰小女友。

“眨眼又是一天过去了，卷子都写完了吗？有没有不会的题目？需不需要陆老师为你补习？”

一个星期下来，每晚都是这个开场白。

周乔已经习惯了，坐在书桌前，撑着下巴对他笑意盈盈。

陆悍骁捂着胸口，“这姑娘谁家的啊，也太好看了吧！”

周乔礼尚往来，一脸忧伤，“哎，这谁家的男人啊，是不是笼子没做结实呢？”

陆悍骁也不恼，身子逼近，霸占她一半的书桌靠坐了上去。

“以前是谁家的不知道，现在，这男人归周家小女儿管。”

周乔眼睛微弯，被台灯一衬，像会反光的绸带。

感动吧，意外吧，骚话特别多吧！

陆悍骁挑眉，静静等待接下来的夸奖。

周乔却指了指桌面，“咦？”

“咦什么？”

“看着也不大啊，怎么这么占地方呢！”周乔真诚疑惑，双手张开到最大，比画道，“你看，桌子被你坐了这么大一块地方呢。”

“？”陆悍骁明白过来，铁着脸，嘴角颤抖，“胡说，我屁股哪有那么大！”

周乔挪开书本，“不信你自己看，桌子都被你坐没了。”

陆悍骁跳下来，作势解皮带。

周乔说：“你干吗？”

“为我的屁股平反。”

“行行行，我认错。”周乔怕了他，伸手从抽屉里拿出一颗奶糖，走到他面前说，“张嘴。”

陆悍骁张开嘴巴，吐出舌头，往边上一歪，两白眼翻开。

“……”周乔无语，真是时刻要演戏，不演会死的那种。

陆悍骁只觉得嘴里一甜，“嗯，什么玩意儿啊？”

“甜吗？”周乔问。

陆悍骁认真地品尝了片刻，然后猛地狂咳，“好苦！是不是过期了，苦死我了。”

"不会吧。"周乔纳闷，"我下午也吃过，怎么会苦呢？"

陆悍骁却一把抱住她，二话不说低头吻了下来，一天积攒的躁动恨不得都交付在唇齿相依里。

周乔双手抠紧桌沿，这刺激大发了。

直到陆悍骁把她松开，听他似笑非笑地在耳朵边落话："好了，不苦了。"

周乔低头，小声说："下次不许这样了。"

"嗯？"

"下次，想亲的时候。"周乔抬眼，主动搂住他的脖颈，重新吻了上去。礼尚往来的时间，周乔才把他松开，"不需要你说出口，我看你的眼睛就能知道。"

浓情蜜意正是时候，门口传来一声东西掉地上的动静。

齐阿姨目瞪口呆地站在那儿，三个人顿时集体沉默。

尴尬。

齐阿姨真的不是故意的，她只是口渴出来喝杯水，谁让你们不关门！

"嘿嘿嘿。"齐阿姨挠了挠痒痒，"我梦游呢，梦游。"然后她两眼一闭，两手举平，摸瞎子一样游回房间。

陆悍骁和周乔对视一眼，互相做了个摊手的动作。

"齐阿姨不会说的。"陆悍骁笑。

"你怎么知道？"

"她爱我俩。"

"这么自信？"

"做了这么多年生意，这点儿眼光还是有的。"

陆悍骁往边上挪了挪，碰到了桌子，周乔放在上面的电脑亮屏，页面停在购物网站上。

陆悍骁扫了一眼，"嗯？买包？"

"啊，对，随便看看。"周乔想去关网页，晚饭后休息的时候，她逛了会儿淘宝。

陆悍骁没再提这茬，顺手拣起她今天做的试卷，认真看了看，用笔给她勾了两道写错的选择题，"基础概念的延伸还弄错，真的不应该了。"

周乔凑过脑袋，悔悟道："是我粗心了。"

"这个应该是你们大三学过的内容，你把书翻开，给我背一遍。"

陆悍骁做事时的样子还是挺精英，周乔老老实实按着要求做，最后，他又出了几道题，看她真的消化了知识点，才合上书本把人放过。

"早点儿休息。"时间不早，陆悍骁起身伸了个懒腰，"开了一天会累死哥了，我先去洗个澡。"

周乔搭着他的肩膀把人往外推，"陆老师你好，陆老师再见。"

陆悍骁转身，伸出拇指往她额头上一按，"来，例行点个赞。"

温存完，陆悍骁还是挺有分寸地回自己的卧室，关门前微微颔首。

"女朋友，明天见。"

第二天下午，周乔去图书馆借阅一些参考书，晚饭就着几口面包凑合，等她回来已是月上树梢。

齐阿姨还在广场上尬舞，陆悍骁加班，家里就她一个人。

周乔回房间放东西，一进去，就看到书桌上多了一个方形大礼盒。走近了，发现那盒子上的Logo正是她昨晚在购物网站上留恋不舍的那个品牌。

盒子上还有一串笔锋锐利的炭笔字——

To：周乔

打开后，周乔愣住。

钱夹、双肩、单肩，都是这个品牌的最新款，而且一系列齐全。

里面还有一张纸条——

你值得更好的。

落款：你男人。

陆悍骁此举，简直闪闪惹人爱。

周乔拿起新钱包，凑近鼻子闻了闻，标志性的淡香味儿十分正点。这个男人今天上班上到一半，翘班去商场买下她的随意一瞥，周乔喜欢的，他就喜欢。

这时，她手机响，像是心灵感应一般，陆悍骁发来了微信。

“到家了吗？”

“到了。”

“包包喜欢吗？”

“很喜欢。”

周乔想了想，又发一条：“谢谢九十九分男朋友。”

“呵呵，乖。我出公司了，半小时后到家，别睡，等着我。”

周乔看着最后三个字，仿佛自带温度，就要凿出屏幕。她手指轻按——

“好，我等你。”

城市另一处，正坐电梯的陆悍骁捧着手机，笑得眉目飞扬。

和他同乘的机灵秘书朵朵姐，闻到了一丝早恋的味道。她拐着弯地聊天：“陆总，你笑起来特像一明星。男的。”

“哟呵。”这话听着新鲜，陆悍骁侧头，“难不成我还像女的？”

“嗯！那得分情况。”朵姐这分析概括抓重点的能力一等一，“您开会的时候，口才了得超像大学教授，您下基层的时候，就像春天的一缕暖风，此刻坐电梯的您，本来就很人中龙凤，再加上刚才的笑容，我好像看到了仙子降临我市电梯。”

陆悍骁嗤笑：“还仙子呢，土地公公吧？”

朵姐被逗得“咯咯”笑：“不，是我的衣食父母。”她语气轻松地挑开疑问，“陆总今晚心情这么好，是不是小乔妹妹学习进步了？”

陆悍骁被她猜中了心思，忍不住竖起大拇指，“朵姐，三十万年薪，你值。”

朵姐不客气地点了下头，“陆总说值，我就值。”

“对了，我看对街有挺多饮品店，哪家比较好喝？”陆悍骁问。

“檬清，这是店名。”身为精干秘书的另一个代名词就是万事通，朵姐倍儿自信，“听我的没错。”

陆悍骁又问：“现在流行送什么礼物？”

“礼物啊？”朵姐突发奇想，“小乔妹妹追星吗？可以送点儿签名照，看演唱会什么的。”

啊耶，这个主意不错。

朵姐笑容满面，“陆总，您和小乔……”

“对。”陆悍骁大方承认，略为得意地说，“你的衣食‘父母’凑齐了。”

到了车库，取车开到奶茶店，陆悍骁给周乔买好奶茶才回公寓。

到家的时候，齐阿姨尬舞未归，厨房亮着灯。

陆悍骁在玄关处边换鞋边嚷：“乔爱妃，怎么还不来接驾啊？亏朕今天还给你买了三个美包。”

周乔捧着水杯探出头，冲他笑得可开心：“今天比昨天早八分钟。”

被人惦记回家的具体时间，实在是一件骄傲事。陆悍骁听得心里美滋滋，屁颠颠儿地也跑到厨房，“我给你买了奶茶，它是我市第二甜。”

周乔笑着问：“那第一是什么？”

陆悍骁说：“我的吻啊！”

周乔放下水杯，双手搂住他的脖颈，“不对，奶茶排第三，你的是第二，最甜的在这里。”

她的唇轻轻碰了下陆悍骁的唇心，然后看着他的眼睛，问：“对不对？”

陆悍骁意犹未尽，“不对。我的比你甜。”

下一秒换他主动，低头吻住了周乔，男人的触碰总比女人浓烈，吻，就要有接吻的样子。一番给予之后，陆悍骁终于松开她，挑眉也问：“对不对？”

周乔伸出食指，点中他的眉心，“嘀，通电。”

陆悍骁配合表演，抱着旁边的门板开始扭屁股，神色佯装痛苦，“你竟然给朕下了来自春天的药，本大王控制不住这只电臀了怎么办？喉咙好像也要开始控制不住了，啊，啊！”

我的天。

周乔赶紧上前捂他的嘴，“快别叫！”

“这不是叫，是呻吟。”陆悍骁脸皮厚过城墙转角，把周乔逗得脸色绯红。

他笑着说：“好了好了，不闹你了，去洗澡吧。”

周乔被他随时随地乱用词语的风格弄得头大，先躲远点儿。

等她洗完澡出来，陆悍骁也正巧在主卧的洗手间里洗完，房门没关，敞开一大半，陆悍骁换了套家居服，一身浅灰站在卧室里低头看手机。

“进来。”他喊周乔，眼睛却没移开屏幕。

周乔进去前，把房门完全敞开，这才走到他边上，“在看什么？”

“抢红包。”陆悍骁手指飞点，“今晚手气好到想自杀，每个金额都是最大的。”

周乔凑了凑脑袋，“多少？”

“六毛六。”

“……”

“陈清禾这个抠门鬼，每次红包就发一个两块的，贺燃比他好一点，还知道发个两块一。”

周乔问：“那你呢？”

“我从来不发，只抢。”陆悍骁说，“每次余额凑齐八块八，就去开一个月空间黄钻。”

“……”

天！您一霸道总裁还玩QQ空间呢。

陆悍骁勇敢面对自己的兴趣爱好，“读大学那会儿，还往里头种花种草，天天吆喝陈清禾去帮我浇水留言，我俩互踩互关，革命感情就是那会儿建立的。”

他幽幽感叹：“早知他是个牲口，当初就不造孽了。都赖陈清禾，陈清禾不要脸。”

周乔笑得半死：“你空间呢？给我看看。”

“等我抢完这个红包，哎哟我滴个乖乖，两分钱也是爱呢！”陆悍骁往群里丢了一把菜刀，然后一只手牵住周乔，另一只手按手机。

周乔被他带到书桌前坐下，“今天让你坐坐老板椅，真皮的，上个礼拜才做了保养。”陆悍骁微微弯腰，滑开鼠标，电脑屏幕瞬间亮起。

“你自己登录，密码是‘陆大王’的全拼。”

陆大王：？

周乔一言难尽地敲下，陆悍骁搬了个矮凳坐她边上，凳子太矮，一坐下去低了大半截儿。陆悍骁伸手去捞周乔的腿。

“哎？你干吗？”周乔惊讶。

“别动，放上来。”陆悍骁坚持动作，握住周乔的脚踝，轻柔地搁在自己的大腿上。

如此亲密的动作被他做得自然而然，周乔到底有些不好意思。

陆悍骁抬眼，逗她，“哥来检查一下，看你腿毛多不多。”

周乔一脚踹过去，笑道：“神经啊。”

“啧，还恼羞成怒了呢。”陆悍骁把她的睡裤裤管卷上去一点，嘴巴张成“O”形，“乔乔，你这毛儿都可以梳小辫了！”

“去你的！”周乔被他弄得很僵硬，哪里有毛了？她反驳，“明明很光滑。”

陆悍骁捉住她的腿，“我给你剪指甲。”

“不用不用。”周乔怕他把自己的脚趾头给咔嚓掉。

“嘘。你别管，看电脑。”陆悍骁拍了拍她的脚背，“我农场等级也挺高，你去欣赏一下。”

“……”周乔挣不脱，也就随便他了。陆悍骁的空间一进去就各种水钻炫酷闪耀，上面一个骷髅头滴着血，还有一句话：葬爱家族，给你幸福。

周乔都惊呆了。

再点开日记列表，一整页都是乱七八糟的转发——

《只有九句话，我却看了十遍》。

《男人用尽一生在找的一篇文章》。

《女儿训诫爸爸的话，超火！》。

想不到你是这样的霸道总裁。周乔压了压惊，真心问：“你工作不忙吗？还有这么多闲工夫当网瘾少年？”

“都赖陈清禾，带我染上了网瘾，陈清禾不要脸。”陆悍骁低头给她剪指甲，一点一点可细心，“你用的什么味儿的沐浴露啊？”

“就六神啊，齐阿姨买的。”周乔又发现了新大陆，“你还买了QQ秀的红钻呢？！”

“七天自动换装，没事儿就给搭配一下。”陆悍骁剪完右脚，又换她的左脚，“咦，左边的蹄子比较清香，撒点儿孜然就能啃了。”

周乔笑着伸手敲他的头，“啃掉你的老牙。”

其实周乔的指甲很齐整，根本不用费什么工夫。陆悍骁很快剪完，捧着她的脚丫子作势要闻，然后夸张地扇鼻子，“好臭臭！”

周乔被逗得不行，“你才臭呢！”

“我没脚气我不臭，臭周乔。”陆悍骁抓着脚踝不放，还去挠她的脚板心。

“喂！陆悍骁！”周乔痒死了，条件反射一般地用劲儿踢他。

陆悍骁一下子没坐稳，被她一脚踹到了地毯上。

“你谋杀亲夫啊！”陆悍骁四仰八叉地坐在地上，“臭臭的还不让人说了，我就要说，臭周乔，臭臭臭。”

周乔哭笑不得，蹲过来看着他，“你这叫什么来着？人老心不老？”

“胡说。”陆悍骁不乐意，“我明明人和心都不老。见过老人玩黄钻红钻吗？见过老人有腹肌八块吗？”

“好好好。”周乔怕了他，伸手去堵他的嘴，“你年年十八身强体壮行了吧？”这个动作需要倾身，周乔的睡衣是一字领，稍一低，陆悍骁便看得一清二楚。嘿儿嘿呦喂，看一眼就不想动了。

周乔浑然不知，陆悍骁却看红了眼，莫名嘀咕了一句：“难怪齐阿姨说你平时爱喝奶。”

“嗯？”

“我挺满意的。”

“……”

周乔反应过来，真的很想抠掉他的桃花眼。

陆悍骁将手绕到她的后脑勺，一把按向自己，然后声音往下沉：“宝贝儿，每天一斤奶，强壮中国人，幸福陆悍骁。”

周乔推开他，这种犯规挑逗真的很欠揍，“要喝你自己喝，不想跟你说话。”

哟哟哟，还生气了。

陆悍骁还赖在地上，手肘往后撑着地，整个人吊儿郎当，“乖啊我的臭乔乔。”

“你才臭呢。”周乔站退两米看着他，“夜深人静需要安静，电脑开机特别累，你考虑一下它的感受所以请你安静，世界多一点儿安静少一点儿聒噪行不行？”

周乔威胁，“从现在起，谁先说话谁就是癞皮狗。”

癞皮狗：我的出场费是两根肉骨头。

陆悍骁听完全程，脸上始终带着笑。

周乔说完了正准备走，背后的陆悍骁，突然十分应景地叫唤了一声：“汪。”

最怕空气突然安静。

周乔顿了顿，立马破功笑出了声。

陆悍骁还在地上凹造型，自信地扬眉，“绝对不能让女朋友生气超过三秒钟。”

周乔心里一阵暖，重新走过去，捧住他的帅脸往中间一挤，陆悍骁立刻变成丑八怪。

他两眼使劲儿往上翻，舌头伸出来斜向一边，“这年头，狗……也不好当啊。”

气氛正浓，从门口传来一阵“哐当”响。

两人回头，和齐阿姨的惊恐目光撞了个正着。

齐阿姨刚从广场尬舞而归，手里还捏着出门时顺手带下去的跳绳。不行，淡定，千万别慌，守护年轻人的世界，老宝贝责任最重大。齐阿姨内心弹幕飞速发射，眨巴眨巴眼睛，笑得岁月静好。

她伸出手，递上跳绳，清脆地说：“乔乔，给，这个可以拴狗！”

陆悍骁：“……”

呵，您这么能说，上学作文打几分啊？

周乔已经快要阵亡，边笑边揽着齐阿姨的美肩退出卧室。

陆悍骁一个人盘腿坐在地板上，气呼呼地往上吹气，刘海“唰”地飞成波浪线。一想心可烦，还有满肚子的骚话没说完呢。

他打开微信，给周乔发消息：“臭乔乔。”

很快，那边回了个字：“嗯？”

“猜猜我有多爱你。”

“比一斤奶多一点儿？”

陆悍骁看得直乐，想了想，手指轻轻跳动。

“看过新闻联播吗？”

“当然。”

陆悍骁捧着手机，弯了弯嘴角，回她：“那就勉强一点儿，爱你爱到新闻联播大结局吧。”

房间里只有空调极轻的送风声，以及淡淡的香氛。

在片刻等候之后，周乔发来一颗红彤彤的、跳动的心——

“我也是，葬爱·骁。”

陆悍骁和周乔的关系发展，倒不是轰轰烈烈恨不得天下皆知，陆悍骁看起来豪放外向，但对事情的轻重缓急分得十分清楚。

周乔细腻敏感，又要面对重要考试，也闭口不提别的事情。比如，向陆悍骁的家人坦白。一是不确定陆悍骁的想法；二是，她自己也并不想过早交代。

周乔不说，陆悍骁也就不主动提起。保持住恋爱该有的姿态，让时间自然而然地推进。他手头的工作即将告一段落，正筹划着是不是该来一场正式的约会了。

去哪儿约呢？

陆悍骁还特地查了百度，弹出的答案第一条就是——

宾馆开房。

一瞅见这四个字，陆悍骁鼠标“嘭”地一扔，差点儿跳起来，“臭流氓嘛这不是！”

莫名其妙的激动冷却下来后，陆悍骁捂着发热的胸口，“想不到你是一个如此不正经的网站，让技术部屏蔽掉，公司所有电脑不许上百度。”

得到此令的朵姐有点儿蒙，“陆总，我们和它还是协议单位呢。”

陆悍骁冷静下来，挥挥手，“算了，你先出去吧。”

朵姐云里雾里地飘走后，陆悍骁重新打开网页，鬼使神差地继续往下看答案，哟呵，下面竟然开始推荐起性价比高的酒店宾馆。

五分钟后——

“喜来登，夏威夷之夜主题，哎呀，这个还是公司的协议酒店呢，不错不错。”陆悍骁摊开会议本，十分认真地做起了笔记。每个酒店后面还用括弧号标注了关键词。

抄了一页酒店名字后，陆悍骁又在思考另一个问题。从与周乔认识起，“老”这个字总是时不时地被提起。年纪轻的人说说也就算了，陈清禾也说他老，呵，一般牲口活到他这个岁数，早就死翘翘了。

“还好意思说我呢。”陆悍骁越想越生气，赶紧骂上两句，“陈清禾不要脸。”

骂完之后，问题还是要面对。

陆悍骁从抽屉里拿出剃须刀套装，里面有块小镜子，他左脸右脸照了又照，“哪里老了？毛孔都见不到一个。”

丢了镜子，陆悍骁又登录购物网站，在搜索栏敲下：时髦显年轻上衣。

裤子就不用了，毕竟他有一柜子的破洞牛仔裤。

花了半小时，认真选购了几件花样T恤，陆悍骁这才心满意足地往老板椅上一靠，吹着口哨计划起与周乔的第一次约会。

公寓。

吃完午饭，齐阿姨收拾桌子，周乔帮着洗碗。

“乔乔，我下午要回一趟陆家，老太太打牌缺个人，我去凑个数。”齐阿姨动作麻溜，还给她切了个橙子，“对了，老太太提了，要你也过去吃晚饭，她肯定是跟悍骁打好招呼的，到时候悍骁会来接你。”

周乔听后，手打滑，饭碗磕进了洗池里。

齐阿姨闻见动静，赶紧过来，“没事吧？”

“没事。”周乔捡起来继续洗，抿唇垂眸，盯着水流不作声。

“你不用担心。”齐阿姨突然说，“我不乱讲话的。”

周乔一顿。

“你和悍骁都是好孩子，又乖又好看，我可喜欢你俩了。”齐阿姨嘿嘿笑，“年轻人的事你们自己做主，没得到你俩同意，我嘴巴一定闭得紧紧。”

老宝贝坦白直率起来如此可爱。周乔想解释，但话齐刷刷地站在了舌尖，一下子又难以组织语言。

“我知道你的考虑，作为女孩子，没到一定的时间，见家长总是有些忐忑。你还要考研，别太受影响。”齐阿姨给她递上切好的橙子，“吃吧，好好复习。”

周乔接过，冲齐阿姨感激地笑了笑。

就这样，齐阿姨背着她的小花包，打着小花伞，带上她的舞蹈鞋坐地铁回了陆家。

夏日天气多变，过了午后沉闷燥热，云日退去，天色深沉。

齐阿姨迈着小胖腿儿小跑到门口，外门虚掩着，她边推边说："哎呀，要下雨了咧，大姐，我给你带了罐自己做的酸萝卜。"

客厅沙发上坐着的人齐齐回头，齐阿姨一看，表情意外。她很快镇定下来，笑脸打招呼，"老爷子今天没去遛鸟呢？"

陆云开颔首，"嗯"了声，皱着的眉头一直没有松开。而一旁的陆老太太，表情也轻松不到哪儿去。

客座上，半小时前突然造访的周正安，继续滔滔不绝。

"干爸，干妈，孩子的教育问题，我们做父母的确有偏颇，工作忙都不是理由。"周正安长长叹了口气，他向来注重形象，背头梳得一丝不苟，背脊也挺直不弯曲，"周乔年纪小，不懂得分寸，一定给悍骁造成了困扰，希望他不要介意，也希望干爸干妈你们……"

陆云开做了个抬手的姿势，打断他，语气颇为严肃地抓住了重点："你说，陆悍骁和她在谈恋爱？"

周正安敷衍地揽责，"不是悍骁的错，是我们乔乔不懂事，说到底，也怪金小玉，她大大咧咧少了根筋，从不纠正女儿的错误思想。"

"正安。"这回出声的是陆老太，她身着一件旗袍样式的棉麻裙，玉耳坠搭配，无风自摇。

她冷静地说："你生意在遥省，离这儿远得很，当然，我不是质疑你的话，而是觉得，我们应该听听更了解悍骁和小乔生活的人的意见。"

话落音，陆老太太抬眼望向齐阿姨，"小妹，你过来，我有话问你。"

齐阿姨应了声，颠颠地走到面前，"大姐，老爷子。"

"这段时间辛苦你了，悍骁心大，男人嘛，总是不拘小节，生活上的事情，还劳你多费心了。"一番开场白，陆老太太说得矜持得体。

齐阿姨忙说："不累不累，悍骁是个好孩子，没事经常带我去跳广场舞呢。"

陆老太太欣慰地点了下头，又道："上学的孩子也辛苦，乔乔太瘦了，你可要多给她做点儿好吃的。”

“那是，鸡鸭鱼肉每天都有，乔乔就更乖巧了，这姑娘性格真心不错。”齐阿姨忙不迭地夸赞，然后静静等待下一句。

陆老太缓了缓，问：“悍骁和她，是不是在谈对象？”

直接撂话，在场人都屏息，屋里的气氛比外头即将暴雨的天色更低沉。

齐阿姨面色如常，笑着摆手，“那是不可能的。”

此话一出，周正安最先变脸，带着抱怨僵硬地咧嘴笑道：“齐阿姨，上回在悍骁那儿，你可是也在场的啊。”

齐阿姨忙点头，“对啊，我在呢，就是你硬要带走周乔的那次对吧？”

“硬要？”陆云开皱眉。

“也没那么严重，悍骁就摔了把椅子而已，哎呀，要不是乔乔挨了一巴掌，那把椅子就不会摔了。”齐阿姨轻描淡写地描述了一遍。

却听得陆老爷子怒火冲天，拐杖往地上一杵，“胡闹！”

陆老太太也心疼叹息，指责道：“正安啊，做父亲可不是这样子的啊。”

“不是，干爸干妈，我，哎！齐阿姨，你怎么能不说实话呢！”周正安急道。

“我说的都是实话。”齐阿姨特淡定，“我和他俩同在一个屋檐下都快两个月了，眼睛好着呢。”

“你怎么可以不分青红皂白骗……”

“够了！”陆云开生气打断，“时间还早，我就不留你吃晚饭了，回去吧。”

陆家和金小玉的关系好，周正安本想利用这个消息引起陆老爷子的反感，从而带走女儿，让金小玉的如玉算盘落空。

如今失了策，被齐阿姨一席话弄得形势反转。周正安郁闷难平，灰头土脸地离开了陆家。

他坐在车上，气得砸了下方向盘，火冒三丈地掉头，往另一个方向开去。

周乔接到陆悍骁电话的时候，已经快五点。

“书看完了吗？试题做了吗？单词背了几个啊？算了，这些都不重要，重要的是，你想我了吗？”

周乔听到他炮弹似的一串话，抿嘴笑：“你下班了？”

“臭周乔，又不回答我问题。”陆悍骁说，“收拾一下，半小时后我到楼下，老宝贝们沉迷赌博，懒得做晚饭放了鸽子，咱俩晚上出去吃。”

周乔没细想这临时的变动，答应了：“好。”

陆悍骁提早五分钟就到了，周乔下楼一愣，怎么换车了？

“我车给陈清禾了，他们人多坐不下，我就开他的车过来接你。”

“还有别人呢？”周乔下意识地问。

“哟哟哟，失望了啊？”陆悍骁挤眉弄眼可得意，“是不是特别想和哥独处啊？”

“……”周乔脸臊得慌。

“脸还不够红。”陆悍骁笑着说，然后突然凑上去亲了她一口，“嗯！现在达标了。”

“……”

没见过占人便宜还这么有理的。

“出发喽。”陆悍骁转动方向盘，心情好得飞起，解释说，“今天公司聚餐，几个副总、部长一块。”

周乔抬头，“我去不太好吧？”

“没关系，就是怕你不自在，我叫上了陈清禾，还有朵姐也在。”陆悍骁空出右手，抚上她的手背，“我的女朋友怎么可以藏着掖着，必须光明正大地带出来显摆。”

周乔的好心情就这么平铺而出。

陆悍骁说得理所当然：“今天光明正大地带出来示人，明天也必会八抬大轿明媒正娶回东宫，然后给我生一窝小狼崽。”

周乔驳他：“谁要嫁你了？”

“不用你嫁，我来娶就行了。”陆悍骁吹着口哨，又是那首年代老歌《爱你一万年》。

到了餐厅，两人下车，陆悍骁绕过来自然而然地牵起她的手，“别躲。”

周乔回应地牵得更紧，“好。”

两人对视一笑，朵姐的声音从餐厅门口传来："陆总，今天大伙儿是不是可以敞开了吃啊？"

陆悍骁豪气道："今晚包场！"

一行人，都是陆悍骁公司的得力干将，个个身居要位，此刻都笑着捧场。

周乔的紧张从手开始微颤，陆悍骁感知到后，无声地挠了挠她掌心，侧头挨近，在她耳朵边轻轻说："别怕，我很爱你。"

于是，所有的生理心理紧张，都在他这三个字里，神奇地尘埃落定，化作烟缕散净。

陆悍骁继续笑脸相迎，与人交际应话，宽厚的背影笼罩在她身前，周乔望着他，从未有过的安定悄然将她拥抱住。

"哎哟卧槽，我干吗要过来吃狗粮啊？骁儿你害人呢！"陈清禾扯着大嗓门，帅气地从里头走出来。

陆悍骁的口头禅，见着本人必须说："陈清禾不要脸。"

朵姐护主心切，"歧视陆总，我已经打120举报了。"

"哎呀，朵朵姐，上回吃饭你还夸我智商二百五呢！"陈清禾郁闷。

朵姐淡定道："那当然，毕竟上回是你掏钱请客。"

陆悍骁当即拍板，"涨工资！朵姐必须涨！"

身后的财务部长赶紧地拿出小本儿记下圣旨，"遵命大王！"

周乔已经看呆，天啊，这是一家塞满奥斯卡影帝的公司吧！

陆悍骁一把揽过周乔的肩膀，把人往自己怀里拉，扬起下巴得意极了，"正式介绍一下，这是周乔，我女朋友。"

朵朵姐带头鼓掌，"好！恭喜陆总脱衣，哦不，是脱单！"

一副总立马掏出手机吩咐下去，"明天务必让陆宝宝涨停！"然后看向陆悍骁，"陆总，这是我为您献上的贺礼。"

陈清禾抢戏，"骁儿，我也有一份礼物送给你。"

陆悍骁挑眉，"嗯？"

陈清禾冲他抛了个媚眼，然后弯腰，"哇啦"一声呕吐，边吐边说："这份礼物喜欢吗？"

全场人哄堂大笑。

空气里全是粉红泡泡，正和谐。突然不远处传来嘈杂声。

大家循声望去，马路边上，围观者包成一个圈，密密实实很多人。

不断有路人说：

“一男一女好像是夫妻，打成一团像什么话啊。”

“可不是吗，丈夫打老婆呢，好没素质的。”

“听说是离婚条件不同意，那男的找了小三。”

朵姐他们听听就当笑话，招呼道：“陆总，乔乔，咱们去包厢吧。”

陆悍骁牵起周乔，却发现她甩开了自己的手。

“怎么了？”他侧头疑虑。

而下一秒，周乔已经冲了出去。

“哎！周乔！”陆悍骁大骇，伸手抓了个空。

只见她以极快的速度，推开围观的人群，跌跌撞撞地跑进去。

扭作一团的两人鸡飞狗跳，骂骂咧咧。一个被打得想逃，一个抓着对方的头发下了狠手。

周乔眼眶子猩红，大脑一片惨白。

她扑过去，抱住了被撂倒在地的金小玉，周正安的拳打脚踢来不及刹车，悉数落在了周乔身上。太疼了。

周乔闷声一哼，觉得背脊骨断开似的。

但身体再疼，也疼不过心。

人群之外，三米之远，陆悍骁的兄弟、同事将这够人耻笑许久的荒唐，一幕不落地看在了眼里。

周乔浑身难过地闭上眼睛，闻见金小玉肩膀上的血沫星子味，心就如同这场将下未下的暴雨一样，闷得人心生绝望。

围观的人议论纷纷：

“这是小三吧？”

“蠢啊，小三会替那女的挨打？明明是女儿嘛，长得和这个男的多像。”

“哇哦，一家三口都来了，好精彩啊。”

蜚语穿刺耳膜，周乔仿佛瞬间耳鸣。

这时，她眼前一黑——

滚烫的掌心轻轻盖住了她的眼睛。

手腕上留着的淡淡的沐浴露味十分熟悉。周乔被陆悍骁坚定地拽进怀里，用只有她能听到的、近乎唇语般的亲密，沉音缓调地说：“不许多想，不许怀疑，不许认为我会嫌弃你。”

周乔干涸的嘴唇动了动，眼眶的泪水陡然掉落。

陆悍骁的手心感受到了湿意，他条件反射般，将人搂得更紧。

“你害怕的事情，都交给男朋友来解决。”

他顿了一下，又补充道：“男朋友解决不了的，就让老公来——

“嗯，老公永远爱你。”

陆悍骁把周乔护在怀里的这个动作，彻底点燃了周正安自以为理直气壮的怒火。

他指着两人，对金小玉一阵狂嚷：“你看看，看看！你就是怀了邪心，把她送出来不管不顾，现在走偏了，你满意了吧！”

金小玉暂时没搭理她，刚才那一瓢开在她脑勺，疼意还没缓过去。

周正安喋喋不休：“我告诉你，这婚我离定了！你这个当妈的不负责任，就凭这一条，我让你一毛钱也拿不到！”

他矛头又指向陆悍骁，“再怎么说，我也叫老爷子老太太一声干爸干妈，但悍骁，你这样做，是不是也太过分了一点儿？”

周围不明真相的群众，又开始交头接耳，不知道的还以为陆悍骁扮演着渣男角色，诱骗女人呢。

陆悍骁一脸阴沉，护着周乔没松手。

他发飙之前，有个人先不乐意了，陈清禾直接走过来，一把拂开周正安指在半空中的手。然后眼带厉色，警告道：“会不会说话？不会说话就闭嘴！”

陈清禾在部队扎扎实实地练过几年，不似陆悍骁身上还夹带着丝丝精英气质，他整个人硬而狂，怒目起来，气势如风起。

周正安火气灰了一半，只嘴唇动了动，然后闷闷地咽了回去。陈清禾捞着他的衣领往面前一带，对方已经踮脚才能够着地。

“哎哎！”周正安惊恐地叫唤。

陈清禾向来有话敢说，他当即为兄弟撑腰，道：“我哥们儿怎么过分了？周乔是未成年还是被强迫？你丫的问清楚了没？没问清楚就在这儿造谣，我告诉你，男未婚女未嫁，十八成年一朵花，全凭两个字：愿意！”

周正安哆嗦着不平，挣扎于最后的不死心，“那是我女儿，经过我同意……”

“呸！你女儿？”陈清禾打断，“也就姓了你的周字，别的，你哪儿来的底气在这儿表身份？”

地上的金小玉，已经缓过疼痛的劲儿，活过来又是一把高音嗓：“没错！你个老不要脸的……”

“你也给我闭嘴！”陈清禾横目扫过去，“你在这儿仗谁的势啊？都是半斤八两的玩意儿。”

吃瓜群众在听完这番话后，舆论矛头又对准了周正安和金小玉。

眼见场面就快收不住，朵姐走过来，扬高声音正儿八经地问：“陆总，请问需不需要报警？”

一听“报警”两字，周正安和金小玉齐齐紧张。

陆悍骁沉声静气，有意将选择权交由当事人。以这一对奇葩夫妇的尿性，在离婚这么关键的时刻，肯定不会自惹麻烦，于是选择了私下和谈。

朵姐麻利地吩咐下去，让就在附近的协议酒店马上安排一间套房。

十分钟后，陆悍骁陪着周乔，和周正安、金小玉齐坐一屋。

说是和谈，但两人习惯性地随时随地地骂起来。

周正安揪着周乔这个事为理由，把金小玉做母亲的义务批判得一无是处。

金小玉也不是软柿子，拍案而起跟他正面杠，“你以为你好到哪里去？踩着这个就能原地高潮是吧？把那个狐狸精给我叫出来，我让你俩浸猪笼！”

周正安凶回去：“家业都是我挣的，你扪心自问做了些什么？家没给我管好家，生意上的事也在帮倒忙，现在你要坐享其成？想得美。我呸！”

金小玉双手叉腰，“我呸呸呸！”

周正安骂：“你这个疯婆子！”

周正安气得一脚踢向玻璃茶桌，奈何这桌子是固定于地的，纹丝不动，反而让他脚尖爆痛。

金小玉哼声：“贱人自有天收。”

面对这一团鸡飞狗跳，沉默坐在一旁的周乔，把头放得更低。

陆悍骁挨着她，坐在沙发扶手上，不动声色地将她的手握得更紧，然后放开，起身。

“二位，吵过瘾了没？”

金小玉和周正安都不说话。

陆悍骁点了下头，“看来词汇贫乏，也想不出什么新句式了。行吧，我来给伯父伯母总结一下，顺便颁个奖。”

他转头，对着身后的人说：“周乔，陈清禾在外面等，你先和他去喝点儿饮料。”

直到门关紧，房间里就剩他们仨。陆悍骁才慢条斯理地开口：“说实话，我特别不愿意当长辈的调解员，你们闹上新闻联播都跟我没关系，但是现在有了周乔，我没办法不管。”

周正安愤懑：“我女儿小，不懂事，你三十岁了，生意做得这么大，也跟着不懂事？”

陆悍骁道：“懂不懂事不是你说了算，这个发言权只有周乔有。”

“你别忘了，周乔是我女儿！”

“所以我现在，心平气和地跟您说话。”陆悍骁丝毫不让，“我话就撂在这儿了，你们离不离婚，财产怎么分，我都不关心，但这些破事，谁再拿周乔当枪使，我一定百倍奉还。”

陆悍骁声色俱厉、毫不留情，“说白了，我对你们的态度，取决于你们对周乔的态度。”

就这么简单。

周正安和金小玉谁都不言，两人心里清清楚楚，陆悍骁是实实在在的背景子弟，他要想搞事情，保准闹出个天翻地覆才罢休。

陆悍骁目光落向金小玉，“伯母，麻烦借一步说话。”

两人走到小厅，陆悍骁站在落地窗前，一派闲适地拿出手机，十分钟前，陈清禾已经把照片发了过来。他划拉了两下，六七张照片张张清晰。陆悍骁直接递给金小玉，示意她自己看。还只看了个开头，金小玉的眉毛差点儿没跳起来。

陆悍骁静观她的脸色一分分变得难堪，才说：“巧了，我朋友是这家公馆的股东，那天有缘看见了伯母，不得不说，伯母您眼光过硬，身边这位小兄弟出场费排前三，过夜更贵。”

金小玉手在发抖。

陆悍骁把手机从她那儿拎回来，“说真的，我特别佩服您和伯父，怼起人来那么理直气壮，心理素质一等一。”

“你想干什么？”金小玉终于忍不住了。

“不干什么，就是提醒伯母，大家都是半斤八两，谁也没比谁高贵，我能弄到这些照片，伯父一定也有机会看到。”

离婚官司在即，她的材料已经全部提交，较之周正安的优势，是她握有对方确凿的出轨证据，如果周正安拿到这些照片，形势一定急转直下。

“我只要你保证一点，不许再让周乔掺和到这堆破事里。”陆悍骁说，“她考研已经失败了一次，之前怎么样我管不着，但现在，这一次，我一定不会让她输！”

酒店茶阁，周乔望着面前的菊花茶，半天没动一口。

对面的陈清禾也是个聒噪的哥们儿，为逗她开心，把手机上的绝版丑照逐一给她欣赏。

“这是年前在哈尔滨，我退伍了，他们来接我，顺便尝试了一下冬泳。”陈清禾手指划开下一张，几个帅逼趴在冰块上，强颜欢笑，牙齿打战。

“这是他小时候的艺术照哈哈哈。”

周乔一看，惊呆了。

四五岁的陆悍骁，婴儿肥还未退去，脸上肉肉的，眉心一颗美人痣，头上戴着皇冠头纱，胭脂绯红，嘴唇上还是中国红的唇彩。

这……陆小公主的气质原来从小就具备了。

陈清禾解释道：“他们家体质很奇特，生的全是男孩儿，超级阳刚。陆老太太那会儿天天求神拜佛，想让陆家有个女娃儿，但一直没遂愿。陆老爷子的书房里，挂满了鸡毛掸子，别误会，不是用来揍人的，而是谁不听话，就扯一根鸡毛挠他脚掌心，让他笑亡。”

周乔终于笑了起来。

陈清禾迅速举起手机，“咔嚓”拍下她的笑脸，然后发微信给陆悍骁：“我已成功将你姑娘逗笑，圆满完成任务，老板，付钱。”

对方秒回：“转账金额一万”。

陈清禾把手机屏幕对着周乔晃了晃，“一掷千金就为了博你一笑。”

这时，周正安和金小玉一前一后出了电梯，直接往这边走来。

陈清禾起身避让，周乔下意识地起身，她已经养成了，看到父母就紧张的毛病。

三人沉默落座。

周正安和金小玉依旧相看两厌，缓了缓，周正安先开口：“乔乔，爸爸晚上就回遥省，公司还有些事要处理。”

金小玉也接话：“妈妈也是。”顿了下，她继续，“你好好考研，这段时间，妈妈不会再让你分心。”

“爸爸也是。”周正安道。

周乔抬起头，有点不可置信。

这……算是妥协和解了？

“妈妈也反思了一下，确实不应该影响到你，学习很辛苦，你自己注意身体。”金小玉说，“大人的事情，我们自己解决。”

周正安掏出钱夹，“这是五千块，你自己放身上用，不够的话，给我打电话。”

这个场景，从未在周乔的设想范围内。

简短有效的交代完后，周正安先行离开，金小玉也敷衍地坐了一会儿，然后起身走了。

周乔心里清清楚楚，爸妈各有各的生活，基本上，以后是不会太管自己。但能换到今天这样一场平和的散局，真的已是最好的结果。

片刻之后，陆悍骁与陈清禾一块过来。

他直接揽上周乔的肩膀，看着桌面一沓红票票，语气夸张：“我女朋友太直接了吧？我可事先说明啊，我是有骨气的男人，只卖身，不卖艺。”

陈清禾吐血，“骚。”

周乔如释重负地松了一口气，看向他，“你要钱吗？都拿去好了。”

“要要要。”陆悍骁一点也不客气，捞起票子，“毕竟拿了你的钱，我就是你的人了。”

陈清禾一身鸡皮疙瘩，“得嘞，我撤了。”

他溜得飞快，陆悍骁对周乔说：“走吧，我们也去吃点儿东西。”

两个人没开车，就在附近找了个西餐厅随便吃了点儿，然后手牵手在街头轧马路。

今晚的气氛有点儿奇怪，两个人都不怎么说话。

像是有感知一般，每每路过一家酒店，陆悍骁的脚步便流连忘返地变慢。他一慢，周乔就紧张地拖着他快步往前走。陆悍骁不情不愿地跟在身后，舔了舔嘴唇，望着她的背影心里躁动难安。

大半条街都快走完了，简直不能再忍耐。

陆悍骁耍无赖地突然就不走了。

周乔回头，咽了咽喉咙，问："怎么了？"

他说："我没吃饱。"

"那我们再去吃点儿夜宵？"

"好啊。"陆悍骁嬉笑道，"我最爱吃夜宵了。"

话毕，他拽起她的胳膊往右一拐。

周乔惊呼："这是宾馆！"

"宾馆也有夜宵。"没毛病。

"哎！"周乔微挣，挣不开。索性蹲在地上，被陆悍骁扯着往前滑行。

他力气是真的大，那股呼之欲出的流氓本性已经不打算藏掖着了。

周乔被他生扯硬拉，走到了前台。

陆悍骁说："给我开间房。"

老板"哇哦"一句，声音有点娘："抱歉啦，单间已经开完了，只有双人间了哟。不过没关系的，我们双人间的床也是很大大的哦，特价只要八十八哦。"

陆悍骁说："行。"

拿了钥匙，他又拖着周乔直奔房间。

"嘭"的一声，门关上。

周乔以百米冲刺的速度跑到墙边，眼巴巴地望着他。陆悍骁胸口起伏，呼吸急促，一步步向她靠近。

"陆悍骁。"周乔退无可退，"我……我们先吃夜宵好不好？"

"对我来说，一日三餐都是你。"陆悍骁喉结滚动，眼底有浪在翻涌。

他手摸向左边裤兜，手腕在发抖，稀里哗啦一阵塑料纸摩擦响，他掏出一把……“安全用品”。还不够，他又从右边裤兜摸出一大把，手掌握不下，好几个掉落在地。各种颜色，各种包装，样式不一，看来是买了很多系列，目测至少二十多个。

周乔更害怕了。

天，这男人是金刚钻做的吗？

陆悍骁忍不住，直接打横抱起她，边向床边走，边低头接吻。不同于平日，今夜的小陆总，又蛮横又霸道。

深吻勾起气氛，终于走到床边，陆悍骁的手已经迫不及待地从她衣服下摆伸进去，一路煽风点火，不算温柔地揉搓。

两个人情不自禁地向床上倒去，但——

“嘭”的一声巨响，床板承受不起重量，轰轰烈烈地断成两截儿。

意不意外？

刺不刺激？

陆悍骁瞬间吓到，痛心疾首地望着一地狼藉，然后咬牙切齿地暴吼：“老板，你开的什么破店！”

眼见着陆悍骁撸起袖子就要往外冲，周乔费劲儿地从塌陷的床板里爬起来，拽住他的胳膊说：“你干吗去？”

“砸店去。”

“别闹了。”

“谁闹了，这不是逗我呢！”

陆悍骁怒气腾腾，小霸王啥都可以忍，唯独不能受侮辱。

他刚拉开门，一个老太婆颤颤巍巍地迈着小碎步，口里念念有词：“谁叫我啊？哎哟，年纪大了，耳朵不好使了，是不是你们叫我啊？”

陆悍骁皱眉，“您谁啊？”

“我是我儿子的妈。”

“……”

这不是废话吗。

这时，楼梯口传来脚步声，是老板，“出什么事儿了呀？在楼下就听到响声，哎呀，现在的叔叔比年轻人还猛烈呢。”

老板小碎步“嗒嗒嗒”，刚走到拐角，就被陆悍骁一个擒拿手抓住了衣领。

“你才叔叔，你全家都是叔叔，去你的！”

老板眨巴眨巴双眼皮，没料到客人站在走廊，他不明所以，“怎么了嘛？”

陆悍骁头顶三把火，吼道：“丫的奸商！你买的什么床啊？有你这么做生意的吗？”

老板看向房里断裂的床板，惊恐地双手捂嘴，“我的天啊！”惊讶完之后，他又看向周乔，“你的腰还没断呢？”

陆悍骁挡住他的视线，双手叉腰气势汹汹，一副“今天我跟你没完”的架势。

老板赔着笑脸解释：“实在不好意思，床昨天晚上出了点儿毛病，联系师傅要明天早上才能来修，所以就做了特价处理，八十八块一晚，放在这市中心可找不出第二间了。”

“特价房怎么了？八十八怎么了？它们难道没有尊严吗？”陆悍骁指着老板，“你别给我歧视特价二字，都赖你，你这个大坏蛋！”

“……”

这骂人的画风怎么有点不对劲儿了呢？

一旁眯着眼睛找了半天焦距的老板妈妈，“哎哟哎哟”直叹气，不停地冲陆悍骁摆手，“娇娇不是大坏蛋，他是小坏蛋，你不要搞错了呀。”

陆悍骁一言难尽，这真是一家神奇的宾馆。

老板说：“这样好不好，我房间干净呢，给你支一张一米五的席梦思，就当是补偿。”

“补你大爷，退钱！”陆悍骁又热又恼，解开衣扣不停用手扇风。

闹了一顿，最后他揣着耻辱的八十八块钱，牵着周乔丧气地出了宾馆。临走前觉得不解气，陆悍骁拍了个店名，发到微信群里。

俩字：黑店！

黑完之后，他站在人来人往的夜色街头，一阵风吹来，简直人生凄苦，怅然若失。

周乔双手环在胸前，看着他的背影，“扑哧”一声笑了出来。

陆悍骁都快哭了，转过身，委屈地抿着唇，然后双脚一跺，“你这个大坏蛋！”

周乔笑得肚子疼，蹲在地上肩膀颤抖。

陆悍骁无语望天，挤出一句：“我都快三十岁了。”

周乔偏着头，笑着说：“没关系呀，最美不过夕阳红。”

“我就是傍晚六点落山的太阳，就算还有点儿阳光，那也不叫灿烂，而叫凄惨的火烧云。”陆悍骁“靠”了一声，纳闷道，“明天我要去看心理医生。”

周乔站起身，走过去哄他：“行行行，明天我陪你去好不好？”

“不好。”陆悍骁说，“万一功能丧失，我就变成糟糠之夫了。”

周乔听得面红耳赤，“喂。”

“不想跟你喂。”陆悍骁很受伤，“臭周乔，大坏蛋。”

弄了这么一出，什么花好月圆的兴致也没有了。

两人打车回公寓，齐阿姨早早地回来，正在厨房煮夜宵。

“快洗手，今天的酒酿丸子比悍骁还好吃呢。”

齐阿姨心情颇好，在厨房一边忙活，一边用手机放歌听，那曲子十分熟悉，正是中国名曲《夕阳红》。

陆悍骁可烦，跟把机关枪一样，突突突地冲过去，“齐阿姨，大坏蛋。”然后又突突突地跑开了，“我不跟大坏蛋玩。”

齐阿姨脑袋顶上三个问号。

周乔走进来帮忙，解释道：“陆哥今天心情不太好。”

齐阿姨愁容满面，“我凭本事跳舞听歌做饭饭，为什么要骂我大坏蛋？”

声音已经压得够低，但陆悍骁还是听见了，理直气壮地在客厅里嚷：“你凭本事坏，为什么不能骂？”

齐阿姨才不理他呢，把手机的音量调到最大，重复了一遍“最美不过夕阳红”。

周乔走出来，“行了行了，别闹脾气了。”

她站定在沙发背后，弯腰环上陆悍骁的脖颈，飞快地往他脸上亲了一口，小声说：“别生气了，好不好？”

陆悍骁侧头，提要求：“再亲一口。”

周乔顺从地贴上去。

陆悍骁噘着嘴巴，哼了一声，还是很傲娇嘛。

“你不是说了不生气吗？”周乔无奈。

“这不叫生气，这叫发脾气，刚才那一口，是让我不生气，现在我要发脾气，举一反三，你知道该怎么做了吧？”

周乔笑得要死，伸手就往他脸上揉。揉完之后，她又在他脸颊上连亲三口，亲完后飞速闪身。

陆悍骁坐在沙发上，摸着发烫的脸颊，然后缓缓低下头看着自己的裤子。

“嗯……明天不用看心理医生了，功能还是挺正常的。”

第五章

春天有阴霾

My man

由于特价房的影响力太大了，陆悍骁几天都萎靡不振。周乔看在眼里，虽然不说，但还是记在了心里。

趁着他下班刚回家，周乔偷偷溜进他房间。

“嗯？”陆悍骁正坐在老板椅上玩QQ宠物，头也不抬地说，“本人今日心理有病，不能提供服务，想泡帅哥的……自己坐上来。”

陆悍骁拍了拍大腿，“只能坐，不能动，谁动谁是大坏蛋。”

周乔背着手，歪着头，笑意满眼。

陆悍骁鼠标一丢，“笑得这么犯规，给我过来！”

周乔走过去，手往他嘴边一盖，习惯性地喂进了一颗糖，然后问：“明天有没有时间？”

明天是周六，不上班。

陆悍骁乖巧地点了头。

“那我请你看电影。”周乔拿出手机，点开团购App，“你想看什么电影？”

陆悍骁自然而然地把她拉近，让她坐自己腿上，然后搂住腰，下巴蹭在肩膀上，“只要跟你一起看，《喜羊羊》也没问题。”

周乔边笑边点开页面，“这部口碑还不错，动作片，你应该会喜欢。”

“嗯？动作片？”陆悍骁来了劲，瞄了一眼，“都有哪些动作？太常规的没意思，要创新，要别致，演员要熟一点儿的，我喜欢那种熟男熟女相约在东京的爱情故事。”

“……”

大哥，您脑子是不是忘记喷农药了？

周乔正了正脸色，决定不配合他表演，专心介绍另一部，“这个导演很有名，不久前还在戛纳拿了奖，不如我们……”

“不如我们看点儿别的。”陆悍骁一把包裹住她的手，将手机从手心抽出来，静静地搁在桌面上。他声音沉而缓，箍在周乔腰间的手越发用力。陆悍骁摸上鼠标，划亮电脑，“乔乔，我也是电影爱好者，我们兴趣相投，简直天生一对。”

这话听着就不怎么正经，周乔隐隐紧张。

陆悍骁点开E盘，文件夹，夹里还有夹。

哎哟喂，竟然还设置了密码。

“看看它有多大。”陆悍骁倍儿自豪地介绍，“蓝光版的电影我都收藏了几百部，磁盘才用了百分之五。”

“……”

男朋友你能说重点吗？

“你看，它好高级，还有密码嗷！”陆悍骁轻轻嗅了嗅周乔的耳垂，证实道，“不错，今天是香乔乔。”

“别动，痒。”周乔侧头躲，心跳狂蹦。

“你知道这些电影视频的密码是什么吗？”陆悍骁的手指搭在键盘上蠢蠢欲动。

周乔快要阵亡，闭声不吭。

陆悍骁捏起她的食指，带动着，一个字母一个字母地敲按。

“Z－h－o－u－q－i－a－o.”

那一串她名字的全拼，光明正大地出现在密码框里。陆悍骁敲下回车键，文件夹瞬间解锁。

排列整齐的视频文件，全用数字编号，没有片名。

不用看内容，周乔已经面红耳赤。

陆悍骁面色淡定，但贴在她背后的胸膛，也比方才起伏得更加剧烈了。

“……姑娘，买片儿吗？”

周乔一听，火急火燎地想起身。陆悍骁扣着她的腰不让，“买个片才让走！”

“买买买，你别掐我。”周乔抿着唇不敢动，因为好像感受到了“夕阳红”悄然变成了“火烧云”，这种变化，市面统称为：裤裆有炸。

陆悍骁忍着笑，故意放缓手速，鼠标指针在那些视频上慢慢游离。

“喜欢什么样的？脱光上衣打架，还是脱了裤衩插田？”

插……插田？

陆悍骁又移到下一行，“入门级的在这里，都是基础，一看就懂，一懂就会，一会就想现场直播。”

周乔只能双手抠紧桌子边沿，虚弱地反抗，“公……公安局的举……举报电话是多少？”

“157……”陆悍骁沉声笑，“找我爸爸有什么事？”

周乔想撞桌死掉。

“我姑娘准备好了吗？”陆悍骁显然不想再忍耐，鼠标重重磕在桌上，语调上扬，“片片要开始播放了哟。”

周乔闭紧眼睛，拿出她最后的倔强，“不许放，我死也不会睁开眼睛，你就死心吧！”

一番激动言辞还未落音，自己的下巴突然被陆悍骁轻轻捏拿。

“宝贝儿。”他声音变得温柔，极力抚平怀里人的惊恐万状。

“看这里。”

周乔被半迫半哄地睁眼侧头，就这一瞬，陆悍骁的吻落了下来。

他的手也在同时间按动鼠标，点开了文件夹里的视频。

多情的声音响起，是片头前奏曲。

竟然还用音箱外放？

周乔大骇，“齐阿姨还在家呢！”

十五分钟后。

“陆悍骁，你别动得这么快！”

“我哪里快了，明明刚才你说不喜欢节奏慢的。”

“你倒回去一点儿，我没看够呢。”

“好好好，给你看前面，看清楚了吧？”

红木宽桌前，陆悍骁抱住周乔，空出右手将进度条快退，电脑屏幕上的画质高清养眼。

周乔眼睛放亮，“对，就是这里。”

视频里，形象气质极佳的教授在为大家科普生活小知识。中气十足的声音从音箱里传出，一点儿也不变调，可见陆悍骁没买便宜货。

“下面这条科学理论，大家一定要记住，因为有百分之九十的人不知道，普通的屎里虽然没有毒，但是也不能吃。”

教授语重心长道：“最让我痛心疾首的一点，竟然还有百分之八十九的人不知道，刚烧开的水也不能直接喝，会烫。”

周乔和陆悍骁肩并肩，认认真真地盯着屏幕，专心倾听。

只见那教授突然一声暴吼：“我的天啊，下面插播一条紧急通知！”

陆悍骁右手捂着嘴巴倒吸气，左手害怕地抓紧了周乔的手。

好刺激，好意外，好开心！

教授在原地急得直跳脚，撕心裂肺地喊麦：“冰激凌和砒霜不能一起吃！会中毒！求扩散！”

陆悍骁面色沉重，赶紧拿起手机，打开兄弟群，必须提醒陈清禾，因为陈清禾不要脸。

就这样，两个年轻成年男女，傍晚躲在卧室看片两小时，一动不动，全神贯注。到最后，进来送茶水的齐阿姨，也加入了看片大队。

没了凳子，胖胖的齐阿姨盘腿坐地上，看着视屏里讲课的教授，犯起了花痴。

“天啊，他看起来好好吃。”

陆悍骁抽了两张面纸，递给齐阿姨，“哈喇子擦一下。”

顿了顿，他扭头看向周乔，炫耀似的说：“我不仅看起来好吃，实际上也很好吃。”

周乔听后，“嗯”了一声，顺口问：“你是什么味道？”

陆悍骁挑眉，说：“有奶味也有热狗味。”

沉迷教授美貌的齐阿姨，对食物特别敏感，耳尖地听到了，问道：“悍骁，你想吃热狗啊？我待会儿就给你做。”

陆悍骁转头，似凶状，“专心看您的视频。”

周乔隐着笑，双手撑着下巴，手指还在脸颊上轻轻地敲。

这时，陆悍骁的手机响，是陈清禾打来的。

他起身，退出房外接听：“什么事？”

陈清禾说：“你好，我是武则天，打钱。”

“巧了，我是武则天的爹，你欠了爸爸一年的生活费啥时候给啊？”陆悍骁走到厨房，手机夹在耳朵与肩膀间，空出手倒水。

陈清禾一阵笑：“骁儿，我爱死你的幽默感了。”

“白痴。”陆悍骁简明扼要。

“老地方，出来喝两口。”

时间尚早，不到十点，陆悍骁想着卧室里专心看科普视频的二人，没个俩小时不会结束。于是答应下来，“行，半小时后见。”

淮春路。

路上有点儿堵，陆悍骁晚了十分钟，陈清禾今儿闲得慌，就在一层酒吧待着，坐在最显眼的吧台处，手里拿着玻璃杯轻晃酒液。

陆悍骁挑眉，放缓脚步走到他背后，刚准备一声大叫吓他一跳，陈清禾竟快他一秒，率先转身，嗓门如狼叫：“嗷！”

陆悍骁措手不及，往后大退一步，显然是受到了惊吓。

“哈哈哈，你那点儿伎俩我还不知道？”陈清禾眼角上翘，举着杯子隔空对他点了点，“坐吧，给你点了椰奶。”

陆悍骁拉开高脚凳，把车钥匙和钱包一并放在吧台面上，“喝什么椰奶啊，待会儿叫代驾，陪你喝两杯。”

然后他打了个响指，对服务生说：“啤酒，加冰块。”

陈清禾转了转椅子，面向舞池，胳膊向后，手肘撑着吧台，一派闲适。

“你家周乔呢？”

陆悍骁喝了口啤酒，“在家看电影。”

“说实话，挺意外的。”陈清禾说，“原来你喜欢这种类型的女孩儿。”

“有什么意外，感觉对了就对了。”陆悍骁又抿了一口，转过脸，语气里升腾起兴奋，“哥们儿，你有没有过这种感觉？看到对方就想表现自我，甭管力气有没有过头，只要能让她目光停在你身上哪怕一秒，都觉得中了彩票。”

陈清禾嫌弃地瘪了下嘴角，“我咋不记得你中过彩票？”

“滚蛋，跟你这种单身汉无话可说。”

“你和周乔是认真的吗？”陈清禾问。

“认真啊。”陆悍骁斩钉截铁，“我可是好看有钱还认真的男人。”

陈清禾消化了一下内心的怒骂，才继续聊天：“认真到会结婚的那种？”

陆悍骁想了想，矜持地点了下头。

“呵呵，我们骁儿真的长大了。”陈清禾拍了拍他的肩膀，“兄弟是吃过亏的人，奉劝你一句，如果看清了自己的心，那就早点儿做决定。”

陆悍骁心里顿时不是滋味，沉默了一会儿，低声叹气：“你还没忘记那朵小蔷薇呢？”

陈清禾没回答，躁劲儿地一口喝光半杯啤酒，辛辣味在口腔舌尖肆意，他低下头，摩挲着杯壁，“我退伍后，她就再也不和我联系了。”

陆悍骁无声地给他斟满酒。

陈清禾抬头，笑着说：“我是前车之鉴，所以骁儿，看上的姑娘就别拖拉，该收进户口本的，一秒也别耽误。”

陆悍骁倒是冷静，他说：“周乔考研失败了一次，今年再来，压力肯定很大。我不想她再过多地分心。两个人能在一起就挺好。”

陈清禾和他从小同穿一条开裆裤的交情，有些话问起来也是知根知底，他半笑道：“还谈着纯情的恋爱呢？”

陆悍骁知道他的意思，没藏私，“心灵神交了，别的先缓缓。等她考上了再说吧。”

陈清禾问：“说什么？”

“跟老爷子坦白，带她回去见我爸妈，还有身体也可以深入交流一下。”陆悍骁笑了笑，“啧，光想一下就热血沸腾。”

陈清禾被他逗乐，“行了行了，收手吧，别骚了。”

陆悍骁是真的心痒，但分清轻重缓急的克制，才是男人最该做到的。

“说说，你为什么喜欢周乔？”陈清禾又转回高脚椅，手撑着下巴，懒洋洋地闲聊。

“喜欢她偶尔的高冷，看起来淡淡的，其实心跟明镜儿似的。我和她没什么经历生死劫难的深沉大爱，就是很……合拍。”陆悍骁斟酌了一番，找到了这个准确用词。

“别看她不说话，其实挺能接话，我俩在一块不太冷场。你也知道我这人，没事喜欢开点儿玩笑，但跟她在一起，我这方面的技能，就跟通了高压电一样可以飞天。”

陈清禾笑了笑：“快三十岁的大老爷们儿了，谈个恋爱像毛头小子。”调侃完，他默了两秒，真心实意地说：“其实我能理解，这就是过日子的感觉。”

陆悍骁跟他碰了碰杯，“你总算说了一句人话。”

两人一饮而尽，陆悍骁舔了舔嘴唇，心情酣畅，“我想吃爆米花。”

“多大的人了还嘴馋，受不了。”话虽如此，陈清禾还是招呼服务员，“上两桶爆米花，要大份的。”

于是，两个男人嗑着爆米花，扯淡了两小时，陈清禾还去舞池里蹦跶了几下，他从部队出来，身材锤炼得十分惹眼，不管何时，背脊永远挺直。

陆悍骁坐在吧台边，拿手机给他录了个小视频发到兄弟群里。

“这个机器人长得像不像陈清禾？”

最先回复的是贺燃——

“机器人没看出来，倒让我想起了，上大学那会儿买的短发造型的充气娃娃。”

日子不紧不慢地过，夏去秋来又入冬，齐阿姨已经不去广场上尬舞了，陆悍骁的公寓仿佛进入了十级戒备。

考试在即，齐阿姨变着法子地给周乔做好吃的。周乔看起来淡定如常，但实际已经紧张得箭在弦上。

陆悍骁心思细，察觉到她隐忍克制的躁动，于是在考试前一晚——

“换件衣服，咱俩晚上出去吃饭。”陆悍骁一把合上周乔手里的书，吊儿郎当地问，“书有我好看？”

周乔似乎没心思，“我不出去了，我再看一会儿。”

陆悍骁把书背在身后，“该看的都看了，不会的，现在看也没用。你这叫考前综合征，我给你号号脉——我天！竟然病得如此严重，只能亲一下陆悍骁，你才能痊愈！”

周乔被逗笑，想了想，“好吧，我们出去吃饭。”

陆悍骁选了口味清淡的一家粤菜餐厅，服务员问需要什么饮品时，陆悍骁要了两杯热牛奶。

周乔奇怪，“你不喝可乐了？”

陆悍骁说：“戒了。”

听朵姐提过，他可是曾经一天要喝一瓶可乐的霸道总裁。

陆悍骁给她布菜，解释道：“那玩意儿对男人身体不好，我还没当爸爸的呢。”

周乔一口牛奶差点喷出来。

“看把你激动的。”陆悍骁十指交叉而过，虚撑着下巴，“难道我不可以当爸爸吗？”

周乔举手投降，“你想当爷爷都行。”

“嗯，你愿意就行。”

周乔猛地抠紧桌角。

陆悍骁不再逗她，笑着说：“吃吧。”

吃完饭时间还早，陆悍骁牵着她去江边散步。两个人如同所有普通情侣一样，陆悍骁怕她冷，大掌心包裹住她的手，“明天就要考试了，是不是很紧张？”

周乔点点头，“嗯。我去年没考上。”

那时，在考试的前一晚，金小玉发现周正安出轨，以撕破脸的架势惊天动地地闹了一宿，周乔受了影响，考试发挥失常，心理阴影一直没散。

“怕什么？”陆悍骁握着她的手，收进自己的口袋里，“我姑娘这么棒，一定没问题。”

周乔心头一阵暖。

“再说了，如果真的考不上，”陆悍骁转过头，目光落在她脸上，轻声说，“我养你啊。”

周乔愣了下。

回过神来，眼眶子都要红了。

陆悍骁在另一边的口袋里摸了半天，边摸边念叨：“下午上网查了好久哄女朋友的方法，工具装了我一口袋。”

说完，他就率先摸出一根棒棒糖，三两下剥除糖纸后，往周乔嘴里一塞，“朵姐说过，不开心的时候吃一根，人生没有什么是一根棒棒糖没法解决的。如果真的解决不了，那就吃两根。”

甜意在唇齿间蔓延，压倒了所有彷徨苦味。

陆悍骁继续摸口袋，周乔顺着望过去，只见他又翻出一个塑料包装。

“……”

“抱歉抱歉。”陆悍骁赶紧塞回去，解释道，“这个串场了，再缓缓，缓缓。”

周乔忍俊不禁，低头弯起了嘴角。

见她笑，陆悍骁也算松了心。

两人站在江边，初冬夜淡，刚冒头的寒意还算温柔，陆悍骁穿着长款及膝的黑色呢子衣，质地上好，把他衬得玉树临风。

“乔乔。”

“嗯？”

周乔抬头的瞬间，陆悍骁捏住敞开的衣襟，一左一右往外打开，就这么把人圈了进来。

呢子衣包裹住两人，周乔听到他胸口的心跳。

“怦——怦——怦——”

她想开口。

陆悍骁的声音自头顶往下：“嘘……”

就是这么神奇，在这一声声的心跳里，周乔整个人都从容了。

陆老师的心理疗程弄完后，便早早带她回了公寓。

睡前，陆悍骁还给周乔热了一壶奶，陪着她睡着后，陆悍骁才起身。他没有直接回自己的房间，而是拉开周乔的背包，默默地确认东西是否带齐全。

身份证、准考证、写字笔……

陆悍骁反复清点了两遍，动作颇轻地退出卧室，从自己那儿拿了两支笔和一包纸巾放进周乔的包里。

有备无患，细心点总是好的。

万无一失之后，陆悍骁把卧室门关上，变窄的门缝像是电影的慢镜头，每一帧都写满了用心。

当光亮完全拦在门外，床上的周乔才慢慢睁开眼睛。

这一刻，周乔已经泪流满面。

第二天，陆悍骁起得比谁都早，为了保证路途顺利，他和周乔早早地赶去考场。

“记住我昨天说的，考上了，你是香乔乔，考不上，我养你。”

一路上，陆悍骁的嘴巴就没停过。

“碰到不会答的题目，别害怕，反正先把卷子写满，中间插几句鲁迅名言。”

周乔”扑哧“一声笑了出来。

“对了，记住你叫什么了吗？千万别写错名字。”陆悍骁越说越脱缰，“深呼吸，千万别紧张！”

周乔看向他，轻松道：“你比我还紧张啊。”

陆悍骁咽了咽喉咙，“给我拧瓶水。”

顺利到达考点，附近实施了交通管制，陆悍骁的车进不去，只得止步。

周乔背好包，推门下车。

“周乔。”陆悍骁滑下车窗。

“嗯？”

陆悍骁对她比了一个“OK”的手势，“我姑娘要加油！”

周乔笑得神采飞扬，又折身跑了回来。她微微弯腰，对驾驶座上的男人轻轻说了一句：

“考上了，我就让你当爸爸。”

陆悍骁惊得头发差点立正。

等他反应过来，周乔已经跑出老远，她的背影坚决而自信，几米之后没回头，而是突然举起双手，比了一个“爱心”的手势。

陆悍骁喜色满眼，笑得合不拢嘴。他点开手机，进入微信群，开始疯狂发红包。

爽！

目送周乔进入考场，陆悍骁怕待会儿车多堵住路，便先离开。

陆悍骁就近找了家咖啡馆，他跟朵姐打了招呼，今天就不去公司了。

兄弟群里，抢红包最快的一个永远是贺燃。

陈清禾："日，我来什么都没有了，姓贺的每次都这么早，你丫是不是不过性生活的啊！"

陆悍骁："闭嘴，今天要说吉利话。"

然后连着给他发了五个满额红包。

陈清禾："国泰民安，五谷丰登，周乔金榜题名。"

陆悍骁可高兴，继续往里面砸红包。

这一上午，他几乎是数着秒针过，开着电脑放桌上，一张报表也没看。

九点半，题目应该做完一半了吧？

十点，也不知道臭乔乔有没有漏题目。

好不容易捱到十一点，陆悍骁收拾东西，走路过去接周乔。考试结束，又等了一会儿，周乔出现在门口，陆悍骁立马冲她招手。

周乔小跑过来，挺惊讶，"你一直在这儿？"

陆悍骁理所当然地说："我可是家长，我不等谁等啊？"

之后，他闭口不问她考得怎么样，生怕给她增加半分心理负担。

陆悍骁带周乔吃了午饭，就去到一早订好的酒店午休。

"你睡会儿，一个小时后我叫你起床。"陆悍骁拿过她的包，"剩下的交给我。"

周乔顺从地进去休息，陆悍骁拿出手机定了闹钟，这才拉开她的包，一样样地检查东西。

陆悍骁将周乔上午考试用过的笔，全部更换成新的笔芯，换完之后还在草稿纸上试写了几行字，流畅好写才放心。

由此可见，他为了早日当爸爸，也是操碎了小心心。

就这样，陆悍骁为当爸爸努力着，终于熬到了最后一门考试结束。

不同于前日的好天气，考试结束，阴云当头，周乔出来的时候，还有零星雨点。

"这儿！"接考的陆悍骁穿了一身骚骚的纯白呢子衣，远远望去倍儿年轻。

周乔一路跑过来，陆悍骁张开双手接住她，"哎哟我天，小炮弹！"

"终于结束了！"周乔笑得如释重负。

陆悍骁的手在她背上抚了两下，评价说："再不结束，我姑娘就要瘦成排骨了。”

周乔抬眸，满眼轻松，“晚上带我去吃好吃的。”

陆悍骁挑眉，“行啊，明天带你去约会。”他正了正脸色，小声说：“你有没有发现？”

“什么？”

“边上情侣也有挺多对，我是男朋友里最帅的。”

周乔抿笑，也凑到他耳边，“也是最老的呀。”

“周乔！”陆悍骁炸了，哪儿痛往哪儿戳，不可饶恕。

“别生气。”周乔的手，从他的脖颈移到腰间，紧紧地箍住，“你太过分了。”

“我哪里过分了？”

眼见陆悍骁一脸郁闷和失落，周乔的唇似有似无地贴着他的脸颊，“你长出了我未来对象的样子，这还不过分？嗯？”

陆悍骁听后，捂住胸口，表情夸张，“心跳二百五，救命！”

就这样，周乔为之二次努力的考试，平平安安地落了幕。

晚上，齐阿姨展开毕生所学，弄了一桌满汉全席以表庆祝。

“乔乔吃个鸡腿儿。”齐阿姨忙不迭地布菜，“悍骁，这个鸡屁股肥而不腻，给你了。”

“为什么她有鸡腿，我只能吃屁股？”陆悍骁心好痛。

周乔含着笑，给他夹鸡翅，“你吃这个，这个肉也多。”

“不行不行！”齐阿姨赶紧阻止，“悍骁不可以吃鸡翅膀的呀，吃了就会飞走的！”

？

还有这种操作。

陆悍骁挨近了，对周乔挤眉弄眼，“听见没，你要是敢对我不好，我就吃两个鸡翅膀，飞到天上去。”

周乔云淡风轻地点了点头，“吃你的鸡屁股。”

“吃什么补什么。”陆悍骁眨眨眼，“我屁股已经很翘了，真的不需要了。”

周乔呛了口水，猛烈咳嗽。

“看把你高兴的，”陆悍骁边抚她的背边说道，“不就一个屁股嘛，我又不是不给你摸。”

周乔瞅着厨房，“小点儿声音，齐阿姨要出来了。”

“齐阿姨出来怎么了？她出来就不准我有屁股吗？”陆悍骁不开心，“别以为我不知道，你觊觎它很久了，怎么？敢想不敢摸啊！”

周乔夹起一块鸡胸肉堵住他的嘴，“吵！”

陆悍骁的注意点总是那么别致，他嚼了两下，真心实意地提意见：“下次，能不能换成别的胸给我吃啊？”

周乔听得脸红燥热，闭紧嘴巴不理他。

陆悍骁心情颇好地吃完饭，然后吹着口哨起身，“回卧室看片儿喽！”

他回房间没多久，周乔就收到他发来的微信。

“明天穿漂亮一点儿，男朋友带你约个会。”

后面还跟了一个颜文字表情，像极了小陆总纯情少年般的微笑。

第二天，周乔起了个早床，按着昨天搭配的衣服又挑选了一遍，最后选了件白色的呢子衣。她在镜子前照了又照，觉得不好看，换了身深色的，就在临近出门前，心里又纠结，索性换回原来的。

周乔揉了揉自己的脸，“淡定点儿，约个会而已。”

打开卧室门，陆悍骁正巧也出来。

“你……”周乔望着他一言难尽。

陆悍骁低头看了看，再抬头，“怎么？不好看啊？”

好不好看是其次，只是这寒冬腊月的，为什么要穿一套春装？

周乔皱眉问：“你不冷吗？”

陆悍骁酷酷地摇头，“超暖和。”

周乔压根不信，走过去捏了捏他的外套，“这是单层的，里面呢？天，里面你就穿了件薄衬衫？”

陆悍骁逞强道：“我阳气旺，不冷！”

周乔服了他，“你……”

“走吧走吧。”陆悍骁直接揽上她的肩膀，“哎？你咋就只注意到我的衣服，我的发型今天也有变化。”

“……”

干吗弄中分？

“我看杂志上的小鲜肉模特，都梳成这样，本来还想弄个复古眼镜凹下造型，后来想想还是算了。”

哎哟喂，我谢您嘞！

周乔看着他一身时髦装扮，心里明白得很，这真是三十岁的身体，却有一颗不服老的心哪。

三十岁不服老的男人，挑的约会地点也很童真——

游乐场。

“哇靠，看那个过山车，好刺激嗷！”陆悍骁一进园，就跟脱缰的野驹似的。

周乔抬头，看着远处高耸的设备，车上游人的尖叫声一浪高过一浪。

“那儿还有跳楼机！”陆悍骁感叹道，“这不是为我量身打造的吗？”

周乔觉得好笑，“你想跳，随时随地都可以呀。”

陆悍骁人老心不老，看样子是平日工作太多，难得有这么放松的时候。

“我们先从海盗船开始玩好不好？”陆悍骁自行拍板，“就这么决定了。”

周乔看着他兴致高昂，心情也变好，同意道：“行，你先去排队，我去买两瓶水。”

陆悍骁一八五的身高立在人群里，又一身骚包的春装新款，着实引人注目。

周乔很快回来，走到他身后。

陆悍骁背对着她，只觉得头上一压，就被戴上了个什么东西。

周乔踮起脚，“别动。”调整好位置后，“可以了。”

陆悍骁问：“是什么？”

“米奇耳朵。”周乔笑着说，“还会发光哦。”

她头上也戴了一个红色的，和陆悍骁的蓝色是情侣款。

陆悍骁晃了晃脑袋，拿出手机，搂住周乔说：“宝贝儿，看镜头。”

咔嚓。

男帅女美头挨着头，自拍都不带修图的。

陆悍骁嘚瑟地发到兄弟群：“天王巨星·Lu。”

陶星来回复得最快：“你让我心碎，你让我流泪，为什么要跟我抢饭碗？”

陈清禾一串惊叹号："骁儿，你还戴着猫耳朵呢？答应我，换身女仆装，302房间今晚不见不散。"

陆悍骁看着兄弟们的回复正笑呢。

突然收到一条提示——

"你已被群主移出群聊。"

"……"

贺燃臭不要脸！

两人玩完海盗船，又去玩过山车，陆悍骁有点后悔今天梳了个中分，毕竟一圈过山车下来，差点儿没吹成秃顶。

秃顶就算了，脚还发软。

周乔伸手搀着他，"怎么样？还能不能走？"

陆悍骁差点儿跪地上，"这什么破车啊，我要投诉，屎都快震出来了！"

周乔哭笑不得，"过山车不都这样吗？"

"那你为什么没事？"陆悍骁缓了好一会儿才能直立行走，指着前边的木牌，"那个是什么？"

"……"

不识字儿吗？那么大的"鬼屋"视而不见啊？

陆悍骁典型的好了伤疤忘记疼，风风火火地拖着周乔往前去，"古有武松上山打虎，今有悍骁下田捉妖。"

周乔拉住他，"里面挺吓人的，你确定要玩？"

"再吓人能有陈清禾吓人？他丑成那样我都不嫌弃。"

好吧，你开心就好。

十五分钟后——

鬼屋里传来惊天哭泣。

"救命啊！我要出去！吊死鬼，那里有只吊死鬼啊啊！"

周乔也要崩溃，"我手都被你勒疼了，陆悍骁！"

"抱紧我，抱着我，卧槽太害怕了！"

"早说了让你不要进来。"

周乔觉得，这一天下来，比她考研还累。玩到下午，陆悍骁已经神情呆滞，坐在长椅上，有风吹过，露出他饱满的额头，上面仿佛刻了四个字：怅然若失。

周乔双手环胸，站在他面前，“扑哧”一声笑了出来。

陆悍骁抱紧自己，天色渐淡，春装有点儿扛不住了。他吸了吸鼻子，可怜巴巴地望着她，“我好冷。”

周乔挑眉，“别怕，毕竟你是时髦男孩。”

“是吗？”陆悍骁自我怀疑，然后没忍住，两个人相视大笑。

周乔笑着笑着，朝他走近，对坐在长椅上的陆悍骁张开手，轻轻柔柔地将人搂进腰腹间。

冬日天淡得早，色彩变换极尽温柔。

许久之后，周乔低头，问怀里的人：“暖和些了吗？”

陆悍骁脑袋埋在她柔软的小腹上，跟棵蘑菇似的，摇头。

周乔捧着他的脸，陆悍骁被迫抬起，迎面而来的，是一个吻。女生特有的细腻触感，让人荷尔蒙飙升，周乔耐心缱绻，旁若无人，用心投入。

好像一天的约会，就为了等待这一个完整的句点。

从游乐场出来，两人吃过晚饭，有说有笑地回公寓。

车子开去停车场，下车后，陆悍骁从背后搂着周乔连体婴儿似的走路。

“你从哪儿买的这身衣服啊？还是牛仔布料。”周乔的下巴抵着他坚实的手臂，笑着问。

“牛仔衣服显得年轻，我怕走出去，别人说我是你叔叔。”

“陆叔叔好。”

“姑娘，你欠揍呢？”

你侬我侬，两人全然没注意到停车场里的动静。

一辆鲜红色的轿跑干脆利落地停入车位，中年女性边打电话边下车，一身黑色的长款呢子衣垂落脚踝，高跟靴细长，踩地时声音脆落。

徐晨君声音凌厉：“我不管他是谁的亲戚，明天退回人力资源部，物件损失从他工资里扣，这个月的扣不完，就扣下个月的！听清楚了，我们部门不养闲人！”

一通电话挂断，另一通紧接而来。

徐晨君迅速接听：“说。”

听了一会儿，她表情犀利，语气冷讽：“在谁手上出的事，就由谁负责。怎么负责？呵，你们建筑一队的，排成一行立正稍息，然后一人发把菜刀，按着顺序自己切腹！”

徐晨君眼神微眯，落向在等电梯的熟悉身影。

“今晚没弄干净，结算款一分钱也别想拿到。”简明扼要地掐断电话，徐晨君已经走到抱成一团的两人身后。

她抬手，看了看手腕上的表，语气相对刚才，已经是格外开恩了。

徐晨君说：“从我下车到现在已经两分三十秒，二位，松开歇歇气吧。”

周乔不明所以地回头，还没搞清楚状况，就听到陆悍骁意外又意外地吼嗓子——

“妈，你怎么过来了？！”

周乔是个机灵人，一听那声“妈”，她赶紧用胳膊肘推开陆悍骁，站得笔直，恭恭敬敬地打招呼：“伯母您好！”

徐晨君的目光较之刚才，已经是相当慈母光环了，她微微点头，“你好。”

陆悍骁还有点儿不乐意周乔撇开他，胸口被肘子顶得好疼。

“妈，你大晚上的过来，给我带鸡腿儿了吗？肚子好饿，没带的话，你带我去吃夜宵行不行？”

徐晨君最烦儿子没个正行，“都这么晚了，饮食不规律很伤胃。”

“我天呢，瞧您这话说的，简直是教授水平。”陆悍骁笑脸走上去，揽着她的肩膀进电梯，“皇太后大驾光临，您请进，哎！慢点儿慢点儿。”

只见他一溜烟扎进里头，俯腰作势要跪地去擦地板，“这儿有灰，千万别脏您鞋底。”

徐晨君到底没忍住，笑了起来：“臭小子。”

先把气氛弄活一点儿，这技能是陆悍骁最拿手的。

三人齐进电梯，周乔乖巧地站在他们身后，表面没什么，其实都快紧张死了。

陆悍骁的妈妈原来长这样啊，精明、漂亮，看起来很女强人。陆悍骁的容貌是继承了她的好基因，母子俩像是一个模子刻出来的。

“妈，您慢点儿，这有个门，您可别一头撞上去了，毕竟这门挺贵。”

徐晨君听到后半句，面容虽严肃，但眼里的笑意在放大，“三十岁的人了，还这么滑腔。”

陆悍骁一听，敲了敲门板，纠正道：“二十九，二十九！”

徐晨君皱眉偏开头，嫌弃地揉了揉耳朵，“嚷得我脑仁儿疼。”

陆悍骁拿出钥匙开门，“您头疼？那可千万别大意，我这儿有个偏方特别有用，不管是因为什么而引起的头疼，您只要吃点儿止痛药，头就不疼了。”

徐晨君：“……”

周乔小心地瞥了眼她的脸色，唉，比下午的鬼屋还要恐怖呢。

进门后，齐阿姨迎上来，惊喜道：“晨君来了，饿了吧？渴了吧？累了吧？我去给你做酒酿丸子，喝开水，喝可乐还是喝雪碧啊？”

徐晨君知道这位大姐姐的热心肠子，赶紧拦下，“齐姐你别忙活，我就来看看悍骁。”

周乔眼明手快，主动去厨房倒了杯正常的温水出来。

“伯母，您喝水。”

徐晨君端坐在沙发上，背脊挺得笔直，接过后喝了一口，才说：“谢谢小乔。你考研的事我听老爷子提起过，也怪我平日工作太忙，不然早该来看看你。悍骁我就不指望了，好在有齐姐帮忙照应，不然，我们就太对不住人了。”

一席话说得得体热络，周乔忙说：“伯母，是我打扰你们才对。”

徐晨君的目光落在她不自觉抠紧的手指上，一眼就挪开，然后不动声色地继续喝水。

陆悍骁回房间换了身斑点图案的家居服，走出来后，自然而然地就要往周乔身边坐。周乔防着呢，快他两步往沙发右边挪了一米，就像画了条“三八线”。

她让了个位置出来，“陆哥，你坐那儿。”

陆悍骁眉头微蹙，这么刻意地拉距离是几个意思？

徐晨君当没看见，之后的十五分钟，和儿子聊了些常规内容，最后再嘱咐他注意身体，便起身要走。

“我明天还要出差，就不久待了。”徐晨君拎起包挎在手腕处，又对周乔道，“有什么事情就跟悍骁说，在这儿安心住下。”

陆悍骁笑着送她下楼，边走边说：“有我在，肯定安心。”

随着两人走远，剩下的话周乔也没太听清，听到的最后一句是徐晨君对儿子说：“我看你是不安好心。”

周乔抠着手指越来越用力，这……伯母是知道了吗？

电梯里。

陆悍骁站在后边一点儿，伸手去摸徐晨君头上的发饰，“哟，水晶做的呢。”

“别碰。”徐晨君抬眼，问他，“这姑娘就是周乔？”

“对。”

“金小玉的女儿？”

“是啊。”

徐晨君不再说话，看着电梯屏幕的数字跳跃减少，终于平静发问：“你是什么想法？”

陆悍骁还是笑：“呵呵，您消息挺灵通啊。怎么知道的？占星术还是街边瞎子算命啊？”

徐晨君赏了他一记正宗白眼，提醒道：“你们今天是不是在游乐场？”

哦哦，原来是公共场合被熟人盯上了。

嘁，打小报告的没鸡鸡。

陆悍骁承认得大方，“我喜欢她啊，她也喜欢我，我们两情相悦天天愉悦，就差一匹野马，就能红尘做伴共赴美好明天了。”

徐晨君神情莫测，眉头比方才更深。但她仔细想了想，陆悍骁能用这种语气开玩笑一般，可能也不是当真的。加之徐晨君向来不喜欢管这些鸡毛蒜皮，于是就没再追问。

陆悍骁继续抠她头上的发饰，“妈，我觉得你披头散发的造型比较好看。”

徐晨君：“……”

自从生下这个儿子后，自己还能活到现在，也算自强不息了。

陆悍骁收手，环在胸前搭着，要笑不笑地看着母亲，“机会合适了，再正式介绍你们认识。”

徐晨君依旧只当是玩笑话，毕竟儿子不正经已是常态。

她说：“我对她妈妈的认识已经十分清楚。”

“哟，你俩还是老熟人呢。”这可好，两家知根知底，以后谈起来也简单不少。

陆悍骁沉浸在如意算盘里，压根没注意到徐晨君眼里淡淡的鄙意。

到了车库，送她上车，陆悍骁单手撑着车门框，弯腰挥手，“皇太后，慢点儿开啊，跟老陆说一声，周末回来陪他打麻将。”

徐晨君系好安全带，“厅里特别忙，你爸周末又得去北京开会。”

陆悍骁忙叮嘱：“让他给我带只烤鸭，馋死那个味儿了。”

徐晨君利索地将车门关上，油门“轰轰”飚了出去。

陆悍骁吃了一嘴尾气，呸了好几下，对着渐行渐远的车尾灯呼唤：“徐总，咱俩有必要去滴血验个亲！”

坐电梯上楼，陆悍骁刚出电梯呢，周乔就“唰”地一下拉开门。

陆悍骁吓了一跳，“哎哟，守株待兔啊？”

周乔眨巴眨巴眼睛望着他，凑上来围着他转悠，“伯母走了吗？她有没有说什么？有没有说到我？”

陆悍骁要笑不笑，故意不开口。

周乔急死了，抡着拳头直挥舞，“怎么了嘛？”

陆悍骁化作凶状，“刚才你为什么不和我坐？躲我躲得那么远。”

周乔说：“你妈妈在呢。”

陆悍骁说：“我妈妈在，你就躲我？”

周乔努努嘴，不说话。

“我生气了，你自己看着办。”陆悍骁扔下话，说走就走。

周乔情急之下，伸手就去抓他，胳膊没捞着，直接揪住了他衣领。惯性力使然，陆悍骁瞬间被勒成了吊死鬼。他吐出舌头，两眼上翻，喉咙被扯得干疼，公鸭嗓吼道：“周！乔！”

“完了完了。”周乔赶紧松手，趁他一阵猛烈咳嗽的间隙，默默地、迅速地溜进了卧室。

陆悍骁边咳边追，“花姑娘哪里跑！”

结果进门差点儿撞上齐阿姨。

齐阿姨正敷完面膜呢，一听可开心，谦虚地摸着脸说：“不敢当不敢当。”

“……”陆悍骁摸了摸自己发紧的喉结，呃，老宝贝您开心就好。

他去敲周乔的房门，边敲边听见齐阿姨在讲电话。

“我跟你说啊，刚才咱们家悍骁夸我是花姑娘呢哈哈哈，把我说得这么年轻哈哈哈。”

陆悍骁正一言难尽呢，房间门锁“咔嗒”一声轻响，周乔理亏地开了门。

他撞进去，再“嘭”的一声把门关紧。

周乔乖乖地对他伸出手，手里捏着一盒牛奶，讨好地说：“给，牛奶长个儿。”

陆悍骁接受了贿赂，吸管扎进去，咕噜咕噜地吸了起来。

周乔又补充：“牛奶还长脑子。”

听了这话，陆悍骁“噗”地一下，一嘴牛奶全吐了出来。

周乔躲闪不及被喷了一脸，目瞪口呆地立在原地。

陆悍骁看着她沾满奶渍的脸蛋儿，那牛奶白白的，在鼻尖上凝成一大颗垂垂欲滴，哇哦，看起来好坏坏嗷。

陆悍骁心脏“怦怦”跳，无辜地问：“需要我帮你舔干净吗？我可以的。”

周乔心跳二百五，举起双手往脸上胡乱一擦，“不需要了。”

陆悍骁按住她的手，将人拉入怀抱，沉声说：“我就想舔，怎么办？”

周乔一脸奶地看着他，两人都是长睫毛，这会子都能对刷上了。她咽了咽喉咙，轻轻闭上眼。

在等待着。

陆悍骁勾嘴，突然说了一句：“奶香味的周乔不是用来舔的。”

“嗯？”周乔没听明白。

陆悍骁用唇堵住她的嘴，“……是用来泡的。”

他用日常耍嘴皮，实践了一回什么叫作泡妞我有理。

这一晚与徐晨君的初次会面，由于没闹出什么幺蛾子，就这么被抛诸脑后，二人继续憧憬美好的未来了。

陆悍骁耍完周乔的嘴皮之后，美滋滋地说：“明天我会早点下班。”

周乔被吻得神魂颠倒，还没喘过气。

“晚上，你陪我去看演唱会。”

“啊？”周乔侧目，您一把年纪还追星呢。

“知道吧？我就喜欢她那个嗓音，高音能上天，低音能入海，明晚上你就知道了。”陆悍骁说，“以前都是我一个人，没人陪我去，VIP座位上全他丫是情侣一对对儿的。”

“……”

说重点。

“后来我就长了记性，买票的时候，把VIP位都买了，一个人包场。”陆悍骁得意极了，“我聪不聪明？”

周乔如实评价：“你钱挺多，人也挺傻的。”

“我一点儿都不傻。”陆悍骁反驳说，“我要是真的傻，怎么会追到你这么好的女朋友。”

周乔被强行塞了一颗糖，虽然有点尬，但是好甜哪。

陆悍骁趁她沉迷发愣之际，又突然伸手，指腹摩挲在她嘴唇上。

“我真是罪该万死，你都被我亲肿了。”

周乔只觉得浑身战栗，下意识地说：“那你下次，轻点儿。”

“哦。”陆悍骁应了声，然后迅速低下头，周乔措手不及，“你……你干吗？”

陆悍骁跳动的眼里，全是她的模样，他弯嘴笑，声音低。

“听你的话，这一次，我轻一点儿。”

周乔被迫接受了今晚的第二次人工呼吸，陆悍骁简直就是个吸气筒，非要把她榨干才住嘴。

周乔被他抵在书桌边，可以说，这个书桌见证了他俩耍流氓的所有直播画面。每次接吻，周乔到最后两分钟，都会受不住地抠紧桌角。眼见着，这个桌角的凹槽已经越来越深，刚好是周乔手指的形状。

陆悍骁倒是一点儿也不浪费，边吻边含糊地说：“留着它。等下个月你考试成绩出来，它还有别的作用。”

周乔别开头，喘着气问：“什么作用？”

陆悍骁抱着她的腰，用力一撑，周乔就坐上了桌面。陆悍骁压近，两人紧紧贴合。

陆悍骁的巨浪已经快收不住了，他条件反射般地扭了扭胯，隔着衣料蹭了蹭过干瘾。然后眼神纯真，一本正经地回答问题：“我们两个可以在上面……光着身子蹦迪啊……”

“同居”这么久，周乔对陆悍骁的嘴炮技能已经习以为常。每次她都一笑带过，但细微的感知从不骗人，自从她考研结束后，陆悍骁那颗蠢蠢欲动的心，似乎越来越显山露水了。

周乔怎么可能不知道。

陆悍骁自high了一会儿，下巴泄气地抵在她肩膀上，“太惨了，我真是太惨了。”

周乔抬起手揉了揉他后脑勺，“你跟我说实话，真的没谈过恋爱吗？”

“和女人看电影算不算？”陆悍骁想了想，坦白自己的心路历程。

“刚回国那会儿，亲朋好友时常张罗相亲宴，为了应付我也会挑着去见面，亲戚没坑我，介绍的都是一些条件不错的女人，出于礼貌，吃过饭一起看看电影，微信上聊了几次就不了了之，回头再一翻，对方把我删除好友了。”

陆悍骁松开她，也靠着书桌，开始忆苦思甜，“小时候我挺皮，老是惹事，我爷爷是典型的狼人教育，皮带都抽断过两根，动不动就把我关小黑屋不让吃饭，有个一块长大的女孩儿，每次都偷偷给我塞肉包子，心眼儿跟她人一样美。

“长大了她才告诉我，那包子都是她家撸撸不吃的。”

周乔问：“撸撸是谁？”

“她们家养的一只京巴犬。”陆悍骁越说越觉得自己惨，“能和我知根知底的异性，好像就她一个，但她用狗都不吃的肉包子喂我，实在是太败坏好感了。”

周乔笑着听他的童真事，顺口问：“那你们现在还有联系吗？”

“熟得很，你和她吃过饭的。”陆悍骁说，“后来，她就成了贺燃的老婆。”

周乔恍然大悟，“原来是简皙姐啊。”

陆悍骁掰着手指头，“二十四岁之前沉迷学习的海洋不可自拔，二十四岁之后为了事业而奋斗，大把时间全奉献给了酒桌。你说，就我这样的，找了女朋友，没时间陪，人家也会甩了我。”

其实青春十年也就眨眼的事，忙碌充斥着，压根无心其他。等到顺畅稳定，事业有成，时间开始属于自己时，周乔就出现了。

一切只是刚刚好。

说完自己的，陆悍骁侧头问：“好了，该轮到你坦白从宽了，我可警告你啊，别留着什么前男友的合照，被我发现，你就等着看我发疯吧。”

周乔笑意满眶地看向他，“哪儿有你说的这么夸张。”她低了低头，诚实道：“你是第一个。”

“哟吼，太巧。”陆悍骁站直了，跟抽刀剖腹似的迅速伸出右手，“我也是。第一次当初恋，请多多关照。”

周乔挑眉，手掌往他掌心一拍，陆悍骁趁机握紧，手指头挤进去，强行凹了个十指相扣的造型。

陆悍骁握着她举至胸口，然后轻轻撞了撞，轻轻说：“这儿，连着心。”

第二天两人约好去看演唱会。

陆悍骁说会早下班，没想到早到直接中午就回来了。吃过饭，他就撅着屁股在卧室里翻箱倒柜。

周乔走过去，看着满地的乱七八糟，捡起一个看了看，惊叹道：“你还有灯光牌呢？！”

一串他偶像的名字，字上用彩灯缠绕，正中间升起一颗大星星，按下开关，简直闪瞎人眼。

陆悍骁无所谓地说：“粉丝后援会每个人都有一套，还有贴纸，待会儿我给你贴几个到脸上。”

周乔一言难尽地对他伸出大拇指，“服气。”

陆悍骁把装备找齐，递给她一个塑料袋。

“这是什么？”

“情侣装啊。”

周乔才不相信，打开一看，“这是你们后援会的会服。”她当即拒绝，“我不穿，你和别人当情侣去吧。”

陆悍骁一听可着急，“好好好，你说穿什么就穿什么。”

周乔有点儿接受不了他这浩大的声势，于是道：“就穿正常点儿的衣服行吗？”

最后，两人终于着装正常地出门。但陆悍骁还是没舍得放弃他一袋子的应援装备。停好车，他扒下后视镜，开始往脸上贴花花。

因为偶像英文名有点儿像鱼，所以陆悍骁就贴了三条在左脸。

周乔一看，皱眉道：“这是……鲫鱼？”

“管他呢。”陆悍骁继续贴右脸，这下更壮阔了，直接往上头弄了两条鲨鱼。贴完还问，“这样子是不是比较有杀气？”

周乔“呵呵”两声，“杀气没看出来，傻气倒是挺多的。”

陆悍骁很自信，“没关系，等我绑上这个，整体效果就出来了。”

等等，您还有头绳儿呢！

陆悍骁扯出一条冰蓝色的绸带，往额头上绕了一圈，颇为熟练地在后脑勺打了个蝴蝶结，其实这种东西很常见，绸带上无非刻着支持偶像的口号。

只是，周乔费解，“为什么一定要选这个颜色？”

陆悍骁说：“因为这是偶像的幸运色啊。”

周乔握紧拳头，告诫自己一定要冷静，冷静。

她男朋友是个小公主，除了宠着他，还能怎样呢。

陆悍骁给自己搭了一身迷弟装扮，下车后，又从尾箱里拿出荧光棒分给周乔，“给，炒气氛用的。”

两人正准备凭票进场，陆悍骁接到了朵姐的电话。

“什么事儿啊？”

听了一会儿，他脸色变沉，“早就通知了我今天下午不在公司，现在又说有文件要签？”

朵姐战战兢兢地回答：“是政府部门紧急下发的，下班前就要反馈，陆总，我这也是没办法啊。”

陆悍骁劈头盖脸一顿嚷：“哪个部门！让它给我等着！”

朵姐“嗷呜”一声：“陆总，是您父亲的部门。”

“……”陆悍骁有气没处出，只得提出，“我这边走不开，你过来吧，我把地址发你微信上。”

朵姐连连答应，她本以为老板是去干正经事比如应酬什么的，结果一分钟后滑开微信，下巴都惊掉了，“天啊！老板还追星呢？”

A区贵宾座，七号位置。

朵姐突突突地赶到，由于人太多，她挤进去的时候差点变成朵朵饼。

“陆总，这儿，我在这儿呢！”朵姐抱着几本红头文件深情呼唤，走过去后一看陆悍骁脸上的鲫鱼鲨鱼草鱼，表情复杂了三秒钟，“呃，陆总，您今天的角色是……东海龙王吗？”

“龙王”高贵地伸出手，“文件呢？”

朵姐迅速进入工作状态，拧开笔帽，提醒道：“陆总，这上面不能用您的陆氏疯体，上头说了，必须得正楷。”

“要求一大堆，打麻将总爱赖账，下次再也别想在牌桌上装可怜。”陆悍骁嘀嘀咕咕，吐槽自己的老爹。

朵姐善意地微笑：“陆总，您嘴唇一张一合的样子，和您右脸的那条草鱼好像哦。”

陆悍骁细思极恐，赶紧闭上了美唇。

这沓文件全是一张张的纸，粗看没多少，真要签起来，还挺费事儿。

陆悍骁签了几十张，心情很烦躁，“怎么还有这么多啊！”

演唱会就要开始了！舞台上的灯光都变暗了！

朵姐赶紧提醒：“陆总，正楷，正楷。”

周围的观众全用手机拍照录视频，兴奋地发朋友圈直播演唱会进度，只有陆悍骁画风清奇，他蹲在地上，趴着座椅疯狂补签文件。就在最后一张签完时，朵姐也被保安逮住。

朵姐双手合十冲着保安大叔眨眼睛，“大哥，小妹这就走。”然后对陆悍骁愁眉苦脸，“陆总，我是从男厕所翻墙进来的，对了，这边洗手间坑位有点少，你一定要跑得够快才能占到位置！”

中国好秘书，非朵朵姐莫属。

保安们把她押出会场，世界终于安静了。

陆悍骁拿起荧光棒和拍掌道具，瞬间进入状态，他站起来，对着舞台又喊又叫：“你是鱼儿我是海，海洋哥哥不离不弃！”

一旁的周乔用手撑着头，别过脸，假装不认识行不行？

陆悍骁自编自演了十来句押韵口号，相当博人眼球，周乔扯了扯他的衣摆，“那个……她人还没上场呢。”

陆悍骁不好意思地坐下，“抱歉，心情比较激动。”

周乔心里不是滋味，冷漠脸地坐着。

陆悍骁靠近她，“咦？我家乔乔不对劲。”

“我姓周你姓陆，咱俩都不是谁家的。”

陆悍骁想了想，“这事儿好办，明天去趟民政局，什么问题都解决了。”

周乔抡起拳头打他，“好好看你的女神吧！”

陆悍骁凑到她脖颈间，使劲嗅了嗅，“一股八二年的老醋坛子味儿。”

周乔被逗笑：“神经病。”

陆悍骁不甘示弱，“那你就是神经病的老婆。”

周乔闭声，被老婆两个字弄得心跳二百五。

陆悍骁一把揽过她的肩，“这种醋有什么好吃的，我话就撂在这儿了，以后我家户口本上只能多两个人的名字。”

周乔下意识地问：“还有一个是谁？”问完之后才觉得要死了，竟然入了陆草包的语言陷阱。

陆悍骁得逞一般哈哈大笑，笑够了才贴着她的耳朵沉声说：“不记得孩子了？嗯？被你吃了？”

周乔脸红燥热，捂着胸口表情痛苦。

陆悍骁略紧张，“怎么了？”

周乔悠悠转过头，看着他说：“窒息了，需要人工呼吸才能活命。”

舞台上映射出的光亮，将陆悍骁的眼底衬出一片星光，他面色平静时，眼底便是温柔的银河，他一微笑，眼底就是璀璨的流星。

这一刻，流星飞入了周乔眼里，陆悍骁直接吻了过来，舌尖灵活地撬开她的舌头，轻声说：“我要做的不是人工呼吸，是……要你流氓啊。”

随着他的吻而来的，是漫天的欢呼声，同时，舞台上的光束骤然变亮，就像炸开的烟花。紧接着，女声动听缱绻，款款开唱。

台上的是偶像。

身边的姑娘，才是他的天后啊。

不过这偶像就像一碗鸡血，接下来的两小时，陆悍骁还是把毕生热情都奉献给了她。

周乔冷漠地看着他上蹿下跳，拉着横幅激动地嘶声狂吼，他脑门上的道具还会发光，关键是，灯泡还是激光型。周乔留意了舞台上，那位偶像已经好几次被灯光射中，眼睛被刺得睁不开。

陆悍骁捧着胸口，“我天，她在对我放电！”

“……”

救命，跳楼价甩卖粉丝。

周乔静坐在位置上，旁边有了陆悍骁，连好好听歌都是奢望。她索性放松自己，歌也不听了，全神贯注地观察她二十九岁还没成年的男朋友。

陆悍骁嗓门大，一个顶三，还时不时地冒出押韵口号，他一点儿也不装×做作，喜欢就说，从不藏着掖着。还有他偶尔的深沉镇定，总是能将自己的人生经验，用轻松自在、平等交流的语气分享出来。

周乔目光装的全是他，看他闹，看他笑，嘴角的弧度一直扬起。

有这样的一个人出现，生命都变得活泼鲜艳。

周乔拿出手机，拍了一张舞台的绚丽光影，然后发了个朋友圈——

“2016年冬夜，不看路人，不换爱人。”

演唱会结束后的交通宛若瘫痪。

哪怕陆悍骁把车停在最外边，开到马路上也费了半个小时。

为偶像献声两小时，陆悍骁的嗓子已经冒烟了，连吃十粒喉糖才舒服一些。中途他接了一个电话，公司出了点儿急事，得赶过去处理。

周乔从他说话间已经听出了个一二，忙说：“你把我放在路边，我自己坐公交回去。”

陆悍骁也没腻歪，确实要事突发，他说：“前面有直达公交，就在小区门口停，身上有零钱吗？”

周乔点点头，“有的，靠边吧，别耽误你。”

下车后，目送车子尾灯匿于夜市里，公交车正好也来了，周乔上车投币，包里手机在响。以为是陆草包，结果拿出一看——

陆奶奶。

周乔的心莫名颠了颠，她扶稳把手，接听，“陆奶奶您好。”

十五分钟后，公交车到站。

周乔一路快跑到小区门口，她四处张望，寻找老人家的身影。

“乔乔，我在这里。”熟悉的声音从背后响起。

周乔回头，陆老太正一脸笑地看着她，“看把你跑的，等急了吧？”

“没事。”周乔搀着她的胳膊，“陆奶奶，您怎么过来了？”

“亲戚送了只好土鸡，炖了一天，可香了，我就拿来给你尝尝。”

周乔赶紧道谢：“谢谢您牵挂，还要您跑一趟。”

“我纯当锻炼喽，而且我也好久没见着你。”陆老太仔细端详了她一番，“嗯，瘦了。哎呀，读书是最磨身体的，这回啊，你一定可以考上。”

绕过引路话题，周乔隐隐觉得，这才是老人家今天的重点。

她乖巧道：“陆奶奶，上楼坐吧。”

“不了不了。”陆老太摆摆手，耳垂上的金玉耳坠缓缓摇，她说，“今天也不冷，你陪我就在这花园坐坐吧。”

两人坐在长椅上，陆老太关心地问：“乔乔多久出成绩啊？”

“下个月。”周乔说。

“那也挺快。”陆老太话锋转了转，“在悍骁这儿住得还习惯吗？”

不等周乔回答，她又自顾自地叹息：“我们悍骁啊，大大咧咧不懂照顾人，当初是我们两个老头儿考虑不周，光顾着这里方便，离图书馆近。”

周乔手指抠紧，屏息等待。

“乔乔，你可不要生爷爷奶奶的气啊。”陆老太握着她的手，放在掌心拍了拍，“等考上了，还要准备面试，事情也挺多，乔乔，我想过了，再给你单独找个房子，就在学校边上。你一个人住也方便，没人打扰。”

周乔静了两秒，脑子里百转千回地转了几道弯，已经明白过来。

陆老太太这么明显地划开距离，旁敲侧击地提醒着她，是该从陆悍骁那儿搬出去了。

周乔抿了抿唇，低眼垂眸盯着自己的手，再抬起时，她笑得得体，“陆奶奶，谢谢你们的照顾，这段时间我也很打扰大家了，我也是这样想的，考完试就打算搬出来。”

陆老太面色有着些许难意，她把周乔的手握得更紧，“没关系啊，你要觉得还习惯，继续住也可以，我跟那臭小子说一下就行了。”

“不用了。”周乔斩钉截铁，面带微笑，“我本来就想一个人住。”

陆老太“唉”了一声：“好孩子，你是个好孩子。”

冬日的晴夜，是明净的。

周乔送走陆老太太后，她站在小区里仰头看了很久的天。

周乔低下头，揪着自己的衣服紧了又松，再抬头看天空时，为数不多的星星，已经找不到了。她在想，该怎么告诉陆悍骁，自己要搬走的这个决定。

陆悍骁公司下属的一间加工工厂，到货的零件不对版，为了这个事，陆悍骁上下衔接打通关系，忙了足足四天才完全解决。

解决后的第一件事，就是开事故分析会。

会议室，陆悍骁陷在皮椅里正低头点烟，火柴蓝幽的焰在烟头上一蹭便熄灭。陆悍骁不紧不慢地吸了两口，藐了眼在场的人，“一个个，头那么低，干什么？”

沉默了两秒，陆悍骁猛地一掌拍向桌面，“给我抬起来！”

这声巨响震得人身子一弹，陆悍骁把火柴盒丢到正中间，“两个亿的订单，四千万的利润，交工日期一星期后，白纸黑字的合同拿去打官司，违约金是你们出，还是我出？”

会议室里鸦雀无声。

陆悍骁的眼角“突突”微跳，是他动怒的标志。

“进口的零件走货轮进港，到了才说，模子不对？我养你们干什么？吃闲饭还是摆姿态？”

陆悍骁语气一声比一声重：“审计部，合同拟定的时候为什么不明确责任归属？供销部，现场监督验货，验去哪儿了？！”

其中一负责人头冒冷汗，战战兢兢地开口：“陆总，是我们失职，我愿意承担责任。”

“放心，少不了你。”陆悍骁冷眼冷言，半秒之后，交代秘书朵姐，“按公司规章制度，严肃处理。”

朵姐“唰唰”记下，“是，陆总。”

陆悍骁眼神示意，朵姐得令分发新的文件。

“我已与乙方初步达成统一意见，先从南部调货，二号港口进最近的仓库，再出错，你们一个个提头来见。”

众人背脊发凉，听到这话，终于松了口气。

陆悍骁率先起身离开会议室，朵姐紧跟而上，端了一杯柠檬水进办公室。

陆悍骁累了几天，此刻重重地靠着椅背，仰头看天花板。

朵姐把水杯轻轻放下，尽责提醒道："陆总，注意身体。"

陆悍骁保持原来的动作，极淡地应了一声："嗯。"

朵姐刚要退出，突然停住，她想到一件事，转过身说："对了陆总，前两天我看见周乔了。"

陆悍骁的神情终于鲜活几分，"在哪儿？"

"海伦小区。"

这个小区在复大附近，因为靠近学校，所以对外出租的房子特别多。

朵姐描述那天的场景，"我一个表妹在里面租了房，三室两厅，她想找一个合租的，正巧那天家庭聚会，吃完饭我送她过去，她说有人来看房子。"

陆悍骁的眉心已经紧成了一条竖着的缝。

朵姐点到即止，也没把握地说："可能周乔是路过的。"

陆悍骁听完，已经凌厉起身，拿起靠背上的呢子外套往外走。

公寓。

"乔乔，我出去买点儿鸡蛋。"齐阿姨出门前和她打招呼，"要不要吃什么水果呀？"

卧室里的周乔正在看电脑，听到后说："不用了，冰箱里还有苹果香蕉没吃完呢。"

"那好，想吃什么给我打电话。"齐阿姨说完就出门了。

周乔边看屏幕边记录，把一些筛选好的住房信息写到本子上。前两天看的海伦小区那家，位置还不错，就是租金贵了点儿。周乔打算再看两家，如果没有更合适的，贵就贵点儿吧。

翻了两页，周乔去洗手间。坐马桶上她还在盘算着租金，市面上一般都是押一付三，这就意味着需要准备一万块钱，金小玉走前给了她五千，加上以前存的，可能刚刚够。

老家关系好的高中同学，上个星期才告诉她一些消息，金小玉和周正安的离婚大战，已经成了轰动当地的新闻。

周乔打过几次电话给双方，但无一例外的，均显示号码不存在。

估计是官司战术需要，他们更换了电话，周乔自嘲地笑了笑，失联父母，留守儿童。

等她从洗手间出来，边走边低头用纸巾拭干手，走进卧室才抬头，这一抬不得了，吓得她连退三步。只见陆悍骁闲适地坐在书桌前，摸着鼠标看她的电脑。

这人什么时候回来的？

不是还没下班吗！

周乔咽了咽喉咙，心发虚地先说话："你回来了啊。"

陆悍骁没事人一样，偏头冲她笑了笑："今天提早回家陪你。"

周乔目光有意无意地看着电脑，边走过去边说："公司事情解决了吗？顺利吗？"

她的手放在笔记本屏幕上头，就要合盖。

"关什么？"陆悍骁按住她的手，声音平静道，"你在58同城上买东西啊？"

周乔下意识地点头，"啊，对。"

陆悍骁握着她的手，人也挪了个边，和她面对面。

一个坐着，一个站着，周乔虽然居高临下，但陆悍骁的眼神压迫感十足。

他笑着，再一次问："买东西？"

周乔已经觉得不对劲儿，刚要开口解释，陆悍骁"啪"的一声把鼠标往桌上一砸，"你要买衣服鞋子包，跟我说啊！上这破网站看什么看！"

周乔被吼得浑身一颤，脸色也不好看了，"你干什么啊？"

"我干什么？"陆悍骁摆出一张冷脸，"你给我干么？"

周乔反应过来，闭声沉脸，转身要走。

"站住。"陆悍骁拽住她的手腕，"把话给我说清楚，买东西？买什么？我现在就让商场送过来！"

"你神经病啊。"周乔扭动挣扎，他越箍越紧。

"你是不是想搬走？"陆悍骁在感情上不是个能藏事的主，他铁青着脸，"我问你是不是？"

周乔偃旗息鼓，冷静下来，沉默几秒之后，她承认："对，我要搬出去住了。"

"为什么？"陆悍骁的怒火最初源于她没有第一时间坦诚，这会儿她亲口认了，他也冷静了些许，问，“是不是我妈来找过你？”

周乔否认，“没有。”

陆悍骁直视她的眼睛，一动不动。周乔任他，自己也不躲。

他回想一番，徐晨君上周去法国，昨晚上还接了越洋电话，时间对不上，排除这个可能性。

排除他因，就更让人气愤了。

陆悍骁实在想不通，“住得好好的，为什么要搬走呢？”

周乔说：“当初我到这里来，就是为了考研。现在考试结束了，我……”

陆悍骁打断，“可是我跟你没有结束啊。”

周乔心狠狠一撞，她不动声色地低下头，假装冷静沉思。再然后，用做检讨一般的语气继续说：“你别生气了，其实仔细想一想，我没有缘由地住在你家里，你觉得合适么？”

陆悍骁不做多想地把手搭在她的肩膀上，“怎么不合适？你是担心我家里人知道吗？我早就想带你正式去见面，之前一直顾虑你考试，现在只要你一句话，我们马上出门。”

周乔当即拒绝，“不要。”

陆悍骁好不容易热起来的眼神，又冷了下去。

周乔缓了缓语气：“我成绩还没出来，就算考上了，还要面试，还有好多事情。我不想现在分心。”

除了这个理由，她还能怎么说？

那一晚，陆老太太冬夜亲自上门，送的鸡汤里，掺了苦口婆心的相劝。周乔不傻不蠢，陆老太的一番话已经清清楚楚地复刻了一层意思：

让她自己解决。

周乔是跟陆悍骁说，你奶奶找过我了，她不喜欢我，要我搬出去？且不说家人在陆悍骁心中的分量。就算他愿意为她翻脸，一定非要逼陆悍骁做这么俗气的选择吗？

周乔忍下难以抉择，先搬出去吧。同时她还心怀侥幸，搬出去不等于分手啊。

陆悍骁被她这个“考研没结束，不能分心”的理由，堵得哑口无言。刚在一起时没选择急于见父母，自己的初衷也是基于这点考虑。难受和复杂以及不得不给予认同的情绪，缠在他心里跟一团乱麻似的，搅得他苦不堪言。

陆悍骁烦躁地揉了把自己的头发，然后踹了一脚桌子，“不走可不可以啊！我们之前一直也住得好好的。”

周乔摇了摇头。

陆悍骁几近乞求，“我不吵你不闹你，回家动作轻一点儿，不看电视不放音乐也不说笑话了，这样也不行吗？”

周乔觉得自己快撑不住了，她抬起头，换上一副故作轻松的笑容：“你乖一点儿啦，搬出去我也是你女朋友呀。再说考上了，我也是要住去学校的。”

陆悍骁闷声：“考上了也可以不住学校的。”

周乔亲昵讨好地搂住他的腰，抬头去亲他胡楂微冒的下巴，撒娇道：“干什么啊？你想金屋藏娇啊？”

陆悍骁心软了几分，伸手回应她的拥抱，“我养得起你。”

“我知道。”周乔不否认，看着他说，“你是一个这么好的男人，我也想变得更好站在你身边。”

陆悍骁剧烈起伏的呼吸在她这句话的安抚里，已经平缓得差不多了。

他把脑袋垫在她的肩膀上，“你这是在哄我吗？”

周乔的手一下一下轻抚他微凸的背脊骨，“不是哄你，是宠你。”

陆悍骁觉得不够，执着道：“结了婚你也要宠我！”

周乔先答应：“好。”

“那我们现在去登记。”

“……”

“你不肯去！你骗我！”

陆悍骁觉得心结还是难平，找了个理由，气冲冲地出了门。

“我生气了，你自己看着办！”然后“嘭”的一声关门响，他躲进了卧室。

周乔蒙在原地，望着那傲娇的门板，她腮帮鼓了鼓气。

这位男朋友……安全感似乎很缺失啊。

接下来两天，陆悍骁单方面宣布了冷战。周乔和他说话，他扬眉抬下巴，“哼”的一声躲得远远。周乔喊他吃饭，他就拿起棉签夸张地掏耳朵，当没听见。周乔主动求和，等齐阿姨出门跳广场的时候，溜进他卧室亲亲抱抱，这个时刻，陆悍骁一般是不会抗拒的，等她献完殷勤，抱完亲完。他就跳到床上呈“大”字，闭眼打呼噜。

陆悍骁每天默念十遍：“就不跟你说话，气死你！”

而每天晚上，当周乔熟睡之后，他又贱兮兮地推开卧室门，从门缝里偷窥周乔气死了没。

没气死，第二天再接再厉。

这么幼稚的举动，周乔看得又想笑又心酸。

陆悍骁缺乏安全感的症状如此严重，用十六七岁男孩才使用的叛逆方式，去引起她的注意。周乔这两日也没闲着，又看了两户出租房，其中有一户还是男女合住，她也没再犹豫，最终敲定了海伦小区那一家。

这日下班，陆悍骁进门就看见周乔蹲在房间，地上放着一个敞开的大行李箱。

她已经开始收拾东西了。

这一刻，悲愤从脚底板开始火箭发射，直冲天灵盖。

陆悍骁丢下车钥匙，鞋都没换就撞了进去。

“我这几天在生气你看不出来吗！”他捶合上行李箱，吼道，“我不理你，不和你说话，你感觉不到吗？！”

听见动静的齐阿姨“突突突”地跑过来，“怎么了这是？”

陆悍骁怒声：“出去！”

齐阿姨被凶了，揪着自己一头黄卷毛“呜呜呜”地跑回了厨房。

周乔眉色平静，“你把手放开，我要把衣服放进去。”

陆悍骁坚持不松，凶悍地和她对视。

一秒。

两秒。

他眼眶就这么微微地红了。

周乔愣住。

“我不想你走。”陆悍骁哑着声，似求似怨，“你一走，就不会回来了。”

周乔心疼地搂住他的脖颈，让他的脑袋埋在自己胸口，“不会的。我不回你这儿，我还能去哪里？”

“我又老又闹腾还幼稚，你到外面会认识好多好看的、又会骗人的男生。”陆悍骁忧虑症犯了，“你还年轻，可我不行了，我花了二十九年才碰上一个喜欢的。你要是走了，我就出家当和尚！”

周乔轻轻笑了起来：“佛祖嫌你太吵，不想收你进门。”

陆悍骁趴在她怀里安静如鸡。

周乔抚摸他背的手没有停止动作，半晌，她说：“陆哥。”

怀里传来闷声：“嗯。”

“吃完饭，你能不能带我去江边走走？”

半小时后。

陆悍骁兴致缺缺地换衣服，周乔在卧室里捣鼓了一阵，收拾出一个小包拎出来。

她站在卧室门口，欲言又止好几次，最后还是走上前，小声地对陆悍骁说：“你要不要……带点儿换洗的衣服？”

乍一听没明白，他偏头，“嗯？”

“就是，等下要洗澡用的。”周乔声音更低了。

几秒之后，陆悍骁串在手指上的车钥匙落了地。他转过身，胸膛起伏加剧。

周乔用眼神无声地回应他的猜测。

是对的。

陆悍骁强装镇定，矜持高冷地下命令：“你先出去。”

等人一走，他立刻疯狂捶胸直蹦跳，双手握拳放唇边捂住嘴，激动地在卧室里转了五个圈，最后往床上一跳，骑在枕头上“驾驾驾”！驾完之后，陆悍骁拉开衣柜，他珍藏数年的几百条内裤终于有了用处。

丁字的、网状的、系带的，还有这种薄纱状的。陆悍骁选了又选，最后，脸红心跳地把一条纯白色的偷偷塞进了包里。

因为百度说过，白色的视觉显宽广。

出门前又揣了几盒安全套，陆悍骁调整呼吸，拉开门，又恢复了一脸高贵冷漠。

赏给脸早已熟透的周乔一个字：“走。”

这一路，两人全程沉默，只有越来越快的车速在彰显陆悍骁的紧张和迫不及待。

周乔打破尴尬，问了个更尴尬的问题：“要不要……先上美团订个酒店……”

陆悍骁怒火邪火欲火升腾，“团购？你把你男人当什么了！”

周乔识趣地闭了嘴。

上次那个八十八特价宾馆对他造成的心理伤害太大，这次，陆悍骁一通电话吩咐下去，超五星最好的套间早就安排妥当。

周乔几乎是被陆悍骁拖下车的。

“哎，你慢点儿，我手被你拽疼了。”

陆悍骁转过头，说：“再多嘴，我就抱你上去。”

贵宾电梯直达顶楼。

在电梯里，陆悍骁已经忍不住了，到了房间后，周乔的嘴唇已经肿高了一厘米。

“先……先洗澡。”她深呼吸。

陆悍骁点点头，做了个您请的动作。

我滴个乖乖，很绅士嘛。

周乔洗完换陆悍骁洗。二十分钟后——

坐在床边背对浴室的周乔，忽然发现房间里的灯，全灭了。随着“咔嗒”一声开关轻响，一盏精油灯柔柔亮起。

周乔回头。

朦胧的光氛里，陆悍骁的好身材完全奉献给她的眼睛。

肌理脉络清晰顺下，腹肌分格一块块很是明显，是名副其实的宽肩窄臀。

周乔的目光顺势往下，脑子一蒙。

陆悍骁深吸气，迈开脚步坚定地走过来。

“周乔。”他念及她的全名，然后语气一转，用讨好又撒娇的口吻介绍，“我穿的是……子弹内裤哦……”

第二天早上，晴耀冬日。

齐阿姨六点起床出门买菜，七点之前麻溜地做好三人份的早餐，再过十分钟，她如常地去敲门。

周乔和陆悍骁的卧室各自大门紧闭，周乔一向早起，今天也赖床了？

齐阿姨边想边敲，“乔乔，吃早饭了。”然后又走到一墙之隔的另一扇，“悍骁，上班要迟到了。”

半天都没一个回音，齐阿姨觉得有些奇怪，她又等了一会儿，想想觉得挺诡异，于是拧动门把往里推。

门被推开了。

里面整洁干净的床铺像新的一样，周乔房里的也是一样。

齐阿姨才反应过来，这两人昨晚竟然没回家？

她揪着自己一头的黄卷毛，“天，这进度条拉得有点儿快呢！”

对齐阿姨来说，进度条是快，而对酒店里的周乔而言，昨夜像极了蜗牛爬行——过得太慢了。

说实在的，陆悍骁并不像言情小说里科普的一样，男主必须一夜七次郎，他的第一次很简短。从开始到结束不超过十分钟。对于这一点儿，陆悍骁全怪自己经验不足，前戏做得太多，就好比，在一顿大餐之前，竟然先被甜食喂饱。

好在，陆悍骁的学习技能突飞猛进，偃旗息鼓半小时后，就开始掌握诀窍，变着花样地让彼此开心。

他是开心了，周乔却想哭。

回想一下昨夜的台词——

“好爽啊乔乔，我八块腹肌全部高潮了呢！

“周女士你好，您的腿能张得再宽一点儿吗？

“天太棒了就是这个feel！乔乔你看镜子里的我，像不像一个电动小狼狗？”

周乔被折腾得死去活来，然而她最想向百度提问的是：为什么我男朋友的呻吟声是“驾驾驾”？

直到凌晨四点，陆悍骁才软着腿儿去浴室洗澡。等他出来，周乔已经闭眼沉睡，怎么叫都叫不醒了。虽然他的腿也在颤抖，但还是接了热水，给他姑娘擦拭了一遍身体。

此时，陆悍骁心里的成就感冉冉升起。

收拾完一切，他反而睡不着了，点开兄弟群又开始往里头扔红包，且理由千奇百怪。

“陆悍骁好帅！

“陆悍骁有钱！

“陆悍骁年年十八岁！”

本以为深更半夜没人活跃，哪知贺燃眼明手快，红包都被他抢走了。

陆悍骁："燃燃，你是起来尿尿吗？"

贺燃："我刚那个完。"

陆悍骁："好巧哦，我也刚刚做完！"

静了几秒，贺燃一言难尽地回复："我是刚刚拉完屎。"

"靠，恶心。"陆悍骁就当红包喂了屎，他关掉手机，躺在床上，把周乔紧紧抱在怀里。闻着她身上浓郁的属于他的味道，陆悍骁满足地一声微叹："初恋初夜都给了我老婆，死而无憾。"

想到这儿，他大腿抬到她腰上，夹得紧紧，这才满意地闭上眼睛。

周乔比他先醒。

这酒店在顶楼，放眼四周也没什么高过它的建筑，所以窗帘只拉了一层薄纱。冬日的阳光温柔地缱绻在纱帘上。周乔醒来时有那么一瞬恍然，不知身处何处今夕何夕。

是身上各种跌打损伤式的疼痛把她拉回现实。

"咝……"周乔一动，大腿根像要裂开一样。

陆悍骁的睡品睡姿不太好，两米多宽的被子被他一个人裹了三四圈，如果不是帅气的睡相挽救，真的很像老年人。

周乔挣扎着下床去洗漱，习惯了一会儿，除了小腹有点儿抽筋似的疼，其余也还好。她换好衣服从洗手间出来，陆悍骁也醒了，背对着她坐在床上一动不动。

周乔走过去，"你要不要刷牙？"

陆悍骁回头看了一眼，又转回去，摇了摇。

"怎么了？"周乔扶着他的肩膀，近了细看才发现，他背上有好多被指甲抓的红印。

周乔脸庞发了热。

"你帮我把手机拿过来。"陆悍骁有点难以启齿，"我问问医生。"

周乔愣住，"医生？"

"不知道别人是不是也一样，痛。"

"……"周乔清咳两声，支吾道，"是你太发奋了。"她声音低进了嗓子眼。

怅然若失的陆悍骁眼神木讷，"是吗？"他低头看了看，"可是我忍不住啊。不行，还是要问问。”

周乔抢过他的手机，“要不要给你个广播喇叭啊？”这种事也大肆宣扬，服气。

陆悍骁委屈巴巴，“可是我痛哎。”

“你上网查查嘛。”周乔越说越脸红，“要不，拿点儿冰块敷一下。”

陆悍骁脑袋顶上亮起灯泡，“这个主意不错。”

他捞起内线直接打给前台，很快有人接听：“陆总，请吩咐。”

陆悍骁说：“给我拿点儿冰块上来。”

“好的，请问是放在饮品中的冰块，还是？”

“敷……”差点没刹住说出真相。陆悍骁正了正语气，“敷肩胛骨。”

冰块很快就送了上来，还贴心地配了两块方巾。

陆悍骁把冰块放进方巾里包成一团，然后伸给周乔，“你帮我。”

正在喝水的周乔一口喷出来，咳个不停。

陆悍骁哈哈大笑，食指微弯，在她的鼻梁上轻轻一刮，“你夺了我的身，还要伤我的心，太坏了吧。”

是你太不要脸了，失身的又不是你一个。

周乔拿起一块冰往他胸口按，陆悍骁眼明手快地抓住她手腕，再巧劲一拧，那冰块就到了他手上。

陆悍骁直接塞进嘴里含着，腮帮微鼓，就剩眼睛在笑。

周乔被他困在怀里，看他的脸越来越低，越低越近。陆悍骁吻了上来，舌尖一抵，把冰块送进了周乔嘴里。她被凉得本能后退，陆悍骁掐住她的腰不让，同时舌头更加深入，搅着她一起煽动。

这种感觉很奇妙。

冰火相融的矛盾感在身体里肆意，教会身体什么叫诚实。

周乔动了情，揽上陆悍骁的脖颈，主动迎吻。

少女，这样玩火是会出事的啊！

陆悍骁又尝到了人生初体验，来了一发响亮的起床炮。

只是这一炮的代价有点儿大，两个小时后，他人已经被送进了医院。

急诊。

“叫什么名字？”

“陆hx。”

“什么？”

“陆大王！”

“……”

“夫妻生活频率怎么样？”

“五次。”

医生笔尖一顿，抬起头，“？”

陆悍骁觉得这位白大褂的眼神有点欺负人，“本来就是五次啊，没有五次，我用得着进医院吗？”

急诊医生心里惊叹，一个月就是一百五十次啊。

陆悍骁才不会解释，他昨晚才过上吃肉的生活呢。

经过一些常规化验以及触诊，医生得出结论，“你这个就是用力过猛导致红肿疼痛，血象和尿检里没有发现异常，但为了防止发炎，我给你开一支芦荟胶涂抹，这几日饮食清淡，最重要的是，性生活要节制。”

陆悍骁说：“擦了芦荟胶就能马上不疼直立行走吗？医生，我可是被轮椅推进来的。”

医生开始写处方，那字体比陆氏疯体还癫狂。

“又不是灵芝，哪有这么快见效，轮椅先不收回，你可以继续坐。”

就这样，陆悍骁坐着轮椅进来，又坐着轮椅出去，主要他看的是男科，一路上引来不少非议目光。

周乔推着他，也是相当尴尬，把头埋得低低的。等电梯时，一个小孩儿好奇地跟妈妈说：“这个叔叔好可怜哦，还要他女儿推呢。”

陆悍骁听后毛都快爹了，两眼一翻，脑袋一仰。

人间多一点真爱不好吗？

到了车上，周乔才敢笑出声，调侃地喊他：“陆叔叔，您身体好点了吗？”

陆悍骁小心翼翼地挪动屁股，“你就气我。气死我，财产就都是你的了。叔叔怎么了？你昨晚还不是被叔叔……”

周乔起身就来捂他的嘴。

陆悍骁坚强地辩解：“水都还不让人说了！臭乔乔！”

正打闹，有人叩响车窗。

停车场执勤的保安大叔尽责地呼唤：“小伙子，你的车堵着后边的路了，麻烦尽快开走。”

“就走就走。”陆悍骁滑下车窗，笑着说，“我喝完水就走。”

副驾的周乔很想揍他，笑得那么淫荡，说得那么下流。

陆悍骁甩动反向盘，吹了一声响亮的口哨，“旧有英雄董存瑞舍身炸碉堡，今有帅哥陆悍骁为爱坐轮椅。真是千古佳话，人生传奇啊！”

周乔：“……”

一小时后回到公寓。

潜伏在家的齐阿姨，默默端上准备好的午饭。

枸杞炖鸡、枸杞炖排骨汤、枸杞榨汁，就连米饭上也点缀了几粒枸杞。

陆悍骁“哟呵”一声：“齐阿姨，您今天是和枸杞杠上了啊？”

齐阿姨眨了眨纯真的眼睛，露出一个你懂的微笑：“不是我的枸杞，是你的枸杞。”

枸杞补肾气。

陆悍骁下意识地捂紧自己的裤裆。那支芦荟膏还没擦完呢。

吃过饭，周乔一个人先进卧室，陆悍骁过了一会儿进来，发现她在收拾昨夜进行到一半的行李。

激昂澎湃的好回忆瞬间冷却到零度。

陆悍骁又变成了忧郁王子，单手插袋斜靠着门板，“睡了我就走，你安的什么心？”

周乔趴跪在箱子上，把内衣放进去，只笑了笑，没抬头。

陆悍骁不动声色地走过去，低眼看着她，靠近，再靠近。然后突然弯下腰，胯部往前一顶，“看招，老汉推车！”

周乔没做好准备，被他直接撞在了地上。

“哎！”她无奈地转过身，仰头看着他，“你幼稚不幼稚啊？”

一听，陆悍骁就撒性子了，“你看你，人都还没走呢！就开始嫌弃我了！”

“……”

您戏精大学毕业的高才生吧？

陆悍骁继续宣泄内心的不满："你就嫌我幼稚，以后碰到老男人，你肯定跟他走！"

周乔笑道："你就是老男人啊，我还能跟谁走？"

陆悍骁道："我就知道你在意我年纪大，看吧，逼出你的心里话了吧，你搬出去就是早有预谋。"

"闭嘴。"周乔突然提声，语气严肃，"不许再说话。"

陆悍骁赶紧抿唇，下巴翘上了天，"哼！"

周乔站起身，走向他，抬起右手往他肩膀上用力一推，逼着他往后退。

"你刚刚说的那些话有多伤我心，知不知道？嗯？"

陆悍骁边退边摇头，眼神微蒙。

周乔面色平静，推着他的肩，他往后，她就向前，气势如风起。

"我如果不喜欢你，为什么要答应你？我如果在意年龄，为什么不去找大学同学谈恋爱？"

直到退无可退，挨着了床边，周乔才停止脚步，用比刚才更大的力气，直接将陆悍骁推到了床上。

"陆哥。"周乔唤他的名字。

陆悍骁心都酥了。

他手肘撑着床，胸膛被迫抬起，周乔先是左脚跪向床面，然后是右脚，这个姿势，正好是虚坐在陆悍骁身上。

周乔俯下身，轻轻捏住了他的下巴，目光笔直垂落，坦坦荡荡地印在他眼里。

"如果我不喜欢你，为什么昨晚要给你？"最后这句，似烟如幻，周乔低头吻住他的唇，唇齿里全是一片赤诚真心，"以后，不许揣摩我，试探我，不许不信任我。再有下次……"

她抬起头，手不知何时已经覆在陆悍骁的命根子上。

"那就'咔嚓'为敬了。"

陆悍骁被半哄半恐吓，卧槽，这种感觉好刺激是怎么回事！难道自己有抖M倾向？心里一阵蜜糖似的甜，不管周乔语气如何凶悍，但带来的安全感和存在感，让陆悍骁十分受用。

他心里美滋滋地想，富椿路上有一家规模颇大的情趣用品店，是时候去办个会员折扣了。

周乔的一番言语，总算暂时安抚住陆悍骁。

与租户那边签订的入住时间从明天开始。陆悍骁送她去海伦小区的路上，依旧闷闷不乐。

“那个小区档次不高，什么人都有，你换一个吧。”

“那边都是学生老师，氛围还不错的。”

“物业也不是什么正规公司的，也不知道消防设施合不合格。”

“人家都是持证上岗，你别乱讲。”

“可是……”

“这位男朋友。”周乔转过头，“我们已经说好了呀。”

陆悍骁不情不愿地闭了嘴，嘀咕道：“才不是男朋友，从那一晚之后，我就是你老公了。”

他自作主张地宣告领土所有权，周乔忍不住笑了起来，伸手掐了掐他的俊脸，“谁家的男人啊，可爱到犯规了。哎呀，我更要努力，争取早日包养你。”

陆悍骁被哄了，心情好了那么一丁点儿，怪不好意思地说：“你只需日，不需要包养，毕竟我不缺钱呢。”

周乔笑出了声。

轻松气氛一直保持到下车。

陆悍骁从后备厢里拿出行李，“东西怎么这么少，不行，我晚上就带你去商场买买买。”

周乔搭把手，“够了，一个人用不上那么多。”

“女人的衣柜太空，就是男人的错。身为好看又有钱的我，是绝对不会犯这样的错误的。”陆悍骁左手推行李箱，右手拎袋子，“你把钥匙给我一把。”

“那不行，钥匙都在合租人那儿呢，我只有一把。”

等等。

合租人?

陆悍骁停住脚步，消化了半天，不可置信地问：“这房子你还是和别人合租的?”

周乔没觉得有什么，点点头，“对啊，这边租金好贵，再说了，两个人住也好有个照应。”

刚说完，小区门口就走来一个人。是个大长腿男生，五官讨喜，一笑，眼睛弯弯像初月。

陆悍骁警惕地看着他缓缓靠近，直到周乔热情地打招呼："Hi！"

我勒个去？

认识？

该不会就是那个合租的室友吧？

陆悍骁当场头皮一炸，丢了满手行李，撸起袖子上前就是一拳头。

"啊！"那位"月亮男孩"捂着下巴倒地，这手劲儿打过职业拳赛吧！

周乔惊叫，冲过去抱住又要动手的陆悍骁，"你干什么？！"

陆悍骁回头怒声："周乔！你跟一男的合租很刺激是吧？"

"他是我室友的男朋友！"周乔铁青着脸，撂下话就去跟"月亮男孩"道歉，"对不起，我男朋友误会了，我送你去医院。"

"月亮男孩"说："没事没事，你俩别吵架啊，你的boyfriend真是real威猛。"

蒙在原地的陆悍骁反应过来自己做错事了，赶紧上前，"对不起老弟，是我冲动了。"

周乔沉着脸，拂袖就走。

陆悍骁追上去，"乔乔，周乔，陆乔！"

MEMORY HOUSE

记忆坊文化

My man

他的乔姑娘

下

咬春饼 著

江苏凤凰文艺出版社
JIANGSU PHOENIX LITERATURE AND ART PUBLISHING, LTD

图书在版编目（CIP）数据

他的乔姑娘 ： 全2册 / 咬春饼著. -- 南京 ： 江苏凤凰文艺出版社, 2018.4
ISBN 978-7-5594-1706-0

Ⅰ. ①他… Ⅱ. ①咬… Ⅲ. ①长篇小说－中国－当代 Ⅳ. ①I247.5

中国版本图书馆CIP数据核字(2018)第049440号

书　　名	他的乔姑娘（全二册）
作　　者	咬春饼
选题策划	北京记忆坊文化
责任编辑	姚　丽
特约策划	绪　花
特约编辑	单诗杰　绪　花
责任监制	刘　巍　江伟明
封面绘图	三　乖
封面设计	80零·小贾
版式设计	段文婷
出版发行	江苏凤凰文艺出版社
出版社地址	南京市中央路165号，邮编：210009
出版社网址	http://www.jswenyi.com
印　　刷	环球东方（北京）印务有限公司
开　　本	880毫米×1230毫米　1/32
字　　数	531千字
印　　张	16
版　　次	2018年4月第1版，2021年4月第2次印刷
标准书号	ISBN 978-7-5594-1706-0
定　　价	56.00元（全二册）

影视版权抢订热线　010-57194853

目录
CONTENTS

第六章　给我点颜色 … 001

第七章　漫漫追乔路 … 073

第八章　窗外月圆圆 … 120

番　外　月光雪山 … 182

番　外　你是人间避风港 … 226

番　外　清甜 … 236

番　外　小小陆 … 247

My
man

他的乔姑娘

第六章
给我点颜色

My man

这应该算是周乔第一次正经生气。

从上午到晚上，陆悍骁已经被她冷冻了十个小时。任他敲门打电话发短信，周乔通通不回复。不分青红皂白地吃醋，这股子锐气，早就该杀杀了。

周乔的室友回了老家，下星期才回，所以托她男朋友来送钥匙。结果闹了这么一出乌龙，想想都觉得对不住人。

周乔收拾完全部行李，才不紧不慢地去看调成静音的手机。

好家伙。六十六个未接来电，八十八条微信消息，全部都是道歉和认错。

最新的一条是：

“今晚有百年难遇的冷空气过境，没关系你不用担心我，我穿了一件新款春装一点儿也不冷，在门口等着你开门。”

后面还跟了一串颜文字表情：“你还在抹芦荟膏的男朋友——千刀万剐的陆悍骁。”

陆蠢蛋。

周乔没忍住，还是对这枚蠢蛋软了心。

她走到门口，轻轻打开门。

一团庞然大物往里头倒，陆悍骁蹲靠着门，压根没想到她会开门。

“我错了！”陆悍骁快速立正，眼睛眨巴眨巴，双手合十真诚地道歉。

周乔双手环胸，面色冷静不说话。

嘤，老婆好凶哦。

陆悍骁可怜巴巴地从衣服口袋里摸出一个东西。

一张纸被他正儿八经地摊开，然后双手虔诚地奉上，“我就是个醋坛子，乔乔，你必须要给我点儿颜色瞧瞧了！”

不错，还挺有自知之明。

周乔垂眸落在纸页上——

！

什么玩意儿?

十几种不同颜色的彩笔，涂了一页纸?

陆悍骁低声下气地问：“你任选一种颜色，我一定好好瞧。求求你，别生气了……”

好一个“给我点儿颜色瞧瞧”。

老天爷听了想自杀。

周乔的高冷情绪瞬间被他摧了个稀巴烂，真不知道，这男人什么时候买的彩笔。

“笑了笑了。”陆悍骁一颗心落了地，一脚跟抽刀似的踏进门里，“我的腿，我的腿！”

周乔无奈地停住了关门的动作。

陆悍骁绽开一个讨好般的微笑，“你使劲儿压，只要能消气，这腿就送你了。”

周乔转过身，随他。

陆悍骁赶紧反手关上门，怕被轰走，还细心地将门反锁。

他站在玄关处，扫视一圈房间，装潢还算新，家具电器也还凑合。跟着周乔进卧室，陆悍骁终于皱眉，不满道：“怎么这么小？”

“一个人要多大的地方？”周乔在书桌前，把书一本本码放齐整。

“这床是一米五的吧？”陆悍骁目测了一下，不太高兴，“你就没考虑我吗？”

周乔动作顿住。

“我芦荟膏明天就擦完了。”陆悍骁小声嘀咕，“这么小的床怎么够啊。”

周乔挠了挠自己的耳垂，算了，还是哄着他吧。她放下手里的活，走过来看着他，“我是和别人合租的，当时签的协议上说明，最好不要带异性回家。”

陆悍骁眼睛闪闪发亮，“我就在这儿给你买一套房子，我们过二人世界行不行？”

“行了你别闹了。”周乔纯当玩笑，想了想又说，“当初怎么没发现，你这么黏人啊？”

陆悍骁却一把抱住她，“黏死你。”

周乔笑着待他怀里，“万能胶。”

陆悍骁抵着她的头发，“我已经跟你室友的男朋友道过歉了，还给他买了红花油。小伙子很善解人意，让我请他喝了一杯奶茶，还指定要薰衣草味儿的，他喝薰衣草，我喝草莓汁，喝完我们就成为了好朋友。走前他还说，有机会跟我学拳击。”

“……”

“我反思了一下午，认识到了自己的错误，你既然执意搬出来，那这必然只是个开始，以后还会有更多好看的臭男生围着你转。”

陆悍骁郑重其事地做出决定，“所以我决定从现在起，报个武术班，每周上两天课，争取以后一拳出手就把人打成十级残废。”

周乔只当他贫嘴，“行行行，祝你早日一统江湖，称霸武林。”

陆悍骁受到了爱的鼓励，心情倍儿爽，提议道：“东西收拾得差不多了，我们出去吃饭吧。”

“被你气饱了。”

陆悍骁立刻垂头丧气，“我真是个该死的陆悍骁。”

周乔被他磨得没了脾气，笑着说：“怎么个死法啊？”

一听，陆悍骁竟然迅速脱掉外套，以秒速往床上一躺呈“大”字，表情视死如归道：“来吧，用力，不用怜惜我。”

周乔扶着额头，微微叹气：“真是本性难改。”

最终，晚饭没约成功，周乔说她有点儿累想早些休息，陆悍骁只得孤苦伶仃地独自出门。

坐进车里，他双手枕着后脑勺，盯着车顶，越想越觉得没底。于是掏出手机，在兄弟群里号了一嗓子：“陆总不开心！”

很快……

陈清禾："撒花。"

陶星来："撒花花。"

这队形不和谐啊，陆悍骁问："我燃燃呢？算了先不管他，我跟你们港，我和周乔要开始异地恋了。"

陈清禾："啊？周乔去外地了？"

陆悍骁："嗯，去了海伦。"

陈清禾："海伦小区？这地儿和你公寓在一个区啊！异你个地的恋。"

陶星来："陆陆哥，我怜惜你，从你那儿走过去要花半小时，简直海角天涯人间惨剧！"

都是一帮没心肺的浑蛋。

陆悍骁觉得没人能体会到他的少男心，于是往群里丢了个红包，就关掉了手机。

众群友为了一个红包抢得头破血流，拆开一看。

一分钱。

啧，今天陆总很小气嘛。

周乔一搬走，齐阿姨自然是不会再留下了。周乔前脚刚走，她后脚打包也回了陆家。

第一夜，陆悍骁独坐在客厅里怅然若失。觉得自己像极了空巢老人。半夜醒来，他还跑到周乔待过的卧室，趴在她床上用力闻。

其实齐阿姨走之前，把床单被套全部换洗过，但陆悍骁觉得自己鼻子比狗鼻子还要灵，能嗅出哪怕一丝属于周乔的味道。

暂别带来的疏离，让他本就敏感的心更加没有安全感。

凌晨两点，陆悍骁握着手机划亮又按熄，手指在那串熟悉的电话号码上犹豫半天。

真的好想听听她的声音啊。

不敢打电话，就只能发短信以解相思。

"乔乔，这么晚我还没有睡，猜猜我在干吗？

"哈哈，猜不到吧。叫我一声老公我就告诉你。

"告诉你算了，我在日你的床哈哈哈意不意外？"

他一个人自high自演，一连串的信息发过去，每条间隔不超过五秒。

回应他的只有亮白的屏幕，在这黑夜像极了孤灯。

陆悍骁泄气地把头埋进枕头里，觉得自己简直心理有病。这恋爱谈得比十七岁还十七岁呢。再转念一想，算了，十七岁他也没谈过恋爱，这个比喻不实事求是。

“好烦啊。”陆悍骁在床上伸手蹬腿，猛烈翻滚。

手机“叮”声清脆时，他正裹着被子转了三四圈，又把自己弄成了墨西哥鸡肉卷。

陆悍骁抬眼看到屏幕跳出来的提示，竟然是周乔回复了！

“哎，手。”他疯狂扭动，奈何双手都卷在被毯里一时出不来。

“啊！”陆悍骁蛮劲儿地将被子差点儿撕破，终于解放双手，火急火燎地捞起手机。周乔的信息很简短，两个字：“开门。”

开门？

开门！

陆悍骁反应过来，直接跳下床，光着脚跑去门边。

把门拉开，门外站着的，竟真的是周乔。

陆悍骁不敢相信自己的眼睛，傻啦吧唧地伸出手，小心翼翼地往她鼻间轻探，“真是活的啊。”

周乔挥开他的手，哭笑不得，“不然还是死的啊？”

陆悍骁看着她，眨了眨眼睛，然后一把将人打横抱起，“就知道你也舍不得我！”

“哎哎哎，慢点儿。”周乔害怕地搂住他的脖颈，娇嗔道，“谁舍不得你了，我怕你一个人……”

“怕我一个人怎么？”陆悍骁低下头，似笑非笑地问。

周乔捏了捏他的鼻子，“怕你踢被子。”

陆悍骁迫不及待地低头吻上去，周乔偏头不让，笑眼弯弯：“芦荟膏擦完了？”

“啧啧啧。”陆悍骁又开始飙演技，“周乔同学，你是不是误会了。”

？

“我只是想接个吻，没想做别的。”陆悍骁一本正经地蹙眉，忍住没有笑场。

这回换周乔无地自容了，她拽紧他的后衣领，红着脸抿唇。

“不过，”陆悍骁声音突然放沉，贴着她的耳垂轻轻舔，“你想要，我还是可以给的。”

周乔浑身颤起鸡皮疙瘩，想反驳却偏偏失了言语，她索性诚实到底，抬头张嘴，含情脉脉地咬住了陆悍骁的下巴。

“嘶……”陆悍骁一个激灵，脚底板都发了麻。

周乔故意用舌尖抵了抵，轻哼：“今天你是……水蜜桃味儿的。”

“我换了剃须水。”陆悍骁抱着她往卧室去，然后不算温柔地将人抛在床上。

周乔像艘船，被软绵的床垫震得微微起伏，陆悍骁压了上来，手往上面一覆，“真正的水蜜桃，在这里。”

不同于上一次，今夜的陆悍骁格外温柔，男人对两性似乎有着天生的技能，只需开个窍便能如鱼得水。最后两人气喘吁吁各自欢喜时，陆悍骁满背的汗水，证明似的指着床头的电子钟，“五十三分钟二十秒，老公是不是很棒。”

“……”周乔一言难尽地看着他，“掐得这么准，干什么，你要按时收费吗？”

陆悍骁低低笑了起来：“那你愿意出多少？”

周乔假意沉思，情欲疼爱过后，眸子像是月光浸润过的水滴。她没说话，而是伸出手，五指张开。

陆悍骁看着她的手指，“五毛？”

周乔手指一变，只剩两根。

再接着，完全收拢，成了一个温柔的拳头。

她仰头，对他笑：“五二零啊，一分钱都不能再多啦。”

陆悍骁被哄得通体舒畅，恨不得将她揉进骨血里，“你呢，为什么突然过来了？”

周乔换了个姿势，趴在他胸口，听了一会儿心跳声，把自己的频率变得和他一样。

很悦耳。

“因为想你想得睡不着。”周乔突然开口，语气似娇似怨。

陆悍骁翻身把她压身下，钳在她身侧的手臂在微微发抖。

“周乔。”

“嗯？”

“我们去登记，好不好？”

安静得只剩呼吸声。

半晌，周乔才微微叹气：“结婚很麻烦的吧？”

“不麻烦。房子车子票子酒席婚礼全都交给我，你只需要出一样东西。”

“什么？”

“把你的名字给我放户口本里。”

陆悍骁的语气比方才急切，急着表真心，急着证明他所说不假。周乔却很平静，目光从渗着暗亮的窗户移到了床头。

“我说的麻烦，是家里。”

陆悍骁明白过来，“家怎么了？你家还是我家？你家的话，我一定交出一份让你爸妈无话可说的聘礼。我家的话就更不用担心了，你这么乖，他们肯定都喜欢。”

周乔听后没说话，只在心里暗暗自嘲了一声，是吗？

后来的聊天内容云里雾里，被瞌睡终结。

第二天醒来，周乔发现陆悍骁还躺在床上。

“起床啊，上班要迟到了。”

陆悍骁翻了个边，“嗯”了一声：“老板给自己放个假不可以啊。”

周乔一想也对，没啥毛病，于是换个说辞：“你这样昏君不早朝，赚钱不积极。”

“吵死了。”陆悍骁又翻回来，大腿一抬，再放在周乔腰上，直接把她给夹得不能动弹。

“谁说我赚钱不积极了？我昨天晚上，可是和你谈了几十个亿的生意呢。”

周乔乍一听没明白，“几十亿？”

“呵。”陆悍骁睁开睡眼，惺忪的模样像个赖床的少年，“怎么，想不认账？”

他指了指地板，“都在保险套里呢，你去数数？”

周乔反应过来，被哽得说不出话。

陆悍骁笑得更开心：“下次别关保险柜了，直接送给你，行吗？”

周乔拎起枕头捂住他的头，“我觉得你还是睡到天荒地老比较好！”

就这样，彼此适应了分离的生活，陆悍骁总算恢复了点儿正常理智。周乔这边也一切顺利，唯一的插曲，就是她的合租伙伴，在她搬进来的第三天，电话告知，她需要去外地做一个长期项目，小半年不会回来。

也就是说，这套房子由周乔一个人居住，但是租金对方照常分摊。

或许这是一个好的预兆，一直延伸至次年二月中旬，到了研考公布成绩的时间。

周乔的分数不仅过线，而且笔试成绩在同专业里问鼎第一。

陆悍骁知道后，一点儿也不惊讶，用语重心长的老头语气说："我早说过你能考上，我的女人我当然了解啊。"

他是周乔第一个分享好消息的人。周乔在电话里，笑声藏不住，真心实意地说了声："陆哥，谢谢你。"

当她经历过一次失败，并且以一个不算光彩的开始与他遇见。从欢喜冤家变成亲密爱人，他用自己特立独行的方式，无形之中开导她，带动她，让她知道，这个世界，有人一直看着她，相信她。

他是周乔不算平顺的人生里，最为顺利的一个环节。

抛去相爱成分，人当感激。

这些长篇大论不需要说出口，浓缩在"谢谢你"这三个字中，陆悍骁怎么会不懂。

此刻的他，坐在公司会议室里，高管要职塞满座位，鸦雀无声。大家齐齐注目两分钟前，因一通电话暂停会议的大Boss，此时正笑脸如春风，语气宠溺地握着手机，说："我说过你能考上，你一定能，我也说过，你有当宠妃的命。你瞧瞧，我哪一句骗过你？"

精明干练年薪三十万的秘书朵姐，此刻真的很想星星眼地问一句——

"陆总，既然您这么半仙，能不能帮我也算算命，看我什么时候能嫁给王俊凯。"

周乔的目标导师早已选好，就是那位也带过陆悍骁的李老头。

李老头的资源十分优厚，名声在外，想跟他的学生不计其数，周乔以专业分第一的成绩，扎实过硬地通过了复试，真真正正地尘埃落定。

当然，陆悍骁是高兴的。但他的忧伤大过开心，一想到周乔即将重回校园，他爱脑补吃飞醋的老毛病就又犯了。

送她去报到的第一天，在车上，陆悍骁心有余悸怕被周乔diss，于是只敢拐着弯儿地叮咛嘱咐："虽然这个大学还不错，但因人而异，老鼠屎什么地方都会有，你还是个孩子，社会经验缺乏，识人有误，别以为他人伸手抛出的都是橄榄枝，很大可能是食人花。"

周乔眉眼平静，抓住重点纠正道："我们两个，你可能比较像个孩子。"

陆悍骁憋气，不高兴了，"毕竟我比你多吃七年米饭，你能不能把我的话听进去啊。"

周乔心知肚明，故意冷他，"哦。"

"哦什么哦？"陆悍骁提高语气，"你想口我，晚上洗干净躺平给你就是了。"

"……"

车子已经驶入校门，从林荫大道蜿蜒而上。

陆悍骁滑下车窗，随手一指，"别看那个打篮球的小伙子长得又高又壮，你认真仔细地想一想，这大白天的，一个学生不在教室学习，跑出来打篮球干什么？"

他双手重重一拍方向盘，"我看就是居心叵测！男狐狸精出来勾搭小姑娘的！"

"……"

呵呵呵，万一是来勾搭小青年的呢。

周乔双手环搭着，静静欣赏陆悍骁的表演。

"还有那个踢足球的，卧槽，春天刚来，他就忍不住露胳膊露大腿，干什么啊？暴露狂啊？"

周乔忍不住提醒："踢球赛不穿比赛服，难不成穿西装皮鞋吗？"

"我穿西装皮鞋都踢得比他好。"车子越往前开，路上的小鲜肉越多，陆悍骁的危机感快爆表了。

"前面靠边停车吧。"周乔说。

"凭什么？我就不停。"

"那有路障，你开得过去吗？"

"……"陆悍骁嘴硬，"我下车把它搬走，轰轰烈烈开进教学楼。"

周乔"唉"的一声叹气，趁陆悍骁还在聒噪如蝉鸣的时候，倾身过去，在他脸上重重亲了一口。

就像一个开关瞬间起作用。

陆悍骁闭了嘴。

周乔无奈地问："够了吗？"

陆悍骁还没摇头呢，她又主动贴上他的嘴唇，舌尖霸道地抵进去，缠绵了足足半分钟才松开。

"这样够不够？"

陆悍骁舔了舔嘴唇，不情不愿地"嗯"了一声："下车吧。"

周乔看着他一脸痴呆的表情，觉得好笑，伸手摸了摸他的耳朵、喉结，最后停在他胸口的位置，耐心地哄劝："吻是你的，这儿，也是你的。"

陆悍骁吸了吸鼻子，总算满了意。

"好了，时间快到了，我进去报到了。"周乔推开车门，刚下车，就有师兄迎了上来。

师兄和篮球场、足球场上的男妖精一样，全是大长腿。

他热情洋溢地打招呼："你好！请问你是哪个专业的？"

周乔礼貌地回答。

迎新师兄道："哦！你也是李教授的学生啊！那可巧了，我比你高一年级，以后我们可以在一个实验室见面了！"

一段正常的师兄妹寒暄词，却硬生生地被路虎车里的陆悍骁，听出了个奸情出来。背对车子的周乔，完全没发觉，他已经黑着一张脸悄无声息地下了车。

陆悍骁冷眼睥睨这位男生，师兄？呵，胸还没我大，好意思当师兄？

陆悍骁打定了主意。他高贵冷淡地扶上车门，然后重重一关，"啪"声巨响的同时，他痛苦尖叫："嗷！我的手！"

周乔回头吓了一跳，"怎么了？！"

陆悍骁弯腰俯背，死死握住自己的右手，一脸冷汗强颜欢笑："没，我没事，你快去跟师兄报到，我的手被车门夹了不要紧……"

热心肠的师兄赶紧过来慰问："叔叔，您还好吗？医务室就在食堂那边，您腿脚不方便的话，我可以背您过去！"

陆悍骁皮笑肉不笑地记住了他的每一个用词，任他扶着，直到走远了一点儿，才用周乔听不到的声音，毛骨悚然地威胁师兄："离我女朋友远一点儿，不然，我喂你吃鹤顶红！"

不明所以的周乔十分纳闷。

怎么上一秒还拿着好人卡的师兄，这会子连滚带爬，跑得比龙卷风还快了？

陆悍骁这一次比较机智。上回误认室友揍了别人，被周乔嫌弃了很久，这次他凭本事打自己，总无话可说了吧。

陆悍骁看着师兄被吓跑的背影沾沾自喜，周乔一转过身，他立刻变身影帝，又是吹手又是皱眉。

周乔心急之下语气难免上冲："多大的人了，做事情还是这么马虎，关个车门看把你能耐的！"

陆悍骁还是慈父眼神，"你快上去跟李老头报到，我没关系，待会儿自己去医院接个骨头就行了。"

周乔要来看他的手，"别乱动，我看看。"

陆悍骁把手捂得紧紧，"你又不是医生，快去忙你的。"

周乔定心一想，微微蹙眉。

糟糕。眼见对方起疑，陆悍骁开始实施撤退计划。

"对不起，报到第一天也不能陪你上楼，我真是该死的陆悍骁。但我的手疼得实在太厉害了，啊，好疼啊。"

他拉开车门，颤颤巍巍地坐上去，"乔乔，麻烦帮我关下门。"

周乔看着他，脸上虽然带着笑，但那眼神分明写着"请你继续表演"。过了几秒，她还是顺从地帮他关上车门，"看完医生告诉我情况。"

陆悍骁乖乖地点头，"那少不了你，我残废了还要赖你照顾一辈子呢。"

周乔脸上的讥诮连笑容都包不住了。

陆悍骁心虚地单手转动方向盘，一句"拜拜"都不说。

直到尾灯消失在转角，周乔才微微叹了口气，叹气不够，还摇了摇头。

拥有一个能吃醋能撒娇能演戏的男朋友是种什么感觉？

大概就是，上一秒能笑哈哈，下一秒又能被气得牙痒痒吧。

周乔敛了敛神，往教学楼走去。

昨晚教授给她发了邮件，通知今天到六楼模拟实验室见面。地方很好找，周乔敲门得到回应后，她轻轻推门迈进去。

空调的温度适宜，微风送暖，和室外的温差感并不特别明显。这个模拟实验室是李教授专用，现下正是师兄师姐在里头忙碌。

周乔刚走过一小节绿植隔开的走道，就听见李教授的声音——

“如果哪家公司的经济活动运行分析材料是你做的，我要是老板，我一定把你的名字写在孔明灯上——送你上西天。”

“……”

很犀利的小老头啊。

他又换了个对象批评，这次是个女学生，语气稍显温和一点儿。

“齐果啊，你身为项目组长没什么大错误，可能就是拔牙的时候，伤了脑子导致失忆。不然怎么会忘记公允价值变动损益呢？”

这李老头的骂人风格，倒和陆悍骁有点儿神似。陆悍骁不愧曾是李老头的得意门生。

周乔定神，毕恭毕敬地喊道：“李教授您好。”

闻声回头，他点点头，“好，过来。”

等周乔靠近，李教授对在场的人说：“介绍一下，这是新生周乔，以后就是你们的师妹。李迪、张洋，你们两个把哈喇子擦一下。”

气氛哄然，笑声友好。

李教授依旧冷眼冷言：“记住名字就行了，电话微信什么的……下了课再要吧。”

一番话说得，不仅没了刚才的严肃，反而让大家轻松自然地靠近。

周乔大方地进行了自我介绍：“你们好，我叫周乔，以后多有麻烦之处，还请各位前辈多多指教。”

李迪率先伸手，“师妹好。”

张洋说：“看见美女，你动作比谁都快。”

李迪笑着说：“不是我快，是你太慢了。”

“别听他们的。”其中唯一的女生走向前，她个高体匀，英姿飒爽，“周乔你好，我叫齐果，以后有需要帮助的地方，欢迎来找我。”

说罢，她凑近，在周乔耳朵边小声说：“他们两个就算了，小师妹太漂亮，微信号要藏好。”

这是女生独有的亲近本能。

她新的校园生活，美好而活力地开了场。

上午时间过得很快，李教授让她旁观教学，初体验他的教学模式。

两个小时听下来，周乔得出结论，李教授很凶。同时她也在想，这么严谨的人，陆悍骁能和他亦师亦友多年，也真是不可思议。

中午饭，大家一块去食堂。

齐果很是热心，“周乔，待会儿你刷我的饭卡，你的肯定还没办下来吧？”

“谢谢，昨天我把这些都办好了。”

走前排的李迪唉声叹气：“哎呀，又少了一个献殷勤的机会。”

和他并肩的张洋安慰道：“没关系，今天只是少一个机会，明天还会少第二个、第三个。”

李迪飞起就是一脚，“去你的。”

齐果大姐大一般，恨铁不成钢的语气：“你们两个真是的，也不在师妹面前树立好榜样。”

闻言，李迪豪迈地拍拍胸脯，“没问题，中午饭我请，饭卡随便刷，刷多少都成！”

张洋冷飕飕地补刀，“咱们学校的饭卡，一次消费最高限额五十块，多刷就要去解锁才能用。”

周乔忍俊不禁。

这些同龄人开朗自信、和气友善，投入学习中时，态度一丝不苟、严谨认真，像极了夏日绚烂绽放的花。

第一顿午饭，李迪和张洋十分绅士风度地请客，而且点的单独小炒。

当然，大家还是互加了微信。齐果还给了周乔一个群，“这是我们的小分队，欢迎你加入。”

周乔识别二维码加进去，一看，里面就他们几个人。

“看这里。”这时，一道男声传来。

刚离座的张洋很快又坐了回来，“我让人帮我们拍个合照，欢迎师妹！”

好心路人拿着手机倒数，“3、2、1！”

风卷残云的桌面，笑脸如花的男生女生，每一帧都青春逼人。

张洋把照片发到群里，周乔保存到手机，开心地将照片发至朋友圈里——

“新生活，新伙伴。”

后面还跟了一个大大的笑脸。

周乔甚少发动态，所以点赞留言数上升得很快，都是初中高中大学的同学。有问候的，有祝福的，还有夸她越来越漂亮的。但，城市的另一边，某个人要爹毛了。

刚散会的陆悍骁，回到办公室顺手看了眼微信，结果刷到了周乔更新的动态。

他把那张照片放大，目光盯在那两名男同学身上，表情要吃人。这是从哪儿冒出来的？第一天就认识这么多男生？还一块吃饭，吃的什么破饭啊！陆悍骁一看周乔还笑得那么灿烂，跟他在一起时这种笑容都很少有！

陆悍骁自己生了一会儿闷气，气得他鼻涕都要流出来了。都赖周乔，本来他早上就有点儿感冒的症状。

“不行，要冷静。”陆悍骁逼着自己镇定，深呼吸，长吐气，告诉自己要淡定，校园生活多美丽，瞎思乱想可不行。

陆悍骁拉开抽屉，点了根口感更烈的雪茄，他抽了两口，越抽越烦躁，终于按捺不住地给周乔打去电话。

对方竟然没有接。

“擦！”陆悍骁差点把肾7给砸了。

就像一个燃点，又让他体内的幼稚鬼出洞。陆悍骁开起了夺命追魂call模式。打到第五遍的时候，终于——

“喂？出什么事了？”周乔接听了，语气急急地问。

一听她的声音，陆悍骁觉得又生气又委屈，语气带刺：“怎么，你盼着我出事啊？就算真出事，打你电话这么多遍都不接，我早死了！”

周乔皱眉，“怎么了啊你？我看你未接来电好多个，难道不是急事儿吗？”

陆悍骁道：“你也知道我打了这么多个电话啊，是不是和师兄师弟吃大餐吃得太投入。啊？！”

安静数秒之后。

周乔才平静说道：“我刚才去上洗手间，手机放桌上没有带。”

然而，这个解释不仅没能让陆悍骁内疚，反而让他心头缠绕出更加无以名状的憋屈感。

“你还发了朋友圈，一张照片！”

“我发照片怎么了？师兄师姐热情待我，我连张照片都不能发？”

“第一次见师兄你就发照片，那我当了你这么久男朋友，你一次都不发！”

“意义一样吗？新生活开始，美好留恋一下不可以？我大一入学那天也发了朋友圈呢。”

“好好好，我明白了，你上个学叫开始新生活，我和你在一起，你压根没觉得是新生活吧？”陆悍骁越说越气愤，“那我俩过性生活的时候，你为什么不发朋友圈！”

“你冷静一点儿可不可以？”周乔嘴里发苦，语气都打战了，实在不知道又哪里惹火了这位祖宗。她不想两人为了这种琐事起争执，只好放缓态度耐心哄劝：“你和别人能一样吗？”

显然，陆悍骁没领会到女朋友的辛苦用意，反而更来劲儿了，“别人值得你公开炫耀，我就不可以，呵，当然不一样。”

周乔的忍耐堆积成一团，终于变成一块硬石头，她懒得废话，直接掐断了电话。

听到“嘟嘟嘟”的断线音，陆悍骁蒙了几秒，“喂？喂喂喂？！”

反应过来后，他抓起办公桌上的一尊细花瓶就给砸了出去。花瓶弹到墙上，“噼里啪啦”碎成四瓣英勇就义。

听到动静的朵姐蹬着高跟鞋跑进来，“出什么事了陆总！”

推门一看，“我的天，这是上个月拍到的青玉花瓶，我和Lily那个小娘们儿对干，好不容易竞拍到的啊！”

陆悍骁黑着一张脸，“出去出去，给我滚出去！”

竟然敢挂他电话。

自己做错了事情，凭什么挂他电话。

陆悍骁一想到自己，凭本事帅气多金了这么多年，事业上人人对他毕恭毕敬，偏偏被一个小丫头折了腰。陆悍骁越想越气，拿起手机点开周乔的电话号码，二话不说给人拉进了黑名单。

“这次你不哄我久一点，休想我理你！”

就这样，陆悍骁从中午等到下午，从下午等到下班，下了班他还蹲在办公室里迟迟不走。

从拉黑周乔那一刻起，他就通知保卫部，把公司大门的监控摄像头画面调到了自己电脑屏幕上。他对着屏幕一下午眼睛眨都不眨——

不应该啊，周乔竟然没来负荆请罪？

陆悍骁往老板椅上一躺，差点儿七窍流血身亡。

卧槽，这个女朋友，真的很狠心啊！

陆悍骁认了㞞，赶紧拿起手机，速度地把周乔从黑名单里放出来。

黑夜降临，天色由浅变深，陆悍骁的办公室没开顶灯，只电脑屏幕亮着安静的光。

他一个人颓靡地坐在椅子上，觉得呼吸不畅，可能是感冒又加重了。

这个千刀万剐的臭周乔。

陆悍骁气得鼻孔都放大了，他拿起手机，大丈夫能屈能伸，主动打过去！

结果——

“对不起，您拨打的用户暂时无法接通。”

十几遍都是这个声音，陆悍骁已经领悟到，周乔也把他给拉黑了。

陆悍骁一手按着额头，一手拿着手机，谁说男人有泪不轻弹。此刻他真的很想用眼泪为大家弹奏一曲《伤心太平洋》。

更糟糕的还在后面，周乔不仅拉黑了他的电话号码，微信列表里，也消失了。

陆悍骁意识到问题的严重性，那点儿脾气和过瘾压根算不上什么，害怕失去和紧张轰轰烈烈取代了情绪。

他头脑还算清醒，在去周乔租的房子之前，先给李教授打了一通电话。

五分钟后。

陆悍骁从李老头那儿知晓，周乔已经不在本市了。

下午两点的时候，李教授带队，带着这一帮学生奔赴邻市做项目了。

路上，齐果告诉周乔：“老大的做事方法就是这么出其不意，以后要做好经常临时出差的准备。”

周乔笑了笑，没说话。

见她一路也不和大家聊天，齐果小声问：“怎么了？是不是心情不好？”

因为周乔总是忧心忡忡地看手机，齐果一副过来人的经验，又问：“是不是和男朋友吵架了？”

周乔说没事。

齐果以为自己揣度错误，也就不再聊这茬话题。

李教授声名在外，所以手上的资源颇为丰富，在他手下干活虽如高压电网，但传授的也是真金白银的实战经验，而且导师向来慷慨大方，分下来的报酬也算可观。

今天他们是去一家电缆公司做半年财务报表，技术量不算太高，磨的是耐性和基础。到达已快三点，简单地浏览了一遍资料后，公司方就做东设宴，请他们吃饭。

接待的是该家公司主管经营的副总，分管的事情大多数是与人打交道，所以这位哥们儿性格相当欢脱，迷情酒桌文化。

虽然李教授在开席前就有话在先，这几个学生，张洋和李迪喝啤酒，周乔和齐果喝旺仔。但该副总两杯白酒下肚，人就high天high地了。

周乔长得漂亮，身上那股淡然微冷的气质很是拿人。

“这位周同学，我觉得你特别眼熟。”副总开始套近乎，“特像我的一个大学同学。”

李教授呵呵道：“那年代可有点儿久远啊。”

“时间证明一切，有时候久一点儿不见得是坏事。”副总刻意压低了声音，虽是对李教授单独说，但声儿足够所有人听见。

“那是我们系的系花，美得跟仙女下凡似的！”

桌上陪同的人一阵语焉不详、暧昧不明的笑。

李迪和张洋面面相觑，懂事地举起酒杯，打破这个气氛，“胡总，早听说您业务能力出类拔萃，我们这帮小的，以您为榜样，还需多多向您学习。我们敬您。”

“好！你们都是国家的栋梁！”胡总被吹捧得心情倍儿棒，白酒一仰，“我干喽！”

放下杯子，他很快又斟满酒，两杯，然后站起身，一手一杯竟朝着周乔走来。

“小乔同学，下午我就看出来了，你们都是做事儿特别认真的孩子，不过，李教授带出来的人才，一定不会差，给，我敬你。”

周乔盯着推到面前的酒杯，赶忙起身，对胡总说：“谢谢您谬赞，但不好意思，我不会喝酒。要不，我以茶代酒，您也别嫌弃。”

那位胡总竟一把抓住她的手腕，“这酒的度数不高，女孩子喝一点儿还美容呢，就半指，不多。”

这时，李教授叩了叩桌面，“胡总啊，半指怎么过瘾，来，我陪你喝，怎么说也得半杯吧。”

李迪和张洋忙站起来，“我我我，我们也可以。”

借着酒色壮胆，脑子容易一根筋。那胡总也铆了劲儿似的，闻声不动。

场面陷入淡淡的尴尬之中。

周乔沉心定气，从胡总手里接过酒杯，“好，我陪您喝一杯，先干为敬。”

一听，对方立刻笑容拂面，脸上的横肉堆成了一道道的小肉褶子。

周乔抬手的动作刚起了个头，突然，包厢的门被推开，一道熟悉的声音传来：“哟，不好意思啊各位，我走错地方了。”

众人回头。

周乔闻声惊诧，是陆悍骁！

果然。

手还搭在门把上，一身黑色修身呢子大衣的陆悍骁英俊不凡，他笑着望向所有人，轻松自然地不请自来，边走边松脖颈上的羊绒围巾。

“挺多人啊，我最爱热闹了。”

边说，边走近了周乔。

隔得近，他身上风尘仆仆的味道扑鼻而来。

周乔怔怔地盯着他，不可置信。

陆悍骁目光一低，看着她手里的酒杯，吊儿郎当地一笑：“叫胡总？胡总是吧，这酒，我来帮她喝。”

然后，他手指一掠，从周乔手里拿走了白酒。

杯子凑近鼻间闻了闻，陆悍骁挑眉，“特供茅台，挺有诚意啊。不过……”

他尾音拖长，落向胡总的目光刹那变幽深，“我女朋友的酒，只能是结婚时候，和我喝的交杯酒。”

说完，他仰头一口喝尽，喝完把瓷杯往桌上不轻不重地一顿，然后牵起周乔的手——

“告辞。”

外面风霜骤起，冬夜渐冷。

周乔被陆悍骁拽着手腕，近乎拖扯地前进。

“你弄疼我了。慢一点儿。”周乔去拂他的手。

“陆悍骁！”

一声呵斥倒让人停下。

“叫这么大声干什么！”陆悍骁转过身，面目凶悍，“你对我这么凶！你这么凶！”

周乔愣了愣，然后撇撇唇，脸慢慢转向右边。

“你干吗拉黑我？！”陆悍骁怒火升级。

“不是你先拉黑我的吗？”周乔又把头转过来，对视。

“我……”陆悍骁一时语噎，担惊受怕全部憋死在了舌尖，他看着她的眼睛，一秒，两秒。

最后，他败下阵来。委屈地低下了头，小声说：“我一路开高速过来找你，臭乔乔，你就不能……哄哄我吗？”

“……”

“你答应会一直宠我的，说话不算话。”陆悍骁跟个讨不到鸡腿的熊孩子似的，耍脾气道，“你这个屎屁屁味的骗子，哼。”

周乔被他弄得哭笑不得，“我哪里臭了？”

陆悍骁说：“嘴臭。”

周乔和他在一起这么久，已经深深了解他的一肚子坏水。这种语言陷阱才不上当。

于是，她轻飘飘地“哦”了声：“臭就臭吧。”

刚转过身，肩膀一重，就被陆悍骁抓住。

“你说臭就臭啊？”他顺势搂住她的腰，低头吻了下来，他缺乏的安全感似乎要从这个吻里全部弥补回来。

直到周乔喘不过气，陆悍骁才松开。

嗓子是润的，嘴唇是湿的，陆流氓的声音是低沉的。

“我错了，你一点儿都不臭。”

过了好久，他又意有所指地道歉：“……对不起，原谅千刀万剐的陆悍骁吧。”

陆悍骁这自黑的诚意满满，屎屁尿都用来给自己加冕了。

周乔冷着心肠说：“你自己想想，这是第几次了？”

“你第二次生气。”

“只是第二次？”

“啊，你还气过很多次啊？”陆悍骁挠了挠鼻尖，不明所以。

“……”算了，不与小公主论长短。

周乔问：“你知道自己错在哪里吗？”

陆悍骁小鸡啄米，“爱发脾气，爱吃醋，差点儿酿成爱情的事故。”

“还有呢？”

“还有？”陆悍骁想了想，“没了啊，剩余的全是优点了。”

周乔“唉”了声：“算了。你有地方住吗？”

陆悍骁摇头，“我车还停在饭店门口呢。”

周乔说：“我们就住在公司旁边，我去帮你开个房吧。”

“还开什么房啊，我跟你住一间就好了。”陆悍骁伸了个懒腰，“开了一下午车好累。”

“我和学姐住一间呢，你单独开一个吧。”周乔提步要走，“我进去跟他们打声招呼，再陪你去宾馆。”

“等等，”陆悍骁抓住她的手，“你还进去干什么？我没一脚踢爆姓胡的狗头算仁慈了。他有什么资格让我女人陪他喝酒。”

周乔虽然也不想进去，但，“李教授还在呢，总不能让他们难堪啊。”

“别提李老头。”陆悍骁冷脸，“第一天就带你出差，越老越不可爱，下次再也不喊他打麻将了！”

周乔被他有仇必报的神情逗笑。

陆悍骁揽过她的肩，“再说了，我远赴千里过来负荆请罪，你总得好好欣赏一下吧。”

就这样，周乔被他带上车，两人去往酒店开好房。

陆悍骁一进去就躺床上，“爱妃，过来给大王揉揉肩。”

周乔边关门边说：“你不是来负荆请罪的吗？”

“哦，对。”陆悍骁赶忙起身，换了个姿势，往床上双膝一跪。

“我，该死的陆悍骁，于公元2017年让女朋友周乔不痛快，罪孽深重，应遭天打雷劈。”

说罢，他表情夸张，双眼上翻，四肢抖动，“啊啊啊，雷劈中我了，电在抽我啊啊啊。”

周乔：“……”

“乔……乔。”陆悍骁捂住胸口，“受伤”倒床，断气儿似的说，“男人听了会流泪，周乔看了会心碎，不道歉我好后悔，求你再给次机会。”

周乔走过去，伸手往他脑门上一弹，“好好说话。”

陆悍骁立刻恢复正常脸，像日本女人一样，手心朝下老老实实地放在大腿上，“请接受我诚恳的道歉思密达。”

周乔看了他一会儿，伸出手，食指挑起他的下巴。

“再有下次怎么办？”

“这……”陆悍骁斟酌了一番用词，“再有下次，你就塞个跳蛋放我裤裆，遥控器你拿着，想什么时候按，就什么时候按。办公室，开会时，与员工吃饭，接待客户，随时随地随心所欲，宇宙不爆炸，跳蛋不放假，一键按下，让它们打群架。”

周乔：“……”

陆悍骁双手合十，比在唇边，“求求你了好乔乔，原谅我一时的鬼迷心窍好不好？”

周乔觉得，自己没被他气死，也会被他笑死。

“你笑了，是不是就代表原谅了？”陆悍骁“呀”的一声，跳下床抱着她原地转了两三圈，“你的笑容比红牛还管用，困了累了伤心了，只要你对我笑一下，多年的类风湿都痊愈了。”

周乔揉他的脸，“你就这张嘴会贫。”

“我这张嘴不仅会贫，还会舔。”陆悍骁伸出舌头老长，作势就要凑近她的脸。

周乔嫌弃地躲开，“剪刀呢？”

陆悍骁却突然把头埋进她胸口，“嗯”的一声，全身泄气一般地说：“我也生气自己为什么如此不淡定。”

周乔安静下来，手指捋着他的头发，一搓一搓地顺着。

“从小，我们家除了我爷爷，全都让着我。”陆悍骁又开始剖析起心路历程了，“吃的穿的用的都是最好的，我就是大院里的霸道校草。”

周乔轻轻笑了出来，目光垂落到他的头顶，“陆爷爷说你是草包。”

“可能我就是个草包。”陆悍骁把她抱得更紧，“虽然我毛病很多，但你能不能看在我优点也不少的份儿上，不要推开我，用你34C的胸怀拥抱我，你要一直宠我爱我。”

等等。

这台词是不是说反了。

周乔哭笑不得：“好好好，你说什么都是对的。”

陆悍骁说：“那当然，帅气多金的男人怎样都有理。”

周乔一声喟叹，下巴也抵住了他柔软的头发，“陆哥，你多给我一点儿信任。相信你选女人的眼光，相信你的感觉。”

陆悍骁着迷地点了下头，“嗯。”

“以后，不许无端猜忌，不许没理由地发脾气，有事情好好说，你要解释我都给，这样行不行？”

没等他回答，周乔代他回答：“就这样，不行也得行。”

陆悍骁眼神迷离，“我天，乔乔，你是一个年纪轻轻长得又好看的霸道女孩子。”

周乔挑眉，“转过来。”

陆悍骁：“？”

“不是负荆请罪吗？我还没消气呢。”

陆悍骁紧张兮兮地转过背，“你想干吗？”

周乔挑眉，“趴下。”

“……”

卧槽，这个姿势好刺激。

两分钟后。

“驾驾驾！”

周乔骑在陆悍骁背上，陆悍骁驮着她满屋子跑，“这振动幅度像不像跳楼机？”

“第二项运动，自杀式蹦迪，high起来！”

陆悍骁背着周乔开始疯狂摇晃，惹得她惊叫连连。

“最后一项运动，人体炸弹——嘭！”

陆悍骁背着人往床上一摔，周乔被震得眼冒金星。陆悍骁附体压了上来，把她困在臂弯里，嘴角勾笑道：“这是今天的最高潮——我想睡你。”

他的唇贴了上来，周乔用手指抵住，小声说：“李教授他们应该快回来了。”

“回来更好。”陆悍骁吻住她的鼻尖解馋，“我让他们看现场直播。”

周乔羞涩地抬起膝盖要撞他。陆悍骁一掌拦住，“看清楚再撞，你想废了我的命根子啊？”

“那你先洗个澡。”周乔搂住他的脖颈，“一身灰都臭了。”

“你也不见得有多香。”陆悍骁拦腰将人抱起，“走，一起。”

浴室热气蒸腾，花洒淋淋。

满浴缸的水上下起浪，陆悍骁只露出脑袋，身子全部浸润在水里，他看着坐着的女孩，一点儿一点儿为他红脸，为他抑制不住地出声，就像一坛子刚出窖的女儿红，醉的是人。

陆悍骁的大腿架在浴缸边沿，跟大爷似的怎么舒服怎么来。

他掐着周乔的腰，往下重重一压，看她又痛苦又舒服的表情让他成就感满满。

水花四溅的一夜过后，第二天，陆悍骁早早起床返程。

周乔的这个临时项目要两天时间才能完成，但他上午十点有个不能缺席的会议，所以天未亮，陆悍骁就穿戴整齐出了门。

他性格里虽有不靠谱的一面，但在重要事情上，还是克己守则，进退有度。不能迟到的会议，一定掐准时间按时参加。

事关上市公司一季度利润报表的审核，一投入就是一整天。好不容易散会，已经接近下班。陆悍骁在办公室处理了一些堆积事务，夜色披身时，他才准备离开。

电脑刚关，手机就响，陆悍骁拿起一看，挑眉接听：“徐女士，还记得您有个帅气多金的儿子啊？”

徐晨君习以为常，波澜不惊地问：“我见你办公室灯还亮着，朵秘书说你在加班。没吃饭吧？徐辉路上新开了家粤菜馆，一起去尝尝？”

陆悍骁开了免提，边穿外套边回应：“难得啊，徐总亲自请吃饭，等着，小的麻溜地下来接驾。”

徐晨君的车停在大厦路边，陆悍骁的车经过，按了下喇叭，然后在前边带路。

二十分钟后，母子俩并排进了餐厅。

“这装修还不错啊。”陆悍骁看了看墙上的壁画，“老板有点品位。”

服务员已经将茶斟好，他拉开木椅落座，“妈，您什么时候回来的？”

“上周。”徐晨君吹了吹热气，随意聊到，“回来后我又去了趟海市。”

陆悍骁也端起茶杯，动作顿了下，“您去那儿干吗？”

“和大供商有些问题必须面谈。”徐晨君浅浅略过，然后意有所指地说，“我看见你了。”

陆悍骁一点也不意外，“在紫东公馆吧？”他抬眼，“妈，你也今天回来的啊？”

徐晨君昨天看到了陆悍骁和周乔，就在那家公馆门口，他们亲密地抱在一起。

母子两人这会儿都默契地闭了声。

像是暗自较量的对立方，就看谁先把持不住阵脚。

最后，还是徐晨君挑出开场白。

“你和周乔到哪一步了？”她问得直截了当。

“该到的都到了。”陆悍骁笑脸答，也真诚建议，“徐总，手上的生意能放的就放吧，我准备让你明年年底抱孙子。”

徐晨君的眸色和茶水一样，她只当这是玩笑，拿起筷子夹了块小食放嘴里轻嚼。

“本来，你的交际妈妈不该指手画脚，但男女关系上，我还是给你一些建议。这年头，谈谈恋爱没什么，你情我愿达到互利共赢，也算心情愉悦的体验。”

陆悍骁握着茶杯，手指在杯壁上细细摩挲。

徐晨君放下筷子，蔻色指甲修剪精致，她继续道：“你成熟了，知道关系深浅，亲密度也要有个尺寸，男人嘛，抽身就走，干干脆脆不碍事。但是女孩子不一样，容易被牵绊——妈妈的意思是，适可而止，不要让周乔误会什么。”

陆悍骁安静地听完，低头品了品茶，再抬眼时，表情虽有笑，但笑意像沾了寒露未达内里。

他问：“周乔误会什么？”

徐晨君说：“误会谈次恋爱就必须要有一个结果，虽然她成年了，但还是学生，社会经验缺乏，难免单纯得一根筋。”

陆悍骁还是笑，反问：“她要一个结果不应该吗？”

徐晨君动作一顿，眼神起了疑，似万般不解，“谈个恋爱而已啊。”

“我是和她确定了恋爱关系，这点我和她清清楚楚。”陆悍骁手肘撑在桌面，十指交叉着，眼神坚定，“妈妈，你是不是还不太了解？”

徐晨君不说话。

沉默了几秒，陆悍骁一字一句地说：“我和周乔是认真的。”

徐晨君眼色沉了沉，“怎么个认真法？”

“满意现在，并且会和她有未来。”陆悍骁报以轻松一笑，“就是户口本、房产证各种证上面，都会加上她的名字。说起来，妈，我有一个建议，干脆给她改姓，姓陆叫陆乔得了。”

徐晨君的脸色已经十分难看了，“你别乱来。”

“从小到大，我乱来的事情可不少。”陆悍骁捏着杯子，轻轻往桌面上磕了三下，“但这一次，我无比认真。”

徐晨君简直痛心疾首，“胡闹。”

陆悍骁“啧”了一声，嫌弃道：“千万别生气，妈，您一生气，看皱纹都出来了。”

他继续汇报自己的爱情心得，“是我主动追的周乔，没少花工夫，当然我也从她那儿学会了游泳，不算亏。和她在一起，我的文学素养得到了超高提升，出口成章。对了，妈，需不需要我给你现场来个押韵的对联？”

徐晨君的右手，轻轻按住了自己的太阳穴。

这是她动怒的标志性动作。

陆悍骁缓了缓，给她续了茶水，才笑着说：“妈，周乔从心到身，都是我陆悍骁的人了。做男人不能太浑蛋，您儿子，要么不碰女人，碰了，就一定负责到底。”

他用玩笑的语气，不动声色地表达自己的坚定立场。

“你不用试探我，不用拐着弯地劝说。因为你也要和周乔做一辈子的家人，所以我的态度，就撂在这儿。咱们母子相处一向愉快，做儿子的，也很想知道——

“您，为什么要反对？”

听到陆悍骁的这个问题，徐晨君索性也放下茶杯。

“你知道她爸妈的事吧？”徐晨君问。

“知道。”

“当然，我不是因为两口子离婚，就迁怒孩子。她妈妈叫金小玉，说起来，当年也是个风云人物，行为大胆，处事开放，并且圆滑势利。”徐晨君几乎不用怎么回忆，就能找准这些客观的形容词。

“都住一个大院儿，抬头不见低头见的，不用多接触，日久见人心。金小玉有一点我最是佩服，从小表现出的伶牙俐齿可以把白的说成黑的，把错误推卸到别人身上去。她能在长辈面前挣一个好印象，我一点儿也不奇怪。”

徐晨君顿了下，继续说：“你爷爷奶奶，就是被她所谓的天真烂漫给迷了眼，认了她当干女儿。笑话。”

陆悍骁听到这里，已经理出了根源所在，他总结道：“就因为你不喜欢周乔的妈妈，所以你也不喜欢她？”

徐晨君说：“有时候你不得不相信，基因遗传这些东西。”

“妈。”陆悍骁手指微弯，骨节向下，重重叩响了桌面，“您一个商场女强人，说这话就不合适了啊。”

徐晨君抬头，“好，我收回遗传基因理论。但事实上，孩子的性格养成和塑造，是与父母分不开的。金小玉和周正安都是一类人，夫妻俩各玩各的，毫无家庭观念。悍骁，你不能看表面，这些成长环境影响到的，是她内在的问题。”

陆悍骁眉头越听越皱，道：“我试过了，她内在没问题，在一起舒服得很。”

徐晨君清了清嗓子：“悍骁。”

“妈，我不赞同，也不认可你的每一句话。”陆悍骁也摊开直说，“您说的这些不是扯淡吗？还不如听我给你现场对对联呢。”

徐晨君虽未多言，但表情也写了三个字：谈不拢。

“这事儿咱们先不说，周乔爸妈事情再破烂，那也是他们自己负责，你那些伪科学言论赶紧收起，说出去笑话。”

这时，服务员进来上菜，一碟一碟很是精致。

陆悍骁食欲全无，分开筷子，光夹面前的开胃菜酸萝卜吃。

徐晨君了解儿子，他怒极的时候，是寡言的。

“悍骁，你——”

“我肯定是要和她在一起的。”陆悍骁放下筷子，不耐烦地抽了纸巾拭嘴，“妈，你不要搞这种事情，老宝贝可爱一点儿不好吗？”

徐晨君怀柔政策，没硬顶，而是动作轻柔地盛了碗鸡汤递给他，“你啊，从小野惯了，我和你爸对你管教太少。”

“这跟我的感情生活没关系。”陆悍骁说，“咱母子开诚布公地谈过了，态度也表明了，你要是不接受周乔，没问题，以后我俩搬出去住。”

徐晨君语气严肃，“陆悍骁。”

“我的徐大老总，徐富豪，徐博士，徐宝贝。”陆悍骁也是尽力了的模样，“哎，改明儿我给你买几盒静心口服液，不应该啊，更年期早过了啊。”

徐晨君觉得又气又好笑。

见气氛松动了些，陆悍骁端起鸡汤一口干完，然后放下说：“不高兴，不吃了，我走了。”

还真是一丁点儿理由也不敷衍，是什么就是什么。

徐晨君阻止不了，留下一脸无奈。

“哦，对了。”手搭在门把上，门刚拉开一半，陆悍骁侧过身，明确地表示，“有什么不满，您冲我来，有事说事，但是，不许去吓唬周乔。”

徐晨君欲言又止：“哎，你这孩子。”

“我这孩子就是这么炫酷讨厌，三十岁了，您也没法儿退货了。”陆悍骁大步迈了出去，还伸手大幅度地左右摇摆，“皇太后拜拜。”

吃了顿不欢而散的午餐，关键是还没吃饱。

陆悍骁坐车里半天没动，头枕着座椅闭目养神，真躁啊。

这时，手机响，是微信新消息。

陆悍骁拿起一看，是周乔发给他的几张照片，“今天中午吃牛蛙，看它的大腿，像不像你的？”

陆悍骁从收到她的信息起，嘴边的笑容就开始绽大。他放大那张图，一只健硕肥美的牛蛙腿，油光四射地引人垂涎。

陆悍骁轻轻笑出了声。

没等他回复，周乔又发来一条：“打工提前结束，今天晚上回来，约夜宵否？”

陆悍骁点了根烟，咬在嘴里，空出手回复：“想吃什么？”

周乔："蛋炒饭。"

陆悍骁一只手搁在车窗上，食指弹了弹烟身，烟灰极轻地下坠。

他单手打字："蛋炒饭没有。只有我。吃吗？"

本以为周乔又要说他没个正经，哪知，她回复的是："那你洗香一点儿哦。"

周乔近零点才到，陆悍骁让她直接来公寓。

一进门。

"什么味儿啊？"周乔使劲嗅了嗅，"好像烧焦了。"

陆悍骁径直走去厨房，"坐坐坐，我给你弄的蛋炒饭。"

很快，他端出来一个貌相精美的碟子，周乔瞄了一眼，嗯，碟子比饭要好看。

她问："这是你亲自炒的呀？"

陆悍骁点点头，诉苦道："那个锅一点儿都不好用，我洗完放上灶台，然后点火放油，妈呀，'噼里啪啦'炸得我手臂都起泡了——你看！"

他卷起衣袖，可怜巴巴地伸到面前，"看水泡一颗两颗三颗四颗连成线。"

周乔真怀疑他会唱出来，于是笑着低下头，"辛苦了辛苦了，来，我给吹吹。"

"吹？"陆悍骁一听敏感字眼，赶紧收回手臂，飞快地将脸凑过去，嘬着嘴说，"往这儿吹，使劲吹。"

周乔呼吸变快，和他安静对视两秒，然后情不自禁地搂上了陆悍骁的脖颈。像是得到召唤，陆悍骁配合地双手后撑，整个人挺向她。他们坐在沙发上，很快，周乔就把他推倒。

一个缠绵而热情的吻。

陆悍骁虽然投入，但周乔能感觉到细微的差别。

她离开他的唇，抬起头，就这么望着他。

陆悍骁笑着伸出舌尖，围着上下细致地舔了一圈，然后说："我中午喝了鸡汤，你尝出来了没？"

周乔吧唧了两下嘴，装作品尝，"野生土鸡，嗯，散养的。"

"小东西。"陆悍骁笑道。

周乔敛了敛神，试探地继续，“并且是和你妈妈一块吃的。”

陆悍骁笑容未散，坦诚地点头，“是。”

周乔咽了咽喉咙，眼神有点儿不确定地飘忽，“那你妈妈说什么了吗？”

“周乔。”陆悍骁打断，“其实她来找过你对不对？”

半晌安静。

周乔说没有。

“呵。”陆悍骁一个心知肚明的笑声，“从我这儿搬出去的事，她多少有干涉。你笨啊，不知道跟我说吗？”

周乔“嗯”了声：“说什么？诉苦吗，还是让你为我出头，还是……让你和家里人吵一架？”

这些都是她不愿意看到的。

陆悍骁长手绕到她脑后，按住后脑勺就往自己胸口压，紧紧地抱住。

“周乔。”

“嘘。”

隔着一层羊绒线衫，心跳声重锤而来。

周乔声音轻轻的：“你不用多说了，我已经从这里听到答案了。”

“都什么年代了，我们不是苦命鸳鸯啊。”说到这里，她被自己逗笑，“陆哥，我是确定喜欢你，才会跟你在一起。只要我还喜欢你，我就一定跟你在一起。

“你妈妈不喜欢我，我就聪明点儿，体贴一点儿，给她打电话问候身体，买些礼物让她开心。总有一天，她应该会对我改观的吧。”

这个不确定的语气词“吧”，听得陆悍骁一阵心酸。

他摸着她的背脊骨，一下一下轻柔地抚慰。

“你不用为任何人改变，做你自己，做你想做的，我在背后给你撑腰。”

“你傻呀。”周乔偏过头，仰望着他，“那是你妈妈，你给我撑腰做什么？男人好好挣钱，家长里短少去管。”

陆悍骁笑着捏了捏她鼻子，“哟呵，这语气，管家婆啊。”

周乔躲开，“别捏我。”

“鼻头捏大一点儿好。”陆悍骁说，“鼻子大的人，能生儿子。”

“生你个头。”周乔要打他。

“哎嘿哎嘿，还不乐意了。”陆悍骁把她的拳头收拢在掌心，“你不跟我生，还想跟谁生啊？”

周乔想了想，很认真地答：“Daniel.”

说完，她挣脱怀抱，轻松跳下了沙发，光着脚丫走在地上，“我要吃蛋炒饭了。”

陆悍骁百思不得其解地蒙坐在沙发上，想了半天，顿时心惊肉跳。

这个Daniel，该不会又是她的哪位师兄吧！

周乔是个言出必行的人，她深知，在这种“婆婆媳妇”式的关系里，一味地逃避基本上就是死路一条。

上午空闲的时候，周乔拿着从陆悍骁那儿拿来的手机号忐忑不已。

是先打电话还是先发短信？

工作日一般比较忙。周乔想，还是先发信息吧。

“徐阿姨您好，我是周乔，一直没来得及拜访您。前两天逛街的时候，看到一条丝巾，冒昧地认为宝蓝色很配您。徐阿姨，看您什么时候方便，我给您带过来。”

一条短信，删删写写，反复了六七遍。

周乔觉得，自己高考作文都没这么紧张。最后，她把“逛街”替换成了“逛商场”，这样看起来显得档次高一点儿。

周乔轻呼一口气，七上八下地点了发送。

接下来的时间，她做什么都心不在焉，手机就搁在边上，屏幕朝上，时不时地看一眼。

好几次分心，被李教授抓了个正着，老头儿胡子一翘，“上课的时候，记得把陆悍骁那小子拉黑。”

齐果他们隐隐发笑。

周乔脸红不已，真的，好紧张哪。

足足半小时，手机振动“嗡嗡”，终于！

周乔心惊肉跳，跟做贼似的拿起手机偷偷塞到下面，然后低头一看。

徐晨君回复“不用了”。

三个字毫无温度，连标点符号都吝啬。

仿若一瓢冷水，将周乔从头到脚板心，浇了个里里外外的透心凉。

城市另一边。

陆悍骁坐在办公室里，朵姐送上待签阅的文件。

“陆总，这是和供应商第三季度的合同，法务部已经审核过了。

“这是上个月的工资报表，预计下午发放到位。”

陆悍骁边听边签，都是内部文件，可以尽情使用陆氏疯体。

朵姐在一旁啧啧称叹：“陆总，您这个字体，真的可以去申请非物质文化遗产了。”

陆悍骁差点没咳死，你那三十万年薪怎么不去申请遗产。

“这字儿太好看了，就像您和小乔妹妹的爱情，龙飞凤舞缠缠绵绵呢。”

朵朵姐拍马屁的功力与日俱增，这话陆悍骁特爱听。

“朵姐，我发现你成语用得不错啊，再说几个来听听。”

“哟，不敢卖弄了。”朵姐可是个识时务的好孩子，“陆总可是语出成章、押韵棒棒的大文豪。”

“得了得了。”陆悍骁笑着打断，“越说越离谱。”

朵姐得令，安静地闭上了嘴巴。

签了一会儿，陆悍骁还被昨晚周乔那句“想和Daniel生孩子”扰得心烦意乱，于是脱口问朵姐：“你知道Daniel是谁吗？”

朵姐很快点头，双手合十星星眼，“知道啊！就是吴彦祖嘛。”

“呲啦”一声响——

得到答案的陆悍骁，手劲没控制住，笔尖轰轰烈烈地划破了纸张。

看不出来，他的小姑娘也追星呢。

陆悍骁这么年轻时髦，当然是知道吴彦祖的。长得好看肌肉有型，最重要的是比他年纪大。这么一想，陆悍骁的心情又好过了一些，周乔连比他大的男人都喜欢，可见是不会再嫌弃他的年龄了。

一旁的朵姐不明白，老板怎么突然傻笑起来了呢。

陆悍骁回过神，挥挥手，“行了，你先出去吧。”

朵姐应道：“好的陆总，有事您再叫我。”

等人走，陆悍骁估摸时间也差不多了，于是打电话给徐晨君。徐晨君接得很快，陆悍骁笑道：“没打扰皇太后开会吧？”

“你时间点儿掐得好，刚散会。”徐晨君抿了口花茶，声音滋润。

陆悍骁舒展地往椅背上一靠，“我收买了你的秘书，赶紧炒他鱿鱼。”

徐晨君“呵”的一声笑：“你呀，是无事不登三宝殿，说吧，找我什么事？”

陆悍骁说：“周乔说给您买了礼物，今天给您送来，她人过来了没？没来的话，待会儿我带她一起，中午约您吃饭。”

徐晨君明白，儿子这是在中间牵线搭桥扮好人呢。

“她没送来。”徐晨君顿了顿，直接说，“我拒绝了。”

“拒绝？”陆悍骁一听皱眉，“干吗呢？”

“不喜欢就拒绝而已。”徐晨君针锋不让，“怎么，就许你大做文章，不让妈妈真情流露了？”

陆悍骁被噎住，如一团火在喉咙里烧着般。

他隐隐怒声：“你拒绝她干什么？周乔也是一番好意，你给人点儿面子行不行啊，一女孩子，您何必呢。”

徐晨君平静自如，“昨晚上吃饭，你要妈妈别干涉你，那现在同样的话，妈妈也还给你。”

“我天，您当敌军大战呢？”陆悍骁都快憋屈死了，“您一点儿也不可爱了。”

“我要可爱做什么，一把年纪，你昨天还说要给我买静心呢。”徐晨君刺着他的话回。

陆悍骁直接给掐断了电话。

烦心。

想着周乔心里不好受，陆悍骁压了压情绪，拿起手机打给她。

没两声，那边就接了。

周乔语气还算正常：“怎么啦？”

陆悍骁想着不知如何说起，随便找了个话题，“今天在学校有没有看到帅哥啊？”

周乔笑了起来：“看到了。”

陆悍骁问：“又是Daniel是吧？”

虽然见不到面，但能感觉她的呼吸变快，应该是笑容在绽大。周乔哇哦一声：“你好懂。”

“我改名叫陆彦祖吧。”陆悍骁调侃她，“晚上的时候，来个角色扮演，你就叫我，啊，陆彦祖，再快一点儿。”

周乔：“……”

陆悍骁“呵呵”两声，玩笑也开了，两个人反而陷入了沉默。

“那个……”

“那个……”

几秒之后，竟然异口同声，心往一处指。

“你先说。”陆悍骁松了松肩膀，靠着皮椅转了小半圈，面向落地窗。

周乔语气轻松：“给你妈妈的礼物，她答应收了哟！”

陆悍骁举着手机，手臂一僵。

“她在电话里跟我说了谢谢，特别友善，对了，我还给她拍了张照片发彩信过去，她说很漂亮，我下午下课早，就给她送过去。”

周乔的声音欢快起伏，找不出一丝破绽。

陆悍骁心酸，“乔乔……”

“你不用陪我啦，我知道怎么走，换乘一趟地铁就到了。”彼时的周乔，躲在实验室无人的走廊里，手指把毛衣揪成一团。

她咧开嘴，才发现隔着电话，不需要面部表情。

默了默，她依旧保持开心的语调：“其实你妈妈是个很好哄的人，我多哄几次，她就会喜欢我了。”

这通电话，陆悍骁罕见地想提早结束。

一想到他姑娘强颜欢笑的模样，真的太难受了。

周乔拿着手机，回到实验室。

齐果正在电脑上做数据分析，抬头看了眼她，“乔乔怎么了，脸色不太好啊？”

“没事。”周乔把手机揣兜里，故作轻松地用双手揉了揉脸，“外面温度好高，被太阳照的。”

“这天气好奇怪啊，刚五月呢，都有三十度了。”齐果摇头晃脑，“是该拿出花裙子了。”

周乔笑着走过去，“五月也不早啦，昨天都立夏了。”

“啊？就立夏啦？”齐果边聊天边看邮件，突然咦了声，“有项目呀。”点了两下鼠标，她兴奋道：“还是去美国呢。”

“嗯？”周乔闻言，侧头瞄了瞄屏幕，“什么？”

“系里的暑期实习项目，每年都搞的，两个月在外头。今年地址选在美帝，去了还能去看NBA现场呢。”

周乔随口问：“这个有要求吗？”

“有啊，考量成绩什么的，不过，都不顶咱们李老头一句话管用。”齐果边看公告边说，“只要李教授推荐名额，肯定去得了。”

周乔问：“那你准备去吗？”

“你去我就去。”齐果笑呵道，“去做项目，男孩子居多，女孩子很少的，多无聊啊。”

周乔笑笑，这事儿也没放在心上。

邮件是群发的，周乔打开自己的电脑也收到了一份，粗略看了看，刚看到中间段，她手机响。周乔一看，心里咯噔。

是徐晨君。

她拿起手机，飞快地又溜出实验室。

“喂，伯母您好。”接得快，她气息都是发抖的。

“周乔。”徐晨君的声音听起来要冷淡许多，“你这孩子很懂事，谢谢你的丝巾，之所以拒绝，是因为你一个学生，不希望你破费。”

“不会不会。”周乔当即解释，“伯母，只要您喜欢就好。”

徐晨君冷静地听着她的小心翼翼，到底是软了语气：“好啊，那你下课了吗？什么时候有空？我到你那儿来拿礼物。”

周乔本是要打车过去，但拗不过徐晨君的执意。

她们约在三点半。徐晨君这次由司机送过来，黑色奔驰，摇下半边车窗，她的侧脸冷艳而优美，眉眼淡淡微弯，对马路边上等待许久的周乔示意。

周乔不敢怠慢，小跑过来，俯身说：“伯母。”然后递上精致的礼袋。

徐晨君没接，对她笑：“下课了，还有事情吗？”不等周乔回答，“上车吧，正好我今天也空闲，陪我去喝下午茶。”

徐晨君的语气虽然温和，但骨子里的凌厉劲儿还是透着不容抗拒。周乔本就是弱势的一方，虽然心里忐忑，但也不敢忤逆，于是乖乖地顺从。

徐晨君带她去了一家颇高端的会所，和平日陆悍骁带她去的地方差不多。

到了才发现，还有别的人在。

“晨君，都等你十来分钟了啊。”其中一人五十模样，与徐晨君年龄相仿，坐在麻将桌前，脖颈上的金镶玉坠子十分惹眼。

另外两人附和：“迟到老规矩，晚饭你请喽。”

徐晨君边笑边说：“请请请，洗牌吧。”

周乔还没反应过来，怀里一重，被塞进了东西。

是徐晨君的手提包。

徐晨君动作自然而然，把包给她，甚至没再看她一眼，款款走向牌桌落座。

周乔愣住。

“哦，周乔，你先坐沙发那儿休息一会儿，想吃什么自己点。”徐晨君似乎终于记起还带了条尾巴过来。

周乔抱着她的手包，环顾了房间，沉默地走向沙发。可刚要坐下去，就听牌桌上的人说：“麻烦这位小姑娘帮我叫杯柠檬汁。”

另一个接话：“我要红茶，你要喝什么？”

“都是些不健康的饮料，我就要白水，温的。”

周乔愣了几秒，才发现，这都是对她说的？

周乔茫然无措，把目光全都交到徐晨君身上。徐晨君头也没抬，只顾着抓牌，语气像是吩咐：“周乔，那就麻烦你跑一趟了，哦，给我来杯菊花茶吧。”

“稀里哗啦”的麻将声刺耳，周乔被这些声音刺得像是耳鸣，什么都听得到，但又好像都是忙音。

她麻木地开门、关门，再走向服务台，等她回来，脚还只踏进一只，就听到那位戴着金镶玉坠子的阿姨又说：“哎哟，这会儿肚子有点饿了，小姑娘，你能不能帮阿姨跑跑腿儿？去买点儿蛋糕回来？”

周乔还是下意识地看了眼徐晨君，但她正襟危坐，只顾看牌，权当没听见。

态度已经十分明显了。

周乔扯了个勉强的笑容：“好。”

“要城西路街角那一家的，红豆味。”

周乔拖着疲惫的身体出门。

包厢里的麻将声渐小。刚当了坏人的那位直叹气："看这小姑娘多讨人喜欢啊，晨君你真是的，我都不忍心了。"

其余两个连连赞同："是有点儿为难人，哎，怎么回事啊晨君？"

徐晨君在下张牌之间犹豫不决，手指来回点了点，毫无情绪地说："你们都少说两句。我有我的打算，照着做吧。"

"城西路那么远，让人去买蛋糕，我都过意不去了。说好了啊，蛋糕买回来，我就不再当恶人了。要刁难，你自个儿去。"

徐晨君略为烦躁地打出一张一筒，结果被对家一声兴奋吆喝："等等，胡了！"

徐晨君把牌一推，她看了看手腕上的表，又看了看门口。也不知怎的，竟然没了那份心情。

周乔对这个片区不熟，顺着路标走了好远，又问了几个路人，才摸清城西路的大致方向。

两站路，公交车也不直达，还得走路去找。于是，周乔就一路问过去，花了半小时才好不容易找到地方。

店面也不是什么特色高级店，相反十分普通，客人稀少，老板也懒洋洋的。周乔实在不明白，那位阿姨为什么要指定吃这家。但很快，她又反应过来，或许人家不是真的想吃，是故意的而已。

这家店也是个奇葩，红豆蛋糕做得大，再用纸盒一包，拿着四个十分费劲儿。周乔一手提俩，逆着街上的人群走，还担心会被碰到。

在十字路口等红绿灯的时候，她包里手机催命似的响。周乔折腾地将蛋糕放在地上，急忙接听："喂，伯母。快了快了，等我十五分钟。好好好。"

电话还没讲完，人行道通行，时间只有二十秒。

周乔把手机塞在侧脸和肩膀之间夹着，急忙提起四个大蛋糕盒，快步走斑马线。

电话里还在说些什么，她已经听不清了，只顾着横穿马路，结果鞋带松了也没发现。走了几步，左脚踩右脚——

"哎哟！"

周乔一声痛叫，手机蛋糕全部飞了出去，人也结结实实地摔到了地上。

这是水泥地，初夏的衣裳已经很薄了，周乔疼得半天没缓过劲儿，手掌搓了一大块皮，虽然穿着长裙，但也抵不住膝盖被磨破。

疼。

哪儿都疼。

通行时间早就过了，车鸣轰个不停。周乔脸颊发烫，像是众目睽睽之下的异类。她手忙脚乱地爬起，蹲在地上，把散乱的蛋糕盒插好。手机屏幕也摔碎了，一长条从头横到尾。

鸣笛声越来越不满，越慌就越干不好。

周乔没了章法，好不容易插好的一个蛋糕盒又裂开了，里头的蛋糕也滚了出来，在水泥地上拖出长长的奶油印记。

周乔抬起头，就看到马路对面在等绿灯的环卫工人，拿着扫帚，一脸很不满的表情望着她。

周乔低下头，看着一地狼藉，再看着自己摔碎的手机，眼泪“啪嗒”一下滚落。

她干脆什么都不要，起身小跑穿过马路。

到了对面时，她清晰听到环卫工人抱怨的声音：“一下午事情那么多，本来可以下班的，蛋糕好难清扫的咧！”

一瞬间，仿佛全世界都在对她指指点点。

周乔眼睛发酸，眼泪跟洪峰放闸一样，怎么都控制不住。

而包厢里，麻将桌上。

“这么久都没有回来，是不是走了啊？”要吃蛋糕的阿姨面有难色。

徐晨君表情淡，看似在认真算牌，但心也跟飘着似的，飞得七上八下。

半晌，她划出一张八万，声音清淡：“但愿她知难而退。”

公寓。

陆悍骁下班回来，一进门，就看到客厅里亮着灯。

周乔坐在沙发上，电视机开着，在放一个聒噪的综艺节目。

“咦？你平时不是不爱看这种吗？”陆悍骁换好鞋走过去，隔着沙发，从后面搂住她的脖颈，侧头往她脸上“啵”了一口。

周乔很安静，嘴角微微翘着，看起来像在笑：“无聊嘛，随便看看。”

她表现很正常，但陆悍骁总觉得哪儿不对劲儿，他眼珠一转，目光就移到了她手上。

周乔的手心朝下虚掩着，但他还是细心地察觉到。

“我看看。”陆悍骁绕过来，和她并排坐上沙发，不由分说地捏住她的手腕。

“嗞——”周乔倒吸气，皱眉。

陆悍骁看到她手心蹭掉了一大块皮，血肉淋淋的，顿时紧张，“怎么了怎么了？！”

周乔任他握着，什么动作都没有，也不说话。

陆悍骁很有经验，这手是摔伤，摔了手，那脚肯定也有事。于是，他掀开她的裙子至大腿。

果然。

“说。”陆悍骁眉间隐有不耐，严肃地问，“怎么回事？”

安静了片刻。

周乔看着他紧张的模样，突然伸手捏了捏他的脸，轻松道：“没事儿啊。就是觉得……”

陆悍骁没心思开玩笑，“觉得什么？”

周乔扯了一个疲倦的微笑。

“觉得……爱你挺不容易的……”

陆悍骁浑身警铃大作，直勾勾地盯着周乔，像要将她的心看出个底朝天。

周乔却对他眨了眨眼睛，露出白牙，忽地笑出了声儿：“这么严肃干什么？爱你是不容易啊。”

她的食指又细又长，指腹还带着余温，轻轻点向陆悍骁的眉毛，“长得帅，鼻子挺，嘴巴也会说话。”

她的手指一路下滑，定在陆悍骁的嘴唇上，眼里闪闪发光，“啊，怎么会有这么好的男人啊。”

陆悍骁对这恭维夸赞并未有太多感觉，但一想，可能只是她的玩笑话，也就没深思了。

“既然这么好，那你就抓牢点。”他笑得春风得意，“不然我就跟人跑了。”

周乔轻呵：“怎么抓牢？把你拴在裤腰带上？可是我又不系皮带。”

陆悍骁故作深沉地摸了摸下巴，“我还是自觉点儿吧，给自己上把锁？”

周乔配合地猛点头，“还要那种带报警的，一碰就哇哇叫。”

稍一设想那个画面，有点儿辣眼睛。

两个人相视着，同时笑出了声音。

周乔解释自己的伤口，语气平常：“回来的路上，下公交车的时候，不小心踩空了，摔了个狗吃屎。”

陆悍骁只顾着她受伤，“我带你去医院看看。”

“不用了，我抹过碘伏了。”周乔想把长裙放下去，被陆悍骁制止，“别碰着伤口，换套衣服。”

但搬家的时候，周乔只留了两套睡裙在他公寓，陆悍骁也想到了，于是起身拿车钥匙，“等着。”

周乔喊都喊不住，就看他出了门。

一小时后，陆悍骁提了三四个大纸袋回来了。周乔一瘸一拐地正从厨房喝完水出来，“咦？你买的什么呀？”

“衣服。”陆悍骁把纸袋放沙发上，然后逐一拿出，“尺码应该合适。”

都是一些样式简单，但质地不错的夏装，颜色清爽，裙子长度在膝盖上方一点。陆悍骁很细心。还有个黑色的小巧袋子，陆悍骁把内衣拎出来，周乔不好意思地挠了挠耳垂，“……我有。”

陆悍骁塞她怀里，无辜道：“可是我想看啊。”

“……”周乔低头看了看，问，“能换货吗？”

“怎么？”

“尺码不对。”

买大了。

陆悍骁却肯定道：“不会错的。你以前穿C，现在大了半杯，店员说这个码正合适。”

“……”

“被我摸大了哈哈哈。”

周乔抡起内衣就要揍他，陆悍骁灵敏一躲，“不好，有胸罩！”

周乔边笑边打，奈何腿脚不便，她当即一声呵斥：“给我站住！”

陆悍骁立正稍息，敬了个标准的军礼，“是！报告夫人，关爱残疾人，人人有责！”

周乔软拳捶向他的右肩。

“哎嘿哎嘿。”陆悍骁立刻陶醉脸，“啊，舒服，用力，再用力啊。”

周乔身体越靠越近，手还真没个停。陆悍骁偏脸躲，最后不躲了，索性一把将她抱离地面，“打脸就犯规了啊！”

“你脸不能打？”周乔故作凶状。

陆悍骁沉思了几秒，妥协地点了下头，“别人不能，老婆能。”

这会儿反而轮到周乔缩头了。

陆悍骁得意地挑眉，“打啊，怎么不打了？”

“……”

打了就是你老婆，才不让你白瞎捡一如花似玉的老婆呢。

周乔认烦，抱着早准备好的睡裙要去洗澡。

陆悍骁看她落荒而逃的背影，笑骂：“小烦包。”

浴室门关紧还落了锁。

陆悍骁这才捡起给她买的新衣服，吹着口哨去主卧洗手间给手洗了。

周乔洗完澡出来，正巧看见陆悍骁在阳台上晾衣服。隔着几米远，他的背影融入窗外的夜色里，成熟坚挺的身形挺得直，低头认真地将湿衣服撑平。

周乔站在原地，看着他心底一片潮热。

察觉到动静，陆悍骁侧头，笑着问：“洗完了？我新换的沐浴露，味道好闻吗？”

周乔不说话，走过去从背后搂住他的腰，脸轻轻贴着他的背。

“哟。”陆悍骁放轻声音，拍了拍她环在腰间的手背，“这是社区送温暖啊？”

周乔闷声：“你真好。”

“要真好，你就跟我去领证嘛。”陆悍骁把衣服挂在衣杆上，然后按了开关，衣架缓缓升高。

周乔却撒娇似的，抱着他不肯撒手，难得地黏人。

“我能不能问你一个问题？”

陆悍骁说：“难吗？”

"难。"

"好。"陆悍骁，"你问。"

"我和你妈妈同时落水，你会救谁？"

"……"

陆悍骁差点儿没忍住笑出声。

感觉到他身体微颤，周乔的头埋在他背上，声音更闷了："笑什么。"

陆悍骁扣着她的手，"这个假设不存在。我宝贝儿可是能教会我游泳的人。你不需要我救的。"

虽然知道这个问题本身就很幼稚，但听到答案，周乔还是心酸了会儿。

"所以，你会救你妈妈对不对？"

"徐太后不会游泳，咱俩一块救她呗。"陆悍骁的思维方式，习惯立足现实思考，压根没去想这问题背后的种种深意。

周乔艰难地咽了咽喉咙，"嗯。"

"不过，"陆悍骁突然又说，"如果真有那么一天。"

周乔倏地呼吸暂停。

"我还是会先救我妈。"陆悍骁说，"救她上岸，再跳下来，陪你一块死。"

就像箭在弦上，突然发射。

周乔听完后半句，整个人都软下来。

陆悍骁把她转过来，面对面，皱眉往她额头上一点。

"干吗呢，想些乱七八糟的。我妈当领导当惯了，身上难免有点儿独裁陋习，你随她去吧，她一个人的独角戏唱不起来的，我挑的老婆，我自己宠着。"

他是一副轻松自得的模样，话说得让人宽心。

但周乔联想到陆母的种种言行。

真的……能往好方面想吗？

日子照常过。

陆悍骁在周五下班后回了趟陆家。本来是要带周乔一块的，但她晚上还有课，来回时间不够只能作罢。

一进门，陆悍骁就嗅着鼻子，“嗯，这味儿正点，齐阿姨做的糖醋鱼！”

听到声音的陆奶奶从厨房出来，满脸笑：“鼻子老灵了。”

“奶奶。”陆悍骁端详了半天，夸张道，“天嘞，您皱纹又少了三条。上回来看，还是四条呢！”

陆老太被逗得咯咯笑，满心欢喜地让孙子吃水果，“尝尝，这橙子可甜了，你爷爷上回一口气吃了两个呢。”

“那我得吃四个。”陆悍骁叼了一片，一点也不含糊地夸赞，“好吃！”

没多久便开饭，一家人其乐融融。陆悍骁是个来话的，一圈下来，把家里每个人都哄得笑声不断。

在听到他汇报的工作近况后，就连严厉的陆老爷子都眉眼舒展。

陆悍骁评价今天的菜：“这道鱼做得不错，下次带周乔过来，齐阿姨你做给她也尝尝。”

提起这个名字，徐晨君筷子一顿，抬起头，发现陆悍骁正有意无意地看着她。

儿子吊儿郎当地一笑：“妈，周乔和你一样爱吃鱼。巧死了。”

徐晨君点点头，敷衍道：“爱吃鱼的那么多，哪里巧了。”

眼见气氛起了矛头，陆奶奶眼色明利地适时打圆场，“吃鱼好，吃鱼的孩子脑瓜子聪明顶顶。来，悍骁多吃点儿。”

陆悍骁说：“谢谢奶奶。”他低头挑着鱼刺，“妈，难怪你这么聪明，原来是吃鱼吃的。”

徐晨君笑纳，漫不经心地说：“嗯，希望周乔也是个聪明女孩儿。”

“那当然啦！”陆悍骁倍儿骄傲，“不聪明能考上名校研究生吗？”

母子俩的聊天已经硝烟味儿弥漫了。

徐晨君放下碗筷，“爸妈，你们慢吃。”

然后离座上楼。

陆悍骁也把勺子一放，“吃饱喽。”

他走到外院，披星戴月的天空顶在头上。陆悍骁趴在栏杆上抽烟。

陆老太老远声音就传来：“就说找不着人儿呢，到这儿躲清静来了。”

陆悍骁伸手驱散空气里的烟味，转过身，“奶奶，才吃过饭又吃水果，您喂猪呢。”

“把你喂成猪才好哦。”陆老太递上一盆草莓，“老老实实的猪多可爱，一点儿都不用操心。”

陆悍骁笑笑，接过果盘。

“你这孩子呀，哎。”陆老太突然一声叹气，伸手拂去陆悍骁肩头的一根头发，忧心道，“你妈妈也是个倔性子，你就不要和她对着干了嘛。”

陆悍骁笑着反问道：“我和她对着干了？”

陆老太今天穿了一身玉白色的老式旗袍，像极了谆谆教诲的旧时老师。

“其实嘛，我也是不赞同晨君的做法的，乔乔老好了，我喜欢这孩子。但是，晨君毕竟是你母亲，母子两个闹得像豆子蹦似的，难看哟。”

陆悍骁道：“我知道。奶奶，您没见着我一直在忍吗？”

“忍忍好，忍忍好。”陆老太心甚慰，把事往好里揽，语重心长地劝说，“你妈妈就是这样的性子，都要哄哄就好的，你就哄着她点儿嘛。让乔乔也多陪陪她，耐点儿烦，用点儿心，她总会感化接受的。”

陆悍骁叼着一根没点燃的烟，从左边叼到右边，上下晃了晃。

他没说话。

陆老太知道，孙子在考虑这个提议。于是趁热打铁继续游说：“你和乔乔是年轻人，气量要宽大一点儿，不要遇到困难就退缩了，也不要对着干。吃点儿苦，受点儿委屈，那也是应该的。悍骁，你说对不对呀？”

陆悍骁弯了弯嘴，把烟从嘴里拿下，夹在手指间，“陆老师，您退休几十年，育人教诲宝刀未老啊。”

陆老太慈眉善目，很有福相，她还是不放心地嘱咐：“要听奶奶的话啊，你们都乖乖的。”

陆悍骁揽着她的肩并排往屋里走，“好好好，听您的，您长命百岁。”

话说回来，陆老太是这一大家子里，最洞悉的长者。

陆悍骁知道，奶奶说得很在理。徐晨君虽然性格烈如火，年轻时候也是个不撞南墙不回头的角色，认定了的事情很难改变。但到底是一家人，“欺软怕硬”对外人可能不管用，但对自己的亲人，那多少还是有点儿效果的。

从陆家回去之后，陆悍骁也拐着弯地提到了这些。

周乔是聪明人，一听就明白他的意思。让她对徐晨君热情一点，主动打打电话，买点儿小礼物哄长辈开开心。

用陆悍骁的话说：“这么明理懂事的儿媳妇，谁不喜欢谁眼瞎。”

周乔笑了笑，没发表任何意见，清清淡淡地应了他：“好。”

没几天，还真有了这么一个机会。

徐晨君住院了。

在公司半年一次的例行体检中，她被查出子宫肌瘤。性状未知，需住院进一步化验确认。陆家很快安排妥当，活检结果万幸，是普通的肌瘤。

但由于个头不算小，医生建议手术切除。

这种妇科手术技术已经相当成熟，不用开膛破肚，微创，在肚子上打个小针孔就行。

徐晨君从检查出来住院，到手术结束能下床自由活动，不过一星期。陆悍骁挑了一个最合适的时间，准备让周乔过来看望。

“水果别买香蕉，我妈不喜欢，再提一箱牛奶。”探望的前一天晚上，陆悍骁把一切安排妥当，“哦，对了。”

他又拿出一个精致的礼品袋，“这是个兰花胸针，你就说是你买的，送给她当礼物。”

周乔安静地听着，看着一地准备好的东西，目光最终落向胸针。

她说：“我自己买吧。”

拿着这一切，走个过场，目的性太明显了。

周乔说：“我本来就是要去探望她的。”

“没事。”陆悍骁不做多想地说，“你一个学生，哪儿那么多钱，你买我买都一样，就听我的。”

周乔欲言又止，但看陆悍骁一脸认真，也就把话给咽了下去。

陆悍骁见她脸色犹豫，以为是担心徐晨君的不友好，兀自故作轻松地说：“我妈这次特别乖，我一说，你明天过来看望她，她还挺高兴。

神奇，动个手术就跟转了性似的。”

周乔抬起头。

陆悍骁仿佛觉得俩人之间最大的难题即将迎刃而解，特别高兴，“这老宝贝总算开窍了。明天我先去，你下午五点过来，放心，有我在，这次一定婆媳相认。”

周乔也觉得，一切是不是来得太顺利了？

“乖，别多想，我先去洗澡。”陆悍骁揉了揉她的头发，吹着口哨进了浴室。

浴室门刚关上。周乔的手机响，是一条新短信。

她打开一看，来自徐晨君。

而看完这篇幅不算短的信息内容后，周乔耳朵里嗡嗡作响，半天都没安静下来。

第二天，陆悍骁出门上班前还叮嘱她：“宝贝儿，记得时间，别忘拿东西。”

周乔好像听见，又好像没听见。

陆悍骁用手在她面前晃了晃，“发什么呆呢？”

周乔抬眼看他，但这眼神，压根不像走神。冷冽而迟疑，似乎在说，我不想去了。

陆悍骁耐着性子，双手搭上她的肩膀，低声哄劝：“好乔乔。”

周乔抿了抿唇，看着他含情期盼的眼神，心就这么软下来。

她点点头，绵着声音说：“嗯，会准时的。”

陆悍骁瞬间笑容大开，搂着她开心出门，“走，送老婆上学去。”

今天李教授出差，落了个清闲。

齐果她们已经约好下午去吃火锅，“周乔，你也一块呗。”

周乔说：“不了，我待会儿就走，有点儿事情。”

齐果眨眼，“跟你男朋友约会呀？”

细想一下，也的确算约会。周乔没藏掖着，“嗯”了一声。

“呀呀呀，羡慕死了。”齐果双手合十，星星眼，“你男朋友好帅哦。”

周乔一想到陆悍骁，心里的甜还是压倒了一切，她不客气地表示：“是还不错。”

“瞧把你得意的。”齐果嘿嘿笑，“虽然年纪长你几岁，但是大一点儿，会疼人。比咱们同龄的成熟多了。”

最后半句话，周乔持保留意见。但和齐果聊了聊，她心情开阔些许。

也罢，反正喜欢他，刀山火海，闯一闯也无所谓了。

周乔看了看时间，然后关电脑，悄声说：“我先走了。”

“快去。”齐果拍拍她的腰，“约会愉快哟。”

周乔背好包，刚走出校门，有电话进来。她以为是陆悍骁的，拿出一看，号码归属地：遥省。

她老家。

周乔一看是串座机号，心就往下沉了三分。她慢下脚步，深吸一口气。

“喂，你好。”

那头声音四平八稳。

“你好，是周乔吗？我是其东派出所的办案人员。请问，你认识金小玉吗？”

市一医院。

半小时前，陆悍骁就一直看手表。

徐晨君面色尚好，坐在病床上，劝道：“算了吧，周乔可能是有事，没法过来。”

陆悍骁还是好颜好言：“别急啊妈，您就这么想看到儿媳妇啊？等着，快到了。”

徐晨君“呵”的一声：“你电话都打了好几个，不是有事儿，干吗不接你电话啊？”

这话戳到了陆悍骁心坎，他脸色当即沉了下去。

徐晨君十指相交，端正地放着，叹了口气，说：“不用勉强的，妈妈是太严厉了，一般孩子都不会喜欢，周乔不喜欢我，也是可以理解的。”

陆悍骁听了，眉头皱得更深。

徐晨君眼色波澜不惊，轻轻一挑，“算了吧，算了吧，反正我明天就出院，不来看我，没关系的。”

陆悍骁不着一词，拿着手机拉开病房门，还在不断打周乔的电话。

他焦虑心急，同时也满心怒火。

一遍又一遍短嘟声之后。

终于接了。

那边似有很大的风声，周乔的呼吸声也很急。但这些细节，都被心里的急火给忽略，不等她开口，陆悍骁劈头盖脸地说起话来：“电话占线，占线！你是不是又把我拉黑了！周乔，你要是不想来，昨天就别答应我啊！我妈都愿意让一步了，你就不能配合一点儿吗？在这件事情上，从头到尾，只有我一个人在着急和努力！这些都没关系，但你今天的做法实在是过分了。你有事，没关系，打个电话提前告诉我，你不想来，OK，昨晚上你可以说明白，我陆悍骁什么时候给过你半点儿勉强？！”

他的怨气和不解，直截了当地从电话里喧嚣而来。

周乔捂着嘴，眼泪无声地往下坠。

她一路飞跑，从的士里到高铁站，一直在和老家那边的派出所打电话了解情况。好不容易买到最后一趟回去的高铁，坐到位子上，才觉得浑身虚脱。

陆悍骁不给她解释的机会，愤懑难平地挂断了电话。

周乔望着黑漆漆的屏幕，最后百分之五的电用完，手机自动关了机。

列车广播女声甜美：

“欢迎各位乘坐G2345次高铁，列车由上海开往其东……”

到其东已经是晚上八点半。

周乔双手寥寥，出站后打的赶去派出所。

她到的时候，金小玉还待在调解室里，对面坐着几个生面孔。

“妈。”周乔由民警带路，她一出现，金小玉还没说话，对面那几个人倒先嚷了起来。

“你就是她女儿？行啊，那咱们又可以上桌子谈了。”

金小玉说：“我呸！”

“呸谁呢你！”

民警用资料本往桌上用力敲了敲，“都安静点儿，还没吵够呢？”

周乔已经了解了事情始末，她走到金小玉跟前，无奈极了，“妈，怎么会闹成这样？”

金小玉一听她质疑的语气，心里的火噌噌往上冒，“叫你回来不是来指责我的。那个不要脸的有什么好得意的。”

周乔试图去拉金小玉的手，让她情绪平复一些，“你和爸爸都已经到这个程度了，再要狠又有什么用？那女的都快生了，你把人推到地上，真要闹出人命，妈，值得吗？”

金小玉憋火难忍，气冲冲地反驳：“是她自己摔地上的，我就扯了一下她衣袖，什么人家养什么样的女儿，看看他们一家子的嘴脸，市井小人。”

声音不算小，被那边听了去，人家拿着主动权，就不怕把事情闹大，其中一魁梧身材的男性拍着桌子就要上前，“你说谁市井小人！啊？”

金小玉冷哼一声：“乡下土鳖。”

眼见着场面又要失控，值班民警已经很不耐烦，吼道：“再吵，通通扣起来！”

“对不起。”周乔连声向民警道歉，然后站在金小玉身前，理智地问那家人，“是我妈妈先扯的她，我们不对在先。我们明天会去向她亲自道歉。”

“道歉有什么用，人都进医院了，一尸两命你们负得起吗？”

周乔沉了沉气，有理有据道：“如果她身体受伤，是我妈妈的直接责任，我们绝对不逃避。”

那家人气势汹汹，“就是你妈妈的错，这还有疑问？”

周乔说：“现场有监控吗？有第三人在场做证吗？”

民警说：“暂时没有第三方证据。”

周乔点点头，“那我们可以申请伤情鉴定。等鉴定结果出来，该怎么办，就怎么办。”

“哎嘿？你这小姑娘套路还挺多啊。”那家人语气依旧坚硬，但言辞里有了闪烁。

“不是套路，是按法律办事。”周乔面沉似水，“你们也有义务配合。”

那几个人面面相觑，拿不定主意。之前拍桌子的男人走到外面，看样子是在打电话。十分钟后，他走回来，嫌恶地埋怨几句：“这次算你们走运，幸好我妹妹没出事。”

周乔听了前半句，一颗心落了地。

他们这是同意私下调解了。

鸡飞狗跳的一晚上，从派出所出来，金小玉落寞地走在前面。周乔追上她，喉咙发酸，一时也不知道该说什么。

小城市的夜晚，风轻云淡，喧嚣早早退去，母女俩无声地走了一截路，金小玉突然蹲在地上，抱着膝盖掩面痛哭，嘴里还在念念有词。

周乔也蹲下来，近了才听清，妈妈说的是："我不甘心。"

"要不是我向娘家开口，借了资金给他创业，他周正安能有今天吗？有点儿臭钱就翻脸不认人，还说什么真心相爱。当初，他和我也是这样说的啊。"

金小玉悲泣抽声，全无平日的泼爽潇洒，她活了半辈子，身为一个女人，到头来，是这样一个不体面的收尾。

周乔亦难过，搂住她的肩膀。

"乔乔，你别学妈妈识人不清。"金小玉止了眼泪，呵声自嘲，"当初看中你爸爸长得高大好看，嘴皮子特别会哄人，哄着逗着笑着，就忘记他骨子里的劣根性。"

周乔静静地听着。

"彼此的家庭、性格、交际圈，但凡有点儿差距——"金小玉似自省，又似告诫，她转过头看着周乔，眼底一片看淡和冷漠，"吃亏的都是女人。

"谈恋爱的时候没有察觉，结婚一年两年五年，也不觉得有什么，但过日子，除了过一天少一天，矛盾也是过一天，就积累得多一点儿。总有一天会爆发。"

金小玉摇头叹气："那时候，男人照样风流潇洒，女人只剩年老色衰，斗输斗赢，永远被人戳着脊梁骨指指点点。"

周乔刚开始，还觉得周身的血液都在往上翻涌，但听到最后，她心底冷静如一片冰湖。

她敛了敛神，扶起金小玉，"妈，先回去休息吧。"

金小玉和周正安在昨天正式离了婚，如同宫心计一般的过程之后，财产几乎是对半分，金小玉多分了一辆二十来万的车。

从价值划分上来说，她是赢了。但全然没有爽冽的感觉。看着那辆黑色的大众车，停在她住处楼下，仿佛满车身都刻着对她婚姻的嘲笑。

金小玉住的地方是当地一处高档小区，十六楼。

钥匙还刚从包里拿出，丁零作响，门却“咔嗒”一声，从里面开了。

“玉姐，你回来啦！”一张年轻的男性面孔，笑脸相迎，语气讨好。

周乔愣在原地。

金小玉也骇然，完全没料到这种情况。她迅速反应过来，走上前把人推进玄关，压低声音斥责：“你怎么过来了？”

那大学生模样的男生委屈道：“玉姐，不说好了周末都上你这儿吗？”

“行了行了，快点儿走。”金小玉拉开手包，数着钱，“店里上新了，拿去买几件喜欢的衣服。”

一个欢天喜地，一个忧心回头。

但门口空空，周乔不见了。

夏夜蝉鸣，这儿不像大城市，灯红酒绿能够照亮半边天。

周乔沿着林春路走大道，双手环抱着自己，心如止水地看马路上的车来车往。

在这种复杂的家庭长大，多年来冷眼旁观，所以她情绪尚能自控。所谓的羞耻和愤怒，早已在青春成长里消化彻底。说起来，她考上全国数一数二的大学研究生，金榜题名也算衣锦还乡。但竟然没有一个落脚的地方。

想到这里，周乔低头笑出了声。

笑着笑着，眼睛就模糊了，地板上晕开一颗颗的水渍，像天上的星星坠地。

周乔深吸一口气，抹了把眼泪，伸手拦出租车。她出来得急，连手机充电器都没带。就零钱包里有五百多块钱，除了来时的高铁票钱，剩下的，只够买一张返程票了。

周乔没什么选择，让司机去高铁站。在那儿凑合一晚吧。

而三百多公里外的另一边。

陈清禾已经快被陆悍骁弄疯了，里里外外跑了一晚上，刚坐车里拿了瓶水，几米远的陆悍骁跟千里眼似的，指着他就骂：“你坐个屁啊，起来去找人啊！”

陈清禾瓶盖都没拧开，哭丧着脸，“坐下来还没五秒钟，大哥，你让我休息一下行不？”

陆悍骁已经走近，脸色冒火，一脚踢到他车门上。

“嘭！”

车门凹了一个槽。

陈清禾被动静弄得往后一弹，皱眉跳下车，“哪有你这样自虐的，脚非废了不可。”

陆悍骁摸出烟，烦躁地点火，一下两下没燃，他把打火机往地上一摔，“靠！”

“行了行了。”陈清禾把烟从他嘴里弄下来，“这一包烟还没一小时就见底了，你淡定点儿成吗？贺燃那边也叫了人去找，东南西北都有人，这城市都被你翻遍了。急什么，总会找到的。”

陆悍骁的太阳穴在突突直跳，抬手看了看表，心跳失重似的往下蹦跶。

他想要碾碎牙齿一般，“凌晨两点还不给我回家，手机也关机，她想干吗？她想干吗啊！”

陈清禾说：“吵架嘛，女生面子薄，再说了，你怎么能那样跟她说话呢？”

陆悍骁说：“我说错了吗？那么长时间给她考虑，她要不想来，吱一声，我绝对不勉强。”

陈清禾叹气：“行行行，就算你有理，那又怎样？你看，现在女朋友不见了吧。”

陆悍骁眼角微跳，两颊收紧，“胡闹！”

“如果她就要闹呢？你跟她分手吗？”陈清禾刺激道。

陆悍骁当即撂话：“死都别想！”

“那不就得了，你又何必发脾气呢？一时愤怒的状态下，说出来的话最伤人。”陈清禾心眼有明镜，“周乔是个好姑娘，绝不是搞事情的人。说实话，我觉得她跟了你，挺闹心的。”

陆悍骁一记冷眸，警告地瞥向陈清禾。

陈清禾吊儿郎当地呵声一笑，瞪回去，“你就在这儿瞎横，自己想想，我哪句话不在理？人家认真学习考研，你去招惹，答应你了呢，你们家又一堆破事。还有啊，你这性格不是我说，跟宠坏的孩子似的，非得跟我一样，扔部队魔鬼训练个三五年，看能不能好一点儿。”

陆悍骁的肩膀陡然松垮，往地上一蹲。

陈清禾低眼瞧他，“怎么了？”

陆悍骁捂着肚子，喉咙酸涩，“胃疼。”

“活该。”陈清禾用脚尖踢了踢他屁股，“她同学老师你都问过了？”

陆悍骁闷声：“就那么几个，她人生地不熟，在这里没什么朋友。”

陈清禾想了想，“我找人帮你查她的通话记录吧。”

就像一根救命稻草，陆悍骁眼睛一闪，“快吗？”

陈清禾已经在拨电话了，“快个屁啊，也不看看几点了，大凌晨的，陪你一块发疯。哎！你去哪儿啊？”

陆悍骁已经坐上路虎发车，还能去哪儿，找人呗。

一晚上时间，他围着城市开了一个圈，手机搁在仪表盘上，一有动静，心脏就跳得老高。

天色鱼白的时候，陆悍骁把车停在路边，看着窗外昼色渐亮，环卫工人也开始清扫路面。他下意识地伸手摸烟，一条烟什么都没剩。

陆悍骁双眼赤红，双手狠狠砸向方向盘。关节的疼痛已经抵不住麻木的心。

陆悍骁趴了上去，恨恨地想，这女人，就是天生来克他的！

一番怒火滔天的碾压后，空虚和不安瞬间席卷大脑。陆悍骁往椅背上一靠，猛地变换姿势，导致他血液直冲，头疼得厉害。后来陈清禾打电话过来，陆悍骁瞬间接听：“人找到了？”

“呃，没。”陈清禾劝道，“她教授说，她没请假，今天十点有一个测试，如果只是闹情绪躲着不见你，周乔肯定还是会去参加考试的。学校那边我安排了人，见到她就打电话。”

陆悍骁没吭声。

“骁儿，你这状态就别开车，报地名，我过来接你，你回去休息会儿。”

一小时后，陈清禾把陆悍骁送回了公寓。

陆悍骁精神状态确实颓靡，一身皱巴巴的衣服，看起来老了三五岁。陈清禾走前，陆悍骁再三嘱咐：“有消息马上告诉我。”

拖着疲惫身躯，陆悍骁按密码开门，“嘀”的一声，他推门而进，在玄关处换了鞋，走到客厅却一愣。

周乔正从卧室出来。

两个人面对面站着，眼神不让，谁都没说话。

但无可否认的是，看到她活生生站在面前的这一刻，陆悍骁觉得浑身的血液都起死回生了。

周乔看着他，然后缓缓移开目光，拿着背包要走。

擦肩的时候，陆悍骁终于忍不住了，“你昨晚去哪里了？”

周乔清清淡淡的一个字：“家。”

以为是她的出租房，陆悍骁火大地拽住她手臂，“你关机一晚上很好玩是不是？我他×在外面跑了一夜。”

周乔被他扯得踉跄了几步，但神色依旧平静，她如实解释：“我手机没电了。”

“没电？呵。”陆悍骁觉得这个理由简直奇葩，他不明真相，所以火气还站在有理的那一方。

深吸一口气，他强行让自己镇定下来。

“好，是我的错，我不该在电话里语气那么凶。”陆悍骁秉着大事化小的原则，不想，也不忍再和周乔有争吵。

“以后我会改正，但我也希望你，不管什么决定，都能提前跟我说。”陆悍骁沉声静气，把打碎的牙齿自己和血吞了一般，他陡然泄气，似苦似求，“但你要保证，以后不要不接我电话。”

沉默许久的周乔，就应了一个字：“好。”

她就要走人，陆悍骁好不容易冷下去的情绪，被她不痛不痒的态度再次激怒。

“周乔，周乔！”陆悍骁这一次直接把人半抱半拖，抵在墙壁上。那红透的眼圈也不知是熬夜熬的，还是怒气激的。

“你跟我多说一个字不行吗？你难道就对我无话可说了吗？啊？！”

“说什么？”周乔直直盯着他，“你要我怎么说？说我家里出事了，我打电话给你，你却怪我没来看你妈妈。说我手机没电了，身上的钱只够买两张车票。”

陆悍骁怔然，搭在她身上的手渐渐松了力气。

周乔咬着下唇，低头的时候，忍了一晚上的眼泪流了下来。

“陆哥，我爸妈离婚了。”

后来，周乔推开他，头也没回地出了门。

陆悍骁在原地蒙了好久，才晃着身体追了出去。

周乔在前面走，他就开着车子跟后头。

陆悍骁这会子觉得自己要死了，一团麻绳在脑子里绕啊绕，绕成死结。有愧疚，有心疼，有懊恼，所有情绪混在一起，就成了小心翼翼。陆悍骁喊了周乔两声，周乔没理。他也就只敢开车跟着，始终保持两米的距离，直到她进了学校。

陆悍骁坐在车里，十指相扣抵着额头。

这时，微信提示有新消息。

是陈清禾发来的。

几张图片，是周乔昨天的通话记录。

其实已经没需要了，陆悍骁随意点开两张，粗粗一瞥，看到昨天下午来自其东派出所的电话记录时，他心里的负罪感更加深重。第三张图片是周乔的短信记录，陆悍骁本没放心上，一眼而过，却看到一个熟悉的号码。

徐晨君的。

陆悍骁把图片放大，看清了信息的每一个字。

“周乔你好，我是伯母。听悍骁说，你下午会来探望我，十分感谢你的好心，但我觉得，我们两个没有见面的必要。我很爱我的儿子，我们母子相处向来愉悦和平，希望你做一个懂事的孩子，不要让悍骁因为你，而让这个家庭产生从未有过的矛盾。”

陆悍骁差点儿把手机屏幕给拧碎。

他把方向盘打死，轮胎摩擦地面卷起飞尘阵阵，黑色路虎掉头直奔反方向而去。

“徐总，这是薪资审核表，还有福利奖金全部落实到位。”安静素雅的办公室里，徐晨君边签字边听秘书汇报。

突然门口传来动静。

“陆总，我先去通传。”

门被重力推开，陆悍骁携风带雨地闯了进来。

徐晨君的助理面露难色，“抱歉徐总，我……”

“你先出去吧。”徐晨君把文件合上，直到门关紧，她笑着招呼陆悍骁，“呀，今天是来陪妈妈喝早茶的？”

陆悍骁两手往她办公桌上一捶，“妈，我一直以为您是一位虽然偶有迂腐严厉，但无伤大雅还算通情理的长辈。”

徐晨君脸色一变，“你怎么跟妈妈说话的？”

陆悍骁森冷的目光掠过桌面，逼视着她，“您对周乔做过些什么，您自己心里得有个数。”

徐晨君眉心微蹙，然后眼神变得尖刻，嘴角弯着，“哟，她按捺不住跟你告状了？她妈妈金小玉打小就是个惹祸精，当着一面背着一套，嗯，不奇怪。”

陆悍骁悄无声息，搁在桌面上的双手握成了拳头。

徐晨君端起花茶，吹凉它，然后慢条斯理地喝了一口，“说说吧，都告了哪些状？是刁难她在牌桌上跑腿买蛋糕，还是不收她的丝巾礼物啊？”

陆悍骁皱了皱眉。

他把徐晨君的话代入联想，所有细节就跟电线接通了开关一样，“噌噌噌”地亮堂起来。

陆悍骁的所有怨气和愤怒，瞬间化成一汪死水。

他不再多发脾气，甚至一个字也吝啬出口，就这么转身离开。

反而是徐晨君慌了，“悍骁，陆悍骁。”

背影坚决又漠然。

徐晨君起身，绕过桌子追上前，“儿子！”

陆悍骁却一脚踹向她的办公室大门，吼道：“别再跟着我！”

重响张牙舞爪地散播开来，外头的员工一个个闭声埋头，不敢有动作。

周乔上午考试完之后，就向李教授请了半天假，说身体不适。

李教授昨晚被陆悍骁的电话轰炸了一宿，不明细节，但也知道两口子闹了大矛盾，于是麻溜地批了她的假。

周乔回自己的出租房，洗了个澡就蒙头大睡，这一觉跟海上飘似的，迷迷糊糊睁开眼，天色已经完全黑下来。周乔扒开手机一看，已经快九点了，还有几条微信，都是齐果他们发的。

列表里，陆悍骁那个带刀侍卫的微信头像安安静静地排在第一位。是他抢了她的手机设置的置顶。

周乔分了神，左右甩了甩头，然后起床换衣服准备下楼吃个小炒。从昨天下午起，她就没正儿八经地吃过一顿饭。她睡眼惺忪，脑子还昏沉，拉开门，被一团庞然大物给惊得往后一退，“哎！”

低头看清了，竟然是坐在地上的陆悍骁。

周乔没想到他会来，一时沉默。

陆悍骁撑着膝盖借力站起身，看样子是坐在地上很久了。

他头发软软地垂着，不似以前意气风发的发型，身上的衣服还是早上那一套，经过白天的蹂躏，此刻更加皱巴。

周乔已经得出结论，他这一天都没有回过家休息。

陆悍骁已经适应了手脚的麻木感，此刻背脊挺直，站得端端正正。

两个人面对面，一高一低，周乔垂眸，“你……”

身体却突然一紧，人被重重拉进了他的怀里。陆悍骁长臂圈着她，死死地扣住，脸埋在她脖颈间，嘴唇张动的时候，脖上的皮肤微痒。

周乔放弃了挣扎，因为听清了，他说的是：“对不起。”

陆悍骁跟失了语的机器一样，一遍遍重复这三个字。

周乔咽了咽发涩的喉咙，艰难地开口：“陆哥，我们……”

话还没说完，陆悍骁就用手心捂住了她的嘴，用比她更抖的声音，配合着早就通红的眼眶，说：“我们一定不能分手。”

周乔被他抱着，浑身的重量交在他身上。

陆悍骁闷声道：“我都知道了。我妈妈对你不好。”

周乔没吭声。

“她做得太过分了，真的太过分了。”陆悍骁一下一下抚摸她的背，身体也急于向她压近，似是想得到一点回应。

但周乔温温淡淡，不挣扎，也不给予热情，这让陆悍骁全然没底。

“你是想出门吗？想去哪里？我陪你一起去。”陆悍骁生怕冷场，不遗余力地找话题。

周乔终于忍不住地把手挪到他肩膀上，指甲抠进去。

陆悍骁被她的举动弄得欣喜，结果周乔却说：“你先放开我，我……我顺不过气了。”

“……”

陆悍骁心不甘情不愿地松了松手，周乔推着他，自己也往后退了两步。

她说：“我要下去吃点儿东西，一起吗？”

“一起，一起。”陆悍骁连忙点头，不由分说地牵起她的手，讨好般地献殷勤，“你想吃什么？烤生蚝好不好？就上次咱们去过的那家，你说好吃的餐厅。”

“很晚了，不用了。”周乔兴致不高，“就在楼下随便吃点儿吧。”

这边离学校近，所以周围小吃店挺多，周乔挑了家干净点儿的，叫了盘蛋炒饭和一杯奶茶。

她问陆悍骁：“你吃什么？”

“我就吃你的。”他语气执意，意图也明显，但可惜周乔并不上钩，只点了点头，还真又叫了一份一模一样的。

陆悍骁陡然泄气，蛋炒饭摆在面前了，他反而一动不动了。

周乔埋头吃得很香，也不顾他把勺子搁桌上故意弄出的声响。

陆悍骁食之无味，偏过头，又把头正回来，终于忍不住地说：“周乔。”

“嗯？”她抬起头，一勺饭往嘴里送。

陆悍骁抿紧唇，有点委屈，“你在冷我。”

周乔嚼着饭粒，眼神不躲不闪和他对视，半晌，她说：“我没有。”

“当我看不出来吗？”陆悍骁身体前倾，倒豆子似的列举她的不对劲儿，“你只顾吃你的，你不跟我说话，你……”

“我有给你点餐啊，你问的问题，我也都有回答呀。”周乔打断他，声音平而淡，她想了想，用比方才更冷静的声音陈述，“可总是哄一个人，也会很累啊。”

陆悍骁的心彻底跟上了霜的秋天一样。

他的手越过桌面，下意识地想去握周乔的手，也不知是有意无意，周乔捧起奶茶往椅背一靠，自然躲过。

大事不妙的感觉在陆悍骁心里大刀阔斧一般地乱劈。他恐慌地哀叹，你不愿意了吗？这股恐慌却自动演变成怒气腾腾，他硬邦邦地脱口而问：“你是不是后悔了？”

周乔抿着吸管，奶茶是冰的，凉意一点点在口腔蔓延。

她本能地回答："从不后悔。"

陆悍骁目光收回，不断点头，"好，好。"然后也不再多言，起身拿起车钥匙就走，"就冲你这句话，我一定给你个交代。"

周乔放下奶茶，快步追上去，"你要去干吗？"

"累了，回家睡觉。"

他步子大，追得有点儿费劲儿，"陆悍骁！"

还真把人给叫停了。

陆悍骁侧过头，看着她笑了笑："在一起这么久，每一次只有当你非常生气的时候，才会喊我的全名。小骗子，你明明就……"

你明明就后悔了。

这句话，陆悍骁都不忍心说完整。

周乔放缓语气："这么晚了，你先冷静一点儿行不行？"

"没什么不冷静的，我只是回去睡个觉。"陆悍骁拂开她的手，然后头也不回，"老板，买单！"

周乔看着他上车开车，车身一转，就消失在了街角。

陆悍骁虽然冲动直接，看起来不着调，但察言观色的功力一等一，但凡有点儿不对劲儿的地方，他总能敏感捕捉。

周乔在想，自己真的后悔了吗？

他那高高在上不好相处的母亲大人，从政从商优秀的家世底细。光是第一点，周乔就已经尝到了厉害滋味儿。

她慢走在回家的路上，看着路灯束束光影里，虫身乱飞，像极了飞蛾扑火。

城市另一边，陆家。

难得的徐晨君也在，一家子人吃过晚饭，闲聊唠叨后正准备休息。

陆悍骁动静颇大地开门而入，"嘭"的一声，木门弹在墙壁上。

声音引得众人侧目，陆老爷子一看，不满皱眉，"还以为鬼子进村了，你就不能学着清静点儿？"

陆悍骁阴沉着脸，不发一语地走到客厅。

徐晨君若无其事地坐在沙发上，陆老太太起身，"悍骁啊，怎么这会儿过来了？过来就别走了，今晚睡老宅吧，齐阿姨，给悍骁煮点儿吃的。"

“不用了。”陆悍骁打断，走近到徐晨君面前站定。

母子俩一个坐着，一个站着，陆悍骁目光笔直地垂在她身上，沉了沉气，开口道：“妈，我觉得我们有必要好好谈谈。”

徐晨君仰起下巴，对视了一会儿，语气干脆，“好啊，谈工作还是谈生活？或者聊聊天气，哦对了，我给你爷爷奶奶定了个旅游团，下个月去哈尔滨怎么样？”

陆悍骁说：“谈周乔。”

徐晨君勾了勾嘴角，“不谈。”

气氛瞬间僵硬。

陆悍骁抬起右手，把手上的车钥匙往旁边的桌子上敲，声音跟重锤一样，一个字比一个字大，“我说，谈周乔！”

徐晨君手拍向沙发扶手，凌厉起身，“我不会接受这个女孩子！”

“好，那我也把话撂这儿了。”陆悍骁把钥匙一丢，毫不示弱地和母亲对视，“这个女人，我娶定了！”

徐晨君冷声一笑：“看看你现在的态度。”

“我一直尊重您，但现在，您对周乔是什么态度，我就是什么态度。”

“陆悍骁！”

声如洪钟，是陆老爷子愤怒的呵斥。

“哎哟，哎哟，”陆奶奶焦急地起身，这边推搡着老伴，那边又去拦陆悍骁，“少说两句，少说两句。”

徐晨君道：“看看金小玉和周正安，离个婚可以说是惊天动地年度大事件啊。爸、妈，什么样的父母教出什么样的女儿。看看他现在——”

徐晨君指着陆悍骁，“如果不是受唆使，怎么会把家里闹得天翻地覆。”

陆老爷子重咳两声，踱步到陆悍骁面前，面色沉重地斥责：“你以前虽然顽劣，但还算知轻重懂分寸，就事论事，不谈外人，你如此无礼的态度，是该用来对长辈的吗？”

陆悍骁被这些事搅得苦不堪言，怒极攻心之下，翻起脸来照样不认人。

他点点头，克制着自己，尽量用平静谦卑的语气向爷爷表立场：

“爷爷，虽然你们不明说，但我知道，您也是和我妈一样的看法。”

陆老爷子眉头深锁。

陆悍骁目光坚定，“但是——我对周乔的态度，永远不会改变。”

“她妈妈是我们认的干女儿，换个说法，周乔也算是你半个妹妹。”

陆老爷子旁敲侧击地游说，却惹得陆悍骁嗤声一笑：“屁个妹妹！”

“会不会说话！”陆老爷被孙子的态度激怒。横眉怒目动了真格。

陆奶奶急得左右不是，拖着陆悍骁的手，“孩子不要再说了，你爷爷他身体不好啊。”

“妹妹是吗？”陆悍骁轻轻拂开奶奶的手，然后冷淡地瞥向所有人，“又要用这个理由大做文章了是吗？好，好。”

他背脊挺直而立，往后退了两步，负手环胸，吊儿郎当地笑着，然后双臂摊开，字字清晰：“那我就从陆家搬出去，身家干干净净可以吗？”

徐晨君大骇，“你知道你在说什么吗？！”

陆奶奶也差点厥过去，“孩子，你糊涂了啊！”

“混账东西！”陆老爷子挥起手，巴掌劈头盖脸地落了下来。

陆悍骁没躲，硬生生地挨了这记皮肉打。“啪”的一声，脸颊先青后红，指印明显。他舌尖抵了抵槽牙，隐隐尝到了血腥味。

这一巴掌打得他心甘情愿。陆悍骁倔强地撑着，索性把话挑明：“今儿个我就是无赖浑蛋了。你们的理由尽管拿出来阻拦，你——”

他看向徐晨君，“别给我扯什么遗传基因，比浑蛋，我输过谁啊？妈您要是再拿这个说事儿，信不信我下个月就要你当奶奶！”

“还有哥哥妹妹那一套说辞。”陆悍骁缓了缓声音，对陆老爷子微低头，“对不起爷爷，那我只有见招拆招了。”

都是聪明的老江湖，“断绝关系”四个字他虽未挑明，但这番言论已经是把底儿都掏了出来。

不要周乔，那你们也就没了陆悍骁。

言尽于此，陆悍骁转身就走。

任凭奶奶在后头苦心喊劝，他都没有再回头。

夜已深。

陆悍骁上车后，扒下反光镜，摸着自己的右脸照了照，“靠，老爷子还真下得了手。幸亏我每天坚持喝杯奶，下盘力量扎实。”

陆悍骁烦心事一堆，左手撑着自己的帅脸，右手有下没下地敲方向盘。

他沿着大路一直开，虽然漫无目的，但开到一半，还是鬼使神差地往熟悉的地方去。

都快十二点了，周乔肯定睡了。

陆悍骁接近她的小区，看着熟悉的街景，还是没忍住开了进去。停在她住的单元楼楼下，陆悍骁看到七楼果然没亮灯。虽然证实了猜测，但心里还是怪难受的。

陆悍骁解开安全带，推门下车，然后狠狠踹了一脚前轮，“臭周乔，坏周乔，这么为我着想干什么？受委屈了告诉我啊！冲我发脾气，虐待我，鞭打我，来日我啊！”

陆悍骁一脚接一脚，踹完前轮踹后轮，踹完左边踹右边。

“臭周乔臭臭臭！”

他踢得那叫一个投入，以至于发现一米远的前方站着一个人时，自己的脚还踩在轮胎皮上。

星月当头，周乔手上提着一个购物袋，影子投在地上，悠悠地拉伸到了陆悍骁车边。

她微微蹙眉，眼神不解，看着他，问：“你骂我干什么？”

陆悍骁呆愣半天，喉结上下滚了个波，眨巴眨巴眼睛道：“没，没有。”

周乔一步步朝他走近，“你说我臭，还说我坏，又说我特别好，还要我虐待你。”

陆悍骁：“……”

妈的，好羞耻。

走近了，周乔目光一沉，她看到了陆悍骁右脸上的印痕。

“嗷。”陆悍骁瞬间反应，一声痛苦哀号，然后蹲在地上抱住头，凄凄惨惨戚戚，“说出来你可能不信，我刚在路上被外星人劫持了，他要抢我的钱包，我宁死不屈，因为钱夹里有你的照片，外星人问我要照片还是要脸。我说，当然不要脸！”

周乔把购物袋从左手换到右手，偏着头，好整以暇地等他继续。

陆悍骁蹲着，两只手掌捧着帅脸，像一朵花。

“美女，你不过来浇点儿水吗？浇点儿水，我就能发芽了。”

周乔慢慢弯了嘴角。

陆悍骁再接再厉，咧牙笑：“种瓜得瓜，种豆得豆，种下陆悍骁得老公。”

周乔没搭理，转过身的一瞬，眉眼上扬，浅浅而笑。

陆悍骁：?

就这么走了?

他忍不住大喊：“周老板，种不种我啊?！”

周乔走了几步，停住，声音飘远入耳——

“花盆在家里，自己带点儿土……上来吧。”

这一刻陆悍骁总算知道喜极而泣是什么感觉了。

陆悍骁跟着周乔上楼。

看得出他是真的如释重负，面色虽有疲倦，但掩不住好心情。

“你还饿不饿啊？刚才一盘蛋炒饭不够的吧?

“吃不吃水果，我去给你买水果行吗?

“你愿意带我上来，一定是看中我是潜力种子吧？这年头能结出老公的种子已经不多了。”

周乔笑笑，都是一两个字的简短回答。不过陆悍骁已经很知足了。

周乔拿钥匙开了门，侧过身子，“进来吧。”

刚踏进玄关，门还没掩严实，陆悍骁就从背后将人抱住，一路抱着往前走，一个接一个的吻迫不及待地落在周乔的脖颈和脸颊。

陆悍骁心跳得格外厉害，把她推到墙壁上，周乔没有抵抗，任他掰成面对面的姿势，承受他的唇舌。陆悍骁用较之以往更大的热情，讨好似的给予她欢爱的快感。周乔微闭眼睛，直到他的手从衣摆滑上去，在细腰上煽风点火直直而上，周乔终于忍不住地哼出了声。

陆悍骁就更加蠢动了。

他压着周乔，在耳朵边粗声问：“今天晚上我不走了行吗？”没等她回答，他自己做决定，“我不走了。”

周乔的身体虽未抵抗，但也实在算不上是热情主动。陆悍骁急于求证，拉着她的手搭向自己的腰，“乔乔你摸我，我是不是出汗了？”

周乔的手指头是凉软的，摸着他的腰窝，“我去开会儿空调吧。”

陆悍骁打横抱起她，往卧室里走，“行，不然做起来会热。”

周乔被他扔到床上，陆悍骁随即覆了上来，他的身上有一夜未散的烟草味，周乔鼻子触着他的肩膀，感觉到自己的腿被分开又合上。

陆悍骁猛地抬起头，“不行，得去洗个澡，我太脏了。”

周乔朝他弯了弯嘴，“去吧。”

身体却一空，陆悍骁又把人抱了起来，“你也不香，一起。”

后来的发生顺理成章，花洒水声淅沥，很好地遮盖住浴室里的动情叫吟。陆悍骁今天也跟杠上一样，只要周乔声音小下去，他就用更大的劲儿和花样让她欲罢不能。

不知道死去活来的第几回，陆悍骁终于偃旗息鼓。他趴在周乔胸口，手还环住她的腰，食指轻轻地抠着。

“我们这算和好了吗？”陆悍骁问。

“嗯？”周乔低头，目光垂向他的头发。

“我不管，我们就是和好了。”

周乔扯了扯嘴角，捻起他的一撮头发，在指间细细腻腻地搓着。

“陆哥。”

“嗯？”

“我想跟你说件事。”周乔平静道，“学校每年暑假定期有项目可供实习，主要是去企业参与具体的工作，今年的还不错，侧重精算，是我的弱项。”

她每说一个字，陆悍骁浑身就紧绷一分。

“今年在美国，七月和八月两个月时间，我报了名。”

而当最后这句话说出，陆悍骁觉得自己被周乔毫不留情地丢进了一个大冰窟窿，咕噜咕噜地往里头灌冰水砸冰块。

周乔不是商量，而是告知。

陆悍骁意识到这一点，起先是愤怒感汹汹而来，但很快，他告诫自己要冷静，不要争吵，于是和着血吞落牙，硬生生地让自己闭了嘴。

“咝！”周乔一声痛叫。

陆悍骁借着姿势方便，不留情地咬了她的胸口。

他站起身，不着一语地擦身体，穿衣服，然后赤着下身走出浴室找裤子。

周乔披着浴巾跟了出来，陆悍骁背对着她。

“好啊，你想去就去，我没意见。”他声音不急不缓，压着一股气。

陆悍骁把长裤提上臀部，转过身，边系皮带边看她，“反正你已经决定了不是吗？公司还有点儿事，我先走了。”

擦身而过的时候，陆悍骁说：“晚上锁好门，早点儿睡。”

周乔说：“这么晚了，你开车不安全，要不别……”

陆悍骁说：“你还是让我走吧，我留下来，不安全的就是你。”

他的手机号码已经拨了出去，那头接了。陆悍骁没什么耐心地撂话：“老地方。”

周乔忍不住，“你昨晚就没睡过觉，还要上哪儿去？”

回答她的只有关门声。

一小时后，周乔收到一条微信，陈清禾发来的。内容是三张照片，陆悍骁裸着上身，满身大汗地在打拳击。哪怕只是静态照片，凌厉劲儿也仿佛扑面而来。

“我天，你男人疯了。”

周乔把头埋在枕头里，手机拽在掌心都发了热。

她用理智把事情前前后后串了个遍，陆悍骁的执着和他家庭的反对，是两个对立面，周乔畏惧他母亲的刁难，也不舍这个男人的真心。她在短时间内立身夹缝之间，却做不出最干脆的决定。

这种矛盾情绪使然，周乔觉得自己快要被拉成两截。

再后来，她灵光一现，想到即将到来的暑假机会。或者，只要她暂时抽身，整个局面会变得冷静而重塑；或者，给大家多一点儿时间，陆妈妈也能想明白，至少不会这样激烈；或者，时间真的是万能的。周乔意识到这一点儿，就像是抱住了一块救命浮木。

她瞬间清醒，拿起手机给陆悍骁发了一条长而真挚的短信。把她的想法摊了牌，并且用词斟酌小心翼翼。

小论文发过去后，她盯着聊天框屏息期待。周乔看到对方的状态，好几次都是“正在输入”，但过了几秒，又变成一潭死水。反复周折，周乔盯着盯着，就睡着了。

第二天醒来，屏幕上躺着一条很简短的信息。

陆悍骁：“你打了那么多字，我只看懂了一个意思，你不想和我共同面对。”

周乔把这条短信来回看了三遍，每看一遍，就跟匕首往胸口推深了几分似的，刺得她血气上涌，捂着嘴干呕了一声。

她手指在屏幕上迅速按了陆悍骁的电话，刚准备按下拨通键，有电话抢先打了过来。周乔没刹住，秒速接听。

迟疑几秒，“……陆奶奶？”

市一院。

高层的干部病房不同于一般，每一层间数要少一半，环境十分清静。

周乔推门进去的时候，陆奶奶正闭眼安眠。

听见动静，老人家很快醒来，眯缝着双眼道：“乔乔来了啊。”

“陆奶奶。”周乔轻步走到病床前，蹲下来，看着她还在打吊针的手，“您好点儿了吗？”

“我都是半只脚要踏进棺材的人了，好不好没什么实质意义喽。”陆奶奶用没打针的那只手对她招了招，“来，再近点儿。”

周乔听话，感受到干燥的掌心在他脸颊上悠悠抚着。

陆老太“唉”的一声叹气：“也是个苦命孩子，小玉不是个好妈妈，不是个好妈妈啊。”

周乔眼睛发酸，低下了头。

“但你真的特别懂事儿，不受影响不放弃，依旧把自己培养得这么优秀。”陆老太喟叹，“我们悍骁啊，打小儿就顽皮，大了，有本事了，心事也兜不住了，发起脾气来也不再分身份了。”

“乔乔。”陆老太的右手从她的脸颊，移向了她的手背，用比方才更低的声音无奈道，“昨晚上，悍骁跟他妈妈大吵一架，连净身出户这种话都说出来了。”

周乔怔住。

陆老太勉强笑了一下，指着上头的吊瓶儿，“年轻的时候，浑身倍儿力气，觉得干什么都能撑过去，后来啊，有儿有女有老伴，才发现人这一生，到头来不就图个团团圆圆嘛，那些过不去的坎，几年之后回头看看，也不过如此。”

陆老太勉强的笑脸已经被忧愁替代，“悍骁张狂，管不住了。但是乔乔，你还年轻，还在上学，未来那么长，有的是好人生。”

周乔喉咙发苦，耳膜嗡嗡作响。

陆奶奶这一波三折的讲话方式，轻声暖调，没有半点儿戾气，却比任何人的话都叫她心惊胆战。

周乔哽着声音："嗯。"

陆老太混浊的眼球有了湿意，"家和才能万事兴啊，不容易的，都不容易。"

周乔一句话都说不出，待了一会儿，就浑浑噩噩地离开了。

在路上，学校打来电话，是一个陌生号码。

"喂，你好。"周乔强打精神。

"Hi，你是周乔吧？我是齐果的朋友，她有几张表格在我这儿。"是道男声。

周乔早前提交了暑期实习的申请，应该是过了初选，齐果昨天微信上提到了此事，让她今天过来填些资料，周乔是知道的。但今天李教授带齐果临时外出，所以拜托了他人。

那位师兄在教学楼等她，表格资料填写还挺费事，周乔第一次弄，很多地方不懂，好在师兄是个阳光耐心的男生，在他的帮助下，周乔顺利填完了所有。

她长吁一口气，数了数页数，"师兄，今天真的谢谢你了。"

"不客气，你是齐果的小师妹，她交代的，不敢怠慢。"师兄递上一个文件夹，"来，用这个装好。"

过了一会儿，他欲言又止，不太好意思地问："那个，齐果最近是不是特别忙啊？"

周乔很快明白过来，笑着说："导师挺看重她，这段时间是帮着一家公司做账目分析的材料。"

林荫道上，偶有车辆穿梭，这位师兄也是个机灵人，直截了当地打听齐果的事情。

"我和她高中在一所学校，她在高中就挺有名的。"

周乔问："是因为学习厉害吗？"

师兄说："不仅学习第一，她还打架呢。"

后来，大部分时间都是师兄在聊天儿，周乔安静地听着，偶尔配合地笑一笑。

这条路窄，双向都有车过的时候，两个人难免会挨近一些。

周乔脚下不稳，踉跄了一下，"哎！"

师兄礼貌地扶住她手臂，"小心。"

周乔道谢，借着力气直起身，抬头的一瞬，却愣住。几米开外的路虎车边，陆悍骁站在前面，一脸阴沉地死死盯住两人还未松开的手。

师兄不明所以，但隐隐觉得不对劲儿。

陆悍骁朝前走过来，他的脸色实在算不上友善。鉴于上次在租房时他打过人的不好回忆，周乔下意识地把师兄拦在了身后。

这个动作看在陆悍骁眼里，将他好不容易压制下的火气瞬间重燃起来。他联想起前前后后，两晚上没闭眼的疲倦无疑是火上浇油的催化剂，让理智瞬间崩盘。

陆悍骁冷声一笑，点着头说："挺好啊，郎才女貌小年轻，走在路上就是个风景。不过啊……"他对师兄抬了抬下巴，"泡妞之前是不是也得打听打听她男人是谁。"

听到他越说越离谱，周乔头疼地赶紧打断，但又顾忌这是学校，闹起来不好看。

于是，她向前一步，压低声音耐心哄劝："师兄只是帮我填表，不是你想的那样。有话我们换个地方说。"

一听填表，陆悍骁就想到她暑假要离开的决定，顿时火冒三丈，不顾一切地喷薄怒声："你知道，我都知道，你嫌我麻烦，嫌我家屁事多，不愿意在我身上浪费时间。呵，满校园的学弟师兄，你找哪个都比和我陆悍骁在一起快活是不是？"

周乔拦不住人，陆悍骁撸起衣袖，伸手拽住了师兄的衣领。师兄措手不及，被勒得脸有痛色。陆悍骁下了猛劲儿，压根掰不开手。

侧目围观的人越来越多，周乔骇然，"陆悍骁，你有完没完啊！"

"我有完没完？"陆悍骁松开了手，双手搁在腰上，好笑地看着她，"对啊，我就没完了，你不是嫌我冲动吗，我今天就冲动给你看，怎么，想甩手就走？周乔我把话也撂这儿了，你上了我的床，就是我的女人了，想走——没门！"

周乔脸色苍白，耳朵边像是惊雷爆炸。

她一句话都没说，转身留了个沉默的背影。

这种冷反应，倒让陆悍骁虚了心。后知后觉的悔意丝丝上冲，盛怒之下才不管自己说的什么混账话。他来不及思前想后，直觉地要去追周乔。

"周乔！"

但她已经拦下一辆出租车，坐上去没有了半分留恋。

出租车在前面走，陆悍骁就在后面跟，他彻底冷静下来，越想越觉得自己该死。他看着周乔回了出租屋，上电梯。

陆悍骁蹲守在她家门口，半小时后，终于按捺不住地敲门。

十几下之后，就在他不知所措地觉得没戏的时候——

“咔嗒”清响，门开了。

周乔一脸平静，敞开的门缝像是一道明目张胆的伤痕。

陆悍骁心松了半颗，咽了咽喉咙，小心翼翼地道歉：“对不起。”

周乔一直望着他，目光如水。听到这三个字后，她点了点头。

就在陆悍骁另外半颗心即将落地的时候——

周乔轻声说：“陆哥，算了吧……我可能撑不下去了。”

周乔的这句话像根木桩，从陆悍骁的天灵盖直插脚板心。

呆愣好一会儿之后，他明白过来，这是分手。

陆悍骁下意识地去抓她的手，语气惊慌懵懂：“乔乔。”

周乔手往身侧收，让他扑了个空。

“这条路，我很难再坚持了，太难了。”周乔将心里的委屈一吐为快，不断重复，“真的太难了。”

陆悍骁呼吸急了，眼神急了，“我保证，以后不会让我家里人再来打扰你。我也不回那儿住了，你喜欢哪里，我就在那里买房子，就只有咱们两个，行吗？”

他怕极了周乔这种冷静自持的模样，他宁愿她歇斯底里地大吵一架，而不是像现在，剩他一个巴掌，拍都拍不响了。

“你不喜欢我家里人，我们以后不回去，你不用跟他们往来打交道，一切都交给我，周乔，我不会让你受委屈的。”情急之下，陆悍骁什么山盟海誓都丢了出来，“我以后不再乱说话，我会学着稳重，学着给你安全感，我不再乱吃醋，我跟你师兄赔礼道歉，我……我……”

陆悍骁找不到说辞，脸色青一阵白一阵，眼角淡淡的微红起了个头，便再也收敛不住了。

“……乔乔，我错了，你再给我一点儿时间好不好？”

他不死心，又拉起她的手，把她箍得紧紧。

“我们不分手，行吗？”

陆悍骁每句话都带着小心翼翼的试探求证，他把自己剖心挖肺地展现出来，就等着周乔软化感动。

周乔认认真真地听完，表情没有一丝起伏。等陆悍骁收了嘴，她才缓缓开口：“和你家人决裂，是吗？”

陆悍骁说：“这些你不用管，让我去解决。”

周乔摇了摇头，“再让你奶奶进一次医院吗？”

陆悍骁怔然，“你怎么知道？”很快明白过来，他切齿怒声：“他们又找你了？”

周乔抬起头，对视上他的眼睛。

陆悍骁瞬间闭了声，忐忑地等待她的判决。

周乔说：“这不是重点，陆哥，是我不想再继续了，我软弱了，我不想面对你家里人，我不讨他们喜欢，我心力交瘁了，我不想再这么为难了。”

她把所有过错都揽在了自己身上，也分不清哪句真心哪句假话，心里就一个念头，反正到这一步了，就当是她不够勇敢吧。

陆悍骁听了之后，烦躁地左看右看，目光找不到一个落脚点。他摇头，“不是这样的，我们不该是这样的。”

周乔开始陷入一种奇怪的情绪，她开始反省这段感情，到最后，她觉得一味地推卸责任，还不如批判自己来得安心。

“你帮助我考研，在我父母把我往外推的时候收留我，你的好我都记着……”

“那你还跟我分手！”陆悍骁一拳砸向门板，指节清晰地泛起红肿。

周乔干脆说：“对，是我十恶不赦，是我不知好歹，陆哥，你以后别再找我这样的女孩儿了。”

陆悍骁却拽住她的手腕使劲往前拽，周乔被迫贴近他的怀里，然后吼她：“是不是出了这扇门，我们就是陌生人了，是吗？！”

周乔沉默了一会儿，竟然点了头。

陆悍骁方才的戾气全部僵住，看着她坚定的脸庞，这才发现，哪怕他再严词犟调，周乔都不会回头了。

“好，好。”陆悍骁松开怀抱，往后退了一小步，“我一辈子没在谁身上栽过跟头，周乔，你厉害，你真厉害。”

他的声音晦涩难咽，不死心地再次求证：“你给我一个星期时间去处理，如果结果不满意，你再做决定行不行？”

周乔被他一再追问，觉得再来个两次，她又要没出息地动摇了。于是她狠心地退到屋里，手放在门板上，这个要关门的动作，让陆悍骁瞬间崩溃，他冲过去抵住门板，红透的双眼像一把沾血的匕首，恨不得将周乔的心挖出来。

陆悍骁的嗓音像要划开一样，恨恨地吼她："是你先不要我的，记住是你先不要我的！"

周乔没吭声，甚至没再看他，就这么关上了门。

陆悍骁跌跌撞撞地进了电梯，出小区上了自己的车，手哆嗦了半天都塞不进车钥匙，最后他打电话给了陈清禾。

陈清禾还在大队上训练小兵崽子，赶来的时候，陆悍骁脸色失真，头枕着椅背半天也不说话。后来又发了疯一样要去"老地方"。

"大爷，求您歇会儿成吗？"陈清禾气喘吁吁地挨了他几个轮回，陆悍骁连保护器具都没穿戴，衣服一脱，赤脚空拳地就干上了。

"哎哟哎哟，说了别打脸！"陈清禾被他逼退到墙角，弄急了，他一脚踹过去，"有事说事，发什么疯！"

本以为陆悍骁这么生猛，肯定会躲开，但这人跟中了邪似的，硬生生地挨住。

陈清禾这一脚的力气不小，踢得还是他的膝盖。

陆悍骁当即跪在地上，就剩右脚屈膝苦苦撑着。

"你丫不知道躲啊！"陈清禾心里一跳，赶紧向前，"千万别乱动，这伤了韧带了。"

陆悍骁跟木偶似的，不吭一声也不喊疼，垂着脑袋，把陈清禾弄得心惊胆战。

"糟糕，莫不是膝盖连接大脑，被我踹成智障了？"

陈清禾试图扶起他，"哥们儿，能不能动啊？你再不说话，我就给你做人工呼吸了啊。"

陆悍骁蹲在那儿，屹立不倒，陈清禾扶他的力气越大，他就越不肯起身。

"骁儿，骁儿？"陈清禾渐觉不对劲儿，脑回路一闪，迟疑问，"你是不是，和小乔妹妹吵架了？"

感受到他肌肉突然绷紧，陈清禾如释重负，果然，他当起了不着调的说客，"女人嘛，让着点儿哄着点儿就好了，哦不对，你应该才是经常被哄的那一个。哥们儿你听我的，我……”

话没说完，陆悍骁借着他肩膀的力气，整个人力气抽空。

陈清禾一愣。

陆悍骁哭了。

男人低沉的啜泣就像丢掉了他无坚不摧的铠甲，这一刻将脆弱完全暴露。陆悍骁哽咽的声音断断续续了半天。

陈清禾终于听清了。

他说的是：“周乔不要我了。”

过了几天浑浑噩噩的日子，陆悍骁在公司强打精神，让自己变得异常忙碌试图分心。但开会时常走神，朵姐早上拿进来的一沓待签文件，下班过来拿时，还是空白一片。

陆悍骁坐在皮椅上，唯一满了的，就是桌上的烟灰缸。

他虽吃喝玩乐样样能来，但这几年，酒桌应酬已经很难请得动他，陆悍骁注意养生，偶尔才会叼根雪茄。

朵姐擅长打小报告，把老板的异常行为告诉了陈清禾。于是，陈清禾当天下午就和贺燃一起杀到了他公司，连捆带绑地将人弄去了一家中医按摩馆。

两个大老爷们一合计，觉得这儿环境安静，药香四溢，泡泡脚，按按摩，听听古筝二胡，应该能达到宁心安神的效果。

肩颈按摩的时候，技师称赞陆悍骁，“陆先生，您的肩颈保养得不错，通则不痛，穴位按下去，您都没有异样感，您左背有几道红肿的痕印，待会儿做肩敷的时候，我帮您避开这里。”

一旁的陈清禾和贺燃面面相觑，贺燃是过来人，他一看就知道，那是女人指甲抓的。

果然，哑口一天的陆悍骁，硬邦邦地突然开口：“我要拔火罐。”

技师刚想劝说，被陈清禾一记眼神给挡住，陈清禾吩咐：“去吧。”

后来，陆悍骁带着一背的火罐印记离开了中医馆。

他当然知道，背上的指甲印是和周乔最后一次欢爱时她留下的。他怕再看到和周乔有关的任何事情，他怕看到了会克制不住。

可能也是老天恶作剧，陆悍骁拔完火罐的当天晚上，就发起了高烧。也不知是郁火难散，还是被火罐给拔出了毛病，陆悍骁觉得整片背跟烧伤似的，烧得他心口疼。

陆悍骁高烧反复了一个星期，背后的火罐印也莫名其妙地发了炎。他住院治疗，天天打吊瓶嗑药。公司那边告了病假，其间，朵姐组织了员工前来探望。带的慰问品依旧专一，买一送三的老年钙片，几大桶不二家的棒棒糖，可以说是老总标配了。

看到这几个熟悉面孔，陆悍骁刹那恍然。

财务部的老赵、年薪三十万的秘书朵姐，还有公关部的那个年轻员工。这和上次他吃朝天椒住院时一模一样。

唯一不一样的是，周乔不在了。

再然后，陆悍骁的病好了出院，入了夏的天气一天一个温度，这才六月刚至，地表温度起码破了三十。

陆悍骁出院后回了一趟公寓，他这套公寓买了很久，因为离公司近，成了他日常的落脚点，也是他捡到爱情的地方。

时隔半月没回来，一开门，沉闷的空气扑面而来。也是奇怪，才这么点时间没住人，里头就跟抽了生气似的。陆悍骁把一袋换洗的衣服丢进洗衣机里，听到闷闷转动的机器声，他站在偌大的房间里，竟然片刻失神。

他走去周乔住过的那间卧室，站在门口半天没敢进去。

周乔用过的书桌，坐过的椅子，睡过的床。陆悍骁一样样地扫视，他拉开抽屉，里面有一些周乔没带走的书。书有挺多本，内容也不尽相同。陆悍骁翻了翻，心也跟着纸页一起翻动了般。

陆悍骁压抑许久的克制，又破土出一颗希望的小种子。他把这些书都整理码放到一个纸箱里，齐齐整整地封好。然后蠢蠢欲动地，找到了一个打电话过去的理由。

陆悍骁抖着手按了拨打，连接等待的短暂空隙，他那颗心万丈高楼平地起。但下一秒，机械的系统声音重复："对不起，您拨打的号码无法接通。"

陆悍骁又打开微信，把联系人列表来来回回看了三遍，终于确定，周乔不在他微信里，她把他删掉了。所以，电话也是拉进了黑名单吧。

至此，陆悍骁终于彻底明白，他姑娘是真的在跟他决裂。

他的高楼，崩塌了。

第七章
漫漫追乔路

My man

六月一过，盛夏带着高温轰轰烈烈地踏入了这座海滨城市。

陆家这两日有喜事，陆悍骁一海归表弟结婚办酒，这表弟打小跟着他后边儿跑，从小将陆表哥当偶像，跟屁虫粉丝当得十分称职。哪怕后来出国，也隔三岔五越洋电话问候他龙体安康。

陆悍骁跟他感情好，特意挪了日程，空出两天从杭州峰会上赶回来喝喜酒。

陆家人丁兴旺，各行各业的干活的人都有，甚至还有个参加了《中国好歌声》节目，崭露头角就人气红火的小表妹。

年轻人凑一桌那叫一个热闹。陆悍骁虽年近三十，但他平日素以温和开朗近人，哪怕生意做得大，黑白商政都有门路，这些弟弟妹妹也不怕他。

桌上叽叽喳喳。

“我跟你们说啊，我上个星期去机场，猜碰到了哪位大咖？”

“知道知道，就是我！”

“去你的，是张继科，我还跟他合照了呢！”

瞧见小表妹的兴奋劲儿，陆悍骁声音淡：“喜欢他？我这儿有公开赛的门票，下次拿给你。”

欢呼雀跃之后，有人打趣：“陆哥哥，你最近是不是改风格啦？”

陆悍骁手指间夹着烟，风轻云淡，“怎么？”

“好严肃嗷。”机灵的小表妹胆大地学他的模样，“坐了这么久，你都不笑一下的。是我们说的网络段子不好玩吗？”

陆悍骁笑了笑：“好玩啊。”

“那你为什么不笑？”

陆悍骁还是那副表情，“我这不是笑了吗？”

换来桌上同胞们的抗议：“嘁。”

陆悍骁弯了弯嘴角，低头点烟。

放在桌上的手机响时，他划火柴的手跟着一抖，火焰灭了，烟没点着。

是陈清禾发来的短信。

“周乔走了，航班刚起飞，她没什么行李，我帮她放东西的时候，把你给的卡塞进了她包里。但刚出机场才发现，她不知道什么时候又把卡放在我车后座上了。”

陆悍骁沉默许久，回复：“她有提到我吗？”

比方才沉默更长的时间，陈清禾才发过来——

“没有。”

陆悍骁看着这两个冰冷的字，他虽没在现场，但也能想象周乔的背影有多么洒脱坚决。

喜庆甜蜜的音乐把他拉回现实，新人行礼正式开始，他那位小弟妹算不上十分漂亮，但身着白纱柔顺乖巧，他表弟西装笔挺，注视着新娘很紧张。

这帮孩子能闹腾，司仪每每调动气氛，他们都特配合地捧场。陆悍骁这些年也参加过不少友人同事的婚礼，知道最热闹的，就是最后的丢花球。

司仪一声吆喝，在场没结婚的小年轻都跑上前去，就连十来岁的小朋友也凑去讨喜糖。陆悍骁和几个结了婚的姊妹坐在台下，趁人少，他又拿起烟。

也不知是谁喊了一声：“还有你们陆哥呢！”

陆悍骁点烟的动作暂停，抬起头循声望过去。

小兔崽子们眼色狡黠，哄拥而上，一边一个，后边还有个推搡的，架起陆悍骁就往礼台前边儿走。

“咱们这里，陆哥哥最有资格！”小表妹“嗷呜嗷呜”声音清脆，

“要嫂子的鼓个掌。”

这帮小的噼里啪啦手拍手，那叫一个敬业卖力。

陆悍骁侧眼，佯装威胁，“你还想不想要张继科的比赛门票了？”

表妹噘着嘴，不满道：“陆哥你坏人，记你一状，以后告诉嫂子听。”

陆悍骁听后没吭声，淡淡笑了两下，然后敷衍地随了他们的意。

他不想掺和这事，所以故意站在角落边，小孩儿们蠢蠢欲动，配合着欢腾的音乐，婚宴上的宾客都看着。

司仪念了几段美好祝词，“3、2、1……”

大家翘首屏息，往前扑跃。

结果，俏皮的新娘子做了个假动作，并没有将花球真正抛出去。

宾客哄堂大笑，气氛轻松极了。

陆悍骁也弯了弯嘴，站在边上，双手环胸。

司仪善意地侃了几句：“前边这位小弟弟，刚才你大鸿展翅的动作最好看！好啦，这次新娘子再不舍得花球，就让新郎撒红包，大家说好不好？！”

“3、2、1……”这回新娘子笑着手肘往后，花束高过头顶划出一道弧线。

宾客“哇哦”一声期待。

陆悍骁却眼睁睁地看着那花球往自己这儿砸过来，正中红心，连躲闪的机会都没有。他伸手接住，百合香悠然入鼻。

台上的新人对他笑得故意，全场掌声响亮，小辈们开始起哄：“陆哥哥发红包！”

“陆哥哥我同学办婚庆公司的，到时候给你打折啊！”

轮到最能闹腾的那位小表妹，她吱吱呀呀了半天，爆出一句：“祝陆哥哥早日出嫁。”

“哈哈哈哈还出嫁呢，谁娶得起我们陆哥啊？”

陆悍骁笑得无奈，走过去揉了揉她的脑袋，“鬼灵精怪，再闹我，明天就把你嫁出去。”

小表妹对他做了个鬼脸，“下个月再嫁我啊，我男朋友下个月回国，他现在还在美国实习呢！”

一旁的同辈笑她：“哪有你这么恨嫁的。”

嘴炮火力转移目标，陆悍骁在听到那个国名时，好不容易转移的些许注意力，这会子又集中起来，压得他直坠深湖。

日子就这么不紧不慢地过。

陆悍骁看起来没什么特别的异样，上班，开会，偶尔跟哥们儿几个打打牌。唯一的改变，可能就是出差的时间变多了。

他让自己变得忙碌，大多数时候都是在路上。

徐晨君了解到他的状态不难，随便问几个他公司的人就一清二楚。听到“平和”“平静”这些关键词，徐晨君也松了气。就说嘛，成年男人谁没有过几段感情经历，她的儿子虽然从小狂妄自我，但也不是钻死胡同的人。

徐晨君欣慰地想，自己的坚持还是有效果的。而且她坚信，母子是天生的血缘相融，有争吵再正常不过了，等过一段时间，陆悍骁也不会再和她闹别扭了。

但一个多月下来，徐晨君渐渐发现了不对劲儿。

陆悍骁这么长时间，就没回过陆家，就连她抛下台阶——主动打电话给他，他也不接。事后敷衍地补条短信，问她有什么事。

徐晨君已经明显感觉到儿子在跟他刻意拉开距离。

后来实在忍不住，徐晨君撺掇陆老太出面打电话，以她身体不适为由，终于连哄带骗地将陆悍骁召唤回了老宅。

他一回家，徐晨君虽然姿态还在，但言语间已经有了明显的讨好意味。

“齐阿姨熬了绿豆粥，最适合消暑，你喝一碗吧。”

她话语询问，但盛粥的动作已经在进行中。

陆悍骁面无动静，看着母亲递到面前的碗勺，他选择悄无声息地走开。

徐晨君被撂成了冰霜，心里又气又急，忍不住喊他的名字：“悍骁。”

陆悍骁背对着，没有转身，应道：“嗯。”

徐晨君的精明高冷已经退去一大半，“你就这么不想跟妈妈说话吗？”

陆悍骁干脆道：“对。”

徐晨君嘴角微颤，“你还在怪我？”

“是。”

气氛陷入了沉默。

徐晨君忍不住向前两步，“悍骁，我们是母子。”

听到这话，陆悍骁侧目，眼神倏地降温，“你让我为难的时候，我们也是母子。”

徐晨君一时怔然，竟无话可说。

陆悍骁侧脸冷漠，声音平静：“妈，你可以用长辈身份，做你认为正确的决定，不管我有多爱那个女孩，不管我有多煎熬挣扎，你都能够全然不顾地在中间搅局。”

他脸色沉如水，喉头滚了滚，“现在你满意了？满意了吗？”

徐晨君和他对视的目光，不怎么坚定地动了动。

陆悍骁眯缝了双眼，一字一句地说：“你满意了，但从此以后，我对你不满意了。”

长辈身份让徐晨君下意识地提声：“你知道你在说什么吗？就为了一个女人，你这样对妈妈？”

陆悍骁却“呵”地一笑：“就为了一个女人，你又为什么要这样对我？”

徐晨君冷面肃穆，瞬间哑口。

陆悍骁直视着她，“我不是对你妥协，我从来没想过放弃周乔。”

是周乔不要他了而已。

陆悍骁转过身，背影冷淡，“下次别再用奶奶当幌子骗我回家。”

在陆家待了半小时，陪陆老太说了会儿话，陆悍骁准备离开。

刚走到客厅，齐阿姨就小声叫他：“悍骁，悍骁。”

陆悍骁表情温和了点，“齐阿姨？”

“你过来。”齐阿姨神秘地对他招了招手，“我有东西要给你看的呀。”

“哟，给我看您存折啊？”陆悍骁笑着听了话，走过去，“存多少钱了？”

齐阿姨却递给他一只手机。

陆悍骁挑眉，“怎么？八八八买的？”

“交话费送的。”齐阿姨指着屏幕，眨巴眨巴眼睛道，“看嘛，你看嘛。”

中年人一般不倒腾，所以手机没设密码，陆悍骁划亮屏幕。

呃，微信朋友圈？

而他一眼就认出来，这是周乔的微信。

“还住你那儿的时候，我就加了乔乔的微信呀。”齐阿姨拍拍陆悍骁的手臂，“阿姨知道你心里苦，她前几天还有跟我发信息问候呢，她在那边过得蛮不错的，你看看这些照片。”

周乔这一个月的朋友圈动态，活跃鲜艳许多。

异国街头，路灯，雨天，阳光万里。

学校，伙伴，宿舍桌面上贴着的一朵小花。

陆悍骁慢慢滑看照片，全神贯注不错过一张。

最新的一条是昨天发的。

“吃了一个月汉堡可乐，想念祖国的臭豆腐和火锅。”

配图两张：用吃剩的鸡翅骨头摆出的骷髅人造型和一张自拍。

陆悍骁看着照片里的周乔，目光贪婪得再也撕不下来。好一会儿之后，他才抬起头对齐阿姨笑，哽着声音说：“她把头发剪了啊。”

周乔以前是一头乌黑的长发，现在是及肩的梨花头。

齐阿姨怕陆悍骁难过，“剪短也好看的。”

陆悍骁点点头，把手机还了回去，“谢谢你，齐阿姨。”

齐阿姨眼里已经湿润，她抬手抹了抹，“你奶奶身体已经很不好了，别置气，多回来陪陪她。”

陆悍骁应道：“好。”

秋老虎已近尾声，国庆节之后的天气，一天比一天凉爽。

秘书朵姐发现他们的老板越来越沉默寡言，成天工作出差不苟言笑，可以说是名副其实的LBB牌机器人了。

老板严肃紧张，下面干活的人自然也不敢活泼了。

也归功于这样的高效率，公司三季度的财务报表可能会在全年业务中呈现完美的曲线上升图案。但朵姐并没有太大感觉，陆老板脸上就写明了四个字：我失恋了。

相比赚钱，她更希望老板能够笑得多一点儿。

朵姐抱着一堆签好的文件从办公室出来，直摇头叹气。

不过最近总算有一件好事情发生。

他哥们儿贺燃当爹了。

贺燃老婆简皙是陆悍骁的发小，感情一直很好，这两口子的爱情故事也能用跌宕起伏来形容。

陆悍骁和陈清禾一起去看望小宝贝，是闺女，粉嫩一团，眼睛虽未睁开，但看眼廓弧形，肯定是个大眼姑娘。

陈清禾一身硬邦邦的肌肉，不敢抱孩子，“妈呀，她看起来又小又软，我怕勒伤她。”

“出息。”陆悍骁不屑嘲讽，挽起衣袖，像模像样的架势。他从摇篮里轻柔地将宝贝抱起，左手揽着她的臀，让她的小脑袋稳稳地睡在右手的臂弯里。陆悍骁低头垂眸，看着孩子，笑得一脸温柔。

陈清禾真是大开眼界，“骁儿，你是不是在外头有私生子啊？一股奶爸气味儿。”

陆悍骁抬头瞥他，“对，有私生子，长得又高又结实，你还见过呢。”

陈清禾皱眉，“我见过？谁啊？叫啥名儿啊？”

陆悍骁勾嘴冷笑：“叫陈清禾。”

“……”

贺燃和简皙乐不可支。

这时，护士进来，说是要检查伤口，于是男同胞们都出去走廊待着。

陈清禾去洗手间，陆悍骁背靠着墙，烟瘾犯了，拿了一根在鼻子口嗅嗅过干瘾。

贺燃看着他，“你最近烟瘾很重啊。过犹不及，少抽点儿。”

陆悍骁笑笑，把烟收进盒里。

“说起来，我还是挺佩服你的。”

贺燃侧目，“佩服我什么？”

“明明是个暴脾气，却没把简皙给气走。”

“去你的。”贺燃一听不乐意，“我分得清轻重，简皙这女人，我一眼就看中了，看中的人，我怎么可能让她跑掉。”

陆悍骁神色收拢，头往后仰，靠着墙壁。

“说句夸张的，男人这一辈子就是辛苦命，混过，浪过，不懂事过，我天下第一无人能敌。”贺燃嗤笑了一下，“但只要碰到了对的人，那舒坦劲儿，觉得以前都是白活了。”

陆悍骁没说话。换作以前，他一定不留余地地嘲讽。但现在，他好像懂得了这种感觉。

贺燃靠过来，拍了拍他的肩，“骁儿，你是我们这群人里，人生最顺风顺水的一个。我打小就是从我爸棍棒下混出来的。就连清禾，也被丢进部队，魔鬼训练了好几年。你做生意有天赋有资源，在商场如鱼得水是金字塔尖上的人精。”

陆悍骁“呵”了两声：“夸我呢？”

贺燃微微叹气：“但有利就有弊，越顺途，反骨也越深重，所有的矛头最终只会体现在一点上——自我。”

陆悍骁默了默，低下头看鞋尖。

“自我的人，在某一方面一定是不成熟的。你呢，对小姑娘的占有欲太强，眼里容不得沙子。可你想过没有，也许那并不是沙子，而是珍珠宝石呢？”

陆悍骁被点拨，瞬间联想到他对周乔身边异性的种种误会和恶意揣摩。冲动易怒，火气上头便听不进任何解释。

贺燃幽幽叹气：“其实我和简皙，遇见得不美好，开始得也不够顺利，你是一路看着我和她走过来的，你该知道，我们也面临过家庭反对、门第观念，也有过犹豫的时候。”

陆悍骁“嗯”了声：“我知道。”

“其实，大多数时候，女人远比我们勇敢坚定。”这是贺燃以过来人的身份，得出的最切实的体会。

“只要你能给她安定以及充分的信任，她还给你的拥抱，会比你想象中更多。”

贺燃估摸着时间差不多了，结束授课，“陆老板，你给我闺女的红包挺厚，本人很满意。”

“……”

去你丫的，原来是看红包的面子。

从医院出来，陈清禾开车。

陆悍骁坐在副驾驶上嫌弃了他一路。

“你放的什么歌，Q奸我耳朵。

“你这车里有股鸡腿味，是不是没钱做保养？我借给你。

“还有这坐垫，能换个颜色吗？就像坐在一坨屎上。”

陈清禾忍无可忍，差点把方向盘给掰下来。

“你再逼逼就下车。”

陆悍骁严肃地望着他，端详了好一阵，恍然大悟，“总觉得浑身不自在，原来是司机太丑了。”

陈清禾扬起下巴，“道歉。”

陆悍骁低头点烟，高贵地嗤声。

“哎呀呀，我这有个惊天大消息，又大又粗的消息，来自大洋彼岸带着汉堡炸鸡味儿的消息。”陈清禾欠揍地卖起了关子。

陆悍骁一顿。

蓝白相间的烟身夹在他手指间，呼出的第一口，烟气先是袅袅，很快就被车窗缝钻进来的风给过滤掉。

陆悍骁分外敏感，迅速道：“我道歉。”

陈清禾吹了声口哨，“那你夸我。”

“司机长得好看有文化有素质有礼貌有修养，肩是肩，臀是臀，哦，看胯部，也许还是个器大活好的角色。”

“……”陈清禾羞愧得想死，弱弱辩解，“不是也许。”

陆悍骁被自己给逗笑了，恢复正色，他催促：“什么消息？”

恰逢红灯，车身缓停。

陈清禾说：“组织安排，下周我将去美国进行联合军训，就在洛杉矶，你要不要一起去？”

陆悍骁任凭指间烟自燃，沉默了一会儿，“我去干吗？”

陈清禾笑道：“当然是去玩儿啊，不然你以为干吗？”

“……”真奸诈。

陆悍骁被他一言两语挑中了心事，索性也不端着，神情失落，“去看你们训练吗？”

“对。”陈清禾这话说得不假，“正常联合军训规模很大，带你去长长见识，还有，厉坤也在。”

听到这个名字，陆悍骁抬起头，“他回来了？”

“嗯，维和任务结束，人还在叙利亚没走，就接到通知，直接飞那边。也有一年多没见了，哥们儿几个叙叙旧。”陈清禾说。

于是，这个理由，让陆悍骁本就蠢蠢欲动的心，彻彻底底有了踏实的借口。

他虽然力求平静，但声音还是不可控地微微发颤。

陆悍骁说："那好。"

这个红灯时间很长，陈清禾索性熄了火。

"你去找周乔吗？"

陆悍骁摇头，"不找。"

陈清禾看了他一眼，"真不找？"

陆悍骁被问了两遍，心跟拉开口子似的。

怎么找？

原本两个月的实践项目，因进程调整，所以预留了一个延时半年的名额。李教授把这个名额，给了周乔。

其实人人都知道，只要不想，完全可以自主拒绝。

陆悍骁深叹一口气，说："真不找，我不骗你。"

绿灯亮了，前面的车辆逐一通行。陈清禾笑了笑，点火发车。

一星期时间过得很快，转眼就到了约定出发的日期。

陆悍骁打定主意的事，就一定会遵守执行。他只是想去有周乔的城市转一转，他诚实坦然，克制不住这种欲望。

航班准时起飞，准点降落，出来是美国时间的清晨。

但没想到的，他在异国他乡，还是和周乔以一种难以置信的方式，相遇了。

陈清禾坐的是专机，一切行动听指挥，整个过程严谨守规。

陆悍骁行程自理。但他在国外读过书，工作出差这边的机会也多，所以一切打点得顺顺利利。起初，朵姐帮他订机票得知他是去美国时，还请示过需不需要安排当地接待。陆悍骁回绝了，这一次，他轻装上阵，不谈公事。

说来也巧，他出发的前两天，那个古灵精怪的小表妹一通电话打给他，也不知是从哪里得到的消息，开口撒娇让他帮忙。

所谓的帮忙，就是给她远在美帝的男朋友带串佛珠。

"陆哥哥，你一定要带到哦，这个可是菩萨开过光的。"

陆悍骁听到她认真的语气，不由得嗤笑："菩萨忙不过来，顾着自家土地已经很不错了，这都跨了半个地球，有用？"

听着那头奓毛的叫嚷，陆悍骁把手机拿远耳边，答应了。

到了洛杉矶，陆悍骁在酒店倒了会儿时差，下午的时候，他按着表妹给的联系方式，电话给了她男友。小男友叫魏折浩，和其女友是同道中人，相当活泼。他的学校是UCLA，离陆悍骁住的酒店不算太远，两人约好就在附近的一家咖啡厅见面。

魏折浩比陆悍骁先到，靠窗的位置，桌边竖起一块色彩鲜艳的滑板。他的鸭舌帽反戴着，还酷酷地往右边歪，宽大的T恤活脱脱地将人衬成如风少年。

“陆哥，这儿！”魏折浩招手。

陆悍骁点头以表知晓，走过去，魏折浩眼明手快地替他拉开座椅，“你请坐。喝点什么？这里的招牌是摩卡。”

陆悍骁微微颔首，看了眼餐牌，说：“我不喜欢太甜的，换拿铁吧。”

“好嘞。”魏折浩朝服务生打了个响指，用漂亮的英文点了饮品，又补充，“再来两块慕斯，你们这儿最有名的奶酪蛋奶酥。”

陆悍骁抬头，“你没吃饭？”

“吃了。”魏折浩笑嘻嘻道，“钟灵再三交代我，说您饭量大，让我别把人饿着。”

陆悍骁随即失笑，这个小表妹真是个精灵鬼。

“这是她给你的。”陆悍骁把木盒推到他面前，“祖国开过光的，戴着保平安。”

魏折浩双手合十，比在胸前，“阿弥陀佛，善哉善哉。”然后才打开将佛珠手串拿出来，直接戴在了左手，左看右看，他说：“有点小。”

陆悍骁也看出来了，“钟灵预估错误。”

“不不不，她才没有错，是我长结实了，我的错，明天我就减肥。”魏折浩说得理所当然。

陆悍骁看着他的标准身材，一言难尽。

魏折浩是个来话的人，逮着陆悍骁没少聊天，问这问那的，知道他是生意人，更加来了兴趣，还问了几个专业里的实战案例。

陆悍骁耐心地答，骨节清晰的手指时不时地轻叩桌面。

“第二个案例，就是我们公司的。”

“Wokao, real牛bi.”魏折浩越听越崇拜，又续杯了咖啡。

陆悍骁对这个小年轻的印象也还不错，真诚真实，不会不懂装懂，而且好学。

“你现在学理论，有些经验我说了你不一定能马上体会，慢慢来吧。”

魏折浩连声应答，然后发出盛情邀请，“表哥，晚上我请你吃饭呗，就当为你接风洗尘了。”

陆悍骁挑眉，“你叫我什么？”

魏折浩无辜道：“帅表哥。”

陆悍骁呵声一笑，不客气地点评：“你小子，插两根毛就能飞天了。”

魏折浩嘿嘿憨笑：“我这是提前演戏，陆哥莫怪。晚上您一定要赏脸。”

陆悍骁玩笑语气：“先说说看，请我吃什么？”

“汉堡炸鸡薯条可乐。”魏折浩掰着手指头一根根地数，“再来一个冰激凌也是请得起的。”

陆悍骁：“……”

从咖啡馆出来，陆悍骁又回酒店睡了会儿倒时差，醒来时是下午四点半。手机上陈清禾发来短信，他和厉坤晚上有空，找了个酒吧说一块聚聚。

陆悍骁估摸了番时间，和魏折浩吃了饭再赶过去，应该来得及，于是他回复，答应了。

当然，魏折浩不会真请他吃汉堡鸡腿，反而用心地找了一家中餐馆，老板是湖南人，亲自掌勺，味道还挺正宗。

这地儿不好找，绕了好几圈小道，看得出，这瓜娃子挺用心。

四菜一汤，还有一盘凉拌豆笋，陆悍骁侃道：“生活费去了一半吧？”

魏折浩痛心疾首地作势擦眼泪，“没事，下半个月一天三顿泡面，我可以的。”

陆悍骁笑着低头，吹凉碗里的汤，“大三了，忙吗？”

“忙啊，最近都跟着一个外校的学姐学习，帮她跑腿什么的，但也学到了不少东西。”

陆悍骁平静地“嗯”了声，顺口问：“两头跑，上课不耽误？”

“这活是我师兄介绍的，学姐那边正好缺个帮手，而且学姐人很好，把事情都总到一起，着急的她自己处理，可以第二天交的，就让我做。”

魏折浩说：“我白天上课，晚上就去图书馆做资料，邮件给她就行了。”

陆悍骁笑了笑，夹了一块红烧肉细嚼慢咽。

“而且学姐是同胞，也是过来交流的，对了，她本校好像也在上海。”

魏折浩的这后半句，差点儿没让陆悍骁被肉噎住。

同胞，上海。

这些关键词跟爆竹似的，一个一个在陆悍骁脑子里炸成烟花。但很快，他又冷静下来。想什么呢，符合这两个词的人不海了去。他压住心里的浮躁，继续叼起了毛家红烧肉。

饭吃到后半段，陆悍骁借口去洗手间，顺便把单给买了。魏折浩知道后挺不好意思，“陆哥，要不我晚上请你去玩吧？”他琢磨着成熟男人的兴趣爱好，“你是想泡吧呢，还是蹦迪，还是喝酒？”

陆悍骁拍拍他的肩，“我喜欢练太极。”

“……”

真是最美夕阳红啊。

陆悍骁在这边有商业往来，所以他弄辆车不是什么难事，黑色保时捷立在夜色里，魏折浩问：“陆哥，你是回酒店休息吗？”

“不回，和几个朋友聚一聚。”陆悍骁顺便提了下地名。

魏折浩一听，激动道：“我同学也都在那边玩呢！表哥，搭个顺风车！”

陆悍骁颔首，拉开车门，“上来吧。”

十一月初的洛杉矶，夜晚气温有点低。陆悍骁里头是修身白衬衫，开车前，他又披了一件薄呢短外套。

魏折浩的地方比他近一点，大概一站路，陆悍骁停好车，魏折浩兴高采烈地跟他说拜拜。走前，陆悍骁抬眼瞥见招牌，唱歌的地方。

陈清禾和厉坤已经坐在吧台边聊上了，时不时有金发碧眼的美女过来借火。陆悍骁走过去，坐上高脚凳，“谁选的地方？居心叵测。”

陈清禾指着旁边人，“厉队。”

厉坤眉浓，眼廓长，微眯的样子，锋芒尽露。

都是老伙计了，陆悍骁玻璃杯高过陈清禾的头，隔空和厉坤碰了碰杯，“你回来就好，忙完这边回国，打麻将就有腿了。”

陈清禾不乐意，“怎么说话的？”

陆悍骁淡淡瞄他一眼，“嗯，我在嫌弃你。”

厉坤知根底地笑了：“行。”

陈清禾怒目回瞪，看着厉坤，“现在你是我的老大，任务纪律摆在那儿，我不能拿你怎么样。等回国，走着瞧。”

厉坤声音淡：“格斗枪法，赤手空搏，任你选，三局两胜。”

陆悍骁默默闭了声，厉坤的厉害他是知道的，他十八岁就去当兵，凭着良好的身体素质和出众的个人能力进入到首都总队，这十年，被委派至世界各地执行任务，体质能力一般人比不了。也就陈清禾这个二百五能叫嚣一下。

一年多没见，三老友聊得酣畅淋漓。陈清禾和厉坤有纪律规定，滴酒不沾，陆悍骁开车来的，也喝的绿茶。转眼到了快十一点。

刚准备续杯，陆悍骁搁在桌面上的手机响。

是魏折浩。

陆悍骁拿起接听：“小魏？”

魏折浩说：“表哥嘿嘿嘿，又有个不情之请了。”

陆悍骁叼着烟，“嗯？你说。”

“是这样的，我不是也和同学在这边唱歌嘛，然后顺路的司机喝大发了。”

陆悍骁明白过来，看了看表，打断他，“没事，我待会儿捎你回学校。”

“不不不，不是我。”魏折浩那边还有震天音乐，他扯着嗓子说，“是另外一个，和我不是一个学校，她宿舍离我学校也不远的。”

陆悍骁答应了：“好，我车是一辆黑色的保时捷，车牌尾数288。大概半个小时能到你下车的那个地方。”

挂了电话，陈清禾调侃道：“哟，才来一天就勾搭上小妹妹了？”

陆悍骁呷一口茶，润着声音：“傻逼，是我妹男朋友的同学。”

又待了十来分钟，把剩下的饮品喝完，三个人也起身离开。

陆悍骁说：“坐我车收费啊，长得越帅，给得越多，麻烦你俩量价而沽。”

这回，陈清禾和厉坤倒是有了默契，互看一眼，互相评价。

“你丑。”

“谢谢，你也很丑。”

然后齐齐转头对陆悍骁说：“我们三个人里，你才是世界名著级别的帅。”

“妈的。”陆悍骁笑骂一句，坐上驾驶座。

陈清禾和厉坤想着方便聊天，干脆都钻进了后座。

陆悍骁转动方向盘，利利索索地掉了头，“我还要接个人，等一会儿。”

车子缓缓停在歌厅门口，陆悍骁滑下车窗过风，又顺手点了根烟慢慢抽着。他时不时地看一眼不远处，留意出来的人。陈清禾和厉坤已经讨论起军事武器，这玩意儿陆悍骁听不太懂，就觉得陈清禾总算像了一回人。

约定时间已经过了五分钟，陆悍骁抬起手腕看了看表，有点不耐烦了。

他拿出手机拨了魏折浩的电话，那头接得飞快，声音陡高：“来了来了，陆哥，我在这儿！”

魏折浩一帮人乌泱泱地走到了歌厅门口，大部分都是外国学生，陆悍骁粗看一眼，隐约看见了站在人群后的魏折浩。他平静地移回视线，“嗯”了一声，然后把手机搁在仪表盘上。

聚会的人有十来个，黑白人种个个高大，眼下正在分配归程的人员。

“Harry，你坐Dasan的车。”

“好！”魏折浩晃了晃手，示意自己知道。然后转头对身后的人说：“师姐，我哥的车就停在门口，黑色那辆。”

同学催促了，魏折浩脚步已经跟着他们走了，边走边指向门外，“快去吧。”

周乔跟他告别，“路上注意安全。”

外面的温度比室内要低许多，周乔只穿了一件中长款的薄大衣，不由得掩紧了衣襟，微微低头，迎着风迈步。

这片区没什么特别高的建筑，路灯和霓虹衬亮半边天。

车里的陆悍骁正在接越洋电话，听朵姐汇报公司情况，接完后，又打开发来的每日报表，低头细看。陈清禾坐在左后座，他伸了个懒腰，随意往窗外一看，呆住，确认了几秒，他揉了揉眼睛，“我去，不是吧……”

陆悍骁专注屏幕上的报表，边看边嫌弃，“成天靠来靠去的，你有几个肾啊。”

陈清禾拍了拍厉坤的胳膊，“你带捆绳了吗？”

厉坤一副“你有病”的眼神，“又不是在训练，带它干吗？”

陈清禾下巴冲陆悍骁抬了抬，颤着声音说：“我怕他发疯。”

陆悍骁皱眉，“我又惹你了？”

说话的时候，他头往左后转，目光掠过车窗，看到玻璃上有光影在一波三折。就是这一眼，他瞬间理解陈清禾的意思了。

周乔身影纤细，踏着霓虹光影低头款款，一步一步朝他走近。

陆悍骁嘴里叼着的烟，跟着烟灰一起，掉了下来。烟头的星火焰子烫在他手背，陆悍骁竟然不知道痛。

看见周乔的那一刻，他第一反应是没敢确定。

怎么可能呢？

异国他乡，随便兜转，竟然碰见了。

与此同时，周乔抬起了头，风吹得她眯缝了双眼，目光先是锁定黑色的车辆，然后就看到了陆悍骁。她的脚步越来越慢，越来越慢。

陆悍骁舍不得眨眼，目光缭绕不休地望着她，看似波澜不惊，但搁在大腿上的手，指头悄无声息地微微颤抖。

最后是陈清禾打破僵局。

他“哎呀”一声推门下车，欣喜又热情地迎上前去，“乔妹妹！”

周乔被这声叫嚷拉回了魂魄，她冲陈清禾扯了一个不怎么自然的微笑。

“原来接的是你啊，太巧了吧，来来来，外面怪冷的，快上车。”陈清禾抓住周乔的手臂，像是不让她跑一样，不由分说地把人塞进了副驾驶座。

车门开的时候，外头的风呼地灌进来，然后又“嘭”的一声关紧。

陆悍骁觉得，风把车里塞满了。

哪儿都满了。

他咽了咽喉咙，手搭上方向盘，心里的思念在叫嚣，但形色依然克制，这种极端的矛盾感快把他逼疯。

过了会儿，周乔先开口，她声音听起来该死地淡然轻松——

“好久不见。”

陆悍骁的淡定从容全线崩盘，他像一个咿呀学语的幼儿，一时竟不会说话了。半天，才硬邦邦地回了一句：“嗯。”说完觉得自己简直是个傻缺，赶紧争分夺秒地弥补，又说：“四个半月没有见过了。”

这个清晰的时间点说得很敏感。

周乔沉默。

这时，手机响声救了命。

周乔长呼一口气，飞快接听。车内异常安静，加上对方声音大，所以通话内容被陆悍骁听了个一知半解去。

是个男声，中英文结合的一句话：“乔，你还有多久回来？我实在是太想你了。”

陆悍骁耳朵边一炸。

结果，周乔语气十分耐心，低声说：“快了，十一点半一定到家，好吗？”

而陆悍骁放在方向盘上的手，指节发紧，青筋乍现，把身后的陈清禾看得心惊胆战。陈清禾眼珠一转，凑上前攀着副驾的座椅，笑着交谈：“乔妹妹，你是住学校的宿舍？”

“不是，项目公司安排了公寓，离公司比较近。”周乔回答。

陈清禾一副原来如此的表情，又说：“大企业的福利还是不错的，单身公寓配套齐全，餐食补助也少不了吧？”

周乔点点头，“都是统一叫的外卖，但公寓都是合住。”

陆悍骁猛地一脚刹车。

“哎哟喂。”陈清禾一脑门撞上了椅背。

听到“合住”两个字，陆悍骁这脚刹车踩得暗地里汹涌无言。

陈清禾意味深长地瞄了他一眼，又继续聊天。

“乔妹妹，你也忒不乖了，出来这么久，我生日那天你都不问候一声。”

周乔似是卡带了两秒，“陈哥，你生日不是三月吗？”

后座的厉坤忍不住弯起了嘴角，静静看着陈清禾装×。

周乔是七月走的，这还没跨年呢，哪儿来的生日一说。

陈清禾脸不红心不跳，“我身份证上的出生日是假的，我是十一月的射手射大雕。”

厉坤虽不清楚其中原委，但也是个眼明心净的人，于是顺着话配合演出：“今年生日你别想热闹了，任务在身，后天进了训练地就全部戒备了。要不，明天给你提前庆祝？”

那位面无表情，一语不吭开车的司机小陆总，对这两位兄弟感激涕零。

陈清禾假装惊叹，“哇哦”一声：“厉队，您真是出了个绝顶馊主意啊！”他又看向周乔，“乔妹妹，明天有时间吗？出来一块吃个饭。”

周乔刚要开口。

“我后天就要进队封闭训练了，十天半月出不来，在这里我也没什么熟人，生日饭，赏个脸呗。”陈清禾率先把话堵得死死，“一顿饭的工夫，耽误不了你什么时间，再说了，明天是公休，别说你要加班。”

“……”

陆悍骁看似云淡风轻，事不关己地开着车，但实则耳朵竖立，不放过身边人的任何动静。

她会如何反应？不留情地拒绝，还是畅快地答应？

这一刻，陆悍骁甚至私心地希望周乔厉声拒绝，因为态度越刻意激烈，是不是就意味着，她是放不下的？

这片刻的欢愉没持续太久，因为周乔说：“好。”

她答应得爽利，没有半点拖沓和推辞。

陈清禾一拍大腿，“太好了。”说这话的同时，他故意把左手放在陆悍骁的椅背上，并用胳膊肘“无意”地撞了他一下。陆悍骁心想，知道了，二百五，这个人情记着了！

在气氛即将再一次陷入沉默之际，陆悍骁硬邦邦地凿出了个新话题。

“你公寓怎么走？”

他开口的一瞬，周乔的心跳踩着他说话的节拍，画出了一条波浪起伏的心电图。

她平心静气，报了地址。

陆悍骁说：“区域我知道，但街道不熟悉，到时候你指指路。”怕她误会多想，陆悍骁还侧头问陈清禾和厉坤：“你们知道吗？”

这俩人默契十足地摇了摇头。

周乔抿抿唇，“前面路口右转。”

陆悍骁打了转向灯，表示知道。

车里广播在放午夜乡村民谣，婉转柔情，周乔在这一首首歌里，轻言细语，每次变道前，都会提前五十米的距离提醒。

前面是闹市的十字路口，车多路宽，单向就有六条道。周乔留出足够的时间让他操作，所以很早就说了：“这里抓拍很严的，前面车更多。”意思是让他趁早换右车道。

陆悍骁“嗯”了一声，沉沉静静的。

周乔以为他知道。

结果，没开多远，她皱眉，“错了，是右边。”

陆悍骁目光在指示牌上左右游离，“Swanta是往这儿走啊？牌上写着的。”

周乔说：“路牌上也是往右边啊。”

陆悍骁隔了几秒，“哦”的一声恍然大悟：“是我看错了。”

绕错一条道，花费的时间起码多十分钟。周乔提醒得更加细心，“前面两公里才能掉头，这次千万别错了，不然就上城际高速了。”

陆悍骁还调整了一下座椅，看起来颇紧张。

这倒让周乔觉得有点儿过意不去，于是放软了语气：“没关系，你慢点儿开。”

陆悍骁为了凸显他的“谨慎”和“用心”，接下来的路程，不仅遂了周乔的意，把跑车开成了板车，更是每走个几米就要问一句：

“是往这边走吧？

“前面是红灯吧？

“绿灯亮了，我这可以通行的吧？”

周乔也充分沉浸在“电子导航”的角色里，还真是有问必答。

“对，是这边。

“要变灯了，你减着点速度。

“哎！这边不能左转啊！”

而后车座的陈清禾和厉坤，互相对视了一眼，在对方表情里得到同一个意思。

“呸，骁儿的这演技又升华了。”

洛杉矶他来得次数不少，尤其这一块简直熟得不能再熟，为了能和周乔多说上几句话，也是够拼的了。

最后，陆悍骁终于不负自己，成功将周乔于十一点之后送到了目的地。他心里的那几个计算器，连厉坤都看出来了。都因为周乔之前接的那个“保证十一点前能够到家”的电话，让陆悍骁如履薄冰害怕了。

周乔住的地方是一片看起来还算规整的小区。里面楼房不多，她没让他开进去。

“谢谢。”下车前，周乔侧过身，大半面向陈清禾，只一小半留给了陆悍骁，目标不明，含糊敷衍地说了声，“谢谢送我回家。”

不是谢谢你们。

也不是谢谢你。

听得陆悍骁抓心挠肺，十分憋屈。

陈清禾抓住机会，快刀斩乱麻地说：“乔妹妹，手机号给我存一下，明儿早上将时间告诉你。”

周乔没矫情，情理应当，她报了号，又说：“微信联系也可以。”

一听微信两个字，某人又要憋闷了。

连陈清禾这个牲口都能留在她列表里，偏偏将他给拉黑掉。

周乔下车，关上车门，往后站了几步，对陈清禾他们摆了摆手道再见。

车里。厉坤提醒：“还不走？”

陆悍骁这才不情不愿地、慢悠悠地换挡倒车。

周乔还站在原地，车子掉头，陆悍骁和她终于到了一个面。车窗是关紧的，从外头看不见车内任何。陆悍骁这才敢明目张胆卸下那该死的陌路人面具，在车里死死盯着她，那目光如火如星，恨不得自燃，再把周乔也给一并吞噬掉才罢休。

陈清禾看着他的反应，叹了口气，拍着他的肩，“走吧，已经很久了。”

陆悍骁敛神，嘴角紧绷，“轰”的一脚油门，车子飙出。

后视镜里，渐远的街景模糊缩小，周乔的身影也转身离去。

陆悍骁这才一口深呼吸，觉得喉咙跟拧不动的发条似的，又紧又疼。

陈清禾说：“号码我要到了，等会儿给你。”

陆悍骁心不在焉，“不用了，我已经背下来了。”

陈清禾愣了愣，然后衷心地伸出大拇指，“陆学霸，为你打call。”

这边。

周乔到公寓的时候，一肩风尘。

屋里灯敞亮，周乔抱歉地对沙发上的人说：“对不起Deli，我回来晚了。”

黄发蓝眼的帅哥转过头，噘嘴直怪罪，用半生不熟的中文抗议：“乔，你放了我鸽子，鸽子飞到月亮上去了。”

周乔边换鞋边笑：“飞月亮上去的是嫦娥。”

“那好吧。”Deli耸耸肩，纠正道，“你放了我的嫦娥。”

周乔笑得眼睛微弯，脱了外套，撸起衣袖就去厨房，“我这就给你做面条。”

方才还面有怨色的Deli，一下子欢欣雀跃，激动地秀起了京腔：“鸡蛋儿子加俩。”

但他的儿化音实在不敢恭维，把“鸡蛋儿”说成了“鸡蛋儿子”。

周乔边搅蛋液，边纠正他的读音。

Deli学会了，可高兴地从客厅跑到厨房，炫耀起手上的字帖，“乔，你看，今晚上我练了两页汉字。”

周乔洗西红柿，水声哗哗，她伸头看了看，赞叹道：“很棒。”

Deli受到汉语老师的表扬，高兴地唱起了京剧：“黑脸的张飞叫喳喳——”

他边唱边模仿水袖飞的动作，转了一个圈儿，手里就多了一个信封，“乔，这是你上个月的工资。”

周乔放下西红柿，把手擦干再接过，“谢谢。”

Deli绅士地弯腰，“不客气。不过，你今晚回来迟到，是不是约会去了？”

周乔笑容敛了敛，客气地说：“没有。”

“哇哦，你一定是去约会了。”Deli指着眼睛，“乔，你这里面，有光。”

周乔愣了愣。

Deli打了个响指，肯定极了，“一定是的，太好了，我可以约他打麻将了。”

Deli是周乔决定在美国延长半年实习期时，经项目组长介绍，接收的一名想学汉语的学生。家里开了好几座大农场，纯粹向往神秘东方，他打算明年去中国短居两个月，所以想学一些汉语。

周乔虽是过来交流的，但日常开支也不小。Deli开出的报酬十分友好，都是年轻人，相处得自然愉快。

周乔很快做出了一碗肉丝鸡蛋面，Deli边吃边问："乔，今天见面的，是你那位初恋情人吗？"

周乔没遮掩，点点头，"嗯。"

"他想重新追你？漂洋过海来看你？"

"不。"

周乔心里明白，这真的只是一场偶遇，更没有追求一说。

Deli一副我很懂的表情，"滋溜滋溜"地嗦着面条，"那你是怎么想的呢？"

周乔沉默了一会儿，轻声："我没想法。"

Deli仔细端详了她好半晌，摇头，"你撒谎。"

"真的没有。"上一秒的半分犹豫已经全然消失，周乔的眼神很坚定，"我们不可能了。"

结果，Deli喝光一碗面汤，才揉揉饱腹的肚子，无头无脑地说了句："你眼睛里，没了光。"

周乔心浮气躁地对他翻了一记白眼，"你什么时候当上了眼科医生？"

Deli朝她吐舌头，"下回带我见见他，你们不是常说，喝杯白酒，交个朋友吗？"

周乔："……"

吃完面，Deli就麻溜溜地滚了。

他刚走，周乔就收到陈清禾打来的电话，告诉她，明天生日饭的时间是下午五点半。

周乔问："地方定在哪儿？"

"没事儿。"陈清禾说，"会有人来接你的。"

周乔心里"咯噔"一跳，恐惧直觉地想说："不用了！"

但还没来得及说出口，陈清禾就已经挂断了电话。

很快，到了第二天下午。周乔提前半小时换好了衣服，羊绒高领打底，中长款的白色呢子外套，里面穿了一条纯色短裙。她对着镜子左右照了照，平日这身衣服是她去项目公司参加研讨会时穿的，合乎场合也得体。但今天不知怎的，周乔总觉得哪儿不满意。

她上上下下巡视了两三回，终于找到不满意的借口——腰好像又细了。于是，她自我说服、心安理得地从衣柜里，找出上星期才新买的一条裙子换上。裙子颜色鲜艳，像一朵春天初开的花儿。周乔捏了捏腰身，嗯，这回合身了。

四点半的时候，周乔在楼下等来了接她的车子，是昨晚那辆黑色的保时捷。

周乔看着车辆驶近，手心不由得握成了轻轻的拳头，她拇指抠着掌心，一下一下，感受到薄薄的湿意。

出汗了。

车子按了两下鸣笛，然后车窗滑下，停在了她面前。

驾驶座上的陈清禾笑脸露面，“乔乔妹！”

“……”周乔大梦未醒一般，“是你啊。”

“当然是我啊，不然你以为是谁？”

周乔敷衍地笑了笑，拉开车门坐上去，递去一个礼盒，“陈哥，生日快乐。”

陈清禾礼貌地当场打开，是一对衬衣袖扣。

“谢谢，我很喜欢。”

周乔系好安全带，“麻烦你亲自来接了。”

陈清禾想说，要不是某人胆子㞞，昨晚拿刀架他脖子上，逼着他来接，他陈清禾才懒得来呢。

“咱们晚上先吃饭，吃完就去high一high。”陈清禾都安排好了，“出发。”

原本以为，陆悍骁是不会来的。但到了餐厅发现，他竟然在。

陆悍骁和厉坤站在落地窗边闲谈，他手上夹着一根烟，偶尔吸两口，烟雾袅袅而散，谈笑风生的样子像是一幅画。

听见推门声，陆悍骁侧头，见到周乔，他指间一顿，然后垂下手，很快将烟碾熄。

厉坤挑眉，低声说：“出息。”

陆悍骁无所谓地瞥他一眼，用比他更低的声音回道：“就没出息，你管我？”

这顿“生日饭”，全靠陈清禾调动气氛。但他也知趣，只字不提任何劝和的话，一个劲儿地讲述他光荣的部队生涯。

这家中餐厅名声不错，位置难定，能短时间盘下这么一个包厢，也算有人尽心尽力。

陆悍骁坐在陈清禾左手边，周乔坐右边。后来，陈清禾兴致高涨地唱起了军歌。换作以前，陆悍骁肯定是与他一起疯的。但这一次，他安安静静的，负手环胸，轻轻靠着椅背。

这么长时间，他一句话都没说过。也许不是不想说，因为好几次，周乔都注意到，陈清禾与厉坤聊到兴头，陆悍骁欲言又止地张嘴想加入，但最终还是沉默地将存在感降到最低。

这份小心翼翼地沉默寡言，似乎是怕惹了谁的嫌。

周乔不是滋味地端起酒杯，仰头就是一大口。

也就她仰头的这一刻，陆悍骁才敢明目张胆地把目光缝在她身上。

陈清禾这货唱军歌唱high了，正事儿都忘了北，好在厉坤是个能控场的人，几句就把话题转到了周乔身上。在他滴水不漏、无从拒绝的聊天里，周乔不得不说了很多她在美国的生活。

陆悍骁决定事后跪着给厉坤唱《征服》。

聊着聊着，厉坤手机响。

陆悍骁发来的短信：“问她有没有男朋友，问啊，快！”

厉坤果断回复：“滚，我不当媒婆。”

散场时，夜色临世。

厉坤把车从停车场开上来，陈清禾身手了得，抢在所有人前面霸占了副驾驶。

周乔无语地站在原地。

陈清禾从车窗探头，呵呵笑道：“快上车，先送你。”

后面有车在催了，周乔只得拉开车门坐上后座。

陆悍骁就在旁边，空气好像被塞满。他侧过头看了周乔一眼，语气无异，“系好安全带。”

周乔囫囵地“嗯”了声，照做。

车子没多久就开上了大道。

厉坤坐姿笔直，肩胛骨线条硬挺锋利，陈清禾没事就伸手撩撩他的手臂，戳来戳去地说：“别人都说，拿块豆腐撞死，呵呵，真想死，就应该往厉队的肌肉上撞。”

厉坤很是嫌弃，“拿开你的狗爪。”

陈清禾不吃威胁，继续戳他肌肉，厉坤先是不苟言笑，下一秒，猛然出手，钳住他的手腕往后一扳。

“操！”陈清禾痛叫，酒醒了大半。

而厉坤也分了点心，恰遇红灯急变，他迅速踩下刹车。

后座的周乔反应不及时，被震得往右边栽。陆悍骁没有半秒考虑，伸手一揽，飞快地扶住了她。体温相依窜在一起，陆悍骁的四肢百骸全在叫嚣。他毫不犹豫地死死搂住周乔的腰，那五指温度隔着衣料——

烫人，灼心。

陈清禾被厉坤掰得手腕生疼，他边揉边骂边侧头，“你这是虐待下属，骁儿你评评理。”

陆悍骁不怎么情愿地松了手，周乔落荒而逃一般，赶紧一坐三尺远，恨不得整个人嵌进左侧车门。腰上的温度犹在，一时半会儿没法降下来。周乔整个背上都出了汗，她尴尬地别过头看窗外，心脏“扑通扑通”狂跳。

陆悍骁的眼眸跟点了墨似的，他瞥了一眼周乔，心里浪海涛天。半天，才回答陈清禾：“你跳车吧，我打不过他。”

“靠。”陈清禾很受伤，“奸商都现实。”

厉坤背脊挺直而坐，抬手对陆悍骁竖起了大拇指，又问：“前面路口是不是该右转了？”

但周乔还在方才尴尬的情绪里没有回过神。

“直走开过这个红绿灯，第二个路口左转再往右，有一条小路比较快。”陆悍骁沉沉开口，对答如流。

周乔被他这猝不及防的“活体导航”给整得更加蒙圈儿。

他竟然对这一块如此熟悉。

厉坤车速在加快。

陈清禾顺便询问：“乔妹妹，你什么时候回国啊？”

周乔答得很含糊：“还得一段时间。”

“一段时间是多久？”

陆悍骁心里忍不住想为陈清禾爆灯，他表面平静无波，其实耳朵竖得比谁都长。

周乔说："看项目进度，现在也说不好。"

"啧！"陆悍骁心里发出一声不耐的感叹词，同时又祈祷陈清禾再接再厉，必须刨根问底。

哥们儿的默契十足，陈清禾如他所愿，索性问了个时间范围，"过年前总会回来的吧？"

周乔这才点头，"嗯。"

今年农历新年早一些，一月底便是。那离现在还有将近三个月时间。

后视镜里，陈清禾与陆悍骁的眼神交汇一秒，陆悍骁心领神会地点了下头。他这个年龄，对逢年过节已经没有什么期盼了，但现在，他又像时光倒流二十年的孩童一般，开始期待，开始倒数。至于这三个月，陆悍骁倍儿精神地想，大不了多飞几趟就是了。他守着心里这点儿小秘密，独自欢愉。

半小时后，车停下。

周乔推开车门，"陈哥，谢谢你的晚餐。"

她一只脚还在车里，不远处，公寓门口的Deli就兴奋地冲她招手。

周乔换上笑脸，身姿轻盈地迎上去，"Hi."

陈清禾和厉坤不约而同地往后一看，陆悍骁的脸色可以用五彩斑斓来形容了。

Deli脚踩滑板，穿着宽松的大衣，莫西干头金黄灿烂，非常年轻活力。他脚一蹬，帅气地滑到周乔身前，"吃葡葡不吐萄萄皮——乔，我今天学会了一句顺口六。"

周乔听得直发笑，纠正他："是葡萄皮。"

她微笑的样子，明亮又自然，看得陆悍骁眼睛喷火。

Deli从包里拿出一样小玩意儿，伸手比画在周乔衣领间，"胸针赠品，送你了。"

从车里看过去，这个角度极其亲密，陈清禾心想不妙，赶紧道："厉队，锁门！"

"咔嗒"轻响，厉坤反应极快地把车门上了锁。

"……"陆悍骁憋屈着脸色，"干吗？"

"怕你揍人家。"

说话的同时，厉坤转动方向盘，车辆迅速驶离。

陆悍骁的头重重靠向椅背，郁闷地闭上了眼睛。

陈清禾感叹：“刚才那黄毛皮肤白得跟女人似的，没一点儿阳刚之气。骁儿别怕，正面杠他！”

过了好久，陆悍骁才问了个风马牛不相及的问题：“你们也觉得，我是一个只会动拳头的人吗？”

“看情况吧。”陈清禾说，“平时人五人六人面兽心，但在周乔的事上，你基本上是不要脸的，从里到外都是野兽气质。”

陆悍骁沉默。

人总是这样，抽身而退的时候，才迟来地领悟。夜深人静他也会后悔，如果当初做得再好一点儿，表现得更成熟一些，那么现在的结果，是不是会不一样。

陆悍骁手指握成拳，松了又紧，紧了又松。

刚才还盼着过年的好心情，现在全跌到了谷底。

这边公寓。

周乔把虚心好学、为了炫耀自己学的那句顺口溜而特意跑来的Deli同学，用一碗肉丝面打发走后，已经快十点。

当房间静下来，她的心事就以百米冲刺的速度齐齐聚在一个点上。那个点瞬间发散，勾勒出的清晰图案，全是陆悍骁。他瘦了，哪怕穿着外套，也能看出肩膀的弧度更加棱角锋利；他也不爱说话了，饭桌上，陈清禾侃侃而谈的话题，也不再附和半句；周乔把两小时的画面一一回顾，他还变得爱抽烟，她两次去洗手间回来，推门都能看见他在沉默地吞云吐雾。

周乔沉沉闭眼，最后所有的细节都串成在车上被他抱住的一幕。

周乔越想越神慌，不由自主地摸了摸自己的腰。

唉，愁死得了。

其实她刚来这边，生活得并不习惯。尤其表现在饮食差异上，初来时什么都不懂，天天汉堡可乐，吃得她一闻见油炸味儿就想吐。后来摸清了周围情况，就开始添置锅碗瓢盆，自己做饭吃。这边蔬菜贵，但面条饺子都无比可口。

两个月的暑假实习很快就结束，李教授又发来邮件，问是否愿意再待半年。周乔承认，自己把这个突然的消息当成了救命稻草。那时刚和陆悍骁分手，她迷信地认为，越怕什么就越来什么。回去之后，学校离他住的地方那么近，指不定哪天就“巧遇”上了。

于是，周乔决定再给自己多一点儿去忘记的时间。她选择留下来，继续跟组学习。

这四个多月，陈清禾倒是时不时地发微信和她联系，问她住哪里，过得怎么样。周乔抱着杀一儆百的决心，没给两人留下任何再联系的机会，每每敷衍了事，聊个一两句便借口中断。

她在上海认识的人不多，断了这么一两个关键人物，与那座城市就好像平行线一样。兜兜转转，一切又回到了最初。

周乔在这边的项目工作其实并不繁重，她为了让自己没时间瞎想，就接了Deli的汉语老师工作。Deli二十七岁，看起来却和十七岁少年一样，典型的逆生长，是个黏人又幼稚的大男孩，特别喜欢吃周乔做的肉丝面。

有时候，周乔觉得自己一定是魔障了，竟然能从Deli身上看到陆悍骁的影子。

每次，Deli用蹩脚的中文把她逗得捧腹大笑时，Deli都一本正经地摊开手心，“乔，听我说笑话是要收费的。”

周乔卷起书本，往他手心连敲三下，“给，不用找了。”

但下一次，Deli的肉丝面里，从此以后都会多了两个煎蛋。

他们保持和平友好的亦师亦友关系，周乔对Deli的印象十分不错，她坚定地认为，是因为开朗阳光的性格容易让人喜爱。

就在她觉得自己已经完全适应没有陆悍骁的日子时，命运就是这么无赖地又让两人碰面了。前晚遇见，周乔自认为表现良好，风轻云淡地打招呼，洒脱自然地聊天。

就在她对自己的表现打一百分时，当天晚上，她就被打脸，轰轰烈烈地失眠了。失眠时，压制许久的念头如同挣脱封印的妖魔鬼怪，全都跑了出来，她有好多问题——

我离开以后，你和你母亲和好了吗？

我放在你卧室的一些书，都已经丢掉了吧？

陆奶奶的身体康复了吗？

七月中旬的狮子座，三十岁生日时，你吹蜡烛许愿了吗？

周乔坐在沙发上，仰头看着天花板，转念一想，也许这都没什么，他工作本来就忙，过来出差待个几天就走了。

周乔自我安慰，瞬间松了口气。

就在她准备去洗澡的时候，手机响，有电话进来。

周乔拿起一看，是陈清禾。

她接听："陈哥？"

"哎哟我天，乔乔，这回你真得帮哥一忙了！"陈清禾声音咋呼，语气着急，"麻烦你看看你的包里，是不是有个小的塑料夹？"

周乔边应边起身，"好，你等等啊。"

她打开出门时背的包，外层袋里，的确有一个。她记起来了，是吃饭前，陈清禾放她那儿的，说是没带包，拿在手里不方便，但走的时候，两人都忘记了这茬。

陈清禾如释重负，"没丢就好。里头是一些重要资料和证件，我明天集训要用的。"

周乔很快说："你在哪儿？要不我打车给你送来？"

"不用。"陈清禾说，"我已经归队了，半个月封闭训练没法出来，这样吧，我让悍骁过来拿，你看方不方便，他大概四十分钟后能到。"

周乔看了下时间，那就是十一点之前，她说好，她会等。

结果，陆悍骁半小时就到了楼下。

还是物业给她打的电话，说有人找。周乔还纳闷呢，怎么不直接打她手机。后来才反应，两人分手的时候，她把陆悍骁的号码微信全拉黑了。

周乔心虚又尴尬地下楼，远远就看到了那辆黑色保时捷。陆悍骁倚在车门边，斜靠站着，又在抽烟。

"不好意思，久等了。"周乔没敢耽误事，小跑过去，手里拿着那个文件夹。

陆悍骁下意识地站直，又飞快掐灭才抽了两口的烟，沉着气儿说："没关系，没等太久。"像是怕她误会，又补充解释，"我不知道你住哪一楼。"

周乔又联想起自己拉黑号码的行径，心虚地岔开话题："从这儿过去陈哥那儿远吗？"

"还行，晚上不堵。"陆悍骁接过东西。

交接完之后，两个人沉默。

陆悍骁脚步犹豫在原地，不甘心地重新燃起沟通桥梁。

“我来的时候，看见封道了，没办法原路返回，还有别的道出去吗？”

周乔蒙了蒙，来不及思考是否真的封路，告诉他：“往右边，走小区里头，到后门也能通向主路。”

陆悍骁鼓起勇气，“这边我不太熟，你能带我吗？”

他这句力求平静的疑问里，还是被周乔听出了几分小心翼翼和苦苦哀求。

心一酸，她本能地说：“好。”

有些东西，一开始就停不下脚步。

帮陆悍骁指路，出了小区开入大道，结果发现，从这儿走回公寓也挺远。

陆悍骁理所当然地提建议：“干脆一起吧，待会儿我再送你回来。”

于是，周乔又稀里糊涂地再次与他同乘同行。

好在陆悍骁给她留了足够的空间，认真开车，不说一个字，尽职地扮演着乖巧的雕像。

将文件夹顺利交给集训营的门卫后，这一来一回，送周乔到家，已经快凌晨一点。

陆悍骁停好车，突然面色隐忍痛苦，用极轻的但足够让周乔听见的音量，痛苦难掩地倒吸一口气，“嗞……”

推门到一半的周乔，停住动作侧头，“你怎么了？”

陆悍骁微蹙眉头，“能不能上去用一下洗手间？”

“……”这真是个让人无法反驳的理由。

周乔点点头，“上来吧。”

陆悍骁心里头的小超人握拳冲天，激动地喊了声：“Yes！”

他喜极而泣地跟上去，踩着周乔的步伐，每一步都规规整整。

周乔开了门，把路让出来，“洗手间在左边。”

陆悍骁眼神一扫，惊喜地发现，鞋架上没有男士拖鞋。心里的那个小超人又激动地跳起来，“太好了，黄毛洋鬼子没地位！”

陆悍骁矜持又礼貌，脱了鞋，赤脚踏进来。

周乔目光落在他脚上，沉默地转身，从鞋柜最下层拿出一双一次性的拖鞋，塑料袋上印着酒店名，没拆包的。

陆悍骁穿上后去了洗手间，门一关，他终于能卸下这该死的淡定面具，肆无忌惮地打量起一切，沐浴露洗发水，瓶瓶罐罐的一些护肤品。毛巾架上，黄粉蓝三条，干干净净。旁边还挂着睡衣以及一条……黑色的蕾丝内裤。

陆悍骁觉得身体血液流速瞬间加快，脸也发了烫。

也就这一瞬，他心里的小超人又在叫嚣：“我不想走！”

陆悍骁打定主意，“方便”完后，拉开门走了出去。

周乔正从厨房出来，抬头一看，陆悍骁左手捂着胃，眉头紧皱，背脊微弯。

她愣了一秒，脱口而问：“是不是胃又疼了？”

说完，连她自己都讶然了。习惯真是个可怕的东西，抵抗不住任何的伪装。陆悍骁胃不好这事儿，她一直没有忘记。

如果不是演技任务，陆悍骁高兴得真想当场蹦迪。

她在关心他!

她不是完全冷漠!

陆悍骁更加用力地卖惨，无所谓地说：“没关系，水土不服而已，前天刚来就疼了一夜，昨天还行，腹泻了六七次。不太严重。”

“……”周乔脸色微变，半晌，指着沙发，“你先休息会儿。”

她又返回厨房，给他倒了杯温水，“喝点热的，楼下有药店，疼得厉害，就买点儿胃药。”

陆悍骁一口气喝光整杯水，一滴不剩。又争取到能和周乔待在一起的十分钟机会。但他也没敢过分，怕被拆穿又让她反感，十分钟后，果断地滚蛋。

“我走了，你早点儿休息。”陆悍骁站在门口，控制好分寸，忍住了耐心，平声告别。

周乔看着他还捂着胃的手，抿了抿唇，“你等会儿。”没多久，她拿了一盒药递给他，“药店可能关门了，你吃这个吧。”

陆悍骁看到药名，这下是真的皱眉了，“胃药？你怎么会有这个？你什么时候也胃疼了？次数多吗？是不是没好好吃饭？”

陆悍骁接二连三地发问，去他的演技感人。

他只关心他姑娘，来了趟美国这才几个月，就把自己弄得出毛病了。

周乔没说话，直接关上了门，像极了落荒而逃。

陆悍骁：“……”

他心里空荡荡地下楼，解锁，上车。刚坐上去，就看到副驾驶座位上的手机。

是周乔的。

公寓里。

周乔被陆悍骁弄得心烦意乱，她开始洗杯子，把鞋子放回鞋架，又将不怎么满的垃圾袋，丢去了楼道间。整个人浑浑噩噩，连丢完垃圾回屋忘记关紧门都浑然不知。

好像非要做些什么，分了心才好。

再后来，周乔去洗澡，刚把衣裤脱掉，才想起沐浴露昨天就用完了。于是，她不做多想，习以为常地拉开门，只穿一条内裤走去客厅。

日用品收纳在矮柜里，周乔拿出一瓶新的，转过身刚要迈步。

没想到，门却突然被推开？！

陆悍骁拿着她遗落在车上的手机，毫无征兆地出现在了门口。

两个人四目相对，空气静止。

周乔赤身裸体，头发松散地扎着，一缕顺着脸颊慵懒垂落。胸是胸，细腰卡出两条柔弧，而那笔直的、曾缠在他腰间让他疯狂不已的腿，白皙又匀称。

两分钟前，陆悍骁上来时，发现门没有关，手轻敲，就自己弹开了一条缝。

周乔最先反应过来，捂住胸口，逃也似的就要去浴室！

陆悍骁双目赤红，拦住她，毫不犹豫地从背后把她拦截抱住。他力气大，周乔甚至被他抱离地面，在原地转了小半个圈。

她的臀被内裤包裹得又紧又翘，那些欢爱情事呼啸而来，陆悍骁死死扣住她，声音烙火一般，滚烫沸腾：“门都不关紧，你要死啊！”顿了顿，他哑着嗓子，又说：“……要是被别人看了去，我就死给你看。”

来不及体会他话里的情深义重，周乔现在只羞愧想死。

她的手还护在胸前，被挤压出深深的弧沟。

陆悍骁的手躁动难安地圈住她的细腰，心跳一声一声如乱鼓落下。

他粗声道：“别动了，你别再动了。”

周乔缩成一团，她能感受到男人的身体变化，隔着衣料，清晰明显。

“你放开我。”周乔声音发抖，“放开我啊。”

陆悍骁的手掌，不甘心地压了压她的皮肤，终于还是理智获胜。他脱了自己的外套，盖在了周乔肩上，然后慢慢转过身背对着。

周乔抓紧衣服，落荒似的逃进浴室，背靠着墙壁，倏地腿软蹲在地上。

陆悍骁的大衣又宽又长，肩头还有淡淡的香水味，跟记忆中的一模一样。周乔越闻越心浮气躁，想起刚才那一幕——

死了算了。

但总这么避而不见也不是个事儿，陆悍骁的衣服还在她这儿，总不能让人穿件单衣出门吧。周乔深吸一口气，提醒自己这只是一个插曲，和他分手什么关系也没有了，不要太在意！

这催眠似的自我安慰，让周乔心里好过了一些。她很快把衣服穿好，心一横，拉开门走了出去。

陆悍骁还站在原地，维持这个动作似乎没有变过。

周乔望着他的背影，戴好名叫“我很淡定”的面具，沉心定气地走过去，“给，你的外套。”

陆悍骁却正眼不瞧她，猛地转身，和人擦肩而过，留下一句：“借洗手间用用。”

周乔望着“嘭”声关紧的门，顿时无言。

门里，陆悍骁靠着墙，全身松懈下来，疲惫地掐住自己的眉心揉了几圈。死女人，门有没有关紧也不知道？万一进来的不是他，根本不敢想会发生什么。陆悍骁一阵后怕，同时又气又急，心想，看来离开我，也不见得过得有多好。

他把周乔从头到脚批判了一顿，批完之后又泄气。美国的水土是不是掺了激素啊，他姑娘该大的地方都大了，前凸后翘，白花花的胸和大腿。

他认命地叹了口气：“乔乔，你磨死我得了。”

十来分钟后，他从洗手间出来，面色无异，也不多言。

本来还坐在沙发上的周乔，下意识地起身，她把手背在身后，看起来很紧张。

陆悍骁捡起沙发靠背上的外套，“我走了。”

周乔含蓄地点了下头，“嗯。”

陆悍骁没让她为难，走到门口，停了下，侧过头说：“锁好门。”

“……”周乔脸又快烧起来。

“嘭”的声响，门关了，她才敢抬头看过去。

门又轻轻晃动了两下，是陆悍骁推门的动作，他在确认门有没有关紧。

周乔走到窗户边，撩开两层窗帘，偷偷地往下看。

没两分钟，陆悍骁的身影出现在夜色里，他手腕上挂着大衣，并没有穿在身上，就连衣袖也挽起了半截儿。

周乔心想，胃疼的人，还这么不知保暖。很快，她被自己这种“恨铁不成钢”的想法弄得有点无语。一般来说，这种愤懑埋怨，只对自己心有挂念的人才会产生。

陆悍骁以前是她的亲密爱人，那现在呢？

周乔不敢深想，一思考这个问题，他那厉害的妈、苦口婆心的奶奶，以及种种看似和谐，其实暗藏汹涌的过往就抢先冒了出来，让周乔望而生畏。

周乔摇了摇头，“唉！”

瞎想什么呢。

她视线黏着楼下的陆悍骁，看他走向车边，拿出车钥匙，然后拉开车门。路灯光影灼灼，凌晨夜静，他就是唯一的风景。

可就在这时，陆悍骁突然往这个方向抬起了头。吓得周乔赶紧放下窗帘，往墙边一躲，心脏“扑通扑通”地狂跳。

他发现我在偷看他了吗？应该没有吧，角度很小的。

周乔忐忑许久，等了一会儿，不死心地撩开窗帘一角，悄咪咪地又看了眼。

车不在了。她松了一口气。

楼下。

黑色车子从路口慢慢驶出来，半边滑下的车窗里，某人的笑意再也收敛不住了。陆悍骁手肘搭在车窗边沿上，懒散地撑着太阳穴，心里的小超人又在十八般武艺地闹腾了，“还说对我没感觉？”

陆悍骁心里燃起奇异的自信和斗志。

"明明喜欢得要命！"

第二天是公休。

周乔如往常一样起得早，因为Deli的汉语课程都安排在公休日，半天课时，九点开始。周乔洗漱完毕后，把课件温习了一遍，再把小黑板搬到客厅。

电话响的时候，她以为是Deli，结果是一个陌生号码。

周乔接听："Hello？"

听了几秒，她差点脱手，是陆悍骁。

知道是他，周乔的鸡皮疙瘩泛起一层，下意识地问："你换号码了？"

那头顿了顿，声音沉闷："没换，被你拉黑了而已。"

周乔尴尬地想咬舌自尽，真是哪壶不开提哪壶，自己要不要这么蠢。

"你下来吧，我给你送了点儿东西过来。"陆悍骁之后的语气倒是平静无异。

周乔问："什么东西？"

"你下来就知道了。"

话语简短，但分明透着不可抗拒。而且，陆悍骁也学会了先发制人，不给她拒绝的机会，直接挂断了电话。

"……"

周乔先是无奈，但转念一想，下去一趟也没什么要紧，反正待会儿要给Deli上课，陆悍骁也折腾不出什么别的事情。于是，周乔便心安理得地换鞋下楼。

在电梯里，她的心情和上面跳跃的数字一样，起起伏伏，扑扑通通。极短的时间内，她已经无法思考，这乱跳的心脏，究竟是因为他的叨扰，还是因为自己的隐隐期待。

她头顶阳光明媚，脚踩着斑驳树影，出电梯后，不由得脚步加快。

陆悍骁站在路边，背对着。

周乔停了停，深呼吸，刚准备迈步上前，却愣住。

呃，陆悍骁边上站着的，是Deli？而且两人有说有笑的样子，看起来十分和谐。

“……”

他俩什么时候搞一块去的？

“Hi，乔！”Deli挥胳膊招手，兴奋地说，“这儿有一个恨有意思的你碰友。”

周乔被他各种口音夹杂的汉语已经深感绝望，她敷衍地扯了下嘴角，慢步走过去。陆悍骁双手环胸，侧身对她点了下头以表示意。

周乔对他笑了下，然后皱眉看向Deli，用英文说：“难得你今天不迟到。”

“不迟到的好处很大，能让我碰到他，真是太有意思了。”Deli把陆悍骁夸得没边儿，“我喜欢交有趣的炮友。”

“NO.”陆悍骁低声纠正，“不是炮友，是朋友。”

“……”周乔无语片刻，对Deli说，“你先上去。”

“不上去。要去一起去。”Deli抓着陆悍骁的胳膊，“今天，我想学习写作文。名字已经想好了，就叫《我的中国好伙伴儿》。”

陆悍骁挑眉，忍笑，一脸无辜精英范儿。

周乔心里直叫骂，这什么猪队友啊。

“乔，你微笑的样子很美，不笑的时候像猪猪。”Deli食指往自己鼻间一顶，鼻孔被顶得朝天，他还特意学了两声猪叫，“就是这样的。”

“……”跟这黄毛简直是鸡同鸭讲，周乔又把目光投向陆悍骁，意思是，请你自觉一点儿。

但他正低头看手机，划拉两下屏幕像模像样，演了个货真价实的视而不见。

周乔完全没辙。

Deli手搭在陆悍骁肩膀上，直接推人走，“反正都认识，陆，上去教我写作文吧。”

于是，陆悍骁一副“我是被逼的”的表情，“大义赴死”一般进了电梯。

他再次踏进周乔的公寓，心里美翻天。

Deli去厨房喝水的时候，周乔溜进来，不客气地踹了一脚他的小腿，“干吗呢你？”

“嗷。”Deli星星眼，一脸崇拜，“他的freestyle说得太棒了，押韵特别好，我想拜师学艺。”

这个理由真是清新脱俗。

但一想，这俩人在某一方面的确有异曲同工之妙，也就不足为奇了。

陆悍骁心里那点儿算盘，周乔不是不清楚。收买人心最有一套，但还抢夺她的饭碗，这就有点儿说不过去了。

Deli上课前，友好地提醒："陆，你可以坐沙发，看到你，我就有信心学好中文。"

陆悍骁含蓄地点了点头，"加油。"

周乔卷起书本，往Deli头上敲了敲，冷声勾笑："既然这么有信心，今天就学绕口令吧。"

Deli最怕的就是这个，他发出一声惨叫："Oh my god。"

当然只是说说而已，周乔不是公报私仇的人。按课程进度，她按部就班地耐心教学。

陆悍骁赖在沙发上，随手捡起桌上的一本书翻阅。是一本心理书，内容均以问答的形式呈现。陆悍骁看了眼目录，翻到感兴趣的那部分。书应该是被周乔经常翻看的，所以纸页有着微卷的弧度。他一翻，就摊到了常打开的一页上。

白纸黑字，标题是：如何克服心理障碍。

行文间的中心思想很清晰，分了步骤去阐述起因结果，五六点列下来，最后一点是探讨感情。而就感情这一段的结尾有一句话：只有从心底克服障碍，才能涅槃重生。

这句话被黑笔圈了一条波浪线，旁边写了四个字——

我做不到。

笔锋尖锐，力透纸背，一笔一画如同雕刻。

陆悍骁一眼就认出，这是周乔的字迹。

他心突然地泛起了酸，竟没有"她还爱我"的快感喜悦。他无法想象，当初远赴异国他乡，坐在夜深灯黄下的周乔，是用如何孤寂的心情写下的这四个字。

陆悍骁的负罪感以及歉疚，再一次深深碾压而来。他手指抠紧书，抬眼看向正在专心讲课的周乔。

她轻言细语，柔顺而乖巧，是个全无攻击力的女孩儿。在他追悔莫及丧失陨落的那段感情里，看似他爱得比较多，强烈的占有欲，莫名的不安感，容不得她三心二意。其实所谓的三心二意，只是他臆想出来的自以为是。

周乔的细心和包容力，是那么强大而无畏。是他以己度人，自我妄为，生生糟蹋掉了这段感情。

陆悍骁的指腹一遍一遍摩挲着周乔写的这四个字。他发誓，这一生，绝不在一个地方犯错两次。

两个半小时很快过去。

周乔合上课本，对Deli说："你把这两个字多写几遍，括号里是组词用的。"

Deli比了个"OK"的手势，"需不需要造句？"

"口头就行。"周乔对他竖起大拇指，"你今天表现很棒。"

Deli见缝插针，机灵地问："那么，乔，很棒的Deli可不可以得到一碗肉丝面的奖励？"

"不行，不可以。"

"Why？！"

"伙食费。"周乔故作严肃，摊开手心，"很贵的。"

Deli摇头叹气，还真去掏钱包，"乔，你不美了，你是大坏蛋。"

周乔作势打他的手，"还真给啊？算了算了。"

Deli立刻笑脸："乔，你可美了，你是大好蛋。"

什么鬼。周乔忍不住笑了起来。

"陆，你也来一碗面条。"Deli热心肠地招呼陆悍骁。

这人一上午坐在那儿不吭声，周乔都差点儿忘记有这号人在。

她戳了戳Deli的肩膀，"喂，你乱嚷，不礼貌。"

Deli不服气地辩解："他是你客人，不留人家，你才是不礼貌的。"

"……"

这个学生能不能退货？

既然都这么说了，陆悍骁当然只得再一次"盛情难却""不情不愿"地留下来吃面条了。

周乔在厨房忙活，两位祖宗在客厅练习freestyle。Deli那毛骨悚然的笑声，听得周乔忍不住想翻白眼。她又趴在门口，偷偷瞄了眼陆悍骁，之前心乱没敢多看，这时才发现，他今天一身休闲装扮，白色粗针毛衣看起来还有点儿小性感。

周乔摇了摇头，"想什么呢！"

面条容易做，两大碗，她自己弄了份小的。

Deli口水直流，“哇哦，我已经饿得前胸贴后背了。”

陆悍骁赞叹：“会的俗语还挺多。”

Deli手伸向其中一碗，却被周乔呵住，“哎，你吃左边的！”

“为什莫？”Deli瞅了瞅，恍然大悟，“原来是多了西红柿。”

陆悍骁却愣住。

他低眼看过去，真的，三碗里，只有一碗放了切成薄片的西红柿。

周乔心里尴尬得不行，但依旧强力维持表面淡定。她把西红柿面条推到陆悍骁面前，没说一句话。

陆悍骁浑身像有电流通过，一层又一层刺激着他的神经。他心在战栗，握筷子的手也在发抖。他喜爱偏酸的口感，周乔记得，她竟然记得。

两人之间，心事无言地重叠在了一起。

一个心思狂乱，一个微蒙困惑。

周乔沉默地吃着面条，一根一根挑在筷子上。陆悍骁目光肆无忌惮地看着她，有那么一瞬，“让我重新追你，好不好”这句话，差点就要说出口。

冲动的时候，Deli这枚电灯泡闪闪发光。

“乔，今天的面条，比以前做的要好吃。”

陆悍骁总算拉回了些耐心，但很快，他又蹙起了眉头，直直看向Deli，“你经常吃她做的面条？”

“当然。”Deli没心没肺地说，“有时候，跑上几十公里，也要过来求一碗。”

陆悍骁脸色沉了沉，“晚上？”

这“洋鬼子”晚上也来？那昨晚上的情况，真是太不安全了。陆悍骁心里不是滋味，也不再说话，闷着脸色，低头吃面。这不吃还好，越吃越离谱。一碗完了，他说：“没吃饱。”

周乔顾着礼貌，总不能让客人饿肚子吧，于是又给他下了一碗。

一碗又一碗，陆悍骁一直说吃不饱。

其实周乔也很纠结，不让吃吧，又怕被他曲解成关心。在这种矛盾的拉锯战里，周乔也很郁闷。

Deli都快崇拜死他了，“会说freestyle的大胃王·陆。”

吃到第四碗，周乔终于看不下去，不干了，没好气地说：“面条被你吃光了。”

陆悍骁这才罢休，起身的时候，肚子太胀，他有点撑不住地扶住了桌角。虽然只是一下，但周乔还是全程看在了眼里。她心里恨恨地想，看吧，看吧，肯定胃又疼了！

陆悍骁面色淡定，看起来没什么异样，礼貌地道别，还说：“谢谢你的午饭。”

“……”周乔脸色不佳，负气似的把门一关。

Deli哇嗷一声：“不就是吃了她的一点面条嘛。”

陆悍骁右手虚掩着胃，饱腹感让他略微难受，他走在前面，对Deli说了一句莫名其妙的话：“我要把面条吃到跟你一样多。”

Deli：“？”

公休日的下午，周乔一般都午睡一小时，再看看书和电影。但自从陆悍骁走后，她心神不宁没法专注，总觉得有事要发生。

果然，傍晚的时候，陆悍骁用新号码给她发来短信，说他胃病犯了。

就知道！她就知道！

周乔的情绪，难得粗暴一回。也许是气愤当头，她竟然直接拨了电话过去，两声之后，陆悍骁很快接听。

没等他说话，周乔就一顿劈头盖脸的呵斥：“胃疼活该，你不知道自己胃不好吗？！吃几个朝天椒就能住院，你哪里来的自信可以吞下四碗面条啊？面食在肚子里还会膨胀的，你不生病才怪！”

这冒出来的脾气，掺杂了不少陈年旧火，这一次，周乔抑制不住地冲动了。

电话里的陆悍骁，久久没有吭声。

沉默让周乔瞬间冷静不少。她后悔得想咬舌，说到底，他是死是活，关她什么事？

就在周乔狼狈不堪准备挂电话时，陆悍骁突然开口了，声音嘶哑地喊她的名字：“乔乔，别挂。”

周乔的手，不怎么坚决地又举回了耳朵边。

陆悍骁声音低沉又虚弱：“我胃真的很疼。”

周乔心一酸，“那你还吃那么多。”

陆悍骁说：“因为Deli吃了。”

“他吃你就吃啊？”周乔语气又软了一度。

“嗯。”陆悍骁默了两秒，声音虽小，但理直气又壮地说，“那是你做的面条，他不可以吃得比我多。”

“……”周乔还记挂他的身体，“你能走吗？自己开车去医院。”

“走不动了。”陆悍骁说，“胃药吃下去也没用，我想喝热水，这里连个烧水壶都没有。”

“……”周乔拧眉，“你住在哪里？”

说话间，她已经起身拿钥匙和钱包，走向玄关处。

陆悍骁报了地址。

周乔听完，换鞋的动作顿住。这不就是她公寓旁边，条件实在一般，价格尤其便宜的黑心小旅馆吗？

周乔住的地方不是什么高档公寓，离实习的公司近，图一个来回方便。这周边的公司有不少，所以旅社餐厅也多。周乔真没想到，陆悍骁会住在附近。

她出门前，又返回卧室拿了一支温度计，想想觉得不够，再走去厨房，用保温杯灌了一瓶温水放在包里。

那家旅馆就在小区门口，周乔很快赶了过去。上楼的时候，碰见几对男女搂抱调情。陆悍骁开门的时候，好几张露骨的小卡片从门缝里抖落下来。

波霸女神，丰乳肥臀，甚至还有光着屁墩儿的男性媚眼迷离。

“……”

“……”

陆悍骁飞快解释：“我不知道谁塞进来的，我没有叫。”

周乔却注意到他捂着胃的手，问：“疼得厉害？”

陆悍骁把路让出来，逞强地说：“还行。”

说完又觉得不合适，怕她以为他是骗人，于是赶紧补一句：“就是一阵阵的坠痛，吃了药也不见好。”

周乔走进房间，“药呢？给我看看。”

趁陆悍骁去拿药的工夫，周乔打量了一圈这个房间。一米五宽的木板床，白色的床单被套，简易的一个柜子和脏不啦叽的地毯。

这种地方，他住得惯？

“给。”陆悍骁走过来，递给她一大包。

他是真疼，时不时地蹙眉，脸色也不太好。顾不上别的，陆悍骁主动坐躺在床上。翻身的时候，他难以抑制地颤出一声痛苦的哼吟。

周乔拧开保温瓶，“你先喝点儿热水。”

陆悍骁瞅见这个蓝色的小象水杯，“你的？”

周乔“嗯”了声：“我洗过了。”

陆悍骁端起就喝，咕噜咕噜几大口，心想，洗不洗我不管，反正这就是间接接吻了。

周乔看完那些药，皱眉道：“这些止痛药要少吃。”

陆悍骁嗓子被水润过，听起来格外磁性：“刚才疼得受不了，就算是鹤顶红我也喝了。”

周乔问：“要不去医院吧？我下去叫车。”

她刚转身，手腕就被陆悍骁一把扯住。滚烫的指腹在她皮肤上跟火印似的，周乔拧眉，没有怪责他的莽撞，而是直接伸手探向他的额头。

“陆悍骁，你在发烧。”

她的手背还带着刚从外面进来时的凉意，摸得陆悍骁一个战栗。

他贪婪地抬高头，将自己更紧密地贴向周乔的手，“嗯？我发烧了？不知道，就觉得胃里好烫。”

周乔的手又移到他脸颊上，确认之后，直起身，“不行，必须去医院。”

她拿出从家里带来的温度计，不由分说地塞给陆悍骁，“量一下腋温。”

陆悍骁乖乖照做，毛衣厚实，他扒拉下左边的衣领，故意露出圆弧滚翘的肩头，还往周乔身边靠了靠。

“……”

好一个心机美男计。

周乔掀起被子就往他头上盖，“快量。”

陆悍骁从被子里探出头，只露出他那双正宗的桃花眼，眼尾微弯，在对周乔笑。

周乔被他盯得浑身不自在，咳了一声，假装看手机。

静了几秒，陆悍骁突然问：“你什么时候把我放出来？”

周乔起先没明白，“嗯？”

“黑名单里关了这么久，是时候放出来了吧，嗯？”

周乔手抖，手机差点掉地上。

往事就像一道将好未好的新疤，周乔努力避之，小心翼翼地不去触碰，却被陆悍骁三言两语地挑破，大刺刺地问了出口。

周乔捏紧手机，不说话。

陆悍骁叹了一口气：“不放就不放吧，被你关个无期徒刑，也是该我的。”

周乔十指蜷了蜷，问：“陆奶奶身体还好吗？”

“老样子，夏天的时候就不太好了，冬天难养肺，支气管炎也严重，雾霾天气根本不能出门。”

夏天。

就是她和陆悍骁的事闹得他们全家不愉快的时候吧。

陆老太一辈子贤良淑德、相夫教子，岁月给了她温和沉静的标签，她一生所求，不过就是一句“家和万事兴”。陆悍骁和徐晨君之间的暴乱，让陆老太两害相较取其轻，选择站在媳妇这一边，去说服周乔。

听说陆老太身体不好，周乔沉默地将手垂在腿上。

陆悍骁轻声：“乔乔。”

周乔被这声熟悉的昵称，勾得抬起了头。

陆悍骁整张脸已经从被子里冒了出来，略微病态的脸色，反而显得比平时沉静。

“我知道，跟我在一起时，你受了太多委屈，我那位一根筋的妈，还有助纣为虐的奶奶。”他自嘲地笑了笑，“最主要的，还是因为我。我在生意场上那么招人喜欢，怎么到了你这儿，就变成智障儿童了呢？”

周乔安静地听他做检讨，不置可否。

陆悍骁目光温柔地落在她脸上，轻声缓调地继续：“我在工作的时候，可以与对手耐心周旋，但对你，却一味地认为你是我的所有物，你的生活、交际，通通只能是我的。现在想想，真的很蠢蛋。”

谈及旧事时，周乔本来还挺紧张，但听到他剖心挖肺的坦白，反而就轻松了。陆悍骁是她人生里不可否定的、最重要的一个男人。他在她爸妈轰轰烈烈闹离婚的时候，给了她一处容身之处。也是她二次考研路上，热烈又安心的陪伴。

她本以为，分手之后，时间能抚平一切。但在歌厅门口，看到他坐在车里的那一刻，身体里那已经锈掉的机器，又神奇地自由运转起来。

陆悍骁停了一会儿，突然牵起她的手。

因为发烧的关系，他手心烫得可以煎鸡蛋，周乔不怎么坚决地挣了挣，陆悍骁犹豫了半秒，还是把她紧紧握住。

“我说这些，只是认错。我不会再逼你，也不会再做让你讨厌的事情。”陆悍骁像个考试不及格的小学生，拿着重新书写的试卷，小心翼翼地让家长签字，“乔乔，如果你愿意再给该死的陆悍骁一次机会——我一定认认真真地跟你走完这一程。”

陆悍骁不把分手的原因怪罪给任何外人，只从自己身上找原因。

他幼稚又冲动，万事都以“我认为”为先。那时候在医院，贺燃和他聊天，有句话说得太对了——

只要一个男人能给出充分的安定和信任，女人还回来的拥抱，会比想象中更多。

懂事总是来得比较迟，陆悍骁看着周乔，他目光渴望，但又不自信地望而却步。

周乔低着头，睫毛密密整整地在下眼睑上投出一片小阴影。

她没说话。她眼圈微红，不敢抬头。

好不容易稳住情绪，周乔才敢看他，表情无波无澜地丢了句：“温度计给我看看。”

“……”陆悍骁心里雀跃万分，虽然没答应，但也没有明着拒绝！他乖巧地拉开毛衣领，比刚才刻意露出更多的肩膀，还对周乔似有似无地微眯双眼。可以说是，一招美男计贯穿一生了。

周乔摘了他手里的温度计，不自然地移开眼，举高手看了看，“三十八度三。”

陆悍骁虚弱地“嗯”了一声：“我不去医院，我不打针。”

周乔听到他孩子气的抗议，心里也动摇了，妥协道：“那我下去给你买退热贴，贴额头上。”

陆悍骁小声道：“我想洗个澡。”

“……”

难不成还要我给你搓背？

陆悍骁可怜巴巴地说：“我不用这里的浴巾。”

这家旅馆的特色，一是便宜，二是开房的男女特别多，老板也不是个讲究的人，卫生条件实在堪忧。

周乔想了想，松口：“你现在能走吗？”

陆悍骁差点喜极流泪，恨不得对他姑娘三跪九叩，忙说：“能走，就是腿根子软，没力气。”

周乔看着他东倒西歪地下床，盖在胃上的右手始终没挪下来。

陆悍骁微弯背，擦肩而过时，手臂一软。

周乔扶住了他。

陆悍骁目光倏地爆灯。

周乔淡定高冷地甩出两个字：“走吧。”

但那脸庞，分明染了一层灯光夜色也掩盖不住的绯红。

周乔把陆悍骁领回了自己公寓。反正该知道的地方，他都知道了，周乔也不再多介绍，找了新毛巾给他就回了卧室。

陆悍骁洗了个舒服的热水澡，出来时，发现沙发上多了被褥和枕头。茶几上放了一杯热水和一支温度计。

陆悍骁看了眼周乔的卧室，门缝里没有光亮，应该是睡了。

陆悍骁舒坦地往沙发上一躺，闻着被子上的味道，嗯，是周乔盖过的。他又起身，把热水喝了，量了体温之后用那个新号码发短信给周乔。

“我不烧了。”

周乔当然没有回。

但陆悍骁还是心满意足，美美地睡了一觉。

第二天，周乔从卧室出来，发现陆悍骁已经穿戴整齐，正在窗户那儿看风景。听见动静，他回头，对她粲然一笑。

“早上好啊。”

陆悍骁三十而立，身材保持得十分带感，背挺腿长，不穿正装的样子，看起来年轻不少，其实再碰面的这几天，陆悍骁给人的印象，一直是克己沉默比较多，但此刻，他风清朗月的这一笑，就是货真价实的“回忆杀”。

周乔表情僵硬地点了下头，“嗯，早。”

陆悍骁看了看时间，说：“我见冰箱里有速冻饺子，就下了两碗，你的在锅里温着。”顿了下，他又道：“我十点半的飞机。”

周乔这回没法装淡定了，一脸愕然，“要……要走了？”

陆悍骁说：“五天假期，已经透支了我今年剩下的休息日了。公司事情多，要回去处理。”

他说得十分公事公办，这回换周乔沉默了。

陆悍骁拎起收拾好的手包，把刚用过的剃须刀放进去。

“我会来看你。”他背对着，声音很轻。

周乔站在他身后，手指抠着手指，“开车慢一点儿。”

陆悍骁转过来，面对面的时候，他的身高优势展露无遗。周乔不自觉地往后退一步。

她这个下意识的举动提醒了陆悍骁，失落之余，更多的是耐心劝住自己，没关系，再坚持，她做什么都是应该的。

陆悍骁在心底默默打气，然后平静了不少，对周乔笑了笑：“这身衣服很好看。”

周乔低头扫了眼，“每周一都要参加讨论会，所以穿了职业装。”

陆悍骁却向前一步，双手放上她的衣领，慢条斯理地理了理，“这边没弄齐。”

待周乔反应过来，他已经退回原位，当是什么也没发生过。

“该走了。”陆悍骁看了看手表，拎起包。

走到门口，他又转身，语气颇重地说了一句：“晚上，一定要关紧门。”

周乔大窘。

“还有，沐浴露洗发水这些，提前检查好。”陆悍骁又说。

“……”

陆悍骁到了机场，候机时，他拿出国外备用的这只手机，准备发个信息告诉周乔他到了，但按字母的时候，陆悍骁心思动了动，鬼使神差地拿出国内用的那只。

通讯录里，周乔的名字一直是第一个。

陆悍骁犹豫了几秒，做好心理铺设后，没抱什么希望地按了下去。

估计又是占线的短嘟声。

他正想喝水，索性开了免提，将手机搁在腿上，空出的手去拧瓶盖。

几秒短暂的连接缓冲时间。

陆悍骁刚把水瓶放在唇边，仰头一小口。

“嘟——”

竟然连通了！

陆悍骁一口水瞬间喷了出来，呛得他疯狂咳嗽。他手忙脚乱地拿起手机，小心翼翼地放在耳朵边，大气不喘地等待着。

一声，两声，三声，周乔没有接。

方才急涌而上的激动，又瞬间被失落替代。她为什么不接电话？还是不想和他说话吗？

是不是一时冲动，才把他放出了黑名单？或者，她又后悔了？

那边自动挂断，这些问题在陆悍骁心里已经九曲十八弯乱想飞天。

机场广播，提示他该登机了。

陆悍骁默着脸，推着皮箱，大衣耷拉在他手臂上，要死不活地晃着。排队快轮到他时，手机乍然惊响。陆悍骁看向屏幕，天，是周乔！这玩的就是过山车呀！

陆悍骁秒速接听：“喂。”

周乔的声音也微喘：“你打我电话的时候，我正在发言，怎么了？你到了，还是路上出什么事了？”

陆悍骁把手机贴紧脸颊，“……你是跑出来的吗？”

周乔的喘气还未平复，听得很明显。

“嗯。”她承认。

陆悍骁眉开眼笑就在这一瞬间，他汇报：“我快登机了，路上很顺利，我到了给你发信息。”停了会儿，他征求地问：“乔乔，可以吗？”

这一面之后，我还可以再联系你吗？

空乘已经在微笑地催促他登机，陆悍骁说：“没关系，我不逼你，我不会过分打扰你，我……”

“可以。”周乔打断他，说，可以。

陆悍骁耳朵“嗡”的一声，像有烟花轰然炸开。

他在关机前的一分钟，果断地打开微信，发了好友申请过去。这一次，他再不敢犯丁点儿错误，他要把欠他姑娘的东西，一样样地还回去。

第八章

窗外月圆圆

My man

而这边。

偷溜出来的周乔，在回去会议室时，收到了陆悍骁的微信好友申请。

验证信息是一句话："点击接受加好友，我就不再去跳楼。"

周乔笑了起来。

嗯，总算有了点陆草包的风格了。

两个人以稳扎稳打的速度，慢慢适应，慢慢融合，慢慢有了又一次的交集。陆悍骁虽然思念成狂，但还是谨记教训，懂得克己有度，每次都预估着周乔应该不忙的时间，给她发发微信。内容也很简单，应酬时吃到的一道不错的菜式，出差时看到的有趣小玩意儿，抑或者是散步时碰到的蝗虫飞蛾。

时差关系，周乔也不会当即回复，陆悍骁睡醒的第二天，偶尔会收到她一两句的简短点评。周乔甚少单独给他发消息，但更新朋友圈的频率明显在增多。

两个人保持着恰好的距离，彼此试探、习惯，都在默契地默默努力，修复过去的伤痕。

就这么过了两个月，周乔手头上的项目，也正式进入了最后收尾阶段。

而陆悍骁告诉她，下周他要来美国。

反应不会骗人。

周乔起床看到这条信息时，心跳隔着薄薄的衣裳，快要从胸口跳出来了。等心跳平复一些，她算了算时间，自己差不多也是那个时间回国。

于是，她没做多想地回复："我下周回来，你难得折腾，别特意跑一趟了。"

原以为他会在睡觉，没想到，信息来得飞快。

陆悍骁："我是过来出差的。"

"……"

周乔恨不得羞愤而死。

她把自己埋在被窝里，裹着被毯滚来滚去，啊啊啊，还以为他是特意来看她的，结果是公事，这不是自作多情么，死了算了啊啊啊！

这时，手机又响。

陆悍骁："出差是顺便，接你才是重点。"

这句话后面，还连着发了三个红心表情。红心跳动，像要溢出屏幕，周乔挠了挠自己滚得蓬松的头发，笑得比晨光还灿烂。

这满怀期待的一星期，是她来美国大半年里，最愉悦的七天。

周乔洗晒衣服，收拾行李，交接工作，汇总实习报告，还给李教授他们带了礼物。但就在见面的前两天，陆悍骁突然告诉她，公司有突发状况，可能没有办法来接她了，但安排好了车，到时候接她去机场。

这个临时改变的主意，让周乔蒙圈了半天。

说不失望是假的，但一想到他有理有据，周乔很快就接受了。

时间过得很快，周乔终于告别这八个月的异国学习生活，回到了祖国怀抱。但她没想到的是，来机场接她的，竟然是陈清禾。

"乔妹妹，这儿。"快至农历新年，机场里随处可见喜庆装饰物。

周乔任由陈清禾帮忙拿行李，她来来回回地环视四周。

陈清禾当没看见，态度有点儿刻意搞笑，"乔妹妹你变得越来越白了，别误会，我是说皮肤白哈哈哈。"

周乔心眼儿明净，看出了他的不自在，直接问："陈哥，你是有什么话要对我说吗？"

陈清禾顿时闭口，左右摇头，那力气跟嗑了药似的。

周乔眉眼淡定，点了点头，"那好。"

就在陈清禾如释重负的时候，她又说："但我有话要问你。"

“……”

“他人呢？”

陈清禾挠了挠后脑勺，眨眼亮晶晶，“谁啊？厉坤吗？去以色列执行任务了。”

周乔打断，“陆悍骁。他去哪里了？”

陈清禾心里“哎哟”一叫，心想，现在的小姑娘，都跟人精儿似的，太难欺骗了吧。

周乔的目光很淡，但笔直地看着他，不给他半点逃避的机会。

陈清禾欲言又止，叹了一口气，终于服气，“哎，这事，骁儿本来不让我说的，但你既然问了，我也不能骗女人。”

周乔一颗心吊上了天台，她脸色发白，嘴唇微张，“他出事了？”

陈清禾点了点头。

周乔心一凉，跟霜降似的，立刻问：“……瘸了，残了，还是……死了？”

陈清禾：“？”

周乔眼眶瞬间通红，失控地抓住他的手，“你说话啊，你说啊！”

陈清禾被她晃得眼冒金星，“别……别晃了……哎哟，陆悍骁在医院呢……他明天有个手术要做。”

陈清禾说到“他要做手术”几个字时，声音渐渐小了下去。

“骁儿不让大伙告诉你，谁告密，就跟谁绝交。妹，你可千万别把我卖了啊。”

周乔这一刻反而平静下来，她站在原地，神游四海，终于赏了个眼神给陈清禾，“去医院。”

“啊？”

“去医院。”

“不是。”陈清禾倒是没想到她会这么直接，“你刚回来呢，回去休息倒倒时差，等安顿好了我再捎你去，行不？”

周乔摇头，见他没有顺意的动静，索性自己拎起行李就要走。

“哎，乔乔妹，周乔。”陈清禾追上来，“是回去吧？住哪儿呢？我送你。”

周乔脚步骤停，她目光茫然，半晌，低下头说：“没有住的地方。”

陈清禾内心喊糟，真是哪壶不开提哪壶。周乔父母这婚一离，能够半载不给她打个电话，哪儿还有什么家。

陈清禾也觉得这是个可怜姑娘，心一软，答应了："行，我带你去医院。"

吉普车里，陈清禾边开车边说了下情况。

"悍骁最近总是喊胃疼，哥们儿几个聚会他也不来，说吹不得风，也吃不得烧烤，来了也玩不起。"陈清禾打了转向灯，停在右转路口等绿灯，"其实他胃病一直都有，早些年创业，酒桌应酬弄得太多，二十出头的小伙子，喝酒劲儿无比生猛，为了争取一个合作人，一斤白酒能够吹瓶。后来生意做大了，这些小事他也不常出面，身体才养好了些。"

周乔无心看窗外风景，问："这次是怎么病倒的？"

"和规划局几个新领导吃饭，酒喝得有点儿猛，当晚在家就不行了，我接到他电话的时候，人说话都仿佛只剩着一口气似的。吓得我大冬天的，套了条短裤就开车去接他。"

陈清禾回忆了一下前几日的画面，觉得还是瘆得慌，"他家的备用钥匙我这儿有一把，开门进去的时候，悍骁趴沙发上，沙发垫子上全是血，我还以为他来大姨妈了，简直不可思议呢！"

陈清禾"哈哈"自己笑了两声，又叹气摇头，"胃溃疡创伤面很大，被酒精一刺激，他就吐血了，送到医院一检查，胃里还长了块息肉，位置在胃口。"

周乔听得十分认真，抬起头眉头紧皱，"危险吗？医生怎么说？"

陈清禾点头，"那块息肉太大了，医生说必须手术切除，不然癌变的概率非常高。"

周乔揪紧了自己的衣角，满脑子都是那闻之色变的两个字。

"不过你也别担心，手术切除后，会马上送去活检，如果没啥事，以后多注意就行。"

周乔反口问："那如果有事呢？"

陈清禾沉默了。

他收起笑容，转动方向盘，过了弯道很远，才开口："不会的。"

陆悍骁住在最好的市一院。

主任将手术时间定在明天早上九点，这会儿正在做术前的各项检查。

陆悍骁躺在病床上，衣袖挽起，护士正在给他抽血。托盘里已经有六七管了，边上还有四个空管。针头粗，扎进去的时候，他皱了下眉。这小护士应该是新来的，见他皱眉，手就不由得发抖。

陆悍骁笑着说："没事儿，你扎得很好，是我的原因，我这人天生怕疼。"

他轻松地拂去了小护士的紧张心情。小姑娘抿嘴不好意思地笑了。

陆悍骁玩笑道："抽完我可是要吃糖的啊，你们这儿发糖吗？"

小护士笑出了声音，这病人态度温和，长得又一副标准的明星脸，穿着病服也挡不住他的帅意逼人。尤其轻言细语安抚人的模样，简直要把人融化。

抽完血后，小护士红着脸蛋就走了。

陆悍骁压着针口，睡卧在床上休息。他看了看时间，算起来，陈清禾应该已经接到周乔了。但这牲口怎么也没个回信呢？

陆悍骁等得不耐，拿起手机拨了过去，那头很快接听，陆悍骁劈头盖脸一顿骂："你是不是没钱交话费了？没钱我借你。"

陈清禾声音怯怯发抖："不……不差钱。"

"接着人了没？"

"接到了。"

"没露陷吧？说我去杭州出差了。"

"没……没露馅……"

"那就好。"陆悍骁刚放心，就听陈清禾弱弱地嗷了一嗓子，"因为已经露无可露了。"

"？"

"骁儿，抬起你高贵的头颅。"

病房门被推开。

陆悍骁看过去，还举着手机的陈清禾嘿嘿笑，含蓄地让了一条路，露出了身后的周乔。

陆悍骁："……"

陈清禾举手投降，"我知道你的眼睛又大又明亮，但也用不着这样看我吧，别怪我啊哥们儿，是你女人太精了。"

话还没说完，陆悍骁操起手边的抱枕砸了过来，"我要你有何用！砍死你好吧？！"

抱枕擦着陈清禾的脸颊而过，停在半空，被周乔一手抓住。

陆悍骁看着她，眼神软下来，一副“我又做错事了”的可怜模样。

周乔拿着抱枕走向他。

陆悍骁紧张地往床头缩，压针口的手也不知所措地乱放了。

周乔面无表情，看不出个喜怒哀乐。陆悍骁夙了，扯了个尴尬的笑容，正准备说点儿什么。周乔却突然弯下腰，凑近他，拿走他手里的棉签往方才抽过血的地方轻轻按了上去。

“压好，都出血了。”

她的头发有淡淡的香，声音比发香更淡。

陆悍骁的心情先是美滋滋，但美着美着，他就美不动了。

周乔头发遮住侧脸，鼻尖挺翘立着，上面有一颗欲坠的泪珠。

陆悍骁蒙了下，然后飞快地伸出手，蜷起食指，将那颗眼泪拂了去。

“乔乔？”

周乔没应。

陆悍骁弯了弯嘴角，“心疼我了？”

还是没应，但鼻尖上的泪珠，一颗接一颗频率更快了。

陆悍骁抽回手，掌心贴着她的侧脸，不由分说地把人给掰成面对面。

周乔眼圈通红地望着他。

过了一会儿，陆悍骁才轻声问：“看够了吗？我是不是比以前更帅了？鼻子很挺对不对？跟你说个秘密啊，我去韩国整了个容。”

周乔眼睛更红了，哽咽道：“不好笑。”

陆悍骁手绕到她后脑勺，把人往前压，两人额头抵额头，呼吸深深浅浅地交缠在一起，又热又暖。

这个姿势近，陆悍骁的眼睫毛根根分明，他抱歉地说：“对不起啊。”

周乔却用掌心堵住他的嘴，“不说这个。”

“我不是故意骗你的。”陆悍骁偏了偏头，执意说出来，“真的只是不想让你担心。”

周乔语气仍有埋怨：“万一有什么呢？等着我去给你扫墓吗？”

陆悍骁没忍住，笑了起来：“年纪轻轻的，很有理想嘛。”

周乔觉得这话太不吉利，于是推开他，坐直了，说：“谁的理想是扫墓啊，你别玷污理想这个词。”

陆悍骁双手枕着后脑，大剌剌地往后一靠，“这病生得值。”

周乔烦死他的胡言乱语了，瞪了他一眼。

陆悍骁还是笑：“真值，至少你回来了。”

周乔故意曲解他的意思，“你不生病，我也是要回国的。”

“啧！”陆悍骁叹道，“哄哄病人不行啊？”

一听病人，周乔到底软了心。她目光放低在他腹部，小声问：“还疼吗？”

陆悍骁说：“你回来就不疼了。”

“不开玩笑行不行？”周乔语气竟多了一分哀求，“病历呢？给我看看。”

“看什么病历啊，看我。”陆悍骁不满意道。

“你有什么好看的，生个病丑死了。”

“丑？”陆悍骁不乐意了，“哪儿丑了？不是我大话，护士们抢着给我抽血做检查呢。”

“……”

这时，三声敲门声“咚咚咚”，是刚才帮他抽血的小护士。

她红着脸跑进来，抓了一把糖放在床头，又“腾腾”地跑出去了。

陆悍骁对着周乔挑眉，“这待遇，瞧见没。”

周乔“哦”了声，平静道：“那恭喜你啊，这么快就有喜糖吃了。”

说完，她拿起一颗，站起身。

陆悍骁一把抓住她手腕，低声笑骂了一句：“我服你管还不行吗？”

周乔被他扯回了床沿，她坐下去，陆悍骁坐起来，毫不犹豫地将人抱住。他身上轻微的药水味入鼻，让周乔走过场一般挣扎了一下，然后迅速放弃抗拒，任他为之。

陆悍骁下巴抵在她肩头，半闭眼睛，舒服地叹了口气：“别动，让我抱一抱。”

周乔有些僵硬，不太自然，找了个借口说：“痒。”

“哪儿痒？”

“脖子，你呼吸扫的。”

“痒吗？”

“痒。”

“真的痒吗？”

“……”

周乔反应过来，嗔他：“陆悍骁！”

“在这儿呢。”陆悍骁笑声爽朗，更用力地环住她的腰，笑容收了收，“你瘦了。

“不用摸，上回在美国，我就看出来了。”

又提那件事，周乔脸跟烧着一样，索性装了个我什么都没听见。

陆悍骁恨不得把缺失的拥抱都给补回来，闷声问：“如果我没有住院，你是不是还要折磨我一段时间？”

周乔听完，直起背脊，“我现在也没有答应你什么啊。”

“……”陆悍骁陡然僵硬，提气扬声，“我们这还不算和好吗？”

周乔毫不怯色地和他对视，纠正道：“吵架，才叫和好。”

陆悍骁明白过来，郁闷极了，“你单方面的分手，不算。”

新鲜，分手还有单方面这一说法。

周乔内心哭笑不得，但还是维持表面淡定，“算不算不是你说了算。”

陆悍骁目光可怜，双手捧起来，举到她面前，“关爱老弱病残，打发一点儿爱行不行？”

周乔“啪”的一声打了他的手掌心，“行！”

陆悍骁疼得蹙眉，疑问：“这么响，你的爱好什么时候变成‘啪啪啪’的了？”

“……”周乔抽回手，“嗯，还能贫嘴，应该死不了。我走了。”

她作势起身拿包。

陆悍骁急了，“就走？别啊，我要死了，死了死了。”他捂着胃，像模像样地痛苦呻吟，“快，快叫医生。”

周乔信以为真，手忙脚乱，“你先躺着，我这就去叫医生。”

她俯身，想去扶人，却被陆悍骁一把抱住，两人滚向了病床，陆悍骁借着身高体长的优势，三两下就把周乔压在了身下。

“我他×现在只能用苦肉计来逼你就范了，嗯？”陆悍骁抬了抬身子，不让自己重压着她。

周乔看着他的脸、眉毛、眼睛、鼻子，最后不由自主地抬起手，食指轻轻点向了他的唇。

陆悍骁哑着声儿说："都是你的。"

周乔的手指又往下滑，胡楂儿微冒的下巴，凸出的喉结，撩得陆悍骁浑身着火。

他一把按住她的手，停在喉结的位置，"命也是你的。"

周乔看着他的眼睛，一动不动。

陆悍骁胸口起伏，呼吸越来越喘。

他先是试探地低头，见周乔没拒绝，就毫不迟疑地全身陷下去，吻住了她。这在梦里肖想过千万遍的画面，终于成了真。

陆悍骁没有很激烈，一个一触即放的亲吻。他小心而宝贝，生怕一个失控，又惹了周乔厌烦。

但周乔哭了。

像是很久以前被人抢走糖果的小孩儿，没人给她说话，没人为她撑腰。委屈的眼泪顺着眼角淌向发鬓。

"刚去美国的时候，我整夜失眠，一闭眼就全是你的样子。再后来，习惯了那边的生活，公司的一些男人、学校的同龄人，也有过对我表示好感的。"

周乔看着他的眼睛，诚实说："我也想过，或许我能够接受一段新感情。我尝试和他们接触，一起看电影，一起吃饭，一起去看歌舞剧，一天两天还好，超过一个星期，我就提不起兴趣了。"

陆悍骁点了点头，"嗯。"

表示他在认真听。

"我尝试过，努力过，但我还是做不到。"周乔鼻尖通红，巴巴地望着陆悍骁，负气地责怪，"你太坏了。"

陆悍骁心里发苦，但还是用轻松的语调分散她的难过和伤心。

"嗯，要不咱俩在村口摆上几桌，庆祝一下我太坏了？"

周乔哭中带笑，不解气地握拳捶他的肩膀。

"打吧打吧，出了气，我们就算和好了，行吗？"怕她拒绝，陆悍骁又补了句，"别再折磨我了，万一明天上了手术台就下不来……"

"陆悍骁！"周乔急着去堵他的嘴，"呸呸呸。"

他的鼻子嘴巴都被周乔的掌心遮了去，只露出眼廓深长的眼睛，往上一扬，是在笑。

周乔只觉得手心一道湿热，是陆悍骁伸出舌尖，打圈儿似的舔着她。摆明了趁机占便宜。

占便宜就占便宜吧，周乔忌讳他的胡言乱语，好像多捂住他嘴巴，那话就不作数一样。

陆悍骁舔够了，不过瘾，干脆挡开她的手，贪婪地再次接吻。不比刚才，这一次，他凶猛又激烈，舌头霸道地占据她的腔壁，手也不老实地钻进衣摆。

周乔被吻得云里雾里时，陆悍骁蛊惑地问她："老婆，你什么时候跟我回家？"

这短暂的打岔，倒拉回了周乔的些许理智。

她摸着他的尾椎骨，没有半点商量余地，"如果你明天没有麻溜地从手术台上下来，我马上找个美国师兄，再也不回来了！"

陆悍骁听后，咬着她的耳朵，自信极了。

"白人的那玩意儿……没我的大……你真的，不回来吗？"

只要有一点进展，陆悍骁的骚话技能就蠢蠢欲动地上线了。

周乔了解他这一点，越表现出反应，他就越嘚瑟。冷静观望，才是正确的熄火方法。于是，她别过头，假装没听见。

陆悍骁右手手肘撑在她头上，一边儿身子虚压着她，笑了满脸。

"我说的是他们的腹肌。一帮黄毛小子，年纪轻轻没长结实，跟我这种成熟男人能比？"

"……"周乔赏了个正眼给他，"需不需要给你颁个奖，再奏国歌升国旗？"

陆悍骁挑眉，"说真的，你刚才有没有想歪？"

"没歪。"

"真的没歪？"

"……"

陆悍骁哈哈大笑，不再逗她，站起身，顺便把她也给拉起来。

"别紧张，这点儿分寸我还是有的。在医院，指不定哪个护士就进来给我抽血了。"陆悍骁理了理衣服，"都是些水灵小姑娘，被撞见了，教坏祖国的花朵。"

这话听着有点熟悉，周乔心里跑味，故意刺他，"原来在你心里，祖国花朵遍山都是啊。"

陆悍骁笑容淡淡，走到桌边，喝了一口水，才用那润过的嗓子看着她说：“嗯。你是万里挑一。”

他的视线下移，若有若无地停在她小腹间，“我打算让你升个级，开花之后结个果。”

明明是个囫囵话，周乔却听得莫名耳朵热。陆悍骁瞥了她一眼，话里还带着笑：“不用猜，就是你想的那个意思。”

周乔咬唇，底气不怎么充足地瞪了他一眼，“谁要给你结个果了？”

陆悍骁不慌不忙，放下茶杯，“哦”了声：“一个不结，那结两个也行。”

“……”

周乔心里默念，他是病人，别一不小心把他给气死了。

她换了个话题，“你去床上休息吧。”

陆悍骁抬起头，“那你呢？”

“我找个酒店，倒倒时差。”

“不准走。”陆悍骁手往后撑着床，又觉得这语气是不是太强硬了，立刻换了个说法，“你陪陪我，好吗？”

周乔看着他方寸之间斗转的念想。她能感受得到，陆悍骁在克制自己的言行，用可见的细节，改善他以往那些固执自我的相处习惯。周乔忍不住心软，又觉得他一个三十岁的大老爷们儿，如此小心翼翼，也是心酸。

陆悍骁不逼她，眼神渴望，默默地行注目礼。

周乔走过去，摸了摸他软趴趴的头发，“床这么小，能睡下吗？”

陆悍骁眼里有光，噌地一下亮起，忙说：“能！我抱着你，不让你摔下去！”

周乔忍不住弯了嘴角，“傻。”

“傻人有傻福。”陆悍骁欣然接受这个评价，并且沾沾自喜，“你这张全球绝版的‘福’，是我好不容易弄回来的，快过年了，必须贴门上，还得倒着，来年发财全指望你了。”

周乔望着他，很安静，忍了忍，还是没忍住问出口：“明天手术，你妈妈他们会来吗？”

没等陆悍骁回答，她自顾自地答：“肯定会来的吧，那……那我明天去医院门口的咖啡馆等你。”

“乔乔。”陆悍骁喊她。

周乔投来懵懂的目光，这目光里，有怕，有畏，有不知所措。

陆悍骁牵起她的手，先是安了她的心，说：“我没让家里人知道。”

周乔怔然，然后很快皱眉，“那怎么行，做手术这么大的事儿，怎么可以不让他们知道？”

陆悍骁无声地摇了摇头，说得无畏且有理：“手术事儿小，两小时就下来了，一帮老小，兴师动众，哭哭啼啼怎么办？不知道的还以为我躺尸了呢。再说，病理化验结果，万一真的糟糕……”

周乔当即反驳：“不许乱说。”

陆悍骁笑得吊儿郎当，偏头冲她挑眉，“这么怕我死啊？”

“陆悍骁！”周乔急了，直接嚷了他全名。

“好好好。”陆悍骁举起双手，投降，“不死不死，不让你守活寡。”

越说越气愤，周乔郁闷地别过头。

“怕什么？”陆悍骁把她拉近了点儿，“我都三十岁了，除了在你身上吃过亏，这世上事，哪一件没经历过？我创业的时候，不也得拉着脸求人；我赚钱的时候，也还是要顾全各方关系。这里面的冷暖，我早就体味了个遍。”

陆悍骁态度很平和，到底是有过人生经历的男人，对待生死之事，显得坦然许多。

“要是真绝症，那是八字，老天给的命。该治就治，治不好也是尽力，怕什么？”陆悍骁捏着周乔软绵无骨的手，满足道，“反正，把你给追回来了，我也没什么遗憾了。”

周乔明明想要辩解，但话语排列在舌尖，又觉得他说的都是有理的，便什么也反驳不出了。

她只小声嘀咕，好像只能用这一件事来威胁他似的。

“你明天不好好的，我不会答应你。”

“哟呵。”陆悍骁“啧”了一声，“难得啊，这是你第一次对我说狠话。”

周乔不解气，提脚踢了踢他脚踝。

陆悍骁忙应答：“好好好，我服你管，你说什么就什么，行吗？”

周乔心浮气躁的心情，总算好过了一些。

“行了，别站着。”陆悍骁掀开被子，空出大半边的床，“躺会儿，倒倒时差。”

他笑起来，牙齿整齐白净，“病美男陪睡。”

本该沉眠，但周乔睡得并不踏实，满脑子都是医院的消毒水味儿。每次她半梦半醒时，陆悍骁的怀抱，就会把她箍得更紧，这阔别许久的安心和熟悉感，安抚了周乔的躁意。

很快到了第二天，陆悍骁八点的手术。

一大早，主任教授护士长，一堆人进入病房，陆悍骁被这阵仗弄得也云里雾里。

“我去，干吗呢，你们是不是隐瞒我的病情了？”连他自己都忍不住怀疑。

“没有没有。”主任胖佛身材，笑起来憨厚可掬，“陆总，这是术前的必要安抚，希望你不要紧张，主刀医生是林教授。”

陆悍骁手抬了下，示意知道，“原来是给我上心理课呢，没事，不需要，该怎么办就怎么办吧。”

他风轻云淡，反倒是周乔，看得惴惴不安。

陆悍骁可烦了，“这帮人，瞎凑什么热闹，把你弄得这么紧张，下回什么慈善医疗捐助，再也不捐给这家医院了。”

等他说完，周乔放下茶杯，沉默地走来。

陆悍骁正在换手术服，不明所以地侧头看了她一眼，“嗯？”

周乔双手挽住他的胳膊，无声地靠了过去。

陆悍骁一怔。

就听她轻声说：“我不会走的。”

陆悍骁动作停顿，空气跟按了暂停键一样，安静异常。

周乔的脸颊蹭了蹭他的手臂，“其实我也有错，那个时候，我不想面对你的母亲，害怕看到陆奶奶哀求的模样，更怕去解决这些难题。”

周乔的声音清晰而明净，缓声道来：“但我潜意识里，把这些困难局面的原因都推卸在你身上，也怨怪过，为什么你的家庭如此不开明。所以，我提出分手，也是因为我不够勇敢，没有足够的勇气去和你一起面对。”

那时候的周乔，的确在现实面前望而却步了，而又正好借着陆悍骁的一些过错，把她本身的问题一笔含糊了过去。

在两人分开的这么长时间里，周乔也曾深夜自省自问，才明白，当时的自己，或许是站在弱势的一方，但归根结底，也是不够坚定。

她在当时没有坚持地为了陆悍骁，努力变成更勇敢的人。

事已至此，周乔终于剖析自我，坦诚地说了出来。

她轻而长地叹了口气，叹息的尾音里，把两人拖入了长久的沉默。

半晌，陆悍骁才声音微抖，问："那现在呢？"

周乔没有回答，但抱着他手臂的力气，显而易见地变大了。

她仰起头，下巴垫在他肩膀上，眼神清澈明朗，反问他："你说呢？"

陆悍骁问："我说了算吗？"

周乔点头，"嗯。"

陆悍骁陷入思考，看起来十分认真，过了一会儿，他重新看向她。

"乔乔，愿意跟我姓陆吗？"

周乔愣了愣。

陆悍骁过了那股热血劲儿，冷静下来，失笑道："瞧我，老毛病又犯了，不逼你，咱们来日方长，以后你看我表现。"

在进手术室的前半小时，两个人算是彻彻底底地打开了心结。

没多久，陈清禾和贺燃也赶了过来，嗓门儿豪气："哥们儿，进去了，一定要出来啊。不然你这漂亮媳妇儿，我就代为照顾了。"

陆悍骁呸了他一脸，"滚！"

"骂，使劲儿骂，动完手术三天不能下床，别把你的嘴皮子给憋死了。"陈清禾嘿嘿笑。

"你才三天下床呢，我又不是剖腹产。"陆悍骁可烦他了，"你一边儿去。"

贺燃拍拍陆悍骁的肩，"硬起来，听见没？"

"我天，这么猛？"陆悍骁皱眉，"我上的是手术台，又不是青楼，你让我硬？"

"……"

阅读理解这么厉害，把你保送北大可以吧？

贺燃懒得再安慰，摇手让他滚滚滚。

医生已经在催促陆悍骁进去了，他争分夺秒地把周乔拉近，捏了捏她的脸蛋，“别听陈清禾他们胡说八道的我的坏话。知道了吗？”

周乔笑着点了头，“嗯！”

陆悍骁又转头对陈清禾说：“帮我照顾好周乔。”

“放心，去去去。”陈清禾故意揽着周乔的肩膀，“你女人，就是我女人。”

“滚蛋！”陆悍骁飞起就是一脚。

就这样，在老友和爱人的目送下，手术室门口指示灯亮起。

手术时间预计是两个小时，但等了半个钟头，周乔就耐不住了，在走廊上来回走，时不时地往门里张望。

“怎么这么久还不出来？”

陈清禾正在凭借一己之力，玩着欢乐斗地主，边斗边说：“早呢，才进去半小时。”

“会不会血库没血？他是O型血，我也是O型，我要不要去献个血备用？”

“……”陈清禾在高级场里一把赢了四十万欢乐豆，差点没笑死，“哎哟我的乔乔妹妹，你真是机灵可爱。”

周乔越想越觉得心慌，“息肉会不会没切干净？又或者缝合的时候，落了把钳子镊子在胃里啊？”

就连贺燃都笑出了声音：“镊子太小，治不了悍骁，起码得放把扳手才行。”

“炸！轰隆隆！”陈清禾的斗地主事业进行得顺风顺水，连丢两个炸弹。

周乔：“……”

十点还差十分钟的时候，周乔就已经变身壁虎，差不多是趴在手术室的大门上，往压根就看不清里面的玻璃上望。医生从里面推门的时候，她差点被弹在地上。

贺燃连忙扶住她，陈清禾也迎上来，三个人齐声开口：“他死了没？”

手术医生的表情，可以用震惊来形容了。

他迟疑的目光游离在三人脸上，“呃，你们真的是家属？”

陈清禾眨眨眼，“货真价实啊。”他指向周乔，“这是他媳妇儿。”又指向贺燃，“我们是他的兄弟，异父异母的好哥们儿。”

医生已经被这长得英俊身材又好的男人给绕晕了，“停停停。”他双手往下压，示意大家安静。

陈清禾十分真诚，问：“抢救过来了吗？氧气够用吗？需要胃吗？我这儿有。肾也能分他一个。哦，肝，肝也可以切一点儿去。”

众人：“……”

贺燃哭笑不得地打断他，“别闹了，没看见周乔都要哭了，让医生说。”

他转头看向医生，态度谦和了些，“手术还顺利吗？”

“顺利，3.2×3.2的息肉已经切除，活体送检加急，最快明天能出结果。陆总的身体底子非常不错，出血量小，出来后恢复一段时间就能康复。”

贺燃松了口气，“谢谢医生。”

等医生返回手术室，贺燃看向周乔，“放心吧，骁儿命大，神佛鬼怪都怕他。”

陈清禾赞同：“嗯，怕他发嗲。”

两人移步，往走廊的座位边走，见周乔没跟上来，回头喊她：“怎么了？”

周乔脸色，像是虚汗一场后的苍白，她摇摇头，“没事。”刚迈出一步，她再也硬撑不住了，膝盖发软，“扑通”一声，单膝跪在了地上。

陈清禾和贺燃吓了一大跳，“哎！”赶忙过去扶起她。

“没关系。”周乔虚着声音，借着男人的臂力站起来。她的头发松软地挡住了侧脸，陈清禾觉得不对劲儿，低下头一看。

周乔那发白的嘴唇上，不知什么时候被她自己咬破了个血口子。

这个手术是全麻，陆悍骁刚被推出手术室时，双眼紧闭，棉被盖得厚，还打着吊瓶，看起来确实瘆人。但过了术后二十四小时，拔了尿管，他的精神就恢复得差不多了。

周乔向李教授请了一周的假，待在医院照顾他。

第三天，活检结果也出来了，一切正常，没有发现癌变细胞。把陆悍骁可嘚瑟死了。

“陆半仙行走江湖三十年，从未失过手，童叟无欺，尤其不让乔娘子当寡妇。”

周乔听他贫嘴，懒得搭理。

“哎，小娘子，是不是该兑现诺言了？”陆悍骁扯着她的手腕，不让她削苹果。

没等周乔说话，他又一副惋惜的表情，“不过，医生说我这病有个后遗症。”

周乔抬起头，“后遗症？”

陆悍骁正儿八经地点了下头，忧心忡忡道：“一年内，不能要孩子。”

周乔没拿稳，手里的苹果掉到了地上，滚了两三圈才停住。

胃病。

不能过性生活？这是哪门子医学理论？

周乔忍不住想拍手！太好了！

陆悍骁心知肚明他姑娘的那点儿小心思，于是，不动声色地敛眉垂眸，哀声一叹：“我住院的事，家里人不知道，也不能让他们知道，老人家身体不好，我怕她出事。”

周乔不置可否地低下头。

顿了顿，陆悍骁又说：“但是公寓，我又一个人住，平时回家冷饭冷灶，唉，叫外卖算了。”

周乔终于忍不住发声：“你胃刚动完手术，又吃外卖！”

陆悍骁眨眨眼，一脸无辜，“那我吃什么？”

周乔是关心则乱，想也没想地说：“我学校离你那儿近，我没课的时候，就回去给你做饭，你下班按时回来吃，不许叫外卖！”

陆悍骁“哦”了一声，大尾巴狼的尾巴藏在屁墩里得意地摇着，真诚地说：“媳妇儿，给你添麻烦了。”

“……”

周乔隐隐有种后知后觉的不安感——

那种被卖，还替人数钱的傻瓜。

陆悍骁住院一周后，顺利地出院回家休养。

之后的一个月，他基本上是在家办公，就麻烦朵姐费点儿神，每日都把要他签字审核的文件带过来汇报。而周乔，回国后，时间也终于调整过来，松紧有度地继续她的学业。她把时间安排得很好，保证每天都能过来给陆悍骁做顿饭。

终于有一天，吃晚饭时，陆悍骁提议：“乔乔，要不你晚上睡这儿吧。”

周乔一口饭差点儿没噎死。

陆悍骁一边抚她的背，一边冷静分析：“你看啊，这大冷天儿的，来回跑也吃亏，晚上你也没什么课，顶多看看书，这里就我们两个人，特别安静。”

周乔埋头扒饭，狼吞虎咽。

陆悍骁继续给她顺毛，“我知道你在担心什么，你忘记医生说的了？说我一年不能生孩子。所以……”

周乔呛得猛咳嗽，“你……你别说了。”

“本来就是嘛。”陆悍骁怪郁闷的，“一年，憋死我得了。”

其实他说的都是道理，周乔明白，来回折腾，自己确实也累得慌，但又不放心他，思前想后，她还是避重就轻地答应了。

于是，人回来了。

一切又如从前一样了。

周乔和陆悍骁分房睡，感情在慢慢修复，但身体还要滞后一步。陆悍骁也还守规矩，不乱撩骚，不给她过多的压力。

周乔渐渐放了心，半个月后，陆悍骁的伤口已经恢复得很好，到了一个月后，他已经能玩杠铃了。

周乔没想太多，“一年期限”还很遥远，不怕。但陆总，显然已经控制不住，准备亲手拆掉自己的陷阱。

这个周五，实验室有数据要填报，周乔晚上到家已经快十点。

陆悍骁正坐在沙发上，背脊挺直，修长清晰的手指一页页地翻阅着书，“回来了？”

周乔“嗯”了一声，进卧室拿衣服，“我先去洗澡。”

陆悍骁露了个意味深长的笑容：“去吧，我已经洗过了。”

周乔不做多想，等她洗完出来，发现陆悍骁不在客厅，他方才看过的书铺在垫子上。而主卧里，有微亮暖黄的灯光从没关紧的门缝里透出。

周乔走过去，敲了两声门，然后推门而入。

陆悍骁正俯身摆弄着什么，床上摊开了些东西。

周乔好奇地边走边问：“你在干什么？”

近了，看清了，她差点儿窒息。

平整的大床上，放着一样样的……捆绳、狐狸毛……

周乔反应过来，下意识地转身要跑。陆悍骁比她更快，凶猛地拦腰将人截住，从背后结结实实地搂住。

周乔颤着声音："你……你要干吗？"

陆悍骁气息热熏，直接道："我要做呀。"

周乔怔然地望着他，这人不是说，动了手术一年不能生孩子吗？

像是看穿了她的疑问，陆悍骁贴着她的耳朵，轻轻地咬了一口，"我一个大男人，怎么能生孩子啊？"

"……"

这话真没毛病。

陆悍骁对着她的耳朵吹着气，骚极了地说："我的娃，当然是我姑娘来生。"

重温旧梦，如鱼得水。

陆悍骁贪欢餍足，折腾了大半宿，凌晨两点才沉沉睡了去。

死去又活来的周乔，反而从疲惫里醒了神。她看着陆悍骁熟睡的脸庞，这男人长了一副根正苗红的好相貌，鼻子是五官之王，不仅挺，形状还好看，再就是眼睛，也不知是不是真去韩国植了睫毛，不然怎么会比女人的还浓密？

周乔伸出食指，轻轻地扫着他的睫毛，看他不适地皱了皱眉，便不敢再动作了。

她绕着地球兜转了大半年，还是回来了他身边。

周乔撑着身子坐起来，抱着膝盖，侧头打量陆悍骁。

看了一会儿，某人懒洋洋地突然发声："还看啊？再看明天就去领证了啊。"

黑夜里的周乔，弯起了嘴角。

陆悍骁睁开眼睛，睡意蒙眬，"你怎么还不睡？"

周乔难得地跟他开起玩笑："你长得太好看，随便看一眼就移不开了。"

陆悍骁一听，捂着胸口仰面朝上，"我的速效救心丸呢？麻烦喂我两粒救一下命。"

周乔翻身趴下去，脸凑近他，在他唇上浅浅地啄了两下，"救回来了吗？"

陆悍骁搂住她的腰，“再亲一下。”

周乔温和极了，遂了他的意。然后低头，垫在他胸口的位置。陆悍骁有力的心跳声，是这午夜时分最美妙的动静。

“不想睡？”陆悍骁的手一下一下摸着她的背，“那我陪你聊天。”

他强打精神，眼皮撑开一条缝。周乔说：“你明天还要上班，算了，睡吧。”

陆悍骁玩着她的手指，“没事儿。”

周乔轻声叫他：“陆哥。”

“在。”陆悍骁跟她十指交叉，紧紧扣住，“有话跟我说？”

周乔坦然地抛出了梗在两人之间的那道难题，“你妈妈她……”

陆悍骁闭着眼睛，并没有太大的情绪波动，他“嗯”了声：“我去解决。”

周乔敛眉垂眸，她多少了解陆悍骁的处事风格，这直来直去的性子，为了自己的心头好较了真，一定落一个“宁为玉碎，不为瓦全”的结果。

周乔也握紧他的手，“我跟你一起啊。”

陆悍骁呼吸抖了抖，是在笑，他说：“不用。我再也不会让你受半点儿委屈。这一次，你乖乖站在我身后就好。”

“可是……”周乔想抬起身子，被陆悍骁箍住，压着没让她动弹。

“没有可是。”他说得强硬，转而又是一声无奈微叹，“我妈她这人，凌厉、不好相处，认定的事情很难有转变。乔乔，你信我一次，我可以让你安心。”

他滴水不漏的话，把周乔的心思拦截下来。

周乔欲言又止，被他一个翻身压在了下边。

“我看你精神蛮好的嘛，不应该啊，刚才你都快晕厥过去，女人的体力恢复得这么快？”陆悍骁用胸肌抵住她，“我休息得差不多了，再来一次？”

周乔这回彻底没了聊天的欲望，两眼一闭，“睡觉。”

第二天是周六，两个人一块赖床。

赖到九点钟，周乔赖不动了，她伏在陆悍骁身上，“我起床给你做早饭，再睡二十分钟你也刷牙洗脸。”

陆悍骁“哼唧”了两嗓子，卷着被子一翻，“知道了。”

看他云里雾里的瞌睡虫模样，周乔不放心地戳了戳他肩膀，“我手机就搁边上，给你设了闹钟，一定要起来吃饭。”

陆悍骁睡死过去。

周乔：“……”

半小时后，陆悍骁还没点儿动静，周乔喊了三遍已经没了耐心，走过来也不废话，把被子一掀——

成熟男人的成熟身体，沐浴在乍暖还寒的初春暖阳里。

陆悍骁光着屁股，什么都没穿。

周乔看着他的胯间，往后退一大步，“你怎么不穿衣服啊！”

她这声儿挺大，陆悍骁震醒了，不明所以地看着她，“睡觉为什么要穿衣服啊？”他索性坐起来，大长腿盘着，毫不避嫌地扯了扯自己的“小弟”，“裸睡好处可多了。”

周乔没眼看，催促他：“行了行了，起床吃早饭吧。”

陆悍骁摇头，“不想吃。”

“不可以。”

“那你喂我啊。”

陆悍骁眼见着又要倒向被窝，周乔也不傻，拿起床头柜上的一本文件，开始对他扇风。

“操！”陆悍骁瞬间清醒。

屋里空调再舒服，也经不得冷风吹，更何况他还发骚地光着膀子。

“你起不起？”周乔越扇越来劲儿，总有办法治他，“你起不起？”

陆悍骁手臂上都吹出了一层鸡皮疙瘩，他服软，“起起起！怕老婆行了吧？”

周乔卷起书，往他头上一敲，“你又乱说！”

“那你答应跟我领证，不就是没乱说了嘛。”

陆悍骁一副“都是你的错”的表情，光着屁股下床，从衣柜里随便拣了套家居服套上。

周乔没理他，去厨房盛粥。

陆悍骁边刷牙边去瞅她，满嘴儿泡沫地说：“又喝粥啊？能不能吃点儿麻辣？”

周乔头也不抬，“No.”

“我都吃了一个月清淡饭菜了。”陆悍骁央求道，“赏我个女人玩玩——给两勺老干妈，成吗？”

周乔侧头，瞥他一眼，“你还玩得动啊？”

陆悍骁一口牙膏泡沫喷了出来，“哎哟，我姑娘变坏了。”他三两下刷完牙，挑眉高兴，“昨晚玩不动的是你呀。”

周乔忍不住笑了起来，提脚踹他，陆悍骁侧身，躲了过去，“哟哟哟，这还恼羞成怒了呢。”

周乔放下粥，追着他打。

陆悍骁跑得快，没让她追着，还倒着跑，气她，“乔乔来，爸爸给你吃肉骨头。”

周乔哭笑不得，“喂！”

陆悍骁抬起手放在耳朵边，打电话的姿势，“喂，是的，我是你的老公。”

周乔干脆站在原地，双手环胸，看他还能玩出什么花样。

陆悍骁眨眨眼，“生气了？”

周乔抬了抬下巴，“你说呢？”

“看起来是不太高兴，不过没关系。”陆悍骁径直走向厨房，“我愿意赔罪，我去给你倒一杯，你最喜欢喝的开水，好不好？”

“……”周乔说，“我不喜欢喝开水，我比较想喝你的血。”

陆悍骁竖起大拇指，“有品位。”

周乔忍不住，踮起脚弹了一下他脑门儿，“我看你身体已经恢复得很好了，不需要人做饭了，我下午搬出去，住学校宿舍去。”

陆悍骁一听，捂着胃就开始“咿呀咿呀”地喊疼：“啊，伤口好痛，旁边的肝也有点痒，完了，心脏好像也开始窒息了，怎么回事儿乔乔，我可能还没有康复呢。”

“……”

您老人家不去演《巴啦啦小魔仙》真是太可惜了。

周乔轻飘飘地丢了句：“你伤口在右边。”

陆悍骁愣了下，看着自己捂着左腹的手，怪不好意思的。

两人对视几秒，然后同时笑了出来。

陆悍骁不再玩闹，恢复了正常的模样，拉着周乔的手，轻轻晃，慢慢摇，“你要搬走也可以，你住哪儿，我就跟着去哪儿。”

周乔伸手往他鼻尖一按，“耍无赖啊？”

陆悍骁扬眉，“是在对你撒娇啊。”

这一米八往上的帅男人，一本正经地说自己在撒娇，周乔被他撩得心“怦怦”跳，但也不能丢脸拜倒在他西装裤之下，于是威风凛凛地在他脸上掐了一把。

“嗯，老是老了点儿，但皮肤还算紧致，凑合要了吧。”

陆悍骁揽着她的肩，“谢您了，昨晚以身相许，可还满意？”

一提昨晚的事，周乔就夙着低下了头。真是，千万别在老流氓面前装流氓——

自取其辱。

两人吃早餐，陆悍骁吹凉了粥，边喝边问：“今天有空吗？”

“有，怎么？”

“陪我去公司加班吧。”陆悍骁说，“有点儿事情没处理完，你陪我，晚上我们去外面吃饭。”

周乔很快答应：“好。”顺便监督他别吃老干妈。

收拾完，两个人出门。今天周六，道上车少，陆悍骁开得稍快。周乔拿着早报，坐在副驾上给他念新闻。

陆悍骁听了两条，说：“用英文念吧，正好练练你的口语。”

周乔不太想在这位正宗“海归”面前卖弄，“我普通话比较好，还是用……”

“乖。”恰遇红灯，陆悍骁缓缓停车，“越薄弱的环节，就越要大胆说。”

周乔抿了抿唇，挑了一条稍微简短点的。

陆悍骁一边认真听，骨节清晰的手指，有下没下地轻敲方向盘。周乔的口语很标准，但也算不上出色。等她念完，陆悍骁侧目看了眼早报，说：“读右边那篇。”

陆老师严肃起来，不怒自威。

周同学不敢说不，于是小心翼翼地继续念英文。

陆悍骁滑下车窗，假装过风。但他的眼睛，似有似无地瞄向后视镜，盯着后方的一辆黑色大众。

到公司这一路，陆悍骁帮周乔纠正了一些读音和语法顺序，两人的相处，难得正经一回。

在停车场停好车，陆悍骁说：“你先上去，这是我办公室的钥匙。”

周乔迟疑，“你不去吗？”

“有点儿事，等会儿就来。”陆悍骁摸摸她的头，“听话。让朵姐给你拿点儿火龙果吃。”

周乔不做多想地拿了钥匙下车。

直到她进电梯，陆悍骁才收起笑容，目光凌厉地扫了眼停车场入口，然后倒车，油门“轰”地到底，对着那个方向开了过去。

察觉到他这边的动静，黑色大众手忙脚乱地就要往外面挪。陆悍骁先它一步，直接把车甩了个尾，嚣张地拦在大众车前，堵死了它的去路。

对方的副驾驶座上，一个年轻男人正在慌张地收起摄影设备。

陆悍骁携风夹雨地走上前，一脚踹向车门，“滚下来！”

里头的人战战兢兢，肩膀直缩，抱紧了他的相机心惊胆战。

陆悍骁面色寒沉，转身返回了自己的路虎车里。再回来时，手里多了一根粗硬的铁棒。

他眼神阴戾至极，走过来挥手朝着这车的挡风玻璃狠狠砸下去，“下不下来？！”

生意人对外人的防备心很重，陆悍骁这随车带家伙的习惯，就是在国外念书时养成的。

大众车的挡风玻璃承受不住铁棒的挥打，一条缝随即裂开。眼见陆悍骁举起手，又要第二下时，那司机心疼了，斗胆滑下半边车窗，在里头叫嚷：“你这是搞破坏，要赔钱的！”

陆悍骁面降寒霜，抡起铁棒绕过车头走向他。

司机吓得赶紧关窗，陆悍骁眼明手快，举起铁棒往还未来得及关紧的车窗缝里狠厉一伸，然后毫不犹豫地朝司机脸上戳。

他完全不是吓唬人，那凶悍脸色，什么事都干得出来。

司机吓得脸色苍白，直往副驾躲，那根铁棒越戳越近，终于逼得司机按下了开锁键。

天，这是疯子吧！

陆悍骁拉开车门，把人一个个拽下车。

司机个头魁梧，在地上打了两圈儿，连滚带爬地躲去了一旁。拿相机的年轻人瘦高，完全不是陆悍骁的对手，被他拽着走了两米来远，陆悍骁一脚踩向他的右脸，跟踩烟头似的左右碾了碾。

“哎哟，哎哟，疼疼疼！”这人语调都变了音。

陆悍骁也不废话，弯腰抢了他死死护在怀里的相机，熟练地点开，盯着屏幕看了几张。

他和周乔从公寓出来的身影。

他们共同上车时的一瞬。

周乔下课回他公寓时，低头按密码的样子。

接着，就是昨晚上的高难度夜间拍摄了。

隐隐透光的窗帘一角，画质模糊失真，但熟悉的人一看就知道是他俩：照片里，陆悍骁抱着周乔，两个人正在亲昵说话。

看完之后，陆悍骁眉头紧皱，薄唇几乎抿成了一条锋利的线。他按了全部删除。

地上的年轻人痛心疾首，“你干吗？你别动我的相机！”

陆悍骁却举起它，高过头顶，作势要砸。

那年轻人眼见吃饭的家伙就要粉身碎骨，痛苦地哀求：“求你别砸成嘛！”

陆悍骁冷声问：“谁让你们来的？”

年轻人起先还能嘴硬，“没人。”

陆悍骁手一松，摔了他一只闪光灯。

年轻人都快哭了出来，“签了保密协议的，我……我……”

陆悍骁还举着的手，五指微松，那昂贵的相机就在秒速里呈现自由落体。

“啊啊啊！”年轻人哀号，相机对这行人意味着半条命。

但那相机在离地面两拳头的距离时，突然停住了，只有惊无险地左摇右晃——陆悍骁的食指钩住了相机肩带。

被这一刺激，年轻人白着一张脸，大喘气：“是……是徐总让我来偷拍的。”

徐晨君，如他所料。

陆悍骁把相机丢到年轻人怀里，“滚。”

办公室。

周乔上去的时候，朵姐可惊喜了：“我天，这不是乔乔吗？”

周乔笑脸相迎：“朵姐，好久不见。”

“那真有挺久了。”朵姐骄傲地扬起下巴，“我就知道，陆总这段时间容光焕发，肯定跟你有关。”

周乔不好意思，只笑了笑。

朵姐心知肚明，给她竖起了大拇指，然后吩咐助理：“去弄点儿水果上来。”

周乔说：“不用了，我先进去。”

朵姐说好，又拉住她，小声告密：“你要是想吃零食，陆总抽屉里有，就是他办公桌左边最下面那层。”

“……”哟呵，陆总您爱好还挺多啊。

周乔进去他办公室，这是时隔大半年的第一次。

相比之前，他这儿多了几件古董摆设，门后的机器人“陆宝宝”被一尊青玉大花瓶取代。里头插了梅花，也不知什么品种，室内还开得丽色满枝头。

周乔坐向他的办公椅，视线一低，想起了朵姐说的话。真有满抽屉的零食？周乔好奇心起，拉开一条缝，好家伙，差点儿满出来。

泡椒凤爪，无骨鸭掌，还有辣条？

周乔皱眉，再拉开了些，果然，最里头，四瓶老干妈整整齐齐地排列着。这个不老实的陆悍骁，果然偷吃“女人”！这胃才刚好呢，就这么耐不住寂寞了。

周乔心一硬，索性把抽屉里的辣椒零食全给没收了。陆悍骁进来的时候，她正在打包。

“乔乔，住手！”陆悍骁箭步奔过来，不管不顾地往桌面上一扑，双手大鹏展翅，把那些老干妈结结实实地护在了胸口。

被挤到一边的周乔，脸色沉了沉，“给我。”

趴着的陆悍骁侧过头，斜眼看她，“我不。”

“你给不给？”

“美少女不能做这么令人发指的事。”陆坚强说，“就不。”

周乔面无表情，看不出个喜怒哀乐，就这么看着他。

陆悍骁宁死不屈，头又歪向另一边，“哼。”

周乔说：“你不给是吧？”

“保护大妈，长得帅的人责任特别重大。”陆悍骁不给不给就不给，又把头转回来，冲周乔眨眼睛。

周乔点了点头，很慢。她似乎放弃了无用的争执，悠悠走到陆悍骁的身后，手从他的后腰窝开始，跟软蛇似的往前探，直到将男人的腰身完全搂紧。感觉到陆悍骁在她怀里的僵硬，感觉到他隔着胸背的心跳，在加快。

周乔嘴角微弯，下巴垫着他的肩头，声音娇软，尾音上扬："哥哥，你到底给不给我呀？"

这吴侬软语，让陆悍骁耳根子差点儿没烧起来。

他忍不住骂了一声："就算要我的命，我也给你。"

达到目的，周乔瞬间松开他，一退两步远，站得笔笔直直。

"……"陆悍骁蒙圈了，"你也太翻脸不认人了吧？"

周乔勾着那一袋辣食，"多谢了。"

把东西放远了些，陆悍骁一脸不高兴地杵在原地。

周乔走过来，叹了口气，捏住他的鼻子，"不许网购，不许偷买，不许偷吃，我已经跟朵姐说好了，以后但凡是你的包裹，必须开箱验货，零食一律没收。"

"靠，朵姐叛变，年薪三十万是我给她发的工资！"陆悍骁愤愤不平，"我抗议！"

周乔用掌心轻轻捂住他的嘴，"抗议？"

陆悍骁恨恨而言："今天这么主动，这么乖，我就吃你这一套，全都依了你，行吗？"

周乔抿笑，扶着他的胳膊稍稍借力，微踮脚尖在他唇上亲了一口。

"不够。"陆悍骁掐住她的胳膊，低头索吻，贪心不足地轻哄，"再叫一声哥哥给我听。"

周乔看着他，目光如淡霞，"嗯。叔叔。"

"……"陆悍骁失笑，"你今天太嚣张了。"

周乔却飞快地凑近他耳朵，如了他的意，软语轻声说："陆哥哥，我很爱你哟。"

陆悍骁脑子一蒙。

周乔已经脱了怀抱，走到沙发边坐下看书了。

陆悍骁慢慢放松自己，靠着桌沿，负手环胸懒散地站着。

他看着周乔专心不二的侧脸，笑容上了嘴角。陆悍骁没出声儿，用嘴型说了三个字：

“我也是。”

上午时间过得快，十点的时候，陆悍骁要参加一个视频会议。朵姐进来提醒时，陆悍骁吩咐她：“再加一个人。”

“好的陆总。”朵姐问，“是哪位？”

陆悍骁朝沙发的方向抬了抬下巴，“周乔。”

闻声，周乔从书本里稍微回过神，不明所以地看向他们，“嗯？”

“十点的视频会议，你和我一起参加。”陆悍骁合上文件，起身，边扣外套边说，“这个会议是全英文汇报，你就当提升一下听力。”

一旁的朵姐下巴都快掉地上了。公司跨境的子公司以及重要外商一季度一次的重要视频会议，竟然只是给他女朋友练习英语听力？

朵姐已然可以预见，昏君不早朝的画面指日可待了！

这是周乔第一次正式目睹工作中的陆悍骁。

宽大安静的会议室，布置得十分板正，通讯视频设备规整摆放，信号流畅。陆悍骁坐主位，前后墙均有大屏幕，长圆形的会议桌坐着的，都是公司高层及中层干部。外扩音是大洋彼岸流畅的美式口音，大部分年纪稍长的中高层领导人，都还需戴着耳麦听同声翻译。只有负责对外贸易的副总以及陆悍骁，全程未戴耳麦。

周乔本来是坐在靠门口不起眼的角落，并且随大众地也戴上翻译耳机。但会议进行了十分钟，耳麦里的声音突然暂停。

周乔后知后觉地抬头看大家，才发现陆悍骁从主位上站起，并且朝她走来。

“……”周乔顿时紧张。

陆悍骁在众人注目礼下，走到她身边，一手搭着座椅靠背，一手帮她摘耳机。

“不要戴了，你试着听，听懂多少算多少。”

周乔虽在美国待了大半年，但接触的还是以华人居多，这种正儿八经的商业专业会议，听起来太费劲儿。

她小声央求：“不戴听不懂，说得太快了。”

陆悍骁表示理解，“那好。”

就在周乔以为如获大赦之时，右手突然一紧，竟被陆悍骁牵了起来。

“当我是摆设？坐我旁边，不懂的我给你讲。”

“……”

陆总，您终于想起你是个霸道总裁啦！

于是，周乔面红耳赤，在所有人善意的微笑里，被陆悍骁牵到了主位置旁边。人精儿朵姐，一个眼神示意，旁边的助理便飞快将周乔的座位搬了过来。

陆悍骁安顿好周乔，才落座，说：“继续。”

接下来的时间，陆悍骁边听汇报，边给意见，更是时不时地低头，在本子上给周乔写出他认为她可能听不懂的单词，后面再写上汉字翻译。

周乔用她全部的英语水平，还是能观察出，陆悍骁是个张弛有度，并且能给出建设性有效意见的掌舵者。

男人认真起来，迷人得无可救药。

周乔偶尔分心，悄悄打量他，不说话的时候，侧脸沉静，眼睫齐整，目光锐利有神。

陆悍骁正经冷淡的一面，示以众人。

臊气稚嫩的男人心，独独予她。

周乔忍不住，弧度极细地弯了下嘴角。

正专心听汇报的陆悍骁，严肃不变，目不斜视，只微微低头，在本子上写着什么，然后往周乔面前一推。

周乔看过去，白纸上——

是用黑笔画的一颗硕大无比的，爱心。

会议进行到中午才散。

待所有人都走后，陆悍骁大剌剌地往座椅上一靠，单手解开西装衣扣，然后双手张开，吊儿郎当地朝周乔挑眉，“过来，给我抱抱。”

周乔神情可惜，心想，这会怎么不开久点儿呢，毕竟衣冠禽兽的反差萌，真的很有吸引力。陆悍骁见她不为所动，没了耐心，干脆拉了她一把，让她结结实实坐在了自己腿上。

“哎！”

“啊！”

两人同时出声。

只是陆悍骁那声“啊”，听起来怪不正经的。

周乔拧眉，“你叫什么？”

陆悍骁故意动了动臀，“我叫陆悍骁啊。”

“……”

他又不要脸地说：“坐起来好舒服啊。”

“……”

喂，110吗？

不再逗她，陆悍骁笑着说：“中午我们出去吃吧？”

周乔说：“就吃食堂，来回跑一趟起码两小时，你用这个时间睡会儿午觉。”

“这媳妇儿，太贴心了吧。”陆悍骁说，“必须给你奖励。”

周乔习惯了他的胡言乱语，懒洋洋地配合问：“什么奖励啊？”

陆悍骁卷着她的头发，缠在指间玩，漫不经心道：“以后你就知道了。对了，下午我有点儿事情要出去，你在我办公室看书吧，我办完事就过来接你吃晚饭。”

周乔不疑有他，应了声：“好。”

陆悍骁在下午两点准时外出，怕周乔无聊，还特意给她在电脑上下了个斗地主。

他没用公司的车，而是开着自己的路虎去了汇金路。

徐晨君似乎没想到儿子会主动登门，两个平日都能说会道的人，此刻面对面，竟一时无言。徐晨君自然不想错过和儿子修补关系的机会，先打破冷场，和声问：“听新闻说你那条路过来很堵，开车累不累？”

陆悍骁也算和气，“没事，我绕了道，不堵。”

徐晨君心里松动几分，起身走过来，“那你想喝点儿什么？绿茶可以吗？”

“不用了，我不喝茶。”陆悍骁说，“我上个月做了个手术，还在恢复期，喝茶伤胃。”

徐晨君心惊肉跳，不可置信地将他全身上下打量了一番，“手术？悍骁，你……你怎么了？”

“胃里长了息肉，切除了。”

徐晨君知道儿子胃不好，但没想到会到手术的程度，她紧张极了，“医生怎么说？痊愈了吗？孩子，你真是，唉！为什么不告诉家里？”

陆悍骁抬手打断她，“我很好，是周乔一直在照顾我。”

他坦然直接地抛出这个名字。

果然，徐晨君当即冷下脸，半晌，带刺地说：“呵，她还跟你在一起？年纪轻轻，本事挺大啊。”

“是我死皮赖脸，重新把人追了回来。”陆悍骁眼神不躲不藏，“她为了和我彻底断掉，申请了去国外实习，一走就是大半年。后来我和清禾同去美国，碰巧遇见了。”

陆悍骁简单清晰地把事情经过讲述了一遍，顿了下，对徐晨君道：“我知道您不信，就像当时，我向您解释过，周乔并没有对我抱怨过您任何。我还是那句话，虽然您固执己见、先入为主地不相信，但我的态度一定要表明。”

陆悍骁给徐晨君预留了消化接受的时间，然后继续。

“我和周乔已经和好了，这姑娘，我追得太辛苦，得到得太不容易。您不要认为，我们家有点儿钱，有点儿权，就能站在制高点去对别人挑三拣四。用一些……”陆悍骁眉头皱了皱，“一些听起来啼笑皆非的理由，对一个人全盘否定。妈，不是这样子的。

“周乔和我在一起，受的全是委屈。我给的，你们给的，还有她那个笑话家庭，妈，除去年龄，您是长辈，但同为女人，您就不可怜这姑娘吗？”

徐晨君本还斗志昂扬的旗帜，落下去了一半。

陆悍骁显然是有备而来，他缓了口气，把剩下的话一股脑地说完。

“妈，我永远是您儿子，但不代表我一定要对您的任何意见保持赞同。有些话我说了很多次，今天，是最后一次。您赞同，那我会和周乔一块孝敬您。您反对，周乔这个女孩儿，我也一定是要娶的。当然，我会顾虑你们的感受，结婚后搬出去，两看不生厌，逢年过节的过场，也能免则免了。”

陆悍骁语气平静，说完后，他从带来的手提包里，拿出一沓资料，往徐晨君的办公桌上轻轻放。

“这些地方，我奶奶应该很清楚，都是些国内比较有名气的寺院。”

徐晨君猛然抬起头，“你要干什么？”

陆悍骁说：“没什么，就是给您提个醒，别再跟拍周乔，也最好打消伤害她的念头。周乔如果没了——嗯，陆家也就断后了。我不会死，但我能当和尚，给她念一辈子的经。”

徐晨君脸色煞白，一口血差点儿没涌出来，“悍骁，你在威胁我？！”

“对啊。”陆悍骁承认得坦然大方，点头说，“我就是在威胁你。”

他低头，又从包里拿出了更多的东西。

徐晨君看清楚了，规整四方的，最上面的是房产证。

陆悍骁依次摊开在桌面上，“这是我的七套房产证明，还有名下的私车，以及公司的投资分红明细和合同。”

徐晨君骇然，隐隐猜测到了什么。

陆悍骁拿起一本，在手上晃了晃，“我已经把周乔的名字，全部添加上来了。以后，有三口饭，周乔吃两口，我吃一口。我大富，她就跟着大贵。我穷死，嗯，她也跟着当个穷鬼的老婆吧。”

陆悍骁弯了弯嘴角，“总之一句话，这姑娘往后的人生，就跟我姓陆！”

陆悍骁这种赌上全部身家性命，置之死地的摊牌方法，逼得徐晨俊退无可退。

他不需要母亲认可，也不强逼任何人接受。

陆悍骁甩出了自己的立场，他看着徐晨君，语调缓慢地说：“从小到大，我要的东西，哪一样没有要到手？这一次，也不例外。”

徐晨君的手按住桌角，势均力敌的任何一方都不愿意俯首认输。

她说：“你太草率了，这种亏你没吃过。但凡周乔有点儿心思，都能卷了你大半财产不劳而获。你自己也是生意人，这种笑话，看的还少吗？”

陆悍骁却笑了起来：“您就这么不相信您儿子的看人眼光？”

徐晨君欲言又止。

陆悍骁拿起一本房产证敲了敲，无比肯定地撂话：“周乔不会让我输。”

徐晨君“啪”的一声拍向桌子，“你走。”

陆悍骁点点头，“看来是谈不拢了。好，妈，你保重身体。”

他迈步，即将出门，徐晨君喊道：“你奶奶身体不好，你是不是想气死她？”

陆悍骁侧身，语气很平静："她是喜欢周乔的。如果不是您半哄半逼，奶奶一定站在我这一边。既然说到奶奶，我也劝您一句，别拿她当挡箭牌，她快八十了，不容易。"

徐晨君满身斗志昂扬的戾气，瞬间偃旗息鼓。

这一次，陆悍骁走得头也不回。

他到了地下停车场，没有马上上车，而是倚着车门，慢悠悠地抽了根烟。换作别人，但凡有点儿不坚定的心思，肯定在这种复杂家庭相处里左右为难。但陆悍骁全无焦头烂额的矛盾感，自他想清楚那一刻起，就再也没有什么能阻挡了。什么鬼婆媳矛盾，只要男人强硬一点儿，根本不会有啰唆事儿。

陆悍骁想，什么乱七八糟，我日天日地帅得无人能敌！

不到四点，他就返回了公司。

进去办公室时，听见蓝牙小音箱里发出"轰隆隆"的炸弹配音——

周乔还在沉迷斗地主。

陆悍骁皱眉，边走近边说："你一直没停过？眼睛不需要休息吗？"

他走到周乔身后，一手搭着椅背，一手撑着桌面，将人半困在怀里，看了看屏幕，陆悍骁眉头更深，"这不是陈清禾吗？"

"是陈哥。"周乔全神贯注，配合伙伴出对子，"陈哥打牌好厉害。"

这事儿戳到了陆悍骁的痛处，他样样拿手，就是牌技羞涩。于是，阴阳怪气地说："那下次让他来家里吃饭啊。"

周乔正有此意，"好啊！和他配合，真的好舒服。"

陆悍骁捏着她的下巴，轻轻掰正她的脸，视线相对，他满脸不高兴，"我还没让你舒服够吗？"

周乔反应过来，"……"

陆悍骁笑了笑："你很懂嘛，少女。"

周乔躲开他的手，"你好好说话的模样，真的，在我心里，跟吴彦祖的颜值有得一拼。但你胡说八道的时候……"

周乔滑动鼠标，点开淘宝网，"很想把你挂上网站，二手价出售。"

陆悍骁笑得眼角扬起浅浅的褶皱，"你说得没错。"他倾身凑近，压低声音："可不就是被你周乔用过的二手货吗？"

周乔抿唇，食指戳向他的侧腰，陆悍骁是怕痒的人，反应剧烈，一阵猛笑。

“痒死我了，哎哟喂，哈哈哈。”

“……”周乔冷冷道，“我还没碰到你呢。”

陆悍骁还在笑：“不行了不行了，你一做这动作架势，我就想笑！”

周乔无语片刻，“那我！”

说了两个字，她反应迅速，把后面的话给咽了下去。

陆悍骁看穿她的心思，挑眉说：“是想说，那你舔我的时候，为什么我不怕痒，对吗？”

周乔认㞞，没想到他能够如此恬不知耻地说出口。

陆悍骁笑得不行，故意逗她，“要不，晚上你舔舔看？看我怕不怕痒。”

周乔红着脸，大声：“我才不舔你腋窝！”

与此同时，有人敲门，两声之后，秦副总惯例地自行推门而入。

鼻梁高挺，架着一副无框眼镜的年轻男性，迫不得已地听到了周乔说的这句话。

场面一度十分冷漠。

周乔尴尬得想挠痒自尽。

陆悍骁憋着笑，对秦副总抬手示意了一下，对方便默契地先出去了。

陆悍骁点了点周乔的太阳穴，“哟哟哟，还当起缩头乌龟了。”

“乌龟乔”一脸冷漠，“叔叔您哪位，我不认识你。”

“我哪位？”陆悍骁眯缝了双眼，掐着她的细腰，“昨晚上还喊我哥哥……现在就不记得了？”

周乔脸红燥热，心跳两百五，但又不能老是被流氓欺负，于是，她豁出去了，硬起声音说：“哦，我想起来了，你就是昨晚上，一直嗯嗯啊啊在我下面瞎叫，让我别动那么快的人啊！”

陆悍骁一愣，薄唇紧闭，俊脸显而易见地变了色。

周乔更不怕了，挑衅地看着他，“怎么，敢说不敢承认，还好意思脸红了？”

陆悍骁哭笑不得，低骂了一嗓：“现在没人能治你了是吗？”

周乔抢先一步，气势比他更像样，大声道：“不服憋着！”

“哇靠。”陆悍骁双手举高，懒洋洋地似笑非笑，“爱妃此言，深得朕心，白天肯定憋着，晚上，再让巨龙戏水，如此可好？”

文言文听了想自杀。

周乔终于还是败下阵来，闷着不出声。

陆悍骁和她脸挨着脸，压低声音说了一句话。

周乔双目眩晕，扣紧桌角，真的很想上百度问问——

男朋友是个大流氓怎么办，在线等！

调情结束，陆悍骁神清气爽地又去开会了。周乔还真的打开网页，搜了这个问题。

答案又分两种情况。

“如果男友长得一般，果断分手；如果是个大帅逼，嗯，当然是他高兴就好。”

周乔看完后，特别愤恨，“一点儿也不真诚，怎么评上最佳答案的？”不过仔细想想，陆悍骁长相真没话说。非要挑点儿骨头，大概就是……腿毛比较多吧。

周乔想着想着，用书掩着嘴，忍不住笑了起来。

桌上的手机响，才收住周乔的笑穴，她拿起一看，是齐果发来的短信。

“乔乔，晚上七点半，温莎KTV准时见哦！”

都是同门师兄妹，齐果他们老早就说，要给周乔接风洗尘，但后来陆悍骁做手术，这事儿就一直延期了，这段时间总算得空，几人便约在了今天。

这时，陆悍骁开完会回来。身边跟着朵姐，他边签字边交代着什么，等弄完，他对周乔说：“晚上陈清禾请吃饭。”

周乔说：“那我可能去不了。”

陆悍骁不解，“嗯？”

周乔说：“齐果他们说是庆祝我回国，请我吃饭唱歌呢。”

陆悍骁“哦”了声，面无异色地将手上的文件放在桌上，“你想去吗？”

周乔点点头，“他们平时挺照顾我，我早想请他们吃饭了。”

陆悍骁半开玩笑地问：“带不带我去？”

周乔说：“我们聚会的地儿不是什么高档餐厅。”

学生嘛，图个实惠热闹，不像生意人，样样讲究。

陆悍骁欲言又止，只笑了笑：“我这色相带出去，不会给你丢人吧？”

周乔手肘撑桌，食指搭着下巴，认真地上下打量了他一番，“还行，就是老了点。”

陆悍骁：“……”

两人协商好，各自赴约。

这儿离周乔聚会的KTV很近，陆悍骁把人先送过去，才去陈清禾那儿。

进包厢，这帮牲口又在斗地主。

陈清禾叼着朝天椒，眼眶辣出了血一样，鼻涕眼泪直流，“顺子，要不要啊呜呜呜让我过点儿牌吧。”

陆悍骁走过去，“哟呵，禾禾小王子，辣椒吃得爽不爽啊？”

陈清禾“嗞哈嗞哈”地直吸气，一盘辣椒甩给他，“阴阳怪气，抓起来坐二十年牢！”

陆悍骁手指一点，“打这张。”

陈清禾可能是被辣椒给辣傻了，又见陆悍骁胸有成竹的模样，还真信了他的邪，风风火火地照做。结果被对家接了个正着，借着他的出牌，顺风顺水地一次性打完。

陈清禾又输了。

“我×你菊花！陆悍骁！”

陆悍骁挑眉，和他的对家默契地击掌，“Yes！”

日常玩弄陈清禾之后，他才坐下来，叼了根雪茄，边看牌边问：“唱歌的地方选好了吗？”

“老地方，就楼上皇冠包厢。”一人答。

“换个地儿吧。”陆悍骁弹弹烟灰，轻吐云雾，“附近不是有家温莎，就去那儿吧。”

陈清禾说：“那地方很一般啊，没什么特色，没有我骁儿喜欢的黑丝兔女郎，万万不可行。”

陆悍骁拿烟头往他胳膊上一烫，“我喜欢你这种魁梧的兔八哥，今天穿内裤了吗？”

陈清禾也只吃痛地皱了皱眉，然后没事人一样地说：“穿了。”

陆悍骁直接下令：“那就去死。”

陈清禾又改口："没穿。"

陆悍骁呵声冷笑："那就自杀。"

陈清禾脑瓜子转得快，"突然改地方去那儿，是不是周乔在？"

被说中心事，陆悍骁夹烟的手指一顿，瞥他眼，"你这么聪明，保送你上蓝翔，OK？"

陈清禾欣然，"我觉得完全OK啊！"

"……"陆悍骁按熄烟头，"走吧。"

温莎。

齐果他们弄了个大包厢，除了实验室几个人，她还叫上了几个别的系的同学。有男有女，其中一个周乔熟悉得很，是她本科校友兼老乡，傅泽零。

"来来来，庆祝乔乔回来，补上这杯迟了好久的庆功酒。"齐果是个开朗的姑娘，三两下就调动起了气氛。

十来个同龄人围在一起，热闹至极。

周乔真诚道谢，很够义气地一口喝光，空杯往下一扣，"我先干为敬，大家随意。"

叫好起哄声顿起，男生们个个紧跟其后，都把杯里的酒喝完。再后来，大家号歌、划拳、扔骰子，玩得欢声笑语不亦乐乎。

周乔今天是主角，被灌了好几圈儿啤酒，已经有点儿晕乎了。刚从齐果他们那儿脱身，还没坐上沙发，就被傅泽零绅士地扶住，"你没事吧？"

周乔晃晃手，"还行。"

"喝杯水。"傅泽零递来一瓶怡宝，还给她拧松了瓶盖。

周乔接过喝了两口，她仰起脖颈，侧脸被灯光一衬，柔美沉静。

傅泽零跟她说着什么，周乔一时没听清，"啊？"

他刚准备重复，也不知是谁放了首超high的舞曲，包厢顿时响炸。

傅泽零神情有点儿恼，定了决心，"出来一下啊周乔，我有话跟你说。"

周乔点点头，拿着矿泉水跟了出去。

走廊上声音稍小，周乔不疑有他，边喝水边问："什么事啊？"

傅泽零和她算是老熟人，大学时也对周乔照顾有加，那点儿心思显山露水，好不容易又在一个学校了，但周乔身边有了一个陆悍骁。

这三人见过面，傅泽零清楚得很，她那位男朋友，可不是什么省油的灯。本来少男心都快死心了，傅泽零又听说，他俩分手了。蠢蠢欲动的心，星星之火简直可以燎原。

傅泽零看着周乔，深吸一口气，“小乔，你对我印象怎么样？”

而彼时的同层，另一间包厢里。

陈清禾和陆悍骁正准备到外面抽根烟透透气。

“咱们来得晚，就剩一个中包了，几个大老爷们儿挤里面，畏手畏脚的，地儿也太小了。”陈清禾手搭着门板扶手，拧开，先踏出包厢。

陆悍骁走他后边，呵声一笑：“怎么小了？难不成你还要在这里练武术？”

“天，骁儿，我爱死你这明察秋毫、洞悉世事的明亮双眼了。”陈清禾贫起嘴来也没个正形儿，“眼睛这么大，抠两粒眼珠子下来给我玩玩呗。”

“玩你两个蛋行吗？”陆悍骁叼着烟，伸手摸火柴。

陈清禾走了几步，突然返回来，拦截住陆悍骁就要回包厢，“我天，前面非礼勿视，骁儿，走走走。”

“神经病。”陆悍骁躲开他的手，抬起头，顺着前边看过去，顿时也愣住。

四五米之远，靠近走廊尽头，那柔软身影不正是周乔吗？

很快，陆悍骁也认出了她对面的人。哟，老乡傅师兄啊。

“完了完了。”陈清禾一看陆悍骁的脸色，大叫不妙，这哥们儿怕是要练拳头了。

而那边的周乔，敏感作祟，下意识地转头。

她脸上的诧异，不比陆悍骁少。四目相对，两人谁都没有先挪眼。

傅泽零反应滞后，还沉浸在自己创造的良好告白气氛里，“乔乔，其实我从大二起，就对你有好感了，随着我们的相处越来越多，我觉得你真是一个特别可爱的女生。其实我……”

傅泽零声音抖了抖，本能地减小了音量：“……蛮喜欢你的。”

周乔全部的注意力都在陆悍骁身上，她皱了皱眉，赏了个迷茫的眼神给他，“嗯？你说什么？我没听清。”

“他说他喜欢你。”陆悍骁声音懒洋洋的，人也走了过来。

周乔被噎住，傅泽零到底年轻，脸涨得通红。

陆悍骁越走越近，周乔下意识地要解释：“你听我说……”

“嘘。”陆悍骁却冲她轻轻摇头，然后自然而然地揽住她的肩，强硬地将人搂在怀里。

他目光淡，睥向傅泽零，竟十分客气地说：“谢谢你欣赏我女朋友，同为男人，我也十分欣赏你看女人的眼光。”

周乔惊异地看向他。

陆悍骁唇角笑意温淡，继续说：“但是，我和周乔感情很好，好到什么程度呢？”

他故作停顿，佯装深思，再抬头时目光更加自信，陆悍骁朝傅泽零伸出手——

“期待你在不久之后，来参加我们的婚礼。”

周乔的一颗心，就这么万丈高楼平地起。

就连一旁看戏的陈清禾，也忍不住偷偷对他竖起大拇指。

陆悍骁不再似从前，偏执幼稚，一根筋地自以为是。而是冷静得体，坦然地处理感情路上的磕磕碰碰。

这个男人的改变，如此显而易见。

周乔低下头，忍不住眼圈微红。

像是心有灵犀，感觉到怀里女人的细微触动，陆悍骁无声地将她的肩头搂得更紧。他向前一步，甚至可以说是护犊心切。

傅泽零气势不堪一击，明明没有狠言厉色，却更让人羞愧难堪。

陆悍骁英俊的侧脸，写着风轻云淡的自信。这璀璨亮堂的走廊，竟像柔光滤镜特效，把陆悍骁生生衬托出“立如芝兰玉树，笑若朗月入怀”的感觉。

“傅师兄。”陆悍骁微微颔首，“我不觉得我们之间要用‘情敌’来定义。”

他握着傅泽零的手，顺力靠近，在他耳边撂话：“因为在我心里，你还不够资格。”

仿佛一个玻璃罩，将两人隔离出一个狭小的空间。风平浪静之下，是陆悍骁内敛汹涌的威胁。

傅泽零落荒而逃。

陈清禾忍不住拍手叫好：“天，悍骁你竟然有不用拳头解决事情的时候！”

陆悍骁赏了他一个字：“滚。”

陈清禾滚蛋后，陆悍骁才转过身，平心静气地看着周乔，“你们包厢的费用，已经全部挂在我账上。”

他看出了周乔的凝重，于是轻声笑语，伸出食指在她额头中间轻轻一点，“那么，这位同学，是不是该邀请金主进去喝一杯，顺便让我宣告一下所有权呢？”

周乔脸颊烧热，扬起了笑容。

陆悍骁换了个姿势，用身体顶了顶她的柔软，低垂眉眼，声音更低：“别以为我不知道，你下午在我办公室里上网，百度啊，搜狗啊，都搜索同一个问题的答案。”

周乔负隅顽抗，佯装冷静，“不知道你说什么。”

“自己做过的事不承认？嗯？”陆悍骁笑意不减，竟用标准的主播腔，字正腔圆地把问题念了出来，“你问百度，为什么我男朋友……欲望这么强？”

周乔：“……”

陆悍骁沉沉笑道，热气萦绕，“那是因为……我毛多啊。”

周乔听着陆悍骁轻松惬意的玩笑话，久久不吭声。等他说完，才问：“进去吗？”

陆悍骁挑眉，“进哪儿？”

周乔忍俊不禁，攀着他的胳膊踮脚轻声：“你想进哪儿？”

陆悍骁耳根子战栗，有点惊喜，“你最近进步很大啊。”

周乔挽起他的手，“走吧。”

陆悍骁制止住，“别有压力，我就说说而已。都是你同学，熟的人才玩得开。我不过去了，小孩儿都怕我。”

周乔侧头看着他，“你长得不吓人。”

“那是我对你好。”陆悍骁揽着她往前走，“我就在旁边的包厢，你玩你的，同学想吃什么随便点，不用替我省钱。”

他抬手看了看时间，“你想喝酒也行，难得出来玩，尽兴点儿。待会儿回我那儿就是。”

周乔飞快地在他右脸亲了一口，“谢谢陆叔叔，陆叔叔再见！”

陆悍骁望着她欢快奔远的背影，低笑一声：“找死呢。”

玩得high，周乔那边零点才散场，两人到家收拾完，都过了一点。

周乔今天喝了不少啤酒，借此发挥，胆子都大了些，洗完澡后，光着身子直接走出来，从后面抱住正坐在电脑前玩斗地主的陆悍骁。女孩儿的身体柔软又清香，周乔软软地蹭着他的脸颊，“你在玩什么？”

陆悍骁回头一看，差点儿流鼻血。

“和陈清禾斗地主呢。”

周乔掰正他的脸，“斗地主有我好玩？”

被暖黄灯光一映衬，她微笑的样子，眼神能掐出水来。

而电脑那头的陈清禾，一个人单枪匹马，凭借一己之力，即将取得阶段性胜利的时候，他的搭档“陆农民”突然消失了。

“死哪儿去了？

“出对子啊，我有大王能收回来，顶牌快！

“你掉线了？没钱交网费是吧？

“王八啊，陆悍骁。”

弹幕骂人不太爽，陈清禾又开始发视频聊天申请，“嘀嘀嘀”响个不停。

屏幕前，某人伸手直接按掉了电源。

酒真是个好东西，周乔脸色绯红，这一次配合极其主动，搂着陆悍骁的脖颈，一会儿叫他陆叔叔，一会儿叫他哥哥。

“我下次一定要拿胶带封住你的嘴。”陆悍骁憋屈地掐了把周乔的胳膊。

周乔被掐得直躲，气息未平，“我觉得这样刚刚好。”

陆悍骁明白过来，“你故意的？”

周乔“嗯”了一声，头垫着他肩头，合眼，疲倦地说：“明早我想吃豆浆油条。”

“你别转移话题，你从哪儿学到的这种坏招数？”半天没个回信，陆悍骁侧头，才发现他姑娘竟然睡着了。

陆悍骁抱起她，赤脚往床边走，“拿你越来越没辙了。”

他把人轻轻放到床上，被单刚盖好，周乔突然睁开眼睛，搂着他的脖颈，轻声笑道：“知道就好。”

陆悍骁气归气，但到底不是言情小说里的“一夜七次郎”男主，何况明天一大早，还有视频会要开。于是，陆悍骁凶巴巴地把周乔裹进怀里。

“再瞎闹，我给你表演自杀！睡觉！”

第二天，周乔十点才有课，但身边人一动，她也没了睡意，索性跟着一块起床。

陆悍骁从衣柜里挑了件白衬衫，两条腿还光着，他边系扣子边说：“乔乔，你抽空去考个驾照，有熟人，我来安排。学会开车，去哪儿也方便。”

周乔扎着头发，惊奇道：“你朋友真多啊，还有开驾校的？”

“嗯，一发小，关系好得很。”陆悍骁系好最后一颗纽扣，才转过身看着她，“下次带你去蓝湾别墅那套房子，我车都在那边车库，喜欢哪辆就拿去开。”

周乔歪头，笑着问他：“有比亚迪吗？”

“比亚迪没有，布加迪倒是有一辆。”陆悍骁也笑了起来。

“你有多少辆车？”

“十来辆。”陆悍骁没细算，“大概吧。”

“……”周乔问，“买那么多干吗？难道你还有朋友是卖车的，能给你打折？”

“能啊。”陆悍骁说得一本正经，“宝马五十块钱的优惠券。”

“……”

您咋不上天呢。

陆悍骁自己笑得要死，弯腰摸了把周乔的脸蛋，“我姑娘咋这么好哄呢。”

周乔嫌弃地躲开，“别蹭我，你刚摸过内裤的。”

陆悍骁“啧”了一声：“那裤裆卡住了，我总要把它塞进去的吧。”

周乔扔他一脑袋的枕头，“这么大声音，要不要给你一个喇叭啊？”

陆悍骁轻飘飘的，“可以啊，一喇二用，白天我用，晚上你用。不是我说，到了晚上啊，乔乔你那个叫声啊，可以说是世界级高音水准了，非常good！”

周乔听后，沉默无言地左顾右看，然后走到床头柜前，拉开了最低那层的抽屉。抽屉很满，乱七八糟的情趣用具都快跳出来了。

？

这人什么时候藏的！

周乔望着那些没拆包的大尺度东西，差点儿晕厥。

陆悍骁捧着心脏，佯装害怕地往后退，“天，你想对我干什么？年纪轻轻、漂漂亮亮的一女孩，怎么能够如此饥渴，光天化日之下，难道我就要失去我的身体了吗？不，不，不！”

他演完戏，又一个健步飙了过来，往床上躺成“大”字，“你还有十五分钟时间，为所欲为一点儿，用力一点儿，好吗？”

周乔被他瞬间逗乐，走过去没好气地踹他一脚，“我明明记得抽屉里放了把水果刀的。”

刚才是想借刀杀人来着。

陆悍骁说：“现在用刀杀人都过时了，用那个。”他指着抽屉里的跳蛋，“可以远程控制，给你一个让我死去活来的机会。”

等等，这话是不是说反了。周乔现在可机灵，才不上这个垃圾语言陷阱的当。

她把他从床上拉起来，催促道：“快去上班！”

时间也差不多了，陆悍骁没继续撩骚，收拾好后，提着包与周乔一块出门。

“晚上有个合作方过来，我有饭局，十点前能回来。”在车上，陆悍骁告诉她。

周乔不放心地叮嘱：“不要喝酒，不许吃辣。”

“行。”陆悍骁满口答应，又说，“你晚上可以在图书馆待着，我应酬完顺道来接你。”

到了学校，周乔下车，对他摆摆手，“嗯，慢点儿开。”

陆悍骁隔空给她嘬了个亲吻，“走了。”

两个人的相处，越发自然和谐。过日子不在乎你有多少钱，是否大富大贵，只要身边有陪伴，有彼此，就是最好的小欢喜。

周乔看着车辆驶远转弯，才转身走向校门。

李教授昨日出差归来，实验室的事儿又开始变多，周乔做数据分析一上午，连午饭都是打包上来吃的。直到下午三点，分析报告才完成了初稿。想着晚上空闲，周乔正准备请齐果一块去吃火锅。她手机就先响了起来。

周乔拿起一看，是金小玉来电。

她迟疑了两秒，然后走到走道上接电话：“妈？”

金小玉把见面的地方选在了一家颇有档次的咖啡馆。

周乔听到这个地名的时候，总觉得耳熟，坐出租过去，路过一处地标才反应过来，这就是陆悍骁公司附近。

路上有点儿堵，她赶过去的时候气喘吁吁。

金小玉坐在卡座上，站起来对她笑着招手，“乔乔，这儿。”

近一年不见，金小玉变时髦了许多，弄了个空气卷的刘海，还挑染了淡紫色，起身时，荷叶领边的连衣裙垂落顺滑。

周乔走到一半，脚步就放慢了。

她看到装饰台靠里面的位置，还坐了一个人。很年轻的男性，这才刚入夏，他就只穿一件无袖衫，肌肉贲张的手臂握着一杯饮料，饮料里还加了冰块。

金小玉脸色不自然了那么一秒，很快调节好，热情地指着对座，“乔乔，坐啊。”

那男人的视线黏着她，周乔敷衍地笑了一下，然后坐下去。

“喝点儿什么？橙汁好吗？你可是最爱喝橙汁的。”金小玉递过餐牌，“再来点儿甜食？”

周乔说：“不用了，我从来不喝酸东西。”

金小玉脸色又不自然起来，越过桌子的手，收放都不是。

周乔打破僵局，“我喝咖啡吧，多加点儿糖。”

金小玉如释重负。

等服务员将吃食上齐，一桌三人，又都陷入了沉默。

周乔捏着瓷勺，慢悠悠地搅着咖啡。

金小玉找话题聊：“乔乔，最近过得怎么样？妈妈上周从杭州回来，给你带了点儿当地特色糕点，待会儿你拿回去尝尝。”

周乔点点头，“好。”

“学习呢？学习还好的吧？不要太辛苦啊，这个季节要多喝点儿菊花茶。”

“好。”

周乔不咸不淡的态度，让金小玉也不再好意思尬聊。

她旁边的年轻男人，用手肘碰了碰她，下巴往周乔的方向动了动。金小玉眉头微蹙，略有不耐。

周乔抬起头，眼神直勾勾地落向那个男人。太过犀利和直接，对方下意识地躲了躲，假意看窗外。

金小玉呵呵笑，终于做起了介绍："乔乔，这位是阿Ben，是一位健身教练，那家店悍骁应该熟悉的，就是怀利路上那家连锁的。"

周乔说："他常去的健身馆就在楼下。"

金小玉"哦"了声："那我记错了吧。对了，悍骁呢？要不要让他一块出来喝点儿东西？工作压力大，也要注意身体啊。"

周乔截断她的兜圈，直截了当地问出口："妈妈，你想跟我说什么？"

金小玉被她的目光逮了个正着，心虚也好，畏惧也罢，总之不敢和女儿对视。

半晌，她才一鼓作气，都说了出来。

"现在打工不容易，尤其做健身这一行，钱挣多少都是其次，主要是，给别人做事儿没什么前途。阿Ben呢，特别有才华，特别有本事，他想在这附近盘个店面。"

周乔听得很认真，点点头，"挺好啊，自己当老板。"

金小玉笑了笑："店面我们已经租好了，设备什么的下周也能到齐，阿Ben想下个月开张。"

周乔很安静，盯着咖啡杯，搅动瓷勺的动作越发缓慢。

金小玉暗暗呼吸，握住了周乔的手。

"乔乔，悍骁在这个城市，是个有头有脸的人物，认识的人肯定很多。"她顿了顿，才说，"你可不可以，跟悍骁说说，让他帮忙打点一下，就一句话的事儿。"

周乔声音平静："怎么打点？"

"让他朋友啊，公司员工啊，多照顾一下阿Ben的店。"

周乔默了默，点了下头。

金小玉被她这个动作，拂去了大半的紧张，刚松气，周乔就问："妈，你和他是什么关系？"

金小玉哑然，下意识地和旁边的男人面面相觑。

周乔很冷静，退了一步，问："有关系，还是没关系？"

金小玉目光左右移晃，含糊地说了一个字："嗯。"

周乔就什么都明白了。

这个叫阿Ben的男人，看起来不过二十六七岁，肌肉满身，自周乔进来，他的目光就一直不敢正面看她。

周乔沉默了太久，这男人耐不住了，一个劲儿地用手肘在桌下推金小玉，压着声音急不可耐：“快点儿啊。”

“啧！”金小玉隐隐地挣着，面色不佳。

周乔缓缓低下头，瓷勺往桌面上一放，很轻。

一切都很寻常平静，她本来就是个看起来毫无攻击性的女孩。而就在下一秒，周乔端起几乎一口未动的咖啡，全部泼向了对面的男人。

“啊啊！”粗犷气愤的叫嚷声响彻咖啡馆。

阿Ben站起身，抖着自己邋遢的裤子，“干什么你！”

金小玉也始料未及，连抽数张面纸低头给自己的小男友擦污渍，边擦边对周乔提声：“乔乔！你怎么可以这么没礼貌！”

周乔却伸手越过桌面，狠狠扯住阿Ben的衣领，也不知她哪儿突然爆发出的力气，牛高马大的男人，还真被她扯得脚步踉跄。周乔目光锐利，再无平日的温和，“你要当小白脸，爱找谁找谁。”最后一句，她情绪崩溃，声嘶力竭：“就是不能骗我妈！”

这一声叫嚷，让别的顾客全都看了过来，还有人在窃窃议论。

金小玉蒙了会儿，嘴唇上下微动，“乔……乔乔。”

“不许喊我！”周乔再看向母亲时，眼泪滂沱，情绪已然无法控制，“我不反对您再找新的归宿，但是妈妈，你可不可以，可不可以擦亮眼睛，不要找一个人品这么差劲儿的！”

说完，她不顾金小玉的大声呼喊，转身就往外跑。椅子磕碰倒地，桌子也发出尖锐的碰撞声，周乔被撂倒在地，结结实实地倒在地上。金小玉骇然，本能地要来扶，周乔咬牙，硬是自己又站了起来。

她心情平复了一些，抹了把眼泪，声音虽哽咽，但态度十分强硬，“妈，你生病了，破产了，我都不会见死不救。但是这个男人的事情，我绝对不会向陆悍骁开口一个字！他的钱也是辛苦挣来的，也是拼命应酬堆积起来的，他不欠我什么，我也没权利让他干任何事。妈妈，我是你女儿，不是办事的工具。我不是，陆悍骁更不是。”

说完之后，周乔又扫了一眼缩在角落、愤愤不平的阿Ben。

“你敢骗我妈，我杀了你！”

说完，她忍着胳膊的剧痛，一瘸一拐地走出了大门。

鸡飞狗跳的插曲之后，咖啡馆又恢复了平静。

二楼，倚着欧式栏杆的某道人影，保养得宜的双手端着咖啡，把方才发生的一幕，看了个全程。

秘书久不见人，于是出来提醒："徐总，请问还要加点儿什么吗？"

徐晨君颔首，"不用了，走吧。"

周乔这一跤摔得不轻，位置也没摔好，坚持了一小时回到公寓，就再也忍不了了。她撩起衣袖，看着肿胀老高的骨头，边哭边给陆悍骁打电话。

接通的时候，陆悍骁正与合作客户在饭局上谈笑风生。他拿出一根烟，叼着放嘴里，旁边的副总自然而然地为他点烟。

陆悍骁声音染着笑："乔乔？"

听到熟悉的声音，周乔崩溃大哭，就任性这一回吧，她放下所有坚强，脆弱极了，"你在哪里？我想见你。"

陆悍骁脸色沉下去，"怎么了？"

"我想见你！"周乔哭声更大了。

陆悍骁拉开座位，快步往外跑，"报地方，不许乱动，等着我！"

几分钟时间，他就开车上了大道，抄着近路飙回了公寓。陆悍骁几乎是把门给撞开的，门一开，他就看到坐在沙发上，一脸泪水的周乔。

"草！"陆悍骁低骂一声，快步走过去，"是不是被人欺负了？"

周乔却用没受伤的那只手，死死搂住他的腰，除了摇头，一个字也说不出。

陆悍骁一下一下抚摸她的背脊，也不逼迫，耐心哄道："没事了，乖啊，老公给你出头，不怕不怕。"

他身上还有风尘仆仆的味道，混着清淡的男士淡香，让周乔无比心安。陆悍骁就像是她的龟壳，脆弱时，迷茫时，委屈时，住进这个壳里，就能不管不顾。

周乔哽着声音，揪紧他的腰间衬衫，说了一句话。

陆悍骁僵硬住，蒙了几秒，以为自己听错了，"你说什么？"

周乔泪水塞满了眼眶，鼻尖红透，她的声音，比这朦胧的灯影更加悠长。她抬起头，泪眼清亮，可怜巴巴地说："陆悍骁，我想向你求婚……"

陆悍骁的表情，震惊许久。

周乔此刻的形象和漂亮搭不上边，鼻涕眼泪一把抓，脸边的碎发也被泪水糊在皮肤上，她望着陆悍骁，说：“不管以后遇到什么困难，是来自你的家庭，还是任何，我都会跟你一起面对。”

她像一个委屈的孩子，而陆悍骁就是她手里拽了很久，却又不小心弄丢过的糖，再次失而复得，历经种种，方知贵重难得。

周乔单手抓着他，泪水垂在眼睑，“行不行啊？”

陆悍骁不说话，静静望着她。

周乔急了，想了半天，恍然地问：“求婚是需要戒指的对吧，我……我下次买了再给你补上。你喜欢什么样式的？简单点儿的吧，戴手上不碍事儿，主要是……便宜。”

说到最后半句，她声音越发放低。

陆悍骁终于抑制不住地笑了起来，他眉宇间的万千丘壑，此刻都被安抚成了朗朗清风。如果说，从小到大，陆悍骁都是锦衣玉食、众星捧月的那一个。那么这一生顺途坦坦，往后几十年，陆悍骁此刻无比肯定——

他人生中最珍贵的宠爱，只有周乔能给。

就在周乔快要被他急哭的时候，陆悍骁假装皱眉，语调颇慢：“就只有戒指吗？”

周乔心虚不已，也是，这年头，求婚成本可贵了。

她深吸一口气，认真地说：“我有点儿存款，小时候压岁钱攒起来的，大学暑假的时候，也会去已经毕业了的学姐公司，兼职做一些财务报告。还有这次去美国实习，公司方和李教授，都有给我劳务费。”

她说一会儿，就停顿一下，似乎在思考，还有什么没算进来。

陆悍骁忍着笑，眼睛不眨地看着她，脸上写着“聘礼太少，我可不答应哦”。

周乔可怜兮兮，“都在这儿了。”

陆悍骁“哦”了声，平静道：“现在成个家，总还是要有一套房子的，不讲究大小，够住就行。车子也得有一辆，代步工具少不得。还有我家那边，培养我也不容易，长辈嘛，总是要给几个红包意思一下的。”

他说得慢条斯理，有理有据，周乔的脸色先是变沉。但看到他越说越起劲儿的时候，周乔不干了。

她收起眼泪，直接打断：“说完了？”

陆悍骁打了个顿，“啊。我再想想。”

“不用想了。”周乔情绪平复冷静，挑眼看着他，“要房子，买不起。要车子，勉强可以付一个比亚迪的首付。你要求太多了，我有点儿嫌弃了。”

陆悍骁：“……”

周乔抹干净眼角的余泪，本是抱着他的手，悄然变成了揪住他的衣领。

这姿势，带着点儿胁迫的意味，周乔问：“一句话，答不答应？”

陆悍骁说：“答应什么？”

周乔说：“求婚。”

陆悍骁问：“谁求谁啊？”

“……”周乔被他噎住，这男人，给点儿甜头就得寸进尺。她郁闷地望着他，几秒对视，就在陆悍骁准备收手时，周乔突然又哭了起来。

号啕之下，眼泪说流就流。

“你欺负我！我手都断了你还欺负我！你看我的手肿得这么高这么大这么红，你都不心疼我！我一个女孩子，身残志坚容易吗？陆悍骁，你就是个大坏蛋！”周乔梨花带雨，打着嗝把这段话说顺畅也是不容易。

陆悍骁都快笑死：“得了吧，我可是个大好蛋。胸口给你捶，我乔乔的小拳头在哪儿呢？”

周乔也破涕为笑，就知道，和这人在一起，严肃不过三分钟，悲伤不超六十秒。他总是有法子逗她笑。

陆悍骁不再跟她开玩笑，注意力放在她受伤的手上。

“怎么伤的？伤了多久？走，我们去医院。”他边说边掏手机，按了个号码，那头一接听，陆悍骁就说，“简皙，劳你个事儿。”

他简短地说了一下情况，挂断后，对周乔说：“去市一院，我让简皙打了招呼，让他们医院的骨科主任给你看看。”

周乔没让他拉动，抿唇紧闭，身残志坚地待在原地，绝不妥协。

陆悍骁负手环胸，静静看了一会儿，突然弯腰，和她脸对脸，“我单方面不同意你的求婚。”

周乔心口一滞。

陆悍骁眉浓眼深，望着她，“求婚这事，就该交给男人来做。我这辈子就结一次婚，必须往死里挥霍。给我点儿时间准备，我会让你知道，你这一生交给我，一本万利。”

周乔的眼睛又有水雾泛起。

陆悍骁轻声呵斥住：“不许哭。”

周乔哽了哽喉咙，抿紧嘴唇。

下一秒，陆悍骁伸手，紧紧地抱住了她，他低沉的声音自上而下——

“好了，现在可以哭了。”

因为，是在他的怀抱里。

周乔的手摔伤了筋，幸好骨头没错位，但手肘的位置也比较难恢复，所以医生给安了个夹板，前三天还用绷带吊在脖子上，到周日才允许手垂下去。

而那次意料之外的求婚事件，两人都没有再刻意提起。

周乔也没觉得有什么丢脸，这种感觉怎么说，就好像突然灵光开了窍，对一些曾经耿耿于怀的东西，突然就释怀了。年龄、家境、性格差异，甚至那时直接导致两人分手的徐晨君。这些难题，如今在周乔眼里，不过尔尔。

也许求婚是一时冲动，但求婚时那句话却是货真价实的——

“以后不管遇到任何困难，我都会跟你一起面对。”

不再逃避，不再退缩，不再把责任一味地推卸于你。或者，这就是俯首称臣，此生认定吧。

日子平淡又充实地过下去。

这日周五，陆悍骁卸下一周忙碌，总算能和周乔好好去外面吃个饭，周乔这两周的口味倒是变得刁钻，平日本就饮食清淡，之后陆悍骁胃不好，她就更是克己了。

但今天，她点了名想去吃爽辣的湘菜。陆悍骁带她去了一家不错的，朵姐推荐绝对不差。周乔点了个干锅牛蛙，竟然嘱咐要多放点辣椒。

陆悍骁没说什么，给她点了个解辣的果汁。

入了五月，天气热得非常快，周乔说：“系里又给我们发邮件了。”

陆悍骁正在手机上和陈清禾斗地主呢，厮杀惨烈，头也不抬地搭话：“什么邮件？”

“暑期实习项目。”

这句话太敏感了，陆悍骁猛地抬起头，目光警惕。

周乔说："今年的在国内，苏州，一家网络公司。"

一听是国内，陆悍骁显而易见地松了半口气，又问："你想去？"

周乔说："还真挺想去的，也不是太远，那公司挺有名，业务涉及也广泛，可以多学点儿。"

陆悍骁不太服气，"有我陆宝宝公司名气大？你要想学东西，上我这儿来，我让秦副总手把手带你。"

周乔点点头，"好主意，不过我还是想去苏州这家。"

陆悍骁虽有点儿不情愿，但还是选择妥协尊重，"行，时间定下来告诉我，我开车送你。"

"哟？"周乔用餐牌挡着鼻子嘴巴，只露出眼睛，凑近了，对他眨道，"进步很大嘛，陆总，不掀桌子了？"

陆悍骁笑着往座椅一靠，地主也不斗了，陈清禾又被遗弃了。

他说："我以前心太笨了。"

周乔不眨眼了。

"我以前，做了很多自己认为正确，其实特别让你不开心的事情。我知道错了，我吃过亏了，我再也不会同一个地方摔倒两次。"

陆悍骁说得很自然，他右手臂搭在椅背上沿，手指长而匀称地浮在半空。

周乔眼睛弯着，看着他笑。

两人隔桌对视，颇有含情脉脉的意境。

陈清禾的电话就在这时轰轰烈烈地杀了进来，陆悍骁心情很好地接听："清禾兄，你好啊。"

"垃圾！"那头一顿咆哮，"我又输了三十万欢乐豆！"

"啧。"陆悍骁皱眉，"这么凶干吗？你不爱我了吗？"

"我还爱你妈。"

陆悍骁听了直笑，对周乔示意了一下，便起身到外面接电话。

"别闹了哥们儿，问个正经事，你不是有个同学在开婚庆公司吗？帮我联系一下。"

等他回来，菜已经上齐，周乔"呼哧呼哧"吃得很嗨。

陆悍骁抽了张面纸，"慢点慢点，没人跟你抢。"

周乔满嘴油光，默契地往前一伸，隔着桌子，陆悍骁给她擦了擦嘴，“我发现你最近食量很大啊。”

“李教授压榨得太狠了。”周乔夹了个蘑菇，还要蘸点儿辣油。

陆悍骁看着她，若有所思，思到一半，他手机又响了。周乔瞥见了屏幕，是陆家老宅的电话。

陆悍骁没避着她，就这么接听：“齐阿姨？”

听了一会儿，他脸色骤变，“在哪里？好，我马上过来。”

“怎么了？”周乔放下筷子，关心地问。

陆悍骁眼色沉了沉，说：“奶奶住院了。”

陆奶奶高血压发作，吃完晚饭起身，就直接厥到了地上。

陆悍骁赶到的时候，已经有六七个住得近的小辈守在那儿了。

市一院的干部病房在后园，清静雅致，楼层不高，就在二楼。医生被家属围着，你一言我一语地询问，场面有点儿乱。

陆悍骁一来，几个小辈自动让路，挨个打招呼：“陆哥。”

陆悍骁先是客气地回应：“谢谢你们。”然后问医生：“我奶奶的情况怎么样？”

医生把基本病情简单说了一遍：“晕厥对老人来说，特别危险，幸好送医及时。但陆老太太的身体确实不容乐观，多修养，不要受任何刺激。”

陆悍骁松了口气，拍拍医生的肩，“谢谢您。”

“应该的。”说完，便又去忙碌了。

几个小辈儿争先恐后地安慰陆悍骁，都是年纪轻的孩子，言谈十分乐观幽默，气氛变得不再压抑。有人眼尖，问道：“陆哥，那位小姐姐，你也不给我们介绍介绍？”

于是，所有人的目光，都光明正大地看向了站在走廊口的周乔。

如芒在背，周乔被盯了个措手不及。

陆悍骁抬手敲了敲那个小表妹的脑袋，“就你伶俐。”他语气平静，像是说着再普通不过的家常，“什么小姐姐的，要叫嫂子，听见没？”

“哇哦！”小辈们一阵欢呼，个个都是聪明蛋，对着周乔齐声喊道，“嫂子好！”

周乔被叫得面红耳赤，掐着自己的手心，心里默念，千万别尿。

于是，她展开一个还算自然的微笑：“你们好。”

陆悍骁愣了半秒，欣喜异常地挑挑眉，示意她过来。

周乔挠挠耳尖，指着外面，小声告诉他："我先去洗手间。"

陆悍骁看着她𡒄包的背影，笑了笑，也没拦着，对表妹交代："我进去看奶奶，待会儿你嫂子来了，让她也进来。"

周乔返回来，听了小表妹的转告后，她刚要往病房门口走，突然谁喊了一声："姨妈你来啦。"

周乔脚步顿住。

是徐晨君。

她侧头一看，徐晨君一身利落套装，阔腿裤下蹬着细高跟，手里提着和指甲颜色一样的手包，气势满分地出现。

徐晨君在看到周乔后，脚步明显地放慢。两人目光相对，最后还是周乔先败下阵来，这是他们的家事，自己的立场有点儿尴尬，于是她只礼貌地点下头，"伯母好。"说完，就自觉地默声离开。

擦肩的时候，徐晨君微微侧头，想说什么，但又止住了。

病房里。

陆悍骁守在床边，陆奶奶睁开眼，气息存弱，"悍骁来了啊。"

"我当然要来了。"陆悍骁给她掖了掖被子，轻声说，"老宝贝不乖，不保重身体，该罚。"

陆老太笑起来，眼角褶皱深刻，"奶奶以后不乖的次数会越来越多。年纪大了，半条腿搁在棺材里喽。"

"嗯。您今年七十五岁，半条腿进去，剩下的半条腿，也还要过七十五年才凑一对。"

陆老太被逗得笑意又深了些，她挪动自己的手，搭在了陆悍骁的手背上，"骁儿，你和乔乔怪奶奶吗？"

陆悍骁眉眼沉静，"嗯？"

"奶奶没有站在你这边，不仅没帮你们说话，还让乔乔那孩子受了苦。"

老人虚弱的声音如绵软的针，病房里最清晰的，是仪器的"嘀嘀"声。

陆悍骁沉默着。

陆老太太看了他一会儿，悠悠地转过脑袋，混浊的眼球盯着天花板，一声叹气。

就在这时，一道声音响起——

“不怪您呢！”

陆悍骁拧眉，就听到窗户处传来窸窸窣窣的动静，还有砸窗的声音？反应过来，陆悍骁大骇。他快步走到窗户边，掀开帘子一看。

靠！周乔！

“嘿嘿嘿，是我。”脚踩空调架，手趴着窗台的周乔，额头上蹭了灰，脏不啦叽地对陆悍骁咧嘴憨笑。

陆悍骁：“……”

到底有些害怕徐晨君，但周乔又实在想看看陆奶奶的情况，于是出此下策，从楼梯间的大窗户翻了出去，踩着挨得很紧的空调架，偷偷地爬了上来。

周乔瞥见陆悍骁风暴聚拢的眉间，撒娇卖惨，“好疼哦，拉我一把行不行啊？”

陆悍骁阴沉着脸，双手一提，抱着就把人给弄了进来。

周乔走到病床前，脏兮兮的脸蛋对着陆老太太，“陆奶奶，我一点儿也不怪您。”

陆老太很意外，“哎哟，乔乔啊，怎么爬窗户呢，多危险啊，下次不要再做了啊。”

“嗯。”周乔点头，伏下腰，轻声说，“陆奶奶，您保重身体，我就来看看您，我马上就走。”

陆老太却一把抓住她的手，“乔乔。”

“嗯？”

“奶奶是喜欢你的，以后，哦不，很快你就会知道了。”

周乔似懂非懂，陆老太太叹了口气：“好了，你先跟悍骁出去吧。悍骁，叫你妈妈进来。”

陆悍骁沉默无言，点了点头，“好。”

徐晨君进来时，手里还拿了两张检查单。

“妈，您放心，没什么大问题，注意休养就好。”

陆老太太却一改刚才的气定神闲，突然变得脆弱起来，“我一点儿也不好，我浑身不舒服，心脏像是梗了东西，呼吸不过来了啊。”

徐晨君有点慌，“我去叫医生。”

“不要不要，不要医生的呀。”陆老太太哼唧叫嚷，“吃药好不了，打针也治不了，这是心病，精气神儿都被小鬼给绑住了呀。”

“……”徐晨君摸不着头脑，“妈，您……您在说什么？”

这么迷信，不应该啊。

陆老太太秒变老三岁，一会儿捂胸口，一会儿揉脑袋，“哎哟，哎哟，不舒服的了。”

徐晨君左右不是，又担心她乱扭动，别真给扭出个什么心血管毛病出来。于是向前一步，哄道：“妈，那怎么样您才能舒服一点儿？”

陆老太呼着气，说：“家里来桩喜事，给我冲冲喜吧。冲冲喜，就好了。”

徐晨君仿佛听见了天大的笑话。

陆老太要起了脾气，双手捶床，“冲喜，听不懂吗？我都快要死了，你还不遂我的愿？”

“好好好，您先别激动。”徐晨君无奈地说，“妈，我一时半会儿上哪儿给你找喜事啊？这家里也没谁高寿，也没嫁娶的。”

“胡说。”陆老太提声，“悍骁都三十岁了，不结婚干吗，占地儿啊？我看周乔就很好，他俩正合适。”

徐晨君反应过来，“妈，这……这也太啼笑皆非了。”

“给我冲喜就是啼笑皆非？”陆老天又变成了老三岁，哼唧埋怨又捂着胸口喊疼了，“不孝啊，不孝啊，你给我把陆礼南叫过来！”

陆礼南是陆悍骁的父亲大人，省公安厅事务繁忙，三百六十五天见不着人影。

徐晨君拗不过满床打滚的陆老太，被她又哭又嚷，弄得头疼，只得暂时服软——

“我答应您了还不成吗？！”

陆老太太，不管不顾地用最迷信直接的方法，弥补曾经阻拦这对鸳鸯的过错。老人家的特权，似乎得天独厚，很快，她就亲自把这个消息告诉了还守在医院的亲戚小辈。陆家是大家族，微信群一吆喝，人人都知道陆悍骁要结婚了。

陆老太这招先斩后奏，把徐晨君逼得束手就擒，没有半点儿办法。

于是，陆悍骁和周乔，就以这样一种闻所未闻、相当奇葩的方式，不费吹灰之力地攻破了徐晨君的第一道防线。

为了这桩喜事，陆悍骁请几个哥们儿吃饭。可以说是名正言顺地公布好消息了。

贺燃他们宰得厉害，一顿饭吃了陆悍骁五位数，酒水都挑贵的拿，毫不手软。吃完饭又去贵到不要脸的地方唱歌。

陈清禾攀着陆悍骁的肩，“哎，颜值最高的我，怎么没人要呢。”

陆悍骁鄙视他，“别侮辱颜值行吗？”

陈清禾是真心为他高兴，“什么时候去扯证？”

“明天。”陆悍骁情不自禁地扬起嘴角。

陈清禾的眼神瞬间落寞，“哥们儿，真心羡慕你。”

陆悍骁捶了他一把，“出息，明明对小蔷薇有感情，为什么不去把人追回来？”

陈清禾叹了口气，摇摇头，“行了，不说我了，今儿为你庆祝。”

说着说着，两个人就走到了窗户边。陆悍骁烟瘾犯了，叼了一根，顺手先帮陈清禾点烟。火柴焰亮了又灭，冉起薄薄的烟气，陈清禾的烟头铿亮，他随意瞥向外面。

这一瞥不得了，陆悍骁听见他爆了一个脏字。

陆悍骁刚抬起头，身边的陈清禾竟然手扶窗栏，腰胯凌厉一翻，极迅速地从窗户跳了下去。

陆悍骁惊乍得满背冷汗，“这他×是二楼！”

而陈清禾已经落到了楼下，他部队出身，身手不错，极专业地在地上滚了两圈缓冲力道，然后起身，冲着右边飞速追跑。

陆悍骁顺着方向看过去，不远处的一间报刊亭，一个身影正在买水。

他眯缝了双眼，再三确认，惊恐。

“天！太巧了吧。”

侧脸柔美的女人，长发束成马尾，清秀白净。而一路狂奔的陈清禾，眼里有火焰在跳跃，目无其他。

后来周乔给陆悍骁打来电话，说找不着包厢。陆悍骁就没多停留，出去找周乔了。

据说，这一晚的小报刊亭前可热闹，一英俊模样的男人，跟猛虎似的，逮着一姑娘的手死死不撒。那姑娘死命地说不认识，看起来柔软白净，实则是个藏了烈性的人。

再然后，连派出所的人都过来了。因为这姑娘报了警，把英俊男人气得不轻。

这些，成为了附近人民群众的吃瓜谈资。有说是两口子闹矛盾，也有人说是人贩子骗小姑娘，挨得近的报刊亭老板最有发言权，从俩人的对话里，隐约猜到，这男人是部队当兵出来的，在东北雪山，和这姑娘有过一段雪山之恋呢。

真真假假无从考证，但陈清禾被押到了派出所却是货真价实的。

他没敢找家里，怕被政委爹皮带伺候，于是找了陆悍骁，亏他上下打点，才把人给保了出来。

陆悍骁忙活了一晚上，到家都一点多了。

周乔搭着毛毯，在沙发上睡着，门口一有动静，她醒得很快，双眼蒙眬地望着他，“回来了啊，陈哥怎么样了？”

陆悍骁换了鞋，走过来，“人出来了，没事，发酒疯呢。”

周乔皱眉，她记得饭局上，陈清禾虽喝了酒，但也没到醉的地步。

“陈哥，真的骚扰女孩子啊？”她揉了揉眼睛，不确定地问。

“别怀疑，这事儿他真干得出来。”陆悍骁挨着人坐下，说，“这姑娘是他的旧情人，喏，街头偶遇，跟演电视剧似的。”

周乔来了兴致，“真的啊？”

“小八卦。”陆悍骁嗤笑一声，然后缓缓叹气，“也是苦命人，这都隔了四五年，还挺能折腾的。行了，别说他们俩了，闹心。”

周乔听得正起劲儿，不舍地扒拉，“再说点儿嘛，是陈哥当兵时候认识的吗？”

“嗯，是。”陆悍骁“啧”了一声，“你最近提起陈清禾的频率很高啊。”

周乔学乖，凑过去给他揉着太阳穴，俏生生地问：“是不是这儿疼啊？我给你按按就不疼啦。”

陆悍骁低笑一声：“转移话题的本事越来越强了。”

周乔的指腹很软，力道适中，一下一下揉开了陆悍骁紧绷的经脉。

“乔乔。”陆悍骁握住她的手腕，示意她坐过来。

周乔顺着势，被他半搂在怀里。

客厅就开了一盏暖小的精油灯，海洋味的淡香舒缓入夜。

安静了几秒。

陆悍骁沉声说：“乔乔，我们办婚礼吧。”

“趁着现在天不是太热，六月初有个好日子。”算下来，也就二十天不到。

周乔倒没想到他会如此迅速，“六月？太仓促了。”她声音很低，脸红燥热地低下了头。

“我来准备，不耽误你的事。”陆悍骁说，“也不是很麻烦，场地啊布置啊，都可以让婚庆公司去打点，婚纱也好说，我让Samion明天回国，赶工定制也很快的。”

他说得淡而从容，每一桩都是仔细斟酌过的。

这些细枝末节的事情串在一起，是陆悍骁给出的交代。

周乔久久不吭声。

陆悍骁有点儿急了，催着：“给句话啊。”

周乔揪着睡裙裙摆，松了又紧，紧了又松，半晌，才轻声道：“陆哥，我想跟你商量个事。”

“嗯？”

“能不能，”周乔抬起头，“不办婚礼？”

“不办？”陆悍骁眉头紧皱，倏地严厉，“什么意思？”

周乔怕他误会，赶紧丢颗糖做保证：“我是愿意嫁给你的。”

这话一出口，陆悍骁就似笑非笑地弯起了嘴。

周乔脸烫，不认尿地顶回去，“看我干吗？这是做人的诚信，答应的事，我就不反悔。”

“好好好。”陆悍骁点头认可，“我乔乔是个非常有底线的好学生，从小到大，奖状没少拿吧？”

周乔扬眉，过了一会儿，她又放柔了眉眼，耐心解释说：“陆哥，我不想办婚礼，一个是私心，我还在上学，你这排场太大，我怕……”

陆悍骁点了下头，不用说出口，他就理解了。

到底是学生，也怕被人围观议论。

“再就是，你妈妈那边……”周乔稍稍提气，看着他，“会很尴尬吧？”

陆悍骁面色无异，“我不会让你尴尬。”

“不不不。”周乔说，“你妈妈年龄也大了，就不要让她不痛快了。”

陆悍骁才懂，原来是为徐晨君着想。

“我能和你走到现在，我很知足了。”周乔靠过去，侧脸垫在他肩头，目光悠然地望着墙壁上的懒懒灯影。

“陆哥，我惜福。”

最后这句话，软糯得几乎和暖灯的光亮融为一体。

陆悍骁久久未言。

半晌，一个简单的“嗯”字从齿间颤出。

两个人是第二天去的民政局。

风和日丽，是个好日子。

说起来，也没什么特别激动的反应，两人早上还赖了会儿床，快九点的时候，才起床穿衣。挑衣服的时候，陆悍骁还想穿那身骚包的花色T恤，被周乔制止住，“哎，穿白色的。”

陆悍骁没多想，“大喜日子，穿花点儿不好吗？”

周乔走过去，拎走他手里的衣架，说：“要拍照的呢，红底。”

陆悍骁恍然大悟，才记起待会儿要拍结婚证件照呢。

他怪激动的，“会修图吧，我觉得我最近结实了点儿。”

周乔笑他：“结婚证，除了我们俩看，还有谁能看到啊。”

“也是。”陆悍骁说，“反正我赤身裸体的一面，都给你看完了。”

“是是是，陆禽兽很吓人的！”周乔揉着他的尾椎骨，又转身拿了件白衬衫给他，“快换吧，待会儿出门晚了。”

十五分钟后，两人同款同色调，十分和谐地赶往民政局。

这俊男美女，又是难得的情侣装，往外一站，很是吸引人。

进去大厅，这个点人不多，又有明显的流程指引悬挂在墙上，很快，就填写好了要准备的表格。把资料递进去的时候，工作人员十分娴熟地录入审查，最后钢印章“咔咔”两下，本子又返了回来。

周乔拿起来，一会儿看照片，一会儿看钢印，一会儿又看看身份证号是否正确。

她边看边念出来：“430560198xx……”

陆悍骁笑道：“干吗？”

“怕嫁错人了。”

周乔说得很认真，一个一个数字地对，陆悍骁看了好久，也不打断。

“好了，没错。”最后，周乔兴奋地扬了扬小红本，“没嫁错人呢！”

陆悍骁这才笑出了声音。

周乔的笑颜，悉数落入他的眼底，像是住了满眶的阳光。

“乔乔。”陆悍骁叫她的名儿。

周乔笑容犹在嘴边，“嗯？”

“我会对你好的。”陆悍骁整个人都沉静了下来，白衬衣显得他整个人都在发亮。

我会对你好的。

这几个字，不轻不重地滑出唇齿，蹦蹦跳跳地住进了周乔心里。

看着他，周乔点了下头，“我也是。”

两个人相视一笑，陆悍骁说：“宝贝儿，来。”

他伸手揽过周乔的肩，然后打开手机，伸长手举着，借着老天爷恩赐的晴空万里，两个人头挨着头，注目摄像头灿烂一笑。

“咔嚓。”

陆悍骁飞快地往她脸上亲了一口，用发腻的尾音呢喃：“你终于，是我老婆了。”

回去时，陆悍骁的手机一直有电话短信飞进来。

周乔还奇怪呢，“公司有事吗？”

“没。”陆悍骁轻踩刹车，吹着口哨，“我刚发了条朋友圈。”

周乔没再问，拿出手机打开微信。

五分钟前——

“哥婚了。”

配图是他们的结婚证件照。

陆悍骁就这样公之于众，没有半点儿藏掖，他欣然接受各路亲朋好友的围观赞叹，接到不断祝福调侃的电话时，也是耐心带笑。

“哈哈哈，我老婆美死了，当然要藏着了！

“谢谢啊，早生贵子我喜欢。

“哎哟，朵姐啊，什么时候休婚假啊？你也太急了。”

周乔安静地看着他，谈笑风生喜上眉梢。这个男人，高兴，或者是不高兴，从来不对她掩藏。周乔嘴角噙笑，扭头看车窗外面。

陆悍骁赶在绿灯亮之前，挂断了电话，可开心地说：“我已婚，我骄傲，气死陈清禾，陈清禾不要脸。”

周乔笑道：“就知道说别人，我看陈哥就挺好。”

“也是。”陆悍骁感叹，“不要脸是个好东西，我就是靠着不要脸，才能把你给追回来。但凡我矫揉造作一点儿，你早就跟人跑了。”

周乔一言难尽，这人还真是会自我安慰啊。

陆悍骁得意地握住她的手，霸道地摆了个十指相扣的造型，“有什么好躲的，咱俩从走出民政局的那一刻起，以后骨灰盒也是要摆一块儿的。”

“呸呸呸！”周乔急忙呵斥他，“说什么晦气话呢。”

“为什么不让说？”陆悍骁一脸的理所当然，“现在咱俩在一起，百年了，你还是要和我在一起的。”

周乔到嘴边的话，就这么咽了下去。算了，这人动不动就想到黄土归西，这个时候，还是不要告诉他这个消息好了。

陆悍骁越说越兴奋。

“老婆！”

周乔被这个新称呼，激起了满身战栗，她故作镇定，假装矜持稳重，应了一声：“嗯。”

那细微处掩不住发抖的颤音。

陆悍骁笑得像个孩子，眼角眉梢都是光。他好像上了瘾，一声一声乐此不疲。

“老婆。”

“嗯。”

“老婆。”

“干吗啊？”

“老婆老婆老婆，我是陆宝宝牌复读机。”

“……”

陆悍骁哈哈大笑，心里都快美死了。

“中午想吃什么？”

“麻辣烫。”周乔说。

“哇哦，今天咱俩大喜日子，吃点儿好的行不行？”

“麻辣烫就挺好啊。”

“行，老婆让我穿子弹内裤，我就绝对不穿丁字裤。”

这哪儿跟哪儿啊。周乔忍不住笑骂：“你所有内裤往外一晒，都能给楼下的人挡雨了。”

“待会儿回去试试？”

“怎么试？”

“你站楼下，我从窗户口泼盆水，看你能不能被淋湿。”

“去你的。”周乔想打他，“你就嘴贫。”

“你不就爱我这张嘴吗？你舒服得不要不要的。”

“陆悍骁！”

“爱周乔。”

他猝不及防地接话，让人言语失声。

恰遇红灯，陆悍骁转过头，轻声说：“我爱你呀。”

外面的阳光，争先恐后地往车里钻，清风也来凑起了热闹。

陆悍骁弯嘴，突然问：“像不像？”

“嗯？”周乔一时没明白，“像什么？”

“我们第一次见面的时候。”陆悍骁提醒着，诉说着，“在陆家老宅，我被爷爷一通电话召唤回去，说要丢给我一个跟屁虫。”

周乔跟着他，一起回忆，然后笑了起来。

“那天你坐在沙发上，也是这样一个好天气。什么都是亮的，你回头的那一瞬，又什么都暗淡了。”陆悍骁伸出手，食指点向了周乔的眉间，“感觉就是……”

他停顿住，周乔嘴唇微张，这回轮到她问：“是什么？”

陆悍骁望着她，深沉安静。

周遭的一切都沉淀下去，他和周乔的相处，从无惊心动魄的大爱，而是在平凡的日子里，磕磕碰碰，细水长流。

是什么？

是那日你来到，轻轻一笑。

我从天灵盖到脚底心，都在肆虐呼啸。

【正文完】

番外
月光雪山

My man

陈清禾从小就是个顽劣蛋，在大院那帮孩子里，带头干坏事没少他的份。

陈家往上数几辈，都是拿刀弄枪、上战场杀敌的功臣。骁勇世家的名号，是真正刻在了陈家牌匾上。陈清禾骨子里就有一股煞气，小时候掏马蜂窝，长大点儿了，就逮人干架那叫一个嚣张凌厉。

陈自俨的心脏病，就是被他给这么活生生气出来的。

2009年，陈清禾犯了一件错事儿。

彼时的他正在军校上学，和系里一男生结了梁子。那男生叫晏飞，人如其名，是个能飞天的烈货。祖籍沈阳，也是高官家出来的公子哥。

一山容不下二虎，陈清禾和他平日没少明争暗斗。

军校这种地儿，大多是沾亲带故、有点门道和后路的人；也有一部分，是寒门奋读，从穷乡僻壤里破土而出的苦孩子。

那日，晏飞和狐朋狗友把班上一穷酸胆小的男生给堵在了男厕里，一口一句“穷鬼”又骂又推搡，男生老实巴交，只得默默受着不吭声。后来话越骂越难听，甚至逼他喝厕所水，几个大高个儿眼见着就要把矮豆芽摁倒在地上。

在最里边茅坑拉屎的陈清禾，就这么吊儿郎当地推门出来了。

后面的事不难想象，俩人本就有过节，这次算是豁开了口子，谁也没给谁留脸面。

晏飞人多仗势，陈清禾一身腱子肉也不是白练的。最后双方伤亡惨重，陈清禾猛虎上头，打红了眼睛，操起拖把屈起膝盖，往上一折，用断截的木棍往晏飞脑门心上狠狠一砸。

晏飞当场就厥了过去。

顿了几秒，暗色的血一道道地往下坠。

这事儿闹得挺大，校方说要严肃处理，在调查情况的时候，双方各执一词，陈清禾将情况如实说明，晏飞却说是陈清禾无缘无故动手打人。

当目光都落向挨欺负的“矮豆芽”男生时，他低着头，蹲在墙角，满脸怯色，低着声音说：“晏飞没有为难我。”

此话一出，陈清禾走过来对着他肩膀就是一脚，“我瞎了眼！”

晏飞缠着一脑袋的绷带，暗藏得意地笑。

陈清禾本该是要被记大过，但陈家声名赫赫，尤其老爷子陈自俨，那可是国典能上天安门的人物。校方便要其写份检讨，再道个歉就算完事儿。

陈清禾哪吃得下这份憋屈，摔了教务科的门，跩跩地走了。

这事情，成功把陈自俨气得心脏病再次发作，差点儿没蹬腿呜呼。

醒来后的第一句话，就要陈清禾滚蛋。

陈清禾答应了，滚了。但滚的不是蛋，而是滚去了国境之北。

陈清禾也不知是跟老爷子斗气，还是跟自己置气，报了名儿，离家有多远就走多远。

他骨子里有股匪气，绝不受任何委屈。

走前的一晚，跑回军校，找到脑门刚拆线的晏飞，反手就是一不锈钢开水瓶子，再次把人的脑袋给开了瓢。

晏飞哀声痛叫，陈清禾笑得寒森，蹲下来对他说了一句话。

“陈大爷，永远是你大爷！”

陈清禾活得热烈，走得潇洒。

一走，就是两年。

2011年冬，这一年的哈尔滨，风雪冰灾堪称近年最重。

一夜雪落，驻地的大门都给堵了半边。六点不到，泱泱人头已经开始清扫路面了。

零下的温度，陈清禾脱了军棉袄，裹着一件灰色羊绒衫就开始干活，边干边吆喝：

“陈朝！带一队人去清扫排水岭！”

“是！”

“二蛋，你负责松岗！”

“是！”

这时，一道厚实的男中音：“陈清禾。”

“到！”

听见召唤，陈清禾放下扫把，立正稍息，昂首抬头站得十分标正。

叫他的是徐连长，吩咐道：“你带人去307标地处，务必帮助百姓清扫积雪，将灾害损失降到最低。”

“是！”

307标地附近百姓多，这片区的农田都集中在这里。

陈清禾隶属的野战队，干这种效率活最合适，天气预报说连日都有暴雪，他们得赶在断黑前，把稻草铺在田埂上，以防土地冻伤。

“哥，搭把手。”何正扛过一大摞稻草，人都给压没了。

陈清禾给他借了把力，帮着把草卸下，这冷风一吹，两个人呼出的气都是冰碴子。

“歇会儿，哥，给。”何正哆着手，给他递了个微热的土豆，这也是今天的午饭了。

陈清禾起身，围着田地看了一圈，放了心，才回来吃土豆。土豆是柴火烤的，够香。但冷得快，所以陈清禾几口就塞进了嘴巴。

“哎，对了哥，听上头说，明天有个什么新闻组会来咱们这儿拍啥纪录片。”何正嘿嘿憨笑，“是拍广告吗？能不能上电视啊？”

陈清禾拧开水盖，灌了一大口，“出息。”

“要是能上电视，我爹妈就能看见我了。”何正搓了搓手，望着又开始飘雪的天，“我都一年没回过家了。”

陈清禾这回倒没再数落他，把瓶盖拧紧了，说：“起来，接着干活。”

这儿纬度高，天黑来得快。四点的时候，任务就到了收尾阶段，五点不到，天色已经灰蒙，风也更猛烈了，陈清禾瞅着风向和天色，暴雪恐怕会比预报来得更快。

“收队！”一声令下，队伍迅速集合，规整有序地依次上车。

陈清禾和何正的皮卡车是最后一个走。从这儿回驻地有三十公里，绕着崎岖雪路就更慢了。驶出村庄，天便完全黑了下去，跟块沉重幕布，压着风雪欲来。

顺利开着，何正突然说：“哥，快看，前边是不是有人？”

陈清禾没说话，眯缝了双眼，他也注意到了。

一公里远处，似乎有辆停着的面包车，而车顶上，站着一人正冲他们奋力摇手。

“减慢速度。”陈清禾提醒，开近了，也看清了，是车坏在路上了。

刚停稳，那人就跑了过来，喘着气攀着他们的车窗，“哟，解放军！”

陈清禾他们一身军装，给困境人群一种莫名的安定力量。

“我们车坏路上了，这前不着村后不着店的，帮帮我们吧。”

那人一脸哀求，陈清禾和何正很快下车，何正去后边拿修车工具，陈清禾走向前探看情况。九座的面包车，后排座位都放倒了，放了几个大箱子，副驾上还坐着一个人。

女的。

长发束在帽子里，帽子上吊着俩绒球，听见动静，她回头，和陈清禾视线对上。天虽暗，但雪光锃亮，折在车窗玻璃上，借着这道光，这姑娘的眼睛，跟水光轻轻荡一样。

陈清禾面不改色，回头跟司机说：“车空出来，先坐我们的车，这车内胎坏了，我们的备用胎型号对不上。”他又伸手，试了下飘下来的雪片密度，眯眼道：“暴雪天不安全，快。”

“哎！好好好！”对方司机赶紧招呼车里的人，“霍歆。”

“来了。”

陈清禾侧头瞄了眼，只见那女孩儿一身白色棉袄，围巾遮了半边脸，就露出眼睛，跟小狐狸似的。

陈清禾刚准备转身，那司机特不好意思地说：“同志，能不能先去……先去……”

“去吧。”陈清禾自然明白，很快，又把人叫住，“等会儿。”

这里是深山区，野兽危险。虽然冰天寒冷，但也保不齐出意外。

陈清禾让何正跟着，有个照应。

人一走，就只剩下他和霍歆了。

陈清禾随意问：“来玩儿的？”

霍歆没当即回答，而是欲言又止。

“车上等吧，外头冷。”陈清禾刚迈一步。

霍歆憋得不行了，小声说了句话。

陈清禾没听清，侧头看她，“什么？”

这姑娘小小一只，站在空旷山野里，跟白兔子似的，她看着陈清禾，沉了沉气，大声：“我也想上厕所！”

陈清禾一愣，脑子没转过来，指着右边儿，“去吧。”

“我害怕。”开了个头，后面的就流畅了，霍歆说，“我也怕怪兽。”

陈清禾“哧”的一声，乐了：“我还奥特曼呢。”

霍歆才发现，她把野兽说成了怪兽，但也差不多，她看向陈清禾，眼巴巴的。那意思很明显——我也需要一个警卫兵。

尴尬仅在陈清禾心里转了一秒，他个大老爷们儿没那么多心思，于是默声，往右边走。霍歆赶紧跟上去。

草垛里有条矮沟，说高不高，说低不低。霍歆不敢跳，左右不是。

陈清禾干脆伸出自己的双臂，“扶着我。”

他不主动握女孩子，全让霍歆自己借力。陈清禾虽有痞性，但到底是贵人家的孩子，心性绝对端正。

霍歆总算跳下了草垛，陈清禾马上转身，离开得很快。

“哎！你别走远了。”霍歆的声音从那边传来，听得出，是真惊慌。

陈清禾无声，但脚步停住，过了几秒，又默默往后退了两小步。

山岗风大，能听到的都是风声。

但没两分钟，草垛里就传来霍歆的尖叫：“啊！”

陈清禾赶忙转身，这一转就妙了，正好看到霍歆两截儿雪白的大腿。她神情慌张地看着某处，正往上提裤子，一提，棉袄的衣摆都被撩起，那比腿还白的臀，哪怕是个侧面，都跟半边蜜桃似的。

陈清禾再快速地移眼，还是把这画面给深深刻进了视网膜。

他喉结滚动，心里暗骂一声。

“有蛇！有蛇！”霍歆都快吓哭了，一溜烟就爬了上来，跑到陈清禾边上，抓着他的手臂。

陈清禾盯着两人交叠的手，半秒。然后走到草垛处往下一看，

“……那是麻绳！”

暴风雪终于在半小时后肆虐人间。

四个人坐在军用皮卡车里，用挂绳牵着后头的面包车。

说来也巧，在车上一聊起才知道，他们去的竟然就是驻地。

何正反应快，脱口问：“你们就是城里来采访的吧？”

还真是赶了个巧。

面包车的司机就是他们一摄影，项目组分三车赶路，他这辆落了后，还偏偏坏在这信号失灵的山岗里，天地不应，幸亏遇上了陈清禾他们。

沾亲带点儿故，一下子就熟络了。

陈清禾本就是个嘴皮子热络的人，加上何正，三男的聊得可来劲儿。霍歆就在一旁安静地听，时不时地看眼陈清禾。

好几次，陈清禾转头时，都跟她的目光碰上。

一触，就散开，各自看别处。

就好像，今天第一次见面，就都有了心事。

陈清禾清咳了一声，从后视镜里瞥见她白皙的脸蛋，就联想到那半边若隐若现的“水蜜桃”。神他×地情不自禁。

到了驻地，已快九点。

何正去交车，陈清禾将人带到接待处，人齐了，上层领导还特意组织了个简单的欢迎会。

班长级以上人员参加，长方形桌子，电视台的坐一溜，一个对一个，而陈清禾，正好对着的是霍歆。

屋里有火盆儿，这玩意儿劲头足，温度一下子就热腾起来。

霍歆摘了帽子，取下围巾，一张脸是名副其实地漂亮清秀，隔着桌子，她对陈清禾灿烂一笑。陈清禾面无表情，悄默默地把眼珠转向左边的领导。

欢迎会流程简单，无非是双方发言，来者是客，电视台的多说了一些，顺便把人给逐一介绍了番。

什么摄像啊，副导演啊，后勤啊。到霍歆时，陈清禾竖起了耳朵。

“这是霍歆，此次宣传片拍摄的摄影师，我们除了影像播放，也会在期刊上进行刊登。霍歆啊，今年刚毕业，吃苦耐劳特别棒。”

原来才毕业。难怪一水儿地嫩，看着那双眼睛，冲你笑的时候，好像能掐出棉花糖。

陈清禾眼珠子又转了半圈儿，看向了右边的领导。

十几分钟后，欢迎会结束。

部队纪律严厉，除了执勤哨兵，作息都有统一规定。就寝前半小时是自由活动时间，陈清禾拿盆去接热水，准备泡个脚。结果在走廊上，看见霍歆也拿着盆儿迎面走来。

驻地条件有限，平日有人来访，就腾出几间屋子做招待所，接水洗漱都共用。

霍歆弯嘴，看着陈清禾，眉眼又笑开来：“陈班长，你好呀！”

陈清禾“嗯”了一声，算是招呼。

擦肩的时候，霍歆突然问：“对了，陈班长，我有个疑问。”

陈清禾脚步停住，“你说。”

霍歆退了一步，跟他站平行了，微微仰头，眨眼问他，“你今天，老躲我干吗呀？”

“……”陈清禾，“有吗？”

“有啊。在车上，你看了我四次，但我一看你，你就不看了。还有在欢迎会上，我对你笑，你干吗不对我笑？”

“……”陈清禾的老底被她一次性揭穿，瞬间无言。

霍歆冲他眨眼，“这是为什么呢？”她眨了几下，就笑了起来：“你慢慢想，我先去接热水了。”

陈清禾望着她的背影，怎么看都有一股小狐狸的狡黠味儿。自己为什么要躲，不知道。

但他无比肯定——

这姑娘，坏透了。

陈清禾回宿舍的时候，一帮兵崽子正在火擦火地聊天玩，时不时地哄笑。

“干什么呢，没点儿组织纪律！”陈清禾进来，吼了一嗓子。

何正兴奋地告诉他：“铁拐子会算运势呢。”

“嘁！”陈清禾冷飕飕地讽道，“明天赶紧打报告，扛面大旗出门算命赚钱。”

“还真准，他都能算出，我今天穿的是红内裤呢！”

陈清禾往床上一躺，懒得理。

这位叫“铁拐子”的胖同志，冒了出来，“哥，我给您算一算啊，您今天印堂有点儿乌青，右脸颊还冒了颗小痘，这是体内阴阳有失，火卦错乱的表现——您啊，今天一定是看到了让自个儿上火的东西。”

刚开始，陈清禾只当他瞎掰。但听到后面半句，他心里“咯噔”一跳。

那半边雪白的“水蜜桃”，可不是上火的玩意儿嘛。

他赏了个眼神给铁拐子，示意他继续吹。

“我看看你的手相。”铁拐子不由分说地抓起他的手掌，摊上一看，“哎哎呀”一顿吠，“班长，您这线全乱了，都往手掌外面的方向乱呢！你看，这一条条的，都朝那边长了——”

铁拐子手指着门口的位置。

“这种手相，很有讲究，是姻缘线，不是我瞎掰，要是这一刻，有一女的出现在这方向，那铁定是你的对象了。”

陈清禾收回手，笑骂：“我数三下，要是门口没现人影儿，你就给我做五十个引体向上。”

这话一出，寝室里的兵崽子们齐声倒数：“3！

“2！”

就在这时——

“咚咚咚。”

是敲门声。

众人面面相觑，一道清亮的声音：“请问，陈班长在吗？”

离门近的不嫌事大地把门拉开，同时，大家把剩下的数完，起哄笑闹：“1！”

霍歆站在门口，被这热烈的气氛扑了个措手不及。

她不明所以，扫了一圈，目光很快定在了陈清禾身上。

笑声隐隐，也不知是谁带头，“啪、啪”竟是鼓起了掌。

一声，两声，最后掌声雷动，笑声哄堂。

霍歆眼睛机灵，也跟着大伙儿一块笑。

陈清禾心想，你丫都被人卖了，瞎笑什么呢！骂归骂，他还是别过头，才不想让霍歆看到自己微红了的脸色。

霍歆笑起来，嘴角俩梨窝跟浅酒坛子似的，添了几分恰到好处地腻。

她问：“你们笑什么呀？”

“我们笑班长的媳……”何正是个高音炮，直接把陈清禾卖了一半。

“何正！”

“到！”

“俯卧撑三十个，就地，立即！”

陈清禾这嗓门儿气势足，总算把这缺心眼儿的给唬住了。

他起身，经过时踹了脚正做俯卧撑的何正，“屁墩儿给我抬高点儿！”

陈清禾带上门，两人站在走廊。

“你找我什么事？”

“我房间。”霍歆指着东头。

“你房间怎么了？”陈清禾睨她一眼，“又有怪兽？”

霍歆笑了起来，歪着脑袋看他，“陈班长你好厉害啊。”

“打住。”陈清禾又嗅到了坏味儿，他立刻板起脸，“你这属于后勤管，我管不了。”

霍歆小鸡啄米似的直点头，“我就是来问你后勤电话的。”

陈清禾轻呵一声，心想，还挺会掰呢。

训练期间，手机是没收的。陈清禾掏出联络本，在空白纸页上给她写号码。

霍歆盯着他的手臂，眼睛跟着一块动，眨都不眨一下。

陈清禾问：“你在看鸡腿？”

被拆穿，霍歆也不觉尴尬，反倒从容一笑：“没，就觉得，班长你字儿写得有点儿丑。”

陈清禾：“……”

这个栏目组年终策划了一个军营专题，跑这儿来取材。主要方式是跟队拍摄，陈清禾在的这支野战队，是最苦最硬的一支队伍，早上六点集合，上来就是一个轻装五公里跑步，每天的体能训练枯燥艰苦，零下的温度，赤着膀子下冰河洗澡。

极致的忍受，绝对的服从。

陈清禾是班长，也是里头综合素质最好的一个兵，训练时从不多言，闷头打，咬牙冲，在皑皑白雪日光里，他赤着上身做单杠向上。那肌肉一块块的，横在腰间、腹间、手臂上，滚着太阳的光，让人移不开眼。

霍歆拿着的相机，像一个黑色炮筒，对着他“咔嚓咔嚓”，正宗的机枪扫射。

陈清禾忍不了。趁五分钟休息时，把霍歆叫到一边，不耐烦地问：“干吗呢你？”

霍歆今天换了件黑色胖羽绒，红色围巾衬得她脸蛋儿跟雪色一样透亮。她睫毛“唰唰”一眨，尖儿上的雪粒子抖到她鼻尖，化了。

霍歆说：“我在工作呀，给你们拍照呢。”

陈清禾说：“只拍我一个？”

霍歆说：“都拍了的。”她滑开相机屏幕，光明正大地向前一大步，蹭了蹭他的肩，一本正经地指着，“这是何正，苏遥远，铁拐子。”

照片一张张翻过去，还真是。

就在陈清禾准备松口时，霍歆手指滑得太快，下一张照片落入了他眼里。

“慢着！”陈清禾呵斥。

“不给。”霍歆飞快地收手。

但来不及了，陈清禾捏住她的衣袖，轻轻一拉，就把相机夺了过来。屏幕上，是一张他只穿着条军绿内裤，站在河边拧毛巾的照片。用了长镜头，景象拉得近，构图也漂亮，像是杂志的裸体男模。

够色的。

陈清禾脸色沉了，居高临下的样子。

霍歆机灵，抢过相机抱在怀里——

“干吗这么凶呀！我又不是偷拍，谁让你自己在冰河里裸泳的。”

然后脚底一抹油，跑了。

陈清禾望着小狐狸跑远的背影，习惯性地用舌尖抵了抵嘴角，到底没忍住，笑了。

“这丫头，缺心眼吧。”

霍歆有备而来。苗头被人看出来了，索性也不瞒着了，或者，她压根儿就没打算藏掖着。

之后的一个星期，陈清禾在哪儿，她就在哪儿。

食堂吃饭，她要挨着陈清禾坐；升旗仪式，她要挨着陈清禾站；开关坏了，她非要让陈清禾修；跟队拍摄，任谁都瞧出来了，陈清禾俨然是她的私人模特。说实话，陈清禾从小就长得标致，又是军人家的孩子，家风家训摆在那儿，站有松姿，坐如沉钟，精气神亮亮堂堂，没少招女孩子喜欢。多数是暗恋，也有胆大的，明着面地追他。

但像霍歆这么“万能胶”的，真是仅此一家。

陈清禾觉得这样下去不是个事儿，干脆把霍歆叫到篮球场，豁开了地问：“你是不是喜欢我？”

他问得坦荡，霍歆也答得敞亮：“对啊！”

这嗓门，带劲儿。

久默无言，两人对视。

还是陈清禾先挪开眼，不肯承认自己认了怂。

他官方语气：“首先，我先给你道个歉，可能是平日，我做得不对，给你造成了曲解误会。我是军人，为人民服务，对谁都一个样。”

“你对我来说，是不一样的。”霍歆打断他，凑近了，这小狐狸，又开始炫耀她的长睫毛了。

霍歆眨着眼，俏生生地问：“陈清禾，你真的不记得我了吗？”

她好心地给了个提醒。

2010年，夏季，沈阳。

暴雨连下两日，内涝严重，洪峰过境，是1998年特大洪灾以来最严重的一次。703野战队在沈阳学习培训，深夜接到紧急命令，全体战士增援巨洪峡受灾区域。

陈清禾他们迅速赶往，扛沙袋，挖堤坝，凿引流。现场有百姓急叫：“不好！险滩中间有人被困住了！”

离得最近的陈清禾二话不说，把安全绳捆着腰，和一小战士推着橡皮冲锋艇就下了水。

那水流速度、急湍、恐怖，几秒钟就能把人给吞下去。

临近险滩，冲锋艇就过不去了，石头泥沙堆着，把水流分成了激烈的旋涡。当时，陈清禾只对同行的小战士说了一句话：“你媳妇儿下个月就要生了，你留下，我上！”

就这样，陈清禾仅靠着腰间的安全绳，毫不犹豫地跳下水，顺着水漩的流向，硬是抢滩登陆。

情况已然相当危险，水淹没了受困人的胸部。雨水如一把把的匕首密集劈下，对方的脸都来不及看清。就记得是一女的。陈清禾把她箍得死死，被水浪一次又一次地打翻，他硬是没撒手。

绝望关头，霍歆哭着问：“我们是不是要死了？！”

这个夏天对霍歆来说，先是遇了死。但又因为陈清禾的一句话——

他抬头迎雨，抱着她铁紧，声如霹雳雷鸣：“老天爷你听着！你弄不死我的！”

又逢了生。

“记起来了？”直到霍歆问话，陈清禾才从缺肢断腿的记忆里回过神。

他拧眉，“我救的人就是你？”

霍歆说：“你不记得了呀，是我长得不好看吗？”

“那时候就想活命，谁有那心思。”

“现在可以有了。”

“有什么？”

“仔细看看我。”霍歆冲他笑，放软了声音，“陈清禾，我长得好看吗？”

夜雪初霁，世界一层静静的白。

人间唯一的艳色，就是霍歆眼里的光。

陈清禾弯嘴极淡，说：“你没墨鳞长得好看。”

霍歆急了，对着他的背影喊：“莫琳是谁啊！比比看啊！”

陈清禾向着月亮走，雪地一串深脚印。

“墨鳞是我爷爷养的狗。”

霍歆：“……”

谜团解开了，陈清禾也没对霍歆另眼相待。一个热情，一个冷淡，搭配得还挺好。

过了几日，陈清禾训练时发现，霍歆没有跟组拍摄。

武装十公里体能训练结束后，他问摄像大哥：“哎，同志，霍歆今天怎么没来啊？”

“霍歆？哦，她被暂时停掉手头工作，在屋里看护机械设备呢。”

“呵，犯错了？”陈清禾就当无意闲谈，刨根究底。

这摄像师跟了他们半个月，关系还挺好，于是小声告诉：“霍歆跟组长闹翻了。”

“原因？”

“我们有一卷原片，就是拍你们四百米障碍跑的那次，原片啊，其实是被组长给弄丢了，这雪下得大，一转眼就给盖了，谁还找得回啊。”

摄像大哥声音压更低："我们这组长上个月新调来的，背景好得很，这不，就把责任都推到了小赵身上，据说是半逼半哄霍歆，让她什么都别说。"

结果，在开内部小会，组长有模有样批评小赵时，霍歆站了出来，不卑不亢，"组长，原片是你弄丢的，跟小赵没关系，早上我跟你一块出门的时候，亲眼看到你把胶卷放包里。"

零下的冰天，组长的脑门上硬是流了汗。

这霍歆，跟朵铿锵玫瑰似的，带刺儿。

陈清禾沉默几秒，问："后来呢？"

摄像大哥一声叹气："组长让小赵自个儿说，小赵的家境不太好，能进咱们电视台，真心不容易。"

话只需半截，陈清禾就明白了。

小赵肯定说，是自己把片弄丢，和组长没关系。霍歆一番好心，却被人倒打一耙。

这滋味儿。陈清禾想起自己在军校的经历。他懂。

今天也是周六，晚上是部队的例行聚餐日。

有严有松，穿上军装，是保家卫国的好儿郎；脱了军装，也是朝气纯粹的烈焰青年。

倒了一桌的烧刀子，酒味儿重，配着屋里的炭火，那叫一个热火朝天。

"班长！今天你不喝，真的太太没劲儿了！"何正端着搪瓷杯，酒水晃出来，推到陈清禾面前。

陈清禾笑他："还太太呢，说，是不是想女人了！"

战友们起哄，用杯底敲桌，可闹腾，"何正想娶老婆喽！"

"去去去，瞎说。"何正底气不足，被冷风吹伤了的脸颊，还泛起了红，说不过陈清禾，他实诚地一口干完杯中酒。

"好！"一片拍手声。

"不行，陈班长必须要喝。"又有人接着进攻，"什么风湿疼，都是幌子，喝两口烧刀子，包治百病！"

"真疼，哥不骗你们。"甭管怎么进攻，陈清禾总能温和地推着，"这酒烈，喝下去，明天真没法子带你们翻越高台了。"

这时，木门"吱呀"一声被推开。

一小脑袋冒进来，声音俏生生的，“他有风湿呢，别逼他啦。”

是霍歆。

这一天不见人的小丫头，这会子溜进来了。

大家都知道她的心思，哪能放过这机会，没等众人调侃，霍歆乌溜溜的眼睛直转悠，竟然自投罗网地说：“实在要喝，我来呀！”

陈清禾终于抬头看她。

霍歆眨眨眼，端起搪瓷杯。

陈清禾坐着，她站着，脚尖还在桌底下，故意踢了踢他的小腿。

陈清禾哼笑一声，极轻，下一秒，他脸色微变。

霍歆仰头，哎哟喂，真喝了！

一口。

陈清禾起身，伸手把杯子给夺了回来，似怒非怒地瞪了霍歆一眼，然后抬手，咕噜，喉头一滚。

搪瓷杯空了。

“你不知道这酒叫烧刀子啊！”陈清禾把霍歆拉到外面，沉声训她。

霍歆皮着呢，还示威似的摸了摸肚子，“你别不信，我喝得过你。”

陈清禾嗤声一笑，清清淡淡地说：“你怕是被关禁闭给关傻了吧。”

霍歆愣了下，继而低下头，声音终于疲下来：“……你知道啊。”

废话。她白天没见人影，小房间里，晚上七点才亮了灯。看起来一副天地不怕的模样，其实背地里，偷偷伤着心呢。

霍歆垂头丧气，鞋底磨着地上的薄雪，问他：“为什么小赵任由别人冤枉自己。他自己不委屈吗？”

漠北雪夜，天晴云朗的时候，晚上的月亮皎净明亮。

陈清禾看了眼月亮，才把目光给挪回她身上。

“这种人，活该一辈子受委屈。你比他光明，真相才不会被埋汰，月亮在天上看着呢。”

回到寝室，熄灯就寝。陈清禾翻来覆去竟然失了眠。

呵，当年飞扬跋扈的陈大爷，如今也会说人生道理了。

第二天，陈清禾用座机给陆悍骁打了个电话。

“哥们儿，帮我个忙。”

当天下午，霍歆竟莫名其妙地又恢复了原本的摄影工作。

那组长一脸憋屈又奈之不何，真是大快人心。

这件事之后，陈清禾自己有意躲着霍歆，他把原因归结成，不想和狡猾的狐狸打交道。

结果这只狐狸做了件聪明事，向部队打报告，说自己的摄影器材坏掉了，必须去市区才有地儿修。

从驻地去市区，挺难转车，领导派了陈清禾，全程陪护。六点出发，从镇入县，再坐大巴进市，到达已经是下午两点，等修完照相机，天都黑透了。陈清禾向部队汇报情况，得到允肯，留宿一晚。

两人找了个其貌不扬的小宾馆，陈清禾给霍歆开了个单间，给自己要了个八十八一晚的特价房。

特价房住着挺好，就是有点儿吵，隔壁“嗯嗯啊啊”，男女挺尽兴。陈清禾两眼一闭，心无杂念地唱着《团结就是力量》。唱到“咱们工人有力量”这句时，敲门声响。

是霍歆。

洗得干净飘香，穿了件薄绒衫，跟鱼儿似的，从陈清禾的手臂下面溜了进来。

陈清禾好笑，敞开门，“干什么？”

霍歆指着门，“关上关上，他们声音叫得太浮夸了。”

陈清禾：“……”

确实，隔壁太不矜持了，听着红眼。

门一关，霍歆就走了过来，手从背后滑向他腰间，紧紧扣住，“不许动，我上锁了。”

陈清禾浑身僵，“放手。”

霍歆才不呢，抬头看他，“说，你为什么要帮我。”

“我没帮你。”

“胡说。我工作的事儿，就是你给解决的。”

“……”

“组长说，别以为有人撑腰就了不起，再厉害，那人也在上海。你就是上海人，不是你，还有谁？”

陈清禾却避重就轻，语气森寒，“他又威胁你了？”

“我不怕。”

陈清禾冷哼一声：“再远，你也够资本了不起。”

霍歆挺得直弯嘴，眼睛亮晶晶的，“陈清禾，还说你不喜欢我。”

陈清禾说：“帮你就叫喜欢你？我帮过的人多了去。”

他自以为滴水不漏的借口说辞，短字长句头头是道。

霍歆踮脚，直接往他左脸亲了一口。

陈清禾：“……”

“这样的，多吗？”霍歆很紧张，但眼睛还是勇敢地和他对视。

“擦。”陈清禾捏住她的下巴，眼珠染了火，“霍歆，你知道你在干什么吗？”

霍歆不说话，憋着气，又往他右脸亲了一口，小声道：“好了，现在亲对称了。”

陈清禾：“……”

“一见钟情就不是爱情吗？”霍歆破釜沉舟，不卑不亢地说，“我就是喜欢你，喜欢你我就追，尽力追，用力追，追得到是我的本事。当然，你也有让我追不到的权利。”

嘿儿！这小狐狸。

陈清禾的心里有座雪山，现在，雪山的白皑山尖儿，已经开始融化了。

“你不说话，我就走了。”霍歆向前一步，手搭在门把上，“走了就再也不来了。”

门锁拧动，门板敞开一条缝。

霍歆的手突然被握住。陈清禾一拉，人就拽回了他怀里。

他的声音自上而下，在忍，却是忍无可忍，碾碎牙齿一般，“我现在才明白，你不是什么小狐狸，就是一狐狸精！”

霍歆被荷尔蒙气息撞了个满怀，有点害怕，但还是欣喜比较多。

她在陈清禾耳朵边说：“别以为我不知道，那天在雪岭，你眼睛都着火了。”

陈清禾呼吸急了，声音也沉了：“着什么火？”

霍歆拉着他的手，挪到自己的臀上，眼睛俏生生地往上扬，“……你说呢？”

这一晚的事，意料之外，但又情理之中。

两人在这间八十八的特价房里，轰烈燃烧。陈清禾掐着她的细腰，从后头使劲儿地顶。霍歆这姑娘，肌肤雪白，后背全是被陈清禾嘬出的印痕。到最后，霍歆的每根脚趾头，都痉挛般地蜷起。

陈清禾心里的冰山，至此，全部融化成春水。

他舔了舔霍歆的尾椎骨，真以为他这么好撩拨？

不过是那天雪山静岭，她回眸一瞬——

自己就先着了迷。

次日归队。

在路上，霍歆总算可以光明正大腻着陈清禾了。

“啊，我想要堆个雪人。”

“路边上那么多雪人还不够你看？”

“那些丑。”

“哪里丑？”

“不是我堆的，就丑。”

“那你觉得谁好看？”

“我最好看。”

陈清禾乐了，侧低着头，看她，“你这丫头，挺有自信啊。”

霍歆眼睛亮，踮脚凑到他耳朵边，“你那儿也好看。”

陈清禾脚步停住，挑眉，“我哪儿好看？”

“就是那颗痣。”霍歆眼珠转了半圈儿，说，“又黑又圆。”

“……”

“陈清禾你怎么脸红啦？”

“谁脸红了？那叫高原红。”

“嘁。”

最后一趟转车，霍歆在路上睡着了。她歪头垫着陈清禾的肩，碎头发跟着颠簸一晃一晃，淡淡的阳光也跟着在她脸上折来折去。

这路不好走，辗轧过一大坑时，把霍歆给震醒了。

“哎呀。”她捂着心口，“梦见我跳楼自杀呢。”

陈清禾看着她迷糊犯可爱的样子，嘴角弯着，突然叫了一句：“小蔷薇。”

霍歆噘着嘴，“不许叫这个。”

脱光了才知道，她胸脯上，文了一朵蔷薇花。昨晚，这人把她的蔷薇花虐得可惨呢。

陈清禾乐得不行，压着声儿问她：“还疼呢？”

霍歆低头，“嗯。”

陈清禾握住她的手，“我下次会轻一点儿的。”

霍歆好了伤疤忘了疼，眨巴眼睛道：“今晚？”

陈清禾眉心拧了拧，唬她：“别惹事儿。”

回部队，纪律当头，可没这么自由喽。小蔷薇在故意挠他的心呢。

下车前，陈清禾说：“归队之后，有些事情就不方便明着做。你多照顾自个儿，被人欺负了告诉我。”

霍歆坐直腰板，敬了个礼，“是！长官！”

呵，这架势。还挺像模像样。

两个人就这么生龙活虎地确立了关系。

训练时，陈清禾不能光明正大地和她一块，霍歆借着职务便利，抓紧一切机会跑他面前晃荡。

“陈清禾，昨天我把你拍得特别帅！

“陈清禾，今天我也把你拍得很帅！”

她刚要继续，陈清禾“啧”了一声，抢了她台词儿，说：“明天你也会把我拍得很帅——知道了。”

霍歆“嗯”了一声：“那得看心情。”

这时，集合哨长音破天。

陈清禾迅速立正，“把围巾戴好别冻着，我走了。”

“哎，等等。”霍歆飞快往他手里塞了一样东西。

陈清禾低头一看，是一个用“毛爷爷”折的红彤彤的心。面上还写了一句话——

十二月十三日，你的工资哟。

是他俩在特价房里彻夜欢爱的第一次。

陈清禾望着霍歆跟只白兔似的跑远的背影，几乎与雪色融为一体。

这媳妇儿，真他×的可爱。

这次栏目组策划的军旅专题，是电视台的年终重点项目，跟拍时间长达一个月。霍歆在时间过半的时候，成功拿下陈清禾，在第三个星期，迎来了一个人。

陆悍骁从南方过来，飞机火车轮了个遍，赶着陈清禾半年一次的探亲假，过来看兄弟了。

当兵苦，基层更甚，没有周末一说，半年一次假，三五天不等，很多家里远的，来回时间都不够，索性就不回去了。

陈清禾带上了霍歆，特地去镇上给哥们儿接风洗尘。陆悍骁一看他带了女人，心里就明白，这是他盖了戳，认定了的。

“霍歆，我对象。”陈清禾介绍得直白简单，一扭头，顿时换了副凶面孔，“这都第三盘儿了，吃多了胃疼，不许再吃了！”

筷尖上挑了粒花生米，正欲往嘴里送的霍歆，“叭”地一下闭紧了嘴。

在外人面前，可给他面子了。

男人们酒喝过了瘾，霍歆还在桌上“呼哧呼哧”奋斗呢。

陈清禾摸了摸她的脑袋，“乖，慢点儿，我去外头抽根烟。”

霍歆点头，“好呀。”

俩男人一走，她就摊开右掌心，把先前藏好的一捧花生米，一口塞进了嘴里。

北国的夜，一地的雪，天边的月，光影皎皎。

陆悍骁给他点燃烟，然后自己点上，头两口默默无言。

第三口时。

“过年回吗？”陆悍骁问。

“不回，站岗。”陈清禾想也没想。

“啧，这可是第二年了啊。”

“回去碍人眼，我不在，老爷子命都能活长点儿，清静。”话虽这么说，默了几秒，陈清禾还是没忍住，“我爷爷身体可还行？”

“来前我去看了他老人家，挺好。”陆悍骁不太适应这天寒的地儿，冷得有点儿哆嗦牙齿，他又用力吸了口烟，看了眼陈清禾，“还怪他呢？”

当年，陈清禾走得烈，陈自俨那也是犟了几十年的老祖宗，能容这一孙子拿捏？他打了招呼，一句话的事儿。这也是陈清禾，为什么表现出众，却始终不得提拔，两年还是个小班长的原因。

磨着他呢。

陈清禾也硬气，哪里苦就往哪里钻，愣是不服软。

得了，就这样耗着呗。

陆悍骁拍了拍他肩膀，转了话题，问：“那姑娘就是上回你让我帮忙的人吧，定了？”

陈清禾“嗯”了声：“招我喜欢。”

“行啊哥们儿，雪山之恋够时髦啊。”陆悍骁又问，“她哪儿人？多大了？父母是干什么的？”

也不赖他多问，陈清禾这种出身和家庭，敏感着。

哪知陈清禾来了个一问三不知，“不清楚。重要吗？”

他咬着烟，天儿冷，烟气薄薄一层从鼻间散出，跟一帧慢镜头似的，然后轻描淡写地“呵”了一声：“我喜欢就行。”

休息的这两天，陈清禾带着陆悍骁去他平日训练的地方转悠，“瞧见那四米高台没？我单臂支撑，单脚挂板，五秒钟能上到顶头。”又带他去看广阔农田，“我在里头堆过草垛，挖过水渠。”中午饿了，前后没地儿吃饭。陈清禾得心应手地从裤腿侧袋里掏出匕首，两下在地上挖了个坑，然后从袄子口袋里变出俩土豆红薯，“这东西，是你在花花世界吃不到的。”

时间过得快，陆悍骁第三天就撤了。

又过了一星期，栏目组的录制进度也完成了。

部队有始有终，来时开了个欢迎会，别时，欢送会也没落下。

在这儿待了一个月，工作人员都有了感情，感谢词说得真情实意，陈清禾坐在靠门的板凳上，看到霍歆低着脑袋。

他的小蔷薇，蔫了。

会议室人多空间小，陈清禾什么时候溜的大伙儿没注意。他走的时候，给霍歆远远使了个眼色。两人一前一后出来，陈清禾带她翻墙，到了一处隐秘的洼地。

谁都无言，气氛到了，男女之事就跟一把火一样，轰声燃烧。

两人滚在干枯稻草堆里，上面还有薄薄的雪粒。霍歆裸着，被陈清禾抱着，疯狂地吻着，揉着。又冰，又热，极致的矛盾感，带来了极致的快感。陈清禾用力地贯穿她，发了猛，霍歆一改娇俏，沉默地受着，配合着，享受着。

她透过陈清禾起伏的身体，看到了雪山之间，高悬圆润的北国明月。

月光雪山下。

是她的爱人啊。

最后的时刻，霍歆终于哼唧出了声，陈清禾呼吸粗喘，趴在她身上。回了魂，霍歆开始号啕大哭：“我不想走。”

“乖。”陈清禾摸着她的背，声音也哑了，“我放假就来看你。”

“你半年才放一次假。”霍歆呜咽，指甲抠着他硬实的肌理，“半年好久好久。”

陈清禾轻轻颤笑：“不会的，我答应你。”

“那你能每天给我打电话吗？”

“有纪律规定，只能周末外联。”

“那我能给你打电话吗？”

“可以，会有转接的。”陈清禾顿了下，“不过，也不能太频繁。”

“那我一二三给你打，周末你打给我，行吗？”霍歆泪水糊了满脸，望着他的时候，月光住进了她眼睛。

别离意味着异地。

陈清禾和霍歆就这么开始了异地恋。

霍歆家在沈阳，说远不远，说近也不近，就靠着中国电信谈情说爱。

“陈清禾你有没有想我？

“今天台长表扬我了呢，说我拍的新闻照片特别好看。

“你们的纪录片后期已经做完啦，马上就能在电视里看到你了。”

陈清禾也是个能侃的，总能顺着她的话题，旁支出一些抖机灵的笑话，让霍歆乐得呼吸直颤。

农历春节前，霍歆在电话里一如既往地活泼，叽喳了半天，她声音敛了敛。

“陈清禾。”

“嗯？”听到她叫的时候，陈清禾还沉浸在刚才她说的趣事儿里，嘴角弯着，“怎么了？”

那头顿了顿，霍歆才鼓起勇气，“你愿意来见我父母吗？”

陈清禾弯着的嘴角，凝滞住。

哎嘿！见家长了。

“你答不答应呀？”他久不吭声，霍歆急了，“说话嘛，陈清禾。”

“说什么嘛？”陈清禾坏着呢，学她的调儿。

“你来不来嘛！”

“来哪儿？”

“我家？”

“你家在哪儿？”

“陈清禾！”

陈清禾笑得够欠揍，霍歆暴风雨将至，他风平浪静，稳当当地应了声：“上门提亲，我当然要来的。”

霍歆“嗯”了一声，隔着电话，都能感觉到她的喜极而泣。

其实上次探亲假，他只休了两天，攒了三天以备不时之需。现在天时地利，两人把见家长的日子，定在小年。

日期越来越近，陈清禾却发现了不对劲儿。

电话里，霍歆连着几次，兴致不高，也不再主动提这件事儿，换作以前，那可是三句不离“我爸妈人特好”诸如种种。

陈清禾从小在大院长大，识人猜心的本事儿厉害得很。

“小蔷薇，是不是你爸妈不同意？”

霍歆父母，都是沈阳战区第16集团军的要职领导，她还有个哥哥，军校刚毕业，也到直属机关谋了个好差事，前景一片光明。这丫头，名副其实的红二代。

霍歆父母听说女儿谈了个军人，本来还挺高兴，但暗里一查，竟只是个野战队的小班长。瞬间就不乐意了。

霍歆和他们闹，一己之力斗得特别疲乏，但还是不让陈清禾知道。怕他多想，怕他伤心。

电话里，霍歆先是哽咽，然后呜咽，最后号啕大哭，还不忘打着嗝做保证：“陈清禾，我一定不会让你受委屈的！”

陈清禾什么都没说，十分平静地应了一声：“嗯。”

第二天，他向上头打报告，申请了三天假期。当天下午，陈清禾坐上了去沈阳的火车。

凌晨两点的沈阳北站，他是风雪夜归人。

陈清禾住在建民旅馆，第二天才给霍歆打电话。

霍歆不敢相信，直嚷他骗人。

陈清禾就站在旅馆窗户边，身后是沈阳北站，他打开手机，把自个儿和车站放入取景框里。“咔嚓”，人生的第一张美颜自拍。

霍歆乐疯了，电话里传来“嘭咚”闷响。

陈清禾问：“屋里有人？”

“没！是我从床上滚下来了！”

霍歆四十分钟后赶了过来，见面就是一个深吻，陈清禾被她撞得直往后退，“哎！门！门没关！”

两个月不见，这一炮打得轰轰烈烈特持久。两人弄完事儿又洗了个澡，都接近午饭点了。

霍歆兴奋地带着陈清禾去逛大沈阳。

“上车呀！”

陈清禾看着门口这辆Benz G500，愣了下。遛大街，吃美食，霍歆扒拉着他的手，全程不肯松。

下午四点，霍歆带他回了自己家。

陈清禾准备了些特产，一身黑色常服，把他衬得玉树临风。尤以军人的气质加持，更是人群里的频频回眸焦点。

霍歆家住大院，几道哨岗。

“这都是要登记车牌的，如果是外来的，还要……”

“还要填写出入证，电话当事人，抵押身份证明。”陈清禾接了话，流利地说了出来。

霍歆“咦”了一声，侧头看他。

陈清禾笑得淡：“书上看的。”

北方军区大院和他们那边没太多差别，格局大致相同，恍然间，陈清禾觉得自己归了家。

霍歆停好车。

陈清禾对她说：“你先进去，跟你父母打个招呼，实在不行的话——”

霍歆看着他，目光笔直。

陈清禾拢了拢她耳朵边的碎发，笑：“我就破门而入。”

霍歆莞尔雀跃，“好嘞！等我会儿。”

看她背影消失在楼梯间，陈清禾闲适地靠着车门，低头想点烟。烟没点着，就听到一道响亮的男声。

“哟呵，瞧瞧这是谁啊！”

陈清禾皱眉，这语气不友善，且莫名熟悉，深远的记忆勾搭着扑过来，和某个点串连成线，陈清禾循声而望。

几米之远，一身量高大的同龄男性，对他阴恻恻地笑。两年多不见，讨厌的人，还是一如既往地讨厌。

晏飞。

是当年在军校，被陈清禾两度开瓢，也是直接导致他离家参军的老仇人，晏飞。

“哦！”晏飞一阵阴阳怪调的尾音，不屑地将他上下打量，“原来，让我妹和家里闹得死去活来的人，是你啊。”

陈清禾表情尚算平静，就指尖的烟身，被他不动声色地捏凹了。

他也笑，看起来客气，实则寒森，“霍歆是你哪位表妹啊？”

晏飞听了大笑话，“哈哈”两声，然后玩味，故意，“她是我亲妹妹。”

一个随父姓，一个随母姓，就是这么天意巧合。

晏飞是个不入流的二浪子，记仇小气且多疑，这么多年，对被陈清禾开了两次脑袋的事儿恨之入骨。他向前几步，挑衅道：“当初在学校你风头很盛啊，怎么，混了这么多年，还是个小班长？需不需要我帮你打声招呼？”

陈清禾冷笑一声：“省了，还是管好你自己的脑袋吧，怎么，伤口都好了？”

晏飞当场变脸，骂了一声，抓起地上的板砖就干了过来。

陈清禾是练家子，体格招式远在他之上，起先，晏飞还能扛几招，随着动静越来越大，出来看的人越来越多，他便悄悄收了力气，肚皮一挺，把自己送给了陈清禾的拳头。

晏飞倒地，尘土飞扬地滚了两圈。

“哎哟！哎哟！”

他被揍的这一幕，恰好被刚下楼的霍歆看见。她身后，还有她的父母。

他们严厉的脸色，更添了几分霜降的寒冷。

陈清禾的拳头举在半空，瞬间颓了。他知道，这戏，完了。

不顾霍歆的泣声挽留，陈清禾走得头也不回。

本来这事儿，警务兵是要逮捕他的，但霍歆厉声威胁她父母：“谁敢！”

于是，没人敢动弹，任凭陈清禾走出了大院儿。

出了这扇门。

也就别想再进来了。

霍歆开始疯狂地给陈清禾打电话，去建民旅馆堵人，但陈清禾反侦察能力强，早就换了地儿。沈阳是她从小生长的地方，再熟悉不过，但此刻，宛若陌生迷宫，她找不到陈清禾了。

霍歆开始声泪俱下地给他发短信，十几条一起振。

“我们坐下来好好谈，你别走行吗？

“你跟我哥有什么过节，为什么要打架呢？

“打就打吧，你能别不理我吗？

“陈清禾，你不要我了吗。”

后来呢？

后来啊，据旅馆老板回忆，那晚十一点的时候，302的陈姓客人，满脸期待，高高兴兴地出了门。两个小时后，他竟然满身伤地回来了。

凌晨四点。

辗侧难眠的霍歆，收到了一条短信。

陈清禾发的。

“不管你骗我，是有心还是无意，我都没法过去这道坎。小蔷薇，咱俩算了吧。”

他字里行间，都是货真价实的伤心。

霍歆知道，这男人从来都是言出必行。

陈清禾第二天就返回部队，手机上交，恰好上级命令，野战队提前开启猎人集训。地点是大兴安岭，真正的与世隔绝。

这一走，就是两个月。

霍歆又去原来的驻地找过他一回，自然扑了个空。当时她碰上的，是驻守大门的执勤警卫兵，这小兵是新来的，对陈清禾的情况并不是很了解。他答非所问，被有心的霍歆一听，就觉得是被陈清禾指使，不想见她的借口而已。

霍歆伤了心，也就稀里糊涂地回了沈阳。

当初陈清禾给她发的分手短信——“我没法过去这道坎”。她至今都想不明白，自己也不是故意隐瞒她哥哥叫晏飞，她也从不知道两人间的过节，这怎么就成了，不可饶恕的坎儿了呢？

郁闷转为怨念，怨念久了，又都成了恨。

猎人集训残酷至极。

步坦协同，交替掩护，武装十公里，战斗负荷每天都是四十斤以上，野外求生项目里，陈清禾在执行一项丛林搜索任务时，滚下了五米高的陡峭山坡，大冬天的，直接落到下边的深潭里，差点就挂了。

死去又活来不知多少次，陈清禾以全队第一的成绩，完成集训。

两个月后再回驻地，他终于忍不住去问了，有没有人来找过他。

没有。记录上，一次都没有。

陈清禾想着，不就是个插曲吗，谁还过不去了。

日子如水流。

这两年，陈清禾从哈尔滨战区调至792步兵师，又因出色表现，提拔至陆航直升机团。绕了中国大半地方，守卫了中俄、中缅国境地区。

2014年元旦，陈清禾光荣退伍，赶在农历春节回到上海。

走前的最后一晚，陈清禾拿回手机，安了几个时下软件，在登录微信时，他手一抖，鬼使神差地点了“添加朋友”，然后按下一串电话号码。

搜索结果弹出：

头像是朵水彩的粉色蔷薇花。

地区：辽宁 沈阳。

相册是对陌生人可见十条动态。

陈清禾点进去。

最新的一条是2012年1月，两行文字信息——

“今天台里新年聚餐，挽香的服务还是那么好。小赵说这家店的汤最好喝，鲜而不油腻。可我尝不出，你不在，什么都是没味道的。”

此后，再无更新。

陈清禾关了手机，闭上了眼睛，好像闻到了记忆沸腾的味道。像是滚开的水，咕噜冒着泡，一个个热烈汹涌地往上蹿，气泡升上了天，又一个个争先恐后地爆炸。那溅开的水汽，在空气里蒙出一个景象——

白皑皑的月光雪山。

有蔷薇，在开。

陈清禾是在2014年重回故里。

一身笔挺军装，两个二等功，三个三等功，对得起衣锦还乡这个词。

大院和他走的那年差别不大，就大门翻新了几处，站岗的人儿也换了，让陈清禾微微恍然。到家的时候，闻风而动的陈家亲友都赶了来。一是接风洗尘，二是缓合他和老爷子的关系。

二婶问道军营生活时，陈清禾说得那叫一个眉飞色舞。

“那么大的洪水，我拿根绳儿就扎进去了，人？人当然救回来了！

“野外生存时，猜猜看我碰到了啥？没错，真狼，眼睛冒绿光。”

陈清禾随便挑了几件事，把众人听得倒吸气。

也不知是谁喊了一声：“大伯。”

陈自俨自楼梯下来，他一出现，小辈们自觉闭了嘴。

陈清禾回头瞄了眼，又轻飘飘地移开，面不改色地继续说着丰功伟业。

“还有去年的中缅边境，我们那队可是……”

陈自俨不轻不重地“哼”了一声，不屑道：“小儿科。”

陈清禾也“呵”了声儿，牙齿利着，“行啊，挑你队伍里随便谁，跟我干一架，看究竟谁是小儿科。”

这剑拔弩张的气氛，还和从前一样。

二婶拉了拉陈清禾的胳膊，“哎，忍忍啊。”

陈自俨这回倒没生气，故意走到陈清禾面前，闲适地往藤椅上一坐，哎嘿，悠哉地喝起了碧螺春。

陈清禾眉一挑，把剩下的惊险事给说完，把这帮小崽子唬得一愣一愣的。听起来爽利，但那些受过的苦，挨过的伤，出生入死多少回，全都是他真枪实弹经历过的。

一旁的陈自俨，事不关心地品着茶，其实呢，耳朵竖得比谁都高。当听到陈清禾在大兴安岭，从雪坡上滚落寒潭时，老司令这枯褶的手，差点把杯耳给捏碎喽。

当年那个不可一世的捣蛋鬼，黑了，结实了，也比以前更狂了。

陈自俨目光落到他后脑勺上，黝黑短发间若隐若现的疤痕，还是那么明显。

这孩子，虽然讨厌，但将门之风，胜于蓝啊。

接风宴上，陈清禾那酒量叫一个敞亮，气氛热烈得很。

同辈们正热闹，主位上的陈自俨，突然把自个儿刚盛的汤，默默推到了陈清禾面前。然后不着一词，起身，走了。

鱼汤浓白，热气还新鲜。

亲友们自觉安静，你看我，我看你，最后看向陈清禾。

陈清禾默了几秒，突然端起碗，仰头一口喝完，瓷碗倒扣，对着爷爷的背影大声——

“好喝！”

也不知是谁带头鼓起了掌，接二连三，声响掀天。

大伙儿明白，这爷孙俩，有戏了。

陈清禾回来后，大院里的发小都给他攒局接风，可能年龄长了，对这热闹不热衷了，把时间一调和，弄了个大一点儿的饭局，所有人聚聚就算完事儿。

“陈哥，咱们这群人里头，你是最硬气的一个，不带半点儿泥水。”一发小喝多，开始吐真言，“你是真大爷。”

陈清禾笑笑：“谢您嘞。”

聊完往昔，就聊如今。陈清禾问：“汇报一下你们的近况吧。”

“老五出国进修了，号子干后勤去了，燕儿最牛逼，从那什么生物工程毕业后，你猜怎么着？嘿！当模特儿去了，还演了两部电视剧呢。”

陈清禾问：“厉坤和迎晨呢？”

“厉哥满世界跑，据说，上个月去了阿富汗执行任务。”

这哥们儿拇指竖起，对厉坤也是打心眼地服气，他又叹了一口气。

“晨丫头在杭州，是他们总部的一个分公司，上那儿当高管去了。这两人，唉。”

山南水北，也是俩角色啊。

话不用说满，这群孩子里，个个都有故事。

陈清禾没再问。他闷头喝了一口酒，自己不过走了四年，怎么就有恍若隔世的感觉了呢。

休息了一天，陈清禾就去工作岗位报到了。

警卫部不是个闲散部门，尤其碰上各种会议，一天立在外面，水都没空喝一口。

陈清禾完全可以借着家里的关系，去更轻松的地方，但他克己有度，真正的社会主义一块砖，哪里需要哪里搬。

这一搬，就是三年。

三年时间能修复很多事情。和爷爷的关系虽然还不够软和，但到底不是仇人了。

陈清禾是个适应力极强的人，艰苦野外死不了，回到花花世界，也能玩得high。和陆悍骁他们每周聚几次，打牌吃朝天椒，输了的喝农夫山泉，都是抖机灵的人，玩得那叫一个如鱼得水。正经起来，站岗执勤，军装上身，又是一条硬汉。

只是偶尔夜深人静时，陈清禾翻看以前当兵时的照片。规整的床铺，小战士纯真炽热的笑容，还有北国的雪山和月亮。

陈清禾一闭眼。月光雪山下，就开出了一朵蔷薇花。

花开的时候，他就神一般地失眠，一失眠，就鬼使神差地去冰箱找水果吃。

还非水蜜桃不吃了。

蜜桃在他嘴里汁水四溅的时候，陈清禾又会神游四海——

她已经是别人的小蔷薇了吧。

如果再见面。

“擦，瞎想什么呢！”陈清禾摇了摇脑袋，甩手抽了自己一巴掌。

这又不是八点档言情电视剧，哪有那么多如果。但没想到的是，这个“如果”还真的结了果。

他哥们儿陆悍骁和他媳妇，经过不少波折之后，终于将要修成正果。明天去领证，所以今晚上弄了个单身派对，也就是随便宰的意思。吃完饭又去唱歌，陈清禾和他在窗户边抽烟过着风，也不知怎的，就聊起了男人心事，最后落在了感情问题上。

和小蔷薇的故事，陆悍骁是清楚的，他问：“如果你再碰上她，你会怎么做？”

陈清禾嘴硬着，气也没消，说：“我要把她的心给挖出来看看，是不是黑的！”

这当然是气话，气话的最大特点就是不够狠。

陈清禾狠不起来，沉默了。

其实最想做的，还是掏心挖肺地问问她，为什么当年要合计着晏飞一块骗他？那么多美好回忆，真的只是为报复做铺垫吗？陈清禾不想相信，但那一晚的所见太真实，倒不是因为他被晏飞往死里打，而是，他忘不掉晏飞当场给霍歆打的那个电话。

突然，陆悍骁一声“我天”，把陈清禾从回忆里给拉了回来。

他皱眉，“鬼叫什么呢？”然后顺着他的目光往窗外看，这一看，他头皮都炸了。

陆悍骁还特地揉了揉眼睛，“那……那不是小蔷薇吗！”

话未说完，陈清禾热血直冲天灵盖，条件反射一般，手撑着窗台，双脚跳跃，跨过一米高的台子，直接跳了下去。

“天！这是二楼！”陆悍骁吓得一身冷汗。

而陈清禾的背影，早就如霹雳闪电，往不远处的报刊亭狂奔了。

“怡宝多少钱？”

“两块。”

“这个百岁山的呢？”

“三块。”

问完了，霍歆拿了一瓶农夫山泉，“给你钱。”

零钱还没到老板手上，就被一股大力给扯住，霍歆“哎呀”一声，水和钱都掉到了地上。

水瓶滚了两三圈，在一双黑色皮鞋前，停住了。

霍歆起先是难以置信，然后皱眉，眼神就这么风起，又归于平静。

陈清禾有点儿喘，抓着她的手，那力量，发自内心。

霍歆挣了挣，倔强地和他对视。

四目相接，有火花在闪。

她好像长高了，哦不，是穿着一双高跟鞋。白净的脸上眼圆鼻挺，比以前更精致了。陈清禾巡视的目光，看得霍歆很不爽。

她扬起下巴，第一句话就是——

“你谁啊！”

这无所谓又嫌弃的语气，在陈清禾心头烧了一把无名火。

他又烦躁又暴怒，某一处地方溃不成军，这把火，烧出了他的委屈。他不说话，只把她抓得更紧。霍歆是真的疼，越发用力挣扎，挣到后头，索性对陈清禾来了个拳打脚踢。

行人不断侧目，开始议论纷纷。

陈清禾觉得面子过不去，低声呵斥她：“霍歆！”

霍歆扯着嗓子，委屈害怕，梨花带雨地开始哭诉：“救命啊，我不认识他，他要拐我上车呢！”

三言两语就挑拨起人民群众的正义心。

好家伙，陈清禾被群起攻之，被“好心人”摁倒在地，也不知谁吼道：“已经报警了，这里有个人贩子！”

陈清禾大骂：“操！”

“受害人”霍歆，悄无声息地往后退，脚底抹油，溜烟地跑喽。跑前那狡黠挑衅的目光，和当年一模一样。

陈清禾愤怒虽在，但也不知怎的，看到她熟悉的眼神，竟莫名软了心。

这一番幺蛾子闹得他陈大爷深夜进局子。

证实是场乌龙后，还是陆悍骁帮忙办的手续，把人给弄了出来。

呵。小蔷薇教你学做人。牛!

陈清禾一大老爷们儿，三番五次栽在同一朵花身上，简直委屈。

到家已是凌晨，他却跟打了鸡血似的，上蹿下跳精神抖擞，一会儿摆弄杠铃，一会儿玩着臂力器，不过瘾，干脆往地上一趴，做起了单手俯卧撑。连着做了一百个，越做越来神，起身开始了凌空跳高。

陈清禾把自己的反常行为，归结于生气。但弄了一身汗出来后，他四仰八叉地躺在地上，盯着天花板，浮现的全是霍歆那张越来越好看的脸。

自此，陈清禾终于明白。

是因为高兴。

这一晚什么时候睡的不知道，反正第二天醒得特别早。

去部里上班，今天不用外派，稍清闲。下班前，一同事喊住他：“清禾，下班别走啊。”

“干吗？”

“哎你这人，记性呢？”同事提醒道，“忘啦？上回让你作陪的。”

陈清禾想起来了，是有这么回事。这哥们儿要去相亲，让他作陪，壮壮胆。

得嘞，今天就拿回好人卡吧。

居香小筑，一个小清新风格的饭馆。

大男人的还挺细心，按着女孩儿的喜好选，陈清禾侃他：“临检时，抽到副处长儿子的车，你公事公办的狠劲儿，哪儿去了？”

“是是是，紧张，紧张。”同事嘿嘿笑道，目光越过他肩膀，顿时收敛，“来了来了。”

陈清禾回头一看。

一身花色连衣裙，戴副眼镜显文静，不错啊。

随着相亲对象走近，绕过观景盆栽时，她身后的人也露了脸。

陈清禾愣住，看了几眼确认后，暗骂了一声：“我日啊。”

露肩短裙，超细高跟，身条儿标正，可不就是霍歆吗。

霍歆看到他，惊讶的表情不比他少。

巧了。两人都是各自作陪来了。

这相亲宴，各怀心事，尴尬着呢。

吃到一半儿，霍歆笑着说去洗手间。人走没十秒钟，陈清禾也起身去了。霍歆走得慢，故意在等谁似的。

陈清禾摆出一副面瘫脸，“麻烦让一下。”

霍歆不甘示弱，“我拦你了吗？”

陈清禾说：“你挡路中间了。”

霍歆说：“那边也能过。”

两人僵持着，谁也不让谁。

霍歆下巴扬着，气势可不比一米八五的陈清禾弱。对视了一番，陈清禾冷哼一声，不屑极了。

霍歆被他这态度弄得不乐意，“你哼什么呀，只有猪才会哼来哼去。”

陈清禾突然伸腿，勾住她的脚踝，同时手擒住她的肩膀，稍微一用力，霍歆就被他弄得往后倒。

当然，地没倒成，而是倒在了他双臂上。

陈清禾声音降了温，落在她耳朵边：“你再牙尖嘴利，我就……”

“就干吗？”霍歆侧头，看他，那眼神毫不认输，她弯起嘴角，放松力气，故意往他怀里靠。那细腰，只在他手臂上轻轻蹭着，陈清禾就快发了疯。

霍歆动了动肩，带动整个身子磨蹭了他的胸怀。感觉到男人的僵硬，霍歆得意的眼神儿就跟小狐狸一模一样。

“陈清禾，你逊毙了。”

陈清禾眯缝了双眼，然后换了个招式，钳住霍歆的双手掐在掌心里，她一不老实，他就掐她的筋儿，又麻又疼，霍歆只得就范跟着他进了电梯，到了停车场。

陈清禾的车是一辆G500，宽敞，狂野。

他把霍歆推到后座，叉腰看着她，愤言："信不信我把你卖了！"

霍歆怒目圆瞪，脱了高跟鞋拿在手上，扑过去朝着他身上打。

"陈清禾你王八蛋！你渣男！你臭不要脸！你莫名其妙！你！"

霍歆不说了，脸儿都气红了，她整个人几乎黏在了陈清禾身上，熟悉的味道铺天盖地而来，霍歆双腿缠住他的腰，嘴唇凑了上去。

陈清禾把她压回车座，"嘭"的一声，关紧车门，上了锁。

两个人在狭小的空间里，厮杀，缠绕。

霍歆扒开陈清禾的衣服，逮住他的两个肉点，使劲啜咬。陈清禾当然得报仇，两下撕开她的裙子，解开内衣扣，雪白的胸口高耸轻弹，那上头文着的蔷薇花，一如当年。

他吸得霍歆哭着喊疼。

"疼就对了！"因为你让我当年比这疼一百倍。

陈清禾弄完左边弄右边，手也没闲着，解开皮带，顶了进去。这一下太满，霍歆连哭声都哑在了嗓子眼。陈清禾终于温柔了，埋在她脸边，颤着声音，喊她："小蔷薇，哥把命给你，成吗？"

大汗淋漓之后，两人靠在一起，静默地听着彼此的呼吸和心跳。有好多话想问，但又不知道怎么问，或者，是压根就不敢问。

从哈尔滨到上海，这么多年过去了。你还在电视台干着吗？这么漂亮的你，有对象了吗？

为什么会来这儿，是来玩的吗？当年的月光雪山，你还记得吗？

还有，你为什么要帮着你哥骗我？

算了，不重要了。

陈清禾闭上眼睛，心头糊成一片。

他最想问的是：

小蔷薇，你还爱我吗？

过了五分钟，霍歆身上难受，费劲地坐直了穿衣服。但当她拎起自己的裙子时——

陈清禾声音淡："别穿了，我给你买新的。"

那条漂亮的露肩裙，刚才被陈清禾给撕烂了。

霍歆垂眸，负着气，“哼，野蛮。”

陈清禾乐了，挑眉，学她刚才在走廊上的话，一字不差地奉还：“你哼什么呀，只有猪才会哼来哼去。”

“……”

霍歆怒得一脚踢上他的腹肌。

陈清禾哪能这么容易被一女人拿住，手掌快如闪电，轻松捉住了她细白的脚踝。这姿势，霍歆基本呈现一个扭曲的M型。陈清禾目光落在她腿间，表情痞气，不怀好意。

“嗯，买完衣服，再去给你买点消肿药。”

霍歆脸色绯红。撕开面具，终于还是当年雪山下的那个小姑娘了。

陈清禾心动了动，放开她，又无声地将自己的T恤套她头上。他T恤大，可以当裙子穿，霍歆小小一只，惹人怜爱得不得了。

车子驶出停车场，上了大道直奔商场。

霍歆在车里等，来回半小时，陈清禾提了满手的纸袋，返回车上。

“给。”他把东西塞给她。

霍歆随便瞄了眼，从里到外，一应俱全。文胸的尺码……神一般地精准。而这黑色蕾丝样式……陈清禾的特殊嗜好，还是没有变。

霍歆微红了脸。

陈清禾问了她住哪儿，然后发车，面无表情地转动方向盘。

广电附近的文君竹，是电视台的协议酒店。

到了，车停了好久，霍歆不动，陈清禾也不催。

时间的走速仿若静止。

忘，忘而犹记；离，离而不去。

这种矛盾感让陈清禾十分难受。终于，他忍不住地说：“霍歆，你说，咱俩还有可能吗？”

听到这句话，霍歆徘徊在临界点的眼泪，就这么淌了下来。

她委屈抬头，问：“当年，你为什么要和我分手？只是因为我没告诉你我哥哥就是晏飞吗？可我也不知道你们之间的矛盾啊。”

“只是因为？”陈清禾重复这四个字，语气难免落了两分重量，“当年你发了那个短信给我，说你……说你……”

他不忍再提，咬着牙带过去，“然后我高高兴兴地去找你，结果你只是帮着你哥，把我骗出来而已。我挨的打再多，再严重，都……”

“等等。”霍歆几乎难以置信，“你说什么？短信？我没有给你发过短信啊。”

陈清禾手一顿，转过头，撞上了霍歆懵懂无助的眼神。

当年。

陈清禾和晏飞这对冤家狭路相逢时，干了一架狠的。晏飞这人坏水多，先把声势闹大，等围观的人一聚起来，他就装弱势，故意送上去让陈清禾打。霍歆父母对陈清禾的印象本就岌岌可危，这一下，是直接判了死刑。

没戏了。

陈清禾是个烈性子，他可以为霍歆受委屈，但这份儿委屈也只能是霍歆给的。别的人，想都别想。陈清禾血气方刚，是个有脾气的爷们儿，躁劲儿上头，那也是需要冷静降温的人。

他回了建民旅馆，退了房，到隔壁街上重新开了一间，然后闷头睡大觉。

睡不着，可烦。

闭上眼，一会儿是小蔷薇的脸，一会儿又是晏飞嚣张的模样。睁开眼，又都成了一片茫然。

陈清禾想到没多久前，何正那小战士跟自己闲聊。

在队里，他俩关系最好，何正来自远地方，家里穷，一亩三分地留给子子孙孙，他算是走出来的，虽然到的这地儿也不比家里好。陈清禾拿他当弟弟，没什么太多隐瞒，何正知道他和霍歆的事。

“哥，你喜欢霍歆姐什么？”

“真。”

“那她喜欢你啥？”

“爷们儿。”

“哈哈。”何正可乐了，“霍歆姐是沈阳人，离你那儿远吗？”

“南边北边，当然远。”

何正一听，瞪大眼，“哥，你要当上门女婿了啊！”

“去你的。”陈清禾笑着说，“我娶得起她。”

“霍歆姐真好。”何正挠挠头，指头上都是冻出来的冻疮。他说：

“我们在这里不知道要待多久，她还愿意等你，挺好的。”

野战队不比一般，临时受命那是经常的事，指不定哪天就被差遣去荒无人烟的大森林里搞野外生存。少则十天半月不见人，多则两个月没通信，就像人间蒸发了一样。

何正憧憬了一下，“以后我也要找个霍歆姐这样的老婆。”

陈清禾踹了他一脚，“行啊，改天我问问她，看家里还有没有堂妹表妹。”

何正淳朴，陈清禾语气稍一正经，他就紧张地退缩了，“哥，你闹我呢！”

陈清禾敞怀大笑，伸手就是一招擒拿，“你小子，还脸红了。”

虽然是番闲谈，但何正有些意思还是在理。一个沈阳，一个上海，远着呢。一个随时待命出生入死，一个活在多姿多彩的世界里，未知多着呢。

现在又出现霍歆她哥哥这档子事，所有过往的担忧和障碍，悉数冒了出来，跟荆棘刺似的，扎得人浑身疼。而手机里，霍歆这姑娘，给他打电话发短信，陈清禾接了一个，通后，谁都没说话，最后是霍歆小声地啜泣，问他：“你干吗打我哥啊？”

说真的，这话也是无意识、不知情下，条件反射一样的反应。但在陈清禾听来，就觉得霍歆是站在她哥那一边的。

可不是嘛，亲兄妹，他算个老几啊。

于是，好不容易缓和点儿的心，又一下子躁起来了。

后面的交谈不太愉快，霍歆说到底也是娇生惯养长大的，也凶了陈清禾几句狠话。

不欢而散。

到了晚上十一点，陈清禾收到一条霍歆“主动”求和的短信。

短信内容也确实让人无法不原谅。

“陈清禾你个浑蛋，你是不是相当不负责任的男人？”

这句倒是很霍歆。

情侣间哪有不吵架的，这事儿确实突然，陈清禾也没法一时接受。

他刚准备回复，霍歆的短信又来了。

“大的你不要，小的你也不要了吗？”

陈清禾当场头皮一炸，把这条信息来回看了五六遍。小的？是他想的那个小的吗？

像是踩准了他的心理节奏，手机一振。

“你出来好不好嘛，我已经跟我爸妈坦白了，你来跟我一起面对呀。”

陈清禾就觉得，不能让小蔷薇受这份委屈，于是披上衣服，跑了出去。

沈阳冰冷的夜啊，他拔足狂奔，拦了辆出租车。

“去细河八北街！”

那头刚发完短信的手机微烫。

晏飞将信息全部删除，悄无声息地放回了桌上继续充电。然后走出霍歆的房间，打了个电话。

“人都到齐了吗？”

陈清禾赶过去，迎接他的是一顿棍棒。

这可是晏飞的地盘儿，真正的仗势欺人。数年前军校的一幕仿佛重新演绎，只不过这一次，陈清禾没那么容易好过了。

“我让你狂！在学校不是很威风吗？啊？

“当了几年兵还是个破班长，丢不丢人啊你！

“就你，喜欢我妹？想得美！你爷爷是司令员怎么了？我就不告诉我爸妈！”

陈清禾抱头，忍着如雨下的拳打脚踢，鼻腔里有了血腥味。

他一双眼睛，狠狠瞪着晏飞，说了两个字：“垃圾。”

“草！”晏飞抓着他的衣领往墙上推，呵声笑道，“你还挺好上钩儿啊！”

陈清禾冷了眼，“你什么意思？”

“我妹勾勾手，你就乖乖来了，怎么？你是狗吗？”

晏飞欣赏着陈清禾的表情，更来劲儿了，“不信？我让你心服口服！”

他一抬下巴，边上的人就过来按住陈清禾。晏飞退了两步，摸出手机，慢条斯理地拨号码。

长嘟声，每一声都像是凌迟。

“喂？”那头接了。小蔷薇。

“歆儿，谢了啊。”

“没事。哥，人到了吗？”

“到了，好着呢。”

“嗯，那就好。”

霍歆声音听起来懒散无力，在陈清禾听来，就是一早便知晓的淡定和无所谓。不用长篇大论，几个字的对话，就能揣摩出前因后果了。

陈清禾闭上了眼睛，后来挨打的时候，连手都懒得还。

凌晨两点，他佝着背，一身伤地游荡回了旅馆。

再后来，他和霍歆分手。

而在霍歆看来，陈清禾是莫名其妙单方面分的手。

两个人都恨着对方呢，这么多年了，一想起，就是一条跨不过的鸿沟。

一根烟燃尽。

陈清禾捻熄烟头，关上车窗，回过头，“我说完了。”

霍歆蒙着的神情，半天儿都没缓过来。

陈清禾不放心地看了她一眼，心底也焦躁着，不知如何是好。

他刚准备再抽一根烟，后座的霍歆，突然号啕大哭起来。

陈清禾摸烟的动作停顿，“霍歆？”

“那些信息不是我发的。我哥让我帮他去接两个同学，他说他在加班开会走不开。我想着没多远，就开车去了，从我们家附近送回学校，来回也就二十分钟。”

陈清禾脑子白了片刻，耳朵里都是“嗡嗡”的声音。而后座的霍歆，哭声渐小，扒着椅背，踩着垫子，竟直接跨到了他身上。她两条腿张开，T恤往上堆起，雪白的大腿上还有刚才欢爱留下的痕印。

霍歆搂住陈清禾的脖颈，和他脑门抵脑门。一颗余泪顺着眼角往下，凝在了鼻尖上。一抖，泪落，在陈清禾的嘴唇上晕开。

陈清禾下意识地抿了抿。是苦的。

霍歆神色哀戚地望着他，嘴一瘪，又哭了出来。呜咽断续，一时也听不清说的是什么。

陈清禾环着她的腰，手心一下一下安抚她，低喃：“乖啊，小蔷薇。”

“我们不该是这样的。”霍歆抱紧了他，“陈清禾，我们不该是这样的。”

陈清禾没说话，但那掌心像是要烧出火来。

霍歆是个性格直爽的女人，从她对陈清禾的一命之恩念念不忘起，这一切就像是注定一般。眼眶的泪水沸腾，霍歆小声问：“你还要我吗？”

陈清禾薄唇紧抿。

“你还要我吗？”她的勇气永远这么明艳，第一遍要不到结果，那就第二遍，第三遍，千千万万遍。

这一次的等待没有太久。

陈清禾把她一推，狂风暴雨一般，掠夺着她的吻。那股劲儿，是憋了太久的，终得以释放的。这在酒店门口，来往人多，霍歆到底羞涩了，舌头被他卷着，含糊地抗议：“停下来啊，好多人会看的。”

陈清禾威胁她，“不亲？不亲我就不要你了。”

霍歆一听，麻溜地把舌头主动伸进他嘴里。

“嗯……”

那年分手后，霍歆在电视台工作了两年，姑娘大了，家里就开始为姻缘操心了。父母职位显眼，家庭条件摆在那儿，介绍的对象也都是百里挑一的男士。

霍歆这人教养好，明艳艳跟朵花儿似的，别人说话，她礼貌地听，那认真劲儿，看着就像个小太阳，招人喜爱。

有很多男士对她表示过好感，开着超跑满沈阳城地追她，父母也开始明着催促。但霍歆，就是不为所动。

相亲，行，去。

结果，没有。

霍母拿她没了辙，“歆歆，你到底喜欢什么样的？爸妈照着找，成吗？”

霍歆窝在沙发上，盘腿嗑着瓜子，笑嘻嘻地指着电视，“就他那样的！”

电视里正在放一部港片电影，男主正是吴彦祖呢。

霍母哭笑不得，数落她几句，都被她的笑脸给推了回来。再后来，她回到自己卧室，门一关，人就颓了。霍歆拉开抽屉，拿出最底层的一本中号相册，打开，一页页，贴的全是那年在哈尔滨的军旅照片。

陈清禾光着膀子在冰河里冬泳。

陈清禾浑身滚着光，在雪地里做引体向上。

陈清禾在门口执勤站岗，背脊挺直的模样。

最后一张，是夜色里的延绵雪山，天上的月亮和它做着伴。

……

花了十来分钟，霍歆把她这几年的生活交代完毕。

她躺在陈清禾怀里，指尖玩着他的胸口肉。

“我说完了，该你了。”

陈清禾“嗯”了声：“我？”

“有没有交往女孩子？有没有和女人睡觉？有没有……”

“没有。”陈清禾直接打断她，撂话，“单着呢。”

“我不信。”霍歆佯装生气，但眉眼的颜色，是活泼欣喜的。

“呵呵。”陈清禾摸了摸她的脸，“为什么不信？我要真有人，刚才的第二次还能打得那么猛？”他的手不老实地往下滑，掐着某个点轻轻一掐，霍歆就化成了一摊水，赖在他怀里，老实了。

陈清禾问：“怎么会来上海？”

“我从台里辞职了，全国旅游到处散心呢。”霍歆欲盖弥彰地补一句，“别多想啊，我可不是为你特意来的。”

陈清禾胸腔微震，笑得。

“你笑什么啊！”霍歆撑起身子，不满意地说，“陈清禾，你就是一痞子。”

“这就痞了？”陈清禾挑眉，“我飞扬跋扈的时候，你还没见识过呢。”

两人在极短的时间里，重温旧梦了两回。回回醉生梦死，不舍抽身。拉开酒店窗帘，城市已经夜幕降临。

陈清禾带着霍歆到了地方后，他那帮哥们儿早就来齐了。

包厢里热闹，酒瓶杯子全都满上，歌也点了一长溜，气氛躁得不行。

陈清禾揽着霍歆，大方介绍：“霍歆，我媳妇儿！”

“我去，清禾，你什么时候有的媳妇啊？”

“就刚刚，大门口捡的。”陈清禾笑道，把霍歆往自己怀里搂得更紧。

一片嘘声："嘁！"

还有人说："我走了，现在就去大门口，也捡一个试试。"

众人哄笑，又怂恿："清禾，喝酒！今儿你别想竖着回去！"

"成啊，反正我有媳妇儿开车。"陈清禾从不废话磨叽，高兴全都写在脸上，撸起衣袖，端起啤酒，仰头一口干完。连着喝了三杯，陈清禾大气不喘地把空杯晃了晃，"各位兄弟，以后我姑娘在街上横冲直撞，还望大伙儿多照顾。"

都是爽快人，接二连三，"放心吧！必须的！"

一边化身小白兔的霍歆，拉了拉陈清禾的胳膊，嗔怪道："你才横冲直撞呢，我又不是螃蟹。"

"啊，对，说错了，你不是螃蟹。"陈清禾低头，气息混着酒气扑进她耳朵，"你是母老虎，张牙舞爪，刚刚还把我背上挠的都是印儿呢。"

霍歆脸红，这也幸亏是闹腾的KTV，真是不害臊。

陈清禾这二话不说，直接带人见兄弟的举动，是打心眼地认定霍歆了。

两人之间误会了这么多年，浪费了这么多心意。他不想再拖欠，也不想再错过。

第二天，陈清禾就带着霍歆回了大院。

起先他还瞒着，但当霍歆看到那熟悉的岗哨亭时，心里便已明白了九分。都是混过大院的孩子王，这点架势，心知肚明。

陈清禾开着他的G500，畅通无阻，特淡定地说："我爸在东边当书记，我妈是军校教书的，他俩可以忽略不计，都赶不上我爷爷。"

霍歆眼珠子直转悠，审视着他的侧脸，然后狠狠往他右边胳膊臂上一拧。

"哎哟我疼！好好好，我说。"陈清禾拧着眉头，告诉她，"九月份的阅兵看了没？"

霍歆僵硬地点了下头。

"回去自个儿翻视频，门楼上，从中间往右数第四个。"陈清禾还吹了声口哨，"老帅的那个就是了。"

霍歆沉默地消化了这个信息，然后不解气地又往他胳膊上一拧——

"陈清禾！"

“在呢！媳妇儿！”

“……”

陈清禾把霍歆带回家，也算是见家长了。

陈自俨难得地对孙子的做法表示赞同了一回。霍歆乖巧，在长辈面前不卑不亢，嘴儿又甜，还不乱打听，老人眼睛尖，看得出，这是个苗子正的好丫头。

陈清禾能被这样一个姑娘收留，也算是他积德了。

吃完晚饭，又陪陈母聊了会儿天，到了八点，陈清禾送她回去。

而屋里，几个长辈闲坐沙发，陈自俨突然说了句：“这丫头，是霍奇那小子家的姑娘。”

陈母回忆了一番，隐约记得有这么个名字，“爸，这是不是您以前的部下？”

陈自俨哼了声：“也是个石头，又臭又顽固。”

陈母大概知道父亲的意思，她试探地问：“就算在意家庭条件，也无可厚非。但我们家清禾，配他们家也是绰绰有余的啊。”

陈自俨又哼了一声：“霍奇知道个屁！”

陈清禾在哈尔滨当兵的那几年，可是被上头招呼过的，隐瞒了一切家庭出身，那地方寒苦，到底是基层，没太多机会接触到上面。

陈自俨有意磨练他，压着一切机会，往死里整。

陈清禾这小班长当得还有滋有味，但霍家可不了解真相，加上晏飞在里头搅局，对素未谋面的陈清禾印象不佳，也是理所当然了。

陈母慈眉浅皱，很担心。刚才晚饭时，陈清禾说了，三天后，去沈阳拜访霍歆的父母。

陈自俨手一挥，起身去书房，边走边说：“甭操心了，电话我来打。”

路上。

陈清禾送霍歆回她单位分配的公寓。电台悠悠放着萨克斯纯音乐，霍歆看了他好几眼，始终不敢确认，问：“你真的要去见我爸妈啊？”

陈清禾“嗯”了一声，专心开车。

“你，”霍歆小心翼翼地瞄了瞄他的脸，“不怕吗？”

陈清禾嗤笑出了声儿，红灯前把车停稳，回头看着她，“怕啥？怕你父母把我撵出来，还是怕你那混账哥哥再把我揍一顿？”

霍歆低着头，小声：“揍不到了，他外派出国了，至少三年不会回来呢。”

陈清禾轻狂扬眉，“那更好，教我儿子学武术，那混账回来，就不劳我亲自动手，让我儿子出手。”

霍歆知道他受的委屈，静静地听着，也不反驳。

陈清禾睨了她一眼，“啧”了一声：“这么乖，还真不太习惯了。”

霍歆没忍住，笑了，嘴角弯着。

陈清禾手伸过来，将她握住。

“小蔷薇。”

“嗯？”霍歆侧过头，和他对视。

陈清禾的眼睛在明暗交替的车里，显得尤为清亮。

他说：“我已经不是六年前的那个陈清禾了。我成熟了，懂事儿了，知道轻重了。”

霍歆痴痴问：“什么轻重啊？”

陈清禾默了两秒，将她的手握得更紧。

“以后不管遇到多大的事，我都万事以你为重。”

霍歆鼻子一酸，“陈清禾你讨厌，非把人惹哭才开心是吧？”

陈清禾看着她，“我会去面对你的父母，会用行动去感化，我会多一点儿耐心，少一点儿脾气，我知道的，娶老婆很不容易的——小蔷薇，我会对你好的。”

这回，霍歆的眼泪是真真正正地流下来了。

陈清禾咽了咽喉咙，隔着座位中间，伸手抱住了她。

“你是小狐狸精，第一次见面就勾引了我。”

“哪有啊。”霍歆哽着声音，郁闷地抬起头，“第一次是在车里，我什么都没做啊。”

“你给我看了你的屁股，又圆又翘，白得跟雪似的。”陈清禾带她一块回忆，喃喃道，“我不骗你啊，我当时……就起反应了。”

霍歆捶他，“你变态啊。”

陈清禾捉着她的拳头，放嘴边轻轻地亲，“当时就想，把你压在草垛里，这样舔你的水蜜桃。”

“不许说了！”

“怎么不让说啊，你老公的心路历程，你得多听听。”

“我不听，不好听，你声音巨难听。”

“胡说，我这就叫给你听。啊，嗯，嗯。”

“陈清禾！”

“叫老公干吗？”

“你浑蛋。”

“那你就是浑蛋的老婆。”

“今晚你别想要了。”

“没事儿，我不要，但我能让你求着我要。”

“打死你。”

“哎哎哎，别动，我开着车呢。哎？媳妇儿，不说话了？生气了？”

“哼。”

“霍美人儿。”

“哼。”

“小狐狸。”

“哼。”

“小蔷薇。”

“……干吗？”

“我爱你。特别爱你。”

“嗯……”

番外 你是人间避风港

My man

周乔怀孕这事儿，可以说是很意外了。

意外到她一度翻找了报纸上的小广告，大有把它做掉的冲动。

二十三岁的女孩儿，说到底，也还只是一个学生。想想看，学术氛围浓郁的校园里，她挺着个大肚子出入教室、实验室，然后应付各种考试，如果按着这个时间点来算，她的毕业典礼，可能是抱着娃儿出席的。

周乔不敢想。简直魔幻人生。

在经期迟了十天，她终于往这方面联想，并用试孕纸测出了红彤彤的两条杠时，周乔坐在马桶盖上，回忆了过往几次的情爱往事，不应该啊，每次，陆悍骁都当着她面儿把套给戴好了的。

周乔灵光一现，起身走出洗手间，拉开卧室衣柜的抽屉。

从前，永远满当的抽屉里，也不知从什么时候起，变得越发空荡。这些“象鼻子”的主人，大有用掉一只算一只的打算。

陆悍骁买的都是高级货，每只都单独用个玻璃盒装着，周乔拿出一个仔细一看。顶端，几个小孔跟米筛似的，能避孕就是见了鬼。

该死的陆悍骁，太阴险狡诈无耻下流了。

当天，陆悍骁晚上下班回家，进门边换鞋边叫唤：“朵姐今天请办公室喝奶茶，我尝过了，味道不错，所以回来时也给你买了杯。”

他走过玄关，声音渐渐清晰：“还是茉莉花菊花栀子花蜂蜜烧仙草口味的呢！”

周乔被他瞎说的这个奶茶名弄得心情更差了，火冒三丈变成了火冒四丈，走过来，把臂弯里的东西“噼里啪啦”往桌上一摔。

陆悍骁“哦哟”一声：“这是什么？考试卷儿吗？乔乔你考试没及格啊？是不是老师让叫家长去办公室挨批？没关系，我捐点儿赞助费就行了，保证你不会挨骂。”

周乔说：“去你个头。”

陆悍骁放下奶茶，“原来是要我的头去，好的，晚上我就把它给剁下来——陆悍骁的头，像皮球，一脚踢到学校大楼。”

周乔这回没有笑。

陆悍骁知道，姑娘是真生气了。

“我看看。”他低头，捡起桌上的一张报纸，看了两行便皱起了眉，“真爱女子医院，轻轻松松三分钟？

“报喜鸟医院，让你有孩子生，也让你孩子没法儿生，无痛人流四百八。”

念到后面时，陆悍骁语速越发缓慢，几秒之后，他欣喜若狂，抬起头，“我去，有了？”

周乔别过头，不搭理。

“真被我靠出来了？”陆悍骁哈哈两声，“我有闺女喽！”

三十岁的男人，乐得跟要火箭发射似的。

周乔却委屈极了，眼里来了泪光，“陆悍骁你是大骗子！”

“我哪儿骗人了？”

“你答应过我的，我读书的时候不要孩子。”

“我闺女自个儿想来，安全套都挡不住。”陆悍骁耸肩，摊手，“我能怎么办。”

“你还说！”周乔扑过去举拳头捶他，“你明明就在那上面做了手脚，扎了那么多个洞，都怪你！”

陆悍骁一点儿也不内疚，挺胸抬头，任她打。

周乔呜咽：“我不要。”

一听，陆悍骁放低了声音，生生透出一股劲儿，“嗯？你不要什么？”

周乔嘴唇张了张，似是下足了勇气，却还是没忍心把“孩子”两个字说出口。她索性放嗓哭了起来，边哭边骂老公是个二百五。

二百五·陆把人抱住，哄着说："乖啊，不哭了，伤身体呢，对胎教也不好。"

"胎教个屁啊！"周乔难得地爆粗口，愤愤道，"它还只有黄豆大呢。"

陆悍骁"哟呵"一声："了解得很清楚嘛。"

嘴上说着不要，心里倒是很诚实，啧啧啧。

陆悍骁忍着欢喜，把散落在地的"小广告"都给捡起，然后拉着周乔的手两人坐在沙发上，"乔乔，我们都是合法夫妻了，有个孩子不是更好吗？"

他平和下来，沉声暖调，让周乔躁动的心也平静了一些。

周乔低着头，"可我还在读书呢。"

陆悍骁问："谁规定，研究生不能结婚生子了？"

这倒没有，周乔还是觉得没法儿接受，"我没做好准备。"

"不需要准备什么啊。"陆悍骁早把一切想好了。

"你就负责好好保重，我雇个厨子给你们母女俩做饭，生了请月嫂，这月嫂还不错，朵姐生孩子那会儿，就是她帮忙带的。你要是不想喂母乳，我就给咱闺女买最好的奶粉。生完之后，你想继续念书深造，想做什么尽管做，我在家看孩子。"

周乔被最后那句话逗乐，破涕道："你连盆仙人掌都养不活，还养孩子呢。"

"别小瞧我啊，当年我们家养了一只哈士奇，被我养到体重超标，去宠物医院打减肥针才保住狗命。"

"……"那就更不放心了。

眼见周乔有所动摇，陆悍骁趁热打铁，说的倒是一番真心话："乔乔，到下个月，我都三十一岁了，你还美得跟朵花儿似的，万一哪天你不要我了，我上哪儿逮人去？"

周乔看向他，"原来你是想用孩子拴住我啊。"

陆悍骁大方承认："当然。我半条命都吊在你身上，必须拉个同盟队友才安心。"

周乔抿嘴，有笑从嘴角渗出。

陆悍骁的掌心突然覆上她的小腹，"多好啊，咱闺女。"

掌心的热，穿过薄薄的衣料，一点点漫上她的肌肤，安静了，能听到自他手间脉搏发出的微微震跳，与心跳同步。

周乔缓缓抬起头，看向他，“真的不能再等等吗？”

陆悍骁“嗯”了声，很轻，“不能。”

周乔说：“可是在学校，真的会尴尬。”

“怎么会呢。”陆悍骁说，“当妈妈，是一件多么神圣美好的事情，别人只会给予你最大的尊重和善意的微笑，乔乔，你该骄傲。”

周乔觉得今天的陆悍骁变得有点儿文化了。

她脱口问：“你昨晚，是不是看了国外名著啊？说话一股成年土拨鼠的腔调。”

陆悍骁乐得揉了揉她的虎口，“哦！我的老伙计！我实在是太高兴了，你为我生孩子是真的了吗，哦我的上帝！”

周乔笑出了声儿，趴在他肩头直颤。

等她笑够了，陆悍骁微微侧头，贴着她的耳朵说：“恭喜你啊，周乔。终于要当妈妈了。”

别看陆悍骁现在一副少女之友的温和如玉模样，等周乔一去洗手间，他立马原形毕露。

“Yes！”

只见他顶胯扭腰，在客厅滑起了太空步，滑到茶几边上，捡起那些人流小广告，全部丢进了垃圾桶。

就这样，周乔在七分半哄半骗、三分懵懂情愿里，接受了自己的身份升级。

她身体还不错，早孕反应一点儿也没有，吃嘛嘛香，就是特爱吃辣，辣还不长痘，皮肤比以前更水光了。

陆悍骁压着没让她吃太多，她就偷偷吃，学校下课后，和齐果她们一块去小吃街溜一圈，偶尔再加餐一顿火锅。

有一天，陆悍骁说五点半来学校接她，周乔四点下课，愣是从图书馆溜出来，对着校门口的火爆鱿鱼流口水。齐果不明真相，大方请客，一人五串，周乔这嘴刚张开一半呢，就看到面色如铁的陆悍骁，开着路虎碾了过来。

完喽，被现场抓包了。

周乔本能反应，把鱿鱼须丢进了垃圾桶，然后抱着头，“别打脸，行吗？”

陆悍骁“呵呵”两声笑，也不凶她，而是走到齐果面前，“你就是齐果吧？我们家乔乔总是提起你，说你对她特别好，谢谢你对她的照顾。”

齐果是知道陆悍骁的，只是头一回这么近距离地打交道，印象不错。

她爽朗地说：“不客气，应该的。”

陆悍骁点点头，“我们家乔乔，最近脾气不太好，希望你能多包容。毕竟她怀着孕，情绪起伏大也是有科学依据的。”

此话一出，齐果嘴巴张大，傻了。

而周乔也没想到，陆悍骁这个臭不要脸的，竟然把这事儿公布，这不就等于，全校知道了吗！

陆悍骁那含而不露的笑容，是在警告着她呢。

“再吃辣椒不听话，我就给你办休学！”

第二天，复大传遍，金融专业的周乔，竟然秘密结了婚。

一时间，她走到哪儿，都成了特殊关照对象。

食堂打饭，打饭阿姨给她加俩鸡腿儿，“给，你和娃一人一个。”

去校园超市买点儿东西，付钱排队时，都有人给她主动让位置。

后来，肚子显怀了，去楼层高的教室上课，时不时有认识或不认识的老师同学说：“上楼梯慢一点儿啊。”

周乔不好意思，但也享受着这份暗喜。

早孕期没啥反应，但到了孕中期，她的肚子大得特别快，六个月时，是冬天，宽厚的棉袄一上身，整个人就更添孕相了。

陆悍骁美死了快，每天睡觉前，都趴周乔身边，周一念英文，周二念德语，周三念寓言，这个胎教可以说是很有水平了。他声音是标准的男中音，一放缓，迷人得不得了。好几次，周乔都听得入了神，看他眼神温柔，听他语速缱绻，每字每句，都是不一样的陆悍骁。

终于，花了一星期的时间，读完了《万物有灵且美》，陆悍骁轻松吁了一口气。

周乔卷着笑，伸手在他额头间轻轻一按，“哇，今晚给你点个赞。”

陆悍骁欣然接受，又趴近了些，低着头往周乔隆起的肚皮上更轻地一碰，然后说：“也谢谢闺女的赞。”

周乔乐着：“你怎么知道是闺女啊？万一是个儿子呢？”

“必须是闺女。”陆悍骁“啧”了一声，“儿子有啥好啊，跟我一样不让人省心。”

“你还挺有自知之明嘛。”周乔说，“儿子像妈，肯定和我一样聪明。女儿像爸，你自个儿掂量。”

陆悍骁说：“自己生的闺女，跪着也要养大！我不怕！”

周乔笑了起来，滚圆的肚皮突然一动，一道波浪纹路从左边儿滑到右边儿。

陆悍骁惊喜：“天！她动了！”

周乔拧眉，忍着这波胎动过去，才松开眉头，对它说：“臭宝宝，又在打拳了。”

“你干吗骂她臭啊。”陆悍骁不乐意了，“你才是臭乔乔。”

“……”

生活虽然平静如意，但周乔和徐晨君的关系，始终滞步不前。

陆悍骁也是个言出必行的男人。当初和徐晨君摊牌时，撂过狠话，人，他是娶定了，娶得起，他陆悍骁就养得起。他的家庭观里，婆媳之间，没有矛盾，只有决绝的“是”或者“否”。

领证半年时间，他做到了。

不让周乔和徐晨君见面受委屈，换句话说，他觉得周乔要不要这个婆婆无所谓。只要他在，她的天，就塌不下来。

但眼见着周乔的肚子越来越大，有的人，比他更着急了。

这日，陆宅狂风阵阵。

晚饭的点，家里突降正儿八经的男主人。

陆悍骁的父亲，时任省公安厅长的陆严峻，终于结束国际战略交流，从亚洲辗转非洲、欧美大陆，最后回到本国。

陆严峻人如其名，十分黑脸包公。回家后，外套都没脱，公文包往沙发上一放，走到餐厅，在餐桌上用力敲了两下，“你是怎么回事啊！啊？”

这话是对徐晨君说的。

徐晨君蒙着呢，碗筷端着，看着丈夫。

“我一回国就有人告诉我，陆悍骁结婚了？”陆严峻“呵”了一声，然后厉声，“我儿子结婚，我这个做老子的怎么不知道啊！”

徐晨君虽是女强人，但陆严峻那可是强者中的霸王，谁敢跟他争啊。于是灰溜溜地默了声。

陆严峻手一抬，指着门外，手腕间的手表带若隐若现。

他说："你刁难他媳妇儿了？"

徐晨君深吸气，"这又是谁向你告的状？"

"谁也没跟我告状！"陆严峻提声，"就你做的那些刁蛮婆婆的事，要不要去拍个八点档电视剧啊！主演你当，你当行不行？！"

丈夫的脾性，几十年的两口子，徐晨君自然了解。但这话到底有些重，她还是不甘心地回嘴："行啊，什么时候进剧组啊？"

陆严峻脸一甩，"胡闹！你们还让不让我省心？儿子鸡飞狗跳，你个当妈的，怎么也闻鸡起舞了！你俩这么能闹，干脆打一架啊！"

徐晨君也火了，"你让我打就打啊？"

陆严峻快烦死了，把处理公事的那一套铁血风格，完全照搬到了家庭里的鸡毛蒜皮上。在他看来，这都是些什么玩意儿啊，就得凶！

"不管你俩怎么闹，这个家，必须和气！"陆严峻放了狠话，"谁头一个破坏和平稳定，我头一个毙了谁。"

徐晨君负气，"你毙啊，毙我啊。"

用言情小说的行业用语来定义，这可是标准的强男强女啊。

两口子对视几秒，好吧，陆严峻先服软。

他无奈又沉重地喊了一声儿："你就别去欺负儿子的媳妇儿了，行吗？媳妇儿？"

这声媳妇唤得，真是硬汉柔情啊。徐晨君的铜墙铁壁瞬间倒了一半。

陆严峻乘胜追击，劝说道："我知道你从小就对金小玉有偏见，是，金小玉那人的确不五不六，我也觉得她闹腾。但一码归一码，连带责任不是这样怪罪的。周乔，小时候我见过两回，瘦瘦小小一丫头，文静懂礼，我不会看走眼。"

徐晨君默了默，语气到底软了些："是，你和儿子眼光一样，我就是个母老虎。"

"你知道就好。"陆严峻倒也不客气，"晨君，这件事，扪心自问，你觉得合适吗？咱那草包儿子，已经非常不靠谱了，你还指望他找一个花花姑娘回来，然后他俩一块闹，闹得你上吊才开心是吧？"

徐晨君别过头，"你别心存偏见，同等水平，才更融洽。"

“是，我不否认这个世界，有门当户对这个道理。但，”陆严峻问，“门当户对，更美妙的含义，是建立在精神、三观、性格这些方面。我们家是缺钱吗？显然不是。那你还要个屁的门当户对啊！在这点上，陆悍骁比你拎得清。”

难得地，陆悍骁获得一枚“老子赞”。

徐晨君听后，心里的石头，又不可避免地松动了几分。

上一次的松动，是在咖啡馆二楼，看着周乔怒怼她妈妈和那个小白脸健身教练，并且极力维护陆悍骁的那次。

不可否认，这姑娘，是真心实意跟着陆悍骁的。

陆严峻看着她，叹了口气：“话有点儿重，但道理糙不糙，晨君，你这个做母亲的，心里应该要有一把公平秤。好了，上回的金骏眉还有吗？能不能帮我泡一壶？”

徐晨君把视线又移了回来，点点头，“嗯。”

“我先去洗个澡。”陆严峻转身上楼，走了几步又停住，回过头说，“对了，周乔那孩子，肚子大，还上着学，挺不容易的。你的肚包鸡做得不错，让孩子们也开开口福吧。”

徐晨君这回彻底愣住。

过了一会儿，她才不确定地反应过来，周乔……怀孕了？

这几日，李教授手下的项目在赶进度，周乔的数据统计有点繁杂，忙得连饭都没时间好好吃。陆悍骁公司事情也多，年底都这样，创收增效，争取给来年一个好开头。不过他也没忘记老婆，总是提前订好私厨的菜肴，全按着周乔的口味来，三菜一汤，也不用一次性饭盒装，全用的玻璃碗。然后让老板趁热送去学校。

这家私厨他们常去，和老板熟得很。周乔见着他时还挺意外，后来炫了一桌的美味佳肴，可以说是羡煞旁人了。

这么久了，整个专业差不多都知道，研二的周乔，有个特别骚包的老公。

私厨老板把东西送到，还给了她一张类似结账单的纸条。周乔边吃边打开看。前面就是一些菜名价格，中间有个顾客备注留言。

周乔先是皱眉，然后笑出了声，那上面写着——

“这是我宝宝，请务必把饭菜送到她实验室，不要送到门口，宝宝有点儿胖，走不动。谢谢，谢谢！”

这个陆悍骁啊。都快当爹的人了，还是这么让人哭笑不得。

周乔叠好小纸条，工工整整地压进了日记本里。以后给娃儿看，看他爸这五彩斑斓的黑历史。

第二天，陆悍骁临时给她打来电话，告诉了她一个很“恐怖”的消息：“我妈说……今晚让咱俩回去……吃晚饭。”

周乔正喝着水，就这么喷了出来，可怜兮兮地问：“我可不可以不去啊？”

陆悍骁默了秒，“行，你不想去，就不去。我跟我爸说一声好了。”

“等等，你爸？”周乔听了他的描述之后，立马改口，“去！我去！”

时隔一年多，周乔再次踏进陆家。她的担忧和小心翼翼，全都被陆悍骁化在了他一掌心的温柔里。

陆悍骁握紧了她，“别怕。”

来开门的是徐晨君。

其实陆悍骁已经掏钥匙准备塞锁孔了，但她好像是在窗户里等候了许久，踩着节奏来开门的。

正面相对，三个人先是安静。

徐晨君瞄了一眼儿子，然后目光悉数落在周乔的脸上……肚子上。

周乔勇敢地咧开微笑：“伯母，您好！”

再后来。

因为这一声错误的叫唤，周乔被徐晨君悄无声息地灌了三大碗肚包鸡。

巨补，想吐。

从陆家回去是晚上九点。

陆悍骁车开得平稳，听了一路周乔的叨嗑。

“天啊，你妈妈煲的汤好好喝。

“而且她有对我笑了两下，一下是吃饭前，一下是饭后，太可怕了。

“她还给了我这个镯子。”周乔抬起手腕，上头是一个玛瑙手镯，“是不是很贵啊？”

陆悍骁手指搭着方向盘，轻描淡写地说：“一般吧，从我祖奶奶传下来的。”

“……”

那就是传家之宝啊！

周乔捂着心脏，“我对妈妈抛出的橄榄枝，一时无法适应呢！”

陆悍骁笑：“没事儿，慢慢来吧。”

“不不不，我一定也要做出表示的。”周乔欣喜全写在脸上，“明天给她买条丝巾吧。反正她说了，要我们明天也回来吃饭。”

陆悍骁嘴角扬着，“好。”

“还是买身儿衣服吧？”

“行，刷我的卡。”

“对了，你妈妈今天还摸了我肚子呢，可轻柔了。”

“这里头是她孙女，能不轻柔么。”

“嘿嘿。”周乔憨笑，“你说，这是不是意味着，她接受我了呀？”

“不重要。”陆悍骁轻声说，“乔乔你记住，你不用去刻意讨好任何人，因为你是我老婆。我的老婆，我养着，就够了。”

周乔眼睛有些酸，看着他，“陆悍骁。”

“嗯？”

“我觉得你今晚上形象特别高大。”

“那有什么奖励？”

“你想要什么奖励？”

“我想要你今晚上睡上面。”

“你又耍流氓！”

“流氓本来就是用来耍的啊。”

“等着吧，我一定有办法治得了你。”

“是吗？”

“当然，我要给你生个儿子。”

“……老婆，我错了，我认输，求你给我生个闺女。”

今夜，一路繁星。

跟着月，跟着心，跟着一双一世有情人。

万天星火，共看银河。

番外
清甜

My man

自那一日，徐晨君抛出一枝别扭的橄榄枝后，这婆媳俩人就再没有过交流。

徐晨君虽有动摇，但心高气傲的脾性和所谓的长辈身份，让她始终放不下面子。而周乔这边就更不用说了，陆悍骁也是一根筋的人，大有护犊心切的架势，总之，就是不让自己媳妇儿受委屈。

与其说，是周乔和徐晨君之间尴尬未解，倒不如说是陆悍骁和徐晨君的母子较量。

僵了两个月，周乔进入孕晚期。

好在研三的课程不多，以实习为主，陆悍骁名正言顺地让她到自己公司学习，人近，也放心，以周乔如今的身份，按理说，走个过场也是理所当然，没必要较真。但她是个心眼儿明净的人，没把“嫁个好老公就衣食无忧”的理论安置在自己的三观里。

公司上到副总，下到员工，都知道周乔的身份，对她客客气气，照顾有加。周乔也和气，对谁都笑脸相迎，分配在财务部，做事一丝不苟，没拿身份说事儿。久了，和部门同事熟了，大伙对她也亲近了，一亲近，好多不敢做的事，就都拜托周乔去完成了。

“乔乔，你帮我把这个报表送进去好不好？”同事愁着脸，央求道，“陆总在办公室发脾气呢，我不敢进去。”

周乔往办公室外望了一眼，“他怎么了？”

“好像是一个产品的样检没合格，早会的时候就发了通脾气，现在秦副总还在里头挨训，可惨了。”同事说道。

周乔想了想，答应了。

她拿着两份文件站在门口，敲了敲门，里头当即传来一声不悦——

“等会儿再进来！”

而一旁等候许久，抱了一摞紧急待签文件的朵姐，可没放过这个机会，冒死说道：“陆总，是周乔！”

安静了一会儿，门从里推开，陆悍骁迎面站定，跟换了个人似的，脸色温和，声音较刚才低了八度：“嗯？怎么了？”

这反差悬殊，开口就让朵姐差点儿跪下。

门里，站着一排挨训的部长和副总，个个低头偷往这边瞄。周乔有些不好意思，说：“这是财务的报表，需要你签个字。”

陆悍骁接过所有，拧开笔帽，签字的时候面有不悦，“你办公室离我这里远，下次换别人来。”他看了看周乔高隆的肚子，还是不放心，“别上班了，回家休息行吗？”

陆悍骁声音不算小，朵姐在一旁捂嘴笑。

周乔说：“下午还有一个税务培训呢。”

“回头我让赵部长把资料都传你一份，你在家看。”陆悍骁说，“实在不行，晚上回去，我给你培训。”

周乔笑了。

陆悍骁把签好的文件还给她，声音轻了些：“听话。”

朵姐转身在一旁礼貌地“避嫌”，其实耳朵尖着呢，她对办公室里忐忑等待的几位部长副总，比了个“OK”的手势。

果然，陆悍骁再回办公室，火气已经消了一大半，点到即止地总结了几句，就放过他们了。

自周乔以实习生的身份进入公司，她俨然成为了一块挡箭牌。再凶戾的陆总，一看到她，便能瞬间偃旗息鼓。当然，周乔最后还是没“听话”，下午的税务培训她照常参加。

财务部人虽不多，但公司的有关部门一块，会议室也是座无虚席。做讲授的是高校的一位教授，内容面面俱到，语言风趣幽默，气氛十分欢悦。

四小时的培训进行到一半，周乔撑着椅子，挪了挪身体。

“小乔，不舒服啊？”一旁的同事小声问。

“没事。”周乔手心轻轻按在肚子上，感受到里头的小人儿动了一下。

这时，会议室的门被推开，动静放轻，却还是引了挨得近的人注意。

陆悍骁一身黑色西装，出现在门口。

赵部长眼明手快，往旁边挪了个位置，把主位空了出来。陆悍骁比了个手势，示意培训继续。他没有径直往前，而是绕到了靠右的周乔旁边。

全场注目。

陆悍骁微弯腰，声音轻：“空调温度低，冷不冷？”

周乔还没反应过来，边上的朵姐一听，眼明手快地走过去，把中央空调的温度给调高了些。

陆悍骁面不改色，又问：“要不要拿个毯子盖一下？”

周乔摇头，手在桌子下，暗暗地推了他一把，意思再明确不过，老板，你快走，不要打扰我培训。陆悍骁倒也没再继续当场骚下去，走向主位。

在座的员工看似波澜不惊，咬笔尖的咬笔尖，转笔头的转笔头，而等陆悍骁一转身，便全都默契地你看我，我看你，然后捂嘴偷笑。

陆悍骁落座，目光落向斜方，看着垂头紧张巴巴的周乔，他悄然勾了下嘴角。美滋滋地心想，不霸道总裁一次，你都忘了我是你男神了。

陆悍骁的目的达成，象征性地待了十分钟，便离开了会议室。

门一关，也不知怎的，大家面面相觑，一下，两下，最后竟成片地鼓起了掌。陆悍骁也十分配合，放下总裁脸，朝大家合上双掌，晃了两下，是感谢捧场的意思。

周乔脸色宛若朝霞，哪儿都不敢看了。

培训结束，临近下班。陆悍骁给她发了微信，说是晚上有应酬，让司机送她回去。

周乔嘱咐他少喝酒，收拾了一会儿，打卡下班。

以往，司机去取车的时候，周乔都站在大门口等，鸣笛响起的时候，周乔顺眼看过去，却愣住。五米之远的地方，白色奔驰滑下车窗。是徐晨君。

两人对视几秒，徐晨君先开口，语气虽平静，但还是藏不住细微的忐忑，问她：“下班了？”

周乔迟疑地点了下头，“嗯。”反应过来，又补充，“那个，陆悍骁他今天有应酬，要不您打他……”

“电话”二字还没说完，徐晨君说：“我是来找你的。”

周乔一顿，表情费解。

徐晨君精致的妆容昭示着女主人凌厉锐气的性格，鲜少有中年女人能把艳红的唇色驾驭自如，徐晨君身上，更多的是气场。周乔怕她，除了所谓的婆媳身份，更是畏于这份气场。

徐晨君看出了她的疑惑，于是把语气放得柔了些，竟然是在询问她的意见：“一起吃个晚饭吧，粤菜，好不好？”

粤菜，是周乔所喜好的。

这个柔软的切入点，让她本能地不想拒绝。

她点头的瞬间，徐晨君当即下车，然后先拉开后座车门，示意她，“坐进来吧。”

周乔的肚子大了，行动缓慢，徐晨君耐心地等她坐进去，才问：“有八个月了吧？”

周乔意外于她记得清楚，徐晨君移开眼神，说：“月份大了不方便，悍骁也是，还让你上什么班。”

言辞间，全是对儿子的埋怨。

淮阳路上一家新开的粤菜馆，这个点人多，外头等待叫号的已经围了一圈。徐晨君带着周乔一进去，就有人接待，带他们进了一间雅致的包厢。

“徐总，现在上菜还是？”侍者问。

“上菜吧。”徐晨君对周乔说，“椰子炖鸡是这里的招牌菜，清热爽口，你尝尝。”

桌子是方形的，徐晨君经过的时候，把一张椅子拉开了些，是方便大肚的周乔坐进去。

等菜的时候，气氛陷入沉默。

周乔抬眼看过去，徐晨君也恰好在看她，两人目光撞了一下，然后飞快移开。

略为尴尬，周乔抿了抿唇，“伯母，你喝点儿什么？”

“你想喝点儿什么？”

两人异口同声，演了一段“心往一处指”的开场白。

默了半秒，徐晨君细眉微拧，“伯母？”

周乔脸烧热，才觉失口，但那句称呼一时半会儿也说不出口，于是，就这么僵着不知如何是好。好在徐晨君没再搭这茬话，也不知是不是周乔的错觉，仿佛听到了她几不可闻的一声叹气。

为了分散注意力，周乔伸手去倒茶水。

“放着，我来吧。”徐晨君拦了一把，接过她手中的壶柄，手腕抬高了一些，茶液细长滑下，“你怀着孩子，就别喝茶了，喝柠檬水吧。”

周乔很乖，点点头。

茶斟满了，徐晨君也没端，像是做足了心理建设，终于有话直说。

“周乔，可能你不知道，从你那会子去美国起，这两年多时间，悍骁就没怎么回过老宅了。”

周乔嘴唇张了张，欲言又止，最后垂下眼睫，说：“对不起。”

“不。”徐晨君这回很坚定，身子往前坐了些，“该说对不起的，是我。”

“我承认，我对你是有偏见的。我和你母亲，年幼相识，我不骗你，我不喜欢她。”徐晨君坦然道，“因为对她的印象太深刻了，所以在最开始，知道你和悍骁在一起时，我对你是不喜欢的。”

周乔抿了抿唇，很安静。

徐晨君的叹气长而沉：“作为一个母亲，我的出发点是站在陆悍骁这边，所以，用自以为正确的方式，阻拦你们，反对你们，甚至背着悍骁，为难了你。

“周乔，无关其他，就为了这一点，我应该跟你道歉。”

“不不不。”周乔连忙摇头，“我……”

“这是应该的。”徐晨君虽为长辈，气势盛凌不曾为谁低过头，但她憎恶分明，对和错，她心里自有一杆秤，拎清楚了，就坦荡直白，从不藏掖。

“你不需要有压力，我只是把我的立场告诉你。”徐晨君说，“反正我和悍骁的关系也到了这一步，那小子，脾气犟成了牛。”

她摇了摇头，“唉，跟他爸一模一样。”

周乔在最开始，还有很多话盘旋在舌尖，但谈到现在，她觉得，说什么都成了多余和刻意。

包厢门叩响两声，服务员进来上菜，第一道就是椰子炖鸡。

“这家店的厨师长就是客家人，老师傅手艺很好，这菜清淡温养，没那么容易上火。”徐晨君把盛好的鸡汤放在周乔面前。

周乔低头，“嗯”了声，就再也不敢多说一个字。她飞快喝了一口，用以压制嗓里的哽咽，长发垂在脸侧，遮住了微红的眼眶。

徐晨君也没再继续说，两人沉默地喝汤，几分钟的时间里，只有汤勺碰到碗壁的声音。

周乔的眼睛越来越红，捏着勺柄的手指都泛了白。

“给。”徐晨君递来一张纸巾。

周乔抬起头来，蓄了满眶的眼泪就这么掉了下来。

她接过，边擦边小声啜泣，就好像压抑了多年的心结和惧怕，此刻分崩瓦解，欣喜也好，委屈也罢，万千情绪涌上心头，这两行眼泪，周乔没法控制。

徐晨君也动容，声音较刚才颤了几分：“你不要多想，该怎么过就怎么过，悍骁那边你也不用去说，我这个儿子我清楚得很，他……”

话没说完，就听“砰”的一声!

包厢门被大力推开，撞在墙壁上弹了又弹，喘着气儿的陆悍骁出现。周乔来不及纳闷他怎么来了，心里暗叫不好，刚准备开口，果然——

陆悍骁冲过来，双手往桌上一撑，火气压不住，“妈，你在干什么？”

徐晨君脸色当即一变，本来柔缓的气氛瞬间火苗四窜。

四十分钟前，陆悍骁应酬刚开始，他接到司机老刘的电话，得知周乔被徐晨君给接走了。

一想到两人的过节和他妈妈那铁血娘子的性格，陆悍骁急是真心急，怕也是真害怕。当即撂了局子，开快车赶了过来。

这不，进门就瞧见周乔拿纸巾按眼泪的画面，也就不问青红皂白，急着护媳妇儿了。

“妈，之前我态度还不明白吗？我女人我来养，你不喜欢就算了，井水不犯河水，现在又算怎么回事？”

陆悍骁语气虽克制，但躁意已经很明显了。

徐晨君气得不想再看他一眼，哼了声，别过头不看。

周乔扯了扯陆悍骁的衣角，仰头看他，“你误会了。”

陆悍骁皱眉。

“妈妈真的是来请我吃饭的。”

这句话刚落音，怔住的不仅是陆悍骁，就连徐晨君也惊住了。

刚才，周乔说的是什么来着？

妈妈。

愣了几秒，徐晨君突然站起身，转向陆悍骁，气势瞬间如风起，她拿出长辈的架势，凶陆悍骁：“养个兔崽子都比你强，咋咋呼呼的，没一点儿成熟稳重，也不知怎么找到老婆的！”

陆悍骁被噎了个半死，无力反驳的表情十分憋屈。

徐晨君扳回一局，眉眼得意劲儿全飞了出来。尤其旁边的周乔忍不住笑起来时，徐晨君就像是得到了靠山撑腰，瞪着陆悍骁的眼睛更圆了。

后来回去的路上，陆悍骁在车里就开始不乐意了。

“你刚才的表现要打差评。”

周乔不解，“为什么？”

“你变心了，你向着我妈了。还有，我妈什么时候变成你妈了？”

“喂！”周乔哭笑不得，伸手去掐他胳膊。

“别对你老板动手动脚，还想不想要奖金了？”陆悍骁假公济私来着，“别以为我爱你，就会对你手下留情，我跟陈清禾那只牲口可不一样，我原则性可强可厉害了。”

周乔也不恼，风轻云淡地举起手机晃了晃，“我给陈哥发微信了哦。”

“……”

这媳妇儿，胳膊肘已经开始往外拐了。

今夜风淡淡，星高远，遇红灯的时候，陆悍骁悄无声息地握住了周乔的手。周乔没说话，和他十指相交，握得更紧。

车窗滑下一半过风，陆悍骁的声音混着夜风一起，低沉如星幻。

他说：“乔乔，委屈你了。”

委屈你包容我不成熟的过去，委屈你承受亲人的不解，也委屈你作为一个女人最慎重的选择，交给了我。

陆悍骁难得深情正经，周乔看着他的眼睛，鼻尖忽然一酸。

她点了点头，“我也是。”

我也是啊，不算顺遂的人生里，你的出现刚刚好，细腻和敏感又何尝不会让人受伤害。一个三十岁的男人，愿意用热烈的胸襟和足够的耐心去等待，去拥抱。

彼此有幸。

这些话不用说出口，有情人一眼对视，就全都懂了。

再后来，陆悍骁和周乔主动回了陆家老宅，正好是晚饭开餐前，一家老宝贝都在，瞧见这俩不怎么归家的小年轻，愣然不过十秒，就都恢复如常。

陆老爷子严厉依旧，日常骂孙，数落陆悍骁几句后，便让阿姨添两副碗筷。而陆老太太拉着周乔的手，看着她的肚子不停点头关心。徐晨君则默然走去厨房，系上围裙，竟亲自下厨做菜。

一切就像离开时的模样，没有半点生疏和嫌隙。

用这种自然而然的方式循序推进，是修复隔阂最好的方式。

之后的一个礼拜，陆悍骁和周乔每天都会回老宅吃晚饭，八月下旬，周乔正式结束实习，而陆老太和徐晨君，则更有理由把她“扣留”在了老宅。起先陆悍骁还不愿意媳妇儿离开身边，但老宝贝们给出了一大堆理由。

“你会做饭吗？你会炖汤吗？你自己饿死就算了，别饿我孙儿！

“你看你，一米八五大高个，在家多碍眼，别烦着周乔好吧？

“你还说！你再说一句话我就自杀！”

最后这句，是陆老爷子的圣旨。

陆悍骁彻底无言，只能就范。就这样，还有十天临产的周乔，就正式住了下来。也幸亏这个决定，才让提早妊娠的周乔有惊无险。

八月的最后一天，周乔如往常一样，早上陪陆老太晨练。老太太跳扇子舞，她就围着花园慢悠散步。散到南广场，她就觉得有些不对劲儿了。肚里的小东西猛地一踹，动静十分激烈。周乔赶紧站住，几秒的异样感平息，她刚准备松气，抬脚迈出一步，心就发了凉。

温热的流动感从身体里缓慢而下，一直到膝盖。周乔低头一看，透明色的液体拖出一条新鲜的痕。

羊水破了。

周乔还算稳得住，拿出手机，第一通电话打给了徐晨君，“妈，我在南广场，从这里去医院远不远？嗯，我……我可能要生了。”

徐晨君那头顿时“稀里哗啦”一阵响，“别动，我马上开车过来！”

挂断之后，第二通电话，周乔打给了陆悍骁。陆悍骁接得很快，一声骚包的“Hello”还没炫完，周乔冷静道：“跟你说个事儿，你可能，要提前当爸了。”

周乔羊水早破，被徐晨君送进医院一检查，好家伙，竟然无声无息地开了三指。B超确诊，胎位正，胎儿重量在适合顺产的范围内。就在主任给出顺产建议之后，还没等周乔开口，徐晨君抢先一步说：“唐主任对不起，我尊重我儿媳的决定。”

然后，她走到周乔床前，蹲下来轻声说：“小乔，没关系的。”

就在周乔以为徐晨君是宽慰她，没关系，顺产对宝宝好时，徐晨君道：“顺产特别特别疼，没关系，咱们剖腹产，打了麻药就一点儿也不疼了。”

周乔愣了两秒，涌上心口的暖意，就如冬去春来，雪山之巅上初融的冰雪一样，渐渐化生成了春水。

她笑了笑，眼底微湿，“条件允许的话，妈妈，我还是想顺产。”

徐晨君尊重周乔的决定，但还是不放心，再三跟主任确定了风险和注意事项，认真和较劲儿的模样看在周乔眼里，是一种巨大的支持。她忽然鼻酸，想起了金小玉。这一年来，她打过几次电话，但提示是空号，自个儿的亲妈，就跟人间蒸发了似的，周乔不免低落难过。

来不及想太多，走廊外一阵喧哗，脚步声急匆。

“妈？周乔呢？！”是陆悍骁的声音。

“你这表情要吃人吗？你媳妇儿在里头好好的，我又没虐待她。”

这母子俩，见面互呛已是一种日常了。没几秒，陆悍骁火急火燎地闯进来，见着周乔好好的，才大喘气地松下一颗心。

“车子飙一百二了都。”陆悍骁摸着“怦怦”跳的心口，“阿弥陀佛。”

周乔不忍好笑，“你还信佛了啊？”

“只要你平安，我信谁都可以。”陆悍骁气息顺了些，走过来跟倒豆子似的问，“医生怎么说？这不是还没到预产期吗？你会不会有危险？啊？你还笑？欠揍吧周乔！”

周乔嘴角的弧度，像噙了一朵明艳艳的山茶花。她歪着头，狡黠道：“医生说，我有生命危险哟。”

陆悍骁说：“不生了！”

周乔：“……”

陆悍骁是真急，那火气上来，起身对着周乔圆鼓鼓的肚子开始数落：“你这小孩儿怎么回事啊？顽皮捣蛋折腾你妈，我告诉你，生出来如果不是闺女，我真揍你的屁股蛋儿！”

周乔：“……”

陆悍骁蹲在地上，平视着周乔高隆的肚子，“小屁股，给我老实点儿，不许再闹你妈，听见没？”

周乔乐得想踹他，“幼不幼稚啊？”

“谁欺负你，我跟他没完！”陆悍骁说得理所当然，“甭管是谁！”

刚说完，周乔眉头就皱了起来，“哎。”

陆悍骁紧张，“怎么了？”

“肚子好疼。”

说起来，周乔的整个孕期都平安顺利，唯独到了这最后关头，宝宝跟瞌睡龙苏醒似的，开始不让人省心了。

周乔的阵痛经历了一天一夜，她是个能忍的人，再疼也不哼唧，看得陆悍骁十分心疼。

好几次，陆悍骁都快下跪求她了，“好乔乔，剖腹产吧。”

这话发自肺腑，看着周乔强忍疼痛的模样，陆悍骁真恨不得自己帮她生。

终于，在九月二日的清晨，周乔宫口达到生产条件，送入了产房。

陆悍骁陪产进去，隔着一道门，目睹了周乔生产的全过程。接生医生是简皙，虽年轻，但经验十分老道，有条不紊地帮助周乔。

筋疲力尽的时候，下半身的疼痛越发汹涌，跟几百把刀子一起往里捅似的。周乔的眼泪混着汗水齐齐下坠，咬着牙一遍遍蓄力，用力。

陆悍骁本就是个暴脾气的男人，看着媳妇难受的样子，差点就夺门而入，“是女儿我也不要了！我只要我老婆！”

这娃好像感受到了自己人身安全受到威胁，机灵劲儿一抖，竟然生出来了！

婴儿的哭啼洪亮，一声一声接力赛似的。

陆悍骁耳朵一炸，从天灵盖到脚底心，跟窜了电流一样，噼里啪啦，连灵魂都沸腾了。

医生出来，对他说："陆先生，恭喜你。"

"我老婆平安吗？"陆悍骁抢先问，在他心里，什么都是次要的。

"平安的，母子都平安。"

"那就好。"陆悍骁一口气松到一半——"等等！你刚才说什么？"

母子平安？

母子平安！

是儿子？！

陆悍骁反应过来，眼前一黑，差点儿厥过去。

说好的女儿呢？

他每天焚香沐浴，虔诚祈求的女儿呢？

天！他不是很想要儿子啊！

周乔这台接生的助产士里，有一个刚毕业的医学生，平日见过不少老婆生了个女儿，丈夫不满意而伤心的。今儿个头一回见到老婆生了儿子，而蹲在角落痛哭流涕的男人。

呵，可真是稀奇啊。

番外

小小陆

My man

陆礼涵出生那天，据医生说，他的哭声是六楼产科住院部第二大的。

勇夺第一的，是他的爸爸陆悍骁。

陆悍骁对女儿的执念相当深，可能是太有自知之明，知道自己这个基因，生个女儿那叫活泼开朗，生个儿子，很大概率就是陆悍骁2.0。

这一大家子，有他一个顽皮就够了，再多一个小的……这日子还让不让人过了！所以，陆悍骁受不住这样的打击，蹲在产房外男人有泪也轻弹了。

再后来，他抱着儿子，姿势笨拙又小心，小婴孩跟扰了美梦似的，毫不留情地大哭起来。

陆悍骁望着这张皱巴巴的、不给面子的小脸儿，眼睛一热，也要哭了。

父子对哭的画面，让陆家人实在无语。陆悍骁扭头看向床上的周乔，可怜巴巴地说："是儿子也就算了，乔乔，他怎么还长得这么丑啊？"

第一个不乐意的是陆老太，"小孩儿生出来都是这样，你那会子，比他还难看呢！"

陆悍骁把儿子丢给老宝贝们，眼不见为净，一心一意地伺候老婆去了。

当然，陆礼涵小朋友，十分争气地用事实打了他爹的脸。百日宴上，宾客都夸赞：“太可爱了，眼大鼻挺，混血的吧？”

然后得出一致结论，“嗯！像妈妈！”

别别扭扭的陆悍骁，这才终于肯相信，他儿子，长得不是很丑。

而且，就在陆悍骁坚持“儿子难调教”这个观点一百年不动摇时，陆礼涵小朋友又用实际行动打了他的脸。

虽是男孩儿，这娃却异常乖巧。月子里几乎不用操心，除了吃喝拉撒，都是闭眼儿睡得可香甜。周乔生完那会儿，正好是做毕业课设的关键时期，她能在出了月子后的一个月里，把论文按时按质地提交，就是陆礼涵“乖巧”的最好证明。

复大今年的毕业典礼，恰逢校友风云大会一块举办，周乔抱着孩子参加典礼，而陆悍骁作为荣誉校友也受邀在列。

周乔一身黑白相间的学位服，抱着奶胖的陆礼涵，几乎成为了全场的焦点，走哪儿都有来看热闹的学弟学妹一块合影。

陆悍骁坐在贵宾席里，他在复大也算是口碑人物，时不时地与人谈笑风生。他边上是07级的一位电子系同窗，聊天到一半，被不远处的热闹吸引了注意。

同窗笑着说：“现在的小师妹，一个比一个厉害了，学习家庭两不误，毕业了，孩子也大了。”

另一人好奇问：“哟，就是那个长头发、抱着娃的女生吧？叫什么名儿？莫不也是我们电子系的？”

“不是。”

俩人看向陆悍骁，问：“陆总认识啊？”

“认识。”陆悍骁淡定又从容，“叫周乔，学金融的。”

同窗意外，“陆总和她很熟？”

“熟的。”陆悍骁说，“她抱着的那孩子，小名儿叫陆等等——哦，是我儿子。”

介绍完之后，陆悍骁起身，“抱歉，我去一下洗手间。”

背对着众人，陆悍骁的表情，是他三十一年人生里，最神采飞扬的一次。现在想想，生儿子，也不是那么痛苦的嘛！

周乔毕业的时候，陆礼涵已经快一周岁，白天放在陆家老宅，下午下班后，周乔就顺道过来接他回家。虽然辛苦，但也总算做到了家庭事业两不误。

陆家上下对陆礼涵呵护有加。陆悍骁虽说不喜欢儿子，但到底是自己的血脉，父爱这种事挡也挡不住。

小家伙两岁多的时候，陆悍骁独自带他出去逛公园，结果逛到一半儿，小朋友说：“爸爸，我要拉屁屁啦。”

陆悍骁也不急，牵着他，“去洗手间。”

公园的洗手间在二十米远的地方，但小家伙站在原地，抱着爸爸的大腿嘟囔：“我忍不住了。”

“噜噜噜”的奇异声音从裤裆传来，陆礼涵脸上的表情显然是在专注蓄力。

陆悍骁：“……”

他空着手出来，什么也没带，气氛一度陷入尴尬。

“爸爸，我拉完了。”小家伙的奶音咬字不准，大眼睛十分无辜地望着他。

陆悍骁左看右看，除了地上的几片枯黄的树叶，什么也没有。

小家伙也看出了形势感人，想着自己小小年纪，就要背负这一裤裆的臭屁屁，委屈感顿升，于是瘪着嘴巴，眼见着马上要哭了。

陆悍骁突然脱起了外套，三两下的工夫，今年阿玛尼的早秋新款，就被他揉咸菜似的拽在手里，然后蹲下来，“别怕，爸爸帮你擦屁股。”

陆悍骁简单粗暴地解决了这道带有“味道”的难题，然后毫不留恋地把功成身退的外套扔进了垃圾桶。

已入秋，起风时凉意不含糊。

没了外套的陆悍骁，捂着单薄的衬衣带儿子回了家。

他炫耀地向家人汇报了自己的丰功伟绩，本以为会得到“年度好爸爸”的夸奖，结果却被群嘲致死。

陆老爷子说：“铺张浪费！衣服不知道带回来洗干净吗？咱们打仗那会儿，一件衣服是要穿十年的！”

陆老太太说：“哎哟，一看就是没带过孩子的人，出个门纸巾总是要带一包的吧！我们礼涵造孽哟！”

徐晨君冷笑：“我儿媳妇儿，怎么还没跟你提离婚啊？”

“……”

晚上，下班回来的周乔听说这件事后，一路笑着回到了自己家。陆悍骁很受伤，进门就独坐在客厅里，一个人生闷气。

周乔给他泡了杯柠檬水，轻轻放在桌上，然后走到背后，又轻轻抱住了他。

两人脸蛋蹭脸蛋，像是轻柔的羽毛在亲吻。

周乔把他搂紧了些，“我知道的，你是一个好父亲。”

陆悍骁一天的郁闷，瞬间被治愈了，他内心感慨：还是老婆好。

陆礼涵三岁的时候，已经成功晋升成“十万个为什么”。最爱做的事儿，就是缠着陆悍骁问：“爸爸，为什么天会下雨？为什么下完雨又要出太阳？”

这难不倒陆悍骁，他可自信地回答：“因为下雨啊，是一种自然现象……”

他有理有据地解释了一大段，然后挑眉看儿子，“明白了吧？”

陆礼涵摇摇头，“爸爸你说错了，之所以天空会下雨，是因为老天爷今天眼睛发炎，医生给他开了眼药水，但是他老婆手一抖，眼药水不小心点多啦，所以流出来就变成了雨。”

陆悍骁听得当场石化。

陆礼涵还挺老成地摇了摇头，做痛心疾首状，“爸爸，你连这都不知道，你还开公司呢。”

完了又问：“爸爸，那你知道，为什么妈妈会看上你吗？”

陆悍骁一听来了神，总算能够长长志气了！

“因为爸爸……”

刚说四个字，陆礼涵小朋友就接了话：“哇，原来爸爸你也知道是因为妈妈的善良啊。”

等等，这算哪门子的答案？

陆悍骁有点儿蒙，“善良？”

“对啊，因为妈妈的善良，不想让你孤独终老，毕竟小老头没有人陪，很可怜的。”陆礼涵低下头，十分入戏，嘴里还念念有词，“太惨了，太惨了。”

陆悍骁犹如万箭穿心，刚摘下的手表都差点儿捏碎。

要不是眼前的小人儿跟周乔长得一模一样，他真会把他吊起来打屁墩儿。

陆悍骁寻思了半晌，阴沉着脸色问："陆等等，这答案都是谁教你的？"

陆礼涵声音清脆："清禾叔叔！"

陆悍骁："……"

陈清禾不要脸！

晚上，陆悍骁把这事儿告诉了周乔，周乔眉开眼笑，"我就说呢，最近几次聚会，陈哥总是给礼涵上课。"

陆悍骁说："我看他是欠吃朝天椒！"

"行了行了，脾气小点儿，陈哥对礼涵挺好的。"

虽然这是事实，陆悍骁还是心有芥蒂，这儿子兄弟，一个个都不靠谱，追溯根源，同性相斥是原罪啊！

犹如醍醐灌顶，陆悍骁陡然兴奋。他赤脚下床，从后面搂住正在涂面霜的周乔，声音极尽温柔地说："乔乔，咱们给礼涵造个伙伴吧。"

周乔脑子转了两秒，才反应过来。她故作轻松，手却在颤抖，"万一又是个儿子呢？"

"没事，礼涵好乖，儿子也挺好。"陆悍骁亲了亲她的侧脸，咬着她的耳垂小声说，"求你了，老婆。"

"我都三十四了，后半生都吊在你身上了，你这么年轻好看，我得把你套牢了。"

这理由让周乔失笑，问他："我要是真走了，你还会像以前一样，飞去美国追我吗？"

陆悍骁的胳膊收紧，声音又低又重，一字一字道："你在哪儿，我就去哪儿。"

周乔怔然，眼热，心也热，半晌才呢喃了三个字："我也是。"

世上最缠绵的回应，不是我爱你，而是，我也是。

两人对视，眸子里全是彼此的模样，无须多言，爱人之间一眼就能看见百年。缘分落地生了根，长出一棵姻缘树。

嘘，闭上眼睛，你听——

花开了。